国家社科基金项目“桐城派名家史学思想研究”（13BZS005）结项成果；

安庆师范大学“安庆地方历史文化科研创新团队”成果

桐城派名家史学思想研究

Research on Historical Thoughts of Famous Masters of Tongcheng School

董根明　著

人民出版社

目　录

序

桐城派是我国清代文坛上最大的古文流派，同时在经学、史学等领域也做出了重要成就。长期以来，桐城派史学一直被人们所忽视。近年来，学术界开始关注桐城派的史学思想和史学成就，相关的研究日益增多。这些研究主要集中于史学思想、史书义法、边疆史地、清史编纂、方志与区域史等方面，取得了显著的成果。主要存在的不足，一是对桐城派史家史著的研究还不够全面，二是缺乏对桐城派史家群体的研究，三是缺乏对桐城派史学成就的全面研究。

近年来，安庆师范大学历史系董根明教授一直致力于桐城派史学研究。董根明教授着重选取了一批具有代表性的桐城派名家，对他们的史学思想进行了系统的梳理，揭示其史学思想嬗变的内在逻辑，对桐城派史家群体的史学思想做出了总体论述，这是一件非常有意义的学术探索。

呈现在读者面前的这部《桐城派名家史学思想研究》，便是董根明教授辛勤耕耘的成果。该书首次系统梳理了桐城派群体的史学成就、史学思想及其特征。作者从桐城派名家所撰写的史著、文论、书信、谱牒、寿序、墓志、节烈传、风土记、读史札记、乡贤行状和译著等材料入手，结合不同时代的学术背景和他们为文立论的历史观，系统梳理和归纳了桐城派史学思想演化的基本脉络和主要特征。作者认为，桐城派名家史学成就主要表现在校勘和评点了大量史学典籍，广泛参与了官修《明史》《清史稿》和诸府志、县志的编撰，取得了丰硕的边疆史地学研究成果，大力宣传了进化史观，形成了较为系统的史学研究理论和方法。桐城派群体之所以能够取得如此辉煌的史学成就，与其义理、考据、词章兼修，史学经世思想和因势而变的历史观、史学观和方法论都不无关系。作者持论平实、新颖，有具体、详实的史料支撑，论从史出，体现了扎实的学术功力。

《桐城派名家史学思想研究》的学术价值和意义，我认为主要体现在以下两个方面：其一，有利于进一步拓展桐城派研究的视域，深化对有清一代特别是清末民初桐城派史学的研究。长期以来，学界对桐城派的研究大多局限于文学领域。以文派而不是以学派界定桐城派，使得桐城派名家在其他学术领域的成就鲜为人知。其实，桐城派不只是文派，其在学术上的影响也远非文学所能概括，特别是以姚莹、曾国藩、郭嵩焘、薛福成、黎庶昌、吴汝纶和严复等为代表的晚清桐城派名家群体，他们在史学领域的努力和探索，对中国传统史学的转型，以及进化史观在近代中国的产生和传播无疑都产生过重要的影响。对桐城派名家史学思想进行系统研究有利于学界加深对桐城派群体的认识。其二，对当代史志编纂、风俗教化和社会治理具有借鉴意义。桐城派名家史论的共同特点，是将儒家主流思想和价值观念通过流行于普通百姓日常生活中的乡贤行状、节烈传、谱牒、寿序、墓志和风土记等形式予以表现出来，要言不烦，叙事雅洁，将社会大传统融入乡里和家族的小传统，继而发挥其风俗教化的作用。

当然，对桐城派史学思想的研究现在还处于起步阶段，有很多值得深入研究的问题和领域期待学界同仁作进一步的探索。

是为序。

汪高鑫

2020 年元月

于京师园

第一章　桐城派名家史学思想概论

桐城派由于文名鼎盛,学术界往往忽略对其史学思想和史学成就的系统总结。作为有清一代乃至民国时期有着共同道统和文统主张的学术群体,桐城派史学思想表现出了某种内在的传承性,有其共通的特质,这就是义理、考据、词章兼修,史学经世思想和因势而变的历史观。桐城派在史学领域所取得的成就,概而言之,包括校勘和评点了大量史学典籍,参与《明史》《清史稿》和诸多方志的编撰,拓展了边疆史地学研究,宣传进化史观,形成了较为系统的史学研究理论和方法。当然,不同历史时期桐城派群体所面临的时代命题不同,其史学思想也呈现出不同的时代特征。

第一节　桐城学派与桐城派名家

桐城派是如何产生的?桐城派究竟是文派,还是学派?如何界定桐城派名家?厘清这些概念,规范桐城派名家史学思想研究的话语表达,是本书首先需要回答的问题。只有在大家认可了的话语体系中讨论问题,才不至于偏离对桐城派名家史学思想进行研讨的学术方向。

一、 桐城派及其产生的历史渊源

桐城派名称的由来,是因其先导者方以智、钱澄之,开宗立派的代表人物戴名世、方苞、刘大櫆、姚鼐皆是安徽桐城人。“也因其具有大致相同的道统、文统和理论主张,这就是从孔、孟到程、朱的道统,从《左传》《史记》诸书到唐、宋八大家再到归、方、刘、姚的文统,和以‘义法’为理论基石的一些文论主张。”①据刘声木《桐城文学渊源·撰述考》载,纳入桐城派的作家群体有一千二百多人②,分布于安徽、江西、江苏、湖北、广西、湖南、山东、河北、福建等地区,影响遍及全国。姜书阁先生在论及“桐城派之起源”时认为:“乾隆之初,中原渐即平定,文物日盛,为古文者亦渐众。于是安徽桐城有方苞者起,继汪琬而上溯归欧曾韩;研究有得,乃制定义法,以为标目,传授日广,士渐从之。刘大櫆习其术,授之姚鼐。鼐益宏肆紧严,足振望溪之学。自是天下闻风向往,其道遂遍各地,世因称之桐城文派,以方刘姚三氏,皆桐城人也。”③桐城派独执清代文坛牛耳二百余载,“天下高文归一县”,从者如流,是一个值得学术界进行深入研究的文化现象。

桐城在有清一代被誉为文都,有“冠盖满京华,文章甲天下”之称。桐城派的产生与桐城自然、人文、社会风俗及历史传统有着莫大的关系。有学者研究认为,桐城之所以会成为桐城派的发祥地,是源于其风景秀丽宜人的自然生态环境、人文荟萃的社会历史环境和育才先育人的家庭教育环境④。

一个地方的自然环境对其人文影响之力颇大。清代画家沈宗骞在《芥舟学画编》论曰:“天地之气,各以方殊,而人亦因之。南方山水蕴藉而萦纡,人生其间得气之正者,为温润和雅,其偏者则轻佻浮薄;北方山水奇杰而雄厚,人

---

① 贾文昭:《桐城派文论选·前言》,中华书局2008年版,第1页。

② 徐天祥:《初版整理说明》,载刘声木:《桐城文学渊源·撰述考》,黄山书社1989年版,第1页。

③ 姜书阁:《桐城文派评述》,商务印书馆1928年版,第14页。

④ 周中明:《桐城派研究》,辽宁大学出版社1999年版,第3—12页。

生其间得气之正者，为刚健爽直，其偏者则粗砺强横。此自然之理也。”[①]此论虽过于笼统，然就其总体特征而言亦不无道理。“桐城西北环山，民厚而朴，代有学者；东南滨水，民秀而文，历出闻人，风俗质素。”[②]桐城派名家也常将桐城派的兴起归结于桐城的秀美风光，姚鼐就认为：“江、淮间山川雄异，宜有伟人用世者处于时。”[③]“独吾郡潜、霍、司空、龙眠、浮渡，各以其胜名于三楚”[④]，桐城“山川奇杰之气有蕴而属之”，“夫黄、舒之间，天下奇山水也”，故“天下文章，其出于桐城”[⑤]。

桐城派先驱者戴名世对桐城得天独厚的自然环境赞不绝口：“余性好山水，而吾桐山水奇秀，甲于他县。”[⑥]“江北之山，蜿蜒磅礴，连亘数州，其奇伟秀丽绝特之区皆在吾县。县治枕山而起，其外林壑幽深，多有园林池沼之胜。出郭循山之麓，而西北之间，群山逶迤，溪水潆洄。”[⑦]他还将桐城的自然山水与人文教化联系起来，认为“桐城居深山之中，地方百余里，一面滨江，而群山环之，山连亘千余里。……四封之内，田土沃，民殷富，家崇礼让，人习诗书，风俗醇厚，号为礼仪之邦。”[⑧]甚至认为“吾桐独为名胜。……夫山川潆洄蜿蜒，其中必有秀出者，岂得龙舒之山无人乎哉！”[⑨]姚鼐的弟子方东树持相近的观点，认为：“桐城于地势尤当其秀，毓山川之灵独多，人文最盛……于是则有望溪方氏、海峰刘氏、惜抱姚氏三者出，日久论定。海内翕然宗之。”[⑩]刘开也认为：“余观枞阳（原属桐城市）之地，外江内湖，群山为之左右，峰势喷薄，与波涛相

---

① 虞君质：《艺术概论》，台北黎明文化事业股份有限公司 1982 年版，第 239 页。

② 徐国志：《桐城县志略·礼俗篇》，民国二十五年（1936 年）排印本。

③ 姚鼐：《吴荀叔杉亭集序》，载《惜抱轩诗文集》，上海古籍出版社 1992 年版，第 45 页。

④ 姚鼐：《左仲郛浮渡诗序》，载《惜抱轩诗文集》，上海古籍出版社 1992 年版，第 43 页。

⑤ 姚鼐：《刘海峰先生八十寿序》，载《惜抱轩诗文集》，上海古籍出版社 1992 年版，第 114 页。

⑥ 戴名世：《数峰亭记》，载《戴名世集》，中华书局 1986 年版，第 283 页。

⑦ 戴名世：《河墅记》，载《戴名世集》，中华书局 1986 年版，第 280 页。

⑧ 戴名世：《孑遗录》，载《戴名世集》，中华书局 1986 年版，第 310 页。

⑨ 戴名世：《郭生诗序》，载《戴名世集》，中华书局 1986 年版，第 32 页。

⑩ 方东树：《仪卫轩文集》卷五，同治七年刻本。

互盘护，山川奇雄之气郁而未泄。士生其际，必有不为功利嗜欲所蔽，而以气概风节显于天下。”①安徽大学周中明教授认为：桐城山水奇秀，促使师法自然、清正雅洁文风的形成；既开放又封闭的区位，有助于桐城作家的成长；优美的自然风光，足以吸引外地人才的荟萃。②

与其说是桐城的山水孕育了桐城派，毋宁说是桐城尊师重教的良好传统和人文荟萃的社会历史环境造就了桐城派。作为地域文化，桐城方氏学派、桐城诗派、桐城书画家群体、桐城民间文学和桐城歌等都颇具影响。桐城派只是桐城地域文化的一个方面，或者说是其最杰出的典型代表。桐城派的产生和发展与桐城地域文化在明清时期一直处于繁荣昌盛的状态有着渊源关系。“桐城自有明以来，多世家巨族，名德巨人，文儒忠义之彦，历数百十载，后先相望。及国朝方、姚之徒出，以古文为海内倡，而桐城文章，遂冠天下。”③据道光七年《桐城续修县志》记载，明清两代桐城有进士 265 人，举人 589 人。其进士和举人之多，皆比同属安庆府的怀宁、潜山、太湖、宿松、望江等五县进士和举人的总和还要超出一倍以上。宋代名画家李公麟，明代进步政治家左光斗，百科全书式的哲学家方以智，以史诗著称的钱澄之，父子宰相张英、张廷玉等，皆出自桐城。故方宗诚在《桐城文录序》一文中指出：

> 桐城文学之兴，自唐曹孟徵、宋李伯时兄弟，以诗词翰墨，名播千载。及明三百年，科第、仕宦、名臣、循吏、忠节、儒林，彪炳史志者，不可胜书。然是时风气初开，人心醇古朴茂，士之以文名者，大都尚经济，矜气节，穷理博物，而于文则未尽雅驯，以复于古。郁之久，积之厚，斯发之畅。逮于我朝，人文遂为海内宗，理势然也。④

此外，桐城有“穷不丢猪，富不丢书”的乡里和家族传统，正是这种尊师重

① 刘开：《孟涂文集》卷九，民国四年（1915 年）归叶山房刻本。

② 周中明：《桐城派研究》，辽宁大学出版社 1999 年版，第 4—6 页。

③ 张裕钊著，王达敏校点：《张裕钊诗文集》，上海古籍出版社 2012 年版，第 123 页。

④ 方宗诚：《桐城文录序》，载严云绶、施立业、江小角等编：《桐城派名家文集 · 方宗诚集》（9），安徽教育出版社 2014 年版，第 114 页。

教的家族传统和人文荟萃的社会历史环境，为桐城派作家的辈出创造了良好的土壤。曾门弟子武昌人张裕钊就认为，桐城“固其山川奇秀，钟孕英玮，抑岂非风俗之所竦动，师友之所渐被者然哉？然则风教之于天下所系，人才风俗盛衰，岂其微哉？”①内阁大学士张英对此深有感触：“吾闻先正训子弟读书法，以六经为根源，以诸史为津梁，以先秦两汉之文为堂奥，以八家为门户，崇尚实学，用通情达，能不为制举业所束缚，涵濡既久，能振笔为古文者，代有传人。”②有清一代，桐城派作家代有传人。以方以智、方苞、方观承、方东树等为代表的桂林方和鲁谼方氏家族，以姚范、姚鼐、姚莹、姚永概、姚永朴等为代表的姚氏家族，以及张英、张廷玉的张氏家族和吴汝纶的吴氏家族，更是名家辈出。

不过，从戴名世、方苞到刘大櫆，他们皆从未以“桐城派”自居。直到他们的第三代传人姚鼐，于乾隆四十二年(1777)在《刘海峰先生八十寿序》一文中，才正式标榜“天下文章，其出于桐城”。他写道：“曩者鼐在京师，歙程吏部、历城周编修语曰：‘为文章者，有所法而后能，有所变而后大。维盛清治迈逾前古千百，独士能为古文者未广。昔有方侍郎，今有刘先生，天下文章，其出于桐城乎？’”③尽管如此，姚鼐仍未明确言“派”。有学者考证认为，道光前期浙江仁和(今杭州)人胡敬曾提及“桐城派”的概念，后经姚门弟子梅曾亮扩展，授徒益众，影响日广④。学界普遍认为最早正式明确打出“桐城派”旗号的是道咸年间的曾国藩。曾国藩被誉为桐城派中兴的盟主，他在《欧阳生文集序》一文中指出：“乾隆之末，桐城姚姬传先生鼐善为古文辞，慕效其乡先辈方望溪侍郎之所为，而受法于刘君大櫆及其世父编修君范。三子既通儒硕望，姚先生治其术益精。历城周书昌永年为之语曰：‘天下之文章，其在桐城乎！’由

---

① 张裕钊著，王达敏校点：《张裕钊诗文集》，上海古籍出版社2012年版，第123页。

② 李则刚：《安徽历史述要》，安徽地方志编纂委员会1982年内部刊行。

③ 姚鼐：《刘海峰先生八十寿序》，载《惜抱轩诗文集》，上海古籍出版社1992年版，第114页。

④ 任雪山：《“桐城派”之名提出及其流变》，《合肥学院学报》2016年第6期。

是学者多归向桐城、号桐城派，犹前世所称江西诗派者也。”①曾国藩私淑姚鼐，服膺桐城，并坦言“国藩之粗解文章，由姚先生启之也”。② 由于湘军统帅与封疆大吏集于一身的显赫地位，曾国藩幕僚众多，宾客如云，其弟子及再传弟子如郭嵩焘、薛福成、黎庶昌、张裕钊、吴汝纶及严复和林纾等均秉承桐城义法之余绪，积极参与洋务、维新和西学的传播。同光年间，桐城派遂演化为颇有学术思想影响的社会群体。

二、 桐城学派

“桐城派”以文名世，习惯上人们称桐城古文派，或桐城散文派。但从桐城派作家参与社会实践及其所倡导的学术思想看，桐城派显然不只是文派，其在学术上的影响也远非文学或文章学所能概括，特别是晚清桐城派在经学、史学、教育学、社会学和翻译学等领域的努力，对中国传统文化的转型、西学的传播和近代学校教育体制的构建等无疑都产生过重要的影响。安徽省社会科学院施立业研究员认为：“桐城派不能仅仅定义为一个文学流派，而应定义为在清朝专制氛围中形成的一个社会群体，即温和开明的知识分子借复兴古文为名聚拢起来的群体。这个群体在清代历史上的所有活动或表现，都应该在‘桐城派’这个名称下进行分别或整体研究。”③学界以“桐城文派”冠之以名，而非“桐城学派”，局限了对桐城派学术成就的深入研究及其传统文化资源的挖掘。

早在1924年，梁启超在《清华学报》上发表《近代学风之地理的分布》一文就正式提出了“桐城之学”的概念：“桐城之学，自晚明方密之、钱饮光开发之后，三百年间，未尝中断。……望溪显宦高寿，又治程朱学，合于一时风尚，故其学独显，桐城派‘因文见道’之徽帜，自望溪始也。然望溪才力实弱，不足

① 曾国藩：《欧阳生文集序》，载《曾国藩全集》（十四），岳麓书社2012年版，第204页。

② 曾国藩：《圣哲画像记》，载《曾国藩全集》（十四），岳麓书社2012年版，第152—153页。

③ 张秀玉：《多学科介入开拓桐城派研究新境界》，《中国社会科学报》2018年9月17日。

振其文。继起者则乾嘉间有刘海峰"、"姚姬传，学益俭殷矣，而桐城文之军乃愈张。同时有方植之，著《汉学商兑》，力诋阎、胡、惠、戴无恕辞，著《南雷文定书后》，掊击梨洲。盖以'程朱派之卫道人'自命，桐城学风然也。咸同间有马元伯，治汉学家言，著《毛诗传笺通释》，盖矫然自异于其乡先辈者。自曾文正笃嗜桐城文，列姚姬传于圣哲画像中，与孔子齿，后此承风者益众。最近犹有吴挚甫、姚叔节、马通伯，咸有撰述，为桐城宁残垒焉。"①梁启超从早年"夙不喜桐城派古文"②，到提出桐城学派的主张，认为清中叶以后出现四大潮流，他们分别是：以戴震为代表的皖南学派；以章学诚为代表的浙东学派；以方东树为代表的桐城学派；以庄存与、刘逢禄为代表的常州学派。他还具体论述了桐城学派的源流及其演变，明确区分了桐城文派与桐城学派，并以方东树为桐城学派代表人物，称其为伟大人物。同时以为曾国藩于桐城学派意义重大③。吴孟复先生在《桐城文学渊源撰述考》序言中也指出："研究桐城文派，其作用不仅限于散文方面，还涉及思想史、学术史、语言学、文章学与文艺理论及诗歌等诸多领域。"④将桐城派界定为学派是近年来学术界所达成的共识。

桐城派从创立之初就标榜以"学行继程、朱之后，文章在韩、欧之间"⑤为行身祈向，而与清朝统治者以儒家文化笼络士人思想的统治高度契合，又由于其人数众多，分布地域广，在有清一代乃至民国初年，其影响文坛与学界颇为深远。薛福成在《寄龛文存序》中说："自淮以南，上溯长江，西至洞庭、沅澧之交，东尽会稽，南逾服岭，言古文者，必宗桐城，号桐城派。"⑥晚清民国时期，从面对千年未有之变局而产生的地主阶级经世改革派到边疆史地学的兴起，从

① 梁启超：《近代学风之地理的分布》，《清华学报》1924年第1卷第1期，第23—24页。

② 梁启超：《清代学术概论》，上海古籍出版社1998年版，第85页。

③ 梁启超：《儒家哲学》，上海人民出版社2009年版，第92—95页。

④ 吴孟复：《桐城文学渊源撰述考·序》，刘声木撰，徐天祥点校，黄山书社1989年版，第1页。

⑤ 苏惇元：《方苞年谱》，《方苞集》，上海古籍出版社2008年版，第870页。

⑥ 薛福成：《寄龛文存序》，载严云绶、施立业、江小角等编：《桐城派名家文集·薛福成集》(10)，安徽教育出版社2014年版，第330页。

洋务运动到维新思潮的激荡,从西学传播到近代教育的发端,这些社会思潮的产生与传播,都无不与桐城派发生关联。钱仲联先生认为:“至于文,则莫盛于桐城派,衍生为阳湖派,扩大演变为湘乡派。迄民国‘五四’新文学运动以前,桐城派古文,树旗纛于文坛,其势未少衰。严复以之译泰西学术论著,林纾以之译域外说部,‘为霞尚满天’焉。”①当然,桐城派作家并非囿于桐城一隅,其主要代表人物如方苞、姚鼐皆长期生活在北京、南京,戴名世、刘大櫆的足迹亦遍及北京、徽州等地。据刘声木《桐城文学渊源·撰述考》所载,纳入桐城派的作家群体有一千二百多人②,分布于安徽、江西、江苏、广西、湖南、山东、河北等许多地区,影响遍及全国。

三、桐城派名家

由于桐城派作家众多,纳入本书进行史学思想个案及阶段性特征研究的只能是那些最具代表性的桐城派名家,即那些在不同历史时期对该学派的萌生、传承、拓展和演化产生比较重要影响,在引导或回应时代主流思潮时能够代表那个时期桐城派作家主流文风和思想,且被学术界所公认的桐城派作家。具体到桐城派名家史学思想研究而言,主要包括对桐城派的萌生发挥重要影响的清初和清前期桐城乡贤方以智、钱澄之和《明史》总裁官张廷玉;桐城派四祖戴名世、方苞、刘大櫆和姚鼐;姚门弟子方东树、管同、梅曾亮、刘开和姚莹;曾国藩及其弟子吴汝纶、张裕钊、黎庶昌和薛福成;侯官派之严复;桐城派殿军马其昶、姚永朴和姚永概等人。之所以将上述历史人物称为桐城派名家,有一个非常重要的考量,就是他们的政治思想都不同程度地回应了那个时代的主要问题,折射出清季民初思想文化的风云变幻。

---

① 钱仲联:《桐城派研究·序》,载周中明《桐城派研究》,辽宁大学出版社 1999 年版,第 1 页。

② 徐天祥:《初版整理说明》,载刘声木:《桐城文学渊源·撰述考》,黄山书社 1989 年版,第 1 页。

明清易代，对于汉族士大夫而言无异于天崩地解，桐城派先贤方以智和钱澄之以明遗民心态自居而终生不仕清廷。戴名世虽然生于大清，内心却感念旧朝，终以文字狱罹难。方苞从“南山集案”中汲取教训，谨小慎微地侍奉清皇室。张廷玉则学而优则仕，成为康雍乾三朝的重臣，其总裁《明史》高度认同清廷的正统地位。继之，则有坚定维护程朱理学的姚鼐及其弟子方东树、梅曾亮，有英勇抗击西方列强侵略的爱国志士姚莹，有捍卫孔孟之道而扶清廷于既倒的曾国藩，有主张洋务维新的张裕钊、吴汝纶，有近代中国第一批驻外大使薛福成、黎庶昌，有译介西学传播进化论思想的严复，有恪守文言文之不可废而遭五四新青年批判的马其昶、姚永朴和姚永概等人。桐城派名家的政治主张大体上经历了一个从明遗民心理到认同清朝统治，从信奉程朱理学到维护宋学地位，从调和汉宋到主张理学经世、中体西用和洋务维新的过程。桐城派的政治取向无不与时代热点问题相呼应，这正是其绵延二百多年而保持生命力并汇聚学界诸多精英的重要原因。当然，除了这些声名显赫的名家，桐城派绝大多数都是终身未仕或虽曾入仕而一生主要精力致力于教书撰文的知识分子，其思想倾向往往具有进步与落后，或积极与消极两面，不可一概而论。

就史学而言，桐城派先贤方以智就是具有实证精神的史学家；钱澄之有“诗史”之誉；戴名世以撰修《明史》为毕生宏愿，有治史的专论传世，被梁启超誉为“史识史才皆绝伦”①；张廷玉受命担任过《明史》《大清会典》和三朝《实录》的总裁官，其“有物之言”的史文主张，与方苞史学“义法”说中的“言有物”“言有序”不谋而合；姚莹的《康辅纪行》属较早的边疆史地学专著；曾国藩的史学经世和史鉴思想影响深远；吴汝纶和严复对西方进化论思想的传播，成为近代中国民族觉醒的号角，其进化史观对中国新史学的诞生产生了直接的思想影响。民国初年，桐城派殿军马其昶、姚永朴和姚永概均曾受聘清史馆，参与《清史稿》的撰修。桐城派名家的史学思想在有清一代影响深远，是一个

① 梁启超：《近代学风之地理的分布》，《清华学报》1924 年第 1 卷第 1 期，第 23 页。

值得进行深入研究的学术课题。

需要说明的是，本书是多年来课题组成员集体智慧的结晶，其中，部分论述和学术观点在结集出版之前已经以学术论文的形式公开发表过，下列相关章、节引用本课题组成员的论文不再以注释的方式赘述①。

第二节　桐城派名家的史学成就

就清前期史学而言，由黄宗羲（1610—1695）开山的浙东史学，可谓名家辈出，万斯同（1638—1702）、全祖望（1705—1755）、章学诚（1738—1801）等史学大家，灿若群星。梁启超认为："浙东学风，从梨洲、季野、谢山起以至于章实斋，厘然自成一系统，而其贡献最大者实在史学。"②浙东学派的史学理论与实践成果，如章学诚的《文史通义》、万斯同撰写的《明史》底稿，时人无能望其项背。其实，桐城派与浙东学派在史学上是互有影响的。万斯同曾托付撰修《明史》之大业于方苞（1668—1749），与方苞是惺惺相惜的忘年交③。戴名世

① 课题组成员已经公开发表的与本书相关的学术论文主要有：王国席的《方以智的史学思想》，《史学史研究》2007 年第 3 期；李传印的《论戴名世的史学思想》，《北京科技大学学报》2001 年第 3 期；《〈史论〉与戴名世的史学理论观》，《安徽文献研究集刊》2004 年第 1 期；《戴名世的历史评议浅议》，《安徽史学》2006 年第 6 期；徐希军的《马其昶〈桐城耆旧传〉的史学价值》，《史学史研究》2010 年第 2 期；杨婧的《姚永概史学思想探讨》，《安庆师范学院学报》2012 年第 6 期；许曾会的《桐城派与〈清史稿〉的编修》，《史学史研究》2016 年第 2 期；《清末民初桐城派的中国史编纂》，《安徽史学》2017 年第 4 期；董根明的《论桐城派的史学成就》，《安徽史学》2019 年第 3 期；《吴汝纶史学思想探析》，《史学史研究》2018 年第 2 期；《钱澄之史学思想初探》，《安徽史学》2017 年第 4 期；《方苞史学思想初探》，《史学史研究》2016 年第 4 期；《刘大櫆史学初探》，《史学史研究》2013 年第 4 期；《试论曾国藩的史学思想》，《中国社会科学院研究生院学报》2016 年第 4 期；《进化史观与古文道统的同一——吴汝纶与严复思想考索》，《中国社会科学院研究生院学报》2008 年第 1 期；《多元价值取向：严复的中学与西学》，《安庆师范学院学报》2015 年第 4 期；《吴汝纶与严译西学》，《安庆师范学院学报》2013 年第 2 期；《严复的进化史观及其对新史学的影响》，《中国社会科学院研究生院学报》2014 年第 6 期；《关于姚永朴〈史学研究法〉的认识》，《史学史研究》2006 年第 1 期。

② 梁启超：《中国近三百年学术史》，商务印书馆 2011 年版，第 117 页。

③ 方苞：《万季野墓表》，《方苞集》，上海古籍出版社 2008 年版，第 333 页。

(1653—1713)与万斯同一样,反对官修史书,其终生宏愿即在于能够独撰一部传之千秋万代的《明史》,他"常与季野及刘继庄、蔡瞻岷约偕隐旧京共泐一史。"①章学诚《文史通义》中的很多史学思想与戴名世在其《史论》中的观点高度契合②。鸦片战争以降,姚莹(1785—1853)的《识小录》《东槎纪略》和《康輶纪行》等著作将传统史学的研究视域拓展到边疆和异域,曾国藩(1811—1872)更是将史学经世与洋务中兴结合起来,吴汝纶(1840—1903)和严复(1854—1921)对进化论思想的传播,成为近代中国民族觉醒的号角,其进化史观对中国新史学的诞生产生了直接的思想影响。民国初年,桐城派殿军马其昶(1855—1930)、姚永朴(1861—1939)和姚永概(1866—1923)均受聘清史馆,参与《清史稿》的撰修,姚永朴的《史学研究法》不仅是对传统史学的总结,也是对当时西方史学在中国传播所做出的回应。晚清民国时期,桐城派名家在史学领域的努力及其所取得的成就,又是浙东学派所不可企及的。可以说,桐城派与浙东学派在史学上是各有建树的。近代以来,学界对浙东学派的史学成就给予了充分的肯定,其研究成果也比较丰硕,而桐城派由于文名鼎盛,学界缺乏对其史学成就的系统总结。桐城派的史学成就主要表现在校勘和评点了大量史学典籍,参与《明史》《清史稿》和方志的编撰,拓展传统史学的研究视域,宣传进化史观,形成了较为系统的史学研究理论和方法等。

一、　校勘和评点大量史学典籍

桐城派崇尚孔子、司马迁、班固和韩愈之文,因而对《春秋》《左传》和《史记》多有校勘和评点,笔墨所及包括《尚书》《汉书》《三国志》《魏书》《晋书》《宋书》《齐书》《梁书》《陈书》《隋书》《新唐书》《新五代史》《资治通鉴》和

---

① 梁启超:《中国近三百年学术史》,商务印书馆 2011 年版,第 329 页。

② 梁启超在论及清代史学成绩时,说戴名世"其遗集中《史论》《左氏辩》等篇,持论往往与章实斋暗合。"(见《中国近三百年学术史》,商务印书馆 2011 年版,第 329 页)康熙五十二年(1713)戴名世因"南山集案"被处死,乾隆三年(1738)章学诚才出生。章学诚对戴名世的史论有无借鉴或继承,在尚无确切考证的情况下,言无难,故梁氏云前人持论暗合后人,语意甚妙。

《文献通考》等。

《左传》即《春秋左氏传》,儒家经典中的编年史著,“其言简而要,其事详而博”①,是我国古代文学与史学完美结合的典范,在史学上占有极重要的地位。对《左传》的研究,桐城派倾注了大量的精力。方以智(1611—1671)对《左传》作者及相关史实曾予以考证,他指出:“盖战国时,扬才立说之士,或更有左丘氏,而出于汉儒之手,又托之丘明。观歆移书让博士争立,岂不欲多方求胜乎?‘左丘失之诬’,一语定论。太史公曰:‘左丘失明,厥有国语’。然《史记》多采《国策》,而少《左传》语,岂直未见耶?必出本有汉人增加,明矣。”②方以智认为《史记》少引《左传》,证明《左传》夹杂了不少汉儒伪托左氏的文字。方苞著《左氏评点》,对《左传》中的相关史事详加考证,譬如,他认为“僖五年:‘泰伯不从,是以不嗣。’先儒或以泰伯不从,证太王有翦商之志,非也。”“僖十五年:‘晋侯使郤乞告瑕吕饴甥。’注:‘瑕吕,姓。’非也。瑕,河上邑,盖饴甥采地,而吕则其姓,故下称吕甥。既举瑕,复举阴者,并食二邑,犹季子称延州来也。”③足见方苞研究之深入。姚鼐推崇孔子《春秋》,“夫史之为道,莫贵乎信。君子于疑事不敢质。春秋之法,信以传信,疑以传疑。后世史氏所宗,惟《春秋》为正。”他认为:“左氏之书,非出于一人所成,自左氏丘明作传,以授曾申,申传吴起,起传其子期,期传楚人铎椒,椒传赵人虞卿,虞卿传荀卿,盖后人屡有附益”,正是因为后人屡有附言,导致《左传》之言不能尽信,“余考其书,于魏氏事,造饰尤甚,窃以为吴起为之者盖尤多。”④所以,姚鼐断言:“太史公曰:‘左丘失明,厥有《国语》。’吾谓不然。今《左氏传》非尽丘明所录,吾固论之矣。”⑤此外,方苞的《左传义法举要》还对其文学笔法予以阐发,刘大櫆、曾国藩和吴汝纶等均著有《评点左传》。

---

① 刘知几:《史通》,中州古籍出版社 2012 年版,第 24 页。

② 方以智:《史论·二》,载《浮山文集前编》卷之五,康熙此藏轩刻本,第 184 页。

③ 方苞:《读书笔记·左传》,载《方苞集》,上海古籍出版社 2008 年版,第 841 页。

④ 姚鼐:《左传补注序》,载《惜抱轩诗文集》,上海古籍出版社 1992 年版,第 34 页。

⑤ 姚鼐:《辨郑语》,载《惜抱轩诗文集》,上海古籍出版社 1992 年版,第 73 页。

《史记》是中国第一部纪传体通史，其“文直”“事核”的实录风格备受桐城派的推崇。方苞认为《史记》“著以传著，疑以传疑，俾百世以下，可寻迹推理而得其情，此之谓实录也”。[①] 桐城派学者对《史记》的研究正可谓不遗余力。方苞对《史记》补充训诂、释正旧注、分析史料、辨正文字、分析叙事，著有《史记注补正》和《史记评点》等，被誉为清代学者中致力于《史记》研究而用功最深者[②]。姚鼐授业弟子梅曾亮尝“取《史记》，点定二三次；继以《汉书》及先秦子书，渐及诸史”[③]。曾国藩认为“学问之道，能读经史为根柢”[④]。他认为《史记》、前后《汉书》《三国志》和《资治通鉴》等，“自诸经外，此数书尤为不刊之典”[⑤]。他明确表示：“自汉以来，为文者，莫善于司马迁。迁之文，其积句也皆奇，而义必相辅，气不孤伸，彼有偶焉者存焉。其他善者，班固则毗于用偶，韩愈毗于用奇。”[⑥]而“文气迈远，独子长有此。”[⑦]但他对司马迁所载史实多有质疑，认为史不足据。“太史传庄子曰：‘大抵率寓言也。’余读《史记》亦‘大抵率寓言也。’列传首伯夷，一以寓天道善福之不足据，一以寓不得依圣人以为师。”“此外如子胥之愤，屈贾之枉，皆借以自鸣其郁耳。非以此为古来伟人计功簿也。”[⑧]曾国藩认为史学不是为古来伟人计功劳簿的，史学的价值在于求真[⑨]。《史记》是吴汝纶据以研究《尚书》的主要著作，他撰写了《太史公所录左氏义》三卷、《点勘史记读本》130 卷，对司马迁的史文倍加推崇，但对《史记》所载史实之误，他却毫不留情地加以勘校或存疑。如《史记·赵世家》篇，言及归熙父云：“《赵世家》文字周详，是赵有史，其他想无全书。”吴汝纶考

① 方苞：《史记评语》，载《方苞集》，上海古籍出版社 2008 年版，第 859—860 页。
② 王振红：《方苞〈史记〉学成就述论》，《淮北师范大学学报》2012 年第 5 期。
③ 梅曾亮：《与容澜止书》，载《柏枧山房诗文集》，上海古籍出版社 2012 年版，第 27 页。
④ 曾国藩：《致沅弟》，载《曾国藩全集·家书之一》（二〇），岳麓书社 2012 年版，第 350 页。
⑤ 曾国藩：《复莫友芝》，载《曾国藩全集·书信之十》（三一），岳麓书社 2012 年版，第 19 页。
⑥ 曾国藩：《送周荇农南归序》，载《曾国藩全集·诗文》（一四），岳麓书社 2012 年版，第 236 页。
⑦ 曾国藩：《曾国藩全集·读书录》（一五），岳麓书社 2012 年版，第 131 页。
⑧ 曾国藩：《曾国藩全集·读书录》（一五），岳麓书社 2012 年版，第 130—131 页。
⑨ 董根明：《试论曾国藩的史学思想》，《中国社会科学院研究生院学报》2016 年第 4 期。

证曰:“史公明言有《秦纪》,则六国无史可知。《赵世家》所载,多小说家言,史公好奇,网罗放佚而得之者,非赵史也。”①吴汝纶认为现代人可以征诸古籍,汲取历史经验,但对具体的史实要慎思明辨,不可简单效仿。曾国藩的另一高第弟子张裕钊亦著有《史记读本》。

张宗瑛曾这样评价吴汝纶,说先生“藏书数万卷,皆手勘而躬校之,考证评骘,丹黄灿列。”②“自群经子史、周秦故籍以下,逮近世方、姚、曾、张诸文集,无不穷奇源而究其委。”李景濂认为吴汝纶“于史则《史记》《汉书》《三国志》《新五代史》《资治通鉴》《国语》《国策》皆有点勘,《晋书》以下至《陈书》,皆尝选集传目。而尤邃于《史记》,尽发太史公立言微旨,所评骘校勘者数本,晚年欲整齐各本厘定成书,著录至《孟尝君传》而止。而大端固已尽具各本中,世所传《史记平点》是也。又尝汇录《史记》与《左氏》异同,以为太史公变异《左氏》最可观省,且证明刘向所校《战国策》亡已久,今之《国策》,反取《太史公书》充入之,非其旧也。”③吴汝纶对史籍的校勘、评点在桐城派作家中是颇具代表性的。其他,如方苞的《春秋通论》《春秋直解》,姚鼐的《春秋三传补注》,姚莹的《评点五代史》,曾国藩的《经史百家杂钞》,马其昶的《尚书谊诂》,姚永朴的《春秋左传通论》等,不一而足,部分地反映了桐城派在史籍考证和评点方面所取得的成就。

二、 参与《明史》《清史稿》和方志的编撰

桐城派擅长将儒家主流思想和价值观通过盛行于百姓日常生活中的乡贤行状、节烈传、谱牒、寿序、墓志等表现出来,将社会大传统融入乡里和家族的

① 吴汝纶:《赵世家》,载施培毅等校点:《吴汝纶全集》(四),黄山书社 2002 年版,第 241 页。

② 张宗瑛:《吴先生墓志铭》,载施培毅等校点:《吴汝纶全集》(四),黄山书社 2002 年版,第 1151 页。

③ 李景濂:《吴挚甫先生传》,载施培毅等校点:《吴汝纶全集》(四),黄山书社 2002 年版,第 1131—1134 页。

小传统，继而发挥其风俗教化的作用。不仅如此，桐城派作家还广泛参与了官修《明史》《清史稿》和诸府志、县志的编撰。

作为最后定稿之《明史》的总裁官，张廷玉（1672—1755）为《明史》的纂修可谓殚精竭虑。《明史》出于官修，参与者不可胜数，文风与笔力之差异可想而知，用张廷玉的话表达即："聚官私之记载，核新旧之见闻，签帙虽多，抵牾互见。"①然一部《明史》总体的语言风格却能如此简洁精练，与总裁官张廷玉主张"有物之言"的史文风格是不无关系的。张廷玉以唐代刘知几的"史家三长"为标杆严格要求自己，"衷之正史，汰臣僚饰美之词；证以群编，削野稗存疑之说。"②他认为："碑记论断，率根柢六经，有典有则，与论文之旨适合。有物之言，其必传于后无疑。"③在《恭进敕修明史表》一文中，张廷玉对有明一代的历史洞若观火："惟兹《明史》，职在儒臣，纪统二百余年，传世十有六帝。创业守成之略，卓乎可观；典章文物之规，灿然大备。迨乎继世，法弗饬于庙堂；降及末流，权或移于阉寺。无治人以行治法，既外衅而内讧；因灾氛以启寇氛，亦文衰而武弊。朝纲不振，天眷既有所归；贼焰方张，明祚遂终其运。"④他仅用短短百余言，即叙尽明朝历十六帝的宏运大势、职官典章之特征、后期的文衰武弊、倾覆的原因，并以"天眷既有所归"隐喻清廷的正统地位，含而不露，符合官修史书的用意。

张廷玉认为《明史》虽仍沿用以前官修史书之体裁，"或详，或略，或合，或分，务核当时之心迹。文期共喻，扫艰深鄙秽之言；事必可稽，黜荒诞奇邪之说。"他在这里所说的"事必可稽"即言之有据，是史学研究的基本要求，也是对

① 张廷玉：《恭进敕修明史表》，载江小角等点校：《张廷玉全集》，安徽大学出版社 2015 年版，第 34 页。

② 张廷玉：《恭进御撰资治通鉴纲目三编表》，载江小角等点校：《张廷玉全集》，安徽大学出版社 2015 年版，第 36—37 页。

③ 张廷玉：《编修储中子文集序》，载江小角等点校：《张廷玉全集》，安徽大学出版社 2015 年版，第 184 页。

④ 张廷玉：《恭进敕修明史表》，载江小角等点校：《张廷玉全集》，安徽大学出版社 2015 年版，第 33—34 页。

史家素养和心术的基本考量。张廷玉认为明代史料“稗官野录,大都荒诞无稽,家传碑铭,亦复浮夸失实,欲以信今而传后,允资博考而旁参。”[1]即以“博考”、“旁参”等史学考证方法成就一代信史。清代文学史以及论述桐城派的专著一般不将张廷玉纳入桐城派作家的范畴,然其在史学领域的造诣及对桐城派朋辈与后学的影响是不言而喻的。张廷玉与方苞有交谊,且同朝为官[2],其诗学成就斐然,主张“文以载道”[3],其“有物之言”的史文主张,与方苞史学“义法”说中的“言有物”“言有序”不谋而合,故笔者将其纳入桐城派名家的范畴[4]。

《清史稿》是由民国政府组织编修的一部正史,当时能够选聘入清史馆者多为名儒硕望。民国初年,马其昶、姚永朴、姚永概等桐城派学者相继入馆,或为总纂,或为纂修,或为协修。据朱师辙《清史述闻》记载,马其昶为总纂,“任光、宣列传,又修正‘儒林’‘文苑传’,史稿印时用其‘文苑传’,‘儒林’仍用缪稿。”[5]所谓“缪稿”即缪荃孙纂辑的《儒学传》,初稿成于光绪年间(1882—1888)。马其昶为《儒林传》第七稿总纂,负责对缪荃孙初辑拟稿的复辑[6]。在《清史儒林传序》一文中,马其昶表达了“不区分汉、宋界域,要以重躬修”[7]的

---

① 张廷玉:《恭进敕修明史表》,载江小角等点校:《张廷玉全集》,安徽大学出版社 2015 年版,第 33—35 页。

② 雍正十三年正月(1735),清廷修《皇清文颖》,命大学士张廷玉等为文颖馆总裁官,命方苞等为副总裁官。参见《清实录》第八册,中华书局 1985 年版,第 868 页。

③ 在《御制乐善堂全集序》一文中,张廷玉曰:“臣闻文以载道,而道本于身,故必实能明道,而文治始可贵;必实能身体,而道始能明。”参见江小角等点校:《张廷玉全集》,安徽大学出版社 2015 年版,第 144 页。

④ 方宗诚所编《桐城文录》收有张英、张廷玉文章,视张氏父子为桐城派。相关研究,如章建文《论张英对桐城派的贡献》(《北京社会科学》2016 年第 8 期),作者认为张英、张廷玉父子均有桐城文风,应属桐城派。方苞史学“义法”说,参见本文第四部分,此不赘述。

⑤ 朱师辙:《清史述闻》,上海书店出版社 2009 年版,第 40 页。

⑥ 相关研究可参见戚学民、阎昱昊的《余嘉锡覆辑清史〈儒林传〉》,作者发现台北“故宫博物院”藏清史馆档案保存有较完整的清国史系列稿本,包括“江阴缪荃孙拟稿”字样的《儒学传》和“马其昶覆辑”字样的《儒林传》等,研究认为最后刊印的《清史稿·儒林传》为第八稿,与马其昶覆辑的第七稿略有不同。(《历史研究》2017 年第 2 期)

⑦ 马其昶:《清史儒林传序》,载严云绥、施立业、江小角主编:《桐城派名家文集》(第 8 卷),安徽教育出版社 2014 年版,第 91 页。

编辑思路，经其增删改订的《儒林传》大致与缪稿无大异，略有增入之人，仍名儒林。在清史馆中，马其昶以文著名，经他润色的文章，如“曾国藩、左宗棠、李鸿章几篇大传，由总纂王树枏撰写，再经过马通伯的润色，馆中同人对马的润色之处，都一致赞扬。”①

姚永朴被聘入清史馆编修清史，始为协修，后升为纂修。姚永朴“于史例，能具卓见。”②入馆时曾撰《与清史馆论修清史体例》一文，对清史的纪、志、传的体例等提出意见，如他提议为宣统皇帝立本纪，不能因为是末代皇帝就不立，“宣统三年不可不立纪也。议者或谓大清帝纪当自德宗而止。其命意非区区所知，但此三年不属大清而奚属邪？倘谓名称难定，如议者所拟谓为少帝、幼帝、末帝、后帝，于心诚不安。即引《史记》谓为今上，亦于事不合。惟称宣统帝者近之”③。姚永朴的这一观点被采用，《清史稿》立了《宣统皇帝本纪》。据其弟子李诚记载，史馆开会时，梁启超在座，说“姚先生之论是也”。④姚永朴主修了《食货志》，兼修列传，“佐马通老任光、宣列传，第一期亦撰列传，又‘食货志’之盐法、户口、仓库诸篇”。⑤ 姚永朴主修的食货志史稿，在其离开后只是经过同修食货志“征榷”篇的吴怀清稍作整理，刊印时金梁并没有做删改，因此现今《清史稿》食货志中的《盐法》《户口》《仓库》基本上与姚永朴原稿无异。

姚永概于1916年被聘为协修，至1922年离开，前后达六年之久。当时，姚永概在北京大学任文科学长，文名甚高，“兼充清史馆协修，分任诸名臣传，每脱稿，同馆叹服”，⑥其子姚安国称：“民国肇建，与修《清史》，于海内贤士大

① 李诚：《桐城派文人在清史馆》，《江淮文史》2008年第6期。

② 李诚：《桐城派文人在清史馆》，《江淮文史》2008年第6期。

③ 姚永朴：《与清史馆论修史书》，载严云绶、施立业、江小角主编：《桐城派名家文集》（第11卷），安徽教育出版社2014年版，第49页。

④ 李诚：《桐城派文人在清史馆》，《江淮文史》2008年第6期。

⑤ 朱师辙：《清史述闻》，上海书店出版社2009年版，第40页。

⑥ 姚永朴：《叔弟行略》，载严云绶、施立业、江小角主编：《桐城派名家文集》（第11卷），安徽教育出版社2014年版，第470页。

夫罕有不识。”[①]闻姚永概病卒，赵尔巽唏叹：“今海内学人，求如二姚者，岂易得乎？”[②]姚永概在日记中记载所作列传有32篇，其中有传主姓名者19篇，即《王得禄传》《倭仁传》《费扬古传》《庆成传》《彭雕传》《王士祯传》《韩文懿传》《郝浴传》《杨雍建传》《向荣传》《张国梁传》《彭刚直传》《刘蓉传》《徐勇烈传》《杨君传》《年羹尧传》《岳钟琪传》《阿桂传》《张广泗传》。有学者根据现藏于安徽省图书馆姚永概底稿之誊清本《清史拟稿》研究认为：“对照中华书局标点版《清史稿》，可以发现除少数传稿之外，大多姚永概的传稿皆未采用”，[③]致使部分成稿未用的原因是多方面的，如稿本复辑时的变更、总纂裁定时的撤换以及馆务混乱等，这在《清史稿》撰修过程中是常见的现象，但这并不能否定其对《清史稿》撰修所做的贡献。

桐城派不仅参与了《明史》和《清史稿》两部正史的编撰，还广泛参与各府志、县志的纂修。刘大櫆（1698—1780）在任黟县训导、主讲歙县问政书院期间，撰修《歙县志》20卷、《黄山志》二卷；姚鼐撰《六安州志》《江宁府志》56卷和《庐州府志》“沿革”篇；刘开（1781—1821）撰《安阳县志》《亳州志》43卷；张裕钊（1823—1894）撰《钟祥县志》《高淳县志》28卷[④]。值得一提的是，吴汝纶积数十年之功纂修的《深州风土记》22卷，广征博引、考证精到、博古详今，堪称方志中的典范。吴汝纶认为“方志之作尚矣，网罗散佚，撰集旧闻，为史者资焉。”[⑤]他在《深州风土记》中引证的文献既包括大量的旧志，如明、清一统志、《禹贡》《水经注》《太平寰宇记》《郡国县道记》和《永清志》等，参考了《左传》《史记》和《汉书》等正史，还旁及《通典》《文献通考》《资治通鉴》《大

① 姚安国：《慎宜轩诗集续钞说明》，载严云绶、施立业、江小角主编：《桐城派名家文集》（第11卷），安徽教育出版社2014年版，第468页。

② 马其昶：《姚叔节墓志铭》，载严云绶、施立业、江小角主编：《桐城派名家文集》（第11卷），安徽教育出版社2014年载，第475页。

③ 张秀玉：《姚永概〈清史拟稿〉考论》，《湖南人文科技学院学报》2015年第3期。

④ 刘声木：《桐城文学渊源·撰述考》，黄山书社1989年版，第445—566页。

⑤ 吴汝纶：《安徽通志序》，载施培毅等校点：《吴汝纶全集》（一），黄山书社2002年版，第295—296页。

清会典》和《钦定平定粤匪方略》等政治历史著作。吴汝纶认为"《永清志》虽系续撰,其旧志义例,尚可寻求。独章实斋以文史擅名,而文字芜陋,其体裁在近代志书中为粗善,实亦不能佳也"。① 而"拙著一洗故习,令其字字有本,篇篇成文,稍异他人耳"。② 吴汝纶对章学诚的《永清志》颇有微言,而对自己编纂的《深州风土记》却作如此高的评价,应该说是不无道理的。近代著名的语言文字学家、北京大学教授黎锦熙先生在《方志学两种·氏族志》一书称:"方志而志氏族,要在辨其来源,分合与盛衰之迹,盖一地文化之升降,风俗语言之异同,考其因缘,与此大有关系也。昔者《通志》一'略',仅著本源;章志《永清》,专标'士族';迄吴氏汝纶记《深州风土》,乃创'人谱',始从族姓之迁徙,识文物之重心。"③吴汝纶广征私家谱牒和地方文献,网罗散佚,考述州里古今望族大姓之演变,而成"人谱",一洗故习,拓展了中国旧有方志的内涵,对研究北方名门望族和社会风俗文化变迁具有较高的史料价值。

三、 拓展边疆史地学研究,宣传进化史观

中国近代史学的萌生是在中国历史大变动中出现的,这个大变动开始的标志,是 1840 年爆发的鸦片战争。姚莹既是一位典型的桐城派文人,同时也是近代最早一批"开眼看世界"并从事边疆史地研究的代表人物。在近代第一次边疆危机中,他敏锐地观察到重新发现中国边疆、放眼域外地理的重要性。作为近代初期开风气之先的经世派人物④,姚莹在传统学术框架的边缘地带发扬先贤史地之学以及桐城文人的文献编纂传统⑤,选择以边疆地理作

① 吴汝纶:《答孙筱坪》,载施培毅等校点:《吴汝纶全集》(三),黄山书社 2002 年版,第 37 页。

② 吴汝纶:《答藤泽南岳》,载施培毅等校点:《吴汝纶全集》(三),黄山书社 2002 年版,第 428 页。

③ 黎锦熙、甘鹏云:《方志学两种》,岳麓书社 1984 年版,第 110 页。

④ 施立业:《姚莹与桐城经世派的兴起》,《清史研究》2004 年第 2 期。

⑤ 相关研究参见许结:《从〈桐旧集〉到〈耆旧传〉》,《文献》2011 年第 3 期;程章灿:《中国古代文学文献学国际学术研讨会论文集》,凤凰出版社 2006 年版。

为其治学救亡的突破口。此后其一生主要精力都倾注在边疆事业上，治边、研边、记边合一，留下了多部具有划时代意义的边疆史地佳作，其《识小录》《东槎纪略》和《康辅纪行》堪称边疆史地研究的三部曲，将中国传统沿革地理的视域范围从内地扩大转移到遥远边疆，并以其一人之识力同时关注了西北与西南陆疆、东南海疆和域外地理。吴怀祺先生在《安徽地区文化变迁与史学》一文中指出，“近代的姚莹与魏源、林则徐，是一代开风气史学大家，他们的学术形成了中国近代第一次边疆史地学高潮”。①

来新夏先生称：“清代中期，学界颇多留心边疆史地，但注重西北者较多，其能全面研究西北、西南者，当推姚莹。”②而最能直接反映姚莹“全面研究西北、西南”的著作莫过于《识小录》及《康辅纪行》。姚莹本人也认为其《识小录》“仅详西北陆路，其西南海外有未详也”。他“深以为恨，乃更勤求访问”而成《康辅纪行》③。《康辅纪行》反映了作者对外国侵略者，尤其是英国侵略者觊觎中国领土的极其敏感和忧虑，故书中对外国历史、地理、政治多有研究。“在《康辅纪行》卷五‘西藏外部落’条中，他纠正了魏源关于‘廓尔喀界西藏及俄罗斯’的记载错误，并考明‘俄罗斯攻取之务鲁木在西藏西南五千里外’。这引起了魏源的重视，在修订《海国图志》时作了更正。姚莹对我国西南边疆情况所作的实地调查和研究，在同时代人中可谓首屈一指。”④姚莹、张穆、何秋涛等人对边疆历史地理的研究，拓展了中国传统史学研究的视域。

19 世纪末 20 世纪初，进化论思想促进了中国资产阶级意识形态的形成和发展。桐城派代表人物吴汝纶（1840—1903）和严复（1854—1921）对进化史观的宣传以及将西方自然科学的研究方法运用到社会科学的努力，对中国传统史学的近代转型产生了巨大的社会影响。进化论思想之所以开始在中国

---

① 吴怀祺:《安徽地区文化变迁与史学》,《安徽史学》2004 年第 1 期。

② 来新夏:《姚莹的边疆史地研究》,《津图学刊》1995 年第 2 期。

③ 姚莹:《康輶纪行 · 自叙》,中华书局 2014 年版,第 1 页。

④ 尹达主编:《中国史学发展史》,中州古籍出版社 1985 年版,第 392 页。

萌生，一方面源于中国固有的传统文化资源，如康有为从“公羊三世说”中所提炼的朴素的历史进化观念；另一方面，就是经严复等人所传播的西方进化论思想。进化史观为20世纪初中国新史学的萌生提供了理论依据和哲学基础。有学者研究认为：“因社会转型而产生的新的政治文化规定了史学发展的方向，而随之形成的新的社会文化也对史学的发展起到直接推动作用。”①具体而言，不同于封建专制统治的民主政治观念的产生，自然科学研究方法在社会科学领域的运用，学者们人生观和世界观的变化，所有这些因素都激荡着史学界既存的思想观念。康有为对严复在西学传播方面的贡献给予了很高的评价，他称严复“译《天演论》，为中国西学第一者也”。② 严复明确反对“今不古若，世日退也”的历史退化论，提倡西方“古不及今，世日进也”③的历史进化论。对史学而言，历史观的更新是其获得发展的最直接的推动力。于是，“以史学言进化之理”④，成为中国早期资产阶级史学的指导思想。

吴汝纶在与严复交往的过程中逐步接受了西方的进化论思想，信奉进化史观。他认为“天演之学，在中国为初凿鸿蒙”⑤，“此其资益于自强之治者”⑥。1895年初，吴汝纶得知严复正在翻译英国博物学家赫胥黎的《进化论与伦理学》，“桐城吴丈汝纶，时为保定莲池书院掌教，过津来访，读而奇之。”⑦严复服膺桐城派，并用桐城古文风格翻译《天演论》。吴汝纶对严译《天演论》所宣扬的进化论思想，倾心悦服，在致严复的信函中，他表示：“得惠

---

① 刘俐娜：《由传统走向现代：论中国史学的转型》，社会科学文献出版社2006年版，第37页。

② 康有为：《与张之洞书》，载姜义华等编校：《康有为全集》，中国人民大学出版社2007年版，第314页。

③ 严复：《主客平议》，载王栻主编《严复集》第一册，中华书局1986年版，第117页。

④ 梁启超：《康有为传》，团结出版社2004年版，第51页。

⑤ 吴汝纶：《答严幼陵》，载施培毅等校点《吴汝纶全集》（三），黄山书社2002年版，第144页。

⑥ 吴汝纶：《答严幼陵》，载施培毅等校点《吴汝纶全集》（三），黄山书社2002年版，第119页。

⑦ 严璩：《侯官严先生年谱》，载王栻主编《严复集》第五册，中华书局1986年版，第1548页。

书并大著《天演论》,虽刘先生之得荆州,不足为喻,比经手录副本,秘之枕中。盖自中土翻译西书以来,无此宏制,匪直天演之学,在中国为初凿鸿蒙,亦缘自来译手,无似此高文雄笔也,钦佩何极!"①《天演论·吴序》既是吴汝纶对严译《天演论》的推介,也是吴汝纶借以阐发自己进化史观的宣言书。在《天演论》序言中,吴汝纶通过阐发严译的要旨,表达了自己对社会历史发展是不断进化的历史认识。梁启超和夏曾佑在"新史学"方面的建树,都不同程度地受到了吴汝纶和严复进化史观的影响②。

四、 形成较为系统的史学研究理论和方法

桐城派擅长文论,于史论亦有专攻。他们或读史评议,或史学批评,或著专论,形成了较为系统的史学研究理论和方法。其中,方苞的"义法"说影响久远,戴名世的《史论》持论深刻,姚永朴的《史学研究法》总结全面。

方苞关于古文的"义法"说,强调文章的雅洁精练和行文之法,既是桐城派文章学的理论核心,也是其史学的基本原则。他认为:"《春秋》之制义法,自太史公发之,而后之深于文者亦具焉。义即《易》之所谓'言有物'也,法即《易》之所谓'言有序'也。义以为经而法纬之,然后为成体之文。"③《春秋》之制义法,语出司马迁《史记·十二诸侯年》中评论孔子"西观周室,论史记旧闻,兴于鲁而次《春秋》,上记隐,下至哀之获麟,约其辞文,去其烦重,以制义法,王道备,人事浃。"④司马迁将孔子创立的《春秋》"义法",总结为用简约的文辞整理悠久而纷繁的史事,并借以寄托关于"王道""人事"的思想。方苞在文论中所反复强调的"义法",其主旨也就是《春秋》鲜明的褒贬原则和

---

① 吴汝纶:《答严幼陵》,载施培毅等校点《吴汝纶全集》(三),黄山书社 2002 年版,第 144—145 页。

② 董根明:《严复的进化史观及其对新史学的影响》,《中国社会科学院研究生院学报》2014 年第 6 期。

③ 方苞:《又书货殖传后》,《方苞集》,上海古籍出版社 2008 年版,第 58—59 页。

④ 司马迁:《史记》(二),中华书局 2014 年版,第 647—648 页。

叙事方法的尚简去繁。所谓“言有物”,“言”指各种体裁的文章,包括编年纪事的史书、说理的议论文以及求取功名的时文等。“有物”是对作品思想内容的要求。方苞的“义法”说,不仅适用于文学作品的“文以载道”或“道以文传”,而且同样适用于史家对史文与史事关系的处理,此与孔子所说“属辞比事,《春秋》教也。”“属辞比事而不乱,则深于《春秋》者也。”①正可谓一脉相承。

方苞所说的“义”,类似于“属辞”,即在表述史事时讲求遣词造句,注重文辞的锤炼,正所谓“言之无文,行而不远”;“法”,即“比事”,指史学著作的体裁结构、布局谋篇和史料的取舍等②。方苞谨慎对待史事,认为能够成一家之言、传诸后世的史著并不多见,良史是仅次于圣贤的人物,不可多得。他感言:“书传所记,立功名,守节义,与夫成忠孝而死者,代数百人,而卓然自成一家之言,自周秦以来,可以指数也。”③桐城派名家之所以推崇司马迁,正是源于他们对《史记》“义法”的膜拜。桐城诸贤倡雅洁、反骈体、回归司马迁的文风于钱澄之或戴名世已见端倪,而后世学者却视方苞为桐城派的创始人,此与方苞树立“义法”旗帜不无关系。此后,刘大櫆、姚鼐秉承“义法”说,扩而大之,世代相传,影响久远。

《史论》是戴名世关于治史的专论,也是桐城派首次系统论述其史学思想的经验总结。《史论》的理论价值在于阐明史学的性质、属性与功用。戴名世开宗明义地指出:“昔者圣人何为而作史乎?夫史者,所以纪政治典章因革损益之故,与夫事之成败得失,人之邪正,用以彰善瘅恶,而为法戒于万世。是故圣人之经纶天下而不患其或敝者,惟有史以维之也。”④值得说明的是,他把作史定性为圣人之事,圣人是有德之人,有德之人方可为史,实质上是在强调

① 王文锦:《礼记译解》,中华书局2001年版,第727页。

② 董根明:《方苞史学思想初探》,《史学史研究》2016年第4期。

③ 方苞:《南山集偶钞序》,载《戴名世集》,中华书局1986年版,第451—452页。

④ 戴名世:《史论》,王树民编校,载《戴名世集》,中华书局1986年版,第403页。

“德”与作史的关系。章学诚在刘知几“史家三长”说的基础上反复论述“史德”，并指出“能具史识者，必知史德。德者何？谓著书者之心术也。”①章学诚的“史德”论虽然不能说是直接承续了戴名世《史论》的观点，但受到了他的影响则是可能的。

《史论》的实践价值在于提供史料甄别与治史的基本方法。关于博征正史与野史问题。桐城派先贤钱澄之认为：“庶几野史犹有直道存焉”，“惟是野史者流，其言皆得诸传闻，既无情贿之弊，亦无恩怨之私，徒率其公直，无所忌讳，故其言当可信也。”但野史往往出于“草茅孤愤之士，见闻鲜浅，又不能深达事体，察其情伪，有闻悉纪，往往至于失实。集数家之言，大有径庭，则野史亦多不足信者”。② 与钱澄之这一认识相同的是，戴名世认为史著所凭借的资料大体上不出国史与野史二种，而各有其缺陷：“国史者，出于载笔之臣，或铺张之太过，或隐讳而不详，其于群臣之功罪贤否，始终本末，颇多有所不尽，势不得不博征之于野史。而野史者，或多徇其好恶，逞其私见，即或其中无他，而往往有伤于辞之不达，听之不聪，传之不审，一事而纪载不同，一人而褒贬各别。”③两者都有失实之弊，故而要相互博征与补正。关于知人论世问题。戴名世认为，应该从身正者，“综其终始，核其本末，旁参互证”，“设其身以处其地，揣其情以度其变，此论世之说也。”戴名世认为甄别和采信史料必须洞察诸如“其人何人乎？贤乎，否乎？其论是乎，非乎？其为局中者乎，其为局外者乎？其为得之亲见者乎，其为得之逖听者乎”等④。在清初史学界，“论世”思想几成共识，万斯同认为“非论其世，知其人而具见其表里，则吾以为信而人受其枉者多矣。”⑤章学诚继承这一思想进而提出史家心术修养的两个

① 章学诚：《文史通义·史德》，载叶英校注：《文史通义校注》（上），中华书局 1985 年版，第 219 页。

② 钱澄之：《明末忠烈纪实序》，载《田间文集》，黄山书社 1998 年版，第 213 页。

③ 戴名世：《史论》，载王树民编校：《戴名世集》，中华书局 1986 年版，第 403—404 页。

④ 戴名世：《史论》，载王树民编校：《戴名世集》，中华书局 1986 年版，第 404 页。

⑤ 方苞：《万季野墓表》，载《方苞集》（上），上海古籍出版社 2008 年版，第 333 页。

标准,即“气平”“情正”。章学诚分析说:“史之文,不能不藉人力以成之”,“夫文非气不立,而气贵于平”,“文非情不深,而情贵于正”。因此史家应当尽量避免“因事生感”,“以致气失则宕,气失则激,气失则骄”或“情失则流,情失则溺,情失则偏”,史家要尽量排除客观环境对主观意识的影响①。显然,章学诚是直接或间接受到戴名世的影响,并把相关认识推进到学理的层面。

梁启超称戴名世“史识史才皆绝伦”。② 杜维运认为:“自史才言之,清初史家罕有能望及戴氏者”,“自史识言之,戴氏为有孤怀宏识之史家”,说戴氏“富有近代史家之科学精神”③。戴名世关于史学研究“旁参互证”和“知人论世”的方法,对桐城派以至清代史学产生一定影响。譬如,姚鼐于史学考证就有类似的描述:“夫史之为道,莫贵乎信。君子于疑事不敢质。《春秋》之法,信以传信,疑以传疑。后世史氏所宗,惟《春秋》为正。”④“质疑”“征实”而成“信史”,不仅成为桐城派治史的方法,也是桐城派对史学的价值追求。

《史学研究法》是民国初年姚永朴被聘为北京大学文科教授时作为教材的著述,是桐城派晚期学者系统阐述其治史理论与方法的力作。姚永朴结合时代需要将史学意义与功能总结为“追远”“合群”“资治”“征实”“阐幽”和“尚通”六个方面。他认为:“大抵追远合群二义,史因之而发轫者也;资治、征实、阐幽、尚通四义,史循之为正轨也。”所谓“阐幽”,即推见至隐,发潜德之幽光,“史固为万世世道人心计也”,“此太史公之所以论春秋也”,而“乱臣贼子之惧以此”;所谓“尚通”,即史学研究应该避免门户相争,“汇而一之者,其惟

① 章学诚:《文史通义·史德》,载叶英校注:《文史通义校注》(上),中华书局 1985 年版,第 220 页。

② 梁启超:《近代学风之地理的分布》,《清华学报》1924 年第 1 卷第 1 期,第 23 页。

③ 杜维运:《清代史学与史家》,中华书局 1988 年版,第 208—213 页。

④ 姚鼐:《新修宿迁县志序》,载《惜抱轩诗文集》,上海古籍出版社 1992 年版,第 273 页。

史氏乎?”[1]姚永朴认为“史之为法大端有二:一曰体,一曰例。必明乎体,乃能辩类;必审乎例,乃能属辞。”[2]如果说“体”是史书结构模式总体设计的话,那么,“例”则是具体材料的组织、断限和编次等问题,应该说,作为轴心文明之一的华夏文化,其史书编纂形式上的“二体”“六家”和“十流”等体例在人类史学研究的历史上仍不失为一种创造,在此,姚永朴给予了系统的梳理与介绍。姚永朴推崇孔子“言之无文、行而不远”的观点,认为“史也者尤为经国之大业,不朽之盛事,使无文以张之,何以广见闻而新耳目乎?”[3]他认为史文应有古今、奇偶、繁简和曲直之分。当然,姚永朴对于史文“曲直”的认识与刘知几和章学诚一样,并没有摆脱传统“名教”观念及春秋笔法的影响。值得强调的是,姚永朴非常重视史翼在修史过程中的作用。他认为“翼也者譬若鸟之有羽翼,言可以为经之辅也”。史学之翼有四:一曰释义,二曰纠谬,三曰补阙,四曰辨异。他解释说,史学之释义犹如经师之释经;作史者网罗数百年之事以成一书,难免纰漏,纠谬以为拾遗补正;补阙或因前史之阙,或补原书未成者,或补前后之事未备者,以期尽善尽美;辨异以得作史者之用心,考字句以知文风,考事实以知义法。“至于近世泰东西史籍输入我国者颇多,其义例盖有可以互证者。”[4]从姚永朴所论史学的意义与功能、史著的体例、史文的古今奇偶繁简曲直之分,以及使用比较浅显的文言文形式等方面来看,其《史学研究法》不仅是对中国传统史学的一种总结,也是对当时西方史学在中国传播所做出的回应,反映了桐城派末期代表人物在史学理论与方法上的探索[5]。

---

① 姚永朴:《史学研究法》,京华印书局 1914 年版,第 4—8 页。

② 姚永朴:《史学研究法》,京华印书局 1914 年版,第 9 页。

③ 姚永朴:《史学研究法》,京华印书局 1914 年版,第 14 页。

④ 姚永朴:《史学研究法》,京华印书局 1914 年版,第 26—29 页。

⑤ 董根明:《关于姚永朴〈史学研究法〉的认识》,《史学史研究》2006 年第 1 期。

第三节　桐城派名家史学思想及其特征

一、 桐城派名家史学思想

方以智是明清之际的思想家,在桐城派乡贤中被誉为百科全书式的人物。在历史观上,他从易道变化之理入手来论证社会人事,认为从自然界到人类社会都是一大物理,因而都是人们认知的对象,历史研究是一门"以实事求实理"的实学;历史是不断发展变化的,历史的发展有"常"有"变",有"理"有"则";人是天地万物的主宰,古今以"智"相积,因而今必胜于古。他的史学思想的首要特征是实证精神,主张"待证乃决""扩信决疑";同时提倡寻委溯源、通相为用的通变意识,并以推理与归约为通变基本方法。方以智所提倡的史学实证精神奠定了后学桐城派名家史学研究的基调。

与方以智生活在同一时期的另一位桐城乡贤钱澄之则以"诗史"名世。钱澄之一生著述宏富,于易学、经学、诗学和史学均有较深造诣。其中,《所知录》是一部研究南明的编年体史学专著,其他著述所涉史事和史论亦多,表现出强烈的史学意识和史学关怀。其"文直""事核"的史著原则,"存疑""质证"的史学批评理论,"彰往""察来"的史学经世思想和宏阔的史学视野,在明"遗民"阶层和清初学术界产生广泛的社会影响,彰显了其作为桐城派先导在史学研究领域的开山之功。张廷玉乃《明史》《大清会典》《圣祖仁皇帝实录》《世宗宪皇帝实录》和《明史纲目》等典籍的总裁官。他认为"论道首在尊经,纪事必归揽史。"其"博考""旁参"的史学考证方法及文献学成就对桐城派朋辈及后学的影响是显而易见的。

有学者认为戴名世乃桐城派的先驱。戴氏在史学领域的建树被梁启超誉为"史识史才皆绝伦"。①《史论》是戴名世关于治史的专论,涉及史学的属性

① 梁启超:《近代学风之地理的分布》,《清华学报》1924 年第 1 卷第 1 期,第 23 页。

与功用、作史之难与史料的甄别、良史之难与信史的撰修等,是桐城派名家首次系统论述其史学思想的经验总结,对前清史学产生一定影响。戴名世有志自撰《明史》,其《孑遗录》、"四纪略"、人物专论和传记等历史著作,笔墨所及犹重明末农民起义、抗清史事和南明历史的记载,字里行间莫不饱含着作者的"亡国"之痛和狭隘的忠义思想。这是戴名世历史观的局限性所在,也是他因文字罹奇祸而致死的思想根源。不过,戴名世既关注天命,亦重视人事,表现出善于进行因果分析、重视社会发展大"势"的历史观,对其朋辈方苞产生了比较大的影响。

学界一般称方苞为桐城派的创始人。方苞以儒学自守,其"义法"说承接韩愈的"务去陈言"和欧阳修的"文以载道",核心要义在于"约辞去烦"和"褒贬善恶",不惟裨益于后世文论,亦有助于史学关于史文与史事关系的处理。他重视校勘史籍,考订史实,指出官修之史的不足,主张"事信而言文"的史著编撰原则。方苞认为万物之理难尽,人事之变无穷,人类社会的一切皆处于不断变化和发展之中,人心之所同,即天理之所在。方苞的历史观具有某些唯物辩证法的因素。他将人类社会的发展归之于"天理",归之于"人心",这种主客观统一的历史观在当时是具有进步意义的。他从"南山集案"中汲取教训,从心理上认同清廷统治,唯期分国之忧,除民之患,其史学经世亦侧重于有资于治世。明末清初的思想界十分强调史学的经世致用,从而把唐宋以来逐渐明确的经世致用的史学思想发展到新的阶段。

方苞的弟子刘大櫆才华横溢却科场失意。长期处于社会底层,刘大櫆了解民间的疾苦,也造就了他怀疑与叛逆的精神。近代学者刘师培认为:"凡桐城古文家,无不治宋儒之学,以欺世盗名。惟海峰稍有思想。"[①]刘大櫆反对天命史观,否定善恶必有报应,认为"日月不为黎老之忧悲,而稽其躔度;雷电不为婴儿之恐惧,而匿其声光"。[②] 天道浑然无知,事物发展有其内在的规律,具

---

① 刘师培:《论文杂记·序》,《国粹学报》1905年第9期。

② 刘大櫆:《答吴殿麟书》,载《刘大櫆集》,上海古籍出版社1990年版,第119页。

朴素的唯物思想。刘大櫆自称其一生“不治他事,惟文史是耽”,认为“天下之事将然者不可知,而惟已然者可以循迹而较”,突出史学研究鉴往知来的现实意义。刘大櫆撰写的大量人物行状、传记和墓志,不仅有益于乡间风俗教化,亦有助于传统史学的平民化和通俗化,其读史评议及对史实的解喻亦具有强烈的现实观照。

姚鼐是桐城派的集大成者。他重视人事、强调人事在历史兴衰中的作用,重视史学、强调史书要纪实,重视史学褒善贬恶的道德鉴戒作用,其重天命讲人事的历史观、信以传信疑以传疑的史学思想以及为人物立传当以贤能的史著原则无不体现义理史学的特征。经历康雍乾盛世,天下承平日久。清廷为笼络知识分子,荐博学鸿儒、山林隐逸,开科取士,儒家经典被奉为圭臬。桐城派主张文以载道,姚鼐及其弟子恪守程朱,坚定维护宋学地位,方东树的《汉学商兑》使汉宋之争达到顶峰。其实,桐城派的义理史学与只重考据不问政治的乾嘉史学殊途同归,均有矫枉过正之弊。嘉道之际,梅曾亮顺应时代变化的要求,提出“文章之事,莫大乎因时”的正确主张。鸦片战争爆发后,面对边疆危机和西方列强的入侵,姚莹著《康辅纪行》和《东槎纪略》,以边疆史地学拓展了桐城派史学囿于义理的研究视域,对桐城派史学发挥了振衰起敝的作用。

曾国藩私淑姚鼐,并正式打出“桐城派”的旗号。他于姚鼐“义理、考据、辞章”之外,要求幕僚和弟子潜心“经济”,即经邦济世之学。他生平好读史书,校勘了大量史籍,对史实、史文、史识、读史的方法以及历史撰述中的思想等史学理论问题均有独到见解。他提出“顺性命之理论”,认为自然界奇偶互生,阴阳互动,“天道五十年一变”,否定善恶必有报应的天命思想和佛教所宣扬的因果论。面对千年未有之变局,一方面,他认为富贵功名皆由命定,“七分天意”,要顺天命;另一方面,他又认为“凡将相无种,圣贤豪杰亦无种”,“三分人谋”,需自立自强。曾国藩为人处世多受其资治、经世、修身、避祸和中庸等史鉴思想的影响。由于曾国藩集洋务大臣与封疆大吏于一身的显赫地位,其史学经世思想影响深远。曾国藩及其弟子都非常注重史学经世，将学术与事功相结合。张裕钊就认为："史学莫要于地理，而山川厄塞，河渠水利，原隰土宜，疆域远近，尤经世者所必知。"①史学研究要注重与地理学的关联。

吴汝纶被誉为桐城派的末代宗师，海内文宗。他信奉进化史观，认为"天演之学，在中国为初凿鸿蒙"，"此其资益于自强之治者"。吴汝纶还校勘了大量史书，考订史实，认为"史多不足据"。他认为方志可"为史者资焉"，其纂修的《深州风土记》首创"人谱"，一洗故习，拓展了中国旧有方志的内涵。他重视史书的版本来源，慎选史料，然"有事涉君亲，必言多隐讳"。在评价当代历史事件和历史人物方面，他认为太平天国运动、捻军起义和义和团运动破坏了社会的发展与进步，而对兴办洋务的曾国藩和李鸿章等恩师多溢美之词。

黎庶昌是一个具有深厚传统经史底蕴的儒士，在鸦片战争后内忧外患的社会环境中，始终秉承"经世致用"史学思想。作为中国近代最早一批驻外使臣，他从中国文化本位立场出发，认识、观察世界，怀着"通变明道"理念和"通变"史学方法，通过对世界大势的"身履目击"把握，展示了一个新的史学视野，从而在史学理念、史学认识和史学方法上有重大转变。这种转变表现在政治立场上，就是由经世致用思想家转变为洋务派，再转变为早期维新思想家。可以说，黎庶昌是中国近代史学风气转变的典型代表人物。

严复属桐城派之侯官派。他学贯中西，于中、西学均有很深造诣。严复突破华夷之辨的传统观念，反对"西学中源"说，特别崇尚西方科学的原理精神，认为西方富强的根源在于其学术、制度与风俗。严复认为中国欲救亡图存，强国富邦，"以西学格致为不可易"，应该鼓民力、开民智、新民德。中学是严复文化价值观的基础，他认为中学"最富矿藏，惟须改用新式机器发掘淘炼"，学习西学的目的旨在"归求反观"中学。严复以进化史观分析人类社会的发展，其"合叙并观"的世界史眼光与中西比较的学术视野，对中国近代新史学的萌

① 张裕钊：《张裕钊诗文集》，上海古籍出版社 2012 年版，第 240 页。

生发挥着开凿鸿蒙的作用。他宣传进化史观，介绍西方近代史学观念，对近代史学由"君史"到"民史"、由考证史实到探索历史规律等研究模式的转换产生着直接的学术影响。作为中国新史学的代表人物，梁启超和夏曾佑的史学观念也或多或少地受到了严复进化论思想的影响。

桐城派殿军马其昶的《桐城耆旧传》为我们研究明清时期桐城历史文化提供了宝贵的史料。该著征引文献广泛，事必考信不诬，以记叙乡贤之事迹，旨在重建以程朱理学为行为准则的乡村社会，维护理学正统，且可补正史、县志的简略缺失。姚永概"因时求变"的变易史观、"明礼致用"的治史目的、"参详异说"的史学方法、"平心以求客观"的史学精神，充分体现了桐城派史学思想的主要特征。而《史学研究法》是姚永朴系统阐述桐城派殿军治史理论与方法的专著。从姚永朴所论史学的意义与功能、史著的体例、史文的古今奇偶繁简曲直之分，以及使用比较浅显的文言文形式等方面来看，其《史学研究法》不仅表现了对中国传统史学的恪守，也是对新学的一种回应。

综上可见，不同的历史时期桐城派名家群体一直在回应不同的时代命题，其史学思想也呈现出不同的时代特征。但作为一个有着共同道统和文统主张的学术群体，桐城派名家史学思想还是表现出了某种内在的传承性，有其共通的特质。这就是义理、考据、词章兼修，史学经世思想和因势而变的历史观。

二、 桐城派名家史学思想特征

其一，义理、考据、词章兼修。姚鼐是桐城派承上启下的关键性人物，曾主讲安徽敬敷、南京钟山、扬州梅花诸书院凡四十年，启迪后进，孜孜不倦。他认为"学问之事，有三端焉：曰义理也，考证也，文章也。是三者苟善用之，则皆足以相济；苟不善用之，则或至于相害"。[①] 姚鼐关于义理、考据、词章兼修，治学不存门户之见的风格，对桐城派影响深远。姚鼐崇宋而不废汉，其《郡县

① 姚鼐：《述庵文钞序》，载《惜抱轩诗文集》，上海古籍出版社1992年版，第61页。

考》《汉庐江九江二郡沿革考》和《项羽王九郡考》于考证学深有所得。对程朱之学,姚鼐不避其短,认为“朱子说诚亦有误者。”①他认为史学是儒学的重要组成:“儒者之学非一端,而欲观古人之迹,辨得失之林,必求诸史。”②梅曾亮顺应清代由盛转衰的时代变化,提出“文章之事,莫大乎因时”③,使桐城文风为之一变。他认为“文生于心,器成于手”④,学者为文立言应该“通时合变、不随俗为陈言者是已”⑤,即创作要有时代性,能反映时代的风云际会、人情物态。曾国藩私淑姚鼐,自称“国藩之粗解文章,由姚先生启之也。”⑥他是晚清的理学大师,精于义理之学,将程朱理学所宣扬的人伦道德和纲纪视为“性”与“命”:“其必以仁、敬、孝、慈为则者,性也;其所纲乎五伦者,命也。”⑦其弟子张裕钊则认为宋学是道、汉学乃器,反对“学者常以其所能相角,而遗其所不能者”,只有“道与器相备,而后天下之理得。”⑧他推崇清初学风,对为学不设汉宋壁垒的顾炎武、王夫之至为服膺:“二人初无此等门户之见,所以高出以后诸儒。大抵亭林、船山出于许、郑、杜、马、程、朱之书,无所不究切,兼综考据、义理之长,精深宏博邈焉”⑨。桐城派之所以在史学研究领域有所创获,直接受益于其义理、考据、词章兼修的为学之道。

其二,史学经世思想。经世致用是指面对现实,以研究和解决现实问题为中心,运用所学为现实服务,力求实事求是的一种人文精神和学风。所谓“经

① 姚鼐:《复蒋松如书》,载《惜抱轩诗文集》,上海古籍出版社1992年版,第95—96页。

② 姚鼐:《乾隆戊子科山东乡试策问五首》,载《惜抱轩诗文集》,上海古籍出版社1992年版,第130页。

③ 梅曾亮:《答朱丹木书》,载《柏枧山房诗文集》,上海古籍出版社2012年版,第38页。

④ 梅曾亮:《书示仲卿弟学印说》,载《柏枧山房诗文集》,上海古籍出版社2012年版,第11页。

⑤ 梅曾亮:《复汪尚书书》,载《柏枧山房诗文集》,上海古籍出版社2012年版,第30页。

⑥ 曾国藩:《圣哲画像记》,载《曾国藩全集》(十四),岳麓书社2012年版,第152—153页。

⑦ 曾国藩:《顺性命之理论》,载《曾国藩全集·诗文》(一四),岳麓书社2012年版,第134—135页。

⑧ 张裕钊:《与钟子勤书》,载《张裕钊诗文集》,上海古籍出版社2012年版,第86页。

⑨ 张裕钊:《张裕钊科卷批语》,载《张裕钊诗文集》,上海古籍出版社2012年版,第589页。

世史学”，指的是以史学作为经国济世的手段与工具，通过对历史的反思与总结来探讨“治道”，谋求“治法”，服务社会，报效国家。华夏文明自其起源之日就充满着关注现实、重视实际的实用理性，笼罩着强烈的务实精神。中国史学从其诞生之日就与政治有着密切的关系，一方面，历代统治者以史为鉴治国施政的思想源远流长；另一方面，古代史家历来有着强烈的社会责任感与自觉的参与意识，将史学与国家治理联系起来。“所谓‘经世致用’之一学派，其根本观念，传自孔孟，历代多倡道之。”①虽然在上古时期就产生了经世致用思想，而且一直延续不断，但形成为一种思潮，却在明清之际。明清之际的一代学者，“最喜欢谈经世致用之学”。王夫之、顾炎武、黄宗羲等“清初诸师皆治史学，欲以为经世之用”。② 史学经世成为一种潮流，诚如顾炎武所言：“凡文之不关于六经之指、当时之务者，一切不为。”③不过，清初的史学经世主要是以史为鉴，特别是以明亡为鉴，总结历史上治乱兴衰的经验教训，以指导当前的实际生活，同时带有反清的浓厚政治色彩和民族气节④。梁启超认为：“清初‘经世致用’之一学派所以中绝者，固由学风正趋于归纳的研究法，厌其空泛，抑亦因避触时忌，聊以自藏。”直到“‘鸦片战役’后，志士扼腕切齿，引为大辱奇戚，思所以自湔拔；经世致用观念之复活，炎炎不可抑。”⑤鸦片战争爆发后，传统的史学经世思想注入了救亡图存的民族危机意识。

桐城派的史学经世思想大体上经历了这样一个复杂而曲折的演化过程。从钱澄之“彰往”“察来”的史学经世思想⑥到方苞史学侧重于有资于治世，唯期分国之忧和除民之患，反映了清初桐城派史学关注社会现实的务实作风。

① 梁启超：《清代学术概论》，上海古籍出版社 1998 年版，第 106 页。
② 梁启超：《清代学术概论》，上海古籍出版社 1998 年版，第 52 页。
③ 顾炎武：《与人书三》，载《亭林全集》卷之四，据刊本排印，第 200 页。
④ 苏中立、苏晖：《执中鉴西的经世致用与近代社会转型》，中华书局 2004 年版，第 58 页。
⑤ 梁启超：《清代学术概论》，上海古籍出版社 1998 年版，第 71—72 页。
⑥ 董根明：《钱澄之史学思想初探》，《安徽史学》2017 年第 4 期。

姚鼐及其弟子与汉学阵营的所谓学术之争，皆是“因避触时忌，聊以自藏”①的不同表现而已。直至道光年间，英夷输入鸦片为害甚重，方东树在粤抚幕中著《化民正俗对》和《劝戒食鸦片文》，主张历禁鸦片，特别是姚莹边疆史地学研究视域的拓展，重新唤醒了桐城派沉寂已久的史学经世思想。曾国藩及其弟子拓而大之，使得魏源和林则徐所倡导的“师夷长技以制夷”的思想付诸实践。吴汝纶和严复以进化史观看待和分析近代社会发展的大势，并积极宣传西方进化论思想。当“物竞天择、适者生存”成为中华民族思想觉醒的号角时，桐城派的史学经世思想便在传统旧学与近代新学之间发挥着中介和桥梁的作用，成为人们追求和实现近代化的内在动力。在中学与西学、旧学与新学之间抉择时，桐城派殿军恪守其道统和文统不能变的执着，为曾经辉煌的桐城派史学经世思想画上了未能跟上时代步伐的休止符。

其三，因势而变的历史观。从秉承桐城派先贤方以智实证精神的史学传统，到钱澄之和戴名世感念旧朝而钟情于南明史研究的遗民史学，此一时期以“南山集案”为标志，桐城派的史学观念面临政治困局。于是，桐城派创始人方苞创立史学“义法”说，继之者刘大櫆积极践行史学的通俗化和平民化②，这种积极应对时局因势而变的历史观激活了桐城派囿于华夷之辨的史学思维。经历了康雍乾盛世，天下承平日久，姚鼐及其弟子恪守程朱理学、坚定维护宋学正统地位的义理史学，与只重考据不问政治的乾嘉史学殊途同归，均有矫枉过正、流于空疏之弊。面对边疆危机和西方列强的入侵，姚莹将史学研究的触角由传统的朝廷史拓展到关注边疆与异域，对桐城派史学发挥了振衰起敝的作用。诚如瞿林东先生所言，晚清史学的分化，“一方面表现为传统的史学以其深厚的根基，还在延续着自己的生命；另一方面表现为在民族危机的震撼下，人们对于历史和现实的重新思考从而萌生了新的历史观念和历史研究。”③就桐城

① 梁启超：《清代学术概论》，上海古籍出版社1998年版，第71页。
② 董根明：《刘大櫆史学初探》，《史学史研究》2013年第4期。
③ 瞿林东：《中国古代史学批评纵横》，中华书局1994年版，第259页。

派史学而言,这种新的历史观念和历史研究就是以吴汝纶和严复等为代表的桐城派在西学东渐的背景下所接受和宣扬的进化论思想,可以说,没有进化史观的传播就没有中国新史学的诞生。当然,桐城派名家历史观的“因势而变”也不是没有底线的,在以姚永概、姚永朴和马其昶为代表的桐城派殿军看来,西学可以为用,甚至帝制可以被君主立宪或民主共和所取代,但是中国文化的精髓不能变,即孔孟所倡导的伦理观不能变,程朱所宣扬的道德观不能变,桐城派的古文风格与表现形式不能变。始于 1915 年 9 月《新青年》创刊的新文化运动,提倡白话文,反对文言文;提倡新伦理,反对旧伦理;提倡新道德,反对旧道德,桐城派遂成为阻碍新文化运动发展的一股守旧力量。在五四新青年横扫一切的情势面前,桐城派被斥为“谬种”“妖魔”是不难理解的。大众文化时代的到来,为曲高和寡的桐城派敲响了丧钟。这意味着一个时代的结束和另一个时代的开启,其功过是非不可一概而论。

第二章　属辞比事与清初桐城乡贤史学思想

“属辞比事，《春秋》教也。”“属辞”是指在表述史事时讲求遣词造句，注重文辞的锤炼；“比事”就是按年、月、日时序排比史事。“属辞比事而不乱，则深于《春秋》者也。”[①]由孔子《春秋》所开创的“属辞比事”的史学意识，成为中国史学的传统与特色。明清时期，桐城号称“进士之乡”，由科举而成名者，实为全国之冠，有“冠盖满京华，文章甲天下”之誉，由是“郁之久，积之厚，斯发之畅。逮于我朝，人文遂为海内宗，理势然也”。[②] 众多家刻私藏的名门望族，弦歌不辍的读书氛围，培养和造就了桐城文人注重史乘收集与整理的习惯。清初方以智、钱澄之和清前期张廷玉等桐城乡贤秉承属辞比事的治史传统，其史学造诣对桐城派朋辈与后学影响深远。

第一节　实证精神与方以智史学思想

方以智（1611—1671），字密之，明崇祯十三年进士，授翰林院检讨，别号浮山、龙眠愚者等，曾出仕南明政权，不仕清廷，遁入空门后法名弘智，安徽桐

① 《礼记·经解》，载王文锦：《礼记译解》，中华书局2001年版，第727页。

② 桐城县地方志编纂委员会：《桐城县志》，黄山书社1995年版，第584页。

城人,明清之际著名的思想家、哲学家、科学家。方以智出生官宦书香世家,家学渊源深广,曾祖父方学渐、祖父方大镇和父亲方孔炤乃桐城方氏学派的重镇人物。马其昶称:"先生生有异禀,年十五,群经子史略能背诵,博涉多奇。所与游,皆四方豪俊。凡天人、礼乐、律数、声音、文字、书画、医药,下逮琴剑技勇,无不析其旨趣。"他著述丰厚,家有膝窝、稽古堂藏书所和浮山此藏轩刻书堂号,其中,浮山此藏轩为明末清初著名的家刻,生前即刻印《物理小识》12卷、《通雅》52卷等,累达100余卷。其"《通雅》《物理小识》诸书,文渊阁皆著录,《提要》称其援据奥博,明一代考据之书罕与并。"①朱伯崑先生从易学哲学史的角度确认他是宋明以来易学象数学的总结者,是中国古代哲学发展到高峰的代表性人物②;庞朴先生说方以智是明末清初与顾炎武、黄宗羲、王夫之等齐名的大思想家,近代启蒙时期伟大的哲学家③。方以智以其深邃的哲学思维,明经论史,其史学思想作为中国史学由传统向近代转变的重要环节,具有典型的承上启下特征。特别是他史学研究的实证精神奠定了后学桐城派名家史学研究的基调。

一、　崇尚实证精神

方以智为学重客观认知、重知识的积累、重证据、重试验、重怀疑,总之充满实证精神,一改宋明以来空疏务虚的学风,开乾嘉实学之先河。方氏史学的实证精神具体表现为以下两个方面:

其一,"博学积久,待征乃决"④。方以智研究历史首重实证,其基本思想是"论定其后"。历史研究既然是一门客观认知的学问,就必须充分论证,"不以无证妄说"。所谓客观认知,就是"设身处地,自忘其心之成见而体之,乃能

① 马其昶:《桐城耆旧传》,黄山书社1990年版,第163页。

② 朱伯崑:《易学哲学史》,第三卷,昆仑出版社2005年版,第375页。

③ 庞朴:《〈东西均〉注释》,序言,中华书局2001年版。

④ 《通雅·凡例》,见侯外庐编《方以智全书》第一册,上海古籍出版社1988年版。

灼然天下之几而见古人之心,此所谓鉴也"。① "设身处地"即同情的了解,"自忘其心之成见而体之"是不存偏见,这就要求在评价历史人物的时候,必须要有充分的证据。在文献的范围内,要寻找证据,有赖"博学积久",这是考证家不能不求博学的原因。他认为,广闻博识是治史的必备条件。他引苏东坡语曰:"太史公多见古书,足证西汉儒者之失";而"昔司马光居洛十五载,聚集文章,分采名流而后成编"②。由于历史记载多有曲笔,野史厚诬古人的事确实不少,因此,考究之功,不可忽视。所以他指出:

尚论古今,贵有古今之识。考究家或失则拘,多不能持论。论尽其变,然不能考究,何以审其时势,以要其生平?虽咎由操律而断之,乌能不冤,乌能不漏乎?……异同之间,不能免于谣诼,名尚为天之所忌,况同辈乎?加以子孙故吏,各为其私,亦人情也。吾惟望读史之士,具卓识,观大端,若欲论断,必立旁证,考究之功,其可忽诸!③

他还主张对得失、成败、人物品评持论不但要中正平和,一分为二,还要有充分的旁证,"论定其后",不能以古非今,亦不可以今非古。他在为莆田牧仲所著《史统》作的"序"中称赞该书:

其议得失,述成败,别淑慝、赏才力,亦旁取古论大观,论定其后。……不必冒言三代,而鄙汉后之琐琐也。不以后贤之守闲敦厚而薄汉唐之专割济务也。……如论新法,宋当强干。介甫不达物理,空负特达之主知,而温公所执亦偏,安得明道起而任之。此吾所谓知人论世,平心而见古人之心者乎!④

由此可见方以智论史重实证,知人论世,设身处地地做出自己的评判。

其二,"扩信决疑"。疑古是历史研究的基本精神,方以智认为历史研究

① 方以智:《浮山文集前编》卷五,《史统序》,载《四库禁毁书丛刊·集部》第113册。

② 方以智:《浮山文集前编》卷一〇,《请修史疏》,载《四库禁毁书丛刊·集部》第113册。

③ 方以智:《浮山文集前编》卷五,《史断》,载《四库禁毁书丛刊·集部》第113册。

④ 方以智:《浮山文集前编》卷五,《史统序》,载《四库禁毁书丛刊·集部》第113册。

应从怀疑开始。疑古不是怀疑一切,而是“正疑”与“善疑”。由于各种原因,汉宋诸儒对于历史与文字株守臆造,牵强附会导致历史以讹传讹。

上古眇矣。汉承秦焚,儒以臆决。至郑许辈起,似为犁然,后世因以为典故。闻道者自立门庭,糟粕文字,不复及此;其能曼词者,又以其一得管见,洸洋自恣,逃之虚空,何便于此?考究根极之士,乃错错然无本,不已苦乎?摭实之病,固自不一;属书瞻给,但取渔猎;训故未已,多半傅会。其以博自诩者,造异志怪。①

方以智对汉宋诸儒拘徇与疏阔的学风皆有批评,认为他们为学“一袭一臆,两皆不免,沿加辩驳,愈成纰缪;学者纷拏,何所适从?”至于编造历史,厚诬古人更有主观上的原因。

至于国史,有难信者,则在秉笔者之邪正也。两朝国史,贬寇准而褒丁谓,盖蒲宗孟之笔也,蔡京及卞,诬司马而谤宣仁太后,非杨中立与范冲,孰为之正。因此他认为:异同之间,能不免于谣诼,名尚为天所忌,况同辈乎?加以子孙故吏,各为其私,亦人情也。②

正因为历史多有曲笔、托伪,所以历史研究应从怀疑开始。方以智提倡“正疑”和“善疑”。所谓“正疑”,就是探求事物之间的联系,方以智认为,“疑”的目的就是要正确认识天地间一切事物的因果联系,对于具体事物而言,不能把握事物的本质和现象,自然可疑。所以他说:“扩信决疑,当疑撄宁而信乎疑始。”是说扩信决疑是在平常宁静可信之处开始设疑。“善疑”,就是要善于从别人不疑的地方发现问题。

善疑者,不疑人之所疑,而疑人之所不疑。善疑天下者,其所疑,决之以不疑;疑疑之语,无不足以生其至疑。新可疑,旧亦可疑;险可疑,平更可疑。为其习常,故诡激以疑之,诡诡成习,习为嗢噱;故不如自然疑之至险至新也。旧而新者,新遂至于无可新;平而险者,险

① 方以智:《浮山文集前编》卷五,《通雅又序》,载《四库禁毁书丛刊·集部》第113册。

② 方以智:《浮山文集前编》卷五,《史论二》,载《四库禁毁书丛刊·集部》第113册。

遂至于无可险，此最上善疑者。入此，谓之正疑。①

他认为："疑不真，则信不真"，"人不大疑，岂能大信？然先不信，又安能疑？疑至于不疑，信至于不信，则信之至矣。"疑与信相反相因，疑而后不疑，不信而后又大信，符合认识的辩证法。

二、 提倡通变意识

方以智的通变意识集中体现为在考证的基础上寻委溯源，以"通相为用"为通变目的，通变的基本方法则是推理与归约。

第一，"寻委溯源"，"极事通变"。考据不仅仅是黜伪存真，考据的真正目的是寻委溯源，探究事物内在的联系，也就是掌握事物的"本末源流"。方以智认为："不考世变之言，岂能通古今之诂而始正名物乎？……欲通古义，先通古音。声音之道，与天地转。"声音文字，"以之载道德，记事物，世乃相传，合外内，格古今，杂而不越，盖其备哉！士子协于分艺，即薪藏火，安其井灶，要不能离乎此。"②又说："声音文字之小学，盖道寓于器，以前用尽神者也。"③在他看来，要研究中国的历史，必须从声音文字开始。所谓"寻委溯源"，就是考究声音文字历史演变，"以近推远，以今推古"，他说："世变远矣，字变则易形，音变者转也。变极反本。"因此，"非考古不能溯源，非博洽旁通不能知古。""小则明文字之义，一贯而知，大则知无声之原，以尽声音之变。"④在进行声音文字研究时，由于他采取以音求义，推本溯源的方法，使他在这方面具有很高的学术影响。他认为："今以经史为概，遍览所及，辄为要删。古今聚讼，为征考而决之，期于通达。"⑤方以智著有《通雅》，全书 52 卷，约 70 万字，共分 24

① 《东西均·疑何疑》，载庞朴：《〈东西均〉注释》，中华书局 2001 年版，第 266 页。

② 方以智：《浮山文集前编》卷五，《此藏轩音义杂说》，载《四库禁毁书丛刊·集部》第 113 册。

③ 方以智：《浮山文集前编》卷五，《字汇辨序》，载《四库禁毁书丛刊·集部》第 113 册。

④ 方以智：《浮山文集后编》卷一，《等切声原序》，载《四库禁毁书丛刊·集部》第 113 册。

⑤ 《通雅》卷三《释诂》。载侯外庐编：《方以智全书》第一册，上海古籍出版社 1988 年版。

个门类，这部著作的主要特点是，超出了一般文字类书的范围，包含了阴阳之理、天人之故、政事得失、学问异同、制度异宜和风土殊俗等社会知识和制器、诂释、质测等方面的自然知识。并且在考据上，“旁采诸家之辩难，则上自金石、钟鼎、石经、碑帖，以至印章款识”①。同时，会通古今中外，以方言、谚语通古字，强调形、音、义相统一，以声通义，以西方拼音比较汉字音韵。因此《通雅》得到四库馆臣的高度评价：“以智崛起崇祯中，考据精核，迥出其上。风气既开，国初顾炎武、阎若璩、朱彝尊等沿波而起，一扫悬揣之空谈。虽其中千虑一失，或所不免，而穷源溯委，词必有证，在明代考据家中，可谓卓然独立者矣。”②

第二，“通相为用”。方以智治学之所以特别重视变通，其出发点和立足点都在于经世致用。方以智通过对入儒、释、道三教本末源流研究，他认为，三教源分流一，三教之旨合于一理。于是要“烹三教之旨于一炉”，以三教归《易》。方以智在精研易学象数学的同时，还大力研究西学。

> 智每因邵蔡为嚆矢，征河洛之通符，借远西为郯子申禹周之矩积。古人神明间出，不惜绽漏而且言之，自获则不必言矣。常统常变，灼然不惑，治教之纲，明伦协艺，各安生理。随分自尽，中和易简，学者勿欺而已。通神明之德，类万物之情，易简知险阻，险阻皆易简，易岂欺人者哉？或质测，或通几，不相坏也。③

方以智上书给崇祯皇帝：“主诚尧舜矣，而欲效唐虞之治，不可得也。时异事殊，去古甚远。三代之事，且不相及。”奉劝皇帝要审时度势。在他看来，只懂得词章而不知通变，则是腐儒。他引真德秀的话说：“学必求之古训，以自得为功；学必施于事，乃为有用”④。出于“通相为用”的目的，方以智还特

---

① 《通雅》卷首二《小学大略》。载侯外庐编《方以智全书》第一册，上海古籍出版社 1988 年版。

② 永瑢：《四库全书总目提要》子部 · 杂家类。

③ 《物理小识 · 总论》，见王云五主编“万有文库”，1937 年版。

④ 方以智：《浮山文集前编》卷四，《帝学》，载《四库禁毁书丛刊 · 集部》第 113 册。

别重视文学和诗歌所包含的经世意义。诗以言志,文以载道,在文学批评与文学创作上,他有“道艺之辨”。他说:“古之儒者,载藉极博,必考信于‘六艺’,通天人,观古今。”[①]提出学士应学习司马迁“明天人之故”,做到“文辞尔雅,叙事达义”,并以此为准则去裁量百家之得失,使文风“一远鄙信而返诸大雅,以绎先王之则,明当世之务”[②]。不仅如此,诗歌也内蕴着性道,他说:“古者相见,歌诗谕志,闻乐知德,吹律协姓,微矣。操琴瑟,听新声,皆往往足以知得失、生死、成败、治乱。”[③]他借《易》论诗:“穷则变,变则通,通则久。使人继声,继其志也。诗不必尽论,论亦因时。”[④]由此可见,方以智强调的是文学的本质或精神,实质是文学的灵魂,这个“灵魂”是“通相为用”的结果。

第三,推理与归约。历史研究往往缺乏史料,并且有时因史料不确而众说纷纭,方以智认为,在这种情况下,应采用推理的方法。他说:“上下千载,正可因端曲证,安得漫然听旧史之取予乎?”《史论》即在综合旁证的基础上进行推理。例如关于《左传》的作者及史实问题,他说:“盖战国时,扬才立说之士,或更有左丘氏,而出于汉儒之手,又托之丘明。观歆移书让博士争立,岂不欲多方求胜乎?‘左丘失之诬’,一语定论。太史公曰:‘左丘失明,厥有国语’。然《史记》多采《国策》,而少《左传》语,岂直未见耶?必出本有汉人增加,明矣。”[⑤]这是在考证基础上的逻辑推理,他在《史论》中列举了刘焯、陆文裕、郝京山、孔安国等人提出的疑问在综合旁证的基础上推之于刘歆移书事,并且认为,《史记》少引《左传》,证明《左传》夹杂了不少汉儒伪托左氏的文字。他说:“炎黄之所言,《山海(经)》之所称,岂无附会?要当存证以推理,不必拘拘

① 方以智:《浮山文集前编》卷一,《文论》,载《四库禁毁书丛刊·集部》第113册。

② 方以智:《浮山文集前编》卷一,《文论》,载《四库禁毁书丛刊·集部》第113册。

③ 《东西均·所以·声气不坏说》,载庞朴:《〈东西均〉注释》,中华书局2001年版,第228页。

④ 《通雅》卷三。载侯外庐编《方以智全书》第一册,上海古籍出版社1988年版。

⑤ 方以智:《浮山文集前编》卷五,《史论二》,见《四库禁毁书丛刊·集部》第113册。

其名与事也。”①“事不必其事，理则其理矣。”“吾以实事征实理，以后理征前理有不爽然信者乎？”②就是在一定的实事和原理的前提下，进行逻辑推理和论证。在方以智看来，要进行正确的推理，必须博约相济。他说：“学惟古训，博乃能约。当其博，即有约者通之。博学不能观古今之通，又不能疑，焉贵书簏乎？”③在博的基础上进行理性的抽象，形成本质的认识，如果博学而不能归约，则无异于书簏。

三、 以实事求实理

方以智的史学思想，首先是建立在他的易学哲学对世界的根本认识和说明基础上的，他的易学哲学思想集中体现和反映了对自然界和人类社会的根本看法。方以智从易道变化之理入手，论证社会人事。在历史观上，他强调从自然界到人类社会都是一大物理，因而都是人们认知的对象。历史是不断发展变化的，历史的发展有“常”有“变”，有“理”有“则”。古今以“智”相积，因而今必胜于古。人作为天地万物的主宰，应充分发挥人的主体性，历史研究是一门“以实事求实理”的实学。

第一，自然界和人类社会都是历史认知对象。方以智通过对《周易》的研究和解释发现，自黄帝以来，一直有一个重视“历数律度”的客观认知和“备物致用”的传统，不幸这个传统却被后世儒者所遗忘了，以致对秩序变化之原和治乱兴衰之道，不能灼然。他说：“自黄帝明运气，唐虞在玑衡，孔子学易以扐闰衍天地之五，历数律度，是所首重。”④认为“圣人官天地，府万物，推历律，定制度，兴礼乐，以前民用，化至咸若，皆物理也”。⑤ “不知上古之仰见俯察，六

---

① 方以智：《物理小识·总论》，载王云五主编“万有文库”，1937年版。

② 方以智：《东西均·扩信》，载庞朴：《〈东西均〉注释》，中华书局2001年版，第29页。

③ 方以智：《浮山文集前编》卷五，《通雅又序》，载《四库禁毁书丛刊·集部》第113册。

④ 方以智：《浮山文集前编》卷六，《象数理气征几小序》，载《四库禁毁书丛刊·集部》第113册。

⑤ 方以智：《浮山文集前编》卷六，《物理总论》，载《四库禁毁书丛刊·集部》第113册。

合七尺,四时百物,莫非精入深几之书,圣人继起表之,以前民用。”①圣人把宇宙人生都作为感性认知的对象,其官天府地,仰俯远近,观象制器,极深研几也就是纯粹的认知活动。因此,方以智以“物理”通“易理”,认为易之数即物之则,提出“寓通几于质测”“质测即藏于通几”。这样,把易理统统还原为物理。可见,在方以智的眼中,宇宙是一个“物理的宇宙”,而不是“道德的宇宙”。通过对《周易》的解释,方以智阐明了对研究社会和人事的看法。他说:“盈天地间皆物也。人受其中以生,生寓于身,身寓于世。所见所用,无非事也;事一物也。圣人制器利用以安其生,因表理以治其心。器固物也,心一物也。深而言性命,性命一物也。通观天地,天地一物也。推而至于不可知,转以可知者摄。”这不是什么唯物论,他认为宇宙天地皆是物,不过是说,无论是自然现象、人类社会,以及人本身,都是认知的对象。“因表理以治其心”即是通过揭示事物的道理以提高人的认知能力;“转以可知者摄”,就是凭借已知去推求未知。在这个意义上,认知活动自可不限于文献,他说:“物有其故,实考究之,大而元会,小而草木蠢蠕,类其性情,征其好恶,推其常变,是曰质测。”②质测就是对具体事物的认知并寻求事象的因果,大而至于历史的运会,小而至于植物动物,都属于认知的范围。在方以智看来,历史研究是对具体事物的认知活动,后世儒者不重视智性的发展和客观认知的意义,而理学家在“由智达德”的路上“惟守宰理”。因此,对于社会人事的研究,必须“以实事征实理”。他说:“经以穷理,史以征事”,历史研究是一门“实学”,历史研究就必须考核故实,沂委寻源,“辨当名物,征引以证其义”。“吾惟望读史之士,具卓识,观大端,若欲论断,必立旁证,考究之功,其可忽诸!”③正是在这个意义上,方以智把历史治乱兴衰之道归结为“尚虚”与“崇实”。他认为,“诚以治贵切实”,

---

① 《周易时论合编·系辞上》引《野同录》,载《续修四库全书·经部·易类》。

② 方以智:《浮山文集前编》卷六,《物理小识自序》,载《四库禁毁书丛刊·集部》第113册。

③ 方以智:《浮山文集前编》卷五,《史断》,载《四库禁毁书丛刊·集部》第113册。

“争求实学以济时”,尧舜治天下之要道不过如此。

第二,易道变化,有理有则。人们都知道,易道变化有“变易”“不易”和“生生”之易。所谓“变易”,就是宇宙万事万物都是运动、发展和变化的;所谓“不易”,即易道变化之理恒常不变,如方以智所说“因地而变者,因时而变者,有之其常,有而名变者,则古今殊称,无博者会通之耳!天裂孛陨,息壤水斗,气形光声,无逃质理。”(《物理小识·总论》)方以智把天地万物之理分为三类,即至理、物理和宰理。“至理”是物所以为物之理,是天地万物之所以然。“物理”是各别物类之理,也就是具体事物之理。“宰理”乃是人类主宰自己命运之理,主要是伦理。所谓“生生”,则是宇宙万物生生不息,其根本原因则来自事物内部对立面的相互依存和转化。方以智用交、轮、几来说明事物变化所遵循的规律:“交”即对立面的交合与渗透,“轮”是对立面的相互转化、相互推移的分合轮转的过程,“几”则是事物变化的先兆,由于细微,故称为“几”。由易道变化之理推及社会人事,方以智说:“天下之故,理尔,势尔,情尔”,认为人类社会发展变化的故实,是由“情”“理”“势”三个方面的因素交织而成的。“情”“理”“势”也就是易道的“交”“轮”“几”。方以智从帝王之学的角度认为,治理国家必须通上下之情,“知人情物理而因时势”,“就天下用天下”。“类其情而知其势,举大理而使尽其事”。以古鉴今就是“历汉唐宋之得失,以征今时之势”,“鉴古而折衷之”,“两端用中”。他说:“廿一史得失成败之林,设身其间,究其世变,体乎人情,折衷圣人,断而论之。”①历史发展的“时势”,也就是历史演变之道,是由“情”与“理”决定的。方以智所谓“通天下之情”,“明当世之务”,也是辩证地从“情”“理”“势”三个方面来说的。

第三,“人宰天地”,历史“日新其故”。由于方以智把易之理看作是圣人观象制器所作的高度概括,通过“即事显理”以提高人的认知能力,因此,在对

① 方以智:《浮山文集前编》卷八,《又寄张尔公》,载《四库禁毁书丛刊·集部》第113册。

待天、地、人“三才之道”上，充分发挥了《周易》关于人的刚健有为的思想。方以智认为，在天、地、人三者关系中，“天地贵人”，“受中最灵”，“人者，天地之心也”，因此“尽人之所以为人，而无尽矣。”即必须以人为准则来把握自然。在他看来“人知天地，即宰天地”，“人宰天地，通天地万物。”是说人是天地万物的主宰，能够认知万物。“人知天地则节天地而用天地。知四时则先四时而补四时。”所谓三才之道，“此以人终者，以仁义之用，宰其阴阳刚柔也。”①是说人能认识天地，就能统御天地，使其适合于人类正常生活。由此可见，通过对天、地、人“三才之道”的解释，方以智把人置于历史的主体地位。在他看来，历史的发展与进步集中体现于人的“智性”，并提出“日新其故”的历史进步观和“三德首智”的历史评价标准。方以智认为，宇宙生生不已，古今殊异，是由于人的聪明和智慧不断发展进步所致，因而表现出“日新其故”。他说：“智谓世以智相积而才日新，学以收其所积之智也。日新其故，其故愈新，是在自得，非可袭掩。”②因此“后人有增加精明于前人者”③。他列举了科学成就的例子来证明这一点：“古人有让于后人者，韦编杀青，何如雕版；龟山在今，亦能长律。”所以“安得谓后人不如前人哉?”④方以智一反传统的道德评价标准，认为人作为历史认识和创造的主体，其本质规定性是人有“智慧”。他认为，在仁、智、勇三德中，“三德首知(智)”智是人之所以为人之所以然者，也就是把“智”看成是人之所以为人的根据和本质。他说：“知之所行，则性命交关。总贯此处，精神所聚，则天地古今，总归此眼。”⑤是说人的一切言行，终归由“智”所支配，“仁”的德行也不例外，因为德行毕竟基于道德自觉，而道德自觉便属于“智”。

---

① 《周易时论合编·说卦》，载《续修四库全书·经部·易类》。

② 《通雅》卷首二《文章薪火》，载侯外庐编《方以智全书》第一册，上海古籍出版社 1988 年版。

③ 庞朴:《东西均·扩信》，《〈东西均〉注释》，中华书局 2001 年版，第 28 页。

④ 方以智:《浮山文集前编》卷五，《考古通论》，载《四库禁毁书丛刊·集部》第 113 册。

⑤ 方以智:《一贯问答》，安徽省博物馆藏手抄本。

第二节　文直事核与钱澄之史学观念

钱澄之(1612—1693),字饮光,初名秉镫,晚号田间,安徽桐城人,明崇祯朝诸生,复社成员,明末清初杰出的学者、诗人和思想家。钱氏曾任南明隆武朝延平府推官,永历朝礼部主事、翰林院庶吉士,迁编修,管制诰,后一度削发为僧,隐居乡里,终身不仕清廷。钱澄之以藏山园、藏山阁为斋号,以斟雉堂为家刻堂号,其所著《田间易学》《田间诗学》《庄屈合诂》《藏山阁集》《田间诗集》《田间文集》《所知录》等均由斟雉堂家刻而流传至今。斟雉堂刻本校勘审,印制精,为当时名版,是桐城历时最久的家刻堂号。钱澄之乃桐城派的先导人物,有学者研究认为钱澄之“当为‘桐城派’之祖。”①“桐城经学文章之绪,开自钱澄之。方苞与名世继起,有志昌大。而学问识力,皆不逮澄之远甚。”②学界对钱澄之的易学、诗学和文学成就关注较多,近些年来对其史学成就亦有所关注,其中,较为深入的专题研究,如诸伟奇先生《钱澄之的〈所知录〉》全面论述了《所知录》的史料价值,认为该著“载述南明隆武元年至永历五年之史事,皆其身历目睹,为南明重要史籍”。③ 陶有浩的《论钱澄之史学观的易学思想特色》则认为钱澄之“以其易学思想为指导原则来解决当时史学发展中存在的问题。”④上述成果为系统研究钱澄之的史学思想打开了门径,亦提供了一些很好的可供借鉴的研究思路。从史著原则、史学批评思想、史料观、史学视野、史学经世思想以及寓史于诗的表现形式看,钱澄之的史学思想

① 吴孟复先生在《试论“桐城派”的艺术特点》一文中就认为:“事实上,桐城民间至今尚以方、戴并称为‘桐城派’;就我们看来,不仅戴名世,钱澄之亦当为‘桐城派’之祖。”(《江淮论坛》1980年第5期)学界一般称方苞、刘大櫆、姚鼐为“桐城派三祖”,或将戴名世并列其中,称“桐城派四祖”。

② 俞樟华、胡吉省:《桐城派编年》,人民文学出版社2015年版,第1页。

③ 诸伟奇:《钱澄之的〈所知录〉》,《安徽史学》2007年第3期。

④ 陶有浩:《论钱澄之史学观的易学思想特色》,《史学史研究》2015年第3期。

是颇具特色的，折射出了清初遗民阶层比较特殊的文化心理。

一、 文直事核的史著原则

明清换代之际，野史、家传迭出。清廷入主中原后，对南明历史讳莫如深。钱澄之认为史事关涉万代千秋，直书不足则信史难成，史籍所载必须真实。他以秉笔直书的史家胆识，指出："夫史，善恶毕书"①，"'修词立其诚。'世未有不诚而其事足传，亦未有不诚而其言能传其事者。"②"诚"是修史的基础和前提。在编年体史著《所知录》中，钱澄之以其对明王朝的忠贞和身历目睹的条件，真实地记录了当时发生的一系列重大事件，如：隆武朝的建立、李自成余部的归并、何腾蛟的协调众方、郑芝龙的擅权误国、黄道周的慷慨就义、隆武帝的败亡、绍武朝的短促兴亡、永历朝的建立等。

《所知录》所记为南明隆武元年至永历五年的史事，在时间上前后不到七年，其间政权更迭，事件纷纭，云谲波诡，沧海桑尘，是南明史上极为动荡、极为惨烈、极其重要的一段时期。诚如诸伟奇先生在整理《所知录》说明中所言："钱澄之对这段历史的撰写，所怀情感极为浓烈，而作为史书的载述却平实严谨，比较客观。"③在《复陆翼王书》中，钱澄之坦言："足下称仆《所知录》文直事核，仆何敢当？然此二字，固仆平生自矢。以《所知录》为名，明其不知者多，然犹恐知之未悉也。此事甚大，何时与足下抵掌深论，各出其所知以互相质证乎？仆年过七十，一日尚存，未敢一日忘此志，如何如何？"④"文直"，即持论公正不偏；"事核"，即所载之事坚实可靠。班固在《汉书·司马迁传》中称司马迁有良史之材："善序事理，辩而不华，质而不俚，其文直，其事核，不虚美，不隐恶，故谓之实录。"⑤钱澄之推崇司马迁，"文直""事核"成为钱氏著史

① 钱澄之：《建宁修志与姚经三司李书》，《田间文集》，黄山书社1998年版，第75页。
② 钱澄之：《争光集序》，《田间文集》，黄山书社1998年版，第215页。
③ 诸伟奇：《钱澄之的〈所知录〉》，《安徽史学》2007年第3期，第85—86页。
④ 钱澄之：《复陆翼王书》，《田间文集》，黄山书社1998年版，第85页。
⑤ 班固：《汉书·司马迁传》，中华书局2012年版，第2377页。

所追求的目标。

对于《所知录》所载史事的真实性，当时之人即有很高的评誉。清初浙东史学的开山鼻祖黄宗羲就对钱氏所著《所知录》评价极高："桑海之交，纪事之书杂出，或传闻之误，或爱憎之口，多非事实。以余所见，惟《传信录》《所知录》《劫灰录》，庶几与邓光荐之《填海录》，可考信不诬。"①钱澄之对史著持非常慎重的态度，他之所以将这部编年史命名为"所知录"，一方面是因为其所载史事"皆得诸闻者也"，抑或"略有见闻，随即记录"，而"间有传闻，不敢深以为信，亦不敢记也。"②另一方面，"其不知者多"，所知有限，遂名"所知录"。人类对于自身历史的认识，可以越来越贴近历史真实，但这种认识毕竟是有限的，任何史著所记录的历史也只能是曾经发生的客观历史的一部分。"所知录"三个字不仅反映了钱澄之严谨的史家作风，也表达了其对于历史有限性的认识。与同时代的史学家相比，钱氏的这一认识殊为可贵。

就明史研究而言，所缺史料恰是清初统治者大兴文字狱而遭毁版最多的以南明年号纪元的史事。台湾大学历史系教授李宗侗认为："明代史事最缺乏记载者，莫过于南明，所存史料局部为清朝所毁，且当时党争余波未息，记载亦常有各自一说，真伪难辨，使研究者难于选择者。故至今提倡研究南明史者虽多，而能完成有系统之南明史者尚未有，此亦今人之极宜补救者。"③李慈铭《越缦堂日记》云："田间言是录所记较诸野史为确，洵然，其议论亦多平允，与袁特立、刘客生、金道隐皆为交契，而叙五虎事颇无恕辞，可知其持论之公矣。"④谢国桢先生在《增订晚明史籍考》一书中为《所知录》所写"按语"中称：

---

① 黄宗羲：《桐城方烈妇墓志铭》，《黄宗羲全集》第十册，浙江古籍出版社 2005 年版，第 473 页。

② 钱澄之：《凡例》，《所知录》，黄山书社 2006 年版，第 2 页。

③ 李宗侗：《中国史学史》，中华书局 2010 年版，第 140 页。

④ 李慈铭：《越缦堂日记》第七册，《孟学斋日记》乙集下，北京浙江公会影印本 1920 年版，第 16 页。

“饮光身历目睹，为记隆武、永历两朝最直接之资料，堪备南明史事之征。”①一些涉及南明的史书，如孟森《明清史讲义》、钱海岳《南明史》，以及《剑桥中国南明史》等都将《所知录》列为权威性征引书目。对《所知录》的不足，清末著名南明史料专家傅以礼先生在考证《所知录》相关史实后，“惜其中尚有失考者”，所举三例失误，属“习焉不察”，然“钱氏人品学术，久经论定，国史列之儒林，洵足当之无愧”②。由此可见，经“辗转传抄”而幸存之《所知录》，从某种程度上确实补救了南明史料之不足，体现了其所倡导的“文直”“事核”的史著原则。

对于《所知录》“寓史于诗”的史著表达方式，钱澄之在“凡例”中是这样解释的：“某平生好吟，每有感触，辄托诸篇章。闽中舟车之暇，亦间为之。粤则闲曹无事，莫可发摅，每有记事，必系以诗。或无记而但有诗，或记不能详而诗转详者，故不得不存也。”③钱氏寓史于诗，有学者不理解，甚至认为有违史体。对此，傅以礼先生道出了钱氏不便言说的意图：“至注中分系诗篇，人亦疑有乖史体，故传本每多删削者，不知钱氏本擅词章，所附各什，尤有关系。只以身丁改步，恐涉嫌讳，未便据事直书，不得已托诸咏歌，著补纪所未备。观例言所称或无纪但有诗，或纪不能详而诗稿转详等语，即知其苦心所在，乌得以寻常史例绳之。”④钱澄之曾在《何紫屏咏史诗序》中自称：“予与何子，皆异时史之所必佚者也，何子之咏史，或心伤之矣。”⑤汤华泉在《藏山阁集》“整理说明”中认为，钱氏自编的《藏山阁诗存》十四卷“依时序编排”，“皆是明清易代之际社会状况的真实反映”，“正起到年谱和诗史的作用。”⑥对于《所知录》所记史事之下多系以相关诗篇的史著特色和以诗载史的风格，钱仲联给予很高

① 谢国桢：《增订晚明史籍考》，上海古籍出版社 1981 年版，第 525 页。

② 谢国桢：《增订晚明史籍考》，上海古籍出版社 1981 年版，第 523—524 页。

③ 钱澄之：《凡例》，《所知录》，黄山书社 2006 年版，第 2—3 页。

④ 谢国桢：《增订晚明史籍考》，上海古籍出版社 1981 年版，第 523 页。

⑤ 钱澄之：《何紫屏咏史诗序》，《田间文集》，黄山书社 1998 年版，第 258 页。

⑥ 汤华泉：《整理说明》，见钱澄之《藏山阁集》，黄山书社 2004 年版，第 1—4 页。

的评价："秉镫诗擅长白描，兼有平淡、沉郁的风格，继承陶潜、杜甫的传统，在遗民诗人中，独树一帜。纪事之作，具有诗史价值。"①由此可见，钱澄之"寓史于诗"的史著表达方式，不惟其诗人品格的真情流露，亦是特定时代思想政治空气使然。

二、 存疑质证的史学批评理论

与同乡挚友方以智（1611—1671）主张史学不能"无证妄说"，应该"待征乃决"②的实证精神一致的是，钱澄之认为"史家之言不足深信"③，"宁存疑焉。"④之所以不足信，是因为传诸后世的史料"有幸而传，有不幸而不传。其传者，事至庸不足道，而人偶传焉，传之久，传会益甚，史氏从而润色之，今之班班载诸典册者皆是也。其不传者，虽事迹昭然在人耳目间，而不为人所传，久渐湮没，史氏无从考据，并姓名胥失之矣，今之所不载诸典册者何限也！故称信史必阙疑。"⑤他认为欲撰写一代信史，对"家传""郡县府志""野史"和"口述"之类的史料不能直接引用，要"存疑"和"甄别"，史家要对"事之可疑者，错综前后，互相考订，必正其淆讹而后已。于人之可疑者，必原情论世，推见其所以然，不肯以可否苟听之古人已也。"⑥就是说史家撰写历史对于存疑的史实要反复考证，不能以讹传讹，对传诸后世的史料也要考证其作者的写作动机和目的，做到知人论世，而不能一味相信。

今世之好伪也，凡一切行状、碑志皆饰词谀说，大抵出于其门生故人之手，不则其子弟力能得之于当时士大夫之名能文者，或以贿取

① 钱仲联：《评钱澄之》，见钱澄之：《所知录》，黄山书社2006年版，第273页。
② 《通雅·凡例》，载侯外庐编《方以智全书》第一册，上海古籍出版社1988年版，第6页。
③ 钱澄之：《明末忠烈纪实序》，载《田间文集》，黄山书社1998年版，第212页。
④ 钱澄之：《争光集序》，载《田间文集》，黄山书社1998年版，第215页。
⑤ 钱澄之：《何紫屏咏史诗序》，载《田间文集》，黄山书社1998年版，第257—258页。
⑥ 钱澄之：《赠都御史昆山徐公罢总宪监修明史序》，《田间文集》，黄山书社1998年版，第316—317页。

之。若是，则必有无力无贿而其人其事遂湮没无传者，多矣。而作史者遂欲据之以纪实，毋怪今之史争以为伪史也。①

钱澄之认为史不足据，是因为“今之为史者，大抵取人家传及郡邑志书为据，此至不足据者也。”他举例说：“自丧乱以来，死事者多矣，然而其死甚不等：有慷慨誓死，百折不回而死者；有从容自尽，既贷以不死，而必欲死者；亦有求生无路，不得已而死者。若一以家传志书为据，岂尽得其实哉？则真能死者，或反泯灭无传；传之，亦不能详且善。盖由其人素无名位，而知其事者又不能作为文章，足以为之传也。”对于这类真豪杰历史记载反而缺失，与之相反。

其传之详且善者，类必其子弟有气力，能表扬其亲，而门生宾客多有文笔，复为过情之褒，因而失其实者比比。后之史家，但据其所传之文为之记载，毋怪乎实之不传，而传者之未必实也。吾盖以今之家传志书，而逆知后世之史不足信，因以不信前世之史也。②

钱澄之以明遗民的身份，十分关注那些“为国家致命殉节者”，认为“丧乱以来，死而不传者多矣，其传者未必尽可信”。③ 钱澄之认为后世史家对此应该有所考订，进行有效的甄别。明清换代之际，坊间流传的家传、志书等确实存在记录不全或不实之处。钱氏关于慎选史料的史学批评思想无疑是正确的。

与家传相比，钱澄之认为郡县府志“以备史材”，有较高的史料价值和可信度。

古者，列国皆有史，如晋之《乘》、楚之《梼杌》，皆其史也。自列国废为郡县，于是，史之权独领诸朝廷；而郡县以“志”称，志以备史之采择也。故志详而史略，郡县有信志，而后朝廷有信史。④

---

① 钱澄之:《建宁修志与姚经三司李书》，载《田间文集》，黄山书社 1998 年版，第 74 页。

② 钱澄之:《明末忠烈纪实序》，载《田间文集》，黄山书社 1998 年版，第 212 页。

③ 钱澄之:《争光集序》，载《田间文集》，黄山书社 1998 年版，第 214 页。

④ 钱澄之:《汉阳府志序》，载《田间文集》，黄山书社 1998 年版，第 237 页。

在他看来，“史”源于“志”，郡县有信志，而后朝廷有信史，“夫郡志犹国史也，异时朝廷纂修，往往取各郡志以为张本。史不可以不信，则志不信可乎？”郡县府志因其由众人参与撰写，而与家传不同，“惟是郡邑志非一家之私言，乡评难淆，庶几犹存公论之万一于此，而更不信焉，则史宁有一足据者乎？”有“信志”，才会有“信史”，钱澄之认为，史书所载，“善恶毕书，志则纪善而已，不直则纪不足信”，倘若“真者与伪者并列，后且以真者亦不足信矣”。①

夫郡之有志，以纪天时、地利、人事、物产之异宜，考户口、财货、赋役之消息，稽山川、城郭、官舍、庙祀之废兴，而其大者乃在于明政教之得失，识人物之盛衰，察风俗之升降，使上之人知所鉴戒，而下之人亦知所劝惩。由是言之，志非徒以备史材而已，抑风教之事焉。②

然当今郡志所载，如《名宧》《乡贤传》和《节义传》等却存在鱼目混珠的现象，更有甚者，“今天下修郡邑志者，类取于学宫之诸生领其事，往往一二无籍者夤缘窜入其中，惟上是奉，惟势是趋，惟贿是求，黑白颠倒，致令真正节妇义士皆以与名其书为耻”。有的郡县府志则有违风教。

一大郡志书，不载一代奇伟之人、烈烈可传之事，徒取其小廉细绩、循资迁擢者以为名宧，取曲谨自好、致身显位者以为乡贤，而且皆不足信，今当事之谕令入志者，皆此辈也，亦何取夫志哉？③

在钱澄之看来，郡县府志虽非一家之私言，相对于家传具有较高的史料价值，但对于那些唯上是奉、唯势是趋、唯贿是求、黑白颠倒、有违风教者参与撰写的郡县府志就不能纳入信史采纳的史料范畴。

关于野史，钱澄之认为：“庶几野史犹有直道存焉。”“惟是野史者流，其言皆得诸传闻，既无情贿之弊，亦无恩怨之私，徒率其公直，无所忌讳，故其言当

① 钱澄之：《建宁修志与姚经三司李书》，载《田间文集》，黄山书社 1998 年版，第 74—75 页。

② 钱澄之：《汉阳府志序》，载《田间文集》，黄山书社 1998 年版，第 237 页。

③ 钱澄之：《建宁修志与姚经三司李书》，载《田间文集》，黄山书社 1998 年版，第 75—77 页。

可信也。”但野史亦有存疑处，他认为写野史之人多为“草茅孤愤之士，见闻鲜浅，又不能深达事体，察其情伪，有闻悉纪，往往至于失实。集数家之言，大有径庭，则野史亦多不足信者。”①在钱澄之看来，野史记载由于剥离了官修史书的种种限制，无情贿之弊，无恩怨之私，自然是直道有余，但野史所载传闻多，而难以察其真伪，往往此书所记与彼书所载不一，虽可弥补国史材料之不全，但亦需存疑辨伪。

对于“所见所闻”的口述史料，钱澄之认为也要存疑和质证。钱澄之认为史家对史料的搜集宜尽可能广泛，除正史、家传、府志和野史外，当事人的口述回忆是非常难得的史料，即“遍询海内亲知灼见之士”，“所见所闻皆史料也”。② 他认为“文献之不易得也”，而“博访四方亲知灼见士”“询诸遗老”③的口述史料就显得更加珍贵：“盖文可垂久，而人难求旧，有献以补文之缺焉，且以证文之失焉，则献视文尤重。”④钱澄之认为通过“广求四方淹雅博通之士”⑤口述的史料，虽可以补正史之缺漏，但也要“识其言之足可深信者，审之又审，然后据实以书”，“至有传闻异辞，事涉可疑者”，别为存疑，或附诸传后，以俟后人考订⑥。以黄宗羲、万斯同、全祖望和章学诚为代表的浙东学派代表了清初史学的最高成就，章学诚的《文史通义》被学界视为清代史学理论的巅峰之作。章氏对史料的理解扩大了史学研究的视域，主张六经皆史，认为“盈天地间，凡涉著作之林，皆是史学”。⑦ 他将古代经典、地方志书、公文案牍、金石碑版、谚语歌谣和私家著述等均纳入史料范畴，遗憾的是却未明确提及口述史料的相关概念。“口述历史”的概念化并成为一种潮流虽然于 20 世纪 30

① 钱澄之：《明末忠烈纪实序》，载《田间文集》，黄山书社 1998 年版，第 212—213 页。

② 钱澄之：《明末忠烈纪实序》，载《田间文集》，黄山书社 1998 年版，第 213—214 页。

③ 钱澄之：《争光集序》，载《田间文集》，黄山书社 1998 年版，第 215 页。

④ 钱澄之：《黄莲生六十初度序》，载《田间文集》，黄山书社 1998 年版，第 343 页。

⑤ 钱澄之：《赠都御史昆山徐公罢总宪监修明史序》，载《田间文集》，黄山书社 1998 年版，第 316 页。

⑥ 钱澄之：《明末忠烈纪实序》，载《田间文集》，黄山书社 1998 年版，第 213—214 页。

⑦ 章学诚：《报孙渊如书》，载《章氏遗书》卷九，嘉业堂刊刻本，1922 年版。

年代才形成,但“实际上,口述史就像历史本身一样古老。它是第一种类型的历史。并且只是在相当晚近,处理口头证据的技能才不再是伟大历史学家的标志之一。”①譬如,司马迁对荆轲伤秦王所持否定的观点就源于他对当事人口述的补正:“言荆轲伤秦王,皆非也。始公孙季功、董生与夏无且游,具知其事,为余道之如是。”②钱澄之关于“文可垂久”而“人难求旧”“所见所闻皆史料”的史学思想,在清初史学界是仅见的。就口述史料而言,钱氏表现出了超越朋辈的史识和史学批评意识,对完善传统史学理论和研究方法具有积极的推动作用。

钱澄之认为上述家传、府志、野史和口述回忆等虽具史料价值,但均不足深信,值得史家作进一步的考订和存疑。“若是,则古今书籍之所传,其可信者有几乎?”他认为惟有对史料的来源进行“质证”,对传言者的心术和人品进行“甄别”,做到具体问题具体分析和知人论世,才能成就一代信史。“夫欲信其书,必先信其言之所自来,与夫传其言者之人。其言之出于道路无心之口,足信也;言之出于亲戚知交有意为表彰者,不足信也。其人生平直谅无所假借者,其言足信也;轻听好夸,喜以私意是非人者,其言不足信也。”钱澄之为文推崇韩愈,然“昌黎不敢作史,即此见其慎重史事”③。钱氏提倡直笔,认为有史才、史德者,应该具有“宁受过于一时,不肯受过于万世;宁得罪于当时,不敢得罪于先贤”的勇气,“至于书成,或存或毁,惟当事是听,今则惟有认真而已。”④他推崇史官徐果亭,其《死难实纪》,“广搜纪录,一无避忌”。⑤ 这就是说,史家不仅要有秉笔直书的勇气,还要有科学的考证方法和敢于存疑于后世

① [英]保尔·汤普逊著,覃方明等译:《过去的声音——口述史》,辽宁教育出版社、牛津大学出版社 2000 年版,第 25 页。

② 司马迁:《史记·刺客列传》(第八册),中华书局 2014 年版,第 3078—3079 页。

③ 钱澄之:《明末忠烈纪实序》,载《田间文集》,黄山书社 1998 年版,第 213 页。

④ 钱澄之:《建宁修志与姚经三司李书》,载《田间文集》,黄山书社 1998 年版,第 77—78 页。

⑤ 钱澄之:《明末忠烈纪实序》,载《田间文集》,黄山书社 1998 年版,第 213 页。

的胸怀。钱澄之严谨的治史态度和考信不诬的史学批评理论,不仅直接影响了像戴名世这样具有史学情怀的桐城派作家,而且对清初史学界乃至乾嘉时代的考据学产生影响,如被誉为桐城派集大成者、桐城三祖之一的姚鼐,他虽反汉学,但不反对考证,而是熔义理、文章、考据于一炉。

三、 彰往察来的史学经世思想

明中后期兴起的陆王心学企图通过整治人心来挽救社会危机,明王朝的崩塌使得生活于明末清初的士大夫阶层不得不反思和修正心学的空疏,以顾炎武为代表的思想家们开始倡导经世致用。彭君华在《田间文集》“整理说明”中写道:“澄之少负奇气,有用世之志,故所言均有感而发,内容充实,不为空洞浮泛之论。”①马其昶在《桐城耆旧传》中称先生“纵谈经世之略,尝思冒危难,立功名”。② 他曾多次上书崇祯皇帝,纵论“兴学取士”和“保举用人”之道:“臣历考唐宋以来,国家致治皆以保举得人。”所谓“保举者,保其廉也,举其能也。”③他认为当下选才之弊在于“非进士,虽贤而才者,终不得大用,资格限之也。”其实,“以文取人,本属无用”,“资格益严,科目益重,而人才益少矣”。科举考试应该重“策论”,倘若“舍实学而尚浮辞,人才之弊,由此其极也”。当今之世,“时移事变”,祖制之法亦有难尽行者,欲广植人才,宜在各乡设小学,兴太学,“破格用人”,“革故鼎新”④。诚如晚清学者萧穆所云:“其书疏、议论、书牍,皆论明季时政,杂文皆纪南渡时事,皆有关于文献。生平经世之略,亦可于此见矣。”⑤

钱澄之以天命循环的历史观为指导,认为人类社会发展在总的趋势上呈现为盛衰变动和治乱转化。明清换代,江山易主,如何理解此“天崩地解”之

① 彭君华:《整理说明》,载钱澄之:《田间文集》,黄山书社 1998 年版,第 1 页。

② 马其昶:《桐城耆旧传》,黄山书社 1990 年版,第 177 页。

③ 钱澄之:《拟上保举用人书》,载《田间文集》,黄山书社 1998 年版,第 103—105 页。

④ 钱澄之:《拟上兴学取士书》,载《田间文集》,黄山书社 1998 年版,第 94 页。

⑤ 萧穆:《藏山阁集跋》,载钱澄之《藏山阁集》,黄山书社 2004 年版,第 531 页。

时代?

天有治命,有乱命:人心所不属者,天之乱命也,虽合天下为一统,而不得谓正统;天命既去,人心犹存,虽窜伏于偏方一隅,人心隐隐系焉,即万世人心隐隐系焉,则统虽至微如线,而未尝绝也。①

作为遗民阶层的代表人物,钱澄之隐含的寓意,即明朝甚至偏方一隅的南明王朝仍有人心归属,亦即正统之所在。

今夫大盗入人室,杀其主,歼其子孙,尽据其所有,人人痛愤。有壮士奋起剿灭之,凡盗所据有者,皆悉为壮士有,举世莫不称快。而议者犹谓:“壮士与盗向皆利主人所有,使不为盗据,彼且据之矣,今特借报仇为名,原其心,与盗同律”可乎?②

钱澄之视明王朝为心中的“主人”,而以“壮士与盗”讽喻满清入关与李自成起义。对于明朝的崩塌,钱氏十分痛心,他以史证易,用“彰往”“察来”的史学经世思想解读这个大变革时代。“夫《易》彰往而察来”,他引用吴幼清的观点,认为:“彰往,即藏往也,谓明于天之道,而彰明以往之理;察来,即知来也,谓察于民之故而觉知未来之事。”③在“彰往”方面,钱氏深刻反思明亡的历史教训,认为明朝末年的吏治腐败和宦官专权对政治起了巨大的破坏作用。

今天下政事之弊,民生之困,其坏于有司者十之三,坏于吏书者十之七。有司非有吏书为之腹心,亦不能坏。京师根本之地,四方津要之司,皆此辈盘据其中,执其要领;当事拱手,惟所提弄。④

钱澄之早年即以怒斥“逆阉余党”而“名闻四方”⑤,他认为:“阴柔不正之人,害《蒙》最甚,收之教养之列,则我能约束之矣。周室以宦官宫妾,皆领于

① 钱澄之:《正统论上》,载《田间文集》,黄山书社 1998 年版,第 46 页。
② 钱澄之:《正统论下》,载《田间文集》,黄山书社 1998 年版,第 49 页。
③ 钱澄之:载《田间易学》,黄山书社 1998 年版,第 682 页。
④ 钱澄之:《举吏议》,载《田间文集》,黄山书社 1998 年版,第 120 页。
⑤ 方苞:《田间先生墓表》,载《方苞集》(上),上海古籍出版社 1983 年版,第 337 页。

冢宰，即此义也。”[①]在“察来”方面，钱澄之认为：“正统者，天命之所归也，人心之所系也，然而人心为本。”[②]所谓天命，即是人心，统治者只有顺应民心，才能存天命，续正统。他认同庄子的观点，认为统治者不能扰民太甚，“无为则用天下而有余，有为则为天下用而不足”，“上必无为而用天下，下必有为为天下用”。[③] 统治者不能逆自然而动。

> 万物固已自然，圣人又何事焉？圣人犹为之领袖耳，虽有一切制作，不过顺其自然，于己未尝少动，于物未尝少扰。即动是静，则即亨是贞，非谓功业既成后，而万国始各得其所而咸宁也。[④]

钱澄之认为统治者要顺应历史发展的规律，其注重历史发展大势的历史观是具有积极意义的。

作为具有强烈史学意识和史学关怀的思想家，钱澄之以史家的真知灼见和宏阔的史学视野评价和看待历史事件和历史人物。其中，从大处着眼评价历史人物，是钱澄之读史评议的一个显著特征。譬如，在《蔺相如论》一文中，他指出：“蔺相如，勇士也，其气可夺三军之众而凌万乘之主，以死殉节，不辱君命者也。若谓有功于国家，物不信也。”他认为“赵以璧予秦，秦弗予赵城，曲在秦。……秦王雄主，其不以璧故负不直之声，激诸侯之怒，而坚其合纵之约，明矣。”然蔺相如宁死不屈君命，故以璧归，“夫使其君无故而履至危，守者以之建功，从者以之显节，谋国者固如是耶？”钱澄之立论有独到见解，认为蔺相如逞匹夫之勇的行为足以祸赵，相反，“秦昭王能容相如，与齐桓公之容曹沫，其度量皆足以霸”。[⑤] 其《陈涉论》写道：“太史公列陈涉为‘世家’，在汉功臣之前，徒以其首发难耳，……夫胜自起蕲至陈，相去不数百里，遂自立为王，

① 钱澄之：《田间易学》，黄山书社 1998 年版，第 230 页。
② 钱澄之：《正统论上》，载《田间文集》，黄山书社 1998 年版，第 46 页。
③ 钱澄之：《大吏论》，载《田间文集》，黄山书社 1998 年版，第 42 页。
④ 钱澄之：《田间易学》，黄山书社 1998 年版，第 174 页。
⑤ 钱澄之：《蔺相如论》，载《田间文集》，黄山书社 1998 年版，第 8—10 页。

此岂有大志者哉?"钱澄之不人云亦云,认为:"古今创业中兴之王,皆身经百战,冒矢石,蹈死亡,未有不躬履行间而能坐议庙堂以成功者也。"而陈涉"未尝见强秦一将,即称王",[①]乡里小人的"鸿鹄之志",不可能成就帝王事业。在《三国论》中,钱澄之认为:"世之论三国者,皆喜备而恶操,而恶权次之,此甚非平论也。夫世之恶操者,指操为奸雄、为汉贼。其指为汉贼者,谓其挟天子而令诸侯也。当董卓乱后,天下尺寸皆非汉有,操之天下,皆取诸强梁之手,非取诸汉也。操迎天子都许昌,奉为共主,存炎灰於既烬,本以为义也,而曰操挟天子。操百战以取天下,未尝以天子令号召天下而有之也;即号召之,当时谁奉天子令者?"他指出:"夫辅天子兴汉室之说,毋论权所不欲,即备亦岂真有心耶?是三人者,亦各自欲王耳。设使操当日不迎乘舆,委天子于群凶之手,汉之亡久矣。以垂亡之孱主,衣租食税数十年,得保首领以殁,操之罪,固未可与后世篡逆者同日语也。"[②]钱氏所论言之成理,不守陈见,符合历史发展大势,并非标新立异。在《李纲论》中,钱澄之写道:"纲建炎初定巡幸之议,即迁都之计也。……盖纲之论,于国家之大计则是,而于高宗之私衷则相左也。初,高宗为质,中道脱归,其志惟知逃死而已,父母妻子皆所不顾,而尚肯顾祖宗之疆土、中原之人心哉?"[③]钱氏据史直书,指斥苟安一隅的宋高宗,一针见血,淋漓痛快,毫无忌讳,表现出一代史家非凡的胆识和勇气。

生活在明清换代之际的钱澄之,以明遗民的身份自居。他特别推崇为人臣者的"气节",以为此关乎"风教"。他以较长的历史时段分析和预测"忠臣"与"逆子"的处境及后世声名,可谓洞若观火。

> 忠于故王,守死不屈,而比之叛逆?古帝王于天下初附,未尝不录降者之功,而听不降者之死;天下既定之后,则必以死事者为忠臣,

① 钱澄之:《陈涉论》,载《田间文集》,黄山书社 1998 年版,第 13 页。

② 钱澄之:《三国论》,载《田间文集》,黄山书社 1998 年版,第 30—31 页。

③ 钱澄之:《李纲论》,载《田间文集》,黄山书社 1998 年版,第 37—38 页。

降者为失节:所以教忠也。①

钱澄之并非盲目推崇忠于故王的节义之士,而是从更加宏阔的历史视角,从大处着眼分析和看待臣子死节的行为。譬如,子贡曾对管仲不死子纠予以责难,而钱氏则从管仲所系天下的高度予以肯定。

> 当是时,天下始知有周,群奉为共主,皆自桓公倡之,管仲之功也。而子贡辈区区以不死子纠之节责之,何其固哉!圣人亟称其功而略其节,以死节事关一身,而不死所系者在天下也。②

作为桐城派的先导,钱澄之以易学变通观辩证地理解了"遗民"坚守与"故主"失势之间的矛盾关系,并作出了合理的史学阐释,对清初明遗民阶层如何辩证地看待而今已经"逝去"了的旧朝辉煌给予了情感与理性层面的双重回应。钱澄之的这种史学阐释在清初"遗民"阶层和学术界中的影响是深远的,无论是戴名世从内心深处选择了忠于故主而最终获罪清廷的"气节",还是方苞心系天下而从"南山集案"中汲取教训以仕清廷的"理性思考",都能从钱氏这一思想中寻得渊源,彰显了其作为桐城派先导在史学研究领域的开山之功。

第三节 《明史》纂修与张廷玉史学主张

在桐城派乡贤中,除前文所述明清之际的方以智、钱澄之外,对桐城后学史学思想产生重要影响的不乏其人,其中就包括民间称之为"父子宰相"的张英和张廷玉。张英(1637—1708),字敦复,号梦复,安徽桐城人,康熙六年进士,后入值南书房,官至兵部侍郎,工部尚书,兼翰林院掌院学士,拜文华殿大学士,先后充任《国史馆方略》《一统志》《政治典训》《平定朔漠方略》等总裁

---

① 钱澄之:《建宁修志与姚经三司李书》,载《田间文集》,黄山书社 1998 年版,第 75 页。

② 钱澄之:《管仲论二》,《田间文集》,黄山书社 1998 年版,第 5 页。

官。他律身训子曰:“予之立训,更无多言,止有四语:读书者不贱,守田者不饥,积德者不倾,择交者不败。”①此四语训诫,影响其门生弟子及乡里甚广,至今在桐城仍有“穷不丢书,富不丢猪”之说。张英虽位至高官,却以礼让之贤德名闻乡里。姚永朴在《旧闻随笔》中叙记:“张文端公居宅旁有隙地,与吴氏邻,吴越用之。家人驰书于都,公批诗于后寄归,云:‘一纸书来只为墙,让他三尺又何妨。长城万里今犹在,不见当年秦始皇。’吴闻之感服,亦让三尺。其地至今名六尺巷。”②乡邦文献,载诸典籍,播及乡野,其影响历久弥新。

张廷玉(1672—1755),字衡臣,大学士张英次子,安徽桐城人,康熙三十九年进士,值南书房,拜文渊阁大学士。他们父子在康熙、雍正、乾隆三朝为官长达七十余年,既是重臣,又是帝师。张廷玉曾受命担任过《平定漠北方略》《佩文韶府》纂修官、《明史》《玉牒》《三礼》《皇清文颖》《大清会典》《治河方略》《圣祖仁皇帝实录》《世宗宪皇帝实录》和《明史纲目》等典籍的总裁官,其史学主张及其文献学成就对桐城派朋辈及后学的影响是显而易见的。马其昶在《桐城耆旧传》中称:“公登朝垂五十年矣,长词林二十七年,主揆席二十四年,赞画军国大政不可数计。……本朝汉大臣得与配享者,惟公一人。”③即清朝唯一配享太庙的汉臣。清代文学史以及论述桐城派的专著一般不将张廷玉纳入桐城派作家的范畴,然其在史学领域的造诣及对桐城派朋辈与后学的影响是不言而喻的。张廷玉与方苞有交谊,且同朝为官④,其诗学成就斐然,主张“文以载道”⑤,其“有物之言”的史文主张,与方苞史学“义法”说中的“言有

① 张英:《聪训斋语》,载江小角等点注:《父子宰相家训》,安徽大学出版社2015年版,第36页。

② 姚永朴:《旧闻随笔》,黄山书社1989年版,第183页。

③ 马其昶:《桐城耆旧传》,黄山书社1990年版,第239—240页。

④ 雍正十三年正月(1735年),清廷修《皇清文颖》,命大学士张廷玉等为文颖馆总裁官,命方苞等为副总裁官。参见《清实录》第八册,中华书局1985年版,第868页。

⑤ 在《御制乐善堂全集序》一文中,张廷玉曰:“臣闻文以载道,而道本于身,故必实能明道,而文治始可贵;必实能身体,而道始能明。”参见江小角等点校:《张廷玉全集》,安徽大学出版社2015年版,第144页。

物”“言有序”不谋而合,应属于桐城派名家的范畴①。由于张廷玉晚出戴名世和方苞,早于刘大櫆和姚鼐,考虑到篇章结构的完整性,笔者将其附于桐城派先贤方以智、钱澄之后,论述其史学主张。

张廷玉认为“论道首在尊经,纪事必归揽史”。作为最后定稿之《明史》的总裁,张廷玉为《明史》的纂修亦可谓殚精竭虑。他认为《明史》虽仍沿用以前官修史书之体裁,“或详,或略,或合,或分,务核当时之心迹。文期共喻,扫艰深鄙秽之言;事必可稽,黜荒诞奇邪之说。”张廷玉在这里所说的“事必可稽”即言之有据,是史学研究的基本要求,也是对史家素养和心术的基本考量。张廷玉认为:明代史料“稗官野录,大都荒诞无稽,家传碑铭,亦复浮夸失实,欲以信今而传后,允资博考而旁参。”②即以“博考”“旁参”等史学考证方法成就一代信史。

《明史》之修,始自顺治二年五月,至雍正十三年十二月,全书告成,历时九十一年之久,在历代官修诸史中费时最长。约可分为三时期:第一时期由顺治二年至康熙十八年,共三四十年,可谓为预备时期。当时档案不全,而人材亦不甚众,后逢三藩之乱,遂使修《明史》事中间时常停顿,未能成书。第二时期由康熙十八年起,至康熙六十一年止,共四十四年乃修《明史》极努力之时期。至此时期末,全史已大体形成。康熙十八年开博学鸿词,明史馆得大批生力军,至二十二年完成分修之稿,康熙二十三年,徐元文任总裁,延请万斯同任改稿之事。万斯同承浙东史学之衣钵,以布衣预改史稿,历时十二年。后王鸿绪继任总裁,仍延万斯同核定列传。万氏任此事直至其卒。第三时期,雍正元年七月,又谕续修《明史》,由二十三人分纂,由

① 方宗诚编:《桐城文录》收有张英、张廷玉文章,视张氏父子为桐城派。相关研究,如章建文:《论张英对桐城派的贡献》(《北京社会科学》2016 年第 8 期),作者认为张英、张廷玉父子均有桐城文风,应属桐城派。

② 张廷玉:《恭进敕修明史表》,载江小角等点校:《张廷玉全集》(上册),安徽大学出版社 2015 年版,第 33—35 页。

张廷玉任总裁，至雍正十三年修成。

> 惟旧臣王鸿绪之史稿，经名人三十载之用心，进在彤闱，颁来秘阁，首尾略具，事实颇详。在昔《汉书》取裁于马迁，《唐书》起本于刘昫，苟是非之不谬，讵因袭之为嫌，爰即成编，用为初稿，发凡起例，首尚谨严，据事直书，要归忠厚。①

张廷玉在《恭进敕修明史表》中所云"名人"，即万斯同。钱竹汀在《潜研堂集·万季野传》中指出："乾隆初，大学士张公廷玉等奉诏刊定《明史》，以王公鸿绪《史稿》为本而增损之。王氏稿大半出先生手。"②《明史》之修，万斯同居功至伟，用力最深，"以独力成《明史稿》，论者谓迁、固以后一人而已"③，王鸿绪不过揽用万氏手稿而已。台湾大学历史系教授李宗侗也认为，最终定稿之《明史》大体上以王鸿绪《史稿》为蓝本，无足疑者，故能成书较速。盖《明史》之成，不只历九十余年之久，且曾经无数人之创撰及修改。观当时参与诸人，在文集中所各自发表之局部史稿，即可明悉。参加撰订者之多而各有其成功，亦因于此。在唐以后所修诸史中，以体例及谨严论，《明史》当居首位④。梁启超也认为："康熙间，清廷方开《明史》馆，欲藉以网罗遗逸；诸师既抱所学，且籍以寄故国之思，虽多不受职，而皆间接参与其事，相与讨论体例，别择事实。故唐以后官修诸史，独《明史》称完善焉。"⑤

《明史》出于官修，参与者不可胜数，文风与笔力之差异可想而知，用张廷玉的话表达即："聚官私之记载，核新旧之见闻，签帙虽多，抵牾互见。"⑥然一

① 张廷玉：《恭进敕修明史表》，载江小角等点校：《张廷玉全集》（上册），安徽大学出版社2015年版，第34页。

② 梁启超：《中国近三百年学术史》，商务印书馆2011年版，第111页。

③ 梁启超：《清代学术概论》，上海古籍出版社1998年版，第18页。

④ 李宗侗：《中国史学史》，中华书局2010年版，第141—143页。

⑤ 梁启超：《清代学术概论》，上海古籍出版社1998年版，第52页。

⑥ 张廷玉：《恭进敕修明史表》，载江小角等点校：《张廷玉全集》（上册），安徽大学出版社2015年版，第34页。

部《明史》总体的语言风格却能如此简洁精练,与总裁张廷玉主张“有物之言”的史文风格不无关系。他认为:“碑记论断,率根柢六经,有典有则,与论文之旨适合。有物之言,其必传于后无疑。”①在《恭进敕修明史表》一文中,张廷玉对有明一代的历史洞若观火。

> 惟兹《明史》,职在儒臣,纪统二百余年,传世十有六帝。创业守成之略,卓乎可观;典章文物之规,灿然大备。迨乎继世,法弗饬于庙堂;降及末流,权或移于阉寺。无治人以行治法,既外衅而内讧;因灾氛以启寇氛,亦文衰而武弊。朝纲不振,天眷既有所归;贼焰方张,明祚遂终其运。②

张廷玉仅用短短百余言,即叙尽明朝历十六帝的宏运大势、职官典章之特征、后期的文衰武弊、倾覆的原因,并以“天眷既有所归”隐喻清廷的正统地位,含而不露,符合官修史书的用意。张廷玉在这里所主张的“有物之言”,与方苞“义法”说中的“言有物”“言有序”不谋而合,抑或是相互关联与影响,笔者不得而知,期待有学者作进一步的深入研究。

张廷玉服官之余,常常浏览史乘,于读史、治史颇有心得。他认为:“学者治经而外,急宜辅之以史。盖史之文,经之案也。圣人之言如神医立方,读者之其然,而不知其所以然。惟精于医者,因病而悟方,然后恍然于利害之未尝丝毫爽也。此史之所以案也。”在他看来,儒家经典是准则,能够指导人们的社会实践和日常生活,读经所以明理;历史是过往的社会实践,学习历史是修身养性、认识社会发展的重要门径。他把历史比作五谷、纨帛、参木,读之不仅可以疗饥、饰体、益气,还可以知人论世。

> 读之,如五谷可以疗饥,纨帛可以饰体,参木可以资生益气;且读

① 张廷玉:《编修储中子文集序》,载江小角等点校:《张廷玉全集》(上册),安徽大学出版社 2015 年版,第 184 页。

② 张廷玉:《恭进敕修明史表》,载江小角等点校:《张廷玉全集》(上册),安徽大学出版社 2015 年版,第 33—34 页。

之而其人可知，其世可知，其用不用，利害可知，未尝不与五经、圣人之言互相发明，而悠然有会也。①

张廷玉认为读史宜“求实用”，否则，如“适江湖者，顺风扬帆，日行数百里，语人曰：‘某都，某邑，我所经也。’至问某处之山川、城郭、风俗、物产，茫如也。读史而不求实用者，何以异是！”他认为“一代有一代之文章，一人有一人之笔力。一代之史，一人之笔力所成也。”②所论与戴名世、万斯同历数官修史书之不足有异曲同工之妙。

在编纂史籍时，张廷玉以唐代刘知几的“史家三长”为标杆严格要求自己。他认为：“属辞比事，教起于《春秋》。”作为《明史》和众多志书编纂的总裁，他“衷之正史，汰臣僚饰美之词；证以群编，削野稗存疑之说”。③ 张廷玉严谨的治史作风，特别是他的史学才华为当代社会与政治服务的现实表现，对桐城派的创始人方苞产生了直接的影响。方苞从戴名世“南山集案”获释后，之所以能够很快地中汲取教训，转变政治立场，并从思想上认同清廷的正统地位，或多或少地受到了这位同邑臣僚的启发。

---

① 张廷玉：《编修储中子文集序》，载江小角等点校：《张廷玉全集》（上册），安徽大学出版社2015年版，第163—164页。

② 张廷玉：《编修储中子文集序》，载江小角等点校：《张廷玉全集》（上册），安徽大学出版社2015年版，第163—164页。

③ 张廷玉：《恭进御撰资治通鉴纲目三编表》，载江小角等点校：《张廷玉全集》（上册），安徽大学出版社2015年版，第36—37页。

第三章　华夷之辨与桐城派四祖史学思想

言及桐城派的开山鼻祖，学界主要有两种代表性的观点：一是“桐城派三祖”说，即方苞、刘大櫆和姚鼐；一是“桐城派四祖”说，指戴名世、方苞、刘大櫆和姚鼐，即认为戴名世也是桐城派的开山之祖。戴名世因“南山集案”获罪清廷后，此后学界对他讳莫如深，桐城派传人亦未将其纳入该派开山祖师之列。直到晚清，文网渐疏，黎庶昌为“补姚氏姬传《古文辞类纂》所为备”而编辑了桐城派文章源流汇集——《续古文辞类纂》，收入戴名世古文六篇，即《答伍张两生书》《与刘言洁书》《王养正传》《一壶先生传》《画网巾先生传》和《薛大观传》。柳亚子称：“戴氏与方苞齐名，为清代桐城派古文家开山鼻祖，论者谓其才学实出方苞之右。”①宣统二年，上海扶轮社将戴名世与方苞的文章汇为一集，名之曰《方戴合钞》，“使长期被罢黜文名的戴名世，取得与被奉为‘桐城派’创始人的方苞并驾齐驱的历史地位。”②笔者认为“桐城派四祖”说比较符合历史实际，故从之。明清换代，江山易主，统治二百多年之久的朱明王朝被清朝政权所取代，此于崇尚气节的明季士大夫而言，不啻天崩地解。华夷之辨的思想观念严重影响了明末清初汉族士大夫的政治取向，他们或不仕清，或身

---

① 谢国桢：《增订晚明史籍考》，上海古籍出版社 1981 年版，第 497 页。

② 俞樟华、胡吉省：《桐城派编年》，人民文学出版社 2015 年版，第 2 页。

为清的臣子却从心理上一直以明遗民自居，而采取了不与清廷合作的态度，“异族入主中夏，有志节者耻立乎其朝”①。清初桐城派乡贤方以智、钱澄之就是其中最典型的代表。桐城派四祖均出生于清廷入主中原之后，属于大清朝臣民，食毛践土，按理不应该有明遗民的心态，然而，文化的认同是一个比政权稳固更为艰难和持久的心理变化过程。作为桐城派的开山之祖，戴名世尤留心先朝文献，甚至在史书中以南明年号纪元，所有这些都是夷夏之防的心理反映。华夷之辨的文化心理和感念旧朝的历史观在戴名世的史学思想中得到淋漓尽致的反映。方苞从“南山集案”中汲取教训，倡言史学“义法”说，积极应对时局的变化，才使得桐城派摆脱了囿于华夷之辨的史学思维而获得继续发展的空间。本章重点论述戴名世、方苞和刘大櫆史学思想中的“变”与“不变”，以及姚鼐的义理史学，以期呈现桐城派名家史学思想的阶段性特征。

第一节　戴名世的史识与史学情怀

戴名世(1653—1713)，字田有，安徽桐城人，清代著名的古文家。梁启超认为：“桐城派古文，实应推他为开山之祖。”②马其昶称：“世人隐其名，称曰宋潜虚。……先生生平酷慕司马子长之文，每引以自况，留心先朝文献，网罗略备，将欲成一家之言，卒未能遂其志以死。”③对于戴名世的史学思想，早在20世纪20年代，梁启超就评价曰：“南山善治史，其史识史才皆绝伦。”④

> 大抵南山考证史迹之恳挚，或不如力田、季野，而史识、史才，实

---

① 梁启超：《清代学术概论》，上海古籍出版社1998年版，第27页。

② 梁启超：《中国近三百年学术史》，商务印书馆2011年版，第213页。

③ 马其昶：《桐城耆旧传》，黄山书社1990年版，第247—248页。

④ 梁启超：《近代学风之地理的分布》，《清华学报》1924年第1卷第1期，第23页。

一时无两,其遗集中《史论》《左氏辨》等篇,持论往往与章实斋暗合。……盖南山之于文章有天才,善于组织,最能驾驭资料而熔冶之,有浓挚之情感而寄之于所记之事,且蕴且泄,恰如其分,使读者移情而不自知。以吾所见,其组织力不让章实斋,而情感力或尚非实斋所逮。有清一代史家作者之林,吾所俯首,此两人而已。①

戴名世虽无系统的史著传世,而梁启超将其定位于潘柽章、万斯同、章学诚等史家之列,并明确表示在清初史家中,唯俯首戴名世与章学诚两人。直至20世纪80年代,随着学风渐开,桐城派以及戴名世的史学思想重新受到学界的关注,并取得一些值得称道的研究成果②。台湾大学杜维运教授在《清代史学与史家》一书中就列有专章介绍"戴名世之史学",认为"自史才言之,清初史家罕有能望及戴氏者","自史识言之,戴氏为有孤怀宏识之史家"③。那么,作为一代史家,戴名世对于史学的见解有何独到之处而被梁启超称为史识史才皆绝伦?戴名世因文字罹奇冤以死与其历史观有何种关联?笔者尝试以此问题为导向,在前辈学者研究的基础上对戴名世的史学思想及其影响作一简要梳理与探析。

一、 戴名世的《史论》及其史学思想

《史论》是戴名世关于治史的专论,涉及史学的属性与功用、作史之难与史料的甄别、良史之难与信史的撰修等,是桐城派名家首次系统论述其史学思想的经验总结,对前清史学产生一定影响。

---

① 梁启超:《中国近三百年学术史》,商务印书馆2011年版,第329—330页。

② 有关戴名世史学思想研究的学术成果主要有:石钟扬的《史识史才皆绝伦——论戴名世的史学成就》,《安庆师范学院学报》1986年第3期;徐天祥的《戴名世的史学思想》,《安徽史学》2001年第4期;关爱和的《〈南山集〉案与清代士人的心路历程——以戴名世、方苞为例》,《史学月刊》2003年第12期;李传印的《论戴名世的史学思想》,《北京科技大学学报》2001年第3期、《戴名世的历史评论浅议》,《安徽史学》2006年第6期。

③ 杜维运:《清代史学与史家》,中华书局1988年版,第208—209页。

其一,关于史学的属性与功用。

对于史学的属性与功用,戴名世的理解简约而深刻。他在《史论》一文中开宗明义地指出:“昔者圣人何为而作史乎?夫史者,所以纪政治典章因革损益之故,与夫事之成败得失,人之邪正,用以彰善瘅恶,而为法戒于万世。是故圣人之经纶天下而不患其或敝者,惟有史以维之也。”①

首先,戴名世把作史定性为圣人之事,强调历史撰述的严肃性。在儒家典籍中,“圣人”一般是指尧、舜、禹、汤、文武、周公、孔子等人格品德高尚的人。戴名世说“圣人作史”,其含义起码有两个方面。一是史并不是任何人都可以作的,只有“圣人”才能为之;二是前代有历史撰述的史家很多,戴名世认可的只有那些人格品德高尚的史家,只有他们的撰述才能称“史”。“圣人作史”的见解提高了史学的社会地位和文化地位,更重要的意义在于戴氏把作史赋予“圣人”的内涵,更看重史家的德性,对史家提出了更高的德性要求。唐朝刘知几以才、学、识三个范畴来表达他对史家的要求,并成为后来相当长时间里人们评论史家的基本标准,甚至诗人和诗歌评论家也以才、学、识作为诗歌评论的标准,如袁枚(1716—1798)就说:“作史三长:才、学、识,缺一不可。余谓诗亦如之,而识最为先;非识,则才与学俱误用矣。”②戴名世把作史冠之以“圣人”的标准,实际上是在强调“德”与作史的关系,也就是“德”是衡量史家、评论史家的核心标准,从而将史家评论的标准从才、学、识的知识层面延伸到史家道德层面。继戴名世之后,著名的史学批评家章学诚(1738—1801)在《文史通义》的《文德》《史德》《与邵二云论修宋史书》等篇章中反复论述“史德”,并指出“能具史识者,必知史德。德者何?谓著书者之心术也。”③章学诚的“史德”论虽然不能说是直接承续了戴名世《史论》的观点,但受到了他的影响

---

① 戴名世:《史论》,载王树民编校:《戴名世集》,中华书局1986年版,第403页。

② 袁枚:《随园诗话》,江苏古籍出版社2000年版,第65页。

③ 章学诚:《文史通义·史德》,叶英校注:《文史通义校注》(上),中华书局1985年版,第219页。

则是可能的。梁启超在《中国近三百年学术史》论及“清初史学”成绩时，认为戴名世“其遗集中《史论》《左氏辩》等篇，持论往往与章实斋暗合。”①

其次，戴名世强调治国以史，突出史学“因革损益”和“彰善瘅恶”的功用。戴名世明确表示“夫史者，所以纪政治典章因革损益之故，与夫事之成败得失，人之邪正，用以彰善瘅恶，而为法戒于万世”。② 这就是说历史撰述应该如实地记载一代之政治典章制度因革损益及其变化的原因；记述历史事件并着重分析其中的成败得失，总结历史经验教训。史学的功用就在于能够从以往的“因革损益”中总结出某些历史规律，启发和激励人们去把握世界的未来。戴名世认为作史“用以彰善瘅恶，而为法戒于万世”，表明他对史学功用还仅局限于善恶是非等道德评判方面，局限于道德教化层面上，还没有超出唐代刘知几“彰善瘅恶，以树风声”的观念范围。但是戴名世强调“是故圣人之经纶天下而不患其或敝者，惟有史以维之也”，这又突出了史学与治国安邦的关系。史学与政治的密切关系，一方面表现为政治局面和政治形势对史学发展产生方方面面的作用和影响；另一方面，史学也以不同的形式和各种途径反作用于政治，在当时的政治活动中产生重要作用。戴名世认为圣人治国安邦如果要作到不敝、不惑，“惟有史以维之也”，他看到了史学提供的历史智慧和史学智慧在治国安邦中不可或缺的作用。

其二，关于史之难作与史料的甄别。

在《史论》中，戴名世指出：“史之难作久矣。”戴氏认为史之难作，一是由于仁者见仁智者见智，众说纷纭，莫衷一是；二是由于史料搜集困难，“自古以来诸家之史不能皆得而无失”；三是由于年代久远，史实真伪难辨。他分析说：

---

① 梁启超：《中国近三百年学术史》，商务印书馆 2011 年版，第 329 页。康熙五十二年(1713)戴名世因“南山集案”被处死，乾隆三年(1738)章学诚才出生，梁启超所云应是章学诚持论与戴名世暗合。

② 戴名世：《史论》，载王树民编校：《戴名世集》，中华书局 1986 年版，第 403 页。

今夫一家之中，多不过数十人，少或十余人。吾目见其人，吾耳闻其言，然而妇子之诟谇，其衅之所由生，或不得其情也，主伯亚旅之勤惰，或未悉其状也。推而至于一邑一国之大，其人又众矣，其事愈纷杂而不可诘矣。虽有明允之吏，听断审谳，犹或有眩于辞，牵于众，而穷于不及照者。况以数十百年之后，追论前人之遗迹，其事非出于吾人之所亲为睹记。譬如听讼，而两造未列，只就行道之人，旁观之口，参差不齐之言，爱憎纷纭之论，而据之以定其是非曲直，岂能以有当乎。夫与吾并时而生者，吾誉之而失其实，必有据其实而正之者；吾毁之而失其实，其人必与吾争辩而不吾听也。若乃从数十百年之后，而追论前人之遗迹，毁之惟吾，誉之惟吾，其人不能起九原而自明也。孟子曰："尽信书则不如无书。"吾于诸家之史亦云。然则史岂遂无其道乎哉。①

那么，史学之道是什么？戴名世提出史料甄别和治史的三种基本方法。

第一，博征正史与野史。关于野史的价值，桐城先贤钱澄之就认为："庶几野史犹有直道存焉。""惟是野史者流，其言皆得诸传闻，既无情贿之弊，亦无恩怨之私，徒率其公直，无所忌讳，故其言当可信也。"但野史亦有存疑处，他认为写野史之人多为"草茅孤愤之士，见闻鲜浅，又不能深达事体，察其情伪，有闻悉纪，往往至于失实。集数家之言，大有径庭，则野史亦多不足信者"。② 与钱澄之这一认识相同的是，戴名世认为作史所凭借的资料大体上不出国史与野史二种，而各有其缺陷："国史者，出于载笔之臣，或铺张之太过，或隐讳而不详，其于群臣之功罪贤否，始终本末，颇多有所不尽"，而"野史者，或多徇其好恶，逞其私见，即或其中无他，而往往有伤于辞之不达，听之不聪，传之不审，一事而纪载不同，一人而褒贬各别"。③ 两者都有失实之弊，故而要

① 戴名世：《史论》，载王树民编校：《戴名世集》，中华书局1986年版，第403—404页。
② 钱澄之：《明末忠烈纪实序》，载《田间文集》，黄山书社1998年版，第213页。
③ 戴名世：《史论》，载王树民编校：《戴名世集》，中华书局1986年版，第403—404页。

相互博征与补正。杜维运认为戴名世擅长考据之学,“富有近代史家之科学精神。”①

第二,从身正者,参互考订。戴名世一反《尚书》关于“三人占,则从二人之言”的史料甄别法,认为:“吾以为二人而正也,则吾从二人之言,二人而不正也,则吾仍从一人之言,即其人皆正也,而其言亦未可尽从,夫亦惟论其世而已矣。”②戴名世在《史论》中引出“正”的概念,提出了“正”为甄别和采信史料的重要原则。“正”是一个道德概念,所谓“正”,主要就人品而言,诚如《大学》所说“欲修其身,先正其心”③。由此看来,“正”首先是正心。戴名世采纳前人意见,不是机械地看持这种意见人数的多少,而是看持这种意见者人品怎样。戴名世认为采信史料的标准是看史书撰写者的心是否“正”,而不应该是人们的相信程度,即“吾以二人而正也,则吾从二人之言;二人而不正也,则吾仍从一人之言”,史家的“心”正与否,成为戴名世历史认识的基点。戴名世虽然没有对“正”的含义作进一步阐述,但实际上涉及史家作史的心术,在理论上提出了正确处理史学主体与客体相互关系的问题。后来章学诚着眼于从史家的“心术”来论“史德”,或多或少地受到戴名世的影响。戴名世还将“人”与“言”区别开来,认为其人正,其言亦未可尽从。他指出,历史上“一事也必有一事之终始,一人也必有一人之本末,综其终始,核其本末,旁参互证,而固可以得其十八九矣。”④戴氏将“身正”“知言”作为甄别史料是非取舍的方法,符合史学主客观统一的特征,其识见诚然高出前人一筹。

第三,设其身以处其地,揣其情以度其变。戴名世认为甄别和采信史料必须“知人论世”,洞察诸如“其人何人乎?贤乎,否乎?其论是乎,非乎?其为局中者乎,其为局外者乎?其为得之亲见者乎,其为得之逖听者乎?”等。在

① 杜维运:《清代史学与史家》,中华书局 1988 年版,第 213 页。
② 戴名世:《史论》,载王树民编校:《戴名世集》,中华书局 1986 年版,第 404 页。
③ 王国轩译注:《大学中庸》,中华书局 2016 年版,第 7 页。
④ 戴名世:《史论》,载王树民编校:《戴名世集》,中华书局 1986 年版,第 404 页。

了解上述情况的基础上，“观其所论列之意，察其所予夺之故，证之他书，参之国史，虚其心以求之，平其情而论之，而其中有可从有不可从，又已得其十八九矣。”①在清初史学界，“论世”思想几成共识，万斯同也认为“非论其世，知其人而具见其表里，则吾以为信而人受其枉者多矣。”②章学诚继承这一思想进而提出史家心术修养的两个标准，即“气平”，“情正”。章学诚分析说：“史之文，不能不藉人力以成之”，“夫文非气不立，而气贵于平，”“文非情不深，而情贵于正”。因此史家应该尽量避免“因事生感”，“以致气失则宕，气失则激，气失则骄”或“情失则流，情失则溺，情失则偏”，史家要尽量排除客观环境对主观意识的影响③。显然，章学诚是受到戴名世的影响，并把相关认识推进到学理的层面。论世之说，将史料的甄别建立在全面考察与深入分析的基础之上，闪耀着唯物辩证的思想光辉，体现了一代史家严谨的学风和勇于探索的精神。

其三，关于良史之难与信史的撰修。

在《史论》中，戴名世指出：“作史之难其人抑又久矣”，“夫史氏非专家之学不可以称其任”。他引用宋代曾巩的观点认为：“‘史者所以明夫治天下之道也，故为之者亦必有天下之才，然后其任可得而称也。’由此观之，作史之人岂不难哉。”而良史的出现，又与学术文化环境特别是统治阶级的重视程度有关，“或谓史之难作如此，作史之又难其人如此，顾安得所如司马氏、班氏、欧阳氏者出而任之？此亦视乎上之所重而已矣。上之所重在经学，则天下之通经者出，上之所重在史学，则天下之良史者出，而又何患于史之难作，与作史之难其人哉。”④戴氏从国家的政治与学术环境寻找良史产生的条件，提出了解决问题的办法，与其同时代的人相比，其识见实少有人能同其比肩。

首先，戴名世把史学定为专家之学。他说：“夫所谓专家之学者，天下之

① 戴名世：《史论》，载王树民编校：《戴名世集》，中华书局 1986 年版，第 404 页。

② 方苞：《万季野墓表》，载《方苞集》（上），上海古籍出版社 2008 年版，第 333 页。

③ 章学诚：《文史通义・史德》，载叶英校注：《文史通义校注》（上），中华书局 1985 年版，第 220 页。

④ 戴名世：《史论》，载王树民编校：《戴名世集》，中华书局 1986 年版，第 406 页。

才也。如曾巩之所谓‘明足以周万事之理，道足以适天下之用，智足以通难知之意，文足以发难显难之情’，如此而后可以为良史矣。”①在此，戴名世把史学定位为专家之学，非一般人所能为；史家为天下之才，非才短识陋者所能胜任，唯有天下之才治专家之学，才是真正意义上的史学。戴名世把史学界定为专家之学，这就规定了史学的学科属性，从学科性质和人才学两个方面对史学及史家提出了更高要求，并将之上升到理论高度，把史学与一般历史知识传播进行了区分，从而突出了史学的学术性和科学性。

其次，戴名世从“明”“道”“智”“文”的角度界定了良史的标准。戴名世认同曾巩的观点：“盖史者所以明夫治天下之道也，故为之者亦必天下之材，然后其任可得而称也。”史学既然是专家之学，史家就应该是天下之才。那么称职史家的标准是什么呢？刘知几“三才”论强调才、学、识兼备，而以史识更为重要。戴名世在《史论》中借用曾巩在《南齐书目录序》中的一段话来表达对史家修养的看法：“古之所谓良史者，其明必足以周万事之理，其道必足以适天下之用，其智必足以通难知之意，其文必足以发难显之情，然后其任可得而称也。”②曾巩的这段话提出了明、道、智、文四条史家修养及其所应达到的标准，即表现在“理”“用”“意”“情”之上。前者是内涵，后者是实践效果，其言甚高，史家在明万事之理（史识）、智可通难知之意（史才）、文可发难显之情（史学）的同时，更要达到“其道必适天下之用”。这些概念，一是在理论上更加丰富了对史学的认识，二是在史学与社会关系上更加强调“适天下之用”。戴名世推崇曾巩的这些主张，与清初强调经世致用的学风是一致的。戴名世对史家素养的这些见识得到了社会上的普遍认同和赞誉。方玉正认为：“褐夫氏（戴名世字褐夫，一字田有）以董醇贾茂之才，具盲左腐迁之识”③。汪灏赞曰：“吾友戴君田有，名高虎观，才匹龙门。熟千古之兴亡，探微抉奥。负三

① 戴名世：《史论》，载王树民编校：《戴名世集》，中华书局1986年版，第406页。

② 曾巩：《南齐书目录序》，载《曾巩集》（上册），中华书局1984年版，第187页。

③ 方正玉：《方正玉序》，载《戴名世集》，中华书局1986年版，第457页。

长之学业，撮要搜奇。”①梁启超更是认为戴氏史识史才皆绝伦。

再次，戴名世对信史的撰修提出了自己独到的见解。自唐以后，各史皆成于官局众修之手，是以矛盾百出，芜秽而不可理。顺治二年，清廷设明史馆，议定明史修撰体例。康熙十八年，明史馆开始工作。但戴名世对众人撰史的做法表示强烈不满，所以他立志要独撰一部明史。诚如万斯同所言：“官修之史，仓促而成于众人，不暇择其材之宜与事之习，是犹招市人而谋室中之事耳。”②梁启超考证认为戴名世“当明史馆久开之后，而不慊于史馆诸公之所为，常欲以独力私撰《明史》，又常与季野及刘继庄、蔡瞻岷约偕隐旧京共泐一史”。③ 正是基于对明史馆修史弊端的认识，戴氏对如何撰写一部信史有了更深刻的思考。

中国史学历来推重信史，史家不厌其烦地用“书法无隐”“直书”“实录”等词来表达推重信史的愿望。史学批评家也往往从史家或史书对于历史文献处理得当与否，对于历史和非历史事实的如何认识与抉择来考察历史撰述是否符合信史的要求。较早提出“信史”概念的是南朝刘勰，他在《文心雕龙·史传篇》中就认识到史家“述远”难免“诬矫”，“记近”易生“回邪”，这是特别值得注意的史学现象。宋代吴缜《新唐书纠谬·序》提出“为史之要有三：一曰事实，二曰褒贬，三曰文采。”并强调“有是事而如是书，斯谓事实”，如果事实未明，而徒以褒贬、文采为是，则“失为史之意”④。这是较早地从理论上对史学的求真本质做出的明确概括。如何才能撰修一部信史，戴名世针对明史馆的修史之敝，提出了自己独到的见解。

第一，要先立规制，后选史料。他说：“譬如大匠之为巨室也，必先定其规模，向背之已得其宜，左右之已审其势，堂庑之已正其基。于是入山林之中，纵

---

① 汪灏：《汪灏序》，载《戴名世集》，中华书局 1986 年版，第 456 页。

② 方苞：《万季野墓表》，载《方苞集》（上），上海古籍出版社 2008 年版，第 334 页。

③ 梁启超：《中国近三百年学术史》，商务印书馆 2011 年版，第 329 页。

④ 吴缜：《新唐书纠谬·序》，中华书局 1985 年版，第 3 页。

观熟视,某木可材也,某木可柱也,某木可栋也,榱也,某石可础也,阶也。乃集诸工人,斧斤互施,绳墨并用,一指挥顾盼之间,而已成千门万户之巨观。"①戴名世对修史的准备概括为两个方面,一是确定撰史的主导思想和史书的体例框架;二是以此为基础,在浩如烟海的史料中谨慎地选择有用的资料。

第二,要确定严明的修史制度。我国的史官制度虽然起源很早,但修史机构的出现要晚一些,据刘知几的考察,曹魏以前历代并无稳定的修史机构,魏晋时期开始有了职掌修史的机构。唐朝初年,设史馆于禁中,史馆便成为后来历朝历代的官方修史机构。史馆的设立固然有其优点,为中国史学的发展作出了很大贡献。但长期以来也形成了一些弊端,参与修史人众,参差不齐,观点歧异,步调不一。出现"众拙工而治一器,众懦夫而治一军"的不好现象。正如戴名世所看到的那样,"吾窃怪夫后世之为史者,规制之不立,法律之茫然,举步促缩,触事尳踠,是亦犹之寻丈之木,尺寸之石,而不知所位置,五十人之聚而驾御乖方,喧哗扰乱而不可禁止,又安望其为巨室而用大众乎哉!"为克服众人共修一史的弊端,戴名世提出要建立具有权威性和有约束力的修史制度,如大将之统兵,"良将之用众也,纪律必严,赏罚必信,号令必一,进止必齐,首尾必应,运用之妙成乎一心,变化之机莫可窥测,乃可以将百万之众而条理不紊,臂可使指,兵虽多而愈整,法虽奇而实正。"②

第三,要发挥良史的统帅作用。戴名世对众人修史良莠不齐的状况进行了严厉批评:"吾又怪夫后世之为史者,素不闻有博通诸史之学也,素未知有笔削之法也,分编共纂,人人而可以为之,一人去又一人来,往往一书未成,而已经数十百人之手,旷日逾时,而卒底于无成。"众人都来修史,不仅史书旷时难成,而且史书的质量也堪忧。在当时的制度下,要取消史馆是不可能的,唯有突出良史的统帅作用。戴名世说:"且夫为巨室者,群工杂进,而识其体要,惟度材是任者,大匠一人而已。用兵者,卒徒虽多,偏裨虽猛勇,而司三军之命

---

① 戴名世:《史论》,载王树民编校:《戴名世集》,中华书局1986年版,第405页。

② 戴名世:《史论》,载王树民编校:《戴名世集》,中华书局1986年版,第405页。

者，大将一人而已。为史者虽征文考献，方策杂陈，而执笔操简，发凡起例者，亦不过良史一人而已。”在戴氏看来，只要有真正的“良史”执笔操简，发凡起例，虽然修史人员众多，但还是可以如将统兵一样，把史撰修好，“是故以司马氏、班氏、欧阳氏之为大匠良将，而《史记》、而《汉书》、而《五代史》可成也。《新唐书》非欧氏一手之所定，遂不能与《五代史》齐观，则夫史氏非专家之学不可称其任，此亦可以见矣。”①

二、戴名世的史学情怀及其忠义思想

戴名世喜读《太史公书》，以史才自负，有志自撰《明史》，认为“终明之世，三百年无史”，“余夙昔之志，于明史有深痛焉”②。他在《与刘大山书》中说：“生平尤留意先朝文献，二十年来，搜求遗编，讨论掌故，胸中觉有百卷书，怪怪奇奇，滔滔汩汩，欲触喉而出。而仆以为此古今大事，不敢聊且为之，将欲入名山中，洗涤心神，餐吸沆瀣，息虑屏气，久之乃敢发凡起例，次第命笔。”然而，天降遗憾，年轻时代的戴名世为生计所迫，“家累日增，奔走四方以求衣食，”③欲退居著史而不可能；晚年虽进士及第，以翰林编修入明史馆，然天威难拒，亦难按其愿望去修《明史》；尔后震撼儒林的“南山集案”发，戴氏因以论死，“中国自此而一部可读之史，不传于后”。④ 戴名世虽未完成《明史》之大业，然他所撰写的《孑遗录》《崇祯癸未榆林城守纪略》《崇祯甲申保定城守纪略》《弘光乙酉扬州城守纪略》《弘光朝伪东宫伪后及党祸纪略》以及大量人物传记、墓表和人物专论等，实则其未竣工之《明史》雏形。其笔墨所及犹重明末农民起义、抗清史事和南明历史的记载，字里行间莫不饱含着作者的“亡国”之痛和狭隘的忠义思想。

① 戴名世：《史论》，载王树民编校：《戴名世集》，中华书局 1986 年版，第 405—406 页。
② 戴名世：《与余生书》，载王树民编校：《戴名世集》，中华书局 1986 年版，第 2—3 页。
③ 戴名世：《与刘大山书》，载王树民编校：《戴名世集》，中华书局 1986 年版，第 11 页。
④ 杜维运：《清代史学与史家》，中华书局 1988 年版，第 207 页。

南明之弘光、隆武、永历三代，“地方数千里，首尾十七八年”（1645—1659），是与清顺治（1644—1661）相始终的流亡政府，尽管其大势已去，但毕竟是一股与清廷相对峙的政治力量。清入主中原之初，急欲消灭之，以巩固其初建的政权；入主中原后，又想从历史记载上抹煞之，以便从思想上钳制反清心态和情绪的蔓延。作为史学家，戴名世对南明的灭亡虽无可奈何，但他却极力为其争取应有的历史地位。他在因以致祸的《与余生书》中写道：“昔者宋之亡也，区区海岛一隅如弹丸黑子，不逾时而又已灭亡，而史犹得以备书其事。今以弘光之帝南京，隆武之帝闽越，永历之帝两粤、帝滇黔，地方数千里，首尾十七八年，揆以《春秋》之义，岂遽不为昭烈之在蜀，帝昺之在崖州，而其事渐以灭没。”①戴名世在《孑遗录》、“四纪略”等历史著作中都直书南明年号，与清朝入主中原后企图抹煞南明历史形成鲜明的对照（后来官修《明史》，南明三帝皆不入本纪，仅附其父传之末）。康熙四十一年（1702），戴名世由江宁迁桐城南山，自称归隐。其门人尤云鄂将生平所抄戴氏文百余篇付梓，因戴氏卜居南山冈，即以《南山集》命名。清初文网甚密，对肆意渲染反清意识和情绪的文章更是恨之入骨。杜维运认为：“戴氏著南山集，多采录方孝标滇黔纪闻。又致余生书，称明季三王年号，如宋末之二王，为撰史者所不可废，以此为左都御史赵申乔所纠，因以论死。”②康熙五十年左都御史赵申乔据《南山集》参奏：“翰林院编修戴名世，妄窃文名，恃才放荡。前为诸生时，私刻文集，肆口游谈，倒置是非，语多狂悖，逞一时之私见，为不经之乱道。”审讯二年后，最终以“查戴名世书内欲将本朝年号削除，写入永历大逆等语。据此戴名世照律凌迟处死。”③“南山集案”是康熙后期震惊海内的文字狱，据以定案的证据是《南山集》曾根据方孝标所作《滇黔纪闻》中的材料议论南明史事，并使用南

① 戴名世：《与余生书》，载王树民遍校：《戴名世集》，中华书局1986年版，第2页。

② 杜维运：《清代史学与史家》，中华书局1988年版，第207页。

③ 《记桐城方戴两家书案》，载王树民编校：《戴名世集·附录》，中华书局1986年版，第478—483页。

明诸帝的年号。

戴名世何以对南明历史情有独钟？此不纯然出于其探寻历史真相的史实意识，而与汉族士大夫阶层长期形成的忠义思想有着莫大的关系。戴名世虽生于清顺治十年，但他感念旧朝，对已经灭亡的明王朝有一种解不开的情结，在情感上不肯认同大清新主，以至招来杀身之祸。面对大清王朝的统治，戴名世不敢直接举起反清旗帜，而是通过对史事和历史人物的评论，宣扬其狭隘的君臣之义。正如徐天祥先生所说，在戴名世的文集中关于“义”的字眼比比皆是，凡忠臣、良将、清官、循吏、孝子、顺孙、贤士大夫、节烈女子乃至孤忠效死之辈，其所言所行，多与“义”相连；相反，于那些蠹国之臣、叛降之将、贪官墨吏、祸民之兵，往往斥之以“非义”。其一褒一贬，鲜明反映出戴名世的是非标准。戴名世所言之“义”含义甚多，在具体的语言环境中，它或指某种善举，或指某种道理，或指精神与气节，或指道义和情感，等等。它浓缩了封建的伦理关系及由此派生出的道德准则，而君君、臣臣、父父、子子则是这种“义”的核心①。戴名世心中的君臣之义，其君并不是清朝皇帝，而是已经死去的明朝统治者。他站在明王朝的立场上谈君臣之义，把忠于明王朝作为臣子守义的标准。他站在明王朝的立场上，骂李自成是“贼”，农民军是“贼兵”“害民”，说他们所到之处烧杀淫掠，社稷丘墟。对已经占据统治地位的清人，戴名世不敢公开说坏话，只能在背地里发微词。

戴名世把明朝的覆亡归罪于明末农民起义和满族入关，凡是投靠、归顺农民起义军、大清新主者，戴名世认为都是不忠不义的行为，严加斥责。如陈士庆善道术，为张献忠所俘，用其道术为张献忠服务。戴名世在传赞中说：“余读陈士庆事，洵奇怪，然窃叹其挟有异术如此而为贼用，可惜也。”②对于明亡之际，一些人没有为亡明殉情，戴名世表示了极大不满。在《杨维岳传》中，戴名世慨叹说：

---

① 徐天祥：《戴名世的史学思想》，《安徽史学》2001 年第 4 期，第 24—25 页。

② 戴名世：《陈士庆传》，载《戴名世集》，中华书局 1986 年版，第 159 页。

呜呼！遭时乱亡，士之自立，可不慎哉。三代以来，变故多矣，为人臣者，往往身为大官不能为国死，而布衣诸生又以死非吾事，则无一人死也，君臣之义几何而不绝也哉！自古死节之盛莫如建文之时，而姓名半且磨灭，吾尝惜之。迨甲申、乙酉间，天下又非靖难比也，故余所至辄访问父老，有死事者，为纪次之，无使其无传焉。①

戴名世之所以为巢县人杨维岳立传，是因为他毁家纾难追随史可法抵抗清兵，后扬州城破，他不肯剃发，作《不髡永诀之辞》，绝食七日而死。戴名世虽然说得很委婉，其批评明亡之际一些人没有勇于赴死，为明朝殉难，坚决抵制大清新主统治的意思却十分明显。

在戴名世看来，凡是抵抗农民起义军或大清新主的统治，或与大清新主采取不合作态度都是符合君臣大义，大力推赏。薛大观听说清军攻占昆明，永历帝逃亡缅甸，呜咽流涕，于是薛大观与其子、媳及婢女在集体自杀前有一段关于“义”的讨论：“（薛大观）谓之翰（大观长子）曰：‘国君死社稷，臣死君，义也。今日之事，虽天命不可以力争，顾独不可以效死一战，乃崎岖域外，依小夷求臾活，岂可得乎。吾书生，不能徒手搏敌，计唯有一死。汝其勉哉！’之翰泣对曰：‘父为国死，儿安不能为父死？’大观曰：‘汝死诚善，第汝母及汝妻皆在，将奈何？’当是时，杨氏（薛大观妻）、孟氏（薛之翰妻）皆在旁，乃曰：‘君父子为国死，吾姑妇独不能为君父子死耶？’而旁有婢曰锁儿者，抱大观幼子在怀，闻诸人语，乃前曰：‘主等死有名，婢子何以处此，婢子死亦可乎？’大观曰：‘婢为主死，亦义也。’”于是，这一家族人俱赴黑龙潭死之。薛大观全家集体自杀后，其外嫁的女儿也投火自焚。正是薛大观全家为明殉难的事让戴名世感动，既为其立传，又深感悲切，赞叹不已。

自神庙以来，天下多故，行间大吏，计惟有逃耳。一逃而广宁失，再逃而流寇猖，又逃而金陵亡，而闽亡，而滇黔亡。呜呼！东南诸帝

① 戴名世：《杨维岳传》，载《戴名世集》，中华书局1986年版，第161页。

之死，视烈皇帝之死为何如也。大观诸生，以其家死，无孑遗焉。余读其临列之语，尤悲之。①

对于不认同大清新主的节义之士，戴名世也纳入了忠义的范畴。凤阳泗州人王养正在清兵南下时举兵抗清，最后被俘。临死前，拒绝降清，奋首大骂。戴名世既为他立传，又对王养正的行为称赞说：

淮泗之间，高皇帝（朱元璋）之所起也。当其初起，云蒸龙变，一时将相皆出其间。而及其亡也，一二孤忠间出，断脰决腹，一瞑而万世不视。观明之所以起兴与其所以亡，而淮、泗之盛衰亦可考见焉。②

戴名世所考见的正是对明王朝忠义气节的变化。虽然戴名世志于撰写一部明史，但从其所撰人物传及其赞来看，他更关心、更感兴趣的是明末清初那些以各种不同行动抵抗农民起义，抵制大清统治的人和事。其《孑遗录》纪桐城明末兵变事，述官民同心，兵将合力，面对张献忠强大兵力的反复围攻，使城邑独完的经过。《崇祯癸未榆林城守纪略》记述了崇祯十六年陕西榆林官民抗击李自成军保卫榆林的战斗。《崇祯甲申保定城守纪略》记述崇祯十七年李自成北上，京师破，崇祯死，保定兵民犹浴血守城的经过。在《弘光乙酉扬州城守纪略》一文中，戴名世愤怒地揭露清廷入主中原之初的种种暴行，扬州城破，“杀人满野”，“豫王下令屠之，凡七日乃止。”③他推崇史可法等誓死抗清以身殉国的“天朝重臣”，对于汉族二百多“阖城文武官皆殉难死”的壮烈行为给予了热情的歌颂。在《八月庚申及齐师战于乾时我师败绩》一文中，戴名世借评论历史，大谈君臣之义，反复强调君臣之间的关系及臣对君应尽的义务。

---

① 戴名世：《薛大观传》，载《戴名世集》，中华书局 1986 年版，第 189 页。

② 戴名世：《王养正传》，载《戴名世集》，中华书局 1986 年版，第 163 页。

③ 戴名世：《弘光乙酉扬州城守纪略》，载《戴名世集》，中华书局 1986 年版，第 351—358 页。

孟子曰："春秋无义战。"嗟乎！春秋之战多矣，鲜有出于义者。其或出于义而又不纯焉，卒同于不义而已矣。然圣人不忍遽绝焉，且幸之，且惜之，凡以著君臣之分，明父子之亲，而严内外之防，则亦不必计其功之成与否而义之，得失所在，圣人不忍遽绝焉耳。①

戴名世把义的重点落在君臣之分、父子之亲、内外之防上，其目的无疑是要批评那些在明朝灭亡后投靠大清新主的那些明朝遗民，他们对明王朝没有尽君臣之分，认"贼"作父，而且丧失了自古以来的夷夏之防。

有明一代，程朱理学在思想界得到广泛认同。由于长期浸染而形成的士人风气在明末清初社会变革中得以强化。有学者认为，士风之盛昌，则自东汉以来，未有如明末者。对此，方苞在《修复双峰书院记》一文中论曰：

夫晚明之事，犹不足异也。当靖难兵起，国乃新造耳，而一时朝士及闾阎之布衣，舍生取义，与日月争光者，不可胜数也。尝叹五季缙绅之士，视亡国易君，若邻之丧其鸡犬，漠然无动于衷。及观其上之所以遇下，而后知无怪其然也。彼于将相大臣，所以毁其廉耻者，或甚于臧获；则贤者不出于其间，而苟妄之徒，四面污行而不知愧，固其理矣。明之兴也，高皇帝之驭吏也严，而待士也忠。其养之也厚，其礼之也重，其任之也专。有不用命而自背所学者，虽以峻法加焉，而不害于士气之伸也。故能以数年之间，肇修人纪，而使之勃兴于礼义如此。②

五代时期，士人视亡国易君，漠然无动于衷，而明末清初，朝士、布衣舍生取义者不可胜数，由是观之，乃两代教化张弛不同耳。五代君主之于士，毁其廉耻，戮其心志，故国家一旦有事，士绅皆坐而观火。明代君主之于士，养之

① 戴名世：《八月庚申及齐师战于乾时我师败绩》，载《戴名世集》，中华书局1986年版，第409页。

② 方苞：《修复双峰书院记》，载《方苞集》（上），上海古籍出版社2008年版，第414—415页。

厚，礼之重，任之专，故士气盛昌，礼义勃兴。戴名世在其历史著作中所表露的忠义思想无疑是此士风的最好注脚。

此外，在大汉族主义者看来，非我族类，其心必异。华夏周边的夷、胡、戎、狄，皆为化外之域，非我族类，其统治即是外族统治。这显然是一种狭隘的民族主义，不利于中华民族的团结和共同进步。明清易代，江山换主，尽管清朝统治者承大统后在思想上也采取接纳和推行儒家文化的政策，但由汉族人统治的明朝政权被以满族人统治的清朝政权所取代，这是很多明代遗民都无法接受的历史事实。戴名世虽然生活在清初，但思想深处却依然残存着传统汉族士大夫的夷夏观。

> 今夫《春秋》之义，莫大于复仇，仇莫大于国之夺于人而君父之死于人也。故吾力能报焉，而有以洗死者之耻，上也；其次力不能报，而报之不克而死；最下则忘之；又最下则事之矣。①

在《八月庚申及齐师战于乾时我师败绩》一文中，戴名世以复仇诠释《春秋》之义的弦外之音，是任何一个亲历明清社会变革的士人都能意会于心的。可以想象，戴氏胸中欲出的百卷《明史》如果付梓的话，其情感基调定然不会超脱为明朝尽忠取义的藩篱。狭隘的忠义思想与传统的夷夏观相互杂糅，史家的良知与遗民情绪天然混合，这是一代史家心灵深处无法逾越的坎，也是清初文化高压政策下其人生不可避免的悲剧所在。

"南山集案"后，戴名世被处死，方苞虽幸免于死，并得以重用，但始终未能从心有余悸的阴影中走出。出狱后，方苞为人处世，谨言慎行，对于亡友戴名世，其有怨恨，亦有同情。在《送左未生南归序》一文中，方苞写道："余每戒潜虚：当弃声利，与未生归老浮山，而潜虚不能用，余甚恨之。"②此后，以方苞

① 戴名世：《八月庚申及齐师战于乾时我师败绩》，载《戴名世集》，中华书局 1986 年版，第 409 页。

② 方苞：《送左未生南归序》，《方苞集》（上），上海古籍出版社 2008 年版，第 189 页。又：宋潜虚，即戴名世，"南山集案"发后，其书板亦遭毁禁，世人以宋潜虚之假名保存其文稿，故名。

为代表的桐城派积极践行“学行继程朱之后，文章在韩欧之间”的行身祈向，思想上日益趋于维护以清廷为代表的皇权统治。

三、 戴名世的史学著作及其历史观

王树民先生编校的《戴名世集》共收录其诗、文、序、传、表、记和书信等共计286篇。其中，《孑遗录》《崇祯癸未榆林城守纪略》《崇祯甲申保定城守纪略》《弘光乙酉扬州城守纪略》和《弘光朝伪东宫伪后及党祸纪略》可视为当代史专著，其57篇人物传略、8篇墓志铭、1篇史论、6篇人物专论以及附于传后的“赞”“论”，亦具有很高的史料价值。诚如方苞在《南山集偶钞》序言中所云：“书传所记，立功名，守节义，与夫成忠孝而死者，代数十百人，而卓然自成一家之言，自周秦以来，可指数也。”①戴名世的史学著作既关注天命，亦重视人事，表现出善于进行因果分析、重视社会发展大“势”的历史观。

戴名世认为佛教“托于天人性命之理”，不利于天下之治。他反对佛教“轮回生死之说”，认为“其尤荒谬不通者”，“今夫佛教之为教也，戕贼其身，枯槁其性，归于空虚无有，夫空虚无有诚不足以治天下。”②然戴氏的历史观亦未摆脱天人感应的“天命史观”。戴氏在对一些历史现象无法进行全面而合理的解释时会将之归因于“天命”，譬如他认为：“自秦、汉以来，天下承平之久未有如明，而其败亡之祸亦未有如明之烈者也。”此“岂非天乎！”③在《孑遗录》一文中，戴名世为铺陈桐邑兵变之背景，一方面说“天子倦勤”“士大夫文恬武嬉”等人事；另一方面则大肆渲染那些由人力而不可逆的“天灾”和“天意”。“崇祯三年，桐四野鬼哭。四年，有鸟集于四郊，其形如鸦，其色赤。有史生者，辽东人也，举家迁桐数年矣，见而叹曰：‘兵火其将作乎，是为火鸦也，其逃

① 方苞：《南山集偶钞序跋》，载王树民编校：《戴名世集》，中华书局1986年版，第451—452页。

② 戴名世：《老子论》，载《戴名世集》，中华书局1986年版，第399—402页。

③ 戴名世：《孑遗录自序》，载《戴名世集》，中华书局1986年版，第309页。

之矣。'遂挈其家去。五年，东门外地涌泉如血。七年八月，县人黄文鼎、江国华反。"①在《孑遗录》文后，戴氏还特意"附灾异记"，详述崇祯元年至十七年的种种不祥之兆，如："崇祯元年十月，严寒，江湖鱼多冻死。""五年壬申，东岳庙泥神康元帅流泪，拭之复流，如是者一月。""七年十月，北陕关市镇每日申酉妖氛大作，来如风雨骤至，详视则尺许小鬼，千百为群，市人以铳炮锣鼓逐之，如鸟飞去，如是者数日。""十年三月，有李结实如瓜，满枝头。先是有童谣云：'李子树上结王瓜，二十五里没人家。'"②

戴名世之所以在《孑遗录》文末附记众多灾异现象，无非是为了让他自己和读者意识到明王朝的气数将尽乃有某种不可抗拒的天意在，非人力所能挽救。这既有对自然界种种怪异现象缺乏近代科学解释的认知因素，又有作者本人为自己不能接受的社会现实找到某种所谓合理的诠释从而缓解其沉郁已久的心理负担的考量。这种认识上的局限诚然是那个时代所独有的印记。作为一代史家，戴名世史识的超群之处就在于其史学著作并没有停留在"天人感应"的唯心层面，其《孑遗录》也没有就事论事，而是"以桐城一县被贼始末为骨干，而晚明流寇全部形势乃至明之所以亡者具见焉"③，写出了民心向背。"当是时，天下承平日久，人不知兵，士大夫漫不以贼为意，而行间大吏相继从贼，以成贼之强。中朝以门户相争，而操持阃外之事，使任事者转辗彷徨而无所用其力，直至于国亡君死而后已焉。此其罪于盗贼万万。"④戴名世比较客观地揭示了明末农民起义的社会原因，表现了一代史家非凡的胆识。戴氏遍访诸老写就的《孑遗录》，如实地分析了桐城黄文鼎、江国华揭竿造反的原因。

> 先是县士大夫类多长者，皆有德于其乡，而民莫不畏官府，敬士大夫。迨天启、崇祯中，世家巨族多习为淫侈，其子弟童奴往往侵渔

---

① 戴名世：《孑遗录》，载《戴名世集》，中华书局 1986 年版，第 310 页。
② 戴名世：《孑遗录·附灾异记》，载《戴名世集》，中华书局 1986 年版，第 329—330 页。
③ 梁启超：《中国近三百年学术史》，商务印书馆 2011 年版，第 330 页。
④ 戴名世：《孑遗录自序》，载《戴名世集》，中华书局 1986 年版，第 309 页。

小民为不法。于是奸民积不能堪,而两人遂乱首,烧富家第宅,掠金钱,建旗帜,营于北门之外。①

戴氏对史事的洞察力及因果分析正可谓见微知著。方正玉称:“其文心之细,笔力之奇,上自宫中府中兴亡得失之机,下至匹夫匹妇死生荣辱之故,大书特书,可传可久。”②谢国桢认为,戴氏所记史事“条析缕举,得其肯綮;而将一代大事,祸败兴亡之故,言之綦详。吾人虽仅读此数叶之书,而其本末亦足贯串胸中,无事他求矣。非有特长之史识而逮能若斯乎!”③

中国古代史学十分关注天命与人事的关系。春秋时期的史官史墨说:“社稷无常奉,君臣无常位,自古以然。故《诗》曰:‘高岸为谷,深谷为陵。’三后之姓,于今为庶,主所知也。”④史墨从丰富的历史知识中认识到,自古以来,掌管国家权力的人没有不变的,君与臣的位置没有不变的,他用自然界的变化来证明自己的见解。史墨的这些认识在当时来说,可谓石破天惊。他对历史和现实社会的变化有深刻的认识和感受,至于这种变化的原因,他只能以陵、谷的变迁来加以比附。柳宗元的《封建论》对“势”有精辟的阐述,他以大量的历史事实为根据,说明“彼封建者,更古圣王尧舜禹汤文武而莫能去之。盖非不欲去之也,势不可也。”⑤他说的“势”既有历史趋势之意,也有客观形势之意。王夫之进而认为历史之“势”就是社会运动的客观过程,历史之“理”便是这一过程所表现的规律性。

戴名世继承和发展了柳宗元、王夫之等人重“势”的社会历史观,特别强调客观的“势”在社会进程中的作用。戴名世认为整个社会历史的发展有它自己固有的、不为人的意志为转移必然过程,这就是“势”之所至。在《范增

---

① 戴名世:《孑遗录》,载《戴名世集》,中华书局 1986 年版,第 310 页。

② 方正玉:《方正玉序》,载《戴名世集》,中华书局 1986 年版,第 457 页。

③ 谢国桢:《增订晚明史籍考》,上海古籍出版社 1981 年版,第 498 页。

④ 杨伯峻编著:《春秋左传注·昭公三十二年》(第四册),中华书局 1981 年版,第 1519—1520 页。

⑤ 柳宗元:《封建论》,载《柳河东集》,上海商务印书馆 1924 年版,第 8 页。

论》中,戴名世借古喻今,总结王朝兴废的经验教训,认为秦朝的灭亡有其历史发展的必然性:“昔者天下苦秦之暴久矣。”因此,他认为:“定天下者,必明于天下之大势,而后可以决天下之治乱。天下之治乱,势为之也。势可以治矣,而复至于大乱,此不明于势之过也。今夫势有可行有不可行,视乎所遭之变,所遇之时,而势出乎其间。是乎顺其势而趋之,则势在我,而天下惟吾之所奔走而莫吾难。而不然者,势且一失而不可复救。”由此可见,戴名世认为,决定天下治乱的是“势”,统治者要认识到“势”的重要性,要顺“势”而图之,则可以定天下之大计,达到大治。反之,如果统治者不能顺“势”而为,则必然会错失良机,导致不可挽回的覆亡境地。西楚霸王项羽的悲剧就在于此,“使项籍据其势而帝制自为以号令天下,天下方快秦之亡而服籍之功也,势不能以不听。”遗憾的是项羽并没有把握此“势”,“其立义帝,则可谓不明于天下之大势者也”,“项籍既臣于义帝,则其势不能以臣诸侯,此义帝之所以死而项籍之所以亡也”。①

戴名世强调客观的“势”在社会进程中的重要作用。他所说的“势”显然指某一时期的政治态势或时代潮流及其发展的趋势。其一,戴名世认为:“天下之治乱,势为之也”,“必明于天下之大势,而后可以决天下之治乱。”这里显然寓含着他对于明朝覆亡的沉痛反思。由于明末统治者的昏昧,不明天下“势”之所在,才造成朝纲紊乱,宗社丘墟,江山易主。所以,他感叹:“呜呼!苟非明者,乌能视势之所在而图之,以定天下之大计也哉。”其二,戴名世认为“势”是随着历史的变迁和时代的发展而不断变化的。“今夫势有可行有不可行,视乎所遭之变,所遇之时,而势出乎其间。是乎顺其势而趋之,则势在我,而天下惟吾之所奔走而莫吾难。而不然者,势且一失而不可复救。”在构成“势”的诸多因素中,他特别强调“自然之势”的决定性因素,即人心的向背。戴名世以人心的向背为“势”的根本因素,反映了他以人为本的思想以及对人

① 戴名世:《范增论》,载《戴名世集》,中华书局 1986 年版,第 380—381 页。

事在历史发展中发挥着不可忽视作用的认识,是具有积极意义的历史观。

与明遗民阶层的代表人物、其同乡钱澄之以“天命”和“正统”来解释社会发展不同的是,戴名世用“势”来概括历史发展的趋势,这显然是一种认识上的进步。但在如何理解明清易代这一“天崩地解”之时代时,他们两人却有着惊人相似的认识。钱澄之认为:“天有治命,有乱命;人心所不属者,天之乱命也,虽合天下为一统,而不得谓正统;天命既去,人心犹存,虽窜伏于偏方一隅,人心隐隐系焉,即万世人心隐隐系焉,则统虽至微如泉,而未尝绝也。”①其隐含的寓意,即明朝甚至偏方一隅的南明王朝仍有人心归属,亦即正统之所在。

> 秦、汉以后,天下之变故多矣。盖有其国既失,其宗庙既隳,而篡於乱贼之手者,而其流风余思未斩于世,天下之人犹有不忍忘之心,于是纷纷而起,辄归其名号于先朝之后。其为名也正,其为义也顺,是故不逾时而天下平,此亦自然之势也。②

在戴名世看来,所谓“势”就是人心所向。即使其国已失,其宗庙已毁,只要“名正”“义顺”,人心还在,那么,其“自然之势”犹存。由此可见,戴名世重“势”的历史发展观与其狭隘的忠义思想是紧密相连的。

第二节 “义法”说与方苞史学思想

方苞(1668—1749),字灵皋,晚年自号望溪,清安徽桐城人,康熙四十五年(1706)进士,累官翰林院侍讲学士、内阁学士兼礼部侍郎,著有《周官集注》《春秋通论》《礼记析疑》和《史记评语》等。方氏家刻堂号为抗希堂,先后刊布方苞撰、戴名世和刘月三论次的《方灵皋全稿》等,康熙年间刊刻方苞撰《抗希堂十六种》(又名《方望溪全集》)《方望溪抗希堂全集》17 种 140 余卷。方苞以文名见重于康熙、雍正、乾隆三朝,文渊阁大学士李光地称其古文为“韩、

① 钱澄之:《正统论》,载《田间文集》,黄山书社 1998 年版,第 46—47 页。

② 戴名世:《范增论》,载《戴名世集》,中华书局 1986 年版,第 380—382 页。

欧复出，北宋后无此作也。”[①]《清史稿·方苞传》称其“为学宗程、朱，尤究心《春秋》《三礼》，笃于伦纪。既家居，建宗祠，定祭礼，设义田。其为文，自唐、宋诸大家上通《太史公书》，务以扶道教、裨风化为任。尤严于义法，为古文正宗，号‘桐城派’。”[②]作为桐城派的创始人，世人皆以古文论方苞。实际上，方苞治学，贯穿经、史，其于古文之外，“治经深于《礼》《春秋》，治史深于《史记》。”[③]方苞的“义法”说不惟裨益于后世文论，亦有助于史学关于史文与史事关系的处理。他重视校勘史籍，考订史实，指出官修之史的不足，主张“事信而言文”的史著编撰原则。方苞认为：“人事无常，天道难知”[④]，万物之理难尽，人事之变无穷，但人心之所同，即天理之所在，人类社会的一切皆处于不断变化和发展之中。方苞从“南山集案”中吸取教训，谨小慎微地侍奉皇室，并逐渐从心理上认同清廷统治，摆脱了戴名世囿于华夷之辨的遗民情结。他关注社会现实，“惟期分国之忧，除民之患”[⑤]，其史学经世亦侧重于有资于治世。

一、　方苞史学“义法”说

方苞博览群书，对《春秋》《左传》《史记》和《汉书》等历史著作有较深研究。虽然没有专门的史论传世，但他关于古文的“义法”说，强调文章的雅洁精练和行文之法，正是从经史研究中得来的。方苞主张“以古文为时文”，其“义法”说开桐城派理论的先河，既是桐城派文章学的理论核心，也是桐城派文论的基础，不唯裨益于后世的文论，亦有助于史学关于史文与史事关系的处理。

---

① 苏惇元辑：《方苞年谱》，载《方苞集》，上海古籍出版社 2008 年版，第 869 页。

② 赵尔巽：《清史稿·方苞传》（第三四册），中华书局 1977 年版，第 10272 页。

③ 钱基博：《中国文学史》，中华书局 1993 年版，第 949 页。

④ 方苞：《史记评语》，载《方苞集》，上海古籍出版社 2008 年版，第 854 页。

⑤ 方苞：《与顾用方论治浑河事宜书》，载《方苞集》，上海古籍出版社 2008 年版，第 154 页。

方苞在《古文约选序例》一文中指出："序事之文，义法备于《左》《史》"。他认为"古文所从来远矣，六经、《语》、《孟》，其根源也。得其枝流而义法最精者，莫如《左传》《史记》"①。在《又书货殖传后》里，他作了详细的解释，并举了例证：

> 《春秋》之制义法，自太史公发之，而后之深于文者亦具焉。义即《易》之所谓"言有物"也，法即《易》之所谓"言有序"也。义以为经而法纬之，然后为成体之文。是篇两举天下地域之凡，而详略异焉。其前独举地物，是衣食之源，古帝王所因而利道之者也；后乃备举山川境壤之支凑，以及人民谣俗、性质、作业，则以汉兴，海内为一，而商贾无所不通，非此不足以征万货之情，审则宜类而施政教也。两举庶民经业之凡，而中别之。前所称农田树畜，乃本富也；后所称贩鬻僦贷，则末富也。上能富国者，太公之教诲，管仲之整齐是也；下能富家者，朱公、子赣、白圭是也。计然则杂用富家之术以施于国，故别言之，而不得侪于太公、管仲也。然自白圭以上，皆各有方略，故以"能试所长"许之。猗顿以下，则商贾之事耳，故别言之，而不得侪于朱公、子赣、白圭也。是篇大义，与《平准》相表里，而前后措注，又各有所当如此，是之谓"言有序"。②

《春秋》之制义法，语出司马迁《史记·十二诸侯年表》中评论孔子"西观周室，论史记旧闻，兴于鲁而次《春秋》，上记隐，下至哀之获麟，约其辞文，去其烦重，以制义法，王道备，人事浃"。③ 司马迁将孔子创立的《春秋》"义法"，总结为用简约的文辞整理悠久而纷繁的史事，并借以寄托关于"王道""人事"的思想。义法源于《春秋》，出于儒家至圣，在《史记》中得到最完美的体现，这是后世古文家所遵从的一个源远流长的优秀传统。方苞在文论中所反复强调

① 方苞：《古文约选序例》，载《方苞集》，上海古籍出版社2008年版，第613—615页。
② 方苞：《又书货殖传后》，载《方苞集》，上海古籍出版社2008年版，第58—59页。
③ 司马迁：《史记》（二），中华书局2014年版，第647—648页。

的“义法”，其主旨也就是《春秋》鲜明的褒贬原则和叙事方法的尚简去繁。他用“言有物”诠释“义”，“言有序”诠释“法”。所谓“言有物”，“言”指各种体裁的文章，包括纪事的史书、说理的议论文以及求取功名的时文等。“有物”是对作品思想内容的要求，文章可以是对客观社会现象和事件的描写，也可以是作者志向、品德、精神等主观因素的表达。可见“义”与“法”分别是指文章的内容和形式手法，义经法纬，相辅相成。① 正如孔子所提倡的“言之无文，行而不远”②，追求内容与形式的完美统一同样是史学追求的目标。

具体到史学关于史文与史事关系的处理，方苞明确指出：“《春秋》之义，常事不书，而后之良史取法焉。”③柳诒徵认为：“章氏谓文士之识非史识，然文士之识出于经史者，正足以明史识。以吾国经史与文艺本一贯也。方苞之读《霍光传》，测其用意，即本《春秋》常事不书一语，而通之于史也。”“世之撰碑传、修方志、纪兵事者，大抵用此法，而后可以见其人其事其地之特色。”④所谓常事不书，亦即钱穆先生所言“无变就不见有事。年年月月，大家都是千篇一律过日子，没有什么变动，此等日常人生便写不进历史”。“研究历史，首当注意变。其实历史本身就是一个变，治史所以明变。”⑤

方苞的“义法”说，不仅适用于文学作品的“文以载道”或“道以文传”。他认为史学亦应恪守“言有物”之“义”和“言有序”之“法”，即思想内容与艺术形式的并重，此与孔子所说：“属辞比事，《春秋》教也。”“属辞比事而不乱，则深于《春秋》者也。”⑥正可谓一脉相承。方苞所说的“义”，类似于“属辞”，即在表述史事时讲求遣词造句，注重文辞的锤炼。“比事”，是按年、时、月、日的顺序排比史事，是编年纪事的概括性说法，而方苞所说的“法”应用到史学

① 李建中主编：《中国文学批评史》，北京大学出版社 2009 年版，第 282 页。
② 《左传·襄公二十五年》。
③ 方苞：《书汉书霍光传后》，载《方苞集》，上海古籍出版社 2008 年版，第 62 页。
④ 柳诒徵：《国史要义》，华东师范大学出版社 2000 年版，第 147—148 页。
⑤ 钱穆：《中国历史研究法》，生活·读书·新知三联书店 2001 年版，第 2—4 页。
⑥ 王文锦：《礼记译解》，中华书局 2001 年版，第 727 页。

研究领域中就是指史学方法。

史学的“言有物”之“义”，就是要注重史学著作内容的选择及其所蕴含的思想内涵，简而言之，即“《春秋》之义，常事不书”。因此，方苞认为：“古之良史，于千百事不书，而所书一二事，则必具其首尾。并所为旁见侧出者，而悉著之。故千百世后，其事之表里可按，而如见其人。后人反是，是以蒙杂暗昧，使治乱贤奸之迹，并昏微而不著也。”他举例说：

昌黎韩氏目《春秋》为谨严，故撰《顺宗实录》削去常事，独著其有关于治乱者。《班史》义法，视子长少漫矣，然尚能识其体要。其传霍光也，事武帝二十余年，蔽以“出入禁闱，小心谨慎”；相昭帝十三年，蔽以“百姓充实，四夷宾服”，而其事无传焉。盖不可胜书，故一裁以常事不书之义，而非略也。其详焉者，则光之本末，霍氏祸败之所由也。①

方苞认为：“古之圣贤，德修于身，功被于万物；故史臣记其事，学者传其言，而奉以为经，与天地同流。其下如左丘明、司马迁、班固，志欲通古今之变，存一王之法，故纪事之文传。”②显然，方苞的史学之“义”突显了史学所具有的道德教化功能。

史学的“言有序”之“法”，就是史学著作表现形式和布局谋篇及其史料取舍的精当，即“约其文辞而指博”③。方苞认为史家之文应该择其体要，不能琐琐者并著于篇，“夫古之良史，其纪事也，直而辨，简而不污，虽帝王、将相、豪杰、贤人，所著多者不过数事，而况乡曲之人，闺中之女妇乎？”④他指出：

古之晰于文律者，所载之事，必与其人之规模相称。太史公传陆贾，其分奴婢装资，琐琐者皆载焉。若《萧曹世家》而条举其治绩，则

① 方苞：《书汉书霍光传后》，载《方苞集》，上海古籍出版社2008年版，第62—63页。
② 方苞：《杨千木文稿序》，载《方苞集》，上海古籍出版社2008年版，第608页。
③ 司马迁：《史记·孔子世家》（六），中华书局2014年版，第2352页。
④ 方苞：《张母吴孺人七十寿序》，载《方苞集》，上海古籍出版社2008年版，第206页。

文字虽增十倍，不可得而备矣。故尝见义于《留侯世家》曰："留侯所从容与上言天下事甚众，非天下所以存亡，故不著。"此明示后世缀文之士以虚实详略之权度也。①

方苞推崇《左传》和《史记》之文的简约、选材的恰当。在读《史记》评语中，他举例说，《史记》所载"《项羽本纪》：高祖、留侯、项伯相语凡数百言，而以三语括之。盖其事与言不可没，而于帝纪则不可详也。""《晋语》：齐姜语重耳凡数百言，而《左传》以八字括之。盖纪事之文，去取详略，措置各有宜也。"②所以，他认为："古文气体，所贵清澄无滓。澄清之极，自然而发其光精，则《左传》《史记》之瑰丽浓郁是也。"③即符合史文的表述清澄无渣，史料的选择详略得当。

二、方苞的历史编撰思想

方苞史学中的"义法"说对后世桐城派影响较大，与戴名世一样，方苞认为史学之难久矣，能够成一家之言、传诸后世的史著并不多见。他认为："书传所记，立功名，守节义，与夫成忠孝而死者，代数百人，而卓然自成一家之言，自周秦以来，可以指数也。"④良史是仅次于圣贤的人物，不可多得。为好友戴名世《南山集偶钞》作序时，方苞寄希望于他"至今藏其胸中而未得一出"的"数百卷"明史能够成一家之言。方苞的史识和古文成就深得著名史学家万斯同的赏识，万氏曾寄希望于他完成其未尽撰修《明史》之大业。方苞推崇《史记》编撰的实录风格，认为史学的价值就在于求真，即"著以传著，疑以传疑，俾百世以下，可寻迹推理而得其情，此之谓实录也"。⑤ 概而言之，方苞的史学编撰思想主要表现在以下三个方面。

---

① 方苞：《与孙以宁书》，载《方苞集》，上海古籍出版社 2008 年版，第 136 页。

② 方苞：《史记评语》，载《方苞集》，上海古籍出版社 2008 年版，第 851 页。

③ 方苞：《古文约选序例》，载《方苞集》，上海古籍出版社 2008 年版，第 614 页。

④ 方苞：《南山集偶钞序》，载《戴名世集》，中华书局 1986 年版，第 451—452 页。

⑤ 方苞：《史记评语》，载《方苞集》，上海古籍出版社 2008 年版，第 859—860 页。

其一，重视校勘史籍，比较版本优劣，彼此互证，补其缺遗，正其错误。乾隆三年，方苞以庶吉士受命参与重刊《十三经》和《廿一史》，大学士兼管翰林院事张廷玉等奏称："重刊经、史，必须参稽善本，博考群书，庶免舛伪讹。"经历宋元、明清之际的战乱后，"不惟宋板难得，即明初刻本亦少"。方苞认为，古代刊刻的经史典籍，以宋板字鲜遗讹，然"臣生平所见，惟嘉靖以后之板，已屡经改补，无三五页无遗讹者；而现今监板，更剥蚀无一完善可凭以校对。"为此，他上书乾隆："伏祈皇上饬内府并内阁藏书处，遍查旧板经、史；兼谕在京诸王大臣及有列于朝者，如有家藏旧本，即速进呈，以便颁发校勘。并饬江南、浙江、江西、湖广、福建五省督抚购求明初及泰昌以前监板经、史，各送一二部到馆，彼此互证，庶几可补其缺遗，正其错误。"①方苞还指出，旧刻经史俱无句读而辞义古奥，后世纂辑引用者多有破句，对此，必熟思详考，务期句读分明，使学者开卷了然。

其二，主张"事信而言文"的史著编撰原则。"事信"，即成信史，这是历代史家所恪守的传统原则；"言文"，即文字表达符合史著的特点和要求。方苞在《万季野墓表》一文中，概要阐述了一代史家万斯同的史学主张，借以表明自己的史学思想和"事信而言文"的史著编撰原则。万斯同是主张经史互通的浙东史学的秉承者，对方苞以古文明经史之义，倍加赏识。方苞回忆道："年近六十，诸公以修《明史》，延致京师。士之游学京师者，争相从问古仪法，月再三会，录所闻共讲肄。惟余不与，而季野独降齿德而与余交，每曰：'子于古文，信有得矣。然愿子勿溺也！唐、宋号为文家者八人：其于道粗有明者，韩愈氏而止耳；其余则资学者以爱玩而已，于世非果有益也。'余辍古文之学而求经义自此始。"康熙三十九年秋，方苞因母病将南归，万斯同约请他信宿其寓斋，并托付史事："吾老矣，子东西促促，吾身后之事豫以属子，是吾之私也。抑犹有大者：史之难为久矣，非事信而言文，其传不显。李翱、曾巩所讥，魏、晋

① 方苞：《奏重刊十三经廿一史事宜劄子》，载《方苞集》，上海古籍出版社 2008 年版，第 565—567 页。

以后,贤奸事迹并暗昧而不明,由无迁、固之文是也。"万斯同推崇司马迁和班固的史文,与方苞所提倡的古文义法及桐城派的文论主张高度契合。史著编撰应恪守"事信"的原则,而"事信"尤难。在万斯同和方苞看来,史贵征实,而不应该"好恶因心,而毁誉随之",至于"言语可曲附而成,事迹可凿空而构;其传而播之者,未必皆直道之行也;其闻而书之者,未必有裁别之识也。非论其世、知其人而具见其表里,则吾以为信而人受其枉者多矣。"欲成就一代信史,就要以实录为本,广泛征求遗书,考往事,旁及郡志、邑乘、杂家志传,"而要以《实录》为指归;盖实录者,直载其事与言而无可增饰者也"。史之初稿贵详,以免不应去而去之病,"凡《实录》之难详者,吾以他书证之;他书之诬且滥者,吾以所得于《实录》者裁之,虽不敢具谓可信,而是非之枉于人者盖鲜矣。"① 方苞之所以成为万氏托付《明史》大业的不二人选,正是基于他们共通的史识,即坚持"事信而言文"的史著编撰原则。

其三,考订史实,指出官修之史的不足。方苞好学深思,于经史子集无不涉猎,其考订史实,时有独到之见。譬如,读《左传》云:"僖五年:'泰伯不从,是以不嗣。'先儒或以泰伯不从,证太王有翦商之志,非也。""僖十五年:'晋侯使郤乞告瑕吕饴甥。'注:'瑕吕,姓。'非也。瑕,河上邑,盖饴甥采地,而吕则其姓,故下称吕甥。"②有学者研究认为,清代学者致力于《史记》而用功最深者莫如方苞,其对《史记》补充训诂、释正旧注、分析史料、辨正文字、分析叙事,其史学成就首先建立在补正《史记》注释的基础上。③ 方苞宗程、朱之学,时人委托他撰写节妇贞烈传者不可胜数。他撰写节妇烈传亦非拘泥于就事论事,而对相关史事下一番考证的功夫。他通过研究,认为:"自周以前,女妇之传者多以德。秦汉以后,多以节与才,而最幸者,莫若以子之贤。"④他考证史

---

① 方苞:《万季野墓表》,载《方苞集》,上海古籍出版社 2008 年版,第 332—333 页。
② 方苞:《读书笔记·左传》,载《方苞集》,上海古籍出版社 2008 年版,第 841 页。
③ 王振红:《方苞〈史记〉学成就述论》,《淮北师范大学学报》2012 年第 5 期。
④ 方苞:《李母马孺人八十寿序》,载《方苞集》,上海古籍出版社 2008 年版,第 207 页。

实，指出："盖自周以前，妇人不以改适为非，男子亦不以再嫁者为耻。""尝考正史及天下郡县志，妇人守节死义者，秦、周前可指计，自汉及唐，亦寥寥焉。北宋以降，则悉数之不可更仆矣。盖夫妇之义，至程子然后大明。"①这些考证都是符合史实的。

对于清廷开设明史馆，由众人同修一史的做法，他认可万斯同的观点："官修之史，仓卒而成于众人，不暇择其材之宜与事之习，是犹招市人而与谋室中之事耳。吾欲子之为此，非徒惜其心力，吾恐众人分割操裂，使一代治乱贤奸之迹暗昧而不明。"由于种种原因，方苞未获从事撰修《明史》之大业，但他非常认可万氏上述关于官修之史弊端的论述，以为此乃"追思前言，始表而志之"者②。身为经史馆总裁，方苞在《与一统志馆诸翰林书》一文中告诫同仁："明《统志》为世说诟病久矣，然视其书，尚似一人所条次；譬为巨室，千门万户，各执斧斤任其目巧，而无规矩绳墨以一之可乎？"③方苞认为，开史馆，延纳众人修史，需有一位堪称将帅之才的史学大家统领全局，谋定而后动，方可成就一代信史。方氏的这一观点与万斯同、戴名世的史学主张正可谓不谋而合。

三、 方苞的历史观及史学经世思想

方苞生于康熙七年，卒于乾隆十四年，其生活的年代正值清初定鼎中原未稳而渐至巩固期。姜书阁认为"苞尝以'南山集案'牵连下狱，虽以当时人君眷恋其才，得不死，而自是锐气深为之锉。且苞为人过于拘谨，又复遭时猜忌，故不敢高谈放论，以招祸患。是故为文亦深自敛抑，趋于谨约。"④基于这样的人生际遇，方苞认为："万物之理难尽也，人事之变无穷也。"⑤人类社会的一切

① 方苞：《严镇曹氏女妇贞烈传序》，载《方苞集》，上海古籍出版社2008年版，第105页。
② 方苞：《万季野墓表》，载《方苞集》，上海古籍出版社2008年版，第334页。
③ 方苞：《与一统志馆诸翰林书》，载《方苞集》，上海古籍出版社2008年版，第180页。
④ 姜书阁：《桐城文派评述》，商务印书馆1928年版，第18页。
⑤ 方苞：《书李习之平赋书后》，载《方苞集》，上海古籍出版社2008年版，第113页。

皆处于不断变化和发展之中。他说："为善者有时得祸，为恶者，有时得福，天道无知，此人情所以不能无惑也。"一方面，他认为"人事无常，天道难知。"①另一方面，他认为："物之生也，若骤若驰，吉凶倚伏，颠倒大化中，当其时不自觉也，惟达者乃能见微而审所处。"②人心之所同，即天理之所在。与程朱所倡导的"天理"相同之处，即他认为"天理"是客观的、先验的、绝对存在的精神本体；其相异者，在于他认为人心之所同者，即天理也。方苞将"天理"诠释为人心之所同，人心之所向，反映了人类社会发展具有主客观统一的历史必然性，具有积极的进步意义。

方苞非常推崇周公和《周官》，认为周公"虽居人臣之位，实执人君之权"，却"守人臣之分，而常存事君之小心"。③ 而"《周官》之作，依乎天理，以尽万物之性"，④"凡义理必载于文字，惟《春秋》《周官》，则文字所不载，而义理寓焉。"⑤在《周官辨序》一文中，他明确指出：

> 凡人心之所同者，即天理也。然此理之在身心者，反之而皆同；至其伏藏于事物，则有圣人之所知，而贤者弗能见者矣。昔者周公思兼三王，以施四代之政，盖有日夜以思，而苦其难合者。以公之圣而得之如此其艰，则宜非中智所及也。故《周官》晚出，群儒多疑其伪；至宋程、张二子及朱子继兴，然后知是书非圣人不能作。盖惟三子之心，几乎与公为一，故能究知是书之精蕴，而得其运用天理之实也。⑥

在方苞看来，"天理"既是人的共同本质和本原，也是一切事物的共同本质和本原，是不以人的主观意志为转移的事物内在演化的规律，社会生活中所发生的各种事物、各种现象，即人类社会生活的一切方面均属于"伏藏于事

① 方苞：《史记评语》，载《方苞集》，上海古籍出版社 2008 年版，第 854 页。
② 方苞：《题天姥寺壁》，载《方苞集》，上海古籍出版社 2008 年版，第 427 页。
③ 方苞：《读书笔记・易》，载《方苞集》，上海古籍出版社 2008 年版，第 837 页。
④ 方苞：《读管子》，载《方苞集》，上海古籍出版社 2008 年版，第 38 页。
⑤ 方苞：《周官析疑序》，载《方苞集》，上海古籍出版社 2008 年版，第 82 页。
⑥ 方苞：《周官辨序》，载《方苞集》，上海古籍出版社 2008 年版，第 599 页。

物”,无不遵循此一天理。

不过,方苞认为只有圣人才能认识“天理”,而贤者或者说一般人则不能,“圣贤所重在行成名立,不以一时之丰瘁荣辱,而乱其德也”。[①] 有鉴于此,他认为康熙皇帝扶临天下,悉治方内,为臣者以至“四海外国蛮夷族部”都应该一以听命于圣君的统治,否则,就有违“天理”。康熙三十五年,圣主亲征漠北,剿灭了葛尔丹。方苞认为此不唯人力,乃天意所在。在《圣主亲征漠北颂》一文中,他写道:皇帝总六师,亲征漠北,“初群臣虑塞外逴远,少水泉,輂輓阻艰。及车驾出塞,雨雪间作,而刍粮次第达师中。所至疏涧凿井,甘泉涌溢,士马饶给如内地。始知上神略广运,诸事经画豫备谶悉无遗也”。[②] 方苞将“天理”诠释为人心之所同,人心之所向,反映了他认识到人心向背在社会发展中所发挥的某种客观作用,但在分析具体的历史事件时,他却以“上神”与“谶纬”的天人感应来比附自然现象和社会现实,未能尽脱天命史观的藩篱。

方苞的历史观具有某些唯物辩证法的因素。他将人类社会的发展归之于“天理”,归之于“人心”,这种主客观统一的历史观在当时是具有进步意义的。就史学而言,把研究成果运用到社会现实层面从来都是史学研究的主要目标之一。经历了明清之际社会大变革的清初学术界对明中期以来的陆王心学企图通过整治人心来挽救社会危机的空疏学风进行了深刻的反思,学术经世倾向十分明显。方苞即认为:“天下事必见之而后知,行之而后难。凡以意度想象而自谓有得者,如赵括之言兵,殷浩之志恢复,近世浮慕陆、王者之谈性命,皆梦中语也,而昧者多信为诚然。”[③]方苞虽学宗程朱,但与程朱理学一味强调修身养性不同的是,中年以后的方苞常求“行身不苟,而有济于实用者”。[④] 他

① 方苞:《史记评语》,载《方苞集》,上海古籍出版社 2008 年版,第 854 页。
② 方苞:《圣主亲征漠北颂》,载《方苞集》,上海古籍出版社 2008 年版,第 437—438 页。
③ 方苞:《题天姥寺壁》,载《方苞集》,上海古籍出版社 2008 年版,第 427 页。
④ 方苞:《熊偕吕遗文序》,载《方苞集》,上海古籍出版社 2008 年版,第 97 页。

反思社会问题,关注社会现实,主张学以致用。

康熙朝一面兴文字狱,一面荐山林隐逸、开博学鸿儒、设明史馆,对汉族士大夫施行文化笼络政策。与钱澄之、戴名世等桐城名贤以遗民心态自居导致其史学经世的主要内容侧重于反思明朝败亡教训不同的是,方苞从“南山集案”中汲取教训,他开始从心理上认同清廷统治,因而其史学经世的内容转而侧重于维护清廷的统治,即有资于治世。万斯同的弟子全祖望对方苞的评价是颇具代表性的。

> 公虽朝不坐,燕不与,而密约机务多得闻之。当是时,安溪(李光地)在阁,徐文靖公元梦以总宪兼院长,公时时以所见敷陈,某事当行,某事害于民当去,其说多见施行。①

在《与安溪李相国书》中,方苞论及整顿吏治,主张“刑罚之施,惟其当否”②。在《与徐司空蝶园书》中,他认为:“备灾宜豫,非仓促所能举”,为预防浪费,节省粮谷,“宜著令:凡酒皆禁绝”。“罚用汉法,凡境内有酒肆而有司不能禁察者,夺其官”③。方苞呈皇帝的奏章多涉及有关民生和教育的重要问题,如《请定征收地丁银之期劄子》《请复河南漕运旧制劄子》《请备慌政兼修地治劄子》《论山西灾荒劄子》《塞外屯田议》《台湾建城议》《请禁烧酒事宜劄子》《请矫除积习兴起人才劄子》《论考试翰林劄子》等,于吏治民瘼及用人选材等方面尽言无隐。在《何景桓遗文序》中,他大胆陈言:“余尝谓害教化败人材者无过于科举,而制艺则又甚焉。盖自科举兴,而出入于其间者,非汲汲于利则汲汲于名者也。”④科举结习之深,人人如此,不利于人才的脱颖与兴盛。方苞小妹嫁谢氏孤子,其家资累万,皆为豪强姻家马姓所夺,“屡赴有司求直,辄为马姓所抑,置之不问。”

---

① 全祖望:《前侍郎桐城方公神道碑铭》,载任继愈主编:《中华传世文选·清朝文征(下册)》,吉林人民出版社1998年版,第1117页。

② 方苞:《与安溪李相国书》,载《方苞集》,上海古籍出版社2008年版,第142页。

③ 方苞:《与徐司空蝶园书》,载《方苞集》,上海古籍出版社2008年版,第143—144页。

④ 方苞:《何景桓遗文序》,载《方苞集》,上海古籍出版社2008年版,第427页。

近闻制府廉静无欲，此正孤寡有告、奸豪束手之日也，而大府例以此等为细故，不加省录。方今闾阎公患，无过豪强侵陵孤弱；所以然者，皆缘大府不加省录，而州郡有司，则皆其气力所能倾动也。①

方苞在《与慕庐先生书》一文中反映粤东、闽、滇等地民皆困于无告。“由是观之，法虽良，付之非人，其不能究宣天子之德意，而毒民以病国者，可胜道哉！”②方苞对科举制度败坏人才的抨击，对吏治无为的讥讽，诚以为洞见。

方苞以“学行继程、朱之后，文章在韩、欧之间”③为行身祈向。他精于礼制，非常重视道德教化在维系社会纲常和士人敦尚气节方面的作用，认为有明一代的风俗教化值得借鉴。在呈送乾隆《请矫除积习兴起人才劄子》的奏疏中，方苞直言：“士大夫敦尚气节，东汉以后，惟前明为盛。居官而致富厚，则朝士避之若浼，乡里皆以为羞。”④他以历史事实为依据阐明道理。

尝考《明史》，自流贼横发于秦、陇，毒痡冀北、河南、荆、益、庸、蜀、滇、黔、两粤之间；凡破州屠邑，必有诸生数辈号召族姻，奋死守战，以卫乡里，而甘以身殉。盖由太祖立国之初，每下一路，必延聘耆儒，讲论治体。终明之世，所以爱庠序学校之士，而历之以礼教者，实非两汉、唐、宋所能几；故逮其亡，而义勇忠诚之气激发于士类者，尤众且烈也。⑤

在《修复双峰书院记》中，他认为，五代时期士人视亡国易君，漠然无动于衷，而明末季，朝士、布衣舍生取义者不可胜数，原因就在于两代风教张弛之不同。

夫晚明之事，犹不足异也。当靖难兵起，国乃新造耳，而一时朝

---

① 方苞：《与慕庐先生书》，载《方苞集》，上海古籍出版社 2008 年版，第 675 页。
② 方苞：《送黄玉圃巡按台湾序》，载《方苞集》，上海古籍出版社 2008 年版，第 196 页。
③ 苏惇元辑：《方苞年谱》，载《方苞集》，上海古籍出版社 2008 年版，第 870 页。
④ 方苞：《请矫除积习兴起人才劄子》，载《方苞集》，上海古籍出版社 2008 年版，第 557 页。
⑤ 方苞：《陕西台墓表》，载《方苞集》，上海古籍出版社 2008 年版，第 358 页。

> 士及闾阎之布衣，舍生取义，与日月争光者，不可胜数也。尝叹五季缙绅之士，视亡国易君，若邻之丧其鸡犬，漠然无动于衷。及观其上之所以遇下，而后知无怪其然也。彼于将相大臣，所以毁其廉耻者，或甚于臧获；则贤者不出于其间，而苟妄之徒，四面污行而不知愧，固其理矣。明之兴也，高皇帝之驭吏也严，而待士也忠。其养之也厚，其礼之也重，其任之也专。有不用命而自背所学者，虽以峻法加焉，而不害于士气之伸也。故能以数年之间，肇修人纪，而使之勃兴于礼义如。由是观之，教化之张弛，其于人国轻重何如也？①

所以，方苞认为道德教化在于“上之教，下之学，所以蕴蒸而致此者，岂一朝一夕之故与？”雍正十一年（1733），方苞迁翰林院侍讲学士，奉国子监果亲王允礼之请，约选两汉及唐宋八家古文，刊授国子监诸生。方苞之所以欣然接受并十分重视这部文选的编纂，并为之作序和选例，显然是看重其道德教化的作用，后来这部《古文约选》于乾隆初诏颁各学官，成为钦定教材，影响深远。

第三节　刘大櫆历史观与史学的平民化

刘大櫆（1698—1779），字才甫，一字耕南，号海峰，安徽桐城人，“累世皆为诸生，至大櫆益有名”。② 刘大櫆自幼好读书，“年二十余入京师，方望溪侍郎奇其文，以为昌黎、永叔之俦”，③以文名天下，被誉为桐城派的拓大者。④ 刘大櫆自称其一生“不治他事，惟文史是耽。意有所触，作为怪奇磊落瑰伟之辞，以自为娱乐。”⑤综观刘大櫆的文论和史论，其不唯天命、天道浑然的历史

---

① 方苞：《修复双峰书院记》，载《方苞集》，上海古籍出版社 2008 年版，第 414—415 页。
② 赵尔巽：《清史稿·刘大櫆传》（第 44 册），中华书局 1977 年版，第 13376 页。
③ 马其昶：《桐城耆旧传》，黄山书社 1990 年版，第 324 页。
④ 王镇远：《桐城派》，上海古籍出版社 1990 年版，第 43 页。
⑤ 刘大櫆：《与某翰林书》，载《刘大櫆集》，上海古籍出版社 1990 年版，第 111 页。

观,已具朴素的唯物思想,而读史评议及对史实的解喻则有着强烈的现实观照。他撰写的大量人物行状、传记和墓志,不仅有益于乡间的风俗教化,亦有助于传统史学的平民化和通俗化。与方苞不同的是,刘大櫆能够充分感受到康乾盛世的余晖,因而在文化上还是比较认同清朝统治的,也摆脱了钱澄之和戴名世等桐城先贤囿于华夷之辨的心理。由于刘大櫆个人的科举和仕途并不顺利,命运多舛,了解下层民众的疾苦,所以他对社会黑暗现象的批判是不遗余力的。

一、 天道浑然无知的历史观

自从有了人类历史,就产生了人类最初的历史意识。远古社会,由于对自然界的认识非常有限,人们只能从自己熟悉的生活经验出发,去理解自然界和人类社会的种种现象。历代封建君王出于维护其统治地位的需要,大肆宣扬天人感应和君权神授的思想。天命思想和神意史观在中国古代一直居于主导地位。由于天命决定人事,所以,统治者对现实世界的主宰是符合神意的安排。自汉儒以至程朱,学者解读历史,无不奉此为圭臬。然君德不修、王朝更迭和世道无常的事实,则不断引发有识之士的思考。刘大櫆就是其中最杰出的代表人物之一。近代学者刘师培认为:“凡桐城古文家,无不治宋儒之学,以欺世盗名。唯海峰稍有思想。”①刘大櫆对自然界和人类社会的认识,既是其哲学思想的反映,也是一种对社会发展的历史认识。

首先,刘大櫆反对“天人感应”的历史观,认为天道浑然无知,事物发展有其内在的规律。“天”有知,还是无知?“天”浑然,还是万能?“天”无能为力,还是至高无上?自古以来,对“天”的理解就反映了人们对自然和社会的认识。儒家学说的创始人孔子认为:“天何言哉,四时行焉,百物生焉。”②“获

① 刘师培:《论文杂记 · 序》,《国粹学报》1905 年第 9 期。

② 孔子:《论语 · 阳货》,载李泽厚:《论语今读》,生活 · 读书 · 新知三联书店 2004 年版,第 484 页。

罪于天,无所祷也。”[①]人若得罪了天,任何祈祷都是无济于事的。主张罢黜百家、独尊儒术的董仲舒认为:“天者,万物之祖,万物非天不生。”[②]一年四季,“阴始于秋,阳始于春”,“春气爱,秋气严,夏气乐,冬气哀。爱气以生物,严气以成功,乐气以养生,哀气以丧终,天之志也。”“是故春气暖者,天之所以爱而生之;秋气清者,天之所以严而成之;夏气温者,天之所以乐而养之;冬气寒者,天之所以哀而藏之。”[③]南宋著名的理学家程颢则认为“功名不是关心事,富贵由来自有天”。[④] 千百年来,儒家先贤之所以宣扬“天有知”的思想观点,并发展成为我国封建社会主流的价值思想,实质上是迎合了君主专制统治的需要,诚如程颢所言:“天子受命于天,诸侯受命于天子,子受命于父,臣妾受命于君,妻受命于夫。诸所受命者,其尊皆天也,虽谓受命于天亦可。”[⑤]这种天命思想和神意史观旨在维护封建君主统治,宣扬君臣、夫妇、父子的伦常关系,是不言而喻的。

刘大櫆指出:“天地也,日星也,山川也,人物也,相与回薄于宇宙之间。”天地、日月、山川、人物都是宇宙间各种因素偶然会合的结果,是自然界的一种客观存在。他认为在天地苍茫之间,“其无乃生者自生,而天究不知其所以生;死者自死,而天究不知其所以死邪?贵者自贵,而天不知其贵;贱者自贱,而天不知其贱邪?”“日之食也,天不能使其不食也;星之陨也,天不能使其不陨也。其偶而崩也,而天与之为崩;其偶而竭也,而天与之为竭。”[⑥]所谓“春风鼓动百卉昌,秋霜既降草木黄,自然之势也”,[⑦]“日月不为黎老之忧悲,而稽其

① 孔子:《论语·八佾》,载李泽厚:《论语今读》,生活·读书·新知三联书店 2004 年版,第 91 页。

② 董仲舒:《春秋繁露·顺命第七十》,河南大学出版社 2009 年版,第 342 页。

③ 董仲舒:《春秋繁露·王道通三第四十四》,河南大学出版社 2009 年版,第 287 页。

④ 程颢:《明道先生文集》,明崇祯九年刊本。

⑤ 董仲舒:《春秋繁露·顺命第七十》,河南大学出版社 2009 年版,第 343 页。

⑥ 刘大櫆:《天道上》,载《刘大櫆集》,上海古籍出版社 1990 年版,第 2 页。

⑦ 刘大櫆:《答周君书》,载《刘大櫆集》,上海古籍出版社 1990 年版,第 123 页。

躔度;雷电不为婴儿之恐惧,而匿其声光”。[①] 这就是说,“天”并没有主宰自然和人事,天道是浑然无知的,自然界的现象和社会历史的发展存在着不以人的主观意志为转移的客观必然性。他指出“大武之下,蚁或亡矣,而人不顾也;大馑之下,人多毙矣,而天不怜也。”所以说“人固有不可知,天固有不可晓也。”[②]他解释道:“天穆然而深厚,其于物也,清者、浊者、灵者、蠢者,无分于善恶,无一物而不生也;犹父母之於子也,无分于智、愚、贤、不肖,无一人而不爱也。”[③]这表明刘大櫆的历史观与中国古代的天命史观以及程朱理学所宣扬的君纲伦常还是存在着较大的差异,其天道浑然的历史观,已具朴素的唯物思想。

其次,刘大櫆反对善恶必有报应的天命史观,认为天道即人心,是一种道德律,天“不可以欺”。[④] 中国的古训认为,“积善之家必有余庆;积不善之家必有余殃”,[⑤]“作善降之百祥,作不善降之百殃”[⑥],对此,刘大櫆明确表示“以为劝善而规过”,“以警愚昧”是可以的,“然不以为凭也。”[⑦]

> 古之圣人以为吾生而为人,善,所当为也,当为者为之而已,不计其庆之至也;不善,所不当为也,不当为者不为而已,不计其殃之至也。为善固宜其庆也,庆不至而为善之心则甚慊也;而谓其必有庆者,愚也。为不善固宜其殃也,殃不至而为不善之事则难掩也;而谓其必有殃者,妄也。[⑧]

既然如此,人们是否“一任殃、庆之自至乎?”刘大櫆认为“是又不然。”天道虽浑然无知,却“有圣人者为天地立心,于是始有赏善罚恶主权,以为天补

① 刘大櫆:《答吴殿麟书》,载《刘大櫆集》,上海古籍出版社1990年版,第119页。
② 刘大櫆:《天道上》,载《刘大櫆集》,上海古籍出版社1990年版,第1—2页。
③ 刘大櫆:《天道中》,载《刘大櫆集》,上海古籍出版社1990年版,第3页。
④ 刘大櫆:《天道中》,载《刘大櫆集》,上海古籍出版社1990年版,第3页。
⑤ 崔波注译:《周易·坤卦第二》,中州古籍出版社2007年版,第42页。
⑥《尚书·伊训》,相台岳氏家塾本,第43页。
⑦ 刘大櫆:《天道上》,载《刘大櫆集》,上海古籍出版社1990年版,第1页。
⑧ 刘大櫆:《天道下》,载《刘大櫆集》,上海古籍出版社1990年版,第4—5页。

其所不足。"人之异于禽兽，乃有知耻之心。鸟兽无知，恬不知愧，因此"人之鸟兽行者，必在幽暗无人之中，其知之则以为耻。故人之为不善可以欺人，而不可以欺己之心；不可以欺心，则不可以欺天。天者，何也？吾之心而已矣。"[①]诚然，我们不能说刘大櫆的思想完全突破了天命史观的藩篱，如他在《读万石君传》中所言："吉凶祸福，人世之遭逢，皆上天之所命也。福非求之可获，祸亦非避之可免。"[②]但他在这里所说的天道显然是人心，是民意，是世道人间的道德律。

刘大櫆认为："为善为不善，可知也；而祸福则不可知也。为之者，我也；祸之福之者，天也。"[③]君王若有德，则顺人心民意，天下即有道；君王若无德，则逆人心民意，天下则无道。刘大櫆总结历史经验，指出："三代以上，道出于一，故其天可信。三代以下，道出于二，故其天不可知。可信者，天之有道也；不可知者，天之无道也。天下有道，则道德仁义与富贵显荣常合；天下无道，则富贵显荣与道德仁义常分。"他悲愤地感叹："及至周衰，孔子、孟子之生，而天下之势变矣。贤能者窜伏于下，而不肖者恣肆于上。智诈自骋，颉滑不仁，怙势袭威，无所顾藉。物产靡敝，而苑囿崇侈；民力竭塞，而畋游无度。啖肤咂血，其锋锐于蚊虻，而深居高拱，惘然自以为尧、舜焉。当是时，天下之人趋利如鹜，走势如归，安知有仁义？以居其位之为贵，安知有廉耻？以食其糈之为美，茫茫乎大造，夫孰知祸福之门、胜负成败之所分？故夫三代以下，其上之于民，名为治之，而其实乱之；其天之于人，名为生之，而其实杀之也。"他警告统治者要顺应天道人心，否则，"地之道日以崇，则天之道日以卑，积而不反，数十百世之后，其必有人与物相易而为其贵贱者乎？"[④]因此，刘大櫆主张"世异则事变，时去则道殊。"[⑤]生活于康雍乾盛世的刘大櫆，对天道、人事和社会发

① 刘大櫆：《天道中》，载《刘大櫆集》，上海古籍出版社1990年版，第3页。
② 刘大櫆：《读万石君传》，载《刘大櫆集》，上海古籍出版社1990年版，第39页。
③ 刘大櫆：《天道下》，载《刘大櫆集》，上海古籍出版社1990年版，第5页。
④ 刘大櫆：《天道下》，载《刘大櫆集》，上海古籍出版社1990年版，第5—7页。
⑤ 刘大櫆：《答周君书》，载《刘大櫆集》，上海古籍出版社1990年版，第122页。

展能有如此清醒而深刻的认识,实属难能可贵。

二、 现实观照下的史实解喻

刘大櫆认为"天下之事将然者不可知,而惟已然者可以循迹而较",①"观乎古人,则今人可知己。"②他将史学研究的功能定位于"循迹而较",突出史学研究鉴往知来的现实意义。唯其如此,刘大櫆的读史评议以及对史实的解喻往往具有强烈的现实观照。

如何正确理解历史上的君臣关系?这不仅涉及对诸多历史人物的评价问题,而且直接影响到人们对现实问题的把握和处理。刘大櫆认为君臣"有共事之义焉,而以臣之食禄为受君之恩,吾之所不知也"。他主张"君臣以义合,故曰'合则留,不合则去'"。③ 在《读伯夷传》《泰伯高于文王》和《续泰伯高于文王》等文章中,刘大櫆阐述了自己对"君臣之义"的独到见解。刘大櫆认为历史上所谓伯夷、叔齐"耻食周粟"和"叩马而谏"乃"委巷小人之谈","而儒者采之以为传记","其言流传既久,深入后人之心,不复考其是非得失,坚持之而不可拔"。他说:"昔者,伯夷、叔齐兄弟让国,并逃于首阳之山,孔子谓其'求仁得仁',及孟子之所称述详矣,未闻有耻食周粟之事也。及司马迁作《史记》,乃谓武王以臣弑君,伯夷叩马而谏。后浅见之士,莫不信之以为诚然,或反为文以刺讥武王。呜呼!此君臣之义所以不明于天下也。"他通过考证史实,指出:"名不可以两立,而事不容以两是。""孟子谓'伯夷非其君不事',不知所谓其君者,纣乎?武王乎?如迁之所纪,则武王非其君矣;武王非其君,则必如纣者乃为伯夷之君乎?然余又闻伯夷避纣矣。纣既又非其君,而武王又非其君,天下安得非纣非武王之君而事之?谓'治则进,乱则退'者,伯夷庾也。居北海之滨,是乱则退矣;若武王有天下,又逃之穷山绝谷之中,是不为治

① 刘大櫆:《泰伯高于文王》,载《刘大櫆集》,上海古籍出版社 1990 年版,第 27 页。
② 刘大櫆:《陆宣公文集注序》,载《刘大櫆集》,上海古籍出版社 1990 年版,第 44 页。
③ 刘大櫆:《汪烈女传》,载《刘大櫆集》,上海古籍出版社 1990 年版,第 202—203 页。

则退乎?”刘大櫆质疑道:“使伯夷之言,诚合于道,则武王为乱贼之徒,不得与尧、舜并称为至圣;使汤、武之革命,果为顺天而应人,则伯夷安得为此非圣谤道之言哉?”①刘大櫆对朱子所言,泰伯“以天下让商”说,提出了质疑。“夫泰伯欲成太王翦商之志,使其位传之季历以及文王,故与仲雍并逃荆蛮,以让季历也。季历在位,则翦商之势成矣,吾未见其让商也。”他分析说,如果泰伯果有让商之心,则应该使自己居其位而不取商之天下可也。“翦商之势,如决河而放之海,”何也?刘大櫆分析说:“纣恶已极矣,天命已移,人心已去矣,商之天下,无所庸其让也。当是时,天命之眷顾者周也,人心之向往者周也,周之代商,如春之代冬,其秩叙当然。其以天下让也,盖谓周人一家之中,自相推让耳,于商乎何与?”“汤武革命,顺乎天而应乎人”,②这才是根本的原因。

刘大櫆对历史上的许多旧说提出质疑,借此表达自己的思想主张和治史经验。如“后之学者见秦有焚书之令,则曰诗书至秦一炬而扫地无余,此与耳食何异?”他撰写《焚书辨》一文,指出:“六经之亡,非秦亡之,汉亡之也。”李斯恐天下学者“道古以非今”,于是禁天下私藏诗书百家之语,“然其所以若此者,将以愚民,而固不欲以之自愚也。”“博士之所藏俱在,未尝烧也。”“夫书,秦固未尝尽焚也。”而“经之亡,盖在楚、汉之兴、沛公与项羽相继入关之时也”。因此,刘大櫆指出“是故书之焚不在于李斯,而在于项籍;及其亡也,不由于始皇帝,而由于萧何”。“吾以为萧何,汉之功臣,而六经之罪人也。何则?沛公至咸阳,诸将皆争取金帛财物,而萧何独先入收秦丞相御史律令图书,汉以故具知天下之阸塞及户口之多少、强弱所在。然萧何于秦博士所藏之书,所以传先王之道不绝如线者,独不闻其爱而惜之,收而宝之,彼固以圣人之经,无关于得失、存亡所以取天下之筹策也,故熟视之若无睹耳。”“设使萧何能与其律令图书并收而藏之,则项羽不能烧;项羽不烧,则圣人之全经犹在也。”刘大櫆通过考证史实,指出“六经亡于秦火”乃耳食之言,为秦始皇辩护,

① 刘大櫆:《读伯夷传》,载《刘大櫆集》,上海古籍出版社 1990 年版,第 36—37 页。
② 刘大櫆:《续泰伯高于文王》,载《刘大櫆集》,上海古籍出版社 1990 年版,第 28 页。

其目的旨在说明“小人之为不善，未必其一出而祸天下。惟坐视其坏，而莫为之所，其终乃一坏而不可救。”①

对复古主义者津津乐道的“井田”乃“开国之制”的说法，刘大櫆认为是断难实行的政策。在《井田》一文中，刘大櫆指出：“吾意先王之制，盖当国家初定，取天下之田，与天下之民，合计其数而权之，而民各分以其可得之田。至其后世，子孙有蕃衍、有寡弱，寡弱者不得不富，蕃衍者不得不贫，而后王不复能均之矣。”此井田制，“有一夫则必有百亩，数世年之内犹或可支；周之末至于八百年之久，天下之田不加多，而民日益众，不知将何以给之？”他分析说：“使国家能悉取而均之，则天下之民一而已，岂复有贫富哉？如以为不然，则是上之于民，于其祖父时取而均之，于其子孙数十百世之后，又皆数数取而均之。夺民所已授之田，而转以授于未授田之民，纷纭变乱，田不日多，则授田不得不日减，其势将使百亩者减而为数十亩，数十亩者减而为数亩然后可，此必不能行之事也。”②

在《书荆轲传后》一文中，刘大櫆反对以成败论英雄，为荆轲抱不平。他指出：“议者不察，遂以丹之谋为速祸，而目荆轲为盗。”“予以为荆轲义士，而丹忠臣孝子也。”由此，刘大櫆感叹：“嗟夫，后之学者，欲讥论古人，则必置身于古人之地，以度其心，而毋拘牵于成败之迹。使刺秦之事成，则天下之颂勇智者，将在太子与轲；惟其不成，而纷纷之说得以随其后。然则，世之为君父而举事者，其必要其成而后可哉？”刘大櫆认为历史研究要具体问题具体分析，无论评事，还是论人，都应该“置身于古人之地，以度其心，而毋拘牵于成败之迹。”③评价历史人物不能拘泥于其事工之成败，只有回归历史细节与情境，才可能还原历史真相。

刘大櫆上述读史札记，其评议历史的现实意义远远大于其考证史实的价

---

① 刘大櫆：《焚书辨》，载《刘大櫆集》，上海古籍出版社 1990 年版，第 23—26 页。

② 刘大櫆：《井田》，载《刘大櫆集》，上海古籍出版社 1990 年版，第 22—23 页。

③ 刘大櫆：《书荆轲传后》，载《刘大櫆集》，上海古籍出版社 1990 年版，第 40—41 页。

值。桐城派的先驱、其乡贤戴名世(1653—1713)就因《南山集偶钞》获罪清廷。“查戴名世书内欲将本朝年号削除,写入永历大逆等语。据此戴名世照律凌迟处死。伊弟戴平世斩决。其祖父父子兄弟,异姓伯叔兄弟之子,俱解部立斩。”①方苞也因“南山集案”受牵连而下狱。戴名世“天性高傲嫉俗,眷怀祖国,倾慕忠义,欲以扬清激浊为己任,好骂世而仍不忘于世。”②他供事于清,内心却以明朝遗臣自居,认为明朝灭亡的原因在于李自成起义和满清入关,其论史、评史的出发点在于宣扬对明王朝的追思,宣扬狭隘的君臣之义,并据此反对清朝的统治,因此,在封建专制政治下,戴名世以文字遭祸也就不难理解了。刘大櫆论史的文章,亦多借此表达自己对现实社会的关切,与戴名世对明朝灭亡分析不同的是,他认为“亡明之天下者,百姓也。”“吾观有明之治,常贵士而贱民”,“百姓独辛苦流亡,无所控诉。”③这显然是符合历史发展趋势的正确认识。他认为:“古之君子见机而作,固不待国之危亡,早已洁身而去矣,是可以无死也。如其势不能去,或婴守土之责而城陷,是可以死者也。可死、可不死之间,此之不可不审也。”④由此,他借伯夷叔齐“耻食周粟”和“叩马而谏”乃“委巷小人之谈”,表达自己对君臣之义的理解,否定臣子的“愚忠”和“忠臣不事二君”的教条。与其说刘大櫆这一历史认识的改变具有汲取“南山集案”之教训的因素,毋宁说是对政权已经稳定下来的清王朝和康雍乾盛世的某种认同,是其历史观使然。

三、 史学通俗化的积极践行者

刘大櫆幼即能文,诚如方苞与人曰:“如苞何足算邪！邑子刘生,乃国士

---

① 《记桐城方戴两家书案》,载王树民编校:《戴名世集·附录》,中华书局1986年版,第480页。

② 《戴南山集序》,载王树民编校:《戴名世集·附录》,中华书局1986年版,第480页。

③ 刘大櫆:《窦祠记》,载《刘大櫆集》,上海古籍出版社1990年版,第312页。

④ 刘大櫆:《汪烈女传》,载《刘大櫆集》,上海古籍出版社1990年版,第203页。

尔!”[①]但他屡应乡试,仅两中副榜,始终未考取举人,一生教书、游幕。乾隆二十四年,刘大櫆始任黟县训导,乾隆三十二年自黟去官,至歙县主讲问政书院,乾隆三十六年返乡执教,从学者众。刘大櫆虽未出仕,却以文名天下,“昔有方侍郎,今有刘先生,天下文章,其出于桐城乎?”[②]科举仕途之曲折,使刘大櫆以坎坷不平之气,发为愤世嫉俗、敢想敢说之文。他认为明代以来的八股取士,“相与为臭腐之辞,以求其速售。嗟乎,此岂有天下之豪俊出于其间哉!”[③]他或吟诗作赋,写散文游记;或受人之约请,撰写谱序、诗序、时文序。刘大櫆认为“尊祖敬宗收族,惟宗谱是赖”。[④]“古之圣人欲民之孝悌相亲,而恐其乖离不属也,故立为五宗之法,有大宗,有小宗。”[⑤]刘大櫆还为乡贤、良吏、节妇、烈女、贞女、孝子及平民百姓撰写了大量的寿序、行状、传记和墓志铭,累计达八十余篇,由于他名重乡里,其文章之流播,必影响风俗之教化,从史著的撰写与传播方式看,亦有助于传统史学的平民化和通俗化。

《二十四史》虽为正史,然其藏于书阁,普通百姓难得一见。而刘大櫆撰写的大量族谱、寿序、行状、传记和墓志铭,却能常常流播于乡间,其文以载道,维系人伦纲常的道德作用绝不逊于正史。无论撰写读书札记,还是为他人树行状传略,刘大櫆都十分重视宣扬“仁爱”和“节孝”等封建主流价值观念,但他反对无后即为不孝的观念,并严厉批评“比俗之人,富贵为荣,弃其亲于千里之外”。[⑥]刘大櫆虽然肯定“夫死守节”的思想观念,为节母、节妇和烈女立传,但他对贞女亦需守节提出异议,肯定人的基本欲望,否定程朱理学所宣扬的“灭人欲,存天理”。

---

① 《国史文苑传》,载《刘大櫆集》,上海古籍出版社 1990 年版,第 625 页。

② 姚鼐:《刘海峰先生八十寿序》,《惜抱轩诗文集》,上海古籍出版社 1992 年版,第 114 页。

③ 刘大櫆:《答周君书》,载《刘大櫆集》,上海古籍出版社 1990 年版,第 122 页。

④ 刘大櫆:《吴氏族谱序》,载《刘大櫆集》,上海古籍出版社 1990 年版,第 46 页。

⑤ 刘大櫆:《范氏族谱序》,载《刘大櫆集》,上海古籍出版社 1990 年版,第 49 页。

⑥ 刘大櫆:《答吴殿麟书》,载《刘大櫆集》,上海古籍出版社 1990 年版,第 120 页。

在《吏部侍郎博野尹公行状》中，刘大櫆借尹公之行状，对良吏之“孝行”及“仁厚爱民”的传统美德加以褒扬。“公生三岁而孤。太夫人苦节食贫，口授《论语》诸经，教之以义方。”“公既长，为显官，而太夫人犹婴儿视之。有不当其意，太夫人辄对案不食。公惶悚，即长跪以请，不命之起，不敢起也。盖太夫人之教与公之孝，相赖以成，此其所以名动天下。”后任知湖北襄知府，“汉水暴溢，堤石尽倾。公出币金重为修治，至今民赖焉。”移守扬州，“至则浚两城之市河，通舟楫以为民利。”①在《上犹知县方君传》中，褒扬其“建社仓以备荒年，创书院以兴文教。”②刘大櫆认为：“古之君子其所以汲汲于仕进，而不甘闭户已终老者，固非为一己之宫室、妻妾、肥甘、轻暖计也。视天下之民，皆吾之同胞，不忍见其阽危沦陷，而思有以康济之，使无不得所也。故曰‘禹思天下有溺者，由己溺之；稷思天下有饥者，由己饥之。’伊尹‘见匹夫匹妇不被尧、舜之泽’，‘若己推而内之沟中’，仁人之用心，固如此也。”③在《章大家行略》一文中，刘大櫆饱则含深情地描述了章大家的仁爱之心。

> 大家自大父卒，遂丧明。目虽无见，而操作不辍。櫆七岁，与伯兄、仲兄从塾师在外庭读书。每隆冬，阴风积雪，或夜分始归。童奴皆睡去，独大家煨炉火以待。闻叩门，即应声策杖扶壁行启门，且执手问曰：“若书熟否？先生曾扑责否？”即应以书熟，未曾扑责，乃喜。④

刘大櫆为桐城人胡其爱立传，称赞其孝行。其人不识诗书，靠做雇工奉养长年卧床的母亲陈氏，“每晨起，为母盥沐，烹饪进朝馔，乃敢出佣”。“至夜必归。归则取母裙秽污自浣涤之。孝子衣履皆敝垢，而时致鲜肥供母。其在与佣者之家，遇肉食，即不食，而请归以遗其母。”“母又喜出观游，村邻有伶优之

① 刘大櫆：《吏部侍郎博野尹公行状》，载《刘大櫆集》，上海古籍出版社1990年版，第155—156页。

② 刘大櫆：《上犹知县方君传》，载《刘大櫆集》，上海古籍出版社1990年版，第171页。

③ 刘大櫆：《书唐学士德侠传后》，载《刘大櫆集》，上海古籍出版社1990年版，第41页。

④ 刘大櫆：《章大家行略》，载《刘大櫆集》，上海古籍出版社1990年版，第161页。

剧,孝子每负母以趋,为籍草安坐,候至夜分人,乃复负而还。”“前后三十余年,而孝子奉之如一日也。母即没,负土成坟,即坟旁挂片席而居,凄伤成疾,逾年,孝子胡其爱卒。”①由于家境贫寒,胡其爱为奉养老母而终身未娶,对于不孝有三,无后为大,刘大櫆持不同意见,他在《赠通奉大夫程君传》中指出:“无后者,孟子之所谓不孝,已故世俗无贵贱贤愚,皇皇以娶妇为事,将以求后也。妇既入门,诟谇嚣争,使其父母不得安其子一日之养,程君惧焉。愿乃以无后为孝,而不娶以终身,此其道岂浅学拘儒之所能识乎?”②刘大櫆感叹:“今之士大夫游宦数千里外,父母没于家而不知其时日,岂意乡里佣雇之间,怀笃行深爱之德,有不忍一夕离其亲宿于外如胡君者哉!”③

宋明以降,程朱之教泽影响乡村民风日盛,而徽州封闭的地理环境则使之不断内化。作为黟县教谕的刘大櫆对此感同身受:“余观女妇之以节孝著闻,惟新安为尤众,盖其流风使然。”在徽州地区,普遍的价值观念是“妇人夫亡不嫁,分也。自居立节,已非所安”。④ 因此,受旌表的节妇、贞女在黟、歙、休宁境内为数甚重。刘大櫆撰写了数篇节母、节妇传,如《郑节母传》《方节母传》《金节母传》《李节妇传》《胡节妇传》等,对她们侍奉公婆、教养遗孤的节孝行为加以褒扬。但对于未出嫁之贞女,由于媒订之夫早殇而守节,刘大櫆认为这不符合先王之礼。钱塘贞女江氏,自幼即为未曾谋面的顾氏终身守节;歙之龙池有女吴满好,许同里汪氏,年十六,“将嫁矣,而汪氏子病死。女时倚楼槛立,闻讣至,则欲坠楼而死,赖家人急挽之得生;然其欲死之心,不能一日忘也”。吴氏为“尔生不识夫婿何如人”守贞节三十余年,终身不嫁。对此,刘大櫆指出:“女嫁而后夫妇之道成,未嫁而欲死其夫,或终不改适,非先王之礼也。”⑤“妇以从夫为义,其未字则未成其未夫妇也。考于经,未闻女在家而矢

① 刘大櫆:《胡孝子传》,载《刘大櫆集》,上海古籍出版社1990年版,第162—163页。
② 刘大櫆:《赠通奉大夫程君传》,载《刘大櫆集》,上海古籍出版社1990年版,第176页。
③ 刘大櫆:《胡孝子传》,载《刘大櫆集》,上海古籍出版社1990年版,第163页。
④ 刘大櫆:《方节母传》,载《刘大櫆集》,上海古籍出版社1990年版,第194页。
⑤ 刘大櫆:《吴贞女传序》,载《刘大櫆集》,上海古籍出版社1990年版,第206—207页。

节者。然近世以来，俗与古异，男女方在襁褓，而父母已为许婚。相许既定，则亦有‘从一以终’之道矣。贞女之孝义，乃在幼稚之年，盖其天性纯明，度越寻常人远甚。岂可以拘迂拟议哉！”①

刘大櫆从人性论的立场出发，充分肯定人的正当欲望。他认为：“人之不能无欲而相与聚处以为生也，”②因此，“目无不欲色”，“耳无不欲声”，“口无不欲味”，“鼻无不欲臭”。“自我观之：好逸而恶劳，喜安而惧危，贪生而怖死，人之情也。仕宦者，舍逸即劳，去安生而入于危死之地，自以为荣，吾不知其荣也；自以为尊，吾不知其尊也。”刘大櫆认为圣人与凡人在人性情感上是一致的，甚至有过之而无不及，“有食矣，而又欲其精；有衣矣，而又欲其华；有宫室矣，而又欲其壮丽”。③ 他指出：“圣人之于味与我同嗜也，圣人之于色与我同视也，圣人之于声与我同听也，圣人能不贼耳。”④

刘大櫆通过对徽州儒商的了解，对士农工商这一等级观念予以大胆抨击，认为其社会地位之高下与道德优劣不必然是对应关系。他指出：“自管子相齐，而士、农、工、商之职分。汉兴，贾谊、晁错上书言政，谓宜重耕农而抑商贩。然余观当时士大夫名在仕籍，而所为皆贾竖之事也。”而商贾之人亦未必唯利是图，他以乡饮大宾金君为例，赞赏其“至性醇笃，尝割臂肉以疗母疾。”⑤刘大櫆慨然叹曰：“近世以来，天地之气，不钟于士大夫，而钟于穷饿行乞之人。”“明之亡也，金陵之乞人闻之而赴水以死。丈夫不能，而女子能之；富贵者不能，而乞人能之，亦可概也夫！”⑥其启蒙意识和朴素的民本思想跃然纸上。

---

① 刘大櫆：《江贞女传序》，载《刘大櫆集》，上海古籍出版社1990年版，第206页。

② 刘大櫆：《辨异》，载《刘大櫆集》，上海古籍出版社1990年版，第9页。

③ 刘大櫆：《答吴殿麟书》，载《刘大櫆集》，上海古籍出版社1990年版，第118—119页。

④ 刘大櫆：《养性》，载《刘大櫆集》，上海古籍出版社1990年版，第14页。

⑤ 刘大櫆：《乡饮大宾金君传》，载《刘大櫆集》，上海古籍出版社1990年版，第176—177页。

⑥ 刘大櫆：《乞人张氏传》，载《刘大櫆集》，上海古籍出版社1990年版，第207—208页。

第四节 姚鼐的义理史学

姚鼐(1731—1815),字姬传,一字梦谷,室名惜抱轩,世称惜抱先生、姚惜抱,安徽桐城人。著有《惜抱轩文集》《文后集》《惜抱轩诗集》《惜抱轩九经说》《春秋三传补注》《惜抱轩笔记》等,被誉为桐城派集大成者。他虽以诗文名天下,却在所作笔记、传记以及文集中,蕴含了丰富的史学思想。学术界对姚鼐的学术思想和文学方面的研究比较深,而对其史学思想的研究比较少①。综观姚鼐的史学思想,其历史观既讲天命,又重人事,具有二重性特征;他重视史学考证,认为史学之道在于求真,主张信以传信、疑以传疑的直书观;他重视史学褒善贬恶的道德鉴戒作用,坚持为人物立传当以贤能的史传原则,以正人心为目的。

一、 讲天命、重人事的天人观

中国古代史学具有二重性特征,"天命与人事往往交织在一起,成为史学二重性特征的一个重要方面。"②从先秦《周易》的天人合一思维,董仲舒的"天人感应"论,司马迁的"究天人之际",再到宋明强调天理与人欲之分,都体现了传统史学的这一二重性特征。姚鼐既讲天命,又重人事,具有二重性特征。

姚鼐认为天对人的命运起支配作用,"夫生而富贵及死而声名,其得失大小,皆天所与也。纪载者,人名声所由得之所托也。故天欲其成乃成,天欲其传乃传,不然则废。"③在姚鼐看来,人的荣华富贵、寿命、成就都是由天来决定

① 目前仅见俞樟华、郭玲玉的《论姚鼐的传记理论》(《荆楚理工学院学报》2010 年第 10 期)对姚鼐的史学思想有所涉及。

② 白云:《中国史学思想通论 · 历史编撰学思想卷》,福建人民出版社 2011 年版,第 41 页。

③ 姚鼐:《复姚春木书》,载《惜抱轩诗文集》,上海古籍出版社 1992 年版,第 292 页。

的。在《随园雅集图后记》中，姚鼐认为袁枚的长寿及成就是上天所予："独先生放志泉石三四十年，以文章诏后学于此，夫岂非得天之至厚。"①

姚鼐虽然讲天命，但他更重视人事。在论朝代更替时他说道："继世以有天下，前王之德犹存，后王虽失德，天下臣民，犹当奉之，此事理之常，固天命也。至其失道之极，为天人所恶，天乃更求贤圣以为民主，此又天命之大者。"②这段话包含了两层意思：一是君命天授，姚鼐以天命来说明天下臣民侍奉一个君王是合理的，又以天命来说明一个失德的君王被更换也是合理的；二是朝代更替最重要的因素是君王的德行，君王失德到了一定的程度，被天人所恶，天就会收回对他的授命，重新换一个君王。由此可见，姚鼐既讲天命，又重视人事在历史兴衰中的作用，这是其历史观的特点。

在姚鼐看来，天虽然对人事有支配作用，但是人的行为决定天会如何安排人的命运。在《家铁松中丞七十寿序》中，姚鼐认为其兄铁松先生能得长寿、有雍容化日盛世之福的原因，固为天佑，但也不是偶然，和其兄的德行有关。

> 吾兄少居贫，以孝名天下，备经勤苦矣，乃老而康艾登焉。且其始仕河、陇之间，分符江、汉之域，观察闽海，提刑南越，所处每在边徼，遭值事势盘错，或为常情所难居，而肩任不疑，屡禽大憝，惠布远黎。今又居昆明西南数千里，建旌秉钺，为国家安奠中外，愈任其劳，福禄愈远，此殆天所笃佑，以助承景运之隆者，夫岂偶然哉！③

在《邹母包太夫人家传》中，姚鼐写包太夫人"自三十二岁守节至年八十二，以五世同堂之庆，蒙天书降匾于其家。自封太恭人晋三品，又加赠至二品夫人，虽其始终未及旌，而终乃有逾于常旌之荣者，岂非天之所以葆行义哉？"④在姚鼐看来，天之所以如此庇佑包太夫人，是因为夫人存心制行之善。

① 姚鼐：《随园雅集图后记》，载《惜抱轩诗文集》，上海古籍出版社1992年版，第226页。

② 姚鼐：《笔记卷一·经部一》，载《惜抱轩全集》，中国书店1991年版，第521页。

③ 姚鼐：《家铁松中丞七十寿序》，载《惜抱轩诗文集》，上海古籍出版社1992年版，第119—120页。

④ 姚鼐：《邹母包太夫人家传》，载《惜抱轩诗文集》，上海古籍出版社1992年版，第314页。

在《赠文林郎镇安县知县婺源黄君墓志铭》中,姚鼐描写了黄君奖的孝子形象。在黄君奖几岁的时候,他的父亲就到蜀中当幕僚,十几年没有过问他,他成年之后,就去蜀中寻找父亲,历尽千辛万苦,终于在重庆找到了父亲,当时他的父亲已经得了重病,"君乃于重庆一石崖中居,以课童子为养,逾年父终,无资,不能以丧归。始其父募得巴县江北地为义阡,及没,君遂葬之于巴,成冢立碑而去,依其世父,未几其世父亦死。"之后,黄君奖就流离漂泊,曾经在峨眉山上,遭遇大雪,以为自己必死无疑,最后被人所救,后来娶妻生子,活到了 96 岁。对此,姚鼐感慨不已。

嗟乎!如君生平所遭困厄且数十年,使竟陨丧,或虽不死而无后,则世亦无由知君亦,而卒于衰老之后得妻子,身以上寿终者,天之欲表潜德也。夫天且重之,而况人乎?①

相反,如果人的德行有失,逆天而行,就会受到天的惩罚。在《李斯论》中,姚鼐论述了李斯舍去他老师荀卿的学说,而行商鞅之学,"扫去三代先王仁政,而一切取自恣肆以为治,焚《诗》《书》,禁学士,灭三代法而尚督责。"在姚鼐看来,李斯助纣为虐,最终没有好的结果,"嗟乎!秦未亡而斯先被五刑、夷三族也,其天之诛恶人,亦有时而信也邪?"②

重视德政是姚鼐重人事最突出的表现。概而言之,略有以下二端。

一是要行仁政。"得国容有之,天下必以仁。"③姚鼐以周公怀柔商故民的例子来说明仁政的重要性,周朝灭掉商朝之后,如何统治商朝的遗民成了周初的一件大事,召公主张"有罪者杀之,无罪者活之",而周公则主张"惟仁是亲"的怀柔政策,周武王采纳了周公的意见,对此,姚鼐评价道:"固周之至仁,而其所以动天下而久无患之道,正在此也。"④周朝统治时间比较长的原因是行

① 姚鼐:《赠文林郎镇安县知县婺源黄君墓志铭并序》,载《惜抱轩诗文集》,上海古籍出版社 1992 年版,第 342—343 页。

② 姚鼐:《李斯论》,载《惜抱轩诗文集》,上海古籍出版社 1992 年版,第 5—6 页。

③ 姚鼐:《漫咏三首》,载《惜抱轩诗文集》,上海古籍出版社 1992 年版,第 419 页。

④ 姚鼐:《笔记卷一·经部一》,载《惜抱轩全集》,中国书店 1991 年版,第 522 页。

仁政,而秦朝二世而亡的原因,则是舍弃仁政,用商鞅之法,“秦之甘于刻薄而便于严法久矣!”①不管是行仁政,还是行苛政,都是人为而非天意。

二是知人专任。姚鼐在考证《尚书周书立政》时说:“立政之要,知人也,专任也。”周公作立政篇,目的是告诫子孙要知人专任,且要用常人,姚鼐对常人是这样解释的:“夫小人亦有为善之时,其为善以要名希宠而已,得所欲,则其人变矣。惟君子有常,惟克知灼见其心,乃能用常人。”常人即是君子,只要君王能用常人,“人君之道尽矣”。② 人君要知人善任,而为官者则要尽忠职守,顺应天道,“夫君子乘天王德意,以屏万邦,惕惕焉唯恐不尽其任。”③姚鼐最欣赏的是明朝的翰林,“明之翰林,皆知其职也,谏争之人接踵,谏争之辞运策而时书”。④ 他最痛恨的是误国误民的小人,“且夫小人虽明知世之将乱,而终不以易目前之富贵,而以富贵之谋,贻天下之乱,固有终身安享荣乐,祸遗后人,而彼宴然无与者矣”。⑤ 人君用人是否得当,直接影响到天下治乱。

姚鼐讲天命、重人事,强调天与人之间的和谐关系,姚鼐在《礼运说》中说:“故人君达天道顺人情以为礼,而天下治矣。然而天道固不出乎人情之外者也。人者,天地之德,阴阳之交,鬼神之秀气也。故圣人以人情为田,天道达而人情顺,则天地位焉万物育焉。”⑥姚鼐认为,天道与人情是相统一的,天道不出人情之外,只有达天道顺人情,天人合一,才能建立和谐有序的社会。

二、 信以传信、疑以传疑的直书观

姚鼐十分重视史学,自谓“少尝有意纪述之事,迨老无成。”⑦他认为儒家

---

① 姚鼐:《李斯论》,载《惜抱轩诗文集》,上海古籍出版社1992年版,第5页。
② 姚鼐:《笔记卷一·经部一》,载《惜抱轩全集》,中国书店1991年版,第522—523页。
③ 姚鼐:《江上攀辕图记》载《惜抱轩诗文集》,上海古籍出版社1992年版,第230页。
④ 姚鼐:《翰林论》,载《惜抱轩诗文集》,上海古籍出版社1992年版,第5页。
⑤ 姚鼐:《李斯论》,载《惜抱轩诗文集》,上海古籍出版社1992年版,第6页。
⑥ 姚鼐:《礼记说·礼运说》,载《惜抱轩九经说》卷十二,光绪三十三年校经山房刻本。
⑦ 姚鼐:《晋乘蒐略序》,载《惜抱轩诗文集》,上海古籍出版社1992年版,第253页。

的学问不是只有经学,还有史学,“儒者之学非一端,而欲观古人之迹,辨得失之林,必求诸史”。① 在史书之中,姚鼐最推崇的是孔子的《春秋》,“夫史之为道,莫贵乎信。君子于疑事不敢质。春秋之法,信以传信,疑以传疑。后世史氏所宗,惟春秋为正。”《春秋》是一部记实事的史书,姚鼐认为史学之道即是求真,信以传信,疑以传疑。

姚鼐认为很多经书、史书都有错误。一是有些典籍在流传过程中被后人加了不少自己的见解,如《左传》,“左氏之书,非出于一人所成,自左氏丘明作传,以授曾申,申传吴起,起传其子期,期传楚人铎椒,椒传赵人虞卿,虞卿传荀卿,盖后人屡有附益。”正是因为后人屡有附言,导致《左传》之言不能尽信,“余考其书,于魏氏事,造饰尤甚,窃以为吴起为之者盖尤多。”②所以,姚鼐断言“太史公曰:‘左丘失明,厥有《国语》。’吾谓不然。今《左氏传》非尽丘明所录,吾固论之矣。”③其余如《庄子》《列子》等书都有后人附益。二是有些典籍已经失传,流传在世的乃是伪书。如《贾谊新书》,姚鼐认为贾生书已经失传很久了,世上有的贾谊新书,是别人伪造的。“班氏所载贾生之文,条理通贯,其辞甚伟,及为伪作者分晰,不复成文,而以陋辞联厕其间,是诚由妄人所谬,非传写之误也。”④三是有些地志、方志编撰者不去实地考察,而妄引古书,导致书中所载与事实不符。姚鼐认为“方志为史家之一体,非具史才者,为之不能善也。”⑤他在《泰山道里记序》中说道:“余尝病天下地志谬误,非特妄引古记,至纪今时山川道里远近方向,率与实舛,令人愤叹。设每邑有笃学好古能游览者,各考纪其地土之实迹,以参相校订,则天下地志,何患不善。”⑥四是史

① 姚鼐:《乾隆戊子科山东乡试策问五首》,载《惜抱轩诗文集》,上海古籍出版社 1992 年版,第 130 页。姚鼐:《新修宿迁县志序》,载《惜抱轩诗文集》,上海古籍出版社 1992 年版,第 273 页。

② 姚鼐:《左传补注序》,载《惜抱轩诗文集》,上海古籍出版社 1992 年版,第 34 页。

③ 姚鼐:《辨郑语》,载《惜抱轩诗文集》,上海古籍出版社 1992 年版,第 73 页。

④ 姚鼐:《辩贾谊新书》,载《惜抱轩诗文集》,上海古籍出版社 1992 年版,第 71 页。

⑤ 姚鼐:《滇系序》,载《惜抱轩诗文集》,上海古籍出版社 1992 年版,第 254 页。

⑥ 姚鼐:《泰山道里记序》,载《惜抱轩诗文集》,上海古籍出版社 1992 年版,第 253 页。

学家有“爱奇”的嗜好，“爱奇，史氏通病，岂独子长哉？故审理论世，核实去伪，而不为古人所愚，善读史者也。”①

正是因为很多书有错误，所以姚鼐认为要重视考证，去伪存真，讲求信史。虽然姚鼐尊崇程朱理学，不推崇汉学，但他也很重视考证，认为义理、考证、辞章三者缺一不可，“是三者苟善用之，则皆足以相济；苟不善用之，则或至于相害”。② 对于姚鼐的考据成就，刘季高在《惜抱轩诗文集前言》中说道：“《惜抱轩文前后集》，共三百十篇，属于考证性质者，有四十一篇。另有《笔记》八卷，《法帖题跋》三卷，《九经说》十七卷，几乎全部是考证。其考据文之佳者，如《笔记四史部一史记》，证据确凿，断语下得干净利落，并未繁征博引，却解决了历史上的疑团，堪称考据文典范之作。”③在《九经说》《笔记》中，姚鼐对《尚书》《春秋》《国语》《史记》《汉书》《后汉书》《三国志》《晋书》《隋书》《五代史》《宋史》《辽金元史》等史书进行了考证。姚鼐融经史于一体，擅于用文字、训诂等方面的知识去考证历史，考证范围涉及地理、典章、制度、经济等领域，指出了这些史书中存在的错误。

第一，考订文句。姚鼐对史书上文字、语句有误或有疑惑之处进行考证解释，这在《笔记》中俯拾皆是。如裴骃注秦本纪里的“欲为官者五千石”，姚鼐认为应该是“五十石”，“今汉书百官表中，脱欲为官者句，又按韩非子，斩一首者爵一级，欲为官者为五十石之官，斩二首者爵二级，欲为官者为百石之官。然则裴注千字，十之误也。”④除了文字的考证，姚鼐还对一些后世解释不够清晰的地方重新做了解释，如对《史记·平准书》中“缗”的解释，姚鼐认为“按此处为史汉解者，皆不甚明晰。”姚鼐指出缗不是指钱，而是指物，“然则缗者，犹

① 姚鼐：《乾隆戊子科山东乡试策问五首》，载《惜抱轩诗文集》，上海古籍出版社 1992 年版，第 131 页。

② 姚鼐：《述庵文钞序》，载《惜抱轩诗文集》，上海古籍出版社 1992 年版，第 61 页。

③ 刘季高：《前言》，载《惜抱轩诗文集》，上海古籍出版社 1992 年版，第 3 页。

④ 姚鼐：《笔记卷四·史部一·史记》，载《惜抱轩全集》，中国书店 1991 年版，第 559—560 页。

今商贾之言货本,以钱准之耳。而手力所作者无本钱,则以其手作直四千乃一算。其匿不自占,占不悉者,没入缗钱,其实物而非钱。故后言得民财物以亿计,奴仆以千万数,及田宅,此皆非钱,特以钱计耳。”①

第二,考证史实。姚鼐对史书中一些历史事件进行考证,如《史记·卫世家》中记载卫厘公死后传位与太子共伯余,余的弟弟和用钱收买武士袭击余,余自杀,和继位为武公。姚鼐以《国风·墉风·柏舟》中“髧彼两髦”,说明余死于卫厘公之前,他并没有继承过王位,姚鼐指出:“武公卫之贤君,而太史公平杂家之说,诬以篡弑,可谓考之至疏矣。”②《后汉书·张王种陈列传第四十六》中记载的张皓、张纲父子的事迹,姚鼐认为不符合史实。汉安帝时赵腾因上言灾变获重罪,牵连80余人,《后汉书》记载是张皓上书汉安帝,安帝悟,给赵腾等人减刑,姚鼐则认为当时汉安帝年龄小,是大臣主政,张皓上书劝谏一事乃是“附会造此虚言耳。”《后汉书》中记载的张纲降张婴事,在姚鼐看来,尤为谬妄,“盖伪造此说者,不知永嘉元年,有张婴攻杀堂邑江都长事。在纲死后,而妄云南州晏然,蔚宗依旧纪书汉安二年,扬徐盗贼攻烧城守,杀掠吏民。及永嘉元年,张婴明有攻城杀吏之事矣。”姚鼐感叹道:“大抵东汉多乡曲伪饰之事,华阳为甚,如张楷等传,皆多谬诞。蔚宗不能裁削,以诬后世,为可叹也。”③

第三,明晰官制。姚鼐很重视官制的考证,四卷《笔记·史部》中考证的每一部史书,都涉及官制的考证,如《笔记卷四·史部一·汉书》中对郎中、外郎、中大夫、大中大夫等的考证,《笔记卷五·史部二·晋书》对前军将军、后军将军、左军将军、右军将军、三部司马等的考证。姚鼐尤其重视官制的变化,在考证西汉官制的时候,姚鼐指出:“西汉二百年,官制前后不同,孟坚不能尽

① 姚鼐:《笔记卷四·史部一·史记》,载《惜抱轩全集》,中国书店1991年版,第561页。

② 姚鼐:《笔记卷四·史部一·史记》,载《惜抱轩全集》,中国书店1991年版,第562页。

③ 姚鼐:《笔记卷五·史部二·后汉书》,载《惜抱轩全集》,中国书店1991年版,第578—579页。

纪其改变也。读史者,当以推考其时事,而知其制之变。”①在考证“左右前后将军”时,姚鼐说“官制名同而前后事势不同,读史者不可不辩”。② 对“左右前后将军”自汉朝至晋朝的变化作了细致的考证。在对官制进行考证的同时,姚鼐指出史书记载中的错误,如“王羲之桓尹皆是右将军,而本传乃误作右军将军”③

第四,考辨地理。姚鼐很关注舆地之学,除了在《笔记》中对一些朝代的地理志进行考订以外,还专门写了《郡县考》《汉庐江九江二郡沿革考》《项羽王九郡考》及《地舆附》,纠正了史书及方志中的一些记载舛误。如《汉书·地理志》载:“金城郡,昭帝始元六年置。莽曰西海。”姚鼐认为,王莽所置的西海郡不是改金城郡之名,“何义门云,平帝元始四年冬,置西海郡,乃王莽遣中郎平宪等,持金帛诱羌豪献地为之,非改金城旧名也。”④他认为:“自汉以后,江北淮南,遭六朝兵争之祸,城郭空虚者数矣,而侨置州郡在其间,更移故名,废兴迁徙,稽之尤为难详。”⑤在《五岳说》一文中,姚鼐对“前儒异说”的五岳论进行了系统的考辨,他认为“夫岳者,以会诸侯,使望走其山下者也”。“昔黄帝尝合符釜山,釜山为北岳,而非必恒山也。及禹合诸侯于涂山,涂山近霍,则霍山为南岳矣。”⑥霍山即今天柱山。

姚鼐坚持信史,认为史书要秉笔直书,反对曲笔。秉笔直书是中国古代传统史学界的优良传统,姚鼐在继承这一传统的同时,有着自己独特的见解。秉笔直书的精神起源于孔子之前的史官,很多学者认为《春秋》继承了秉笔直书的精神,如钱大昕认为:

---

① 姚鼐:《笔记卷四·史部一·汉书》,载《惜抱轩全集》,中国书店 1991 年版,第 566 页。
② 姚鼐:《笔记卷五·史部二·晋书》,载《惜抱轩全集》,中国书店 1991 年版,第 585 页。
③ 姚鼐:《笔记卷五·史部二·晋书》,载《惜抱轩全集》,中国书店 1991 年版,第 584 页。
④ 姚鼐:《笔记卷四·史部一·汉书》,载《惜抱轩全集》,中国书店 1991 年版,第 569 页。
⑤ 姚鼐:《汉庐江九江二郡沿革考》,载《惜抱轩诗文集》,上海古籍出版社 1992 年版,第 25 页。
⑥ 姚鼐:《五岳说》,《惜抱轩诗文集》,上海古籍出版社 1992 年版,第 248—249 页。

《春秋》，褒善贬恶之书也。其褒贬奈何？直书其事，使人之善恶无所隐而已矣。①

姚鼐对此并不认同，他说"春秋为鲁弑君讳，晋董狐、齐太史值赵盾崔杼之事，则书其国史皆曰弑君。二者之于史，其孰是焉？曰皆是也，君子亦仁而已，何必同。不忍言君之被弑，仁也。弑君之贼纪诸简策以为戮，亦仁也。然以史义言之，则晋与齐其为正矣。"姚鼐认为《春秋》为鲁弑君讳，是孔子不忍说君被弑，可称为仁，但于史义而言，则晋董狐、齐太史为正。姚鼐所认为的史义即秉笔直书，不为尊者讳，不虚美，不掩恶。姚鼐对后人盲目学习春秋笔法来书写历史进行了尖锐的批评，他说："今以异世而修前代之史，于吾非不忍所言者而以讳为学春秋之义，是失义之尤者已。太史公本纪书申侯弑幽王、赵高弑二世，良史宜若是。舍良史之法而为彼进退无据之辞，知春秋者宜弗为也。"②

姚鼐的信史观除了表现在对史事和史书的考证外，他在为人物作传记时，同样认为要依据传主真实的生平事迹加以记录，不可以夸大其词。姚鼐在《左传补注序》中说道："魏献子合诸侯，干位之人，而述其为政之美，词不恤其夸。此岂信史所为'论本事而为之传'者耶？"③"论本事而为之传"就是就要按照传主真实的生平事迹去记录。姚鼐自己在为人物作传记时，就秉持着这一宗旨，如实地反映传主的功过是非，力求真实可信，无愧于信史。姚鼐在为周梅圃作传时说："其为人明晓事理，敢任烦剧，耐勤苦"，"君卒后，家贫甚"，"梅圃，乾隆间循吏也。夫《循吏传》，史臣之职，其法当严。不居史职，为相知之家作家传，容有泛滥辞焉。余嘉梅圃之治，为之传，取事简，以为后有良史，取吾文以登之列传，当无愧云。"④

① 钱大昕：《春秋论》，《潜研堂文集》卷二，四部丛刊。

② 姚鼐：《春秋说·壬辰公薨说》，载《惜抱轩九经说》卷一五，光绪三十三年校经山房刻本。

③ 姚鼐：《左传补注序》，载《惜抱轩诗文集》，上海古籍出版社1992年版，第34页。

④ 姚鼐：《周梅圃君家传》，载《惜抱轩诗文集》，上海古籍出版社1992年版，第317页。

三、为人立传“当以贤能”的史传原则

宋明以来的儒学可分为“尊德性”与“道问学”两端，余英时指出，所有宋、明的儒家都是“尊德性”的，把德性之知放在第一位，到了清朝，儒家智识主义兴起，儒学由“尊德性”转入“道问学”的阶段，儒学转向的代表人物是戴震与章学诚。[①] 戴震在《孟子字义疏证》中说：“试以人之形体与人之德性比而论之，形体始乎幼小，终乎长大；德性始乎蒙昧，终乎圣智。其形体之长大也，资于饮食之养，乃长日加益，非‘复其初’；德性资于学问，进而圣智，非‘复其初’明矣。”[②]而姚鼐，虽然也重视“道问学”，正是因为重视学，所以他做了不少考证的工作，但他更加重视“尊德性”。清代的“道问学”与“尊德性”被分得越来越远，导致了道德上的一些问题，关于这点，余英时认为：“清儒的考证之学虽然发扬了儒家的致知精神，但是同时也不免使‘道问学’和‘尊德性’分得越来越远。和‘尊德性’疏离之后的‘道问学’当然不可能直接关系‘世道人心’，也不足以保证个人的‘成德’。”[③]而姚鼐最关心的恰是“成德”与“世道人心”。学者王达敏认为姚鼐将躬身为已推向至高无上的位置，是学者立世的大本。[④] 躬身为已即是个人的“成德”，姚鼐对自己及他人道德的要求很高，对于当时以戴震为首的汉学家忽略人品修养强烈不满，“士溺于俗久矣，读古人之书，闻古人之行事，意未尝不是之，而及其躬行，顾惮不能效也。”[⑤]“且其人生平不能为程、朱之行，而其意乃欲与程、朱争名，安得不为天之所恶。”[⑥]姚鼐服膺程朱理学，原因之一是程朱理学可以维持世道人心不乱，姚莹在为姚鼐立

---

① 余英时：《论戴震与章学诚——清代中期学术思想史研究》，生活·读书·新知三联书店2012年版，第18—34页。

② 戴震：《孟子字义疏证》，中华书局1961年版，第15页。

③ 余英时：《论戴震与章学诚——清代中期学术思想史研究》，生活·读书·新知三联书店2012年版，第354页。

④ 王达敏：《姚鼐与乾嘉学派》，学苑出版社2007年版，第172页。

⑤ 姚鼐：《石屏罗君墓表》，载《惜抱轩诗文集》，上海古籍出版社1992年版，第326页。

⑥ 姚鼐：《再复简斋书》，载《惜抱轩诗文集》，上海古籍出版社1992年版，第102页。

传时写道:“先生以为:国家方盛,时书籍之富,远轶前代,而先儒洛、闽以来,义理之学,尤为维持世道人心之大,不可诬也。”①正是因为忧虑世道人心,姚鼐提倡躬行,重视“德性之知”。

姚鼐重视“尊德性”,所以姚鼐在撰写传记、寿序、墓表及墓志铭时,为人物立传的标准就是贤能,他说道“按史之立传,当以贤能,岂论名位。”②什么样的人可以称得上贤能?姚鼐认为天地会变、社会人事会变,而传统伦理道德不会变,“天地无终穷也,人生其间,视之犹须臾耳。虽国家存亡,始终数百年,其逾于须臾无几也,而道德仁义忠孝名节,凡人所以为人者,则贯天地而无终敝,故不得以彼暂夺此之常。”③因此,只要是符合传统伦理道德之人,即恪守程朱理学所宣扬的仁义、忠孝、名节的人,都是贤能之人。

在姚鼐那里,贤能有多种。有以身殉国之贤。如北宋不肯投降、以死守城的江都城制置使李公、副都统姜公,姚鼐赞他们“立身甚伟”④;明朝为伐元遗孽,身死沙漠的孙忠愍公;清朝为破锡箔而战死的何道深。

有为官恪尽职守之贤。如写中宪大夫开归陈许兵备道彭如幹,“公皆在工所,相视形势之便,筹思导塞之宜,指麾畚挶之事,不避风雨昏夜,故功每易成。卒以督办衡工引河,劳瘁致疾,犹勤不辍,以至于没”。姚鼐赞其为“其功在民,其道可循,子孙振振。”⑤写江南河督任徐端,“公于是每遇要工,必以身先众。次年冬,以治砀山李家楼决口,旁开引河,公任其事,严寒积劳,遂至病甚。”⑥

---

① 姚莹:《朝议大夫刑部郎中加四品衔从祖惜抱先生行状》,《中复堂全集东溟文外集》,载沈云龙主编:《近代中国史料丛刊续辑》第51册,台北文海出版社1974年版,第261页。

② 姚鼐:《笔记卷五·史部二·三国志》,载《惜抱轩全集》,中国书店1991年版,第582页。

③ 姚鼐:《方正学祠重修建记》,载《惜抱轩诗文集》,上海古籍出版社1992年版,第234—235页。

④ 姚鼐:《宋双忠祠碑文并序》,载《惜抱轩诗文集》,上海古籍出版社1992年版,第157页。

⑤ 姚鼐:《中宪大夫开归陈许兵备道加按察使衔彭公墓志铭并序》,载《惜抱轩诗文集》,上海古籍出版社1992年版,第373页。

⑥ 姚鼐:《太子少保兵部尚书总督江南河道提督军务兼右副都御史徐公墓》,载《惜抱轩诗文集》,上海古籍出版社1992年版,第382页。

姚鼐称其为国之劳臣。另外，还有“治官事勤甚，累日夜废寝食不疲”[①]的通奉大夫广东布政使许祖京、积劳成疾不可愈的浮梁知县黄绳先等。

有安贫有守之贤。如写歙人吴殿麟，“家本贫，至老贫甚，然廉正有守。”[②]写昌平陈伯思，“其行不羁，绝去矫饰，远荣利，安贫素，有君子之介。”[③]写泸溪县教谕杨芳，“故其处家尽孝第之诚，虽贫不较于财，虽劳不表于众。其持身能极俭约，故能介然无求，而室家安之”。[④]

有慈善仁义之贤。如好施与的高淳邢复诚，姚鼐写他在高淳大水时，“多所赈施，以济民困。又为设医药葬埋。”五十五年大旱时，“君尽出藏谷千余石以食众，又假贷数百金以佐施”。[⑤] 大善人陈谨齐“自奉甚简陋，而济人则无所惜”，姚鼐感叹道：“夫使乡里多善人，则天下之治无可忧矣。如谨齐者，曷可少哉！曷可少哉！”[⑥]另外，还有乐善好施的中宪大夫陈守诒、“乡里值岁饥，出千金赈之者三焉”[⑦]的孔信夫等有廉孝之贤。如写石屏维，“君，乾隆戊子科举人也，吏部选为安宁州学正，君不忍离母，竟不就官。其两执丧，皆能如礼。”[⑧]此外，还有割肝为母治病而死的萧孝子、割臂和药治父病的蒋知廉及割股以愈母疾的潘孝子等。

有女子守贞节之贤。如写《张贞女传》《记江宁李氏五节妇事》等，对妇女守贞节之事进行赞美。

姚鼐评价历史人物、为时人立传，其目的是褒善贬恶，以正世道人心。姚

---

① 姚鼐：《通奉大夫广东布政使许公墓志铭并序》，《惜抱轩诗文集》，上海古籍出版社 1992 年版，第 340 页。

② 姚鼐：《吴殿麟传》，载《惜抱轩诗文集》，上海古籍出版社 1992 年版，第 309 页。

③ 姚鼐：《陈伯思序》，载《惜抱轩诗文集》，上海古籍出版社 1992 年版，第 113 页。

④ 姚鼐：《诰赠中宪大夫刑部员外郎加三级泸溪县教谕杨府君墓志铭并序》，载《惜抱轩诗文集》，上海古籍出版社 1992 年版，第 362 页。

⑤ 姚鼐：《高淳邢君墓志铭》，载《惜抱轩诗文集》，上海古籍出版社 1992 年版，第 211 页。

⑥ 姚鼐：《陈谨齐家传》，载《惜抱轩诗文集》，上海古籍出版社 1992 年版，第 153 页。

⑦ 姚鼐：《孔信夫墓志铭并序》，载《惜抱轩诗文集》，上海古籍出版社 1992 年版，第 191 页。

⑧ 姚鼐：《石屏维君墓表》，载《惜抱轩诗文集》，上海古籍出版社 1992 年版，第 326 页。

鼐在《复汪进士辉祖书》中说："夫古人之文,岂第文焉而已,明道义、维风俗以诏世者,君子之志。"①姚鼐在传记中不止一次提到他的这一用意,如为郑大纯做墓表,就是因为"大纯学行卓然,虽生不遇,表其墓宜可以劝后人。"②毛岳生也认为姚鼐的文章可以正人心、学术,"先生之学,不务表襮,根极性命,穷于道奥。昔儒研究明德业,末流舛歧,乃益烦妄暗鄙。学者厌薄窥隙,掊击援据浩博,日哗众追诟。先生愍然引以为忧,综贯奥颐,隐推角距,体履诚笃,守危导微。为文章深醇精洁,达于古今通变,用舍务黜,险诐鉥乱,正人心、学术。"③

姚鼐还主张义理、考据、辞章兼修,对桐城派后学影响深远。"像马其昶、姚永概、姚永朴等人修史,就持守这一家法,非常重视将'辞章、考据、义理'与'才、学、识'相结合。"④从马其昶的《庄子故》一书,"我们可以看到,马其昶为学始终坚持桐城派家法和汉宋兼采的治学思路,以义理为主,考据、辞章为辅,力求三者的有机结合。"⑤而姚永朴治学亦是如此,"'义理、考据、辞章'之学可以说是姚永朴史学研究方面的主导理论,这在他的史学著作中多有体现,最显著地体现在《尚书谊略》中。"⑥因此,姚鼐不仅是桐城派文学领域的集大成者,对桐城派学人的史学研究也有深远的影响。

---

① 姚鼐:《复汪进士辉祖书》,载《惜抱轩诗文集》,上海古籍出版社 1992 年版,第 89 页。

② 姚鼐:《郑大纯墓表》,《惜抱轩文集》,上海古籍出版社 1992 年版,第 162 页。

③ 毛岳生:《姚先生墓志铭》,载《休复居文集》第五卷,民国二十五年山滕氏据嘉定黄氏道光本影印。

④ 汪高鑫、尚晨蕊:《近年来桐城派史学研究述论》,《史学理论与史学史学刊》2018 年第 2 期。

⑤ 李波:《马其昶稀见稿本〈庄子故〉考述及其价值》,《历史文献研究》2015 年第 2 期。

⑥ 王林博:《论姚永朴的史学成就》,淮北师范大学 2011 年硕士学位论文。

第四章　通时合变与姚门弟子史学思想

从钱澄之和戴名世钟情于南明史研究的遗民情结到方苞强调“言有物”“言有序”的“义法”说①，从张廷玉总裁《明史》高度认同清廷统治到姚鼐强调“‘义理’、‘词章’、‘考据’三者并重”②，桐城派史学思想呈现出因势而变的特征。姚鼐是桐城派的集大成者，是桐城之学突破地域藩篱的关键人物，“姚先生晚而主钟山书院讲席，门下著籍者，上元有管同异之、梅曾亮伯言，桐城有方东树植之、姚莹石甫。四人者，称为高第弟子。各以所得，传授徒友，往往不绝。”③姚鼐及其弟子崇尚宋学，认为“天下之学，必有所宗。论继孔、孟之统，后世君子必归于程、朱者”④。对此，无论当时的汉学家，抑或以治清代学术著称的梁启超对姚鼐及其弟子强调义理之学的空疏之弊多有贬抑，甚至认为“此派者，以文而论，因袭矫揉，无所取材；以学而论，则奖空疏”⑤。值得玩味

① 方苞：《又书货殖传后》，载《方苞集》，上海古籍出版社 2008 年版，第 58 页。

② 姜书阁：《桐城文派评述》，商务印书馆 1928 年版，第 4 页。

③ 曾国藩：《欧阳生文集序》，载《曾国藩全集》（十四），岳麓书社 2012 年版，第 204 页。关于“姚门四杰”有二说：一是姚莹说，指管同、梅曾亮、方东树和刘开；一是曾国藩说，他从注重“经济”的角度将姚莹替代刘开，即引文所言之管同、梅曾亮、方东树和姚莹。

④ 姚鼐：《程锦庄文集序》，载《惜抱轩诗文集》，上海古籍出版社 1992 年版，第 268 页。

⑤ 梁启超：《清代学术概论》，上海古籍出版社 1998 年版，第 69 页。

是,后世学者却异口同声地对姚门弟子姚莹因其注重边疆史地学研究的致用色彩而大为赞赏[1],至于姚门弟子的治学取向何以由"义理"转向"致用"则鲜有论及[2],或仅归因于英夷侵略的外在刺激,而缺乏对该群体思想变动的内因考察。其实,以"学行继程、朱之后,文章在韩、欧之间"[3]为行身祈向的桐城派群体,他们之间的相互影响是不言而喻的。从管同信奉"灾不虚生"的天命思想到梅曾亮倡言"通时合变"的历史观,从方东树针对英夷输入鸦片为害甚巨而著《劝戒食鸦片文》到姚莹重边疆史地学研究而作《康辅纪行》,姚门弟子治学旨趣发生蜕变的逻辑理路非常清晰。本章以乾嘉时期汉宋学术为切入点,主要就姚莹所称"姚门四杰"的史学思想作一简略的论述,重点阐述姚门弟子刘开和方东树的史学思想,特别是通过平议管同与梅曾亮的史学思想,从一个侧面管窥嘉道之际桐城派学术旨趣何以发生这种演化的思想轨迹。姚莹边疆史地著述及其对传统史学视域的拓展,第五章单列论述。

第一节　乾嘉学术及刘开的史学思想

"乾嘉",是指清朝中期的乾隆与嘉庆两代,它历时八十五年(1736—1820年)。从我国历史进程来说,它处于封建社会的晚期及近代社会的前夜。就清朝统治而言,它在前期统治的基础上达于鼎盛,而又在矛盾重重的情况下显出了衰象。在学术文化上,乾嘉两朝继承和发展了开国以来的文化政策,一方面继续开科取士,笼络汉族士大夫阶层为其政权服务;另一方面又要实行文化专制主义,施行严苛的文字狱。

---

① 有代表性的研究,如吴怀祺:《评姚莹的边疆史地研究》,《中国边疆史地研究》1993年第1期;戚其章:《姚莹的海防思想与海国研究》,《安徽史学》1994年第1期等。

② 如施立业就认为:"在嘉庆年间,桐城的学术文化开始逐步转型,即在崇尚理学和古文为主的社会里出现了倡导'经世之学'复兴的思潮。"(《姚莹与桐城经世派的兴起》,《清史研究》2004年第2期。)

③ 苏惇元:《方苞年谱》,载《方苞集》,上海古籍出版社2008年版,第870页。

一、 乾嘉时期的汉学与宋学

清初定鼎中原,统治根基尚未稳固。前明遗老顾炎武、黄宗羲等人不与清廷合作,反思宋儒的空疏,专事学问,朴学之端渐起,至康熙中年以后,朴学日盛,理学日衰。“盖异族初据中原,恐汉人不服,乃以博学鸿词之事羁縻之。于是学者争为词章考据注疏名物之学;而言论稍涉愤嫉,即有文字之祸,以是深究性理者少,而专务文章者尤少也。当时所谓理学之士,如李光地、汤斌、陆陇其辈,实皆空疏无学,假程朱为献媚之具,品格殊无足言。于是宋学日益颓败,‘汉学家’乃起而代之。”①乾隆朝开四库全书馆,系统整理中国古代典籍。乾隆自称:“朕稽古右文,聿资治理,几余典学,日有孜孜,因思策府缥缃,载籍极博,其巨者羽翼经训,垂范方来,固足称千秋法鉴。”②朝廷以汉学为旗帜,实事求是,汉学遂蔚然兴起。乾嘉时期的考据学派秉承清初顾炎武提倡的实证学风,学术研究上采用汉代儒生训诂、考订的治学方法,与着重于理气心性的宋明理学有所不同,所以有“汉学”之称,又由于该学派在乾隆、嘉庆两朝达到鼎盛,故名乾嘉学派。

梁启超认为,清初由顾炎武和黄宗羲等人倡导经世之学,本来预备在推倒满洲后实施。到乾嘉时代,遗老大师,凋谢殆尽,后起之秀生于新朝,先辈们的以匡扶为己任的“经世致用”已经成为不可能实现的空谈了。“况且谈到经世,不能不论到时政,开口便触忌讳。经过屡次文字狱之后,人人都有戒心。”随着“社会日趋安宁,人人都有安心求学的余裕,……所以这个时候的学术界,虽没有前次之波澜壮阔,然而日趋键实有条理。”③有学者认为,此一时期朝廷所推行的稽古右文的怀柔政策与文字狱高压并举造就了乾嘉时期考证学的辉煌,是不无道理的。

---

① 姜书阁:《桐城文派评述》,商务印书馆1928年版,第17页。

② 永瑢等撰:《四库全书总目卷首》,中华书局1965年版,第1页。

③ 梁启超:《中国近三百年学术史》,商务印书馆2011年版,第19页。

乾嘉时期，考证学盛极一时，梁启超认为："我国自秦以后，确能成为时代思潮者，则汉之经学，隋唐之佛学，宋及明之理学，清之考证学，四者而已。"①汉学于乾嘉时期处于鼎盛的学术地位是学术界不争的事实。柳诒征认为："乾嘉诸儒所独到者，实非经学，而为考史之学。考史之学，不独赵翼《廿二史札记》、王鸣盛《十七史商榷》，或章学诚《文史通义》之类，为有益于史学也。诸儒治经，实皆考史。"②还有诸如《续三通》《清三通》《评鉴阐要》等历史撰述与评论著作。

汉学家追求无征不信、实事求是的考据学风，相对于明末宋儒的空疏而言显然是具有进步意义的。但是，以考据为文，则又确有其弊。姚鼐认为汉学家"守一家之偏，蔽而不通"③，玩物丧志。袁枚也认为汉学"征书数典，琐碎零星，误以注疏为古文，一弊也。"④曾国藩说："嘉道之际，学者承乾隆季年流风，袭为一种破碎之学。辨物析名，梳文栉字，刺经典一二字，解说或至数千万言。繁称杂引，游衍而不得所归。张己伐物，专抵古人之隙。或取孔孟书中心性仁义之文，一切变更故训，而别创一义。群流和附，坚不可易。"⑤姜书阁在《桐城文派评述》中指出："盖自清初以来，学者病宋明儒人，束书不观，空谈性命，为无补实际，乃竟治汉儒注疏考据之学。至于乾隆，其势大盛。方、刘、姚一派，均系文人，嫌其繁琐，乃倡为桐城古文，姚氏复标以'义理'、'词章'、'考据'三者并重，用相对抗。"⑥

宋学一般指程朱理学，即宋代新儒家学派。乾嘉时期，专指相对汉学，区别于经文考据，重视经义阐述的义理之学。姚鼐认为宋儒乃为学之正宗，"天

① 梁启超：《中国近三百年学术史》，商务印书馆2011年版，第13页。

② 柳诒征：《中国文化史》，上海古籍出版社2001年版，第832页。

③ 姚鼐：《复孔㧑约论禘祭文》，载《惜抱轩诗文集》，上海古籍出版社1992年版，第92页。

④ 袁枚：《与程蕺园书》，《小苍山房文集》卷三〇。

⑤ 曾国藩：《朱慎甫遗书序》，《曾国藩全集·诗文》（一四），岳麓书社2012年版，第194页。

⑥ 姜书阁：《桐城文派评述》，商务印书馆1928年版，第4页。

下之学，必有所宗。论继孔、孟之统，后世君子必归于程、朱者，非谓朝廷之功令不敢违也，以程、朱生平行己立身，固无愧于圣门，而其论说所阐发，上当于圣人之旨，下合于天下之公心者，为大且多。"[①]姚鼐崇尚宋学，对乾嘉时期汉学兴盛的学术风气颇不以为然："今世学者，乃思一切矫之，以专宗汉学为至，以攻驳程、朱为能，倡于一二专己好名之人，而相率而效者，因大为学术之害。"[②]与之相反，姚鼐抨击汉学，指出"明末至今日，学者颇厌功令所载为习闻，又恶陋儒不考古而蔽于近，于是专求古人名物、制度、训诂、书数，以博为量，以窥隙攻难为功，其甚者欲尽舍程、朱而宗汉之士。枝之猎而去其根，细之搜而遗其钜，夫宁非弊与？"[③]他认为汉学乃舍本求末，"近世学者厌宋儒之学为近易，乃搜求残缺，自名汉学。譬如舍五谷之味，而刮木掘土以为食者也"。[④] 汉学的空疏贻害学界深远，"今世天下相率为汉学者，搜求琐屑，征引猥杂，无研习义理之味，多矜高自满之气。"[⑤]"近世如休宁戴东原，其才本超越乎流俗，而及其为论之僻，则过有甚于流俗者。"[⑥]汉学家则指谪桐城派文士未得程朱要领的根底缺陷。汉宋之争只是学术旨趣的差异，而本质上都是维护程朱义理及其所宣扬的纲常伦纪。

姚鼐虽然崇尚宋学，抨击汉学，但并不反对考证，治学无门户之见，"总古今之说，择善用之"[⑦]。他甚至认为佛学亦有合理之处："若夫佛氏之学，诚与孔子异。然而吾谓其超然独觉于万物之表，豁然洞照于万事之中，要不失为己之意，此其所以足重，而远出乎俗学之上。儒者以形骸之见拒之，吾窃以谓不

---

① 姚鼐：《程锦庄文集序》，载《惜抱轩诗文集》，上海古籍出版社 1992 年版，第 268 页。

② 姚鼐：《复蒋松如书》，载《惜抱轩诗文集》，上海古籍出版社 1992 年版，第 95—96 页。

③ 姚鼐：《赠钱献之序》，载《惜抱轩诗文集》，上海古籍出版社 1992 年版，第 111 页。

④ 姚鼐：《胡玉齐双湖两先生易解序》，载《惜抱轩诗文集》，上海古籍出版社 1992 年版，第 250 页。

⑤ 姚鼐：《复汪孟慈书》，载《惜抱轩诗文集》，上海古籍出版社 1992 年版，第 295 页。

⑥ 姚鼐：《程锦庄文集序》，载《惜抱轩诗文集》，上海古籍出版社 1992 年版，第 268—269 页。

⑦ 姚鼐：《左传补注序》，载《惜抱轩诗文集》，上海古籍出版社 1992 年版，第 35 页。

必,而况身尚未免溺于为人之中者乎?”[①]姚鼐认为为学之道应该是义理、考证、辞章三者缺一不可:“是三者苟善用之,则皆足以相济;苟不善用之,则或至于相害。”[②]对程朱之学,姚鼐不避其短,认为“朱子说诚亦有误者”。在复蒋松如的信札中,他指出:“自秦、汉以来,诸儒说经者多矣,其合与离固非一途。逮宋程、朱出,实于古人精深之旨,所得为多,而其审求文辞往复之情,亦更为曲当,非如古儒者之拙滞而不协于情也,而其生平修己立德,又实足以践行其所言,而为后世之所向慕。故元、明以来,皆以其学取士。”然“利禄之途一开,为其学者以为进趋富贵而已,其言有失,犹奉而不敢稍违之,其得亦不知其所以为得也,斯固数百年以来学者之陋习也。”[③]后世学者称姚鼐为桐城派集大成者,此言不虚。

姚鼐是桐城派承上启下的关键性人物,他承继同邑前辈戴名世、方苞和刘大櫆的文统,曾主讲安徽敬敷、南京钟山、扬州梅花诸书院凡十四年,孜孜不倦,启迪后进,影响深远。姚鼐弟子众多,最早提出“姚门四杰”说的是姚鼐的侄孙和弟子姚莹,他说:“余谓若吾桐方植之东树、刘孟涂开、上元梅伯言曾亮、及异之,皆惜翁高足,可称‘四杰’。”[④]后来曾国藩则以姚莹代替刘开,曰:“姚先生晚而主钟山书院讲席,门下著籍者,上元有管同异之、梅曾亮伯言,桐城有方东树植之、姚莹石甫。四人者,称为高第弟子。”[⑤]方宗诚在《桐城文录序》一文中指出:“桐城之文,自植之先生后,学者多务为穷理之学;自石甫先生后,学者多务为经济之学。”[⑥]也就是说,方东树和姚莹分别代表了姚鼐弟子及其后桐城派发展的两种不同趋向。鸦片战争爆发后,面对边疆危机和西方

① 姚鼐:《王禹卿七十寿序》,载《惜抱轩诗文集》,上海古籍出版社 1992 年版,第 126 页。

② 姚鼐:《述庵文钞序》,载《惜抱轩诗文集》,上海古籍出版社 1992 年版,第 61 页。

③ 姚鼐:《复蒋松如书》,载《惜抱轩诗文集》,上海古籍出版社 1992 年版,第 95—96 页。

④ 姚莹:《中复堂全集·后湘二集》卷四。

⑤ 曾国藩:《欧阳生文集序》,载《曾国藩全集·诗文》(一四),岳麓书社 2012 年版,第 204 页。

⑥ 方宗诚:《柏堂集》次编卷一。

列强的入侵，姚莹著《康輶纪行》和《东槎纪略》，以边疆史地学拓展了桐城派史学囿于义理的研究视域，对桐城派史学发挥了振衰起敝的作用。桐城派弟子秉承姚鼐的义理史学，恪守史学为程朱之学服务的宗旨，刘开便是史学经世和义理化史学的积极践行者。

二、 刘开的史学思想

刘开(1784—1824)，字方来，又字明东，号孟涂，安徽桐城人。其一生不曾入仕，以讲学游幕著文为业，“游客公卿，才名动一时”①，为姚鼐打出文派旗帜后的第一代传人，被姚莹誉为“姚门四杰”之一。现存有《刘孟涂诗文集》44卷、《孟涂骈体文》2卷、《论语补注》3卷及《广列女传》20卷②、《桐城列女志》4卷等。历来对刘开研究并不多，少量著述亦皆以述其生平，探究其文学理论为主③，甚至有论著也对刘开的经世思想进行了讨论④，但未见有论及其史学思想者。

1. 史学经世思想

康熙帝极力推崇而使程朱理学位居官方意识形态，虽乾嘉之时，理学受汉学冲击复又走向低潮，但因清初统治者推崇理学重在道德规范，强调的是理学所张扬的纲常伦纪对维护统治的教化之用，乾嘉汉学独盛之下学术趋于偏枯

① 《清史稿》卷四八六《文苑三·刘开》，中华书局1977年版，第13426页。

② 清道光《续修城桐县志》卷21《艺文志》中记载为12卷(《中国地方志集成·安徽府县志辑12》，江苏古籍出版社1998年版，第733页)，刘开本人则在《广列女传自序中》提到“定为二十卷”(严云绶、施立业、江小角主编:《桐城派名家文集》第4卷，安徽教育出版社2014年版，第91页)。

③ 方宁胜:《千古文章未尽才——刘开评传》，杨怀志、江小角主编:《桐城派名家评传》，安徽人民出版社2001年版，第133—152页；龚书铎:《刘开述略》，《清史研究》2001年第3期。

④ 龚书铎:《刘开述略》，《清史研究》2001年第3期；徐成志:《学融汉宋笃于伦理践其实——刘开学术思想初探》，《第三届全国桐城派学术研讨会论文集》，安徽大学出版社2007年版，第364—367页；郑婧:《桐城名家刘开的经世思想》，《安庆师范学院学报(社会科学版)》2015年第4期。

的理学仍以强调道德实践而在普通民众中影响深远①。且在刘开主要生活的嘉庆朝,社会危机的加重促使应对无力的汉学又逐渐呈衰落之势,理学再次开始走向复兴,并笼罩上强烈的经世色彩②。在这一转变过程中,姚门弟子不同程度地起了一些作用③。具体到刘开,理学经世同样是其学术思想的基本特色,当然也影响到了刘开的史学思想。

刘开对程朱理学极为推崇,不仅仅是其身为姚门弟子的门派渊源,更是因为看到了程朱理学的"经世"之用。刘开曾直言自己推崇程朱的原因,"夫吾之所以尊师者,非党于宋也,为其所论者大,所持者正,切于民彝而裨于实修,可以维持风教于不坠"④。刘开同样清楚地认识到清廷对于程朱理学的推崇,也正是因为纲常伦理之道德建设对于维系人心、稳固统治的作用:

> 以其所严辨者皆纲常名教之大,礼义廉耻之防,是非得失之介,可以激发心志、品节性情,所系于日用出处者甚切。故国家礼之重之,布其说于甲令,用以扶植世道、纲纪、人伦⑤。

清代理学的特点在于强调道德建设,而不注重学理层面,正是因为从学术"经世"的功用层面出发,刘开并未固守门派之见,虽尊崇程朱,也并未完全摒弃汉学。刘开明确指出,"夫道无不在,汉宋儒者之言皆各有所宜,不可偏废也"⑥,两者都有重视道德的层面,均可有资于经世,所以从这个角度出发,汉

① 龚书铎主编,史革新、李帆、张昭军:《清代理学史》(上卷),广东教育出版社 2007 年版,第 2、13—15 页。

② 曾光光:《文学流派与学术变迁——论桐城派与清代理学的流变》,《贵州社会科学》2005 年第 1 期。

③ 龚书铎主编,史革新、李帆、张昭军著:《清代理学史》(中卷),广东教育出版社 2007 年版,第 133 页。

④ 刘开:《学论中》,载严云绶、施立业、江小角主编:《桐城派名家文集》(第 4 卷),安徽教育出版社,2014 年,第 18 页。

⑤ 刘开:《学论上》,载严云绶、施立业、江小角主编:《桐城派名家文集》第 4 卷,安徽教育出版社 2014 年版,第 17—18 页。

⑥ 刘开:《学论上》,载严云绶、施立业、江小角主编:《桐城派名家文集》第 4 卷,安徽教育出版社 2014 年版,第 17 页。

宋本可归为一途，汉宋之争则是“不各从其善而徒挟门户之私，是所以争者小而所失者大也”①。所以刘开认为，“宋之与汉也，其学固有大小缓急之殊也，其交相为用一也。合之则两得，离之则两失”②，形成了自己以宋学为主，汉学为辅的经世观念。而这些认识正是刘开评论历史的理论基础。

刘开尊崇程朱，从根本上而言是因为程朱理学所倡扬的纲常伦纪对于“扶植世道、纲纪、人伦”的重要作用，所以不同于姚鼐认为“论继孔、孟之统，后世君子必归于程朱者”③，极力推崇程朱，刘开则指出：

> 夫道至孔子备矣。然韩愈之求孔氏也，于孟子始；后儒之求孔氏也，于朱子始。夫学孟子则诚得矣，然孔孟之旨，至程朱而始明其要归；学问之事，至程朱而曲尽其纤悉。故有志孔孟者，不能不阶于宋儒，非以程朱为极则也④。

刘开理性地指出，程朱理学其实是孔孟传统儒学的一个历史发展阶段，尊崇程朱是因为“有志孔孟者，不能不阶于宋儒”，而“非以程朱为极则也”，进而刘开认为汉学也是儒学的历史发展谱系中的一环，“夫汉唐之际，宋儒之学未出也，而汉之明礼制者则有贾生，述王道者则有董子，唐之倡绝学者则有韩退之，是皆不愧圣人之徒也”⑤，这在学以程朱义理为宗的桐城派士人脉络中，无疑是较为特殊也是较为理性的历史认识。在刘开看来，宋汉本是同源，则当然可以归为一途，发挥经世之用，“论学不分汉宋也，而以笃于伦理践其实者为归”⑥，无

---

① 刘开：《学论上》，载严云绶、施立业、江小角主编：《桐城派名家文集》第 4 卷，安徽教育出版社 2014 年版，第 18 页。

② 刘开：《学论中》，载严云绶、施立业、江小角主编：《桐城派名家文集》第 4 卷，安徽教育出版社 2014 年版，第 19 页。

③ 姚鼐：《程锦庄文集序》，载《惜抱轩诗文集》，上海古籍出版社 1992 年，第 268 页。

④ 刘开：《学论下》，载严云绶、施立业、江小角主编：《桐城派名家文集》第 4 卷，安徽教育出版社 2014 年版，第 20 页。

⑤ 刘开：《学论下》，载严云绶、施立业、江小角主编：《桐城派名家文集》第 4 卷，安徽教育出版社 2014 年版，第 20 页。

⑥ 刘开：《上汪瑟庵大宗伯书》，载严云绶、施立业、江小角主编：《桐城派名家文集》第 4 卷，安徽教育出版社 2014 年版，第 60 页。

论宋汉，皆能经世，主要还是因为“笃于伦理践其实”，即强调道德对于历史发展进程的重要作用，“古今之世变，本于风气。风气之变，其始也有所自来，其终也有所必至”①。

2. 义理化的史学实践

刘开尤其强调将程朱理学的道德建设之实践，“天下之学皆以躬行实践为先，为士者莫不宗法程朱以砥砺于实用”②，践行实用才能达到经世的目的。但刘开终生布衣，不似其同门梅曾亮官居高位救时济世，更未像同门姚莹那样抵御外敌保家卫国，无法将其理学经世的抱负践行于事功，身为书生的刘开唯有通过著书立说表达经世之志。刘开一生主要成就在于文学，被誉为是桐城派名家中汲骈入散的代表性人物③，但其仍通过编修方志、编写《广列女传》20卷及《桐城列女志》4卷等，将其理学经世之理念付诸史学实践，由此，其史学实践也呈现出较为明显的义理化特征。

清代，儒学思想由宋明理学形而上的思辨的哲学状态逐步转向社会形态④，理学教化逐渐下移至地方基层社会并不断展开实践，作为安徽理学重镇之一的桐城更因桐城派尊崇程朱理学，理学教化氛围浓厚。桐城派积极通过讲学、乡约、著书立说等多种途径的理学实践教化乡里，其中方志作为记录地方社会文化历史的“一方之全史”⑤，理学教化在地方基层社会的实践过程，自然是方志记录重要的内容，而桐城派学人也多积极参与编纂方志，如方苞参与

① 刘开：《夏禹俭德论》，载严云绶、施立业、江小角主编：《桐城派名家文集》第4卷，安徽教育出版社2014年版，第5页。

② 刘开：《学论上》，载严云绶、施立业、江小角主编：《桐城派名家文集》第4卷，安徽教育出版社2014年版，第17页。

③ 方宁胜：《千古文章未尽才——刘开评传》，载杨怀志、江小角主编，《桐城派名家评传》，安徽人民出版社2001年版，第144页。

④ 张寿安：《十八世纪礼学考证的思想活力——礼教论争与礼秩重省》，北京大学出版社2015年版，第2页。

⑤ （清）章学诚：《丁巳岁暮书怀投赠宾谷转运因以志别》，《章学诚遗书》卷二八，文物出版社1985年版，第317页。

编修康熙《大清一统志》，姚鼐纂修嘉庆《江宁府志》等，均积极将纲常名教观念寓于修志之中，以推行理学教化。刘开虽一生不仕，但诚如章学诚所言，“丈夫生不为史臣，亦当从名公巨卿执笔充书记，而因得论列当世，以文章见用于时，如纂修志乘，亦其中之一事也”①，编修了《安阳县志》《亳州志》等志书。

刘开编修方志，首以宣扬理学教化为宗旨。道光四年(1824年)，时任安徽巡抚陶澍为修《安徽通志》征集各地志乘，刘开作《为陶方伯檄郡县修志文》一文以响应。刘开在文中明确指出，“夫化民之要风土为先，图治之方志乘为重。非徒以考古迹征文献而已，将以书写山川道里之险易，土宜物产之纤悉，人情谣俗之好尚……”，认为“博征郡县志书”，主要在于通过修纂志书改变“忠贞、贤孝、节烈、文艺之实郁而不彰”的局面，“兴利除害，整一民风，敦崇礼教”②，以达到宣扬理学教化的目的。

明清时期，出于推行理学教化的需要，尤以重视以理学伦理纲常对女性进行规训，如明清方志中多将“列女”作为人物传记的重要组成部分，注重塑造女性的道德形象。刘开编写《广列女传》《桐城列女志》，不仅为存史，更是为宣扬理学教化。

如《桐城列女志序》中，刘开就直接指出编撰列女志的道德倾向：

> 自古节义之盛，本于礼教，成于风俗。由宋以降，女子以节著者所在日多。明太祖最终节义，而仁孝徐后请修《列女传》，又有以奖励之，于是女教振兴，海内丕变。我朝敦崇风化，凡潜节幽芳悉予旌显。故自通都大邑，以及穷檐曲巷，弱年淑质，莫不晓然于持身之大义。固其秉性之真，亦礼教素明故也。③

---

① (清)章学诚：《章氏遗书·方志略例》。

② (清)刘开：《为陶方伯檄郡县修志文》，载严云绶、施立业、江小角主编：《桐城派名家文集》第4卷，安徽教育出版社2014年版，第17页。

③ (清)刘开：《桐城列女志序》，载严云绶、施立业、江小角主编：《桐城派名家文集》第4卷，安徽教育出版社2014年版，第93页。

刘开认为编写《列女传》根本目的还是在于“女教振兴”“敦崇风化”的道德示范作用。在《广列女传自序》中，刘开也谈到自己“广刘向列女传之类，而总括古今以来所纪事实”，“悼其潜德隐行不获表章于世，乃为补其阙疑”最终是为了“讲明女教内治之事”①的伦理教化之意。

刘开编写《广列女传》，针对“自刘向、皇甫谧以下，间有传记而采取不备，且所次无别，瑉玉混淆，览者惑焉”的情况，“别其体例，定为二十卷，使人各以类萃而事得以易志焉”②，将全书分列为《皇后类》《王妃类》《母仪类》《女范类》《节妇类》《烈女类》《贞女类》《孝女类》《奇女类》《附录类》10个序目。其中最为突出的是列出《节妇类》《烈女类》《贞女类》《孝女类》4类，体现了刘开将“列女”归类编纂中的道德标准。自刘向撰《列女传》，范晔《后汉书》设置《列女传》后，历代正史均设有《列女传》，正史《列女传》挑选女性入传标准由最初的“才识与贞节并重”，至五代后“重贞节、轻才识”，到宋以后则只局限于“贞节”的道德标准③。刘开以道德标准来“广刘向列女传之类，而总括古今以来所纪事实”，自是以“节、烈、贞、孝”为重要标准，挑选符合相关标准的女性人物入传。如在《烈女类》中，“凡有志行节烈者既各登于篇”，《贞女类》则强调了“未归之时而为夫死与守者”的类型，等等。这些无疑突出体现了刘开史学编纂思想的“义理化”。

要之，刘开通过编写志书以及列女传记等进行的史学实践，不仅以推崇理学教化，维护伦理纲常为指归，在具体的史学编纂过程中更是呈现了较为显著的“义理化”特征。

---

① （清）刘开：《广列女传自序》，载严云绶、施立业、江小角主编：《桐城派名家文集》第4卷，安徽教育出版社2014年版，第90—91页。

② （清）刘开：《广列女传自序》，载严云绶、施立业、江小角主编：《桐城派名家文集》（第4卷），安徽教育出版社2014年版，第91页。

③ 陈桂权：《从“列女”到“烈女”——兼论正史〈列女传〉取材标准的变化》，《唐都学刊》2012年第5期；衣若兰：《史学与性别：〈明史·列女传〉与明代女性史之建构》，山西教育出版社2002年版，第150页；向燕南、王汐牟《中国古代历史书写中女性形象的迁变》，《史学理论与史学史学刊》，社会科学文献出版社2012年版，第102页。

第二节　方东树的史学思想

方东树(1772—1851),字植之,别号副墨子,晚年取意于蘧伯玉五十知非、卫武公耄而好学,又自号仪卫老人。方东树幼承家学,师从桐城派集大成者姚鼐,习得真传,被誉为“姚门四杰”之一。方东树是继姚鼐之后桐城派中坚,创作丰富,硕果累累。“校正史传、诸子,钞录数百卷,著《经史札记》《屈子正音》及诗文集。”①《清史稿》载:“东树始好文事,专精治之,有独到之识,中岁为义理学,晚就禅悦,凡三变,皆有论撰。”②方东树一生学术发展,是否有着由文学而义理而佛学的清晰分野,暂且不论③。但此中所言虽大体与其主要学术旨趣基本吻合,未能尽揽方东树学术成就却概为事实。方东树学术成就向来受学界关注,相关成果颇为丰富,只是现有研究多以方东树的《汉学商兑》及《昭昧詹言》为中心,遍及其文学、理学、佛学、教育思想及至著述、交游等方面,至于史学思想,则尚未见有专门论述。

方东树学宗朱熹,自言“惟有朱子言有独契”④。众所周知,朱熹理学思想中,史学是其体系的重要支撑和组成部分。方东树潜心朱子,发扬宋学,不能不受其历史哲学影响。实际上,方东树学识渊博,视野开阔,凡宋明义理、浮屠老子、诸子之说,“以逮说经、考史、诗文、小学,无不探赜抉微,析非审是”。⑤方东树之父方绩也有史学旨趣,颇留意校正史传,著有《经史杂记》12 卷。方东树“上秉家学”⑥,“自少力学,泛览经史”⑦,问学历程和思想体系中,史学都

① 马其昶:《桐城耆旧传》,黄山书社 1990 年版,第 344 页。

② 赵尔巽等:《清史稿》,中华书局 1998 年版,13430 页。

③ 方东树平生治学“三变”之说,学界或肯定,或否定,分歧明显。详见:郭青林:《方东树为学“三变”说考论》,《西南科技大学学报》2013 年第 4 期。

④ 方东树:《书林扬觯》,同治十年刻本。

⑤ 郑福照辑:《方仪卫先生东树年谱》,台北商务印书馆 1987 年版,第 32 页。

⑥ 马其昶:《桐城耆旧传》,黄山书社 2013 年版,第 344 页。

⑦ 苏惇元:《仪卫方先生传》,《仪卫轩文集》,同治七年刻本。

是不可或缺的重要组成。方东树也由此在历史动力、历史认识和史学功用等方面形成较为独特而清晰的认识,并成为其揭橥宋学的思想武器之一。

一、方东树的天道观

天道论是古代历史观念的一个基本范畴,贯穿于先秦至清代的思想史。至清嘉庆、道光之际,天道观念又成为彼时汉宋纷争中的一个重要论题。宋学倡言心性天理,而汉学诸家则反对言性与天道。方东树视天道为反汉学的有力武器,于天道探索十分着意,先后撰有"天道三论"、《续天道论》等诸文,阐释了较为丰富的天道思想,奠定其历史哲学的基础。

方东树著《原天》一文,说:"苍苍者,其色也;运转者,其体也。天也,而非天也,必有主宰乎是者而后为真天。天即主宰,而又谁主宰乎天者,必于此求之而真见之。"[①]这里,方东树显然试图对天作以物质的阐释,但却又不满足于此,提出"必有主宰乎是者而后为真天",得出"天即主宰",因而他的"天"也就超越了自然,走向了神秘,成为一种精神。方东树在一系列追问中表现出强烈的探索兴味和怀疑精神,值得肯定,但他未能走得更远,未能圆满地回答"谁主宰乎天"这一核心问题,只能认为"天"乃"学问之极致,圣道之精微,传其人不待告,非其人,虽告之弗明也"[②],以暧昧之语含糊了之。方东树言道:"《诗》曰:'昊天曰明,及尔出王;昊天曰旦,及尔游衍。'非夫敬而存之,又恶有所谓畏而奉之也乎?"[③]最终,方东树还是回到了先秦时代的"天命"观,奉"天"为至上之神。

先秦历史观念中,凡王朝兴亡、世间治乱以及人们的吉凶福祸寿夭,都是

---

① 方东树:《原天》,载《考槃集文录》卷一,《续修四库全书》第1497册,上海古籍出版社1995年影印本,第240页。

② 方东树:《原天》,载《考槃集文录》卷一,《续修四库全书》第1497册,上海古籍出版社1995年影印本,第240页。

③ 方东树:《原天》,载《考槃集文录》卷一,《续修四库全书》第1497册,上海古籍出版社1995年影印本,第240页。

“天命”决定的。方东树崇尚务实，治学具怀疑精神，对于“天主人世”，方东树也并非盲目接受。他一度质疑：“自开辟以来，宇内一切成毁之数、灵蠢智愚贵贱事为推迁之迹，孰主之？必曰天主之矣。噫！是何异齐东鄙野人之谈，不经至于此也！夫宇内一切，亦但人之所为耳。彼天其何权之有？”[①]方东树将“宇内一切”基本上界定在自然现象和人事两类，并分别批判所谓“天主”之说。其言自然：“天之用也，其赍于物而湛于民之心志者，莫神于草木之华实及雷雨之奋盈矣，不知物性自有常，皆理之固然耳，非有司于天而后然也。”于人事，则曰：“且夫国之废兴存亡者，天也，而圣人悉举而归之于人。”[②]不过，尽管如此，方东树并非对天命思想作根本的否定，诚如其“宇内一切，亦但人之所为耳”所暗指，在承认人为同时，他也承认了宇内一切亦受天之主宰。

既然方东树对天主宰人世有所承认，那么天如何实现这种主宰？或者，天如何实施其之“权”呢？对此，方东树认为：“天不能以其权有所为于人，于是求得王者而畀之。”并以孔子所作《春秋》佐证：“故孔子作《春秋》，王必称天，有所为不敢曰我为之，必曰天工；有所赏不敢曰我赏之，必曰天命；有所罚不敢曰我罚之，必曰天讨。”[③]天“权”由其人间代理之君主实施，天命由此得以实现。为使这种天授君权易于为人所理解、接受，方东树还进一步推衍：“王者既受天之命，日夜焦思，不宁旰食，已乃憬然悟曰：吾独奈何天之所给，而不知法其所为也。乃亦求得宰相而畀之。”[④]同理，宰相又得以分任于僚佐。这样，方东树通过世人熟知的人间政权体系中层层分权的描述，将君权天授与君相分权统一起来，冲淡了君权天授的神秘色彩。方东树试图具体回答何谓天之

① 方东树：《天道论上》，载《考槃集文录》卷一，《续修四库全书》第1497册，上海古籍出版社1995年影印本，第230页。

② 方东树：《天道论上》，载《考槃集文录》卷一，《续修四库全书》第1497册，上海古籍出版社1995年影印本，第230页。

③ 方东树：《天道论中》，载《考槃集文录》卷一，《续修四库全书》第1497册，上海古籍出版社1995年影印本，第231页。

④ 方东树：《天道论中》，载《考槃集文录》卷一，《续修四库全书》第1497册，上海古籍出版社1995年影印本，第231页。

“权”。他说:“或曰:子屡言天之权,敢问何指也?曰:其事在《洪范》,谓三纲九法兵食刑赏之类也。”①方东树视彝伦兵食刑赏为生民之本,并认为这些生民之本不随岁月而变易,“由夏商以溯黄神同此天也,同此民也,则即同此彝伦同此兵食刑赏也。由黄神而历之亿千万年之后同此天也,同此民也,则即同此彝伦同此兵食刑赏也”,由此,方东树断言“民之所赖以生,即天之权所托以重”②。在此,方东树不仅使其天道思想更为丰富而清晰,而且由于将冥冥天道中的天“权”与众生的日常生活联系起来,人类历史进程动力与天的联系也由此确立,其“天道”观念的重要性自然就不言而喻了。

方东树天道观还包含人道与天道的关系。他意识到自春秋而后,“天道不孚小人”,诸多弑逆大恶、悖虐残贼之人,却“每多安然无患,富贵寿考与吉人无异”。方东树对此感喟:“大恶不必报,大德亦不必报。天道冥漠、无情、无知、无思、无为本如是。”即便这样,他仍未摒弃“天道”,提出修人道而至“天与人参”,他说:“圣人明曰:立人之道,固别于天之道,外而分立一道。子思子所以谓之参也。若人与天本合为一,则何以曰‘参?’又何以龃龉参差迥乎不齐如是也?惟圣人分立其道,欲参于天以求合是。”又说:“苟人道一毫未尽,则不得以诬之于天。”③强调圣人立“人道”,意在“别于天道之外分以求合之道也”。④

方东树的天道诸论,并未论及天的运行变化规律,具体论述也并不以抽象思辨见长,更多的是结合具体人事来加以阐释。因此,方东树实际上是沿着古人“究天人之际”的思路来论述天道,这才是方东树天道论思想的基本路径。

---

① 方东树:《天道论下》,载《考槃集文录》卷一,《续修四库全书》第1497册,上海古籍出版社1995年影印本,第232页。

② 方东树:《天道论下》,载《考槃集文录》卷一,《续修四库全书》第1497册,上海古籍出版社1995年影印本,第232页。

③ 方东树:《续天道论》,载《考槃集文录》卷一,《续修四库全书》第1497册,上海古籍出版社1995年影印本,第240页。

④ 方东树:《续天道论》,载《考槃集文录》卷一,《续修四库全书》第1497册,上海古籍出版社1995年影印本,第240页。

其论虽冠以“天道”，思想的起点与归宿以及具体论述均是在人事上。应该说，人道论才是方东树提出“天道论”的思想本质和旨趣所在，他的立论也往往以历史史事为基础。

方东树接受传统“天命”观念，但他基于“人道”而论“天道”，对天命主宰充满了怀疑，而这种怀疑也建基于他对历史的大量掌握。他曾质问：“以其明明可知者托之人，而以冥冥不可知者属之天。政以天无所知，可藉以遁吾说而诬之云耳，岂真天主之者哉？”①春秋鲁昭公年间，郑国星占家裨灶预言郑将发生大火，人们劝子产按照裨灶的话，用玉器禳祭，以避免火灾。子产明确拒绝说：“天道远，人道迩，非所及也，何以知之。”②子产“天道”与人事无关的认识，方东树有思想共鸣，并引为佐证③。方东树是相信天人感应思想的，嘉庆二十三年（1818），方东树撰《考正感应篇畅隐》，有言：“昔人云有不可知之天命，无不可知之人事。此言犹非。人事感也，天命应也。天命应乎人事，何不可知之？”④可见，方东树深信天人感应之说，但他既肯定凡人昧于感应之理多有人在，也承认理有不报广泛存在。他提到春秋以来，“天道冥漠、无情、无知、无思、无为本如是”，即使圣人亦莫能挽救，“盖数有穷处，则圣人之术亦穷，无如之何矣！”⑤司马迁首提“究天人之际”的命题，但历史史实和个人遭遇，不能不令他对“天命”有所怀疑，他在《伯夷列传》传中论道：“或曰：‘天道无亲，常与善人。’若伯夷、叔齐，可谓善人者非邪？积仁洁行如此而饿死！……天之报施善人，其何如哉？盗跖日杀不辜，肝人之肉，暴戾恣睢，聚党数千人，横行天下，竟以寿终。是遵何德哉？此其尤大彰明较著者也。若至近

① 方东树：《天道论上》，载《考槃集文录》卷一，《续修四库全书》第1497册，上海古籍出版社1995年影印本，第230页。

② 《左传》昭公十八年。载杨伯峻：《春秋左传注》，中华书局1990年版，第1395页。

③ 方东树：《天道论上》，载《考槃集文录》卷一，《续修四库全书》第1497册，上海古籍出版社1995年影印本，第230页。

④ 方东树：《感应篇畅隐节录》，载《仪卫轩遗书》，《仪卫轩文集》同治七年刊本。

⑤ 方东树：《续天道论》，载《考槃集文录》卷一，《续修四库全书》第1497册，上海古籍出版社1995年影印本，第239页。

世,操行不轨,专犯忌讳,而终身逸乐,富厚累世不绝。或择地而蹈之,时然后出言,行不由径,非公正不发愤,而遇祸灾者,不可胜数也。余甚惑焉,傥所谓天道,是邪非邪?”①司马迁的感悟为方东树所重视。由春秋以来的历史史实出发,方东树发现了所谓“天命”的局限性,看清了天道的“无为”,这是他产生怀疑,从而由论天命转向论人道的思想根源所在。郑福应甚至认为,方东树谈感应,不过意在“发明天道、人事、物理极为详尽,又引经义、史事及诸传记以证明之”,“盖借‘感应’二字明圣贤正道,而辨正俗说之诬,极有益于世教,非如世俗善书可比也”。②

方东树天道论的思想高点在于重人道,具体内容所详者在于人事。他提出:“成毁之数,一一皆人之为。”③并以大禹治水等例来说明人对自然的改造能力,又说:“论卫灵公之不丧以为仲叔圉鮀王孙贾三臣之功,则圣人之不恃天亦或知矣。”④在方东树看来,无论是从现实出发,还是由历史经验来看,人事才为兴亡祸福之主宰。他叙述如何治理天下之事,论天子借天命而又分权于宰相治理天下,又论宰相求贤以自助,以至于“布衣韦带之士,亦皆有天之权在其身而不可忽视”⑤,认为由天子至宰相、至贤人、而至平民,均是所谓“天之权”的所有者与分享者。“天之权”的实现与运作,所依赖者惟“人”。其结论是:“是故尧舜之圣与后世之中主同治,惟在不失其权而已。”⑥这里鲜见神秘的天命色彩了。他专论“天道不孚”时,所涉尽为人世现象,得出结论:“数之所在,圣人固不能违;理之所在,圣人终不敢越。不得已而思其方以自处。

---

① 司马迁:《史记》,中华书局 1982 年版,第 2124—2125 页。

② 郑福照辑:《方仪卫先生东树年谱》,台湾商务印书馆 1978 年版,第 31—32 页。

③ 方东树:《天道论上》,载《考槃集文录》卷一,《续修四库全书》第 1497 册,上海古籍出版社 1995 年影印本,第 230 页。

④ 方东树:《天道论上》,载《考槃集文录》卷一,《续修四库全书》第 1497 册,上海古籍出版社 1995 年影印本,第 231 页。

⑤ 方东树:《天道论中》,载《考槃集文录》卷一,《续修四库全书》第 1497 册,上海古籍出版社 1995 年影印本,第 231 页。

⑥ 方东树:《天道论中》,载《考槃集文录》卷一,《续修四库全书》第 1497 册,上海古籍出版社 1995 年影印本,第 231 页。

惟尽其理所当然而听其数所不然，居易以俟，而后无入而不自得，以为人之道必如是始尽耳。”

方东树对人事和人道的重视，不是孤立地存在于其天道之论，而实贯穿于其学术思想之整体，是其学术思想基石之一。他曾专论帝王用人的重要性，提出“世无屯难，得人斯济；运无隆平，乏贤则乱”①。他的一些史论与史诗，也均以人物为着落，务实而不发虚论，鲜有抽象命题。方东树能直面汉学家“高谈性命”“堕于空虚”②之批判，“人道为重”的思想特质正是其理论勇气所在。

综上可见，方东树的天道观，大体上是主张天意主宰一切、支配社会运转，即历史发展动力来自于天命。这种观点并未越出程朱理学的思想范围，现今来看已不足道。可贵的是，方东树并未完全停留于此，而是更进一点，未离开人道而谈天道。方东树天道论价值真正所在，是对人道的高度重视。他论天道不奢言天命，却大谈安民之术，视彝伦兵食刑赏等生民之本为天之“权”，重视人的作为，关注人心治理和人道的修炼。他的天道诸论中，往往视角独到，总能揭示出历史和现实中存在的实际问题，为其天道观深深烙上经世印记。

二、 知人论世的史学批评思想

知人论世思想源于孟子，并不断为后世学者所重视。《孟子·万章下》云：“孟子谓万章曰：‘一乡之善士斯友一乡之善士，一国之善士斯友一国之善士，天下之善士斯友天下之善士。天下之善士为未足，又尚论古之人，颂其诗，读其书，不知其人可乎？是以论其世也。是尚友也。’”③孟子提出“论古之人”两个原则，即“不知其人可乎”“是以论其世也”，后人总结为“知人论世”，即是指了解一个人并研究他身处的时代背景。这种将考察对象的主观意图和

① 方东树：《用人论》，载《考槃集文录》卷一，《续修四库全书》第1497册，上海古籍出版社1995年影印本，第232页。

② 方东树：《汉学商兑·序例》，商务印书馆1937年版，第1页。

③ 焦循：《孟子正义》，中华书局1987年版，第726页。

客观环境统合起来的认识论,成为后世史学批评的重要方法。

方东树身处的乾嘉时代,“知人论世”得到有识史家的认同和阐发。钱大昕素以考史见长,他考史时倡导“实事求是”,强调“惟有实事求是,护惜古人之苦心”。[①] 赵翼在其《廿二史札记》中评论史家也时常考虑“时势”,护惜其“苦心”。钱大昕与赵翼皆是乾嘉考据学派的代表,由此,我们“可以看出清代考史学家在史学批评上所持的知人论世的方法论及其具体运用的形式。”[②]从理论上对知人论世的方法论阐述更为透彻、更为全面的,是与钱大昕、赵翼同时代的章学诚。章学诚在《文史通义》提出“论古必恕”,并解释说:“恕非宽容之谓者,能为古人设身而处地也。”[③]要求展开史学批评时,必须能完全体会古人亲身所处的环境及感受。他又进一步说,“不知古人之世,不可妄论古人文辞也;知其世矣,不知古人之身处,亦不可以遽论其文也。”[④]在这里,章学诚明确提出史学批评两个基本要求,一要“知古人之世”,一是“知古人身处”,将“知人论世”阐发得更为清晰明白。

方东树出生稍晚于赵翼、钱大昕、章学诚,作为从乾嘉时代走过来的学者,他兼备文史,当时学界竞相倡导的“知人论世”的批评方法,成为方东树学术思想体系的方法论基础。方东树在阐发学术思想上,自觉或不自觉地运用史学批评,以支撑自己的学术观点。凡考察涉及评析古人时,方东树往往明确提及“知人论世”,可以看出,他在认识和批评古人时,力求遵循“论古必恕”,鲜明主张和坚持“知人论世”原则的。

《昭昧詹言》是方东树的论诗之作,其中往往涉及对古代诗家的评论,也涉及后世学者学术的评论。陶渊明是晋宋之际的杰出诗人,其身世史乘颇有悬疑。乾嘉学者在整理古代学术文化时涉及这一问题,并颇有新见。钱大昕

① 钱大昕:《廿二史考异·序》,上海古籍出版社2014年版,第1页。

② 瞿林东:《中国古代史学批评纵横》,中华书局1994年版,第140页。

③ 章学诚著,叶瑛校注:《文史通义校注》,中华书局2014年版,第324页。

④ 章学诚著,叶瑛校注:《文史通义校注》,中华书局2014年版,第325页。

的《潜研堂文集》记载了有关情况，语云："靖节为陶桓公曾孙，载于《晋》《宋》二书及《南史》，千有余年，从无异议。近世山阳阎咏乃据《赠长沙公诗序》'昭穆既远，已为路人'二语，辨其非侃后，且谓渊明自有祖，何必藉侃而重。咏既名父之子，说又新奇可喜，恐后来通人惑于其说，故不可不辨。"①阎咏为清代考据学发轫的代表人物阎若璩之子，他对陶渊明身世考证见于其所撰《左汾近稿》，钱大昕赞其立论新颖，复又进行考辨，指斥阎咏有5种谬误。方东树《昭昧詹言》卷一三25条以下为"陶诗附考"，对钱大昕所论又进行再认识，批驳意味非常强烈，在思想理路上构成他对汉学及汉学诸家批判的一部分。方东树于其中第33条先引钱大昕论语："昭明《传》云：'自以曾祖晋世宰辅，耻复屈身后代。'此亦出《宋书》，而阎又以訾昭明。曾不知休文卒时，昭明才十三岁。即使传有舛误，亦当先訾休文，况传本不误乎？其谬二也。"此后，方东树按道：

> 此条无谓之至。沈、萧两《传》其说皆同。举萧遗沈，偶然之事，何争后先！张杨园先生论此条，但举昭明，不及沈约，亦同。但当论其所说之是否；若此引书小失，无关大义，何足列为专条。矧二传所言渊明耻仕后代之义，全非其实，何得云传本不误乎？大约知人论世，精识笃论，非考证家粗人执著单文所能与矣。且昭明卒於中大通三年，其作《渊明传》不知在何年，何得以十三岁为断。矧昭明生五岁已能诵五经，岂得以十三岁而少之。②

方东树在这里明确提及"知人论世"批评原则，并以他对汉学家一贯嘲讽的口吻，指斥钱氏之所以缺乏"精识笃论"，正在于没有做到"知人论世"。可见他高度重视这一学术批评原则和方法。

方东树强调"知人论世"论古方法，在《昭昧詹言》中并非孤见。《昭昧詹言》卷二一为"附论诸家诗话"，方东树于其中第183条又云：

① 钱大昕：《潜研堂文集》，江苏古籍出版社1997年版，第521页。

② 方东树：《昭昧詹言》，人民文学出版社1961年版，第358页。

唐以前未见题画诗，开此体者，老杜也。其法全在不黏画上发论，如题画马画鹰，必说到真马真鹰，复从真马真鹰开出议论。后人可以为式。又如题画山水有地名可按者，必写出登临凭吊之意。题画人物有事实可指者，必发出知人论世之意。本老杜法推广之，才是作手。①

在这里，方东树以赞许口吻，肯定“题画人物有事实可指者，必发出知人论世之意”，字里行间中显现了方东树对“知人论世”原则的坚守。

方东树“知人论世”的学术批评方法和精神，没有停留在诗话领域，也浸润于其史学思想之中。众所周知，年谱兴于宋代，其编撰“叙一人之道德、学问、事业，纤芥无遗而系以年月”②，体例上兼备编年、纪传，不但记述谱主详细丰富的资料，而且也能反映时代信息，“在知人论世方面有着十分重要的作用。”③清初倡导朱学的理学家张履祥，备受方东树敬重。方东树弟子苏惇元编张履祥年谱，方东树为其序，序中语道：

厚子固好学而尤笃嗜清献及先生书者，今以其所编来示，实较陈氏为得其要领。昔刘伯绳撰山阴年谱，先生谓其学问源流立身本末已备，文集之外，可以单行。吾于兹谱亦云然。夫先生学足于已、行修于身，岂在名之显晦以为损益？惟其辨道闲邪、继往圣、开来学，则甚有赖于其言之存。既赖其言而可不知其人论其世乎？此年谱之作所以不容已也。④

方东树准确把握年谱编撰基本原则，指出必得“知其人而论其世”，方能成功传承发扬张履祥的学术精华。方苞是桐城文派的开创者，素为桐城后学所推重。苏惇元也编撰了方苞年谱，仍由方东树为之作序，方东树于序中梳理

① 方东树：《昭昧詹言》，人民文学出版社1961年版，第520页。

② 朱士嘉：《中国历代名人年谱目录序》，载李士涛：《中国历代名人年谱目录》，商务印书馆1941年版，第1页。

③ 常先甫：《宋代年谱的本义阐释》，《海南大学学报》2012年第1期。

④ 方东树：《重编张杨园先生年谱序》，《仪卫轩文集·卷五》。

年谱由来及明代桐城人物，此后语云：

而以愚究论其实，则望溪之经学义理，以及所敷奏设施之实，系之刘、姚，偏全大小褒然不侔，即同时若安溪临川诸公比肩同志，所谓如骖之靳然，亦皆似不及焉。先生书在海内，名在国史，后有知人论世者出，自有衷论。当知非乡曲后生阿私溢美之言也。①

方东树对方苞给予了极高评价，并认为自己的这种评价经得起后世推敲，言“后有知人论世者，自有衷论”，也就是说，只有把握了“知人论世”原则与方法的人，才能客观公正地认识方苞，才能真正成为方东树的知音。

由上述来看，无论是考证古代诗家，还是讨论年谱撰述，方东树都强调“知其人而论其世”，发挥了孟子的学术批评精神，与同时代的有识史家保持同调。

方东树在对历史考察中，也往往躬行践履，遵循与运用“知其人而论其世”的原则与方法，并赖此有力地捍卫了他的观点和主张。

许衡与刘因是元初著名理学家，许衡学本程朱而不拘泥程朱，刘因主朱子之学也不囿门户，都对理学由宋而明过渡发挥了重要作用，因此受到方东树的特别重视。许衡（1209—1281），字仲平，号鲁斋，1254 年诏仕京兆提学，授国子祭酒，后屡起屡归，参订元朝仪官制、与修《授时历》，谥“文正”。刘因字梦吉，号静修，谥“文靖”，先祖曾三仕金朝，刘因生于 1249 年，时距蒙古灭金 15 年，以亡金遗民自居，长期以布衣身份讲学，学贯经史，主“古无经史之分”之说，对章学诚“六经皆史”说有一定影响。明清学者对许衡与刘因都相当重视，但评价有异，方东树对此颇为关注，先后作《书刘文靖渡江赋后》与《书许鲁斋集后》，均本“知人论世”之法展开史学批评，不仅做到“知古人之世”，也做到“知古人身处”。兹举《书刘文靖渡江赋后》为例来说明这一点。

方东树《书刘文靖渡江赋后》引明末清初孙承泽立论起笔，语云：“孙北海

① 方东树：《望溪先生年谱序》，《仪卫轩文集 · 卷五》。

曰:世人轩刘静修而轾许鲁斋,以其仕与不仕也。然鲁斋当元人伐宋,世祖问之,鲁斋不对,世祖知其意,遂不复问而心贤之。静修《渡江赋》张大元人伐宋之举,云:'留我奉使,仇我大邦,殆如露布。'此赋可令鲁斋见与。"①孙承泽对刘静修与许衡显然存轩轾之念,意欲褒许衡则贬刘静修。方东树于此后案道:"北海是言,殆未详考静修之心及其事实而轻于立论也。昔邱琼山亦以《渡江赋》为幸宋之亡,黜其从祀,惟崔后渠以为欲存宋,孙夏峰力主之,而论者终未释然于琼山之说。是皆未考其事实也。"②方东树举证明代以来邱濬、崔铣及孙奇逢等理学诸家歧见,说明《渡江赋》认识之重要。方东树对孙承泽的观点进行了批判,指出其错误根源在于"未详考静修之心及其事实而轻于立论",又指出邱濬以后赞同其说的人,也错在"未考其事实也"。一句话,即是邱濬及其支持者和孙承泽,都未真正做到"知人论世",不能仔细考察古人所处之世及其身处。因此,其下,方东树悉心详考许衡与刘文靖时代及其身处,文虽稍长但裨见方东树"知人论世"之批评和考史功夫,移录于下:

《元史》本传鲁斋生金章宗泰和九年,盖当宋宁宗嘉定二年己巳,上溯绍兴十年庚申河南地归金七十年矣,下历金哀宗天兴二年甲午金亡,鲁斋年二十六岁。又历帝昺己卯宋亡。鲁斋七十一岁。又二年,为元至元十八年卒,年七十三岁。刘文靖生宋理宗淳祐四年甲辰,上溯天兴二年金亡相去十一年而始生,上溯南渡一百十余年。鲁斋,怀孟人;文靖,容城人。若以中原皆宋土,为金人所得,以宗国为义则皆当为宋人。若从土断则鲁斋固当为金人。刘文靖生于元灭金之后,固自为元人也。观其作理宗宫扇、度宗古墨诗题皆书宋,又作金太子允恭墨竹画马诗题皆书金,则文靖固自谓元人也。当开庆元年,时蒙古渡江围鄂,命贾似道援鄂。似道密遣宋京乞和,许割江南、称臣纳币。及元军还,似道袭杀其殿卒,匿议和事,以诸路大捷、江汉

① 方东树:《书刘文靖渡江赋后》,载《仪卫轩文集·卷六》。
② 方东树:《书刘文靖渡江赋后》,载《仪卫轩文集·卷六》。

肃清奏。帝以似道有再造功,似道使其客廖莹中作福华篇以颂鄂功,通国不知有所谓和也。及蒙古遣使来徵和议,似道恐泄其事,幽之于真州,棘垣逻守。使臣上书请见请归,且极陈和战利害,不报。蒙古主屡遣使,以稽留信使、侵扰边疆来诘,李庭芝奏言蒙古使者久留真州,皆不报。刘文靖赋以渡江命题,以"留我信使,仇我大邦"一语为书,实见速南宋之祸衅在此。夫似道此举挑兵衅以速亡,实为元师渡江本案。当时虽宋之臣民亦咸忿疾其事,文靖元人,言之何忌。北海乃以讳国恶之义律之,不亦谬乎!全谢山曰:"苏天爵以为哀宋,可谓得文靖之心矣。"①

方东树对许衡与刘因的生卒年及其出生地进行详尽考索,使两人的"身世"清晰呈现,他说许衡出身复杂,"以宗国为义则当为宋人",本土断则为金人;说刘因"固自为元人",均有依据。他还进一步以刘文靖题诗为例,来说明刘因本人对自己身处定位。又以宋元交往史实来分析刘因《渡江赋》缘起,道出刘因写作真实心意。这样,他对孙承泽和邱濬一派观点的批判,论据就很充分了。方东树既考察"古人之世",又考察"古人身处",设身处地,忠实站在刘因本人的历史处境中去思考、分析和评判,不妄议、不苛责,护惜古人之心,昭然若见。在这里,方东树将"知人论世"批评原则落实到底。

方东树的考证功底,我们仅从上述方东树《书刘文靖渡江赋后》即可窥见一斑,他的《与马君论周书年月考书》《三年之丧二十五月而毕》《合葬非古》等文,更见考证之娴熟精湛。乾嘉学者的考据旨趣,方东树并不陌生,也并不排斥,但他对乾嘉学派中不少学者一味尊汉诘宋极度不满。方东树曾撰《汉学商兑》对汉学家进行集中批判,将清代汉宋之争推向新高潮。汉学家诃诋

---

① 方东树:《书刘文靖渡江赋后》,《仪卫轩文集·卷六》。方东树对许衡与刘因生年考说不无问题:一、许衡生于宋宁宗嘉定二年即1209年无误,时当为金卫绍王大安元年。泰和是金章宗第三个年号,从1201年到1208年起讫八年,无泰和九年之说。二、《元史·卷一百七十一·刘因传》称刘因"三十年夏四月十有六日卒,年四十五",刘因卒于至元三十年即1293年,年四十五,则其生年当在1249年即南宋宋理宗淳祐九年。

宋学原因之一,就在于认为宋学空谈心性义理,并将宋亡与明亡都归责于理学,钱大昕即是个中之一,也是方东树批判的对象之一。

方东树《书钱辛楣养新录后》是一篇史论长文,对钱大昕关于南宋亡国见解进行了系统批判,充分展现了方东树"知人论世"的批评思想。

方东树开门见山,直言"钱大昕氏以南宋之亡归狱于郑清之之主收复,致挑边衅"①,将批判对象直陈出来。他接着说道:"其言曰:南宋之速亡,由于道学诸儒耻书和议,理、度两朝尊崇其学,庙堂之上所习闻者迂阔之谈,而不知理势,云云。愚谓钱氏此论,殆孟子所谓无实不详者与。"方东树旗帜鲜明地对钱大昕进行了否定。其下,方东树接着说道:

> 凡君子论事,须平心虚公,揆度义理,考详事实。然后其书信,其论笃,传之天下后世,乃不致误国杀人也。近世汉学考证家因恶朱子,遂深疾宋儒道学,其著说文字,率以边见、偏见,颠倒邪见,与争胜负。道理不足以胜之,则壹借国事虚构影响,以莫须有信口驾诬,如奸胥法吏舞文伤善,不论本案有无虚实,窜名其间以坐之耳。②

方东树提出了"平心虚公"史论原则,这近于章学诚提倡导的"史德",与"知人论世"相通。章学诚认为:"能具识者,必知史德。德者何?谓著书者之心术也。"③又说,"盖欲为良史者,当慎辨于天人之际,尽其天而不益以人也。尽其天而不益以人,虽未能至,苟允知之,亦足以称著书者之心术矣。"④"尽其天而不益以人",是要充分尊重客观历史,而不要以史家主观好恶影响历史客观性的真实反映。方东树说"平心虚公",也是这个意思,这就史学理论而言,都是在讲历史认识的主体与历史客体之间的关系,与史学批评"知其人而论其世"崇尚客观的精神实质一脉相承。方东树将"平心虚公",进一步延伸为

① 下引《书钱辛楣养新录后》内容均见于《仪卫轩文集·卷六》。
② 方东树:《书钱辛楣养新录后》,载《仪卫轩文集·卷六》。
③ 叶瑛:《文史通义校注》,中华书局2014年版,第257页。
④ 叶瑛:《文史通义校注》,中华书局2014年版,第258页。

“揆度义理，考详事实”两个方面，给“知人论世”提出具体实践方向。如此，方能做到“其书信，其论笃”，达到认识主体与历史客体统一。他指出汉学家对宋明理学认识之所以存在误区，其根源在于不能“平心虚公”，其本质在于唯以个人好恶去歪曲历史认识。他批评汉学家，“道理不足以胜之，则壹借国事虚构影响，以莫须有信口驾诬，如奸胥法吏舞文伤善，不论本案有无虚实，窜名其间以坐之耳”，这些明显与“知其人而论其世”背道而驰。所以，他批评汉学诸家：“其论宋事，一言不及韩侂胄、史弥远、贾似道，而惟蔽罪道学；论明事，一言不及严嵩、魏忠贤，而惟归狱东林，由其毒正邪心，心版所印也。”随后，方东树针对钱大昕等汉学家错误见解，紧密结合历史史实，对南宋后期历史形势和当时理学诸家身处状况，以大段篇幅进行详细剖析。他从真德秀请绝金岁币疏和胡铨谏和议疏讲起，细举了魏了翁、赵范、赵葵、史嵩之、杜杲、乔行简、邱岳及史弥远、韩侂胄、贾似道等史迹，对南北形势演变及诸人行事进行分析，从而得出历史定论。他总结说：

> 统观自端平元年甲午青山、范葵收复三京，及是开庆元年己未蒙古渡江，二十六年事迹如此，谓之谋国不臧可也，谓由道学误之非事实也。绍定、端平以还，女真既灭，蒙古方强，灭国四十，亡金以及于宋事势骎骎不可得已。燕丹不劫秦，秦亦必亡燕。宋虽日乞和，蒙古亦必灭宋。当此之时，惟有用贤可以自立，乃宋以史、贾诸辈当之。夫陈贾、郑丙、韩侂胄之攻道学已出虚诬，今前渡江日开边釁蹙国，命出于贾似道，乃钱氏不以责似道而蔽狱于青山，以致其毒螫道学之诞说邪心。甘自附于贾、丙、侂胄，其用意如鬼蜮含沙，最为可恶。①

虽然方东树愤懑之语远出学术批评，并不足取。但他的结论，建基于客观史实基础之上，还是明显具有说服力的。特别是他后来又举证忽必烈用姚枢、廉希宪、窦默、许衡等理学名臣而成至元之治，说：“考史者称蒙古始兴而得大

① 方东树：《书钱辛楣养新录后》，载《仪卫轩文集·卷六》。

儒为之辅佐,如此岂偶然哉? 夫姚、窦、王、许所陈,皆道学迂阔之言,而元用之以兴,何独宋用之而速亡哉?”进一步说明,南宋灭亡非道学之误,而在于上揭史弥远、贾似道等人的祸国殃民。方东树将南宋衰亡之理归于人事,颇具史识,接近历代史家对盛衰之理的探究。在这里,方东树遵循“知人论世”史论原则,使其结论铿锵有力,有地批判了钱大昕及其他汉学诸家。易言之,“知人论世”的史学批评,成为方东树主宋批汉的有力武器。

除在《书钱辛楣养新录后》中捍卫理学外,方东树又在《复罗月川太守书》中对将明亡的原因归过于东林清议的观点进行了反驳,方东树还写过如《诸葛武侯论》《周公论》《孙权论》《韩信论》《荀彧论》《狄梁公论》《魏武论》等史论。这些史论撰述,无论是评论史事,还是分析人物,很大程度上都贯穿了“知人论世”的批评原则与方法。这些系列史论,说明方东树不仅在思想上极力认同倡导“知人论世”,同时也是将“知人论世”史学批评方法真切贯彻到历史认识中的实践者。

三、 经世致用的史学功用思想

经世致用就是关注社会现实,面对社会矛盾,并用所学解决社会问题,以求达到国治民安的实效。史家关注现实,史学面向社会,是古代史学的优良传统,史学经世功能也因此蕴育并发挥。古代第一部私修编年史《春秋》便蕴含强烈的经世意旨,孔子自言“我欲载之空言,不如见之于行事之深切著明”①,是以退而修《春秋》。孟子评之说:“世道衰微,邪说暴行有作,臣弑其君有之,子弑其父有之。孔子惧,作《春秋》”。② 又说:“孔子成《春秋》而乱臣贼子惧。”③司马迁也说:“夫《春秋》上明三王之道,下辨人事之纪,别嫌疑,明是

① 《史记·太史公自序》,中华书局 1982 年版,第 3297 页。

② 焦循:《孟子正义》,中华书局 1987 年版,第 452 页。

③ 焦循:《孟子正义》,中华书局 1987 年版,第 459 页。

非,定犹豫,善善恶,恶贤贤,贱不肖,存亡国,继绝世,补敝起废,王道之大者也。”[①]孔子之后,经世致用成为古代史学思想体系的重要命题,历代史家都高度重视史学的经世功用,相继对经世致用思想进行阐发和实践。

方东树同样是经世思想的倡导者和实践者。明清之际,经世思想的理论阐发和史学实践都非常活跃。至康乾以后,由于清廷大兴文字狱,引发学风转向,遂致乾嘉学者多全身避祸,埋首考古,抛弃经世致用优良传统。方东树活跃的嘉道之际,时局巨变,危机日蹙,乾嘉这一学风遭到许多有识之士批判。方东树即高举经世致用旗帜,以为“不关世教,虽工无益”[②]。前揭《书钱辛楣养新录后》中,方东树曾分析说:“当强敌压境,朝廷拱黜,李纲、师道犹能抗方张之气,阻城下之盟。而钱氏乃以南宋立国不应主收复,为道学迂阔,不知理势以速其亡,况本无事也。”此后,方东树特别指出:“然则,其所作《廿二史考异》,亦何用也？不过搜觅细碎眩博以邀名而已,于资治致用无当也。”方东树将对钱大昕反宋思想的批判,拓展到对其《廿二史考异》的学术批判上来。在此,我们可清楚地看出经世致用在方东树史学思想认识中的高度。

方东树的史学实践,主要包括撰述史传、兴修家谱和参修志书等方面。方东树这些史学活动,也鲜明地体现出他“经世致用”的学术追求。

方东树的史传撰述,有《舒保斋家传》《明山东滨州州判甘君家传》《都君传》《徐静川传》《甘节妇传》《吴贞女传》《解淑人传》《方母张安人传》等。这些史传为数并不多,且多为应酬之文,但也不乏作者深意。方东树笔下人物,并非正史中常见那样能影响历史进程的历史人物,但他们往往在伦理纲常方面也有出色表现。方东树悉心为文,以细腻生动的笔触描绘人物,突出他们人生亮点,其中又往往结合方东树对社会的思考,反映出他关注社会教化的经世旨趣。试以《舒保斋家传》为例证之。

---

① 《史记·太史公自序》,中华书局 1982 年版,第 3297 页。

② 《仪卫轩文集·自序》,同治刻本。

舒保斋，名采愿，字守中，自号保斋，江西靖安人。舒采愿性格耿直自饬，尚节气，具儒生风范，初除甘肃渠宁巡检，手书孝悌忠信礼义廉耻八字自励，继父惠政之风，劝讲田渠水利，赢得百姓拥戴。舒采愿居官自律、真诚守信，方东树以较多笔墨刻画了他这一良吏形象。舒保斋处官时，曾因不愿逢迎过境郡守之妻而得罪郡守，郡守寻事，派舒保斋送重囚到兰州，而兰州道远路险，失期又当罪，友人劝舒采愿向郡守谢罪以免此苦役，舒采愿不愿牵连他人受罪，毅然前往。方东树记道：

> 于是质衣裘为囚赁车，行数程，赀罄。囚皆步行，锒铛踯躅血出。君不忍，乃属囚而语之曰："吾诚哀若，今欲尽释若等桎梏，以载于吾车。吾与若皆徒步徐行，可乎？若曹有罪，我无罪，谅不以脱逋累我，即若曹逃而皆得遂其生，杀余而活数十人，亦余心所愿而不悔。"于是囚皆感泣，相许誓不敢负。
>
> 既行，囚则左右卫君，值津险外，扶者、掖者、敷茵褥以待憩者、艺松瀹茗以止渴者、烟屯荒涧中依依若子弟之捍父兄者然。一日日晡，行至六盘山，崎岖万仞，麓无居民，他邑解役皆畏难而止。君与囚喘息，登未及半岭而飓风作，凉西之飓，比海飓更暴恶，色黑而气刚，作则正昼如夜，阴霾潮涌，大舆千钧，遭之辄覆，飞石如拳击人头面。众囚值风起皆纷窜，君坐树间，但闻崩崖折木，石破雷吼，如是者数十刻。风势渐杀，微见星光，则车子为覆车所压，几折股。寻声往迹，见骡伏草中，幸无恙。风际遥闻呼啸声，稍稍相近，则数囚埋面土中，风息而起，相与追寻而来者也。于是囚抱车子置车后，扶君坐车前，并驾骡而推挽之，且行且歇，复见有执炬者遥呼而来，则斩罪某囚也。夙夜无行客，深山呼啸聚立而相待者皆死囚也。
>
> 戊夜至山麓，去旅店里许。又有鞚骞骡而来者，近之，则杀人巨盗某犯也。君乘之入店，按名对簿，少一斩枭某。众曰："渠罪十恶，知不宥，是必逃矣。"君不语，第与众相对啜粥。荒鸡乱号，忽闻剥啄

> 叩关，入之，则某也。君望见，泣下，囚亦泣，曰："人谁不愿逃死，实不忍负我生佛耳。"先是君见车子时，众囚无一在者，车子曰："此无假之缘，不逃何待？行速者将百里矣。"君曰："我实纵之，复何尤。"至是，众囚毕至，故君感之而泣下也。及至兰州郭外浮桥下，囚皆坐，待君后至，曰："何不先入？"众曰："省会官兵多见小人等徒行，公且得罪。"于是各向车中认取刑具，互相钮锁，君见之更为涕泣不禁。及君公事毕，将归，不谒客，先赴监中别囚，与囚对泣，如母别子。①

方东树这段文字受到当今学人的高度关注②，其中状景、摹物、对话与心理等细节描写，颇得司马迁史传文学的真意，将舒采愿与诸囚等人物形象，刻画得丰满、鲜活、生动，跃然纸上，在晚清史传文学中亦属上乘。舒采愿轻利尚义、仁心赤诚的人物风貌，也在方东树笔下产生巨大的感染力，有利于受众见贤而思齐，产生净化风俗、提升读者修养的社会效应。不仅如此，方东树还在传后通过史论方式，将他这一写作意图直白点明。他说：

> 方东树曰：余读史，尝刺取古人纵囚者十余事，皆奇伟。而欧阳永叔独议唐太宗为好名，岂尽然与？夫子语：或人以德报怨，何以报德？而又称伯夷叔齐不念旧恶，怨是用希。夫言岂一端而已？豚鱼可格，而仁之为道远，亦义各有当焉耳。③

方东树引古论今，他否定欧阳修对唐太宗纵囚在于博取虚名的论断，又以孔子的话来强调高尚情操的社会感染力。豚鱼可格，典出《周易》。《易·中孚》载曰："豚鱼，吉，信及豚鱼也。"王弼注之云："鱼者，虫之隐微者也；豚者，兽之微贱者也。争竞之道不兴，中信之德淳著，则虽隐微之物，信皆及之。"④方东树以微贱之物亦可受到仁义感化，充分肯定舒采愿社会影响，

---

① 方东树：《舒保斋家传》，载《仪卫轩文集》卷一〇。
② 刘新华：《浅谈〈史记〉与晚清传记》，西南大学，2009年。
③ 方东树：《舒保斋家传》，《仪卫轩文集》卷一〇。
④ 楼宇烈校释：《周易注校释》，中华书局2012年版，第218页。

同时也将他写作此传的真实意图表达出来，体现出他治史当以经世致用的思想主张。

谱牒是古代记录氏族或宗族世系的史书，宋明以后，随着近代封建家庭制度形成，修谱风气日盛，成为维系家族血缘关系的主要纽带，谱牒社会功能也愈发彰显，敦亲族、行教化、维护地方社会秩序等作用，往往成为族谱和家谱修撰的重要动力。方东树出自桐城鲁䜣方氏，《鲁䜣方氏族谱》于明末遭受兵燹之灾，清时康熙、嘉庆年间曾分别重修。道光十九年，方东树复重修族谱并为之序，序中，方东树明确提出修撰主旨，彰显其致用思想。他说道："所贵为族谱者，为将同吾一本之恩谱，为尽伦笃亲作也。非徒系其名位卒葬婚姻而遂已也。吾族既无贵显，不登朝列，则其功名行业已无可纪，惟其敦德怀仁、内行修美、学业优殊者，略序数语，以视子孙，而传志虚美之文，概弗载入。"①不录虚美之文，反映方东树实录求真的可贵品质，显见他对自己所修族谱有着崇高的追求。他所强调记录敦德怀仁、内行修美、学业优殊者旨在"以视子孙"，正是在发挥谱学的教化功能，明显反映了他的经世致用的修谱旨趣。他在族谱后述中叮嘱说："凡吾族人尚其绎思吾说，而务勤学修身积功累仁，上有以承其先德，下有以荫其子孙，久之不怠，后必有以鲁䜣易河南之望者而何荣如之。"②继续阐发修谱的现实教化思想。方金友评《鲁䜣方氏族谱》之社会意义，便指出其中："所宣扬的一些传统伦理道德观念，如提倡家族共济、父慈子孝、兄友弟恭、互相谦让、家庭和睦等，在今天仍被民众视为所希望和追求的美德，是值得承继和发扬的。"③

方东树生存的乾嘉时代，方志学理论趋于成熟，方志体例达到完整，"从而使修志事业也发展到登峰造极的阶段"。④ 方东树之前，桐城名家多有参与

① 方东树：《族谱序》，《仪卫轩文集》卷一二。

② 方东树：《族谱后述下篇》，《仪卫轩文集》卷一二。

③ 方金友：《〈鲁䜣方氏族谱〉的历史社会学解读》，《合肥学院学报》2013 年第 6 期。

④ 陈光贻：《中国方志学史》，福建人民出版社 1998 年版，第 86 页。

方志编纂，如方苞曾履任《大清一统志》总裁、刘大櫆纂《歙县志》、姚鼐纂《江宁府志》。方东树也效仿前辈，相机与修志书，嘉庆十六年，方东树与修《江宁府志》，有《新修江宁府志序》《江南省疆域略》《吴丹阳郡治非在曲阿辨》《金陵城图记》；嘉庆二十五年，方东树应阮元之聘入广东通志局，初任分纂，主修“建置”编，毕后留任协助总纂；道光八年，按《安徽通志》例作《节孝总旌录序》；道光十年代作《重修太湖县志序》；道光十一年，代邓廷桢作《安徽通志序》，又代作《拟进安徽通志表》；道光十八年起，参纂《粤海关志》，先后代两广总督邓廷桢作《粤海尖志序》、代粤海关监督豫堃作《粤海关志序》，又作《粤海关志叙例》。众所周知，嘉道年间清朝陷入中衰，内部政治与民族危机日渐严重，有清以来一直为对外交流窗口的广州更是处于漩涡之中。方东树因缘时会，自嘉庆二十四年起，先后四次赴粤，对当时清廷内政和民族危机有深切感受，这也进一步促使其经世致用思想的成熟。方东树参与《广东通志》一直到通志终稿，对通志影响甚大。该志书质量上乘，梁启超赞之“价值久为学界公认”①。需要指出的是，由“专注考据”转向“经世致用”是《广东通志》修撰一大特色②。《广东通志》修撰期间，正是方东树撰述《汉学商兑》，反对专事考据汉学诸家、将汉宋之争推向高潮之时。可以想见，方东树深度参与《广东通志》编纂，其经世致用思想必然影响到通志修撰风格的转向。相较《广东通志》之分纂与协纂角度来说，方东树对《粤海关志》参与更为深入。《粤海关志》是社会经济发展影响志书修撰内容和形式的典型表现。《粤海关志》由豫堃于道光十八年九月设局纂修，豫堃聘梁廷枏为主纂、方东树等为分纂，次年九月前志书初成。但梁廷枏纂本成书后，志书修撰似并未结束。周修东将方东树所作《粤海关志叙例》与梁廷枏纂本《凡例》《目录》比较，认为：“方东树刚开始是入局作为分纂，发凡起例者应为梁廷枏，到了梁廷枏初纂本完成后，

① 梁启超：《中国近三百年学术史》，《梁启超论清学史二种》，复旦大学出版社 1985 年版，第 450 页。

② 颜广文、关汉华：《论阮元与〈广东通志〉的编纂》，《华南师范大学学报》2000 年第 3 期。

可能是豫堃或者邓廷桢觉得该志还有进一步整理编纂的必要,就让方东树修改梁之《凡例》为新的《〈粤海关志〉叙例》,对初纂本有关内容进行增删和编排,形成新稿本,并代邓、豫两人撰写序言,是为重纂本。”①方东树在重纂本中对其体例和结构进行了调整和增删,将梁稿之《兵卫》《夷商》《杂识》等不属于海关业务管辖门类尽皆删去,而将梁稿未备或较为薄弱的部分增补为《建置》《地图》《官表》《杂录》四门,使其内容更为完善,体例更为严谨,更加符合政书的书写体例。这样,方东树重纂的志书,对海关工作的指导作用就更为有效,经世致用功能就更为突出。

方东树还善于通过整理史事来发论,使其经世致用观点更为充分、有力,成为其以史经世的又一种实践。方东树一生经世为怀,他曾疾呼:“君子之言为足以救乎时而已!苟其时之敝不在是,则君子不言。”②这种思想特质,在方东树门生眼里尤为鲜明,方宗诚说他:“少补县学生,锐然有用世志,凡礼乐兵刑河漕水利钱谷关市大经大法皆尝究心,曰:‘此安民之实用也,道德义理所以用此权衡也。’”③苏惇元说他:“身虽未仕,常怀天下忧,凡遇国家大事忠愤之气见于颜色,或流涕如雨。”④他的《劝戒食鸦片文》《化民正俗对》《禁用洋货议》《病榻罪言》,正是这样切于时弊之作,经世致用思想色彩极为鲜明。面对嘉道之际日益颓危的时局,方东树忧心发于笔端,大量借用史事,谈古论今,通过史论与政论的结合,抒发出他的经世情怀。学者以是而称许他:“这个生活在历史急剧变革关键时刻的知识分子,感受了时代的进步气息,并未空谈性命而闭门修养,而是在理论上、行动上都比较注意崇实尚用,应变救世,顺应了当时历史的进步潮流。”⑤即便他颇受争议的学术著作《汉学商兑》,也是基于史事整理,针砭乾嘉以来的学术现状,乃至梁启超誉其为“亦一

① 周修东:《〈粤海关志〉修纂者及重纂本〈叙例〉新考》,《海交史研究》2017年第2期。

② 方东树:《辩道论》,载《仪卫轩文集》卷一,同治七年刊本。

③ 方宗诚:《仪卫先生行状》,载《柏堂集前编》卷七,《柏堂遗书》,清光绪六年刻本。

④ 苏惇元:《仪卫方先生传》,载方东树《仪卫轩文集》,同治七年刊本。

⑤ 黄霖:《论姚门四杰》,《江淮论坛》1985年第2期。

种革命事业”①。

在清季学术脉络中，方东树自有其特殊地位。方东树学术思想一本程朱，力主汉宋兼采，虽并无太多创见，但在乾嘉以来竞言考证的风气中却是别树一帜。方东树反对汉学的思想与立场都非常鲜明，这一点，无论是持正面肯定的梁启超、钱穆，还是有所非议的章太炎、皮锡瑞，讨论清代学术时对此都无法回避和否认。方东树的史学思想，与他反对汉学时风的思想同源共流，并成为他批驳汉学有力武器。在历史哲学上，方东树的天道论沿着“究天人之际”思路而展开，没有离开人事去谈论天道，重视人道成为他整个学术思想体系的基石，也使他面对汉学家批判宋学“高谈性命”“堕于空虚”时有了理论勇气。在史学批评上，方东树主张知人论世，他对宋代理学诸臣如魏了卿、真德秀、赵范、赵葵、杜杲、乔行简，元代理学家许衡、刘因以及明东林党人的考察，都贯彻了知人论世的学术原则和方法，特别是他对汉学家“其论宋事，一言不及韩侂胄、史弥远、贾似道，而惟蔽罪道学；论明事，一言不及严嵩、魏忠贤，而惟归狱东林”的批判，不仅贴切地结合历史人物，还深入联系历史时势，将历史人物及其身处统一起来，考察细致，依据充分，论证有力，获得良好的批判效果。在史学功用上，方东树提倡经世致用，成为治史以经世的史学实践者。嘉道以后，清代学术思潮出现对考据学的反动，开始向经世致用转变。方东树既是这一学术思潮转变的推动者，也是这一学术思潮的中坚。方东树一直主张学以经世，他的史学实践也忠实地贯彻了这一主张。方东树笔下的史传人物，皆非事功显赫之士，但在伦理纲常方面都有着独特方面，有利于兴教化、端世风，方东树也通过其史传文学特长，将此充分展示出来。方东树主修族谱，也遵循这一思想路径，注重宣扬社会伦理，以尊亲睦族、激扬后世为导向，发挥谱牒世俗教化功能。方东树积极投身清中叶志书修撰历史浪潮中，与修《广东通志》时，

---

① 梁启超：《清代学术概论》，《梁启超论清学史二种》，复旦大学出版社 1985 年版，第 56 页。

正值他思想成熟期，也是他反对汉学的高潮期。他深刻认识到乾嘉以来的考据学风带给社会的不良倾向，所撰《汉学商兑》，本着通经致用思想发论，批评汉学脱离现实，由眩博而至于空疏。这种强烈的经世致用学术追求，不能不影响到他正在进行的志书修撰，遂使《广东通志》蕴含有经世致用思想特质。方东树本经世理念的修志实践，与其对汉学空疏的公开批判，相互策应，相辅相成。质言之，方东树的相对丰富的史学思想，既是其学术思想的重要组成，也是其反汉尊宋的有力思想武器，并在一定程度上影响了嘉道以后学术思潮的前进。就此而言，方东树的史学思想，无疑值得我们重视并需要细致认识的。

第三节　管同与梅曾亮的史学思想

管同与梅曾亮为江苏上元同邑好友，同受业于桐城派集大成者姚鼐。就史学思想而言，管同囿于“灾不虚生”的天命思想，为文深切时弊，精于考证，史考成就斐然，释古以期变今。梅曾亮因应社会发展之大势，主张“通时合变”，认为史学研究不应拘泥于琐碎的史料考证，要注重探寻兴亡治乱之根源。管、梅二人的历史观虽略显差异，史学批评亦各有侧重，但都非常重视史学经世，反映了嘉道之际桐城派史学思想由“义理”转向“致用”的过渡特征。

管同(1780—1831)，字异之，江苏上元(今南京市)人。嘉庆初，与同乡梅曾亮师从姚鼐学于钟山书院，受古文义法，“两人交最笃”①。管同以诗文俱佳，被姚鼐视为“异才”。《清史稿》称管同“善属文，有经世之志，称姚门高足弟子。……鼐门下著籍者众，惟同传法最早”②，著有《因寄轩集》等。梅曾亮(1786—1856)，字伯言，道光二年(1822)进士，官户部郎中。他出身书香世家，比管同小六岁，“少时喜骈俪，既游姚郎中门，与管同友善，同辄规之”③，其

① 赵尔巽：《清史稿・梅曾亮传》(第四四册)，中华书局 1977 年版，第 13426 页。

② 赵尔巽：《清史稿・管同传》(第四四册)，中华书局 1977 年版，第 13426 页。

③ 《江宁府志・梅曾亮传》，《柏枧山房诗文集》，上海古籍出版社 2012 年版，第 685 页。

祖辈为著名数学家梅文鼎，父梅冲为嘉庆五年（1800年）举人，母侯芝曾改订弹词《再生缘》，著有《柏枧山房文集·诗集》等。在姚门四杰中，梅曾亮对传播和扩大桐城派的影响居功至伟，其侄婿朱庆元认为："姚既卒，世之鸿儒硕彦争请业焉。"一以先生为归，承其泽而斯文不坠，又将百年。"我朝之文，得方（方苞）而正，得姚（姚鼐）而精。得先生（梅曾亮）而大，其可也。"①姚莹也认为："当时异之与梅伯言、方植之、刘孟涂称'姚门四杰'。然孟涂、异之皆早卒，植之著述虽富，而穷老不遇，言不出乡里，独伯言为户部郎官二十余年，植品甚高，诗、古文功力无与抗衡者，以其所得，为好古文者倡导，和者益重，于是先生（姚鼐）之说益大明。"②梅曾亮不仅于古文造诣深厚，还曾点勘《史记》数遍，"继以《汉书》及先秦子书，渐及诸史"③，对王朝盛衰、历史事件和历史人物的评价有自己独到的见解，是一位颇具史识的文章家。

一、"灾不虚生"与"通时合变"的历史观

管同和梅曾亮生逢清代由盛转衰的嘉道之际，尽管西方侵略所产生的种种危机还不曾明显暴露，但各地以宗教为号召的"变乱"和世风日下的社会风气，使得整个社会已呈现出"末世"的种种迹象。面对社会发展的种种变幻，管同与梅曾亮的历史观是有差异的。

管同以"灾不虚生"的天命思想解释社会发展的种种现象，认为"国有失道，则天出灾异以遣告之。圣人知夫灾不虚生，而欲以弭其变也，是以兢兢深自省耳。"他考证了自春秋以来日食、山崩、大水等灾异现象的多寡，以为自三代以来，总体上失道愈多，故灾异日盛。"古初之天如婴孩，虞周如少壮，自汉迄今为衰，后此为耄。何由知之？由灾异知之。何由灾异知之？由灾异多寡

① 朱庆元：《梅伯言全集跋》，《柏枧山房诗文集》，上海古籍出版社2012年版，第692—693页。

② 姚莹：《惜抱先生与管异之书跋》，载《东溟文后集》卷一〇。

③ 梅曾亮：《与容澜止书》，载《柏枧山房诗文集》，上海古籍出版社2012年版，第27页。

知之也。”他以春秋、汉唐间灾异多寡为例，认为“古之天，婴孩，少壮也，其气庞，其力厚，其筋骨坚凝，而丰润声色，寒暑之交，伤未足以成剧病。汉以后衰矣，其气微而力薄，其筋缓而骨虚，尽调剂以辅之犹虑不胜，稍不慎焉，则百病丛生而不可复治。圣人曰：天之病，衰为之也；天之衰，人致之也。”正因为天衰起于人治，“是故值天之衰，愈恐惧、修省而不敢失道，夫岂敢曰‘此定数也，于我无关’欤？”①虽然管同认为“灾不虚生”，此定数也，但他也看到了人事与天命是互为因果的，“治则修，乱则短者，理也”，并非“于我无关”，为人君、人臣者应该“修省而不敢失道”，反映了其天命思想中所蕴含的积极因素。

与其师姚鼐一样，听天命，尽人事，构成了管同历史观的基础，也是他看待社会发展的基本原则，但他比姚鼐更为消极、宿命和唯心。管同认为国之运祚有定数，虽然“治则修，乱则短者，理也”；但“数定于先，而理迁于后”。② 他不确知佛教所宣扬的生命轮回说，但对天地人之有鬼魂却深信不疑。他认为：“魂也者，附乎人者也；鬼也者，离乎人而魂之变也。附乎人，则虽有而不知其为有；离乎人，则虽谓无也而不可径以为无。”他举例说：“草木之有烟也，加之以斧而不获，析之为薪而不获，及其火为灰炭而烟斯出焉，谓草木有烟，孰信？谓烟不出于草木，虽童子亦知其不然矣。通乎此者，其知人鬼之说乎！”他驳斥晋阮氏无鬼论和唐韩氏“鬼无声、无形、无气”说，断言：“有天地之鬼焉，有人死之鬼焉。视不见而听不闻者，天地之鬼也，阴气之常流者也；视或见而听或闻者，人死之鬼也，魂气之未消者也。”③基于朴素唯心的哲学认识，管同对自然的理解多富于神秘色彩，且能自圆其说。譬如，他认为：“雷之象，在易为震。震之用，主于动万物。”“故雷也者，所以致万物于生，而非所以致物于死

① 管同：《原灾》，载严云绶、施立业、江小角主编：《桐城派名家文集》第5卷，安徽教育出版社2014年版，第12页。

② 管同：《永命》，载严云绶、施立业、江小角主编：《桐城派名家文集》第5卷，安徽教育出版社2014年版，第16页。

③ 管同：《原鬼》，载严云绶、施立业、江小角主编：《桐城派名家文集》第5卷，安徽教育出版社2014年版，第13页。

也。然则雷之击物何欤？震之发，其端为怒。怒而散，则触之者生。”①他主张人性本善，“何以言之？曰：忠孝者，性之大端也。其具于性也，不必观之忠臣孝子也，观之常人，则固可见矣”，譬如“婴儿无知，恋其生母，性之善不可见乎？”②“孝子之于亲，天性也。忠臣之不忍离君，亦天命而已矣。”③他认为人世虽富贵无常，然“奇杰异行，根于至性，岂区区文辞辨说所能解哉！”④概而言之，在管同看来，人类社会的发展变化，非惟人事，亦天道、地利使然，自有其内在发展与演变的逻辑。

与管同相对消极的天命史观略显不同的是，梅曾亮因应清代由盛转衰的时代变化，提出“文章之事，莫大乎因时。”⑤他认为“文生于心，器成于手。”⑥学者为文立言应该“通时合变、不随俗为陈言者是已”⑦。即创作要有时代性，能反映时代的风云际会、人情物态。梅曾亮通时合变的文论主张与他对社会历史发展大势的理解是一脉相承的。有学者研究认为，方苞提倡“义法”，是康熙宋学兴盛时期学术、思想的直接产物，姚鼐“义理、考据、辞章”也是乾嘉汉学鼎隆时期学术风气的折光，它们都沾濡时代潮流，但不能不承认：“桐城三祖”恰恰没有提出“因时”“通时合变”的理论主张，这是一大遗憾。梅曾亮生处清王朝由盛而衰的转折时期，敏锐地感觉到“山雨欲来风满楼”的非同寻常，充分认识到它丰厚的内涵及“新”的意义，适时提出新的理论主张⑧。在

---

① 管同：《原雷》，载严云绶、施立业、江小角主编：《桐城派名家文集》第5卷，安徽教育出版社2014年版，第14页。

② 管同：《性说三首》，载严云绶、施立业、江小角主编：《桐城派名家文集》第5卷，安徽教育出版社2014年版，第16页。

③ 管同：《读招魂》，载严云绶、施立业、江小角主编：《桐城派名家文集》第5卷，安徽教育出版社2014年版，第29页。

④ 管同：《记颍上张烈女事》，载严云绶、施立业、江小角主编：《桐城派名家文集》第5卷，安徽教育出版社2014年版，第58页。

⑤ 梅曾亮：《答朱丹木书》，载《柏枧山房诗文集》，上海古籍出版社2012年版，第38页。

⑥ 梅曾亮：《书示仲卿弟学印说》，载《柏枧山房诗文集》，上海古籍出版社2012年版，第11页。

⑦ 梅曾亮：《复汪尚书书》，载《柏枧山房诗文集》，上海古籍出版社2012年版，第30页。

⑧ 彭国忠、胡晓明校点：载《柏枧山房诗文集·前言》，上海古籍出版社2012年版，第7页。

《民论》一文中，他总结汉代兴与衰的历史，认为“此黄巾米贼之祸所以起而不可禁也。夫民所乐趋之事而不为利导之，草野之间，必有因民之欲窃吾意以售其奸者”。东汉之衰，势必至乎此者，“故曰：非民之所能为也，势也。”[①]梅曾亮通时合变的历史观源于他对社会现实和历史经验的思考。他认为“天下之法，未有久而无弊者也”。[②] 统治者要维持长治久安的社会局面，就应该审时度势，善于因势利导，通时合变。但梅曾亮过于推崇王权教化的作用，认为“权出于士，而党锢清流之祸成；权出于民，而左道乱政之祸烈。然则，以王者之权而谓教化不易兴者，则妄矣”。[③] 梅曾亮虽然能够敏锐地观察到嘉道之际“士之大患在空疏”的流弊[④]，但他轻视民众在社会发展中的力量与作用，对王朝兴衰及皇权式微的理解亦有偏颇之处，反映了其历史观的时代局限性。

就历史观而言，梅曾亮一方面反对管同超然物外的鬼神论，在《墓说》一文中，他指出“或问曰：墓吉则福，凶则祸，古有之乎？曰：未闻也”。[⑤] 另一方面，他却信奉无可奈何的运命之天的存在：“尝谓求富贵而无命者，布衣则终布衣耳；学之成不成，亦有命焉。”[⑥]人如同池中之鱼终究不能逃脱命运的安排：“人知鱼之无所逃于池也，其鱼之跃者可悲也，然则人之跃者何也？”[⑦]由此可见，梅曾亮通时合变的历史观虽蕴含社会进化的思想萌芽，显然比管同消极的天命思想更为积极，也更有建树，但遗憾的是他的“通时合变”并没有超越天命史观的藩篱。

总体而言，无论管同“灾不虚生”的天命思想，抑或梅曾亮“通时合变”的历史观，虽然都不足以面对即将到来的千年未有之变局，但从“灾不虚生”到

---

① 梅曾亮：《民论》，载《柏枧山房诗文集》，上海古籍出版社 2012 年版，第 3—4 页。

② 梅曾亮：《刑论》，载《柏枧山房诗文集》，上海古籍出版社 2012 年版，第 12 页。

③ 梅曾亮：《民论》，载《柏枧山房诗文集》，上海古籍出版社 2012 年版，第 4 页。

④ 梅曾亮：《复陈石士先生札》，载《柏枧山房诗文集》，上海古籍出版社 2012 年版，第 23 页。

⑤ 梅曾亮：《墓说》，载《柏枧山房诗文集》，上海古籍出版社 2012 年版，第 5 页。

⑥ 梅曾亮：《复陈伯游书》，载《柏枧山房诗文集》，上海古籍出版社 2012 年版，第 21 页。

⑦ 梅曾亮：《观鱼》，载《柏枧山房诗文集》，上海古籍出版社 2012 年版，第 6—7 页。

"通时合变",毕竟是适应社会变幻的思想进步,是一种观念的递进。历史是不能割裂的,新思想和新学风的产生也不可能是空穴来风。随着鸦片战争的爆发,中西文化冲突加剧,姚莹之所以能迅速地将传统史学的研究视角投射到西南、西北边疆、东南海疆及异域,除了他个人比较特殊的经历、强烈的责任感、民族忧患意识和思想的敏锐性外,应是受到了同门好友梅曾亮"通时合变"思想观念的启发和影响。

二、"精于考证"与"重史求真"的史学思想

姚鼐认为"学问之事,有三端焉:曰义理也,考证也,文章也。是三者苟善用之,则皆足以相济;苟不善用之,则或至于相害"。[①] 姚鼐关于义理、考据、词章兼修,治学不存门户之见的风格,对桐城派影响深远。其弟子管同与梅曾亮不仅以文章名重朝野,于史学亦有造诣。概而言之,管同"精于考证",史考成就斐然,梅曾亮"重史求真",善于知人论世。

管同以诗文见长,尤推崇姚鼐文,称乃师诠经注子,纂言述事,"淡泊乎若元酒之细蕴,希夷乎若古琴之抑扬。浏然而来,若幽泉之出于深涧;摽然而逝,若轻云之漾于大荒。"[②]管同虽无专门的史学论著问世,却有着很强的史料保存意识,称赞班固、范晔的史才,精于考证。对于自然环境的变迁和史实的确认,他认为"事不目见耳闻,不可臆断其有无"[③]。他对"春秋三传"详加考证,认为《左传》非左丘明所作,《公羊》《穀梁》皆尝取《孟子》为传,而非《孟子》有取于二书也。他在《读三传》一文中指出:"旧皆言左丘明学于仲尼,公羊、穀梁受经子夏,而作《春秋》三《传》。吾谓不然。今《左氏》非出丘明所作,朱子尝言之,世或未然其说。若公羊、穀梁受经,容出一师,而说者以师为子夏,则

① 姚鼐:《述庵文钞序》,载《惜抱轩诗文集》,上海古籍出版社 1992 年版,第 61 页。

② 管同:《公祭姚姬传先生文》,载严云绶、施立业、江小角主编:《桐城派名家文集》第 5 卷,安徽教育出版社 2014 年版,第 91 页。

③ 管同:《商丘济渎祠记》,载严云绶、施立业、江小角主编:《桐城派名家文集》第 5 卷,安徽教育出版社 2014 年版,第 58 页。

非其实矣。”[①]他以《孟子》与公羊、穀梁对葵丘盟辞及其事的记载比对，得出后二者实出于《孟子》的结论。他以太史公《管晏传》所载相关史实推论“汉人所言《晏子春秋》不传久矣，世所有者，后人伪为者耳”。[②] 在《读招魂》一文中，管同考证论道：“旧皆谓《招魂》为宋玉作。太史公赞屈原曰：‘予读《离骚》《天问》《招魂》《哀郢》，悲其志。’《招魂》亦原之为耳，岂玉作哉！”[③]管同还著有《七经纪闻》《孟子年谱》《文中子考》《战国地理考》和《皖水词存》等具有考证性质的专著。

管同考证历史的目的在于资治，汲取历史的经验教训，释古以期变今。管同认为“著是书，不能为是事，无用之空言也。为是事，不能著是书，用于己，不能公于人，用于一时，不能公于后世，虽愈空言，君子以为犹未善”。[④] 只有传诸后世，人类的经验才可以为后人所借鉴。他认为项羽的失败，“在乎不能用人，而不在乎出兵之非地。”所以“凡君相不能得人，与临敌不知彼己。虽奇谋，无所济”。[⑤] 他通览《史记》《吕氏春秋》等史著，认为“秦虽暴，初不罪言者，故用其力，卒以并天下。至三十四年，用李斯议，始有诽谤者族，偶语诗书弃市之令，曾不旋踵而社稷墟矣。呜呼！秦之事至恶不足道，然其并天下也，以能用人言；其失天下也，以不闻其过。秦固如此，后之有国家者其亦知所鉴哉！”[⑥]秦从最初不罪言者到后来封闭言路，严刑峻法，“盖人心苦秦苛暴久矣，

① 管同:《读三传》,载严云绶、施立业、江小角主编:《桐城派名家文集》第 5 卷,安徽教育出版社 2014 年版,第 25 页。

② 管同:《读晏子春秋》,载严云绶、施立业、江小角主编:《桐城派名家文集》第 5 卷,安徽教育出版社 2014 年版,第 25 页。

③ 管同:《读招魂》,载严云绶、施立业、江小角主编:《桐城派名家文集》第 5 卷,安徽教育出版社 2014 年版,第 29 页。

④ 管同:《戎政刍言序》,载严云绶、施立业、江小角主编:《桐城派名家文集》第 5 卷,安徽教育出版社 2014 年版,第 94 页。

⑤ 管同:《又答念勤书》,载严云绶、施立业、江小角主编:《桐城派名家文集》第 5 卷,安徽教育出版社 2014 年版,第 50 页。

⑥ 管同:《读吕氏春秋》,载严云绶、施立业、江小角主编:《桐城派名家文集》第 5 卷,安徽教育出版社 2014 年版,第 26—27 页。

欲为变,则从之,而岂问其借名之何若哉?"[①]足见,畅通言路对于一个朝廷或政权的长治久安是至关重要的。

管同总结历史的经验教训,注重史学批评。他认为"君子与小人不可以并处。君子与小人并处,非君子去小人,则小人必害君子"。自古及今,小人害君子十有八九,君子去小人则不及一二。"小人之难除而君子易见伤也。虽然,此何故也?君子持正,不能如小人之善悦其君;孤立无朋,不能如其多羽翼;临事则听命,无金帛货财贿要人而求辅助;直于言而刚于色,不能诡伪欺诈宛转以求必胜。是数者皆不及小人,而小人兼之,此胜负之所以不战而分已。"纵观历史,贤良被谋害者不计其数。"窦武屠于曹节,王涯戮于仇士良,元祐诸贤窜于惇、京,天启诸贤戮于崔、魏,吾读史至此,未尝不废书而流涕也。"小人谋财害命,故"天下之人,死于病者十仅三四,而死于医者十常七八。"[②]世风日下,人心不古,以为"史传以来,士习之衰,未有甚于今日者也"。[③] 管同痛陈嘉道之际士气日衰,希望社会风气有所好转。

管同认为"世以成败论英雄,固已久矣"。他以韩信和诸葛亮为例,指出"自古英雄之士,才略不可穷,盖有值其时,幸而成功,有不值其时,不幸而终无济者矣"。韩信值其时,"连百万之众,战必胜,攻必取,高帝自谓不如韩信,然其两夺信军,若取物如婴儿,无所用力。信之言曰:'陛下不善将兵,而善将将。'"他援引具体的战例,说明"信之将兵,有所未善"。"吾观武侯之将兵,其慎也加于韩信;韩信之将兵,其疏也不及武侯。"武侯则生不逢时,愈慎愈不成功。他感叹道:"若是者,皆天,而非人也。"[④]每当对历史现象解释乏力时,管

① 管同:《范增论上》,载严云绶、施立业、江小角主编:《桐城派名家文集》第5卷,安徽教育出版社2014年版,第22页。

② 管同:《除奸》,载严云绶、施立业、江小角主编:《桐城派名家文集》第5卷,安徽教育出版社2014年版,第17—18页。

③ 管同:《说士上》,载严云绶、施立业、江小角主编:《桐城派名家文集》第5卷,安徽教育出版社2014年版,第98页。

④ 管同:《韩信论》,载严云绶、施立业、江小角主编:《桐城派名家文集》第5卷,安徽教育出版社2014年版,第21页。

同就以天命解释人事,此诚不足取也。

梅曾亮认为:“托之至尊者,莫若经史。”“惟史之作,其载于书者,非言行之得失,即政治之是非,其精微者易知,而其详明者无不可法戒也。故托之尊而传之远者莫如史宜。”在致好友姚春木的信函中,他明确表示史学是其“欲从事而不可得者”,对姚氏能够“闭门著述,于故老名儒之嘉言懿行,收拾排比,惧其湮没”的史学研究工作表示欣羡不已。他指斥乾嘉考证之学迷失了史学要义:“越今即古,多言于易辨,抵巇于小疵。其疏引鸿博,动摇人心,使学者日靡刃于离析破碎之域,而忘其为兴亡治乱之要最、尊主庇民之成法也,岂不悖哉!”①史学研究不应拘泥于琐碎的史料梳理与考证,应该重视探寻王朝兴亡治乱的根源,旨在有资于治世。

梅曾亮认为史学的价值在于求真。他认为:“见其人而知其心,人之真者也。见其文而知其人,文之真者也。人有缓急刚柔之性,而其文有阴阳动静之殊。”②在梅曾亮看来,文学家人性的真与史学家立言的真是一致的。就诗歌而言,“太白之诗豪而夸,子美之诗深而悲,子健之诗怨而忠,渊明之诗和而傲。其人然,其诗亦然,真也”。③ 这些诗歌不仅是时代的反映,也是作家真性情的表露。史学家的真在于对历史事实秉笔直书,不隐讳,不夸言,尊重史实,否则,“不足以惩小人”。

> 史之是非,其失有二:以立言者有显有晦,视其同显晦之人而分左右焉,故或谤其上,或诬其下;而谤者之言又疑于直也,故易于惑君子,然久而知其谤焉,反不足以惩小人,何也?彼幸乎言之罪我者,后人以其言为谤我而疑之也,故言不可易也。④

梅曾亮概括了史学的两种流弊,他认为对于以史立言的史学家而言,以什

① 梅曾亮:《复姚春木书》,载《柏枧山房诗文集》,上海古籍出版社2012年版,第22页。

② 梅曾亮:《太乙舟山房文集叙》,载《柏枧山房诗文集》,上海古籍出版社2012年版,第121页。

③ 梅曾亮:《杂说》,载《柏枧山房诗文集》,上海古籍出版社2012年版,第7页。

④ 梅曾亮:《复姚春木书》,载《柏枧山房诗文集》,上海古籍出版社2012年版,第22页。

么样的心术著就历史是至关重要的,后人要善于知人论世。

对于史事的分析,梅曾亮常有着自己独到的见解。譬如,他认为秦、楚国力悬殊,“窃以为:使屈原不疏于怀王,而受柱国之任,未必能折强秦之锋”①。在《论蔺相如返璧事》一文中,对人们历来赞赏有加的蔺相如不辱使命完璧归赵,他给予了完全相反的理解。

> 使相如说赵王立出璧授秦使者,辞其偿,且以轻十五城而重璧也为秦罪,秦计必怀渐而不能发,不知出此乃出万死不一生之谋以图完璧,而秦之计固已得矣。何则?彼知不爱死士而爱璧者,其国可玩而虏也。②

他认为不吝惜敢于为国捐躯的将士而惟璧玉是爱的赵国,岂有不亡之道?此理不言自明,读之令人扼腕叹息!在《晁错论》一文中,他指出:“晁错以术数授景帝,景帝悦之,用其计削七国;七国反,景帝乃诛晁错。”对此,梅曾亮认为:“术不可不慎哉!以盗之术授人,而保其不我盗,且曰是必不疑我为盗,虽至愚者不出此。错之智,曾不是愚人若也。哀哉!”他指出“世之择术者,亦择其可以授人而自处哉!”晁错居然不知道所授之人会以此术反盗自己。昔范蠡以计然之术教勾践灭吴,始皇用尉缭之计亡六国,而范蠡、尉缭都能够认识到“其能行吾术者,必不容他人之有其术。故先有弃富贵之志,而成功名。彼晁错乃不知此。”晁错缺乏循序渐进的治国策略,其术为盗术也;再者,晁错在功名富贵面前亦不知退避,“虽商鞅、韩非之行法,未至是也”,故招致杀身之祸。梅曾亮认为“削七国者,帝之素志也;而不欲居其名,故假错以为之用;帝固不足怪也”。③ 梅曾亮的分析可谓鞭辟入里,洞若观火。

比较而言,管同于史籍考证用力尤深,成就斐然,可谓得姚鼐考据学之真

---

① 梅曾亮:《答惠川书》,载《柏枧山房诗文集》,上海古籍出版社 2012 年版,第 396 页。

② 梅曾亮:《论蔺相如返璧事》,载《柏枧山房诗文集》,上海古籍出版社 2012 年版,第 5 页。

③ 梅曾亮:《晁错论》,载《柏枧山房诗文集》,上海古籍出版社 2012 年版,第 8—10 页。

传,而梅曾亮于史识之长则在善于知人论世,善于把握历史发展之大势。由于出身贫寒,虽中举而终生未仕,管同对官场的腐败及日下的社会风气有着更为切肤的感受,故其史学批评也更为直接和率真,而梅曾亮高居文坛领袖地位,贯通经史,阅人无数,其读史评议常有独到见解,尤重史学求真及其资治意义。

三、“深切时弊”与“关注现实”的史学经世思想

经世致用是中国史学的优良传统。本着史学经世思想,管同切中时弊,梅曾亮关注现实。他们以士大夫特有的担当精神,洞察社会,建言献策,以期分国之忧,代表了鸦片战争时期思想界的良知与心声,反映了桐城派群体的学术旨趣开始由重“义理”之学转向重“致用”之学的思想演化轨迹。

管同认为,学问之事,要首明义利,不应专治时文,更求实学。他认为治学应广博,“自义理、经济、考证,下逮阴阳、星命,皆精究焉”。① 他指出:“古之为学者,或纯,或驳,或扩大、浅细,要皆内治其身,外讲明于天下国家之事,用则施诸时,舍则著诸书而垂于后世,未有居庠序,诵先王,而汲汲然徒为仕进计者。”在《答某君书》中,他回复说:“惠书教以专治时文,俟得科名,然后更求实学。异哉!斯言,非仆夙所望于足下者也。”他主张力戒空言,为文要切于日用,“自明以来,取士者固专用时文,不杂他事。然而推立制者之心,岂真以区区时文足为天下用欤?抑其于天下士犹将有以取之,而姑以时文验所得欤?然则为士而但务时文,亦士之甘卑陋而已,固非国家育才官人之本意。”管同认为“天下之忧,皆成于不足畏,而天下之祸,皆蓄于所未发”。② 士者应有前瞻意识,为国担忧。

管同是一位具有强烈忧患意识的爱国者,其为文不做无病呻吟。在《禁

---

① 管同:《孝史序》,载严云绶、施立业、江小角主编:《桐城派名家文集》第5卷,安徽教育出版社2014年版,第130页。

② 管同:《答某君书》,载严云绶、施立业、江小角主编:《桐城派名家文集》第5卷,安徽教育出版社2014年版,第43—44页。

用洋货议》一文中，他开篇立论："天下之财统此数，今上不在国，下不在民，此县贫而彼州不闻其富，若是者何欤？曰：生齿日繁，淫侈愈甚，积于官吏，而兼并于大商，此国与民所以并困也。"更有甚者，"今中国欲西洋固邻居也，凡洋货之至中国者，皆所谓奇巧而无用者也，而数十年来，天下靡靡然争言洋货，虽至贫者亦竭蹶而从时尚。"在与洋货交易中，国人"以粟而易洋之财与以财而易洋之货，其为伤民资而病中华也又奚以异？"他深思熟虑地指出："夫欲谋人国，必先取无用之物以匮其有用之财。故表饵交关互市之事，古之人常致意焉。洋之乐与吾货，其深情殆未可知，就令不然，而中国之困穷，固由于此，则安可不为之深虑也哉！"因此，他建议："宜令有司严加厉禁，洋与吾商贾皆不可复通，其货之在吾中国者，一切皆禁毁不用，违者罪之。如是数年，而中国之财力纾矣。"①对中西贸易采取严加禁止的办法显然是昧于世界大势的，但对生活于嘉道之际的管同而言，他只能以其域内的眼光考虑如何为国蓄财，今人似不可求全责备。

在《拟筹积贮书》一文中，管同指出："当乾隆中岁，京仓之粟陈陈相因，以数计之，盖可支二十余岁。乾隆之去今，时既未远，加以数十年内未关一州，未损一县，未加一官，未增一卒，何以曩者备二十岁而有余，今则仅支一年而不足？"他认为此不唯苗贼迭起、水旱间作，朝廷施豁免之恩所致，而与恩米、兵粮和匠米的发放不合理有莫大的关系。国初定鼎，宗臣封亲王者六，封郡王者二，此九王者，皆世袭罔替，亲王之世子封亲王，他子封公，公之子封镇国将军，镇国将军之子封辅国将军，再依次封奉国将军、奉恩将军等。"凡奉，亲王为万斛，郡王五千，公一千，以次降，合而名曰恩米。夫九王之初封，其子孙不过数人，后则愈衍愈众"，至于今枝繁叶茂，其食恩米者数倍于前，占京仓十之三四。"夫国家之大，所赖以办事者官，所赖以捍患者兵，官俸、兵粮势不可减。而我朝于满兵尽人而养之，自乾隆时论者已忧焉。无善计耳。"而匠役无事而

---

① 管同：《禁用洋货议》，载严云绶、施立业、江小角主编：《桐城派名家文集》第5卷，安徽教育出版社2014年版，第23—24页。

食者亦过众。管同提出的对策是，对工匠不能虚养，而是“食称其事”，即“计其工而赐之食”；对于九王之子孙爵禄丰厚，“为今之计，爵则仍之，禄则减之。彼其人果才贤，自可为国当官，别受在官之俸，而愚不肖者不得滥叨厚赐。”①管同敢于向满族皇亲国戚开刀，改革朝廷俸禄政策当是难能可贵的。

管同认为朝廷之治，唯在乎得人，“夫风俗不变，则人才不出”。“今之风俗，其弊不可枚举，而蔽以一言，则曰‘好谀而嗜利’。唯嗜利，故自公卿至庶民，惟利之趋，无所不至；唯好谀，故下之于上，阶级一分，则奔走趋承，有谄媚而无忠爱。”此风俗一成，则“上之所行，下所效也。时之所尚，众所趋也。”②为今之计，唯有以上率下，化风成俗。

> 夫上不好谀，则劲直敢为之气作；上不嗜利，则洁清自重之风起。天子者，公卿之表率也。公卿者，士民之标式也。以天子而下化公卿，以公卿而下化士庶，有志之士固奋激而必兴，无志之徒亦随时而易于为善，不出数年，而天下之风俗不变者未之有也。③

管同对于改变生活风俗的见解正可谓一语中的，入木三分。《清史列传》评价他“所为《风俗书》及《筹积贮书》，皆通达政体，深切时弊”④，如此看来，此言不虚。

道光年间，梅曾亮先后入安徽巡抚邓廷桢和江苏巡抚陶澍幕府，官至户部郎中，对世间百态和鸦片战争前后社会的急剧变动有着非常深切的感受。他一生除了撰写大量文论、书启、赠序、书序和诗歌外，还有许多人物行状、传记和墓志铭传世。如《朝议大夫台湾府知府盖君墓志铭》等文记叙嘉庆朝教民

---

① 管同：《拟筹积贮书》，载严云绶、施立业、江小角主编：《桐城派名家文集》第5卷，安徽教育出版社2014年版，第33—34页。

② 管同：《拟言风俗书》，载严云绶、施立业、江小角主编：《桐城派名家文集》第5卷，安徽教育出版社2014年版，第31—32页。

③ 管同：《拟言风俗书》，载严云绶、施立业、江小角主编：《桐城派名家文集》第5卷，安徽教育出版社2014年版，第33页。

④ 《清史列传卷七十三梅曾亮附管同》，载严云绶、施立业、江小角主编：《桐城派名家文集》第5卷，安徽教育出版社2014年版，第163页。

起义、苗民起义事;《光泽县育婴堂记》叙述了何化井在光泽县创设育婴堂,收养弃婴的善举;《吴淞口验功记》记载了陶澍疏浚吴淞口,造福于民;《记鹏民事》涉及荒山的开垦与利用;《黔记序》反映了丈量土地方面的一些难点和疑点问题。这些传、记类作品不仅体现了作者关注现实的经世情怀,而且具有很强的史料价值,折射出那个时代的风云变幻。

值得一提的是,梅曾亮以大量的笔墨记录了鸦片战争前后中国的边疆危机以及仁人志士抗击英国侵略者的英勇壮举,寄寓自己的爱憎情感和经世致用的思考。如《西招图略书后》反映西藏事,他与姚莹保持书信往来,了解到英夷觊觎西藏久矣,“英既占东南中三印度之半,思进窥后藏久矣,昔赖廓尔喀之小部落哲孟雄大山所阻。山极险,仅通一羊行。近年此山为英所据,开山通道,可以长驱入藏。”①《送韩珠船序》写英吉利“耆利昧生死,越国万里,踔一船,环叩海疆,作言求市,惊恐民吏”。② 英夷窥觊我中华,可谓蓄谋已久。在为安庆知府徐柳臣所作五十寿序中,他详细摘录徐氏上某巡抚书中以民剿夷的具体措施:“以兵剿夷,不若以民剿夷。请奏请班赏格于天下,无论军民及汉奸,能得白夷、黑夷,及身手有记验汉奸一首级者,赏银五百、三百、一百两等。能破坏其一桅船、火轮船,及二桅船、三桅船者,赏银五万、十万、二十万、三十万不等。”梅曾亮认为:“英夷扰海疆,患延四省,中国非兵不多、粮不赢,患气不振。”③

梅曾亮寄希望于发动民众的力量抗击英夷的入侵。《与陆立夫书》则对其如何以坚壁清野制英夷长炮之法表示赞赏:“国初姚启圣以海贼善用炮,乃退海二十里守之,此良法也。”今贼所长者炮,“制炮之法,莫如致敌而接战;致敌接战,莫如于贼登陆之处去海十余里,多掘深沟”,以与之短兵相接,使其利

---

① 姚莹:《又与梅伯言书》,载《东溟文后集》卷八。

② 梅曾亮:《送韩珠船序》,载《柏枧山房诗文集》,上海古籍出版社 2012 年版,第 54 页。

③ 梅曾亮:《徐柳臣五十寿序》,载《柏枧山房诗文集》,上海古籍出版社 2012 年版,第 67 页。

炮无所用。"阁下精敏诚笃，又亲得按临形势，变通行之，必有成效。若的然可行，或告知凡有海防之处，皆可通行。此虽若琐琐，较之筑台用炮、以短攻长者，相去万万矣。"[①]《陕西巡抚邓公墓志铭》记邓廷桢授两广总督，"时方议鸦片烟禁，公奏议，以为法行于豪贵，则小民易从；令严于中土，则夷货自绌"。在广东，他配合钦差大臣林则徐率领将士多次击退英夷的入侵："公饬将士迎击，六接战，夷皆伤退"。改任闽浙总督时更是不辞劳苦，在福建沿海厉行禁烟，"盖夷方锐，欲入闽，而闽之海防地，道多兵力散，公往来泉州、厦门，暑行星征，筹应捷出；昼吏夜牍，且询且披，无一夕得安寝。"多次抗击英军入侵："夷船泊穿山洋，及梅岭、厦门，击之皆走。"[②]《王刚节公家传》和《正气阁记》则记述了王锡鹏、葛云飞、杨庆恩等人在抗英斗争中慷慨就义的壮举。这些文章从不同角度和侧面刻画了鸦片战争前后西方列强不断入侵中国，古老帝国形势日益紧迫的时代风潮，表现出作者强烈的民族忧患意识。当然，梅曾亮亦有昧于世界大势的认识局限，说英夷"不知中国广大"，"天子独察其胡贾行无远识"，英商求市，"边疆吏将以阑入边关罪罪之，当也"。[③] 不能突破夷夏之防的文化心理，安然以天朝上国的臣子自居，鄙视外夷，是其不足也。

综上可见，管同的史学经世思想主要表现为崇实学、禁洋货、重积蓄、谴权贵，深切时弊，希冀变风俗、得人才，以扭转社会发展的颓势，而梅曾亮则以学界巨擘的影响力，关心民瘼，建言献策，用雅洁的桐城古文书写大量的行状、传略和墓志铭等，抑恶扬善，肯定有卓识有政绩的官员，关注海疆，关心国运，热情讴歌仁人志士抗击外来侵略的英勇气概。

① 梅曾亮：《与陆立夫书》，载《柏枧山房诗文集》，上海古籍出版社2012年版，第35—36页。

② 梅曾亮：《陕西巡抚邓公墓志铭》，载《柏枧山房诗文集》，上海古籍出版社2012年版，第322—323页。

③ 梅曾亮：《送韩珠船序》，载《柏枧山房诗文集》，上海古籍出版社2012年版，第54页。

第五章　史学视域拓展与姚莹边疆史地著述

自明末至清前期,我国史学界已出现了嬗变的端倪。当东西方之间"道德的原则"同"发财的原则"终于发生激烈的冲突,从而把古老的中国卷进空前的危机的境地时,这种嬗变的端倪便发展成明显的分化趋势。这种分化的趋势,一方面表现为传统的史学以其深厚的根基,还在延续着自己的生命;另一方面表现为在民族危机的震撼下,人们对于历史和现实的重新思考从而萌生了新的历史观念和历史研究。这两个方面,各以古老的传统和时代的脉搏反映着当时中国的历史,也反映了清代后期中国史学发展的特征①。中国近代史学的萌生是在中国历史大变动中出现的,这个大变动开始的标志,是1840年爆发的鸦片战争。它的主要特点是:第一,传统的经世致用的史学思想注入了救亡图强的民族危机意识。鸦片战争之后,魏源、夏燮、张穆、何秋涛和姚莹等人,都写出了具有强烈时代感的历史著作。以历代皇朝为参照系的治乱盛衰、得失兴亡的经世致用思想,逐步转向以世界历史为参照系的国家盛衰、民族存亡的经世致用思想。第二,传统的历史变化观点注入了近代改良主义的社会思想,使之成为近代改良活动的历史理论上的根据。第三,传统史学

① 瞿林东:《中国古代史学批评纵横》,中华书局1994年版,第259页。

中的朴素的历史进化观点注入了近代进化论思想,使中国史学在历史理论方面开始具有近代意义上的内涵和形式。

姚莹(1785—1853),字石甫,号明叔,晚号展和、幸翁,安徽桐城人。出身于著名的麻溪姚氏,乃姚范之曾孙、姚鼐之侄孙。嘉庆十二年(1807)中举,翌年中进士。初客两广总督百龄、松筠幕府,后历任福建平和、龙溪、台湾、江苏武进、元和知县,继由两江总督陶澍、江苏巡抚林则徐推荐,任台湾兵备道,加按察使衔。道光二十年(1840)至道光二十二年,率台湾军民抗英保台,遭诬去职。后"待罪"以知州分发四川,继又两度奉使入藏到达乍雅处理两呼图克图相争事。咸丰初,授湖北盐法道,后任广西、湖南按察使,参与进攻太平军战事,咸丰三年(1853)病逝于湖南军中驻所。

姚莹既是一位典型的桐城派文人,堪称嘉道之际桐城经世派的代表①,同时也是边疆史地研究的巨擘,是近代最早一批"开眼看世界"并从事边疆史地研究的代表人物。在近代第一次边疆危机中,姚莹敏锐地观察到重新发现中国边疆、放眼域外地理的重要性。作为桐城经世派的先驱,他在传统学术框架的边缘地带发扬先贤史地之学②以及桐城文人的文献编纂传统③,选择以边疆地理作为其治学救亡的突破口。此后其一生主要经历都倾注在边疆事业上,治边、研边、记边合一,留下了多部具有划时代意义的边疆史地佳作,将中国传统沿革地理的视域范围从内地扩大转移到遥远边疆,并以其一人之识力同时关注了西北与西南陆疆、东南海疆和域外地理。

《识小录》《东槎纪略》和《康辅纪行》堪称姚莹边疆史地研究的"三部曲",分别代表了姚莹对中国西北与西南陆疆、东南海疆和世界地理的多维度关注。三部著作各具特点,其成书过程、刊刻情况与姚莹的仕宦经历密切相

---

① 施立业:《姚莹与桐城经世派的兴起》,《清史研究》2004年第2期。

② 桐城派先贤不仅在古文创作和文章学领域功力深厚,对于有着实用功能的舆地之学同样贡献良多,如朱书的《游历记》、姚鼐的《新修江宁府志》等史地著作便是代表。

③ 相关研究参见许结:《从〈桐旧集〉到〈耆旧传〉》,《文献》2011年第3期。程章灿:《中国古代文学文献学国际学术研讨会论文集》,凤凰出版社2006年版。

关。其边疆史地著作注重对史料的遴选及史实的考证，在文献来源上表现出类型多样、不拘旧俗的特征。善用各种文献“详考博证”、力求“言皆征实”、提倡“以所亲历考证所闻”是姚莹史地著作编撰中处理史料的基本原则和特点。姚莹边疆史地著作的成书，既受到了其作为学者型官员的个人从政与亲历边疆的经历[①]以及桐城派作家擅长为文叙事论理的写作技法等因素的影响，也与他对各类文献史料的悉心发掘和娴熟运用密切相关。

第一节　姚莹边疆史地“三部曲”的成书

姚莹“生桐城文献之邦”，其族“麻溪姚氏，代有名贤，学问、文章、道义、宦绩，渊源有自”，[②]这让他先天具备一种内圣外王的精神自觉和传承桐城文脉的特殊使命；同时明清以降的桐城文化除了形成注重科名仕宦、祖述先贤、保存乡邦文献的区域传统外，还同时并存着一条尚“穷理博物”[③]、探“经世之略”[④]、倡“有为于世”[⑤]的经世致用之学术传统。姚莹赓续桐城姚氏家法，终其一生，无论是交游乡里、游宦粤闽还是身居荒裔绝域、僻陋之乡，撰述不辍，留下诗文论著百余万言，结为《识小录》《东槎纪略》《寸阴丛录》《康辅纪行》《东溟文集》《东溟外集》《东溟文后集》《东溟文外集》《东溟奏稿》《后湘诗集》《姚氏先德传》等，后大多收入姚莹自编的道光二十九年(1849)《中复堂全集》中，同治六年(1867)其子姚濬昌在安福县署增补重刻。

姚莹规模宏富的论著作品及其学术思想主要集中在三大领域，即经学、史学与文学。同为姚门四大弟子之一，姚莹的古文创作堪称嘉道年间的重要代表，卷帙浩繁的《中复堂全集》半数以上为诗文作品，世谓姚莹诗文俱佳，充分

---

① 相关研究参见章永俊:《鸦片战争前后中国边疆史地学思潮研究》，黄山书社2009年版。
② 姚莹:《十幸斋记》，《东溟文后集》卷九，同治六年刊本。
③ 方宗诚:《桐城文录叙》，《柏堂集次编》卷一，光绪六年刊本。
④ 马其昶:《桐城耆旧传》卷七，黄山书社1990年版，第227页。
⑤ 方苞:《循陔堂文集序》，载《方望溪遗集》，黄山书社1990年版，第5页。

展示了他诗文艺术的宏富精深及其在文学理论、文学批评等领域的显著成就。姚莹的哲学思想与“经济”关联甚深,他对桐城派学术的最大贡献就是在姚鼐标榜的“义理、考据、辞章”三者兼备的基础上,加入了“经济”说,认为“义理、经济、文章、多闻”“四者明贯”方为“通儒”,①强调学以经世致用,被视为嘉道以降桐城学风、文风转向的引领人物。② 同时姚莹对陆王心学、宋明理学的阐扬以及汉学之弊的批评也融会了由虚转实的经世特点。而其最为世人瞩目的在史学领域的巨大成就同样是其经世致用思想的具体表现。与同时代大部分学者及桐城派前贤一样,姚莹的史学关注点也曾聚焦于古史考辨的方法、史书修纂的体例到补史、史注详略繁简的探讨等诸如此类的传统课题。鸦片战争前后外夷侵凌与边疆危机带来的千年未有之变局,引燃了史学“经世”的导火索。姚莹毅然把“经济”之风带入边疆史地研究的全新阵地,完成了“从古代史地学向近代边疆史地学的转轨,使得史地学的研究领域得到开拓”,③进而系统全面地记录阐述了中国统一多民族国家千百年传衍而来的陆地边疆、海上边疆以及域外地理等板块的过去、现在与未来之情势。经由《识小录》《东槎纪略》和《康辅纪行》三部边疆史地著作的陆续成书,姚莹以其忧愤之心、留心观察、亲身经历化作笔墨、行诸笔端,向世人发出了知己知彼、抵御外侮、“开眼看世界”的时代呐喊。

一、 西北陆疆史地专论《识小录》

《识小录》虽是姚莹晚年于蓬州任上始着手整理,后复委托鄱阳陈方海代为编校,实此书于三部中写作最早。嘉庆戊辰(1808)姚莹初中进士,客两广总督百龄幕府。当时两广为沿海夷务最繁之区,姚莹在此目睹和接触了大量“夷人夷事”和域外情势,这成为姚莹撰述《识小录》的重要缘起。他在后来成

① 姚莹:《与吴岳卿书》,载《东溟文外集》卷二,同治六年刊本。

② 施立业:《姚莹与桐城经世派的兴起》,《清史研究》2004 年第 2 期。

③ 吴怀祺:《评姚莹的边疆史地研究》,《中国边疆史地研究》1993 年第 1 期。

书的《康輶纪行》中忆及这段经历时提到:“莹自嘉庆中,每闻外夷桀骜,窃深忧愤,颇留心兹事,尝考其大略,著论于《识小录》矣。”①此外还有一个重要原因是中国古代疆域观中有重内轻外的传统。以大一统的清朝为例,地理志或舆地图也受历史惯式影响往往只载录或绘制内部十八省的版图,辽阔的边疆地区时常被忽略或简略处理,这就导致士大夫阶层乃至官僚群体对边疆认识的模糊。姚莹所称“本朝幅员极广,西北穷边多史鉴所不载”,即是此种情形的体现。②

《识小录》于道光十三年(1833)编校成书,道光二十九年(1849)始行刊印。全书共8卷,主要收录姚莹被贬官入蜀时期的读书随笔,内容涉及经、史、子、集各部,博而不杂,论读书、诸子、诗礼、注疏、佛道,叙旧闻、轶事、考史、人物,多闻、多思。其卷四收西北史地专论九篇,亦因此编《识小录》被称为“姚莹研究边疆史地和敌情外事的第一部著作”③。其中《内旗外旗之别》《喀尔喀内附始末》《库伦》《卡伦形势》《新疆两路形势》《土尔扈特》《西藏》等篇记述或考证了新疆、蒙古、西藏等地的自然地理、历史沿革、地方制度、民族风情、宗教信仰等内容,《俄罗斯通市始末》《廓尔喀》等篇则考察了西北邻国俄罗斯、尼泊尔等国的地理、民情及其与中国的贸易与交往情况,尤其对中俄勘定疆界过程、边界走向以及驻军哨卡等作了详细记录。诸篇字里行间处处流露出姚莹对西北边防的深深忧虑。

鸦片战争是中国近代边疆危机的总爆发,而在此之前的嘉庆及道光前期,边疆危机已现,很早便引起了有识之士的留心和警惕。早在鸦片战争爆发前,龚自珍已着手开展西北史地及边防研究,并且积两年之功,于嘉庆二十五年(1820)撰成著名的《西域置行省议》一文。鸦片战争后对于西北史地、中俄关系、西北疆界等考证最详、阐述最深的当数何秋涛的《朔方备乘》。姚莹同样

---

① 姚莹:《康輶纪行·自叙》,载《康輶纪行·东槎纪略》,黄山书社1990年版,第1页。
② 姚莹:《识小录》卷四,载《识小录·寸阴丛录》,黄山书社1991年版,第99页。
③ 陈进忠:《姚莹和他的历史地理著作》,《文史杂志》1989年第1期。

比较早地关注到西北边防问题，并时刻关心时势，着意西北史地资料的收集与研究。《识小录》所收西北史地专论 9 篇虽编校于道光年间，实乃姚莹在嘉庆十六年(1811)游幕广东时的旧作。尽管《识小录》仅收录了 9 篇西北史地方面的文字，篇幅不算多，考证亦不算精详，与姚氏后来两部边疆史地专著不可同日而语，但若论其经世致用目的之明、边疆危机意识之迫、撰著成文时间之早，姚莹都可被视为近代西北陆疆史地研究的先觉者和先行者。此后，随着徐松、林则徐、张穆、何秋涛等人陆续加入到西北史地研究中，西北边疆的关注人群不断壮大，姚莹逐渐把主要精力转向了仕宦地迁徙流动所在、此前关注不多的东南海疆和西南边疆。

二、 东南海疆史地专著《东槎纪略》

在姚莹一生不算复杂的履历上有过三度赴台的经历，分别是嘉庆二十四年至道光二年(1819—1822)、道光三年至五年(1823—1825)和道光十八年至二十三年(1838—1843)，前后驻台长达十二年，这在有清一代任职台湾的循吏中实不多见。姚莹第三次赴台授衔台湾兵备道。时值鸦片战争爆发，他与总兵达洪阿一致对外，率领台湾军民奋勇抵抗英军入侵，屡次击退来台进犯的英舰。他在台组织的积极抵御政策显示出其对海防危机及边疆事务重要性的认识是极其深切的。这种认识并非源于鸦片战争造成的直接冲击，其实早在 20 年前首次赴台任职时姚莹就已经开始敏锐地观察并有意识地研究东南海疆了。

对台湾战略地位重要性的认识，姚莹有两个层面的洞察：其一，台湾为财富之地，经济价值不可小视。他认为台湾虽为“海外一郡，悬隔万里”，但台湾“地亘千里，沃饶甲于南服”①、“地沃而民富”，有“糖蔗、米油之利”②。丰富的物产资源不仅满足本地需求，还供应东南沿海所需，其“糖米之货

① 姚莹：《东槎纪略自序》，载《康辅纪行 · 东槎纪略》，黄山书社 1990 年版，第 528 页。
② 姚莹：《台湾班兵议(下)》，载《康辅纪行 · 东槎纪略》，黄山书社 1990 年版，第 614 页。

利，天下帆樯所至，南尽粤、闽、两浙，东过江南、山东，北抵天津、沈阳，旬月之间可达也”①。其二，台湾为东南重镇，军事价值无可替代。姚莹称台湾孤悬海外，古为荒服之地，自纳入清朝版图，倚为重镇，“为东南沿海数十郡外藩。日本、荷兰，无敢窥伺者，台湾之功也”②；论及台湾布防，他称“台湾一镇，水陆十六营，弁兵一万四千有奇，天下重镇也”③，台湾为东南锁钥和海防屏障的重要价值由此可见。《东槎纪略》一书即是姚莹首次台湾任上观察与洞见的结集。

关于《东槎纪略》的撰述缘起，一仍姚氏的“经济”说、海防危机意识以及对台湾上述两个层面的洞察。这从吴德旋为该书所作序言也能得到反映，吴序称姚莹“夙留意经世之学，不为詹詹小言；及为县令台湾，兼摄南路同知，又权判噶玛兰，习知其地势民俗，……始平定许、杨二逆事，而以陈周全案纪事终焉”④。这部书主题明确，体例清晰，从台湾的战略地位、历史地理到军政民情、治台方略靡所不究，囊括了姚莹在台湾任上及首次内渡离台后若干年内的所见所闻所思所感及有关治台方略。全书共分五卷，卷一有《平定许、杨二逆》《改设台北营制》等 8 篇，主论治台军民政事；卷二有《筹议噶玛兰定制》一篇，卷三有《噶玛兰原始》《噶玛兰入籍》《噶玛兰台异记》等 9 篇，考论噶玛兰地情、开发与治理；卷四有《台湾班兵议》《复笛楼师言台湾兵事书》等 6 篇，倡议台湾兵事；卷五有《陈周全案纪事》1 篇，兼谈民变及平乱事。是书虽以政略为其优长，但通篇研究已覆盖了台湾的历史、地理、物产、兵防、族群、风俗、关隘、交通、信仰等诸多方面，是后世考察台湾史地不可或缺的基本文献。

《东槎纪略》一书在清末已颇受重视，版本甚多，流传甚广。按是书自序，

---

① 姚莹:《东槎纪略自序》，载《康辖纪行・东槎纪略》，黄山书社 1990 年版，第 528 页。

② 姚莹:《台湾班兵议(上)》，载《康辖纪行・东槎纪略》，黄山书社 1990 年版，第 611 页。

③ 姚莹:《复笛楼师言台湾兵事书》，载《康辖纪行・东槎纪略》，黄山书社 1990 年版，第 619 页。

④ 吴德旋:《东槎纪略序》，载《康辖纪行・东槎纪略》，黄山书社 1990 年版，第 527 页。

其单行本当脱稿于道光九年(1829),又按吴序,当刻于道光十二年(1832);此后又有道光二十九年(1849)《中复堂全集》本及同治六年(1867)《中复堂全集》增补重刻本印行。此外,该著还有沈楙悳辑一卷本道光二十九年《昭代丛书》壬集本行世[①],部分重要篇章则被收入丁曰健增辑、同治六年刊印的《治台必告录》中。作为一部以台湾为叙事中心的边疆史地论著,《东槎纪略》"恰好是世人所称许的姚莹两大成就的结合"[②]。如果说《识小录》对于西北边疆史地的探讨尚属牛刀小试的话,《东槎纪略》堪称一部真正意义上的边疆史地和中国海疆史研究专著。

三、 西南陆疆史地与域外地理专著《康辅纪行》

《康辅纪行》是姚莹因抗英保台获罪、贬官四川时期,两次奉使乍雅途中写就的有关西藏史地和域外地理的专著,也是姚莹影响最大、声誉最高、研究最多的一部边疆史地著作。自道光二十四年(1844)十月至二十六年二月历时一年又五个月间,姚莹两次"藏差"往返"冰山雪窖"万余里,"逐日杂记"沿途见闻。凡所经行程、途中崎岖艰险、地方道里远近、藏地风俗人情、康卫山川形势、语言制度及所访西洋情事、诸教源流皆详考博证,备录不遗,撰成《康辅纪行》这部旷世杰作。

来新夏先生称:"清代中期,学界颇多留心边疆史地,但注重西北者较多,其能全面研究西北、西南者,当推姚莹。"[③]而最能直接反映姚莹"全面研究西北、西南"的著作莫过于《识小录》及《康辅纪行》。姚莹本人也认为其《识小录》"仅详西北陆路,其西南海外有未详也",他"深以为恨,乃更勤求访问",而成《康辅纪行》[④]。《康辅纪行》是一部日记体著作,初稿撰成于姚莹

① 丁立中:《八千卷楼书目》卷八,北京图书馆出版社2009年版。

② 程仁桃:《〈东槎纪略〉与姚莹》,《中国地方志》2013年第6期。文中"世人所称许的姚莹两大成就"系指抗英保台与边疆史地研究两个方面。

③ 来新夏:《姚莹的边疆史地研究》,《津图学刊》1995年第2期。

④ 姚莹:《康辅纪行·自叙》,载《康辅纪行·东槎纪略》,黄山书社1990年版,第1页。

奉使西藏归来的道光二十六年(1846)。后姚莹辞官归里,重加缮写,邀同里方宗诚参与校订,叶棠绘制所附地图并跋,订为16卷单独刻印,此后又编入《中复堂全集》本刊行。太平天国战争期间,桐城沦为太平军与清军反复争夺之地,原书藏版被毁。同治六年(1867),其子姚濬昌在安福县署整理重刻。

《康辅纪行》反映了姚莹对外国侵略者,尤其是英国侵略者觊觎中国领土极其敏感和忧虑,故书中对外国历史、地理、政治多有研究。作者批评当时的许多士大夫"骄傲自足,轻慢各种蛮夷,不加考究","坐井观天,视四裔如魑魅,暗昧无知,怀柔乏术,坐致其侵凌","拘迂之见,误天下国家","勤于小而忘其大,不亦舛哉!"他清醒地指出:"是彼外夷方孜孜勤求世务,而中华反茫昧自安,无怪为彼所讪笑轻玩,致启贼心也!"他也对林则徐等同辈学者重视研究外国情况深致崇敬之情。

上述《识小录》《东槎纪略》《康辅纪行》三书相对集中地反映了姚莹边疆史地研究的主要实践与理论成果,也是引为世人重视的姚莹近代学术史地位的集中体现。在近代边疆史地研究学人群体中,姚莹的成果是丰富而充实的。他的三部史地著作从构思、撰述、缮改、刊刻,历经嘉庆十三年(1808)至道光二十九年(1849),长达四十年时间,几乎贯穿了姚莹仕途的始终,是他看淡个人遭际沉浮、饱含民族情感的泣血之作。姚莹为此倾注了毕生最主要的才情和智慧,他曾向友人表露过研究边疆史地的心声,称:"海外诸夷侵凌中国甚矣。……忠义之士,莫不痛心疾首,旦夕愤恨。思殄灭丑虏,挥我王疆,以正人心,以清污秽。"①而这种状态的形成正因读书人"狃于不勤远略,海外事势夷情平日置之不讲",故他发愤著书寄望世人:"余于外夷之事,不敢惮烦。今老矣,愿有志君子为中国一雪此言也!"②正因这三部著作浸透着姚莹毕生一以

① 姚莹:《复光律原书》,载《东溟文后集》卷八,同治六年刊本。

② 姚莹:《外夷留心中国文字》,载《康辅纪行·东槎纪略》,黄山书社1990年版,第356—358页。

贯之的思想精神,故谓之其边疆史地“三部曲”。

当然姚莹的边疆史地研究不仅见诸以上三部著作,在其他几部个人文集中也散见,如《东溟文集》中有多篇与友人往来书信或序言,是了解姚莹开展边疆史地研究心路历程和见解的重要文献;《寸阴丛录》中的《肃慎氏》《三韩》《蓬州》《天下兵额》等篇论述了古今边疆史地;《东溟奏稿》有多篇涉及海运及海疆治理。此外,姚莹还曾有一项宏大的计划,即编纂一套《域外丛书》。对于这部域外书的编写目的和宗旨,他曾作过说明:“自嘉庆年间,购求异域之书,究其情事,近岁始得其全,于海外诸洋有名大国,与夫天主教、回教、佛教,一一考其事实,作为图说,著之于书,正告天下,欲吾中国童叟皆习见习闻,知彼虚实,然后徐筹制夷之策,是诚喋血饮恨而为此书,冀雪中国之耻,重边海之防,免胥沦于鬼蜮。”①为此他也做过很大的努力,广泛搜求域外文献,同时还整理了一份域外史地书目。后因得见魏源《海国图志》之作,称魏氏此书对域外情势遍加考证,详载有据,把他“数十年所欲言、所欲究者”都做到了,内心“释然无憾”,极为服膺,遂取消了《域外丛书》的编撰计划。② 从中亦可觇视姚莹边疆史地研究中鲜明的近代意识和世界意识。

第二节　姚莹边疆史地著作的史料来源

姚莹史地著作注重对史料的遴选以及对史实的考证求索,同时不拘篇幅保存了大量有关边疆治理和域外史地的第一手资料,因而是历史事实的真切反映,极具文献价值。细考之可见,其边疆史地著作的文献来源类型多样,既有官修史志、政府文书,也有个人诗赋文集、私人往来书信,更有踏雪卧冰、访

---

① 姚莹:《复光律原书》,载《东溟文后集》卷八,同治六年刊本。

② 姚莹:《商贾说外夷有裨正史》,载《康辅纪行·东槎纪略》,黄山书社 1990 年版,第339 页。

诸野老的实地考察资料。

一、 地志舆图类史地文献

姚莹虽为博闻广见之传统桐城派文人，但受多年仕宦经历影响，每到一地他必十分留意并勤加搜集地方史乘与地志舆图。这从其史地著作时常征引前人论著，特别是各类方志资料，搜集各家、博采众长、论析考辨中可以看见。一些方志资料是姚莹公署案头必备，一些则在差旅途中随身携带不时览阅。这些志书是姚莹考察边疆风俗民情与山川情势的最初依据，也是其思考治理对策与书写心得的基本史料及考订对象。

具体而言，姚莹边疆史地著作三种频繁引述或介绍的史地文献多达一百余种，主要有以下几类：其一为地理总志、方志和舆图，如《大清一统志》《皇舆全览图》《太平寰宇记》《四川通志》《卫藏图识》《西藏志》《八旗通志》《台湾府志》《诸罗县志》《凤山县志》等；其二为正史地理志和列传，如《尚书·禹贡》、新旧《唐书·吐蕃传》《资治通鉴（胡三省注）》《明史·乌斯藏传》等；其三为水文山川类专志，有《水经注》《水道提纲》等；其四为私家志书及行记，如《益州记》《大唐西域记》《藏炉总记》《徐霞客游记》《西域闻见录》《北征纪行》《西招纪行诗》《绥服纪略图诗》《台海使槎录·番俗六考》《蛤仔难纪略》等；其五为域外地理图籍，包括多种海外地图文献，既有历代学者所著之《佛国记》《真腊风土记》《海国闻见录》《海岛逸志》《四洲志》《海国图志》等，也有来华西方传教士所著之《万国图志》《职方外纪》《坤舆全图》《坤舆图说》等。

在上述列举的数十种引证文献中，被《识小录》西北史地九篇征引较多的是尼玛查七十一椿园氏《西域闻见录》、松筠《西招纪行诗》《绥服纪略图诗》等，姚莹大量利用了这些私传载记与《大清会典》《大清一统志》《八旗通志》等官修志书进行比勘辨析，结合身所巡历的地方官员的所见所闻，基本摸清了西北地区的疆域状况和地制详情。这些经由姚莹整理的文献资料又成为西北史地学研究的重要可靠素材。《东槎纪略》则重点征引了《台湾府志》[1]和黄叔璥《台海使槎录》等基础史料。以《埔里社纪略》为例,该篇叙述彰化等地番社归化的历史与现状,引述了《府志》中的多条重要材料,如照录彰化东南山内二十四社名录,作为埔里社的背景资料;转引康熙末年各社趁乱反叛事件,考察诸番乾嘉以来的开发进程;继引《台海使槎录》之《番俗六考》,详录康熙年间诸番风俗,考察乾嘉以来的自然风貌与风俗变迁,以一社为个案,窥一斑而知全豹。相比较而言,《康輶纪行》征引的各类史料最为博杂丰富,而以地志舆图类文献居多,其中引用频率较高的几种是《四川通志》《卫藏图识》《大清一统志》《海国闻见录》等。这些引证文献多属姚莹眼中比较可信的史书或参考书。在奔波无定的仕旅途中还能做到如此广泛地征引或辨析古今史地文献,其难度是可想而知的,也表现了姚莹著述谨严的治学态度和求真精神。

二、 会典通志类典章文献

典章文献是了解边疆政治、经济制度与民族、宗教状况的基本工具书,当代政书对于处理边疆事务、改进边疆治理更有直接的指导和参考功用。姚莹在边疆史地著作中有效利用了宋元以来官私编修的几部重要典章类文献。

其一是《通考》,包括《文献通考》《续文献通考》《皇清文献通考》等。这类引用在《康輶纪行》中比较普遍。如卷二引《文献通考》"四裔考·大秦"条拂菻国贡献史事讨论西方天主教源流;又卷八引《续文献通考》"榜葛剌"关于印度史地条并结合其他史料辩驳和泰庵《西藏赋》将康卫藏与史书中的东天

① 姚著征引的具体版本未及详考。清代《台湾府志》共刊行过六个版本,分别是康熙二十四年(1685)台湾知府蒋毓英主修《台湾府志》10卷(蒋志),康熙三十四年(1695)福建分巡台湾厦门道高拱干增补纂修《台湾府志》10卷(高志),康熙五十一年(1712)知府周元文主持修纂《重修台湾府志》10卷、首1卷(周志),乾隆六年(1741)分巡台湾道刘良璧主持重修《重修福建台湾府志》20卷、首1卷(刘志),乾隆十二年(1747)台湾御史范咸等重新修纂《重修台湾府志》25卷、首1卷(范志),乾隆二十九年(1764)台湾知府余文仪主修《续修台湾府志》26卷(余志)。以引文所见最晚年代为康熙六十年史事推测,当为乾隆年间的某个版本。

竺二者相混，揭示前后藏非天竺。这些都反映了姚莹善用前人考证成果，也说明“通考”系列典章文献的价值深为姚莹所认可。

其二是《大清会典》。清代共修过五部会典，分别是康熙、雍正、乾隆、嘉庆、光绪五个朝代，合称《五朝会典》，距姚莹关注边疆事务时代最近的一部是《嘉庆会典》，辑录于嘉庆六年（1801），告成于嘉庆二十三年（1818），由大学士托津、曹振镛任总裁。在《康輶纪行》卷三论西藏疆理、众呼图克图等篇，多次征引《会典》有关理藩院所掌西藏疆理及有关事例，特别是内外经界情形以及藏区内部宗教区域分布状况，以为现场考察之印证；卷六“乍雅”篇引《会典》所云乍雅庙在北山之麓，考实该庙即四朗隆珠所修不果寺，亦称噶德学朱青科尔寺者；另有类伍齐、洛隆宗诸部、西藏门户等篇亦多引《会典》有关制度作为参照。

其三是《清朝通志》。乾隆年间嵇璜、刘墉等奉敕撰《续通志》，是为十通之一，书中纪传自唐初至元末止，二十略自五代至明末止。随后又撰《皇朝通志》，所载典章制度自清初至乾隆五十年止。在写作《康輶纪行》过程中，如卷一《乍雅两呼图克图缘起》，姚莹除援引《四川通志》《卫藏图识》等介绍康卫及乍雅地理外，还大量征引参酌了《清会典》《清朝通志》等史料对两藏僧相争的宗教背景及西藏地方政治源流作了详细交代。这既有助于处理双方纠纷时做到胸有权衡、有理有据，也有意识地摘录保存了一批涉藏制度史料及相关制度在藏区实施状况的案例记录。

三、奏议公牍类文书文献

姚莹于地方治理向有心得，对地方官吏的职责使命也有着清晰的把握。他既勤于政务，善理纷争，又十分注意在处置或协理政务过程中观察思考、用心总结，撰写了大量涉及边疆治理、海防建设、抚夷之策的奏议公文及往来书信，为主政者及后来者提供参考和鉴戒。此类文献多被他系统收录在相关文集中，其最典型的一部当数《东槎纪略》。

该著5卷25篇，其中16篇专门论述治台保台方略，即卷一《复建凤山县城》《改设台北营制》《改配台北班兵》《筹给艋舺营兵米》《筹议商运台谷》《筹建鹿耳门炮台》《埔里社纪略》，卷二《筹议噶玛兰定制》，卷四《台湾班兵议》（上、下）《复笛楼师言台湾兵事书》《复笛楼师台湾兵事第二书》《答李信斋论台湾治事书》《与鹿春如论料匠事》等。此外首尾两篇《平定许、杨二逆》《陈周全案纪事》，虽为平乱纪事，实亦攸关地方稳定与治理。此类文字集中收录在一起，既彰显了姚莹提倡经世之学的高度热忱，又展现了其"不为詹詹小言"、所论诸事"切实详备，凿凿可见之施行"①的远见卓识。姚莹曾反复强调一个合格的守令要做到"审其势而察其机"，反对那种"或习近闾阎而暗于制度，或锐意兴革而昧于事情，逐末者忘本，务名者乖实，言之娓娓而无所用"②的庸吏。而他初次赴台短短3年时间即形成了上述对台湾形势全面把握及全台方略周详赞画的深刻见地，可见其从政是积极有为、通达有方的。十几年后姚莹重获道光帝赞许，称其"熟悉情形，才守兼优"③，并再授台湾兵备道。这一操作绝非偶然，实与姚莹在《东槎纪略》中提出的一系列有价值的治台方略与具体建议有直接关系，而此后姚莹的政见与治术在鸦片战争期间抗英保台时间中一一受到了成功印证更属必然。此亦正见姚氏精心遴选保存的这类奏议公牍文献于治世之有益。

四、 口述史料与官府档案

在姚莹看来，但凡有用于世的文字皆当辑录保存。即便编纂个人文集，他也毫不吝啬笔墨篇章为他深感危机重重的清朝边疆治理与研究主题专篇载录他人著述以资旁参。其《识小录》卷四"西北史地"九篇采自口述史料，而《东槎纪略》卷二《筹议噶玛兰定制》一篇录自官府档案，两者皆充分体现了姚莹

① 姚莹：《东槎纪略·序》，载《康辅纪行·东槎纪略》，黄山书社1990年版，第527页。
② 姚莹：《东槎纪略·序》，载《康辅纪行·东槎纪略》，黄山书社1990年版，第528页。
③ 姚濬昌：《姚莹年谱》，载《中复堂全集·附录》，同治六年安福县署刻本。

善待史料的文献留存意识。

嘉庆十六年(1811)姚莹在两广总督松筠幕府。松筠曾两任伊犁将军,前后居西北塞外近二十年,熟谙西北史地,著有《西招纪行诗》《绥服纪略图诗》等,详载西域疆域地制。姚莹对边疆史地和域外地理的兴趣或是源自这一时期与松筠的交往。施立业先生在梳理姚莹此段经历后即明确认为"《识小录》中有关西北史地者均曾咨询松筠或经其审核"①。从文本分析来看,姚莹于《内旗外旗之别》开篇即清楚无误地提到与松筠的往来,当时松筠"以与惜抱先生有旧,颇相接待"②。论及西北地志,姚莹认为其时官私载记已不下三十多种,其中大部分都是"各记所闻,或考诸传志,互有异同",惟松筠所著两种最为详确。经对比诸书,发现"间有不合者",于是"从容以请,公又为剖其是非"③。除了篇首的交代,姚莹在《俄罗斯通市始末》《卡伦形势》《西藏》诸篇中也都多次提及松筠;数十年后,姚莹还曾在《康辎纪行》卷十六"夷酋颠林绘图进呈说"条中追忆松筠。以上均可见松筠对于姚莹此后专注留心边情及中外交往之事影响至深。而姚莹也不没故人之谊,原原本本将当初请益松筠所得之言悉加整理,载于个人集中,确为西北史地研究留下了一批珍贵史料。

《筹议噶玛兰定制》也是一篇非姚莹本人撰著而被收入姚氏集中的往来公文档案。道光二年(1822)姚莹在噶玛兰通判任上因别案遭劾去职内渡,次年适同里旧交方传穟调任台湾,复渡台入其幕参赞政务一年有余。方传穟和时任闽浙总督赵慎畛就台湾治理、兵防与开发事务多有征询姚莹意见,此后一些重要治台决策如商运台米定额制度、台北营制改设方案、台湾兵营治理办法等均在姚莹直接参与下相继出台。这段时间姚莹无官在身,加之此前对台湾大略已有较深入调查,得以撰写系列政略文章,后大都编入《东槎纪略》。特别是在姚莹倾注心力的噶玛兰开发问题上,因他在任上去职,许多筹备已久的

① 施立业:《姚莹年谱》,黄山书社2004年版,第52页。

② 姚濬昌:《姚莹年谱》,载《中复堂全集·附录》,同治六年安福县署刻本。

③ 姚莹:《识小录》(卷四),载《识小录·寸阴丛录》,黄山书社1991年版,第99页。

事务未及施行。恰方传穟署台湾府,吕志恒补噶玛兰通判,在赵慎畛的直接过问下,要求新入籍的噶玛兰各项地方制度尽速筹议,“往竣其事”[1]。由此在厅府之间产生了大量往来公文,所谓“志恒条列应造册者十事,议行及停罢者二十事,传穟覆核,上之院司,悉如所议奏咨”,至此,“兰制始定”。姚莹对这批关涉噶玛兰赋税田亩核定、城垣衙署建造、仓谷储备、设隘防守等制度性条款的往来公文极为重视,逐条加附“志恒议曰”“传穟复核曰”等提示语,备载照录,独立成卷。事实上,在噶玛兰定制的筹议过程中,姚莹正在方传穟幕中,且因他熟稔兰地事务,必预事其中,协助参定。噶玛兰定制的形成,姚莹的个人贡献自不可忽视。要者,姚莹在本人文集中还如此长篇累牍摘录有关公文档案,足见其对于保存边疆开发与地方治理文献“俾后来者考镜”[2]的真挚情怀。这些文献亦实实在在成为今人考察清代边疆经理、研究台湾垦政及宜兰地方历史不可或缺的核心史料。

五、 实地调查与实证史料

姚莹一生履历与边疆关联密切,三次渡海赴台、两次奉使入藏,加之对边疆史地的独特情怀,为他提供了在文献之外切身体验边疆、开展实地考察的良机。实地考察形成的调查资料也成为其史地著作的重要文献来源。这在《东槎纪略》与《康辅纪行》两书中表现最为明显。

姚莹在台期间,既对台湾作为东南屏障、“海外要区”的重要战略地位有着深刻而独到的宏观认识,也对台湾岛内的民族民情、地方社会、兵防要隘、地形地貌及交通线路等作了细致入微的考察。其《噶玛兰原始》《噶玛兰入籍》,重点梳理了台湾东北之宜兰县的早期开发进程,特别是关于原住民与汉人在生存空间争夺中引发的汉番冲突、漳泉粤三籍械斗等历史场景的回顾与分析,成为地方官吏及清廷决策的重要依归;《西势社番》《东势社番》记录了

① 姚莹:《筹议噶玛兰定制》,载《康辅纪行 · 东槎纪略》,黄山书社 1990 年版,第 567 页。
② 姚莹:《筹议噶玛兰定制》,载《康辅纪行 · 东槎纪略》,黄山书社 1990 年版,第 567 页。

噶玛兰西势二十社、东势十六社原住民的开化历史及番社名称、方位、人口、首领及有关制度情形;《沿边各隘》《施八坑》则记沿山设隘及隘地之制;《噶玛兰台异记》论及姚莹在台组织台风救灾活动并引申出姚氏对历史进程的思考;《噶玛兰厉坛祭文》则体现了姚莹在推动噶玛兰地方各族群和解和睦方面所做的努力,其中对台湾当时四大族群漳、泉、粤及生熟番社历史渊源的观察有着重要的人类学与社会史研究价值。同时,姚莹在史地领域的兴趣专长则充分体现在《台北道里记》的"雅洁"叙事中,19 世纪上半叶台湾北路的城镇风貌、自然景观、人口分布、道路交通被勾勒串联于一线,浓缩在一编。

如果说《东槎纪略》对台湾史地的观察有着较强地方治理色彩的话,那么《康辅纪行》则可谓姚莹带着明确考察目的撰著而成的一部川藏及域外风土"考察报告"。鸦片战争的失败令姚莹深感国人"不勤远略……若坐井观天,视四裔如魑魅,暗昧无知,怀柔乏术,坐致其侵凌"①。鉴于此,他以为国为民的崇高责任感和使命感主动肩负起考察边务夷情、徐筹制夷之策的重任,一面记录西藏途中的所见所感,一面"就藏人访西事"②,所获极丰。

在《康辅纪行》中姚莹强调自己的考察活动与史地撰述目的非常明确,"非徒广见闻而已"。例如他虽已参阅多部前人所著西藏文献,仍不厌其烦详载入藏途中所经道路山川、藏俗民情、气候物产等细节,因他认为史书记载内容具有时代性,故"今昔不同,要当随时咨访"③。又如《旧唐书·吐蕃传》记蕃地风俗"其人随畜牧而不常厥居,然颇有城郭。……贵人处于大毡帐……接手饮酒,以毡为盘",对此他指出:"唐时至今千余年,俗亦不尽尔矣"④,结

① 姚莹:《外夷留心中国文字》,载《康辅纪行·东槎纪略》,黄山书社 1990 年版,第 358 页。

② 姚莹:《康辅纪行·自叙》,载《康辅纪行·东槎纪略》,黄山书社 1990 年版,第 1 页。

③ 姚莹:《康辅纪行·自叙》,载《康辅纪行·东槎纪略》,黄山书社 1990 年版,第 1 页。

④ 姚莹:《唐书·吐蕃传》(二条),载《康辅纪行·东槎纪略》,黄山书社 1990 年版,第 244 页。

合自己的亲身闻历修正了人们的固有认识。对于他素来关注的俄罗斯、英吉利诸外夷之远近，在此次考察途中也获取了全新认识。如“西藏外部落”条中，他得知“廓尔喀在后藏正南聂拉木及济咙界外，其东北为哲孟雄、作木朗、洛敏汤三部，皆为廓尔喀所并。其南即东印度也，今为英吉利所据”①。姚莹就此注意到英国早已占据整个印度并有觊觎西藏之野心，这是此前清朝知识界一直未能廓清的迷雾。即便是在姚莹深为叹服的魏源所著《海国图志》中，亦误以为“廓尔喀界西藏及东印度，摄两强敌之间，……近日英夷西与俄罗斯构兵争达达里之地，其地横亘南洋，俄罗斯得之，则可以图并印度，故与英夷血战。雍正五年，俄罗斯攻取西藏西南五千里之务鲁木，以其地尚佛教，遣人至中国学喇嘛，当即与廓尔喀相近”②，其中的地理认识和诸国方位颇显混乱。姚莹根据自己的调查咨访辨正了魏源记载之误，后来他的考订成果还为魏源修订《海国图志》时所采纳。同时姚莹认为对于外夷形势，在参酌文献记载及实地调查的同时还应重视海外舆图的使用，故其《康輶纪行》末卷专载各类域外地图并附以图说，真可谓“于外夷之事，不敢惮烦”③。

第三节　姚莹边疆史地研究中的历史编纂思想

姚莹在史学领域最大的贡献在其边疆史地研究，而边疆史地研究中最重要的学术价值在其凸显于外的为世人津津乐道的近代意识、世界格局、开放视野、经世致用思想以及爱国救亡精神。换个角度而言，姚莹的边疆史地研究中也隐含着他对史学理论与方法本身的理解及运用，尤其在历史编纂方面有着别具一格的见解，这些思想方法也最终成就了他的边疆史地著作。

① 姚莹：《西藏外部落》，载《康輶纪行·东槎纪略》，黄山书社1990年版，第103页。

② 魏源：《西南洋》，《海国图志》卷二一，光绪二年魏光焘平庆泾固道署刻本。

③ 姚莹：《外夷留心中国文字》，载《康輶纪行·东槎纪略》，黄山书社1990年版，第358页。

上揭姚莹边疆史地著作史料来源数种，可谓纷繁复杂、类型多样、取材丰富。从姚氏著作的字里行间可以进一步发掘，姚莹之所以能够有效驾驭来源如此广泛、体裁异常芜杂的众多材料，正在于他在史料采择等关键问题上采取了合乎历史编纂要求的基本原则。这些具体主张和实践对于边疆史地研究及学术研究都具有重要的理论和现实价值。

一、“详考博证”与“言必有征”

乾嘉时期是传统地理考据的全盛时期，姚莹的史地撰述也吸纳了乾嘉考据学派上述研究方法的有益成分，善用多种文献学方法开展地理考证。这主要表现在他对地志舆图类文献和典章制度类文献的取舍运用上，例如他在《康辅纪行》一书中对西藏地理的考述。

在该书中姚莹征引前人及当时志书数十种。对这些文献，姚莹不轻言尽信，也无随意征引有利史料，而是秉持博览详考的原则，综合运用版本、校勘、辨伪等手段，“辨其真中之伪，而得其伪中之真”①，通过悉心考订再加驳正或采用。细览全书会发现姚莹奉使西藏其实是一段崎岖备至、辛苦遍尝的旅程，不过为求深入了解西藏情形和沿途风物，做到言必有征，尽管姚莹自谓“顾行笥少书，惟携图说数种，未能博证”②，但从其所著征引来看，姚莹前往西藏的行箧中至少携有《四川通志》《西藏赋》等多部川藏地志及关涉藏俗藏制之官书文献。这其中乾隆五十七年(1792)由马少云、盛梅溪所纂《卫藏图识》颇为姚氏所重，全书引述达70余次之多。该书原是为进藏平定廓尔喀入侵西藏的清军而编的一部藏地指南读物，其最大特点是以图为主，随图记程，详录山川、风土、民情、轶事等西藏社会各个方面，史料价值及记载可信度颇高③。但对

① 姚莹:《古书言异域》，载《康辅纪行·东槎纪略》，黄山书社1990年版，第248页。

② 姚莹:《康辅纪行·自叙》，载《康辅纪行·东槎纪略》，黄山书社1990年版，第1页。

③ 参见马少云、盛梅溪:《卫藏图识》，载《近代中国史料丛刊》(561)，台湾文海出版社1970年版。

其中讹误,姚莹则根据自己的博识与见闻毫不迟疑加以考辨。此外对域外地理的辨讹也同样极为用心。正是因为姚氏史地著作坚守了言必有征的基本原则①,故“其所记风土人情、山川形势,实有以证海国诸书之虚实,而救其罅漏者”②。

二、 博采多闻与史料创新

姚莹身处时代大变革之际,在传统沿革地理注重对政区沿革、水道变迁的考证及地名、山川、名胜的记载等内容框架之外,他也进行了可贵的学术探索。特别表现在史料选择上的不拘旧制、大胆创新,例如他以较长篇幅辑录保存“松筠西北史地九篇”等口述史料和“筹议噶玛兰定制”等档案资料,为他的史地著作注入了鲜活材料。这也是姚氏边疆史地研究在历史编纂学层面所作的尝试和突破。存“于斯世有益”之文,以裨“文献之征”。

姚氏《识小录》8卷,泛论学术源流,旁及经史子集四部,皆求于时事有用。“西北史地”九篇在全书体例中稍显突兀却不害经世致用、御辱图强的主旨,且见姚氏保存文献之功。首先,其对松筠本人边疆著作《绥服纪略图诗》《新疆识略》的整理而言,有补苴史料缺失、比勘史实讹误的参考价值;其次,就西北史地学而言,姚莹虽无专研西北边疆之作,但所录诸篇概论新疆、蒙古、西藏的民族、地理、宗教、风俗,详述中俄边界沿革与走向、边防哨卡设置与驻军以及俄罗斯、廓尔喀域情,称得上是一卷近代中俄关系研究的先导性文献。从学术史角度来看,姚莹的大胆之举做到了“博而不杂”。吴孟复先生即认为:“其中言旗制,言形势,言通商,言兵额,言财赋,言漕运,皆兵农之要务,其详于西北地理及宗教关系,亦由当时事势使然;其论述历史人物与记载时人行事,亦

① 姚莹:《康辅纪行·叶棠跋》,载《康辅纪行·东槎纪略》,黄山书社1990年版,第521页。

② 姚莹:《康辅纪行·方复恒跋》,载《康辅纪行·东槎纪略》,黄山书社1990年版,第322页。

皆有关时政，意取借鉴……惟其博洽多闻，详审得失，然后心胸开阔，识见高远。"[①]姚氏《识小录》出，即引起当时专研西北史地的学人群体的关注，何秋涛在纂辑《朔方备乘》时就曾将姚著涉及中俄关系的内容部分辑入其书[②]。

三、"勤求访问"与补缺纠谬

姚莹为学注重调查研究，提倡"以所亲历考证所闻"[③]，通过"亲履其地""勤求访问"，以实地调查纠史书之谬，以亲身见闻补史乘之缺。

清代考据学的鼻祖顾炎武倡导经世致用、重视实证博学的学术思想，引领推动了乾嘉考据学派的形成。其考据成果不仅坚持考辨文字音韵以通经学、归纳古书通例的研究方法[④]和"以经证经""去古未远"的用证原则[⑤]，还高度重视验诸实证，将所见所闻与文献记载相印证的治学理念[⑥]。然延至乾嘉学人并及道咸诸家，反而多遁入典籍，暗于搜讨群书，遍考诸籍，实证精神渐失。尤其治边疆史地者，既具博学宏识又能亲历其地者少之又少。

史地文献是文史诸学科中最具应用价值的一类史料，这是近代经世思潮在边疆史地领域最先取得突破的一个重要原因。史地文献撰著价值与水平的高低同撰者的见识及实地调查考察的效果息息相关。张承宗曾指出："姚莹治学的最大特点是注重调查研究"[⑦]。相比于同时期一些缺乏实践经历的边疆史地研究名家来说，姚莹算得上是当时最具田野调查精神、重视实证研究的一位学者。前述《东槎纪略》《康辅纪行》诸篇多为姚莹在东南孤屿、西南岩疆的土地上深入史料记载的现场"访诸耆老""考诸案牍，咨询旧吏"再核诸文献

① 姚莹：《识小录·吴孟复序》，载《识小录·寸阴丛录》，黄山书社1991年版，第3—4页。

② 何秋涛：《朔方备乘》卷四〇，载《记二》，光绪七年畿辅通志局刊本。

③ 姚莹：《复光律原书》，《东溟文后集》卷八，同治六年安福县署刻本。

④ 王俊义：《顾炎武与清代考据学》，《贵州社会科学》1997年第2期。

⑤ 郭康松：《论清代考据学的学术规范》，《清史研究》1999年第3期。

⑥ 参见顾炎武《日知录》卷一一"钱法之变"条，又其友人王宏撰《山志》曾言顾炎武所著《昌平山水记》二卷，"巨细咸存，尺寸不爽，凡亲历对证，三易稿矣"，皆可为据。

⑦ 张承宗：《〈康辅纪行〉与姚莹的治学特点》，《苏州大学学报》1984年第2期。

的产物。

正是在严谨地遵循和适恰地运用上述历史编纂原则的基础上，各种纷繁复杂的史料在姚莹的笔下或化繁为简，或剔粗取精，或“不为常例所拘”，最终“起讫自如”地融为一编，①这充分体现了姚莹在史料取舍、考订与史著撰写上的高超手法和远见卓识。姚莹的历史编纂思想不仅助其实现了边疆史地“三部曲”史料价值、学术价值与经世价值的完备兼收，对后世学者如何运用繁杂史料文献撰写史著阐述史实也提供了宝贵的借鉴。

边疆史地之学是鸦片战争触发导致千年局变和民族危机条件下的思想变革产物，也是史学研究视域因应时代变化作出的具体回应和最早尝试。姚莹作为一位有着远见卓识的深沉的爱国者，他是大时代史学变易的直接引领者、推动者和实践者，他将对国家和民族危亡的忧思关切具体而微地落实在东南海疆、西南陆疆、西北陆疆等边疆史地领域，以其如椽巨笔聚焦边疆、书写边疆、重建边疆，警醒着当时依然闭塞寡闻的清廷当政者和蒙昧未醒的普罗大众。同时姚氏的边疆史地之学也以其全新的探索实践领域和脱胎于桐城学术传统的书写方法开启了桐城派史学的近代化转向进程。

---

① 章学诚著，叶瑛校注：《文史通义校注》，中华书局1994年版，第52页。

第六章　洋务维新与曾国藩及其弟子的经世史学

作为中国封建社会最后一个王朝,清朝前期曾经推动中国封建经济、文化的发展,创造出神话般的“康乾盛世”。到19世纪20年代道光皇帝即位前后,大清帝国便已失去了昔日“盛世”的辉煌,社会危机四伏。自道光、咸丰以至同治、光绪,在西方坚船利炮的驱使下,封闭已久的清廷被迫与西方列强签订一系列不平等条约,割地、赔款、开放通商口岸,外国公使驻京,天朝上国正遭受千年未有之变局。1840年爆发的鸦片战争是中国遭受西方资本主义列强奴役的开始,也是中国开始沦为半殖民地半封建社会的转折点。第一次鸦片战争后,经世致用思潮开始兴起,姚门弟子姚莹《康輶纪行》《东槎纪略》等边疆史地学著作便是其中杰出的代表,但整个社会并没有迅速行动起来,朝廷依然按原有的节奏匍匐前行。由于西方侵略,吏治腐败,军备废弛和饥荒等因素叠加,终于激起民变,始于1851年的太平天国运动迅速席卷大半个中国,严重动摇了晚清封建统治。在内忧外患的情势面前,一批汉族地主官僚起而卫道,曾国藩改造姚鼐“义理”“考据”“辞章”兼修的治学之道,另加“经济”一门,倡导弟子修为经邦济世之实学。曾国藩被誉为桐城派中兴的盟主,他私淑姚鼐,其提倡的“经济”,在当时不仅指实学,还包括西方先进的科学技术。曾国藩认为学习西方的船坚炮利既可以“剿发逆”,也可以“勤远略”。

他提倡洋务运动,并积极践行,1861年即创办了近代中国第一所军事工业——安庆内军械所。从19世纪60—90年代的洋务运动,使得鸦片战争时期地主阶级经世改革派代表人物魏源和林则徐等人所主张的“师夷长技以制夷”由理论走向实践。桐城派所倡言的“义理”核心为程朱道统,洋务运动时期经曾国藩改造后,其实质上就是“中学为体”,“经济”也就演化成洋务派所倡导的“西学为用”,其目的都是为了维护清朝既有的统治秩序。1894年中日甲午战争的失败使有识之士对清王朝僵化的政治体制产生了质疑,遂有康有为和梁启超等人的变法维新,希望中国能够走君主立宪的资本主义发展道路。在桐城派的谱系中,张裕钊、吴汝纶、薛福成和黎庶昌被誉为曾门四弟子。其中,张裕钊纸执掌莲池书院多年,以治文教学为能事,工书法,精考证,重方志纂修,主张师夷长技。吴汝纶先后入曾国藩、李鸿章幕府,支持曾、李主导的洋务运动,官冀州、深州,主莲池书院,聘外籍教员,倡西学,宣传进化论思想,他与严复一样是中国近代最早宣传进化论的学者。薛福成和黎庶昌是近代中国第一批外交官。薛福成曾出任驻英国、法国、意大利、比利时四国大使,黎庶昌游历欧洲十多个国家,后先后两次出任中国驻日本大使。薛福成的《出使四国日记》和黎庶昌的《西洋杂志》都流露出对西方文明的肯定,服膺西方君主立宪政体,是近代中国颇有影响力的早期维新思想家。

第一节　曾国藩史学思想探析

曾国藩(1811—1872),字伯涵,号涤生,谥文正,湖南湘乡人,晚清著名的军事家、政治家、理学家和文学家。其父曾麟书,醉心功名,应试秀才17次,才“补生员”,一生以教书为业,教督甚严。他23岁取秀才,入县学;24岁入岳麓书院,中举人;道光十八年(1838),殿试中三甲第四十二名,赐同进士出身,入翰林院,从倭仁等习程朱理学,先后任翰林院庶吉士、侍讲学士、文渊阁直阁事,后擢内阁学士、兼礼部侍郎衔,升礼部右侍郎、署兵部左侍郎,官至二品。曾国藩"天性好文,治之终身不厌",故《清史稿》作者在其传后论曰:"国藩事功本于学问。"①曾国藩是晚清理学经世派的代表人物,其理学经世思想和文论对桐城派弟子乃至整个晚清学术影响深远,学界对此多有研究。曾国藩治学的另一个重要方面,则是他的史论和史学思想。曾国藩为人处世多受其资治、经世、修身、避祸和中庸等史鉴思想的影响,其史学批评理论和历史观反映了晚清士大夫阶层历史观念向近代蜕变的过渡性特征,对此,学界则鲜有论及。② 曾国藩生平好读史书,校勘了大量史籍,对史实、史文、史识、读史的方法以及历史撰述中的思想等史学理论问题均有独到见解。

一、　曾国藩的历史观

生活于嘉道至咸同年间的曾国藩,经历了鸦片战争、太平天国起义和洋务运动,目睹了清廷饱受内忧外患的冲击和同治中兴的新气象。他提出"顺性命之理论",认为自然界奇偶互生,阴阳互动,"天道五十年一变",否定善恶必有报应的天命思想和佛教所宣扬的因果论。面对千年未有之变局,一方面,他认为富贵功名皆由命定,"七分天意",要顺天命;另一方面,他又认为"凡将相无种,圣贤豪杰亦无种","三分人谋",需自立自强。曾国藩的历史观及其对人生无常的理解,折射出晚清社会及其价值观念的急剧变动。

曾国藩认为自然界与人类社会遵循着同样的规律,这就是奇偶互生和阴阳互动:"天地之气,阳至矣,则退而生阴;阴至矣,则进而生阳。一损一益,自然之理也。"③"天地之数以奇而生,以偶而成。一则生两,两则还归于一。一

① 赵尔巽等:《清史稿·曾国藩传》(三九),中华书局1986年版,第11917—11918页。

② 目前仅见竺柏松的《曾国藩历史学说研究》(《贵州师范大学学报》1998年第4期)等三篇文章涉及其史学思想。

③ 曾国藩:《求阙斋记》,载《曾国藩全集·诗文》(一四),岳麓书社2012年版,第143页。

奇一偶，互为其用，是以无息焉。""天地细缊，王物化醇；男女构精，万物化生。此两而致于一之说也。一者阳之变，两者阴之化。故曰：一奇一偶者，天地之用也。"①道光十八年，曾国藩在朝考策论中写就《顺性命之理论》一文，系统地阐发了对于自然、社会和人性的理解，他说："盖自乾坤奠定以来，立天之道曰阴曰阳，静专动直之妙，皆性命所弥纶。立地之道曰柔与刚，静翕动辟之机，悉性命所默运。"对于个体而言，他认为"性即寓于肢体之中"，"而命实宰乎赋畀之始"。以此为立论基础，曾国藩将程朱理学说宣扬的人伦道德和纲纪也视为一种"性"与"命"："以身之所接言，则有君、臣、父、子，即有仁、敬、孝、慈。其必以仁、敬、孝、慈为则者，性也；其所纲乎五伦者，命也。此其中有理焉，亦期于顺焉而已矣。"②道光二十五年，在《答刘蓉》的信札中，他再次强调："盖天下之道，非两不立，是以立天之道，曰阴曰阳，立地之道，曰柔与刚，立人之道，曰仁与义，乾坤毁则无以见《易》，仁义不明则亦无所谓道者。"③同治元年十月初十日，他在日记中写道："四点入内室，阅王而农所注张子《正蒙》，于尽性知命之旨，略有所会。盖尽其所可知者，于己，性也；听其不可知者，于天，命也。"曾国藩尊崇程朱理学，恪守儒家所宣扬的纲纪和伦理道德，并将之上升到"性"与"命"的哲学高度，认为"自唐虞三代以来，历世圣人，扶持名教，敦叙人伦，君臣父子，上下尊卑，秩然如冠履之不可倒置。"④针对太平天国的"非孔"，曾国藩说："逆匪崇天主之教，弃孔氏之经，但知有天，无所谓君也；但知有天，无所谓父也。"⑤在《讨粤匪檄》一文中，他更是言辞激励地指出：

---

① 曾国藩：《送周荇农南归序》，载《曾国藩全集·诗文》（一四），岳麓书社 2012 年版，第 236 页。

② 曾国藩：《顺性命之理论》，载《曾国藩全集·诗文》（一四），岳麓书社 2012 年版，第 134—135 页。

③ 曾国藩：《答刘蓉》，载《曾国藩全集·书信之一》（二二），岳麓书社 2012 年版，第 16 页。

④ 曾国藩：《讨粤匪檄》，载《曾国藩全集·诗文》（一四），岳麓书社 2012 年版，第 140 页。

⑤ 曾国藩：《与郭崑焘》，载《曾国藩全集·书信之一》（二二），岳麓书社 2012 年版，第 453 页。

> 李自成至曲阜，不犯圣庙；张献忠至梓潼，亦祭文昌。粤匪焚郴州之学官，毁宣圣之木主，十哲两庑，狼藉满地。……举中国数千年礼仪人伦、诗书典则，一旦扫地荡尽。此岂独我大清之变，乃开辟以来名教之奇变，我孔子、孟子之所痛哭于九原！凡读书识字者，又乌可袖手安坐，不思一为之所也！①

由此可见，曾国藩的“顺性命之理论”既是他的哲学观和社会价值观，也是他的历史观和人生价值观。

曾国藩以儒家积极入世的精神参悟其“顺性命之理论”，否定善恶必有报应的天命思想和佛教所宣扬的因果论。面对时局的急剧变动，曾国藩感叹：

> 天道五十年一变，国之运数从之，惟家亦然。当某隆时，不劳而坐获；及其替也，忧危拮据而无少补救，类非人所为者。昔我少时，乡里家给而人足。……自余远游以来，每归故里，气象一变，田宅易主，生计各蹙，任恤之风日薄。呜呼！此岂一乡一邑之故哉！②

咸丰六年，他在致儿子曾纪鸿的信函中明确表示：“凡富贵功名，皆有命定，半由人力，半由天事。惟学作圣贤，全由自己作主，不与天命相干涉。”③咸丰九年十二月十一日深夜，他接家书数封，抚今追昔，感叹世事多变，竟至夜不能寐。于是，他在日记中写道：“因思天下事，一一责报，则必有大失所望之时。佛氏因果之说，不尽可信。有有因必有果，亦有有因而无果者。”④同治元年，他在给沅、季二弟的信中写道：“从古帝王将相，无人不由自立自强做出，即为圣贤者，亦各有自立自强之道，故能独立不惧，确乎不拔。”⑤同治二年，他

① 曾国藩：《讨粤匪檄》，载《曾国藩全集·诗文》(一四)，岳麓书社2012年版，第140页。

② 曾国藩：《彭母曾孺人墓志铭》，载《曾国藩全集·诗文》(一四)，岳麓书社2012年版，第286页。

③ 曾国藩：《谕纪鸿》，载《曾国藩全集·家书之一》(二〇)，岳麓书社2012年版，第289页。

④ 曾国藩：《曾国藩全集·日记之一》(一六)，岳麓书社2012年版，第495页。

⑤ 曾国藩：《致沅弟季弟》，载《曾国藩全集·家书之二》(二一)，岳麓书社2012年版，第28页。

给侄儿纪瑞写信，说："凡将相无种，圣贤豪杰亦无种，只要人肯立志，都可以做得到的。"①在读《史记》札记中，曾国藩认为司马迁早就对天人感应产生了怀疑，其"列传首伯夷，一以寓天道福善之不足据"。② 曾国藩出身低微，可谓布衣封侯，面对天道无常的现实和急剧变动的社会，他将后天的历练和"自立自强"视为改变人生命运和社会发展的一种力量。显然，曾国藩的这种"半由人力，半由天事"社会发展观和人生观是具有积极意义的。同治年间，以曾国藩为代表的早期洋务派之所以能够将魏源和林则徐等人所倡导的"师夷之长技以制夷"的思想观念付诸实践，其思想源流无疑就是这种"自立自强"。

在对社会发展动力和社会风俗之形成的理解上，曾国藩认为其主要取决于"贤且智者"的引领作用。他在《原才》一文中指出："民之生，庸弱者，戢戢皆是也。有一二贤且智者，则众人君之而受命焉，尤智者所君尤众焉。此一二人者之心向义，则众人与之赴义；一二人者之心向利，则众人与之赴利。"由此，曾国藩认为："风俗之厚薄奚自乎？自乎一二人之心之所向而已。"于是，"众人所趋，势之所归，虽有大力，莫之敢逆。故曰：'挠万物者莫疾乎风。'风俗之于人之心，始乎微，而终乎不可御者也。"③曾国藩所言显然具有忽视民众觉悟和力量的英雄主义倾向，与唯物史观大异其趣，其立论的基础无论出于封建臣子对皇帝权威自觉或不自觉的维护，抑或对"一二贤且智者"的渴望和自身的期许，在传统"威权"受到严重挑战的咸同年间，处于风雨飘摇之中的清政府急需精英力量发挥振衰起敝的作用，应是不争的事实。当曾国藩和李鸿章等人以"一二贤且智者"的姿态起而卫道时，这些举足轻重的汉族官僚很快就打破了由八旗子弟一统天下的格局，政治气象也为之一振。

鸦片战争以来，清政府面临内忧外患的冲击，外不能御侮，内不能安民，朝廷虽式微，但皇威尚存，作为臣子的曾国藩一方面要谨遵圣意，顺性命；另一方

① 曾国藩：《谕纪瑞》，载《曾国藩全集·家书之二》（二一），岳麓书社2012年版，第235页。
② 曾国藩：《曾国藩全集·读书录》（一五），岳麓书社2012年版，第130页。
③ 曾国藩：《原才》，载《曾国藩全集·诗文》（一四），岳麓书社2012年版，第137—138页。

面,身为湘军统帅和督抚大员,他必须“替天行道”,有所作为,为皇帝分忧,为家族荣光。“半由天事”的天命思想与“半由人力”的自立自强,构成了曾国藩对历史和社会发展的基本认识。曾国藩的历史观源于对历史经验的总结和对社会现实的思考,其所反映的矛盾心理和价值冲突,折射出晚清士大夫阶层历史观念向近代蜕变的过渡性特征。

二、　曾国藩的史鉴思想

从《曾国藩全集》(31 卷本,岳麓书社 2012 年版)所收录的奏稿、批牍、诗文(含诗、赋、序、跋、记、传、杂著、寿序、墓志铭和神道碑等)、读书录、日记、家书和书信等文字看,其为人处世多受其资治、经世、修身、避祸和中庸等史鉴思想的影响。

曾国藩一生戎马,手不释卷,生平好读史书,不仅自己花重金购《二十四史》阅读,还将金陵书局刊刻的《史记》、前后《汉书》《三国志》等寄予众友人,以期“嘉惠士林”。咸丰八年九月二十六日,曾国藩在《加罗忠祜片》信札中指出:“窃以先哲经世之书,莫善于司马文正公《资治通鉴》。其论古皆折衷至当,开拓心胸。如因三家分晋而论名分,因曹魏移祚而论风俗,因蜀汉而论正闰,因樊、英而论名实,皆能穷物之理,执圣之权。又好叙兵事所以得失之由,脉络分明;又好详名公巨卿所以兴家败家之故,使士大夫怵然知戒。实六经以外不刊之典也。”①读史之目的要有益于资治,这是曾国藩史鉴思想一个重要的内容。

咸丰十一年初,针对湖北、山东、陕西、河南各疆臣先后陈奏朝廷,力主迁都长安,以为目下第一良策,曾国藩在《加复方翊元》信函中总结历史经验,大胆陈辞:“鄙意以为中兴在乎得人,不在乎得地。汉迁许都而亡,晋迁金陵而存。拓跋迁云中而兴,迁洛阳而衰。唐明皇、德宗再迁而皆振,僖宗、昭宗再迁

① 曾国藩:《加罗忠祜片》,载《曾国藩全集 · 书信之一》(二二),岳麓书社 2012 年版,第 663—664 页。

而遂灭。宋迁临安而盛昌,金迁蔡州而沦胥。大抵有忧勤之君,贤劳之臣,迁亦可保,不迁亦可保;无其君,无其臣,迁亦可危,不迁亦可危。鄙人阅历世变,但觉除得人以外,无一事可恃也。"①在《备陈民间疾苦疏》中,他指出:"外间守令或玩视民瘼,致圣主之德意不能达于民,而民间之疾苦不能诉于上。""臣窃闻国贫不足患,惟民心涣散,则为患甚大。自古莫富于隋文之季,而忽致乱立,民心去也。莫贫于汉昭之初,而渐致安,能扶民也。"②第二次鸦片战争爆发后,清廷完全丧失了抵抗外来侵略的能力,迁都与否已无济于事。曾国藩从历史上的多次迁都和汉初与隋末的比较中,得出中兴在于得人,在乎民心所向的历史结论。

曾国藩读史并不拘泥于古代典籍,对当代边疆史地学著作亦倍加关注。得知徐继畲的《瀛环志略》乃"谈夷务之书",他委托郭嵩焘、郭崑焘兄弟"请代为取出,迅速寄营为感!"③他致信何秋涛,言"其《朔方备乘》之表七卷、图说一卷,国藩思钞一分以启蒙昧"。"兹读凡例,益得仰窥纂述之精。"④对冯桂芬所撰《校邠庐抗议》,他赞赏有加,认为该书博古通今,穷极世变,"尊论必为世所取法,盖无疑义"。⑤ 面对千年未有之变局,曾国藩认为:"时异势殊,古法不可施于今久矣。"⑥读史的目的在于能够经世致用。在《成败无定》一文中,曾国藩指出:

---

① 曾国藩:《加复方翊元》,载《曾国藩全集·书信之三》(二四),岳麓书社 2012 年版,第 146 页。

② 曾国藩:《备陈民间疾苦疏》,载《曾国藩全集·奏稿》(〇一),岳麓书社 2012 年版,第 40 页。

③ 曾国藩:《加郭嵩焘郭崑焘片》,载《曾国藩全集·书信之三》(二四),岳麓书社 2012 年版,第 422 页。

④ 曾国藩:《加何秋涛片》,载《曾国藩全集·书信之三》(二四),岳麓书社 2012 年版,第 486 页。

⑤ 曾国藩:《致冯桂芬》,载《曾国藩全集·书信之七》(二八),岳麓书社 2012 年版,第 153—154 页。

⑥ 曾国藩:《先大夫置祭费记》,载《曾国藩全集·诗文》(一四),岳麓书社 2012 年版,第 393 页。

汉晁错建议削藩，厥后吴楚七国反，景帝诛错而事以成。明齐泰、黄子澄建议削藩，厥后燕王南犯，建文诛齐、黄而事以败。我朝米思翰等建议削藩，厥后吴、耿三叛并起，圣祖不诛米思翰而事以成。此三案者最相类，或诛或宥，或成或败，参差不一，士大夫处大事，决大疑，但当熟思是非，不必泥于往事之成败，以迁就一时之利害也。①

目睹西方列强的侵略，曾国藩亦感到切肤之痛，"目前边陲未靖，外患方长。"②咸丰十年十一月卅日，他在日记中写道："接江西总局新刻英吉利、法郎西、米利坚三国和约条款，阅之，不觉呜咽，比之五胡乱华，气象更为难堪。"③"今朝廷以中外交涉，时艰孔亟，思所以惩前毖后，未雨绸缪。"④他认为："欲求自强之道，总以修政事、求贤才为急务，以学作炸炮、学造轮舟等具为下手工夫。但使彼之所长，我皆有之，顺则报德有其具，逆则报怨亦有其具。"⑤曾国藩以"不必泥于往事之成败，以迁就一时之利害"的务实精神，积极倡导洋务运动，反映了鸦片战争后中国传统史学经世思想的回归。

对于如何修身和成才，曾国藩亦有独到见解。他认为："人之气质，由于天生，本难改变，惟读书则可变化气质。"⑥同治九年，在致侄儿纪寿的信函中，曾国藩告诫他："须习勤耐苦，处贫困而不优，历患难而不惧。孟子所谓'苦其心志，劳其筋骨，饿其体肤，困乏其身'，正所以当大任。张子所谓'贫贱忧戚，正所以玉汝于成'。自古无终身安乐而克成伟人者，历经多少艰苦不如意之

① 曾国藩：《成败无定》，载《曾国藩全集·诗文》（一四），岳麓书社 2012 年版，第 428 页。

② 曾国藩：《病体垂危谨由梅启照代递遗折》，载《曾国藩全集·奏稿》（一二），岳麓书社 2012 年版，第 579 页。

③ 曾国藩：《曾国藩全集·日记之二》（一七），岳麓书社 2012 年版，第 105 页。

④ 曾国藩：《钦奉谕旨复陈夷务折》，载《曾国藩全集·奏稿》（一二），岳麓书社 2012 年版，第 170 页。

⑤ 曾国藩：《曾国藩全集·日记之二》（一七），岳麓书社 2012 年版，第 289 页。

⑥ 曾国藩：《谕纪泽纪鸿》，载《曾国藩全集·家书之二》（二一），岳麓书社 2012 年版，第 19 页。

事,乃可磨练出大材来。”要“作好人,先从五伦讲起。君臣有义,父子有亲,夫妇有别,长幼有序,朋友有信。自幼小以至老耄,自乡党以至朝廷,处处求无愧于五伦,时时以实心行之”。男子汉大丈夫要有济世的胸怀,“伊尹以一夫不获为己之辜,范文正做秀才,便以天下为己任,可以为法。”①在自拟《劝诫绅士四条》中,他同样强调:“天下无现成之人才,亦无生知之卓识。大抵皆由勉强磨练而出耳。《淮南子》曰:‘功可强成,名可强立。’董子曰:‘勉强学问,则闻见博;勉强行道,则德日起。’《中庸》所谓‘人一己百,人十己千’,即勉强工夫也。”②曾国藩以古训要求子弟,提倡以勤苦磨砺意志,告诫晚辈每日须早起,做事须有恒,“莫问收获,但问耕耘”。③ 其修身之法和成才之道,是有积极意义的。

曾国藩认为与人共事,要善于领会委曲求全。在致陈湜的信函中,他坦言:“阁下英年气盛,自思锐志有为,然观古今来成大功享全名者,非必才盖一世。大抵能下人,斯能上人;能忍人,斯能胜人。若径情一往,则所向动成荆棘,何能有济于事?”④为人处事,要能屈能伸,刚柔互用,不可偏废。他认为:“天地自道,刚柔互用,不可偏废,太柔则靡,太刚则折。”所谓“刚”就是“强矫”;所谓“柔”就是“谦退”。他告诫胞弟们:“趋事赴公,则当强矫,争名逐利,则当谦退;开创家业,则当强矫,守成安乐,则当谦退;出与人物应接,则当强矫,入与妻孥享受,则当谦退。若一面建功立业,外享大名,一面求田问舍,内图厚实,二者皆有盈满之象,全无谦退之意,则断不能久。”⑤

① 曾国藩:《谕纪寿》,载《曾国藩全集·家书之二》(二一),岳麓书社 2012 年版,第 517—518 页。

② 曾国藩:《劝诫绅士四条》,载《曾国藩全集·诗文》(一四),岳麓书社 2012 年版,第 449 页。

③ 曾国藩:《联语》,载《曾国藩全集·诗文》(一四),岳麓书社 2012 年版,第 129 页。

④ 曾国藩:《复陈湜》,载《曾国藩全集·书信之八》(二九),岳麓书社 2012 年版,第 445 页。

⑤ 曾国藩:《致沅弟季弟》,载《曾国藩全集·家书之二》(二一),岳麓书社 2012 年版,第 28 页。

曾国藩布衣封侯，官运亨通，深悉为官避祸之道。咸丰八年三月，他告诫九弟国荃："长傲、多言二弊，历观前世卿大夫兴衰及近日官场所以致祸福之由，未尝不视此二者为枢机，故愿与诸弟共相鉴戒。"①同治二年正月，曾国荃申请于钦篆、江督两席中辞退一席，对此，曾国藩十分赞同："疏辞两席一节，弟所说甚有道理。然处大位大权而兼享大名，自古曾有几人能善其末路者？总须设法将权位二字推让少许，减去几成，则晚节渐渐可以收场耳。"②基于这样的认识，曾国藩坦言："平日最好昔人'花未全开月未圆'七字，以为惜福之道，保泰之法莫精于此。"③曾国藩明哲保身，其为官之道虽具浓厚的中庸思想，但他所主张的为人莫傲，为官莫贪，应是前车之鉴，后事之师也。

三、　曾国藩的史学批评理论

曾国藩一生好读史书，将"读史"列入每日必修课程。道光廿一年九月，"得派国史馆协修官。"④廿二年十二月初七日，他在日记中写道："丙申购廿三史。大人曰：'尔借钱买书，吾不惮极力为尔弥缝。尔能圈点一遍，则不负我矣。'嗣后，每日点十叶，间断不孝。"⑤此后，无论军务、政务如何繁忙，亦不间断。"余性喜读书，每日仍看数十叶，亦不免抛荒军务，然非此更无以自怡也。"⑥在致儿子纪泽的信函中，曾国藩说："余于《四书》《五经》之外，最好《史

---

① 曾国藩：《致沅弟》，载《曾国藩全集·家书之一》（二〇），岳麓书社2012年版，第336页。

② 曾国藩：《致沅弟》，载《曾国藩全集·家书之二》（二一），岳麓书社2012年版，第108页。

③ 曾国藩：《致沅弟》，载《曾国藩全集·家书之二》（二一），岳麓书社2012年版，第114页。

④ 曾国藩：《曾国藩全集·日记之一》（一六），岳麓书社2012年版，第102页。

⑤ 曾国藩：《曾国藩全集·日记之一》（一六），岳麓书社2012年版，第137页。

⑥ 曾国藩：《致澄弟》，载《曾国藩全集·家书之一》（二〇），岳麓书社2012年版，第299页。

记》《汉书》《庄子》韩文四种，好之十余年，惜不能熟读精考。”[①]他认为：“学问之道，能读经史为根柢”[②]，《史记》、前后《汉书》《三国志》和《资治通鉴》等，“自诸经外，此数书尤为不刊之典”[③]。曾国藩校勘了大量史籍，对史实、史文、史识、读史的方法以及历史撰述中的思想等史学理论问题均有独到见解。

曾国藩一生博览群书，经史子集无不涉猎。“予自立课程甚多，惟记茶余偶谈、读史十叶、写日记楷本，此三事者誓终身不间断也。”[④]他撰写了大量的读书札记，对其熟读的史部典籍，如《史记》《汉书》《后汉书》《三国志》《资治通鉴》和《文献通考》等，均加以批注和圈点，或校勘，或撰按语。“早饭后读二十三史，……皆过笔圈点。”[⑤]曾国藩校勘史籍十分严谨，对桐城派奉为圭臬的《史记》和《古文辞类纂》亦不例外。“余近来事极繁，然无日不看书。……现在批《史记》已三分之二，大约四月可批完。”[⑥]“桐城姚姬传郎中鼐所选《古文辞类纂》，嘉道以来，知言君子群相推服。谓学古文者，求诸是而足矣。国藩服膺有年，窃见其中亦小有疵误，兹摘录于左。”[⑦]

曾国藩推崇《史记》，但对司马迁所载史实多有质疑，认为史不足据。“太史传庄子曰：‘大抵率寓言也。’余读《史记》亦‘大抵率寓言也。’列传首伯夷，一以寓天道善福之不足据，一以寓不得依圣人以为师。”“此外如子胥之愤，屈贾之枉，皆借以自鸣其郁耳。非以此为古来伟人计功簿也。”[⑧]“《史记》叙韩

① 曾国藩：《谕纪泽》，载《曾国藩全集·家书之一》（二〇），岳麓书社 2012 年版，第 426 页。

② 曾国藩：《致沅弟》，载《曾国藩全集·家书之一》（二〇），岳麓书社 2012 年版，第 350 页。

③ 曾国藩：《复莫友芝》，载《曾国藩全集·书信之十》（三一），岳麓书社 2012 年版，第 19 页。

④ 曾国藩：《致澄弟温弟沅弟季弟》，载《曾国藩全集·家书之一》（二〇），岳麓书社 2012 年版，第 41 页。

⑤ 曾国藩：《禀父母》，载《曾国藩全集·家书之一》（二〇），岳麓书社 2012 年版，第 14 页。

⑥ 曾国藩：《致澄弟温弟沅弟季弟》，载《曾国藩全集·家书之一》（二〇），岳麓书社 2012 年版，第 96 页。

⑦ 曾国藩：《曾国藩全集·读书录》（一五），岳麓书社 2012 年版，第 401 页。

⑧ 曾国藩：《曾国藩全集·读书录》（一五），岳麓书社 2012 年版，第 130—131 页。

信破魏豹，以木罂渡军，其破龙且以囊沙壅水，窃尝疑之。魏以大将柏直当韩信，以骑将冯敬当灌婴，以步将项它当曹参，则两军之数殆亦不下万人，木罂之所渡几何？至多不过二三百人，岂足以致胜乎？沙囊壅水，下可渗漏，旁可横溢，自非兴工严塞，断不能筑成大堰，壅之使下流竟绝。”“二者揆之事理，皆不可信。叙兵事莫善于《史记》，史公叙兵莫详于《淮阴传》，而其不足据如此。孟子曰：‘尽信书则不如无书。’君子之作事，既征诸古籍，诹诸人言，而又必慎思而明辨之，庶不至冒昧从事耳。”①同治四年六月，他在致尹杏农的信函中再次强调：“以物理推之，迁书尚可疑如此，则此外诸史叙述兵事，其与当年实迹相合者盖寡矣。”②曾国藩在这里提出了一个非常重要的史学批评理论，即史学不是为古来伟人计功劳簿的，史学的价值在于借鉴意义，现代人可以征诸古籍，汲取历史经验，但对具体的史实要慎思而明辨之，不可简单效仿。

在史文造诣上，曾国藩推崇司马迁。仲尼曰：“言之无文，行而不远。”③曾国藩认为：“文字者，所以代口而传之千百世者也。伏羲既深知经纬三才之道而画卦以著之，文王、周公恐人之不能明也，于是立文字以彰之，孔子又作《十翼》、定诸经以阐显之，而道之散列于万事万物者，亦略尽于文字中矣。”“吾儒所赖以学圣贤者，亦借此文字以考古圣之行，以究其用心之所在。”“故国藩窃谓今日欲明先王之道，不得不以精研文字为要务。”④他认为“自汉以来，为文者，莫善于司马迁。迁之文，其积句也皆奇，而义必相辅，气不孤伸，彼有偶焉者存焉。其他善者，班固则毗于用偶，韩愈毗于用奇”。⑤ 而“文气迈远，独子

① 曾国藩：《笔记十二篇》，载《曾国藩全集·诗文》（一四），岳麓书社 2012 年版，第 495 页。

② 曾国藩：《复尹耕云》，载《曾国藩全集·书信之七》（二八），岳麓书社 2012 年版，第 611 页。

③ 王守谦等译著：《左传全译·襄公二十五年》（下），贵州人民出版社 1990 年版，第 957 页。

④ 曾国藩：《致刘蓉》，载《曾国藩全集·书信之一》（二二），岳麓书社 2012 年版，第 7 页。

⑤ 曾国藩：《送周荇农南归序》，载《曾国藩全集·诗文》（一四），岳麓书社 2012 年版，第 236 页。

长有此。”①其《西南夷列传》“通二方，置七郡，叙次先后，最为明晰”。其《李将军列传》“初，广之从弟李蔡至，此乃将军所以不得侯者也。十余行专叙广之数奇，已令人读之气短。此下接叙从卫青出击匈奴徙东道迷失道事，愈觉悲壮淋漓。若将从卫青出塞事叙于前，而以广从弟李蔡一段议论叙于后，则无此沈雄矣。故知位置之先后、剪裁之繁简，为文家第一要义也。”其《卫将军骠骑列传》则“句中有筋，字中有眼。”“文章须得偏鸷不平之气，乃是佳耳。”②《汉书》和《后汉书》则次之，《三国志》个别篇目，如《董卓传》和《诸葛亮传》，“文势迈远，有似《史记》”。③

对司马迁的史识，曾国藩同样是赞赏有加。他认为《史记·孟子荀卿列传》乃“自秦焚书以后，汉之儒者惟子长与董仲舒见得大意”。读《史记·樗里子甘茂传赞》“方秦之强时，天下尤趋谋诈哉”，“知子长胸中自具远识”。读《史记·刘敬孙叔通列传赞》“智岂可专邪？”“此语是子长识力过人处。”④章学诚认为“才、学、识三者，得一而不易，而兼三尤难，千古多文人而少良史，职是故也。……非识无以断其义，非才无以善其文，非学无以练其事”。⑤由此可见，曾国藩以史文和史识作为衡量史家和史著的标准之一，是不无道理的。

关于读史的方法。曾国藩认为：“读书之法，看、读、写、作，四者每日不可缺一。”⑥读史书贵在持之以恒。在致胞弟的信函中，曾国藩说：“四弟年已渐长，须每日看史书十叶，无论能得科名与否，”⑦在致妹夫的信函中，曾国藩劝

---

① 曾国藩：《曾国藩全集·读书录》（一五），岳麓书社 2012 年版，第 131—132 页。

② 曾国藩：《曾国藩全集·读书录》（一五），岳麓书社 2012 年版，第 138—140 页。

③ 曾国藩：《曾国藩全集·读书录》（一五），岳麓书社 2012 年版，第 210 页。

④ 曾国藩：《曾国藩全集·读书录》（一五），岳麓书社 2012 年版，第 132—136 页。

⑤ 章学诚著，叶瑛校注：《文史通义校注·史德》，中华书局 1985 年版，第 219 页。

⑥ 曾国藩：《谕纪泽》，载《曾国藩全集·家书之一》（二〇），岳麓书社 2012 年版，第 362 页。

⑦ 曾国藩：《致澄弟温弟沅弟季弟》，载《曾国藩全集·家书之一》（二〇），岳麓书社 2012 年版，第 65 页。

告对外甥"每日须讲《史鉴》三页,无论能听悟与否,讲之有常,自有进益。"①曾国藩认为,读史须"或间作史论或作咏史诗、惟有所作,则心自易入,史亦易熟,否则难记也。"②道光十五年,曾国藩就作有咏史诗五首,以明心志。对古代主要史学典籍,曾国藩撰写了大量的读史札记和史论文章,他认为"读史之法,莫妙于设身处地。每看一处,如我便与当时之人酬酢笑语于其间。不必人人皆能记也,但记一人,则恍如接其人;不必事事皆能记也,但记一事,则恍如亲其事。"读者只有将自己置于历史的情境,才能唤起应有的历史角色感。如何才能做到正确地评价历史人物和历史事件?设身处地,不失为一种比较合乎实际的读史方法。

"'史意'是探讨历史撰述中的思想。"③曾国藩认为"经以穷理,史以考事。"其刻《何君殉难碑记》,"缀以铭词,俾来者有考焉"。④ 其撰写《修治金陵城垣缺口碑记》旨在使"来者勿忘!"⑤他认为"盖自西汉以至于今,识字之儒约有三途:曰义理之学,曰考据之学,曰词章之学。各执一途,互相诋毁。兄之私意,以为义理之学最大。""吾以为欲读经史,但当研究义理,则心一而不纷。"⑥曾国藩所言"义理",就是指维护封建道统和治统的程朱理学。在致九弟国荃的信函中,曾国藩说:"学问之道,能读经史者为根柢,如两《通》两《衍义》及本朝两《通》,皆萃《六经》诸史之精,该内圣外王之要。若能熟此六书,或熟其一二,即为有本有末之学。"⑦无怪乎曾国藩总结说:"英年读书,温经为

---

① 曾国藩:《复朱咏春》,载《曾国藩全集·书信之二》(二三),岳麓书社2012年版,第332页。

② 曾国藩:《谕纪泽纪鸿》,载《曾国藩全集·家书之二》(二一),岳麓书社2012年版,第438页。

③ 瞿林东:《中国古代史学批评纵横》,中华书局1994年版,第23页。

④ 曾国藩:《何君殉难碑记》,载《曾国藩全集·诗文》(一四),岳麓书社2012年版,第495页。

⑤ 曾国藩:《修治金陵城垣缺口碑记》,载《曾国藩全集·诗文》(一四),岳麓书社2012年版,第495页。

⑥ 曾国藩:《致澄弟温弟沅弟季弟》,载《曾国藩全集·书信之一》(二二),岳麓书社2012年版,第49页。

⑦ 曾国藩:《致沅弟》,载《曾国藩全集·家书之一》(二〇),岳麓书社2012年版,第350页。

上,读史次之,时文又次之。六经义精词约,非潜心玩味,本难领其旨趣。”①在他看来,读史要以义理为指导,史学的价值和意义就在于维护义理,内圣外王。作为朝廷的臣子,曾国藩以维护既存的伦常和礼制作为史学的最高准则,亦是不难理解的。

第二节　维新思潮与吴汝纶的史学思想

吴汝纶(1840—1903),字挚甫,安徽桐城高甸(今枞阳县)人,自幼从父读书,师宗方、姚,“为学,由训诂以通文辞,无古今,无中外,惟是之求”,②于经史子集均有造诣,“晚清著名的学者、文人和杰出的教育家”③,被誉为桐城派的末代宗师。他校勘了大量史部典籍,其选编的《李文忠公全集》、撰写的《李文忠公事略》《欧洲百年以来大事记》和《东游丛录》等均具有很高的史料价值。他认为方志可“为史者资焉”,其纂修的《深州风土记》首创“人谱”,一洗故习,拓展了中国旧有方志的内涵。吴汝纶信奉进化史观,认为“天演之学,在中国为初凿鸿蒙”,“此其资益于自强之治者”。他以进化论思想为武器,提倡史学经世,主张废科举,兴西学,希望通过“智民”和“强国”来维护清廷统治,并以此为标准,评判当代历史事件和历史人物。学界对吴汝纶在洋务、维新及中国近代教育转型中所发挥的作用多有研究,而对其史学成就、进化史观和史学经世思想则鲜有论及。

一、吴汝纶的史学成就

吴汝纶“藏书数万卷,皆手勘而躬校之,考证评骘,丹黄灿列”。④ 他校勘

① 曾国藩:《复邵顺国》,载《曾国藩全集·书信之八》(二九),岳麓书社 2012 年版,第 220 页。

② 赵尔巽等撰:《清史稿·吴汝纶传》(第 44 册),中华书局 1977 年版,第 13443—13444 页。

③ 施培毅:《吴汝纶全集·前言》,载《吴汝纶全集》(一),黄山书社 2002 年版,第 1 页。

④ 张宗瑛:《吴先生墓志铭》,载施培毅等校点《吴汝纶全集》(四),黄山书社 2002 年版,第 1151 页。

了大量史部典籍，考订史实，“自群经子史、周秦故籍以下，逮近世方、姚、曾、张诸文集，无不穷奇源而究其委”。李景濂认为吴汝纶“于史则《史记》《汉书》《三国志》《新五代史》《资治通鉴》《国语》《国策》皆有点勘，《晋书》以下至《陈书》，皆尝选集传目。而尤邃于《史记》，尽发太史公立言微旨，所评骘校勘者数本，晚年欲整齐各本厘定成书，著录至《孟尝君传》而止。而大端固已尽具各本中，世所传《史记平点》是也。又尝汇录《史记》与《左氏》异同，以为太史公变异《左氏》最可观省，且证明刘向所校《战国策》亡已久，今之《国策》，反取《太史公书》充入之，非其旧也”。[①] 吴汝纶秉承方苞史学中的“义法”，以严谨的学风校勘桐城派推崇的《史记》和《资治通鉴》等史学著作，厘清史实，正本清源，撰写了大量的读史札记，于史学颇有建树。他在考证史实的基础上，认为“史多不足据”[②]。譬如，他认为“《梁书·沈约传》，梁武篡齐，约劝成之。范云与约同策，约期云同入，而已先独对。此诬也。”又如“郭景纯文学，在晋为有数人物，风烈尤著，而《晋书》多载卜筮、小数不经之事，使后世以为方术之士，此史氏之失。史才之高下，洵关学识哉！”[③]言之有据，是吴汝纶考订史实的基本准则。他认为“《国史·高堂隆传》隆疏引贾生册‘可为长叹息者三’，今作‘六’，殆误。此传又载景初中魏明帝诏云‘闵子识原伯之不学，荀卿丑秦世之坑儒’，秦坑儒时，荀卿尚存，亦异闻也。”《史记》是吴汝纶据以研究《尚书》的主要著作，司马迁的史文亦备受其推崇，但对《史记》所载史实之误，吴汝纶也毫不留情地加以勘校或存疑。如《史记·赵世家》篇，言及归熙父云：“《赵世家》文字周详，是赵有史，其他想无全书。”吴汝纶考证曰：“史公明言有《秦纪》，则六国无史可知。《赵世家》所载，多小说家言，史公好奇，

---

① 李景濂：《吴挚甫先生传》，载施培毅等校点《吴汝纶全集》（四），黄山书社 2002 年版，第 1131—1134 页。

② 吴汝纶：《史学下》，载《吴汝纶全集》（四），黄山书社 2002 年版，第 184 页。

③ 吴汝纶：《日记·史学下》，载施培毅等校点《吴汝纶全集》（四），黄山书社 2002 年版，第 183—185 页。

网罗放失而得之者，非赵史也。”①就史学研究而言，吴汝纶的成就主要表现在以下几个方面：

其一，精心选编《李文忠公全集》，撰写《李文忠公事略》，为后人研究和评价李鸿章提供了第一手资料。如何甄别、遴选、辑录像李鸿章这样具有争议性的当代朝臣所存文稿，直接关乎后人对其评价，对此，吴汝纶持非常慎重的态度。1897 年 6 月 3 日，在致周玉山的信函中，吴汝纶言及“近来国史猥杂，中兴诸公事业，皆当仗所著文集以传远。合肥在诸公间，于洋务独擅专长，其办理中外交涉最专且久。近为编辑奏疏，分为详简二本，皆以洋务为主。详本则兼及直隶河工赈务。以此二事皆合肥定力所注，他人有办不到者。至平吴、平捻，大要已见于《钦定方略》书中，即所奏捷书皆可从略，私见如此，未识尊见以为然否？”他坦言：“某区区欲删定合肥文集，不欲使贤相身后令名淹没于悠悠之口，以为功名本末具在此书也。”②在《与刘芗林》的信函中，吴汝纶表示自己之所以重视编纂李鸿章文集，“并不皭皭为一时解谤，当与后之知人论世者考求心迹，使是非昭然具见本集，无所容其阿附也”。③ 现存吴汝纶日记、尺牍、《李文忠公事略》以及由其选编的《李文忠公（鸿章）全集》等文献，是今人研究李鸿章最权威的史料来源之一。吴汝纶所编《李文忠公（鸿章）全集》包括奏稿 80 卷、朋僚函稿 20 卷、译署函稿 20 卷，海军函稿 4 卷，电稿 40 卷，使后人对李鸿章的事功有一个全面的了解。有学者研究认为，吴汝纶所编《李文忠公全集》“虽然过于简略，且因急于为集主辩诬止谤，删削之中，不免失之真实和公允，但由于编者系集主学生和亲信幕僚，于集主的许多事迹，大多亲见亲闻，因此于文稿内容和时间的考订十分精详，于文稿的拟题亦十分精当。”④一方面，吴

---

① 吴汝纶：《赵世家》，载施培毅等校点《吴汝纶全集》（四），黄山书社 2002 年版，第 241 页。

② 吴汝纶：《与周玉山》，载施培毅等校点《吴汝纶全集》（三），黄山书社 2002 年版，第 151—152 页。

③ 吴汝纶：《与刘芗林》，载施培毅等校点《吴汝纶全集》（三），黄山书社 2002 年版，第 152 页。

④ 童本道：《〈李鸿章全集〉的史料价值》，《社会科学战线》2008 年第 3 期。

汝纶精心辑录“卷首”之文献，包括《上谕》四道、《谕赐祭文》四首、《御制碑文》二首和《国史本传》，由和硕庆亲王、顺天府尹、直隶总督袁世凯、两江总督刘坤一、工部左侍郎盛宣怀、安徽巡抚诚勋和山东巡抚周馥等大臣倡议在京师、天津、江南、上海和合肥等处建专祠奏疏十一道，以及吴汝纶亲笔撰写的《神道碑铭》和《墓志铭》。① 首篇文稿即《上谕》：“大学士一等肃毅伯直隶总督李鸿章器识渊深，才猷宏远，由翰林倡率淮军，戡平发捻诸匪，厥功甚伟。”“复命总督直隶兼充北洋大臣，匡济艰难，辑和中外，老成谋国，具有深衷。去年京师之变，特派该大学士为全权大臣，与各国使臣妥立和约，悉合机宜，方冀大局全定，荣膺懋赏，遽闻溘逝，震悼良深。”②吴汝纶之所以将“上谕”置于《李文忠公全集》卷首，既符合刊刻规制，又甚合其心愿，显然有“盖棺论定”或“先入为主”的考量。另一方面，对李鸿章使俄签订密约的史料，吴汝纶所撰《李文忠公事略》，或只云奉命使俄，或语焉不详，确有隐讳之处。诚如唐代著名的史学家刘知几所言：“肇有人伦，是称家国。父父子子，君君臣臣，亲疏既辨，等差有别。盖‘子为父隐，直在其中’，《论语》之顺也；略外别内，掩恶扬善，《春秋》之义也。自兹已降，率由旧章，史氏有事涉君亲，必言多隐讳，虽直道不足，而名教存焉。”③由此可见，吴汝纶对“有事涉君亲”者，亦“必言多隐讳”，显然，这是吴汝纶选编《李文忠公全集》的不足之处。

其二，吴汝纶认为方志可“为史者资焉”，其纂修的《深州风土记》首创“人谱”，一洗故习，拓展了中国旧有方志的内涵。他积数十年之功纂修的《深州风土记》，广征博引，考证精到、博古详今，具有很高的史学价值。全书 22 卷，分疆域、河渠、赋役、学校、兵事、官制、职官、名宦、艺文、古迹、金石、人谱、荐绅、名臣、文学、武节、史绩、孝义、流寓、烈女、物产和后序；附表 5 卷；共 39 万

① 吴汝纶编：《李文忠公（鸿章）全集》，沈云龙主编：《近代中国史料丛刊续辑》（691—698 卷），台湾文海出版社 1974 年版。

② 光绪二十七年九月二十七日《上谕》，沈云龙主编：《近代中国史料丛刊续辑》（691 卷），第 2 页，台湾文海出版社 1974 年版。

③ 刘知几：《史通 · 曲笔》，中州古籍出版社 2012 年版，第 145 页。

余字。吴汝纶在《深州风土记》中引证的文献既包括大量的旧志，如明、清一统志、《禹贡》《水经注》《太平寰宇记》《郡国县道记》和《永清志》等，参考了《左传》《史记》和《汉书》等正史，还旁及《通典》《文献通考》《资治通鉴》《大清会典》和《钦定平定粤匪方略》等政治历史著作。吴汝纶认为：中国方志，陈陈相因，"《永清志》虽系续撰，其旧志义例，尚可寻求。独章实斋以文史擅名，而文字芜陋，其体裁在近代志书中为粗善，实亦不能佳也。"①而"拙著一洗故习，令其字字有本，篇篇成文，稍异他人耳。"②吴汝纶对章学诚的《永清志》颇有微言，而对自己编纂的《深州风土记》却作如此高的评价，应该说是不无道理的。近代著名的语言文字学家、北京大学教授黎锦熙先生在《方志学两种·氏族志》一书称："方志而志氏族，要在辨其来源，分合、与盛衰之迹，盖一地文化之升降，风俗语言之异同，考其因缘，与此大有关系也。昔者《通志》一'略'，仅著本源；章志《永清》，专标'士族'；迄吴氏汝纶记《深州风土》，乃创'人谱'，始从族姓之迁徙，识文物之重心。"③吴汝纶在方志中首创"人谱"，拓展了中国旧有方志的内涵，对此，他在《深州风土记》中写道："太史公作《史记》诸表，其法本于《周谱》，后世谱牒之学发宋之君子，乃复为之，而北人不讲也，乡曲之士罕能自言其世。"④吴汝纶广征私家谱牒和地方文献，网罗散佚，考述州里古今望族大姓之演变，而成"人谱"，对研究北方名门望族和社会风俗文化变迁具有较高的史料价值。吴汝纶曾为《安徽通志》作序，认为"方志之作尚矣，网罗散佚，撰集旧闻，为史者资焉"。对光绪三年编修的这部《安徽通志》，吴汝纶认为，其"增损旧文，附益新事，义例至为精审，信乎其具史才可传以久者也。"⑤

---

① 吴汝纶：《答孙筱坪》，载施培毅等校点《吴汝纶全集》（三），黄山书社 2002 年版，第 37 页。

② 吴汝纶：《答藤泽南岳》，载施培毅等校点《吴汝纶全集》（三），黄山书社 2002 年版，第 428 页。

③ 黎锦熙、甘鹏云：《方志学两种》，岳麓书社 1984 年版，第 110 页。

④ 吴汝纶：《深州风土记·人谱》，载《中国地方志集成·河北府县志辑》，上海书店出版社 2006 年版，第 246 页。

⑤ 吴汝纶：《安徽通志序》，载施培毅等校点《吴汝纶全集》（一），黄山书社 2002 年版，第 295—296 页。

其三,吴汝纶撰写的《欧洲百年以来大事记》和《东游丛录》具有很高的史料价值。吴氏兼采中学和西学,是中国近代具有“史才”和“史识”的大家。他撰写《欧洲百年以来大事记》,采用大清皇帝年号纪年,考叙近代西方国家政治权力和国际关系变化,谴责西方列强的开疆拓土和殖民扩张,“盖吞并之策,始于非洲,终于亚洲,其事多费兵力,故近乃借为口实以避其名,有曰‘永代租借’,有曰‘保护’,曰‘权力所及之域’,曰‘承筑铁路之地’,曰‘不许让于他国’,种种名目,皆所以行其吞并之谋也。”①吴汝纶运用历史分析和国际比较的眼光,敏锐地洞察到西方殖民侵略的新特点。1902 年 5 月,吴汝纶访问日本,调查日本学制,写成《东游丛录》四卷,此书成为中国最高教育当局派员访询日本明治维新以后教育制度的第一份调查报告,对研究晚清学制改革亦具有很强的文献价值。

此外,吴汝纶对版本目录学亦有深入研究。譬如,他对《隋书》和《唐书》版本的考证:“近得旧本《隋书》,嘉靖、正德时补板,殆元时刻本,惜无刻书年月序,然甚爱之。世知《唐书》欧阳与宋分著姓名,以为欧公恐宋文为己作,其实非也。《隋书》纪、传,著明‘魏征上’,诸志,著明‘长孙无忌等上’,《唐书》盖本此。”“《隋书》诸志,皆题‘长孙无忌等奉敕撰’,独《地理志》无‘等’字,盖成于一手。”②史书的版本直接关乎史实的可信度,吴汝纶以慎选史料的态度对史书的版本来源详加考证,表现出史家严谨的治学作风。

二、 吴汝纶的历史进化论思想

就历史观而言,与晚清传统士大夫阶层不同的是,吴汝纶信奉历史进化论

---

① 吴汝纶:《欧洲百年以来大事记》,载施培毅等校点《吴汝纶全集》(四),黄山书社 2002 年版,第 507 页。

② 吴汝纶:《日记 · 史学下》,载施培毅等校点《吴汝纶全集》(四),黄山书社 2002 年版,第 188—189 页。

思想,认为“天演之学,在中国为初凿鸿蒙”①,“此其资益于自强之治者”②。

甲午战争失败后,西方列强迅速掀起了瓜分中国的狂潮,亡国灭种的情势强烈刺激着中国的思想界。伴随着民族危机的加剧和民族意识的觉醒,晚清学术界也经历了一场思想剧变。就19世纪末至20世纪初的中国史学界而言,这种剧变主要表现为从历史变易观到历史进化论的重大转折。戊戌维新时期,进化论思想之所以开始在中国萌生,一方面源于中国固有的传统文化资源,如康有为从“公羊三世说”中所提炼的朴素的历史进化观念;另一方面,就是经严复等人所传播的西方进化论思想。与曾门弟子黎庶昌、张裕钊和薛福成等人普遍具有史学经世思想不同的是,吴汝纶不仅秉承了以姚莹和曾国藩等为代表的晚清桐城派史学经世的传统,而且在与严复交往的过程中逐步接受了西方的进化论思想,信奉进化史观。

摈弃夷夏之大防的观念,接受西学,是吴汝纶信奉进化论的思想基础。针对“西学中源”说,以及“以夷为师”“礼失求野”的清议,吴汝纶指出:“西学乃西人所独擅,中国自古圣人所未言,非中国旧法流传彼土,何谓礼失求野!周时所谓东夷、北狄、西戎、南蛮,皆中国近边朝贡之藩,且有杂处中土者,蛮夷僭窃,故《春秋》内中国,外夷狄。……今之欧美二洲,与中国自古不通,初无君臣之分,又无僭窃之失,此但如《春秋》列国相交,安有所谓夷夏大防者!此等皆中儒谬论,以此边见,讲求西学,是所谓适燕而南辕者也。”③吴汝纶认为夷夏之防的观念乃“谬论”,欲救世变,必先讲求西学。

吴汝纶推崇进化论思想,认为“天演之学,在中国为初凿鸿蒙”。1895年初,吴汝纶得知严复正在翻译英国博物学家赫胥黎的《进化论与伦理学》,“桐

① 吴汝纶:《答严幼陵》,载施培毅等校点《吴汝纶全集》(三),黄山书社2002年版,第144页。

② 吴汝纶:《答严幼陵》,载施培毅等校点《吴汝纶全集》(三),黄山书社2002年版,第119页。

③ 吴汝纶:《答牛蔼如》,载施培毅等校点《吴汝纶全集》(三),黄山书社2002年版,第130页。

城吴丈汝纶，时为保定莲池书院掌教，过津来访，读而奇之。”①严复服膺桐城派，并用桐城古文风格翻译《天演论》。吴汝纶对严译《天演论》所宣扬的进化论思想，倾心悦服，在致严复的信函中，他表示：“得惠书并大著《天演论》，虽刘先生之得荆州，不足为喻，比经手录副本，秘之枕中。盖自中土翻译西书以来，无此宏制，匪直天演之学，在中国为初凿鸿蒙，亦缘自来译手，无似此高文雄笔也，钦佩何极！”②《天演论·吴序》既是吴汝纶对严译《天演论》的推介，也是吴汝纶借以阐发自己进化史观的宣言书。吴汝纶认为西方的进化论“以天择、物竞二义，综万汇之本源，考动植之蕃耗。言治者取焉。因物变递嬗，深研乎质力聚散之义，推极乎古今万国盛衰兴坏之由，而大归以任天为治。赫胥黎氏起而尽变故说，认为天不可独任，要贵以人持天”。吴汝纶称赞赫胥黎的学说“博涉”“信美”，“吾国之所创闻也”。他强调必须发挥人的“天赋之能，使人治日即乎新，而后其国永存，而种族赖以不坠，是之谓与天争胜”。如此，便达到了“天行人治，同归天演”的境界。③ 由此可见，吴汝纶显然已经突破了中国传统的“天命史观”和历史变易思想，认为“人治”与“天行”不仅同等重要，甚至可以“与天争胜”。在《天演论》序言中，吴汝纶通过阐发严译的要旨，表达了自己对社会历史发展是不断进化的历史认识。从科举到出仕，从曾、李幕府到执掌莲池书院，从参与洋务到倡导维新，吴汝纶以中国传统教育思想之胸怀欣然接纳来自西方的进化论思想，这种价值观的转变应该说是难能可贵的。《天演论》以及根据严译《天演论》删节著成的《吴京卿节本天演论》在20世纪的中国知识界产生了广泛而深远的社会影响，其所宣传的进化论思想不仅敲响了中华民族亡国灭种的警钟，也唤起了国人的民族觉悟，引发了近代中

---

① 严璩：《侯官严先生年谱》，载王栻主编：《严复集》第五册，中华书局1986年版，第1548页。

② 吴汝纶：《答严幼陵》，载施培毅等校点：《吴汝纶全集》（三），黄山书社2002年版，第144—145页。

③ 吴汝纶：《天演论·吴序》，载王栻主编：《严复集》第五册，中华书局1986年版，第1317—1318页。

国一系列的社会变革。

当然,与严复“合叙并观”的世界史眼光以及中西比较的学术视野略显不同的是,吴汝纶的进化史观主要局限于“此其资益于自强之治者”。严复认为进化是人类社会的普遍现象,任何事物的发展都不是单一的、孤立的,研究者应该“合叙并观”,综合地研究和分析社会问题,应该具备世界史眼光看待人类社会的历史。他用“世变”和“运会”等概念来解释历史,认为人类社会是不断发展变化的。这种变化是不以人们的主观意志为转移的自然演进过程①。他认为“运会既成,虽圣人无所为力,盖圣人亦运会中之一物”。② 受严复等人传播西学的影响,吴汝纶信奉进化史观,但其所言主要立足于“资治”的功用。在致严复的信函中,吴汝纶感叹:“时局日益坏烂,官于朝者,以趋跄应对、善伺候、能进取、软媚适时为贤。”而“执事之微旨何其深远而沉郁也。……所示外国格致家谓:顺乎天演,则郅治终成。赫胥黎又谓:不讲治功,则人道不立。此其资益于自强之治者,诚深诚邃。”③在答日本友人中岛生的信函中,吴汝纶认为日本的强大就是学习西方而人才大兴的结果,“方今欧美格致之学大行,国之兴衰强弱,必此之由”。④ 因此,吴汝纶认为“为学之患,在好为高论而实行不敦。听其言皆程朱复生,措之事则毫无实用”。⑤ 吴汝纶从经世致用的角度,将西方的格致之学、进化论思想与近代国家的兴衰强弱联系起来,显示了近代中国变易史观到进化史观过渡时期的思想特征。

---

① 参见拙文《严复的进化史观及其对新史学的影响》,《中国社会科学院研究生院学报》2014 年第 4 期。

② 严复:《论世变之亟》,载王栻主编:《严复集》第一册,中华书局 1986 年版,第 1 页。

③ 吴汝纶:《答严幼陵》,载施培毅等校点:《吴汝纶全集》(三),黄山书社 2002 年版,第 119 页。

④ 吴汝纶:《答日本中岛生》,载施培毅等校点:《吴汝纶全集》(三),黄山书社 2002 年版,第 153 页。

⑤ 吴汝纶:《对制科策》,载施培毅等校点:《吴汝纶全集》(一),黄山书社 2002 年版,第 369—370 页。

三、 吴汝纶的史学经世思想

桐城派名家史学思想的共同特点在于因时而变和史学经世。吴汝纶师宗方、姚,认为“学有三要:学为立身,学为世用,学为文词。三者不能兼养,则非通才”。[①] 时人亦认为吴氏“道高学博而有文章,尤以经世济变为亟。”[②]吴汝纶的史学经世思想主要表现为以进化论为思想基础支持曾国藩和李鸿章等人所倡导的洋务运动,主张废科举,兴西学,希望通过“智民”和“强国”来维护清廷统治,并以此为标准,评判当代历史事件和历史人物。

吴汝纶认为朝廷欲救民于水火,“必振民之穷而使之富焉,必开民之愚而使之智焉。今之内治者,无所谓富民之道也,能不害其生斯贤矣;无所谓智民之道也,能成就之使去科弟于有司斯才矣。……循是不变,穷益穷,愚益愚。今外国之强大者,专以富智为事,吾日率吾穷且愚之民以与富智者角,其势之不敌,不烦言而决矣。而所以富智民者,其道必资乎外国之新学。”[③]他认为“国之强弱,视乎人才”[④],要改变重农抑商和讳言利益的观念才能国富民强,“不痛改讳言利之习,不破除重农抑商之故见,则财且遗弃于不知”[⑤]。吴汝纶禀承姚莹等桐城派先贤们御敌救国的经世思想,将“强国”与“富民”“智民”结合起来,即通过富民之有,开民之智来拯救民族的危亡。吴汝纶任深州和冀州知州期间,广开河渠、大兴书院、提倡西学。1888 年他辞官就任保定莲池书

---

① 吴汝纶:《答王子翔》,载施培毅等校点:《吴汝纶全集》(三),黄山书社 2002 年版,第 107 页。

② 李景濂:《吴挚甫先生传》,载施培毅等校点:《吴汝纶全集》(四),黄山书社 2002 年版,第 1128 页。

③ 吴汝纶:《送季方伯序》,载施培毅等校点:《吴汝纶全集》(一),黄山书社 2002 年版,第 145—146 页。

④ 吴汝纶:《遵旨筹议折》,载施培毅等校点:《吴汝纶全集》(一),黄山书社 2002 年版,第 309 页。

⑤ 吴汝纶:《原富序》,载施培毅等校点:《吴汝纶全集》(一),黄山书社 2002 年版,第 197 页。

院主讲，1902 年被吏部尚书兼学部大臣张百熙保荐为京师大学堂总教习，后专程访问日本，考察近代教育体制。1903 年在安庆创办桐城中学堂。吴汝纶试图以“外国之新学”，即通过经济发展和教育振兴而使晚清社会赶上西方国家发展水平的观点，显然是对以曾国藩和李鸿章等为代表的洋务思想的继承和超越，其认识之深刻，立意之高远，在晚清士大夫阶层中可堪称开风气之先，被日本人早川新次誉为“方今东方儒林中最有开化之思想者。”①

在评价当代历史事件和历史人物方面，他以进化论为思想基础，站在维护清廷统治的立场上，认为太平天国运动、捻军起义和义和团运动破坏了社会的发展与进步，而对兴办洋务的曾国藩和李鸿章等恩师多溢美之词。

鸦片战争以来，清廷对外不能维护国家主权和领土完整，对内不能顺应历史发展的潮流因势而革，就历史发展的大势而言，太平天国运动、捻军起义和义和团运动在打击和动摇清王朝腐朽的专制统治方面，具有一定的积极意义。作为朝廷的命官和臣子，吴汝纶虽倡言洋务和维新，但其宗旨依然是维护清廷的既存统治，因此，吴汝纶对太平天国运动、捻军起义和义和团采取了全盘否定的态度。吴汝纶称太平天国运动为“洪杨之乱”，称太平军为“贼”②，称洪秀全为“粤匪”③，他认为太平天国破坏中国传统文化，“洪秀全反，盗据安庆者九年，官私文籍，扫地尽矣。”④吴汝纶称捻军等农民起义为“捻逆”“贼”⑤“念患”⑥，认

---

① 施培毅：《吴汝纶全集·前言》，载施培毅等校点：《吴汝纶全集》（一），黄山书社 2002 年版，第 7 页。

② 吴汝纶：《张靖达公神道碑》，载施培毅等校点：《吴汝纶全集》（一），黄山书社 2002 年版，第 81 页。

③ 吴汝纶：《李文忠公神道碑铭》，载施培毅等校点：《吴汝纶全集》（一），黄山书社 2002 年版，第 214 页。

④ 吴汝纶：《安徽通志序》，载施培毅等校点：《吴汝纶全集》（一），黄山书社 2002 年版，第 295 页。

⑤ 吴汝纶：《河南专祠事略》，载施培毅等校点：《吴汝纶全集》（一），黄山书社 2002 年版，第 329 页。

⑥ 吴汝纶：《吴汝纶日记·时政》，载施培毅等校点：《吴汝纶全集》（四），黄山书社 2002 年版，第 374 页。

为义和团运动导致了八国联军的侵犯,“庚子乱民肇衅,八国连兵内犯”。[①] 这种原因分析或史实的逻辑排列,显然是有失偏颇的,反映了吴汝纶历史观的阶级立场和时代局限。

1865年,吴汝纶中进士,同年入曾国藩幕府,后入李鸿章幕府,参与机要,颇受曾、李器重,“时中外大政常决于国藩、鸿章二人,其奏疏多出汝纶手”。[②] 曾国藩和李鸿章是吴汝纶江南会试的“座师”,本有师生名分,而吴汝纶亦视曾、李为授业恩师,“生平知遇,前惟曾文正,后惟李相”。[③] 吴汝纶推崇曾国藩的桐城文风,被誉为“曾门四弟子”之一。他评价曾国藩的战功,乃“再造土壤,还之太平,与民更始,功亦伟矣。”而筹办洋务,则“旷然大变,扫因循之习,开维新之化。”[④]吴汝纶对“李师”的尊崇有甚“曾师”,“向来将兵大臣,不明外交,明外交者,不明河事。李鸿章究通西法,于外交尤有专长,其用兵创习西国枪炮,其治河亦多采西说,用能随用收效,所至用功”[⑤],“以为合肥在中国决为不朽之人。”[⑥]曾国藩称李鸿章之功所云“‘儒生事业,近古未有’非溢美也”。[⑦] 并借美国人之口,称“天下贤相三人,其一德国毕士马克(俾斯麦),其一英国格兰斯登(格拉斯顿),其一则中国李鸿章也。”[⑧]

---

① 吴汝纶:《李文忠公神道碑铭》,载施培毅等校点:《吴汝纶全集》(一),黄山书社2002年版,第216页。

② 赵尔巽等撰:《清史稿·吴汝纶传》(第44册),中华书局1977年版,第13443页。

③ 吴汝纶:《与陈右铭方伯》,载施培毅等校点:《吴汝纶全集》(三),黄山书社2002年版,第103页。

④ 吴汝纶:《保定曾文正公祠堂碑记》,载施培毅等校点:《吴汝纶全集》(一),黄山书社2002年版,第92页。

⑤ 吴汝纶:《山东请建专祠事略》,载施培毅等校点:《吴汝纶全集》(一),黄山书社2002年版,第313页。

⑥ 吴汝纶:《与刘芗林》,载施培毅等校点:《吴汝纶全集》(三),黄山书社2002年版,第152页。

⑦ 吴汝纶:《浙江专祠事略》,载施培毅等校点:《吴汝纶全集》(一),黄山书社2002年版,第317页。

⑧ 吴汝纶:《直督胪陈事迹疏》,载施培毅等校点:《吴汝纶全集》(一),黄山书社2002年版,第320页。

其实,吴汝纶对李鸿章的评价是颇为复杂的。一方面,他为李鸿章遭时人讥评而鸣不平。另一方面,吴汝纶为李鸿章受俄国人的欺蒙而遗憾。甲午海战,北洋水师全军覆没,李鸿章赴日签订丧权辱国的《马关条约》,于是,清议者无不呼吁杀李鸿章以雪国耻。吴汝纶认为"国势积弱不振,殆非一人之咎"。[①] 李鸿章"移督直隶二十余年,办理外交最久,而忍辱负重"。[②] "吾师所处,凡一身毁誉是非,皆可置之度外,但视于国家轻重何如耳。"[③]吴汝纶断言,"中国不变法,士大夫自守其虚骄之论以为清议,虽才力十倍李相,未必能转弱为强。忠于谋国者,将何以自处!李相之欲变法自强,持之数十年,大声疾呼,无人应和,历年奏牍可复按也"。[④] 吴汝纶的上述分析在当时可谓远见卓识,但亦失之偏颇,甲午之役,李鸿章是难辞其咎的。吴汝纶认为:"自尼布楚立约至是,凡立三约,俄侵削满洲地凡三次,而版图扩张,遂成伟业。"对于李鸿章所签订的《中俄密约》,他感到十分的痛惜:"近年俄人夺取旅大,强建满洲铁路,事势积渐,理固然也。今日五洲所惊异者,莫如喀希尼之密约。李鸿章既定《马关条约》,遂失权,喀氏乘机市德于李,俄主加冕,请李往贺,遂携此约草以行。呜呼!此约实中国灭亡之左券也。"[⑤]在《答陈右铭》的信函中,吴汝纶就意识到"俄人代争辽东,此自别有深意,岂吾国之福!"[⑥]吴汝纶所编《李文忠公全集》对李鸿章的事功虽有所删节,却不曾杜撰或增饰,而从《吴汝

---

① 吴汝纶:《答陈静潭》,载施培毅等校点:《吴汝纶全集》(三),黄山书社 2002 年版,第 93 页。

② 吴汝纶:《天津专祠节略》,载施培毅等校点:《吴汝纶全集》(一),黄山书社 2002 年版,第 334 页。

③ 吴汝纶:《答李季皋》,载施培毅等校点:《吴汝纶全集》(三),黄山书社 2002 年版,第 119 页。

④ 吴汝纶:《答陈右铭》,载施培毅等校点:《吴汝纶全集》(三),黄山书社 2002 年版,第 105 页。

⑤ 吴汝纶:《删节日本法学士佐藤弘俄侵中国记》,载施培毅等校点:《吴汝纶全集》(四),黄山书社 2002 年版,第 448 页。

⑥ 吴汝纶:《答陈右铭》,载施培毅等校点:《吴汝纶全集》(三),黄山书社 2002 年版,第 105 页。

纶全集》所收录的与李鸿章相关的书信、事略、碑传等文献资料分析，吴汝纶不仅表现了其作为李鸿章门生幕僚对恩师名节的敬重，也体现出一个学者尊重历史真实的史学素养。吴汝纶的进化史观和史学经世思想有利于唤醒民族救亡的意识，对晚清思想界的影响应该说是积极的。

第三节　黎庶昌的史学思想

黎庶昌(1837—1898)，字莼斋，贵州遵义人，我国近代早期外交家和著名学者，贵州“沙滩文化”的主要代表人物。作为桐城派“曾门四弟子”之一，他与薛福成在古文造诣上有“南薛北黎”之誉。实际上，“好文辞”仅是作为儒士表达情志的方式而已，其学术根基与底蕴仍在于传统的经史。黎庶昌自幼深受家学浸润，又得名师硕儒教导，为学遍及诸子，深耕史、汉、三通，义理、考据、词章造诣皆深厚，史学著述宏富，是名副其实的经史大家。史载他“尝浏览子史百家之书，务通大义，不龂龂于章句训诂，而四史、《通鉴》，致力最深，朱墨并下，网罗旧闻，萃综精义”①。黎庶昌终身秉承“经世致用”史学思想，作为中国近代最早一批驻外使臣，从中国文化本位立场出发，认识、观察世界，以其固有的文化观念分析、研究西方社会历史文化，展示了一个新的史学视野，从而在史学理念、史学认识和史学方法上有重大转变。这种转变概括地说，就是由经世致用思想家转变为洋务派，再转变为早期维新思想家。从近代中国史学风气转变来看，黎庶昌“经世致用”的史学思想具有典型代表性。

一、　匡时补弊、史以经世

黎庶昌的“经世致用”史学思想，根源于孔子以来儒家知识分子忧患意识和中国古代史家自觉的社会责任感。特殊生活经历和成长环境，促成了黎庶

---

①　黎汝谦:《诰授资政大夫出使大臣四川川东道黎公家传》，载《黎庶昌全集》第八册，上海古籍出版社2015年版，第5473页。

昌"明道致用"的治学理念。"求道"与"致用"的结合,"学以致其道",是黎庶昌早期经世致用史学思想的基本特征。

黎庶昌出生在贵州东乡沙滩一个书香之家,他出生和成长的年代,正是鸦片战争以后国家内忧外患之际。东乡沙滩黎氏自明中叶定居于此,诗书传家。黎庶昌祖、父辈均因科举取得举人、进士功名,黎氏家塾筑辟有"锄经堂",藏书丰富。黎庶昌启蒙老师杨开秀系绥阳县举人,"绝意仕进,专以经术教授乡里"①。伯父黎恂积学数十年,出经入史,靡籍不究,"读书取明大义,不屑屑治章句,本诸身而可从,质诸世而可行"②。其岳丈莫与俦是贵州著名经学大师,"日以朴学倡其徒"③。其族兄郑珍、莫友芝皆"以朴学著称"。伯父黎恂教育他"古人不可作,乃以其书传。文章寿万世,日月悬中天。后儒阐厥蕴,纷纶注与笺。……饮河类鼹鼠,虽饱亦涓涓",又云:"读书固贵多,尤当领其要,精华既采撷,糟粕直须扫"④。并告之:"诗文所以经世。然有经世之志,必具经世之才,汝要多读史"⑤。黎庶昌自幼受名师大儒教诲,遍读经史子集,经学教养深厚,朴学基础扎实;读书治学不以科名为业,不屑训诂考据,犹爱载道文辞,"颇自传于苏子瞻、陈同甫一流"⑥。史载少年黎庶昌曾"以陈同甫自况",表明他敬佩"事功炳于千秋,气节昭于霄汉,文章如江河之流"的陈亮,⑦立志做像他这样匡时救世之人。正是在这样特殊的时代和环境下,塑成了黎庶昌的经世致用之志。

咸丰十年(1860),25岁时,黎庶昌离开贵州赴京城,他目睹英法联军祸乱北京,烧杀抢掠。在心灵遭受重大刺激之下,骤然萌生"为一代除积弊,为万

---

① 黎庶昌:《拙尊园丛稿·杨先生墓志铭》,载《黎庶昌全集》第一册,第184页。

② 黎庶昌:《拙尊园丛稿·诰授奉政大夫黎府君墓表》,载《黎庶昌全集》第一册,第175页。

③ 任可澄:《贵州通志·人物志(清上)》,贵州人民出版社2003年版,第58页。

④ 黎恂:《铃石斋诗钞·斋中咏怀》,载《黎氏家集》,光绪十五年刻本。

⑤ 黎铎:《沙滩文化的奠基人:黎恂》,《贵州文史天地》1994年第3期。

⑥ 黎庶昌:《拙尊园丛稿·答李勉林观察书》,载《黎庶昌全集》第一册,第66页。

⑦ 《陈亮集》附录,姬肇燕《康熙刻本龙川文集序》,中华书局1974年版。

世开太平，为国家固本根”①的壮志豪情，效法南宋陈同甫，“披肝沥胆”，应诏直言上书。他列举了朝政的种种弊端，要求朝廷认清危局，“以创为守”，以人才为治国根本，“求贤才”，“振元气”。黎庶昌的上书深深地触动了同治皇帝，于是下诏让他提出更具体的建议，这就有了第二次《上穆宗毅皇帝书》。

黎庶昌以一秀子之身两次上万言书，不避忌讳，冒死直言，且能洞察时势，切中时弊，条陈对策，是他早期“经世致用”思想的生动体现。这种思想，既是对道咸以来龚自珍、魏源等经世思想家的承继，又是在民族危机新的历史条件下的一种思考，体现了卓越的史识。鸦片战争爆发以后，中国的社会精英对“夷”的认识并未有多少改观，也未从“天朝”的迷梦中醒来，很难认识到一个新的时代即将到来。而黎庶昌则以一廪生秀子对社会现实问题有如此全面的洞察和认识，是与他长期以来对国家前途和命运的关注分不开的。

大致来说，传统史学的经世致用主要有这些基本特点：第一，以史为鉴，通古今之变，总结治乱兴衰的历史经验教训；第二，以史为用、以史资政、以古观今，从以往历史的治乱兴衰中考当今之得失；第三，通过历史褒贬评判，以整饬人心、挽救纲常，重建道德规范与社会秩序。鸦片战争前的经世之学，并没有超出儒学的范围。因为当时面临的社会突出矛盾是封建王朝统治的“衰世”，还没有出现外来侵略的问题。如果说道咸以来龚自珍、魏源等倡言的“经世致用”，“预示着史学风气的转变”②，因为在鸦片战争以后，不仅有内忧，又加外患。经世之学所面临的社会现实问题，是由外来强敌入侵而导致民族生死存亡的问题，使民族矛盾与挽救民族危亡紧密联系在一起。从史学的观念来看，这种转变就是改变乾嘉以来“娴于古而昧于今”的史学状况，改变以史论史，以史考史的风气，破除从历史中来到历史中去的治史旨趣，使考史、论史与社会现实密切联系，为“救敝起衰，重振国势”寻求现实出路。而林则徐、魏源

① 黎庶昌：《拙尊园丛稿·上穆宗毅皇帝书》，载《黎庶昌全集》第一册，第31页。

② 白寿彝主编：《史学概论》，宁夏人民出版社1993年版，第283页。

等人正是在新的社会现实条件下,担负起新的“经世致用”使命。除了魏源、林则徐等少数人以外,黎庶昌也是最早对时局深有触动并积极反思的那一批人。正是由于时变而导致学风转变,从而使“经世致用”思潮具有了近代意义。

第一,不是为治史而治史,而是以“治史”与“治世”相结合,治史的目的首先在于“治世”,即如何改革政治弊端。黎庶昌说:“古之君子无所谓文辞之学,所习者经世要务而已。”①

第二,在研究方法上,改变了传统的以考史为主,以论史为辅的史学方法,但并不因此而摒弃考史,只是把考证史实作为一种手段,以求达到更正确的论史。黎庶昌对此认识很清楚:“古之学者通经,将以致用,非苟为训诂已也。”②

第三,在对待传统典籍的态度上,认为无论是经书还是史书,都应以“治术”为旨归。这就突出了“经”与社会现实的联系,以解决现实问题为准则。例如,黎庶昌就提出,除儒家十三经外,应把周以来《庄子》《楚辞》《文选》《杜诗》《韩文》《史记》《汉书》《通鉴》《通典》《文献通考》《说文》等11种书作为治学范围,列为官学教育的内容,因为这些典籍都包含“治术”,是“有用”之书。

同治二年(1863),黎庶昌受命“交曾国藩军营差遣委用”,来到曾国藩幕府。这一时期黎庶昌开始寻求筹边御外、富国强兵之术。他一边与曾国藩学习古文义法,一边与薛福成等“日夕究论天下事”,“方是时,同幕诸贤各以经世之学相摩励,余雅不欲以文士自期,亦遂不以此期诸僚友”。③ 曾国藩也“以躬行为天下先,以讲求有用之学为僚友劝”④。在曾府,黎庶昌受到的教益主要表现在三个方面:第一,感受并推崇曾国藩的人格力量。曾以一介儒生,却

① 黎庶昌:《拙尊园丛稿·庸庵文编序》,载《黎庶昌全集》第一册,上海古籍出版社2015年版,第156页。

② 黎庶昌:《拙尊园丛稿·弢园经学辑存序》,载《黎庶昌全集》第一册,上海古籍出版社2015年版,第160页。

③ 《拙尊园丛稿·青萍轩遗稿序》,载《黎庶昌全集》第一册,上海古籍出版社2015年版,第154—155页。

④ 《拙尊园丛稿·庸安文编序》,载《黎庶昌全集》第一册,上海古籍出版社2015年版,第156页。

做出了治国平天下之伟业。第二，曾国藩告诫黎庶昌等，文辞之学可以载道，可以经世，是“自淑淑世”之学。第三，曾国藩告诉黎庶昌等人，西方强势入侵将会激起中国的大变动，西方强大首在坚船利炮，因此中国要尽快开展洋务，“师夷智以造船炮”。

黎庶昌经世致用历史观的重大发展和变化，是从他作为中国近代最早一批外交官员出使欧洲开始的。光绪二年(1876)，黎庶昌随郭嵩焘出使英国，驻欧五载，历任英、德、法等国参赞，游历欧洲十多个国家，光绪七年(1881)七月离欧。同年底，他升任驻日钦差大臣，至光绪十六年(1890)底回国，前后近十年之久。黎庶昌是带着观察、思考的态度来到欧洲的，以一个驻外使臣身份实践他经世致用抱负，先后撰写了《海行录》《西洋杂志》《奉使英伦记》《使东奏议》《使东文牍》《日本新政考叙》《日本访书志·自记》《莼斋笔记》《古逸丛书叙目》《春秋左传杜注校勘记》《宋本〈广韵〉校札》等著作，以及《由北京出蒙古中路至俄都路程考略》《由亚西亚俄境西路至伊犁等处路程考略》《欧洲地形考略》三篇关于历史地理考察的文章。在英国，第一次接触天文学，始知天文地理，自愧见识浅陋。他把在欧洲的所见所闻告诉国内好友，“实辟天地未有之奇”①、“殆非思议之所能及也”。② 对欧洲各国及日本的亲身体验，使他感受颇深。

第一，西洋社会“轮船、火车、电报、信局、自来水、火电气等公司之设，实辟天地未有之奇，而裨益于民生日用者甚巨，虽有圣智，亦莫之能违矣”③。西人采用机器生产，不假人力，“西人可为百者，中国只能为一”④。

第二，英国的议会政治看起来既像孟子所谓的王道仁政，又与老、墨思想

① 《拙尊园丛稿·与莫芷升书》，载《黎庶昌全集》第一册，上海古籍出版社 2015 年版，第 240 页。

② 《黎庶昌遗札·致张裕钊》，载《黎庶昌全集》第一册，上海古籍出版社 2015 年版，第 683 页。

③ 《拙尊园丛稿·与莫芷升书》，载《黎庶昌全集》第一册，上海古籍出版社 2015 年版，第 240 页。

④ 《拙尊园丛稿·与莫芷升书》，载《黎庶昌全集》第一册，上海古籍出版社 2015 年版，第 240 页。

境界相符,“虽有君主之名,实为民政之国”,“各国风气,大致无殊。凡事皆由上下议院商定,国主签押而行之。君民一体,颇与三代大同”①。

第三,在社会风貌方面,“居官无贪墨”,“学馆、监牢、养老恤孤之属,率由富绅捐集”,“物与民胞”,“决狱无死刑而人怀自励”,“用兵服而后止,不残虐其百姓”。民众生活严整而“优游暇豫”,“实有一种王者气象”。②

第四,“西人学问实亦精深宏博”,讲求的是历算、乐律、测望、占候、火器、水利等“绝学”,“宏编巨帙,浩如烟海”③。

第五,西人不但从东南沿海而且还从欧亚内陆窥伺我国,因此向曾纪泽建议,派专人考察我国西北边疆,称“实欲求益国家,非苟为纸上空谈”④,在得到失望的答复以后,黎庶昌自己完成了三篇历史地理考察报告。

光绪十年(1884),担任驻日公使的黎庶昌再次上奏《敬陈管见折》,这是他经过多年的观察和思考,向清廷提出的变法方案。奏折以“整饬内政,酌用西法”为改革方针,提出七点建议,这些建议包括修铁路、理财政、保护民族工商业、富国强兵等,但真正的落脚点却是“酌用西法”,希望借鉴西方和日本的经验,“仿而行之”。按照黎庶昌的愿望,不但要学习西方的科学技术,更要学习西方的政教体制。从他写给朋友的信中,充分表达了他对西方科学技术和政教体制的仰慕和推崇。因顾虑触犯忌讳,只能用“酌用西法”婉转地表达改革政治制度的愿望。为了使统治上层了解西方真实情况,因此在第七条建议中提出“派亲贵大臣出洋考察”。黎庶昌的这些建议,直到20年后清末新政才有回应。

光绪十七年(1891)黎庶昌结束外交生涯,转任川东道。真正开始了向西

① 《拙尊园丛稿·与莫芷升书》,载《黎庶昌全集》第一册,上海古籍出版社2015年版,第240页。

② 《拙尊园丛稿·与莫芷升书》,载《黎庶昌全集》第一册,上海古籍出版社2015年版,第240页。

③ 《拙尊园丛稿·与莫芷升书》,载《黎庶昌全集》第一册,上海古籍出版社2015年版,第240页。

④ 《西洋杂志·再上曾侯书》,载《黎庶昌全集》第一册,上海古籍出版社2015年版,第616页。

方学习的实践。他创办洋学堂,开设西学课程,派遣学生到欧洲留学。同时鼓励兴办实业,改革教育制度,影响四川、贵州两省。《清史稿》也称赞他:“既往事,设学堂,倡实业,建病院,整武恤商,百废俱举。”

二、 通经明理,明理致用

“通经致用”是经世致用思想本有之义,也是春秋以来中国通史思想的主流。孔子删定“六经”,而被称为“圣之时者”,就在于他“祖述尧舜,宪章文武”,对上古三代文明不是通过照搬,而是基于春秋时期的社会现实问题,汲取尧舜文武周公学说中的“一以贯之”的思想原理,创发了一套以“仁”为核心的儒家思想学说。儒家这一借助古代圣贤思想原理来解答现实社会问题的致思形式,后来被作为“通经致用”或“通史致用”学术传统为历代儒者所继承。

“通经致用”或“通史致用”旨在“通经明理”。司马迁的“究天人之际,通古今之变”,郑樵的“极古今之变”,章学诚的“通史家风”,都是以“通经”为手段,以“明理”为目的。黎庶昌治学不囿于门户之见,既承继汉学渊源,又讲求文以见道。治经析理,文史并重,汉宋兼申,儒墨互补,史汉并尊,兼收并蓄,通贯古今,期于实用。黎庶昌一生,保持儒士本色,以经世致用为宗旨,以通经明理为方法,以实证为基础,对优秀传统文化兼收并蓄,文以载道,史以鉴治。认为只有从字义训诂、名物制度的考释着手,才能体察圣人之意,以观圣人之道。黎庶昌的通史思想带有道咸之际经世致用史学思潮的明显特征。

首先,黎庶昌对经史中包含孔孟之“道”深信不疑。他认为孔子定六经“垂范百王,与道无极”①,高度评价孔子开创中国文化的典范作用。还指出“六经之义坦然明白,至今日而如日正中,悬诸不刊之典矣”,②“六艺之旨,文字之源,出

① 《拙尊园丛稿·周以来十一书应立学官议》,载《黎庶昌全集》第一册,上海古籍出版社2015年版,第51页。

② 《拙尊园丛稿·图画章句三大儒遗像记》,载《黎庶昌全集》第一册,上海古籍出版社2015年版,第55页。

明之情状,灿然大备”。[①] 这表明他对儒家文化精神有深刻的把握。在他看来,章句之学的兴起,也是儒家通经明理思想原理的客观要求,“发明章句,始于子夏。汉踵秦火之余,收拾遗经。礼坏乐崩,书缺简脱,然皆莫能相通”。[②] 至郑康成氏、朱熹氏,皆“天纵大儒,绝地通天之力,以缵斯文于未丧,而其学皆自章句得之,夫下学而上达”[③]。“下学而上达”就是由章句之学领会圣人之意,达至圣贤之道。因此他十分推崇子夏、郑玄和朱熹在传承儒家道统方面的贡献。黎庶昌虽善于文辞,但立足点在于“因文见道”,在治学上,以求道为根本目的。他说:“本朝人喜言考据,然其学在今日,实已枝搜节解,几无剩义可寻,鹜而不已,诚不免于破碎害道之讥。惟独文章一事,余意以为尚留未尽之境,以待后人。而因文见道之说,仆尤笃信不惑。”[④]

其次,“通经”是“明理(道)”的前提。在黎庶昌看来,孔子删定“六经”,揭示了儒家共同的伦理道德和价值观念(道),宣示了儒家“一以贯之”的思想原理,因此,“通经”包含两个方面:一是文字训诂;一是博览群经。

从文字训诂方面来说,黎庶昌对清代的考据学有褒扬,有批评,认为清代学人所讲义理、考据、辞章这种治学无补于时。因为“窃以为本朝学问,义理、考据、辞章三端,至今日而涂辙大明,皆可寻求而自至”[⑤],反对“娴于古而昧于今”治史态度,反复强调“夫下学则上达,章句明而后义理生,自然之验也。”[⑥]

---

① 《拙尊园丛稿·答赵仲莹书》,载《黎庶昌全集》第一册,上海古籍出版社 2015 年版,第 65 页。

② 《拙尊园丛稿·图画章句三大儒遗像记》,载《黎庶昌全集》第一册,上海古籍出版社 2015 年版,第 54 页。

③ 《拙尊园丛稿·图画章句三大儒遗像记》,载《黎庶昌全集》第一册,上海古籍出版社 2015 年版,第 55 页。

④ 《拙尊园丛稿·答赵仲莹书》,载《黎庶昌全集》第一册,上海古籍出版社 2015 年版,第 65 页。

⑤ 《拙尊园丛稿·答赵仲莹书》,载《黎庶昌全集》第一册,上海古籍出版社 2015 年版,第 64 页。

⑥ 《拙尊园丛稿·图画章句三大儒遗像记》,载《黎庶昌全集》第一册,上海古籍出版社 2015 年版,第 55 页。

学问之道,“皆可寻求而自至”①。

从博览群经方面来说,黎庶昌对“经典”的看法颇与时人不同。他认为,并不是只有儒家经典中蕴含有“道”,诸子之中,历史典籍中都含有“道”。他认为,由于秦始皇焚书坑儒,致使“礼乐政教一扫无闻,三代由是旷绝”②,中国古代的“道”与“器”才在中国失传。他说:“书籍浩博,毕世不能殚其业,若不循持要领,而泛泛以求,则恐舍本逐末,遗精得粗,宝碱砆而弃珠玉,必有误用其精力者矣。”③他告诉赵以炯的读书要领:除六经以外,诸子应读老、庄、荀、周、程、张、朱;于史则取两司马、班氏,于文则取《文选》、韩愈、欧阳。他认为,除儒家十三经之外,《庄子》《楚辞》《文选》《杜诗》《韩文》《史记》《汉书》《通鉴》《通典》《文献通考》《说文》等这些典籍“历代相承,诵习不绝”,“精深博笃,取用宏多”且有“协人心众好之同”,往往视为不刊之典。不仅如此,黎庶昌进一步认为,“天地之道之大,非执儒之一涂所能尽”④。唐代韩愈曾经说孔、墨相为用,孔必用墨,墨必用孔,看来并非虚言。在他对西方社会深入考察后认为,西方社会奉行的政教法度俨然是中国的“老聃、墨翟之道”。

再次,从经世致用思想出发,必然重视经典的致用功能和作用。黎庶昌不仅致力扩展经典的范围,深入发掘经典的垂鉴作用,而且还大力搜集整理各种史料,编辑成历史文献。特别为时人所称赞的,是他使日期间,不惜重金搜集流散于日本的国内逸佚的唐宋元各代珍本、善本,选取其中 26 种,汇刻成《古逸丛书》200 卷。这部丛书“于版本学、校勘学、辨伪学、辑佚学等诸多学科的研究都有很大参考价值”⑤,可谓是一项嘉惠后世的重大文化事业。

---

① 《拙尊园丛稿·周以来十一书应立学官议》,载《黎庶昌全集》第一册,上海古籍出版社 2015 年版,第 51 页。

② 《拙尊园丛稿·青萍轩遗稿序》,载《黎庶昌全集》第一册,上海古籍出版社 2015 年版,第 154 页。

③ 《拙尊园丛稿·答赵仲莹书》,载《黎庶昌全集》第一册,上海古籍出版社 2015 年版,第 64 页。

④ 《拙尊园丛稿·读墨子》,载《黎庶昌全集》第一册,上海古籍出版社 2015 年版,第 146 页。

⑤ 来新夏:《黎庶昌对异域古籍搜刊的贡献》,《北京图书馆馆刊》1993 年第 1 期。

最后,黎庶昌“通经致用”思想最显著的特征和近代意义在于,只有从社会现实中,才能找到救治中国的道路。黎庶昌通过对曾国藩人生实践总结,得到了一条宝贵的经验:用必施于世,道必显于时。“治国平天下”不仅是理想抱负,更在于身体力行。他说:“昔者孔子之道大而能博,非徒垂空文而已也。”孔子而后,儒者辈出,“言愈尊,效愈寡”。是什么原因呢?就是“至益重以阔远”,“舍本骛末”,“寡要乏实”。[①] 所以,只有像曾国藩这样明儒道,“知变化”的人,才做出这样的伟业。可以说,这是黎庶昌在治史中得到的一条宝贵的经验。

为了把握世界大势,了解西方各国的情况,黎庶昌就坚定要“身履目击”,亲自到外国考察一番。当他接受朝廷任命出使欧洲时,并没有像其他朝臣一样感到莫大羞辱,因为当时官场风气则是耻于与洋人打交道。而黎庶昌的想法是“夫觇国之道,柔远之方,必得其要,必得其情。得其要,得其情,而吾之所以应之者,乃知所设施。且即吾所谓乘时顺天,承敝易变,使民不倦者,神而明之,利而用之,亦可以得其道矣”[②]。因为他感受到“处今日而谈洋务,非身之所履、目之所击,不足以为异”[③],历史上张骞出使西域,“其言至今可复验”[④]。

把现实世界作为一部经世致用大书,在黎庶昌看来,这才是真正的“孔子之道”。通过对中国社会的深切了解和对西方社会的深入考察,看到欧洲各国“政教修明”,不是我们所想象的那样“匈奴回纥”。对比中国尊崇儒教,他感到西方立国之道既像中国的墨子之道,又像黄老之道,甚至还认为像“先王

① 《拙尊园丛稿·湘乡师相曾公六十寿序》,载《黎庶昌全集》第一册,上海古籍出版社2015年版,第170页。

② 《黎莼斋先生信稿·复张廉卿》,载《黎庶昌全集》第一册,上海古籍出版社2015年版,第672页。

③ 《拙尊园丛稿·游历日本图经序》,载《黎庶昌全集》第一册,上海古籍出版社2015年版,第157页。

④ 《拙尊园丛稿·游历日本图经序》,载《黎庶昌全集》第一册,上海古籍出版社2015年版,第158页。

之道”。总之,对西方社会政教充满仰慕之情。黎庶昌到欧洲不久,就写信表达了对西方的社会政教的仰慕之情,初步萌发了维新变法的思想。及至出任驻日公使,通过对日本“明治维新”的考察研究,看到日本改变了国力贫弱、屡遭西方列强欺凌的状况,迅速走上富强的道路,其维新变法的感受更加深刻,更激发了他请求变法的决心。于是通过《敬陈管见折》,提出的“择善而从”“酌用西法”①,委婉地表达了学习西方政教制度愿望。其实,在当时的环境中,作为一个驻外使臣,他很难毫无顾忌地公开表达自己的真实想法。从他内在的心路历程,我们不难看出这一点。可见,黎庶昌学习西方的思想已突破器物层面,扩及制度、精神层面。

三、 因时适变、因势救变

“因时适变”“因势救变”是黎庶昌“通变资治”历史观的具体表现。“通变”史观在不同境域中还有其他表述:“因时制宜”“权时达变”“因时变通”等。“通变”历史观来源于易学变通史学传统。《周易》本身是中国古代历史大变动时期的产物,又是思想家对宇宙自然和社会历史变化的认识与理解。易学变通的观念来自于对自然和社会事物的仰观俯察。“一阖一辟谓之变,往来不穷谓之通。”②天(自然)和人(人事社会)都是变通的,变通的普遍法则盛衰的变动。认识和把握事物的变化趋向,对治理国家有重要的意义。《周易》之历史变化的观点,对几千年的中国史学产生了重大影响,并由此形成变通史学思想传统。

黎庶昌出身于有“易学”传承渊源的黎氏家族,深受家学浸染。《易》学是黎氏家学之一,黎氏家族研究《易》学的心得和学术思想代代相传。黎庶昌在其《读易程传》中反对对《易》作穿凿附会的解说,更反对把《易》看作是“卜

① 《拙尊园丛稿·敬陈管见折》,载《黎庶昌全集》第一册,上海古籍出版社 2015 年版,第 219 页。

② 《拙尊园丛稿·读易程传》,载《黎庶昌全集》第一册,上海古籍出版社 2015 年版,第 143 页。

筮”之书。黎庶昌认为,孔子《系辞》所说的,“止于阴阳、奇偶、刚柔、动静、进退、存亡、吉凶、悔吝而已”①,《易》所论的,正是万事万物发展变化的诸种因素,特别是“阴阳”两种力量的交互感应,正是化生万物的根源,万物总是在无穷的变化中才得以生生不息。黎庶昌正是从《易》中接受了发展变化观念,构成了他历史观的基础。他常引用《易》中“物穷则变,变则通,通则久”的观点,用来分析社会和历史现象,黎庶昌提出的诸种变法革新的主张,正是由《易》发展变化的观念演变而来。

黎庶昌早期的“通变”思想最早体现在两次《上穆宗毅皇帝书》中。其中论述了中国历史自周以来经历了“四大变”“三大害”。这“四大变”是:“嬴秦恣兴,残虐生民,为中国一大变;五胡云扰,冠履涂炭,为中国二大变;五季之际,纷争战伐,五十余年,暗无天日,为中国三大变;金元祸宋,古所未有,为中国四大变”;“三大害”是“杨墨之无君父,一大害也;黄老之清静无为,二大害也;佛氏之虚无因果,中于人心,牢固而不可破,三大害也”。② 中国经此“四变三害”,天地之正气几乎息,先王之礼乐法度几乎扫地。至于今日英法诸夷之祸,耶稣之教之害,实则是“合四变三害为一大变、一大害”。这说明了西方列强的侵略给中国带来了历史上空前的浩劫。黎庶昌的上书,围绕“振元气、求贤才”这一中心,列举了朝政的种种弊端,要求皇帝“用创为守”,破除“敝法”,改革敝政。

黎庶昌早期通经致用思想的特点主要表现:

第一,都是从历史的经验教训中总结当世之弊,其目的是为了振弊救衰。虽然他所提出的改革方案不过是“求贤才”、改弊政、明赏罚、治贪腐等老一套,在如何抵御西方侵略方面,也只是“严华夷之辨”,“禁罢一切奇技淫巧”,

① 《拙尊园丛稿·读易程传》,载《黎庶昌全集》第一册,上海古籍出版社 2015 年版,第 144 页。

② 《拙尊园丛稿·上穆宗毅皇帝书》,载《黎庶昌全集》第一册,上海古籍出版社 2015 年版,第 33 页。

但是，他对人在历史发展中的主体地位和作用的认识，还是值得肯定的。

第二，他所关注的都是鸦片战争以后的社会现实问题，并且是从社会现实出发寻找历史的解决方案，这种立场和态度具有强烈的现实性和批判性。例如提出要改革科举制度，认为科举制度是八股小楷、试帖时文之类“靡靡无谓之术”，读书之人不明大道，只知投机钻营，于国家一无足用，涉及改革政治制度的要求。

第三，在变革的理论依据上，则除了提出“灾害祥异说”和“时势说”以外，还提出“法敝则不可守”的观念。“灾害祥异说”把社会变革的要求归结为有意志的“天”；“时势说”即自周以来经历的“变”与“害”具有不可违抗的自然必然性，这个“势”即变化之道；而“法敝则不可守”则是对“祖宗之法不可变”观念的破除，说明“祖宗之法”也有“敝法”，因此必须“用创为守”，即破除不可守的旧的律例，制订新的治理措施。

从黎庶昌早期的“通变”思想可以看出，传统的变通史学观念，有阴阳灾变、“天不变道亦不变”“天人感应”“三统循环”等思想糟粕，在他来到曾国藩幕府，结交郭嵩焘、薛福成、马建忠等有识之士以后，再来到欧洲、日本“身履目击”，“通变”思想发生了巨大的变化。黎庶昌后期变革思想主要体现在以下几个方面：

第一，借鉴西方和日本的治国经验，祈望中国仿而行之。黎庶昌使外十几年，深刻地体验到西方国家的发展强大，比照中国的状况，深感忧虑。因此，他在《敬陈管见折》中所提出的建议，几乎无不以西方列强的经验作为参照，祈望朝廷掌权者当机立断，仿而行之。包括兴办轮船火车、修筑铁路、整治城市环境、电力电报；在军事方面“急练水师”；在政治制度方面能像“明治维新”那样“一尚西法”。

第二，注重国计民生，强调大力发展民族工商业。他深刻认识到，国家的强弱关键在于国家的经济力量。他在《敬陈管见折》中所提的 7 项建议，大部分是关于经济建设的，如修筑铁路、发展现代交通、保护资本主义工商业、做好国家年度收支计划、整治首都市容、派要员出国考察等。

第三,具有更强的忧患意识和更急切的富国强兵的愿望。走出国门以后的黎庶昌,更深切地感受到清廷朝政的弊端以及中西国力对比悬殊,因此急切呼吁"不思变通"的严重后果。在《敬陈管见折》中,他强调处于当今列强竞争时代,这些变革措施不是可有可无的,否则"若徒因循旧贯","臣虑后悔仍未已也"。①

黎庶昌提出的这些变革措施,都是在新的历史条件下,清朝统治者面临的新问题。当他试图以传统的易学变易史观来解答新的社会问题时,"通变"史观也得到新的发展,具体表现在:

第一,"天地之运,积久必变"。② 易学变易史观所谓的"变",实际上包含两个方面:一方面是历史自身的发展变化;另一方面是,作为历史活动的主体的人,也要随着历史发展的变化而变化。从第一个方面来说,根据易学变易史观,历史自身的发展变化是"天地之运,积久必变"。是说,宇宙自然包括人类历史发展变化是必然的趋势。"变"是常态,逐渐的;"化"是质变,突变。这种"变化"的必然趋势与自然事物一样,"可大""可久"。因此,人们就应该认识、把握历史大势,"明变知化"。另一方面,"天既以此变尝试于人",作为历史活动的主体的人,就应该像禹、汤、文、武、周公、孔子等圣人、贤人那样"善承天","因势救变"③也要随着历史发展的变化而变化,即所谓"因时适变"。如果"堰然自是,不思变通",就会出现敝衰。这就是"穷则变,变则通,通则久"。

第二,"道术因时而变"。长期以来,儒家变易史观宣扬"天不变,道亦不变",经世致用就是要把握所谓不变之道。在人们的普遍认识中,"所变者,事

① 《拙尊园丛稿·敬陈管见折》,载《黎庶昌全集》第一册,上海古籍出版社 2015 年版,第 219—225 页。

② 《拙尊园丛稿·答赵仲莹书》,载《黎庶昌全集》第一册,上海古籍出版社 2015 年版,第 65 页。

③ 《黎庶昌全集》第一册,上海古籍出版社 2015 年版,第 219 页。

物也,不变者,道也”。而程朱理学空谈性理,要么把“道”变成脱离百姓日用抽象的“道”;要么把“道”固化为一成不变的“王道”理想。而黎庶昌则认为,孔子定六经,“垂范百世,与道无极”。孔子以后,经典增益,道术因时而变,至清代“学天下以实事求是之旨,包举汉宋,不名一家。”黎庶昌在上皇帝书中说:“臣闻上古治理天下,有治人,无治法”,“夫天下之变,无一定之局也”,因此,告诫皇帝“不能执一法以绳之”①。这就说明了,历史发展变化尽管有“道”,但这个“道”不是一成不变的,它总是“因时而变”“因势而变”,因而人就应该“因时适变”“因势救变”。

第三,“因时适变”之道在于历史与现实之中,变化之道就是“势”,因此,必须“通”达历史,“因势”而变。“通变”史观形成于“救敝起衰,重振国势”的社会实践,他一直在寻求中国的富国强兵之“道”。那么,这个“道”在哪里呢?黎庶昌的“通变”思想在他走出国门以后发生了深刻的变化。通过亲身感受,使他的思想认识发生了很大变化,逐步改变了闭关自守、妄自尊大和鄙薄技术、专主儒术的封建正统观念,日益增强了汲取西方民主政治、引进先进科学技术的维新变法思想。他对西方的科学和生产技术的进步也惊叹不已,看清了中国是“君主专制之国”,而西方是“民政之国”,中国应学习西方兴办“车轮之业”,“择善而从”“酌用西法”。他深信,即使孔孟等圣人再世,也会赞同他的看法,也会选择走向西方学习的道路。

出使西洋之后,黎庶昌逐渐认识到近代西方国家富强的根本因素:一是“政教修明”,能够“君民一体”,是“民政之国”;二是运用大机器生产,科学技术发达;三是大力发展工商业,财积于民,富积于国;四是在军事上有强大的陆海军力量维护国家和商民利益。在这四种要素中,最主要的其实是政治体制和经济制度。晚清洋务派提出“中学为体,西学为用”的口号,仅是纯粹从军事强国目的出发,只是学一些西洋技艺,对专制统治根基的政教伦理则采取顽

① 《拙尊园丛稿·上穆宗毅皇帝第二书》,载《黎庶昌全集》第一册,上海古籍出版社 2015 年版,第 40 页。

固坚守的态度。黎庶昌认为,不仅要学习西方的科学技术,就是其政教制度也要加以效法吸收,这显然触动了专制统治根基,具有早期维新派思想特征。

黎庶昌经世致用史学思想对近代史学风气转变有着重大意义,主要体现在:

第一,“夷夏之辨”观念转变。如果说在1862年两次上书时他对西方的认识还停留在“严华夷之辨”,视西学为“奇技淫巧”的话,那么,他1876年出国以后对西方的认识便发生了根本的变化,这种观念的变化在近代有识之士中是较早的。

第二,史学价值观念的变化。经世致用之“道”“理”,并不仅限于经史所载先王之道、礼乐政教,更应当在社会现实生活之中。儒家之所以“为世所诟病久矣”,就是因为孔子之后儒者“寡要乏实”,脱离生活实际。只有在现实生活中,才能寻求到解决现实问题之道。黎庶昌通过对西方社会的深入考察发现,西方社会“一本政教”,有道有器,有体有用,决不像洋务派所说的那样“中体西用”。西方循着不同于中国的发展方式而臻于文明富强,给有识之士在中国发展变革的道路上,增添了新的价值选择。

第三,在“经世致用”旗帜下提出向西方学习、富国强兵的要求。作为一种社会群体意识,明确提出向西方学习要求的是早期维新派,黎庶昌像王韬、薛福成、冯桂芬一样,属于较早开眼看世界的人物,他们在19世纪七八十年代提出向西方学习,全面变革的要求,不仅为康有为、梁启超维新变法提供了思想理论基础,而且也从根本上促进了史学风气的近代转变。

因此说,黎庶昌是近代史学风气转变的典型代表人物是恰如其分的。

第四节　张裕钊和薛福成的史学思想

张裕钊和薛福成,尝师从曾国藩,与桐城吴汝纶和遵义黎庶昌并称“曾门四弟子”。张裕钊晚年主莲池书院多年,培养了贺涛、范当世、张謇、马其昶和姚永朴等众多弟子，他精于史学考证，重视方志的纂修，强调史学经世。薛福成与郭嵩焘、黎庶昌一样，属近代中国第一批外交官，倡言向西方学习，其《出使四国日记》具有很高的史料价值，他善于总结历史上的经验教训，对历史人物的评点常有独到之处，其因势而变的历史观为后来吴汝纶和严复等人倡导进化论奠定了思想基础。

一、　张裕钊的史学思想

张裕钊(1823—1894)，字方侯，又字廉卿，一作濂卿，初号圃孙，又号濂亭，湖北武昌人，"道光丙午举人，官内阁中书。师事曾国藩，受古文法，最为笃爱。好古敦行，于学靡不窥，尤深嗜左氏、庄周、司马子长、韩退之、王介甫之文……历主凤池、鹿门、三原、莲池等书院讲席，造就人才甚众。"①著有《濂亭文集》8卷、《濂亭遗文》5卷、《濂亭遗诗》2卷。吴汝纶认为"文章之事，代不数人，人不数篇"，开国以来，"则姚郎中之后，止梅伯言、曾太傅及近日武昌张廉卿数人而已"②。他将张裕钊视为继姚鼐之后与梅曾亮和曾国藩齐名的古文大家，并感言"文章自有真传，廉卿死，则《广陵散》绝矣"③。张裕钊主张"文章之道，莫要于雅键"，④曾国藩评价其古文"著句俱有筋骨，日进无疆"⑤，其与吴汝纶等相继授业的莲池派在晚清文坛可谓群星璀璨。张裕钊擅长诗，尤工书法，以古文名世，后人对此多有研究，而鲜有论及其史学思想。徐世昌认为张裕钊"为文假途韩、欧，上推秦汉，原本六经，沉潜乎许、郑之训诂，程、朱之义理，以究其微奥。"⑥《清国史·张裕钊传》云张氏"于三代两汉诸子百

① 刘声木撰，徐天祥校点：《桐城文学渊源考·撰述考》，黄山书社1989年版，第307页。

② 吴汝纶：《答严几道》，载《吴汝纶全集》(三)，黄山书社2002年版，第236页。

③ 吴汝纶：《与吴季白》，载《吴汝纶全集》(三)，黄山书社2002年版，第63页。

④ 张裕钊：《答刘生书》，载《张裕钊诗文集》，上海古籍出版社2012年版，第87页。

⑤ 曾国藩：《复张裕钊》，载《曾国藩全集·书信之二》(二三)，岳麓书社2012年版，第518页。

⑥ 徐世昌：《清儒学案》卷一七七，民国二十八年北京修绠堂刊，第53页。

家之书，莫不淹贯，而尤酷嗜《史记》。”①由此可推知其于史学考证亦颇有造诣。概而言之，张裕钊的史学思想略有以下数端：

其一，重视方志的纂修与研究。他认为方志乃“一方之史”，“必昔之人所谓兼才、学、识三者之长，邈焉称良史之才者，乃足以与于此。”②唐代著名史学家刘知几所倡导的史家三长说为后世史家所称道。张裕钊认为只有那些具有刘知几所言史才、史学、史识的史家才能胜任编修一方之史。张裕钊“尝手编《高淳县志》《钟祥县志》，皆雅饬有法。”③1881 年，张裕钊出任江苏《高淳县志》的主纂，修订由当地士人拟写的初稿。同年，是书刊行，凡八十二卷。他认为史学的价值就在于秉笔直书，“君子立言，是是非非，无所假借。其上若孔子之修《春秋》，次若司马迁之作《史记》，虽君上犹不免刺讥及之，恍其在旧将府主之属乎？”所以，他认为：“铭之义，称美而不称恶，自不能如史家之直斥其非，则微言以寄意，自固其所。”④他推崇《春秋》《史记》等史书文直事核的笔法和孔子、司马迁等先贤不虚美、不隐恶的史识，认为只有具备良史之才者堪当纂修方志之重任。

其二，精于史学考证。张裕钊之所以能在史学考证领域取得不菲的成绩，一个非常重要的原因在于其为学无门户之见，宗宋而不废汉，兼收并蓄。张裕钊指出：“盖自康、雍、乾、嘉以来，经学号为极盛，非独远轶前明，抑亦有唐而后所未有也。然患在穷末而置其本，识小而遗其大，而反以诋訾宋贤，自立标帜，号曰‘汉学’，天下承风，相师为贤，君子病焉。近乃复有一二笃志之士，稍求宋儒之遗绪，推阐大义，而不溺于谶小之习。然或专从事于义理，而一切摒弃考证，为不足道。蒙又非之。夫学固所以明道，然不先之以考证，虽其说甚美，而训故、制度之失其实，则于经岂有当焉？”他认为宋学是道、汉学是器，反

① 《清国史·张裕钊传》，载《张裕钊诗文集》，上海古籍出版社 2012 年版，第 594 页。
② 张裕钊：《复柯逊庵书》，载《张裕钊诗文集》，上海古籍出版社 2012 年版，第 247 页。
③ 《清国史·张裕钊传》，载《张裕钊诗文集》，上海古籍出版社 2012 年版，第 594 页。
④ 张裕钊：《与吴汝纶书》，载《张裕钊诗文集》，上海古籍出版社 2012 年版，第 464 页。

对“学者常以其所能相角，而遗其所不能者，以开其隙而招之攻”。只有“道与器相备，而后天下之理得”。[①] 张裕钊推崇清初学风，对为学不设汉宋壁垒的顾炎武、王夫之至为服膺，他说：“二人初无此等门户之见，所以高出以后诸儒。大抵亭林、船山出于许、郑、杜、马、程、朱之书，无所不究切，兼综考据、义理之长，精深宏博邈焉”[②]。张裕钊博览群书，考订史籍，撰有《左氏服贾注考证》和《今文尚书考证》等专门的汉学著作，于考据学深有所得。

张裕钊认为“自汉以来，诸史断代为书”[③]，“古书之亡者众矣”。[④] 讹误之作流传日久，莫辨是非。“余读班固《艺文志》，甚高其辞，与班氏它所为文异甚。后读司马贞《史记索引》，引刘向《别录》语，则班氏《志》所有者，往往而在。然后知为向之辞，而固取之者也。”他认为“固之文，于东方人最为崛起，而与司马迁、相如、刘向、扬雄较，则不逮远甚，其中时有其辞之高而非固所能为者。虽于今不可考，然可以意而知也。”姑且不论张裕钊对《汉书·艺文志》原作者考证的结论是否正确，但他能够根据“文高下不可假也”，“是篇杰然出于班氏之书”等古文家所独具的角度与慧眼，“考求而乃知其出于刘向”[⑤]，“辨班氏《艺文志》为刘向书”[⑥]，不仅别出心裁，亦是史学考证方法的一种创新。

其三，强调史学经世。张裕钊认为史学研究要特别注重与地理学之间的关联。他指出：“史学莫要于地理，而山川厄塞，河渠水利，原隰土宜，疆域远近，尤经世者所必知。是故有考古之学，有知今之学。考古以何者为先，知今以何者为要，二者固相须为用。然果孰在所缓，孰在所急欤？今世之士，问以

---

① 张裕钊：《与钟子勤书》，载《张裕钊诗文集》，上海古籍出版社 2012 年版，第 86 页。

② 张裕钊：《张裕钊科卷批语》，载《张裕钊诗文集》，上海古籍出版社 2012 年版，第 589 页。

③ 张裕钊：《策莲池书院诸生》，载《张裕钊诗文集》，上海古籍出版社 2012 年版，第 243 页。

④ 张裕钊：《再书艺文志后》，载《张裕钊诗文集》，上海古籍出版社 2012 年版，第 6 页。

⑤ 张裕钊：《书艺文志后》，载《张裕钊诗文集》，上海古籍出版社 2012 年版，第 5—6 页。

⑥ 张裕钊：《再书艺文志后》，载《张裕钊诗文集》，上海古籍出版社 2012 年版，第 6 页。

郡邑而不能举其名，东西朔南不辨其为何方。即间有从事图绘者，亦多择焉不精，语焉不详。盖图谱之学亡，而后世之治，与三代两汉之不相及也久矣。自泰西人入中国，其所绘舆图详尽精确，无毫发差失，殆所谓‘礼失而求诸野’者。吾中土之人，亦颇能言其所长乎？今日之事，有心者必以舆图为当务之急矣。”①史学不能从书本到书本，脱离社会实际，而要与当时中国正在遭受西方侵略的社会实际相结合，以史地学结合的研究方式解当务之急。他抨击科举制度仅以制艺取士，长此以往酿成了人才的匮乏。在《重修南宫县学记》一文中，他坦言：“裕钊惟天下之治在人才，而人才必出于学。然今之学者，则学为科举之文而已。自明太祖以制艺取士，历数百年，而其弊已极。”这些醉心于功名者，“方其束发受书，则一意致力于此。稍长则颛取隽于有司之作，朝夕伏而诵之，所以猎高第、跻显仕者，取诸此而已无不足。经史百家，自古著录者，芒不知为何书。历代帝王卿相、明贤大儒，至不能举其人。国家典礼、赋役、兵制、刑法，问之百而不能对一。诸行省郡县疆域，不辨为何方。四裔朝贡、会盟之国，不知其何名。”张裕钊痛心地指出，科举取士选拔了这批只会满口仁义道德者去服中外之官，“生民何由而乂安？内忧外患何恃而无惧哉？”②他认为朝廷人才选拔，应该于制艺策问之外，主以明体达用之学，方可移易风俗，补科举相习而靡之弊。

面对内忧外患，张裕钊“自度其才不足拯当今之难，退自伏于山泽之间。然区区之隐，则未能一日以忘斯世。其耳之所闻，目之所接，怆焉感于其心。”③他感时忧国，悲愤不已，对出使欧洲和日本的同窗好友黎庶昌等通显之士寄予厚希，流露出了那个时代知识分子特有的无奈、责任与担当。

---

① 张裕钊：《策莲池书院诸生》，载《张裕钊诗文集》，上海古籍出版社 2012 年版，第 240 页。

② 张裕钊：《重修南宫县学记》，载《张裕钊诗文集》，上海古籍出版社 2012 年版，第 279—280 页。

③ 张裕钊：《赠吴清卿庶常序》，载《张裕钊诗文集》，上海古籍出版社 2012 年版，第 49 页。

二、 薛福成的史学思想

薛福成(1838—1894),字叔耘,号庸庵,江苏无锡人,“曾门四弟子”之一,“近代资产阶级改良主义政治家、思想家和文学家。”①学界对薛福成在西学、外交、文学及资产阶级改良思想等方面关注较多,而鲜有对其史学思想的研究。薛福成自幼熟读经史,“于二十一史因革损益,成败得失,了了胸中”②,其《出使四国日记》具有很高的史料价值。薛福成善于总结历史上的经验教训,其因势而变的历史观和史学经世思想在晚清是颇具代表性的,他对历史人物的评点亦有独到之处。

1. 因势而变的历史观

薛福成所处的时代,正值晚清千古未有的社会变局,列强环伺,中国面临严重的民族危机,对此,薛福成有着清醒的认识。

> 方今俄人西踞伊犁,东割黑龙江以北,包络外盟蒙古与安岭,绵亘二万里,周匝三垂,蓄锐观衅;法人蚕食越南,取其东京以为外府,撤我滇粤之藩篱;英人由印度规缅甸,尽削其滨海膏腴地,以窥我云南西鄙;日本虽自台湾旋师,而睨隙思逞,今又有事朝鲜矣,朝鲜固中国之外蔽也。夫以我疆圉如是之广,而四与寇邻,譬诸厝火积薪,凛然不可终日。③

面对如此严重的民族危机,薛福成认为必须要因势而变,“与时变通,以释近患,非得以也,势也”。④“一旦欧洲强国四面环逼,此巢燧羲轩之所不及

① 周中明:《薛福成集·整理说明》,载严云绶、施立业、江小角主编:《桐城派名家文集⑩》,安徽教育出版社2014年版,第1页。

② 朱亮生:《应诏陈言疏》文末,载《桐城派名家文集⑩·薛福成集》,安徽教育出版社2014年版,第17页。

③ 薛福成:《答友人书》,载《桐城派名家文集⑩·薛福成集》,第353—354页。

④ 薛福成:《上李伯相论西人传教书》,载《桐城派名家文集⑩·薛福成集》,第56页。

料，尧舜周孔之所不及防者也。……惟是通变方能持久，因时所以制宜。”①在薛福成看来，变是时势使然，历史一直处于变化之中，“天道数百年小变，数千年大变”。上古的时候，人和世间的其他万物没有区别，但文明开化以来“变”是古今中外的历史发展的共同规律。

> 自燧人氏、有巢氏、包羲氏、神农氏、黄帝氏，相继御世，教之火化，教之宫室，教之网罟、耒耨，教之舟楫、弧矢、衣裳、书契，积群圣人之经营，以启唐虞，无虑数千年，于是鸿荒之天下，一变为文明之天下。自唐虞讫夏商周，最称治平。洎乎秦始皇帝吞灭六国，废诸侯，坏井田，大泯先王之法，其去尧舜也，盖二千年，于是封建之天下，一变为郡县之天下。嬴秦以降，虽盛衰分合不常，然汉、唐、宋、明之外患，不过曰匈奴，曰突厥，曰回纥、吐蕃，曰契丹、蒙古，总之不离西北塞外诸部而已。降及今日，泰西诸国，以其器数之学勃兴海外，履垓埏若户庭，御风霆如指臂，环大地九万里之内，罔不通使互市，虽以尧舜当之，终不能闭关独治。而今之去秦汉也，亦二千年，于是华夷隔绝之天下，一变为中外联属之天下。②

既然历史一直在变化，而如今的变化更甚，时人该如何应付？薛福成提出变法，“稍变则弊去而法存，不变则弊存而法亡”。③ 要变法以图自强致富，“中国地博物阜，甲于五大洲。欲图自治，先谋自强；欲谋自强，先谋致富。致富之术，莫如兴利除弊。”④而要自强致富就必须向西方学习。

“若夫西洋诸国，恃智力以相竞，我中国与之并峙，商政矿务宜筹也，不变

① 薛福成：《强邻环伺谨陈愚计疏》，载《桐城派名家文集⑩·薛福成集》，安徽教育出版社2014年版，第423页。

② 薛福成：《筹洋刍议·变法》，载《桐城派名家文集⑩·薛福成集》，安徽教育出版社2014年版，第184页。

③ 薛福成：《筹洋刍议·变法》，载《桐城派名家文集⑩·薛福成集》，安徽教育出版社2014年版，第184页。

④ 薛福成：《光绪二十年二月二十六日记》，载《薛福成日记》下，吉林文史出版社2004年版，第866页。

则彼富而我贫；考工制器宜精也，不变则彼巧而我拙；火轮舟车电报宜兴也，不变则彼捷而我迟；约章之利病，使才之优绌，兵制阵法之变化，宜讲也，不变则彼协而我孤，彼坚而我脆。”在薛福成看来，只有学习西方的商政矿务、机器制造、交通电讯，发展资本主义工商业，才能使中国由贫弱变为富强，甚至胜过先进的西方国家，“夫欲胜人，必尽知其法而后能变，变而后能胜，非兀然端坐而可以胜人者也。”①

薛福成认为，讲求西法乃是宇宙大势，亚洲仿效西方的国家有日本和暹罗，而暹罗能够自立，原因就在于讲求西法，“南洋各邦，若缅甸，若越南，若南掌，或亡或弱矣；而暹罗竟能自立，不失为地球三等之国，殆西法有以辅之。然则今之立国，不能不讲西法者，亦宇宙大势使然也。”②

薛福成的变易史观不仅仅体现在寻求自强致富，他还主张改良政治体制，实行君民共主的议院制度。薛福成出使四国之后，他的眼界大开，在考察了西方的政治制度之后，将民主制与君主制进行了比较，认为两者皆有利有弊。

> 民主之国，其用之行政，可以集思广益，曲顺舆情。为君者不能以一人肆于民上，而纵其无等之欲；即其将相诸大臣，亦皆今日为官，明日即可为民，不敢有恃势凌人之意。此合于孟子“民为贵”之说，政之所以公而溥也。然其弊在朋党角立，互为争胜，甚且各挟私见而不问国事之损益。其君若相，或存“五日京兆之心”，不肯担荷重责，则权不一而志不齐矣。君主之国，主权甚重，操纵伸缩，择利而行。其柄在上，莫有能旁挠者，苟得贤圣之主，其功德岂有涯哉。然其弊在上重下轻，或役民如牛马，俾无安乐自得之趣，如俄国之政俗是也。且况舆情不通，公论不伸，一人之精神，不能贯注于通国，则诸务有坠

① 薛福成：《筹洋刍议·变法》，载《桐城派名家文集⑩·薛福成集》，安徽教育出版社2014年版，第185页。

② 薛福成：《出使四国日记》，湖南人民出版社1981年版，第170页。

坏于冥冥之中者矣。是故，民主、君主，皆有利亦皆有弊。[①]

他对民主、君主制都不满意，而主张君民共主，认为“君民共主，无君主、民主偏重之弊，最为斟酌得中”。[②] 薛福成政治改良的主张，对后世资产阶级改良派的影响很大，“直接为康有为、黄遵宪等人的变法维新运动开了先河”。[③]

薛福成因势而变的历史观还表现在他认为人才在历史发展变化中发挥着不可估量的作用。薛福成认为历史盛衰变化的关键在于人才的消长，“世运之所以为隆替者何在乎？在贤才之消长而已”。[④]

薛福成特别强调人才在朝代兴亡中的作用。他在《晋执政诸卿考》中，考察春秋时期的齐、晋两国在霸主齐桓公、晋文公身死之后，齐国衰落而晋国继续称霸一百三十年的原因即在于人才，“齐自管仲死后，无继起之贤才，晋卿执政者，均极一时之选，其效自不同也。”[⑤]薛福成并由此感慨：“嗟夫！人才者，立国之本也。”[⑥]人君是否会用人也直接关系到朝代的兴盛，薛福成在总结明朝灭亡的教训时写道：“余观明季事势，若专用孙承宗镇辽左，而以袁崇焕副之，任洪承畴、卢象升、孙传庭、曹文诏分办流寇，毋掣其权，毋易其任，流寇未尝不可灭，辽事未尝不可支也。乃此数人者，任之既不能专且久，或得谗谤以死。”在薛福成看来，正是明末这些贤才没有得到重用，才导致明朝灭亡，

---

① 薛福成：《光绪十八年三月二十八日记》，载《薛福成日记（下）》，吉林文史出版社 2004 年版，第 712 页。

② 薛福成：《光绪十八年四月己丑朔记》，载《薛福成日记（下）》，吉林文史出版社 2004 年版，第 712 页。

③ 钟叔河：《主张开放的目的是为了进步——关于薛福成〈出使四国日记〉》，载《出使四国日记》，第 13 页。

④ 薛福成：《应诏陈言疏》，载《桐城派名家文集⑩ · 薛福成集》，安徽教育出版社 2014 年版，第 3 页。

⑤ 薛福成：《晋执政诸卿考》，载《桐城派名家文集⑩ · 薛福成集》，安徽教育出版社 2014 年版，第 458 页。

⑥ 薛福成：《晋执政诸卿考》，载《桐城派名家文集⑩ · 薛福成集》，安徽教育出版社 2014 年版，第 459 页。

“盖其时君臣否隔，上下乖戾，终日惟闻攻讦之风，内外专尚叫嚣之气，虽欲不召天变，得乎？”①

薛福成认为中国处于数千年未有之变局，人才就显得尤为重要，“人才多出一分，即于时事补救一分”。② 在薛福成看来，日本能渐渐富强的原因，就在于人才的奋兴，“是故国不在大小，而在人才之奋兴；才不限方隅，而惟识时务者斯谓之俊杰”。③ 什么样的人可以称为人才？识时务者谓之俊杰，即通西法，研求时务的人，“今欲人才之奋起，必使聪明才杰之士，研求时务而后可。”④

薛福成的变易史观，突破了传统天命循环史观的藩篱，具有初步的进化论思想。他认为世界是进化的，人类的科学技术在不断进步，“盖世事递变而益奇，昔之幻者今皆实矣。夫古圣人制作以来，不过四千数百年，而世变已若是；若再设想四五千年或万年以后，吾不知战具之用枪炮，变而益猛者为何物？行具之用火轮舟车，变而益速者为何物？但就轻气球而论，果能体制日精，升降顺逆，使球如使舟车，吾知行师者水战、陆战之外有添云战矣，行路者水程、陆程之外有改云程者矣。此外，御风、御云、御电、御火、御水之法，更当百出而不穷，殆未可以意计测也。”⑤此外，薛福成提倡的讲求西法，突破了洋务派仅学习西方科学技术的层面，而扩充到学习西方君主立宪制的政治层面及养民教民之法的社会层面，虽不如后来严复等人的进化史观深刻，但其开风气之先，在当时无疑是进步的。

---

① 薛福成：《同治十一年三月二十九日记》，载《薛福成日记（上）》，吉林文史出版社 2004 年版，第 102 页。

② 薛福成：《代李伯相复沈观察书》，载《桐城派名家文集⑩·薛福成集》，安徽教育出版社 2014 年版，第 742—743 页。

③ 薛福成：《光绪十七年六月初三日记》，载《薛福成日记（下）》，吉林文史出版社 2004 年版，第 642 页。

④ 薛福成：《应诏陈言疏》，载《桐城派名家文集⑩·薛福成集》，安徽教育出版社 2014 年版，第 13 页。

⑤ 薛福成：《光绪十六年正月二十六日记》，载《出使四国日记》，安徽教育出版社 2014 年版，第 17 页。

2. 为学期于有用的史学经世思想

经世致用在明清之际形成了一种思潮，史学家章学诚认为史学的根本宗旨是经世致用①。桐城派一直有着经世致用的传统，姚莹、曾国藩等是晚清史学经世思潮的倡导者。薛福成继承了晚清桐城派史学经世的传统，早在少年时就立志经世："往在十二三岁时，强寇窃发岭外，慨然欲为经世实学，以备国家一日之用。乃屏弃一切而专力于是。"②综观薛福成的一生，都在主张向西方学习，实行改良，并身体力行，力图挽救中国的危亡。他早期担任曾国藩和李鸿章的幕僚，协助二人办理洋务，处理了许多重大事件，如处理"马嘉理案"、抵制英人赫德为总海防司、定计平定朝鲜内战等。1884 年任浙江宁绍台道，筹防浙东军务，创办洋务，创建崇实书院，培养实学经世人才。1890 年，任出使英法意比四国钦差大臣，出使四国，被钱基博赞誉为"数十年来，称史才者并称薛曾云"。③

薛福成认为君子为学，应致力于有用之学，在为黄遵宪的《日本国志》作序时写道："君子之为学也，期于有用而不托诸空言。"④薛福成的文章，不管是奏疏、书牍、政论文章，还是日记、笔记，甚至连书后、传记等都立意深远，均为经世之学，黎庶昌曾评价道："并世不乏才人学人，若论经世之文，当于作者首屈一指。"⑤而其中的《出使英法义比四国日记》《出使日记续刻》及笔记中的史料、人物传记等均为后世留下了丰富的史料，构成了他史学经世的重要内容，主要体现在以下两个方面：

---

① 吴怀淇：《中国史学思想史》，北京师范大学出版社 2016 年版，第 313 页。

② 薛福成：《上曾侯相书》，载《桐城派名家文集⑩·薛福成集》，第 337 页。

③ 钱基博：《薛福成传》，沈云龙主编：《近代中国史料丛刊第一百辑·碑传集补》卷一三，（台北）文海出版社 1973 年版，第 793 页。

④ 薛福成：《日本国志序》，载《桐城派名家文集⑩·薛福成集》，第 829 页。

⑤ 黎庶昌：《书合肥伯相李公用沪平吴》文末，载《桐城派名家文集⑩·薛福成集》，第 141 页。

第一,《出使英法义比四国日记》《出使日记续刻》成为研究当时中外关系及近代中国人观察西方的重要史料。薛福成于1890年至1894年出使英法意比四国,在此期间,他对沿途亚洲、非洲、澳洲国家和欧洲国家的政治、经济、地理、科技、风俗人情、法律、军事、宗教、教育等进行了详细的考察,写成了《出使英法义比四国日记》及《出使日记续刻》。薛福成在为出使日记作的"跋"中写道:"凡舟车之程途,中外之交涉,大而富强立国之要,细而器械利用之原,莫不笔之于书,以为日记。"①在日记中,他不仅介绍了西方的物质文明,还分析欧洲各国富强的原因在于资本主义商品经济和教育,"欧洲立国以商务为本,富国强兵全借于商。"②"近数十年来,学校之盛,以德国为尤著,而诸大国亦无不竞爽。德国之兵多出于学校,所以战无不胜。推之于士农工贾,何独不然？推之于英法俄美等国,何独不然？夫观大局之兴废盛衰,必究其所以致此之本原。学校之盛有如今日,此西洋诸国所以勃兴之本原屿?"③薛福成还进一步分析了中国落后的原因,呼吁中国要向西方学习,进行改良。

除此之外,薛福成还将与中国相关的事宜一一记录在日记里,"是以此书于四国之外,所闻关系中国之事,必详记之"。④ 如英俄侵略朝鲜之事,英法对中国态度的改变,罗马尼亚、缅甸等国与中国的关系,中英滇缅界务商务的谈判,中英关于会立坎巨提头目的谈判等。并详细记录华人、华侨在南洋各国的情况,薛福成为保护华侨,与英国进行谈判,要求在英领地设领事,出使日记中详细记载了中英交涉的全过程。

出使日记不仅来源于薛福成的亲身经历,还有的来自于新闻或旧牍,"本大使奉使之余,据所亲历,笔之于书,或采新闻,或稽旧牍"。⑤ 并将自己的见

① 薛福成:《跋》,载《出使四国日记》,第1页。
② 薛福成:"光绪十六年八月初九日记",载《出使四国日记》,第147页。
③ 薛福成:"光绪十七年正月初三日记",载《出使四国日记》,第230页。
④ 薛福成:《凡例》,载《出使四国日记》,第1页。
⑤ 薛福成:《咨呈》,载《出使四国日记》,第2页。

闻与前人的相关著作相对照,如《瀛环志略》《海国图志》《乘槎笔记》《职方外纪》《使西日记》等,力求记载准确无误。正是由于薛福成的细致观察及长于思考,为我们留下了丰富的史料。

薛福成与黎庶昌、郭嵩焘等人对西方政治历史文化的全面介绍,“突破了传统史学以本国历史为中心的局限,促进了传统史学向近现代史学的转换”。①

第二,善恶并书,以有利于经世之学。薛福成在《庸庵笔记·凡例》中写道:“昌黎韩子有云‘诛奸谀于既死,发潜德之幽光。’兹编亦颇存此意,虽不过随时涉笔,而所以挽回世道人心者,未尝不竞兢焉。其次亦有裨于经世之学,惟所书善恶,务得其实。”②

《庸庵笔记》共有六卷,前三卷《史料》《逸闻》,记载的都是薛福成所亲历亲闻的真人真事,尤其是两卷《史料》,“涉笔严谨,悉本公是公非,不敢稍参私见。”③《史料》《逸闻》记载了当朝很多重大历史事件及人物的奇闻趣事,其中有不少是正史中所未记载的,这也是薛福成撰写《庸庵笔记》的原则之一,“是书所记,务求戛戛独造,不拾前人牙慧。固有当时得之耳闻,而其后复见于他书者,则随手删去。”④如《张忠武公逸事》一文,薛福成重点描写了晚清名将张国梁少年时做盗魁的逸事,而不再写其已经彪炳史册的丰功伟绩,“其奇勋伟杰,彪炳史册,无待余之赘述。若其年少时逸事,有人所未尽知者,兹特采辑一二,以著英雄之气概焉”。⑤ 因此《庸庵笔记》弥补了正史的不足,影响很大,近代掌故大家徐一士就将其作为自己研究近代掌故史实的张本,他说“笔记之属,吾父曾为讲《庸庵笔记》等,甚感兴味,亦后来研究近代史实掌

① 曾光光:《桐城派与晚清史学经世思潮》,《暨南史学》2005 年第 2 期,第 104 页。

② 薛福成:《庸庵笔记·凡例》,载《桐城派名家文集⑩·薛福成集》,第 839 页。

③ 薛福成:《庸庵笔记·凡例》,载《桐城派名家文集⑩·薛福成集》,第 839 页。

④ 薛福成:《庸庵笔记·凡例》,载《桐城派名家文集⑩·薛福成集》,第 839 页。

⑤ 薛福成:《庸庵笔记·卷一史料·张武忠公逸事》,载《桐城派名家文集⑩·薛福成集》,第 848 页。

故之张本”。①

除了弥补正史之不足以外，薛福成记载大事件及人物事迹的另一个重要目的是彰善贬恶，以挽回世道人心。薛福成认为《左氏春秋传》和司马光的《资治通鉴》善恶并书，功罪互见，“所以示后人法戒也”。但是近世的国史立传及人物传记，“意主揄扬其贤者，而摈绝其不肖者，由是关系绝大之事，后人但有所取法，无所取戒。”在薛福成看来，戒应先于法，“虽有志之士，抗希曩哲，力补时艰，必有所戒，乃能有所法也。”②因此他写了不少耽误时局之事，如《书沔阳陆帅失江宁事》《书昆明何帅失陷苏常事》《书科尔沁忠亲王大沽之败》等，让后人引以为戒。

薛福成也描述了很多正人君子的形象，其目的在于以君子之行迹劝谏后人。如在《代李伯相拟陈督臣忠勋事实疏》中，详细描写了曾国藩灭“粤贼”、治军治吏、办洋务等忠勋事迹中所经历的艰难困苦，以及“专务躬行，道德尤猛”“知人之鉴，超轶古今”③的为人，并认为曾国藩“似汉臣诸葛亮”。薛福成写此文的目的一方面是“不忍令其苦心孤诣，湮没不彰”；另一方面则是用曾国藩的德行，“以彰先帝知人之明，而示后世人臣之法”。④ 他在《萧母黄太淑人八十晋一寿序》中，写黄太淑人“仁孝慈俭，约己厚人。”虽然家贫，但“振人缓急，如恐不逮，里中茕独者、孤寡者、衰且癃者、殁无棺者，必获所求以去。”她的善行挽回了当地的世道人心，“尝使鬻妻者将离而获全，不肖者感德而思改。”因此薛福成为其写寿序，“不敢以寻常颂祷之辞相溷，故撮举太淑人积累致福之由，与其艰苦历尝之境，以视其后之人，俾知所镜焉。”⑤

---

① 徐一士：《一世类稿》，载车吉心：《中华野史·中华卷五》，泰山出版社2000年版，第4278页。

② 薛福成：《书沔阳陆帅失江宁事》，载《桐城派名家文集⑩·薛福成集》，第478页。

③ 薛福成：《代李伯相拟陈督臣忠勋事实疏》，载《桐城派名家文集⑩·薛福成集》，第21页。

④ 薛福成：《代李伯相拟陈督臣忠勋事实疏》，载《桐城派名家文集⑩·薛福成集》，第22页。

⑤ 薛福成：《萧母黄太淑人八十晋一寿序》，载《桐城派名家文集⑩·薛福成集》，第375页。

薛福成还通过对清廉官员与世不同做法的描述，来对当时社会的不正之风进行批评。在《道衔奉天府治中蒋君家传》中，写奉天府吏道的黑暗，“奉天，陪都也，官多，俸尤俭。率仰赡州县吏，州县地旷瘠，困于积耗，皆浚民侵公以偿所费。又与旗员错治，政令歧出。其下缘为奸利，上官力不能禁，滋相容隐，货赂公行。”①而蒋大镛任奉天府治中时，不与当地官员同流合污，洁身自好，“吏道益刓不肃，君独皦然自振厉。上官讽以稍去崖岸，毋自苦。君正色谢不敏”。

3. 论其世、重道德的人物观

薛福成熟读史书，并对当朝掌故十分熟悉，他对不少人物做了评价。在评价历史人物时，他提出“尚论古人者，先论其世”，将其放在特定的时代背景下，设身处地地去进行评价。同时，他评价人物注重道德品评，表现出他在道德上的价值取向。

第一，“尚论古人者，先论其世”。

薛福成在《李德裕纳维州降将论》一文中说：“然后知尚论古人者，先论其世，而玩尚论古人者之言，亦必先论其世。”②即对历史人物的评价，要注意其所处时代的情势，将其放在特定的历史背景之下，设身处地地去进行评价。

后世对于唐朝政治家李德裕的评价比较高，但对他与牛僧孺关于维州取舍的孰是孰非，有着不同的看法。宋司马光以义利为辩，认为牛僧孺对而李德裕错，对于司马光的看法，薛福成并不赞同，他从当时唐朝的时局入手进行分析，认为“吐蕃为患于唐，犹猛兽、盗贼也，素无信义，以和款唐，侵暴不已。浑瑊与盟平凉，即谋执瑊以侵唐。其后屡和屡入寇。为唐计者，当绝和议，筹全局，甄拔贤将分布关中诸镇，威制吐蕃，策之上也。”因此，他认为李德裕是对的，对其给出了很高的评价，“德裕之心，在张国势，巩边防，人所共知

① 薛福成：《道衔奉天府治中蒋君家传》，载《桐城派名家文集⑩ · 薛福成集》，第78页。

② 薛福成：《李德裕纳维州降将论》，载《桐城派名家文集⑩ · 薛福成集》，第448页。

也。……且文宗果忧吐蕃，倘召德裕而相之，必能运筹决胜，制驭四夷，于其相武宗知之矣。”①而对牛僧孺，薛福成认为他阻拦李德裕收回维州，是自私自利、误国殃民的表现，“僧孺之心，不过龉龁德裕，欲沮其入相之路，置国计军谋于不恤，亦人所共知也。……僧孺雍容高论，玩愒岁月，妨贤病国，于其相穆宗、文宗知之矣。”

薛福成对明相叶向高给予很高的评价。《明史》中说：“帝心重向高，体貌优厚，然其言大抵格不用，所救正十二三而已。”②薛福成则认为明神宗在位之时，天下事已大不可为，但叶向高“随事补救，搘持一二，又能调剂群情，辑和异同，与东林诸君子往来，不激不随，而以时左右之。”③可谓之贤。但有人对叶向高存疑，“然尚有疑之者曰：‘向高既致仕而去，泰昌、天启之间，可以不出。出而值客、魏用事，既不能抗章力争，与廷臣内外合谋，翦除巨蠹，厥后林汝翥之事，卒受群阉困辱以去。’”④薛福成对此论进行了批驳，认为叶向高受明神宗殊遇，而当时主幼国危，其应召而出，为有义，复出时正值客、魏势力根深蒂固，不可能将其猝去。“且攻之过激，彼将铤而走险，故不如与之委蛇，犹可从中挽回，潜移默夺。且向高在阁，忠贤必不能大肆其恶，他日因势利导，未尝不可乘机之去。此则向高之志也。”向高再次请辞，是因为熹宗昏庸，魏广微等阁臣甘做魏忠贤的鹰犬，因此“向高决意求去，而明事遂不可为亦”。⑤

西汉惠帝刘盈向来被评价为仁弱，司马迁说他“为人仁弱”⑥，班固虽赞他为“宽仁之主”，但是悲其“遭吕太后亏损至德”。⑦ 世人以惠帝不能防闲太后，作为他仁弱的证明。而薛福成则认为此“误矣”，他认为汉惠帝的遭遇是

---

① 薛福成：《李德裕纳维州降将论》，载《桐城派名家文集⑩·薛福成集》，第 449 页。

② 张廷玉等：《叶向高、刘一燝（兄一焜、一煜）韩爌、朱国祚（朱国祯）、何宗彦、孙如游（孙嘉绩）》，《明史·列传》卷一二八，中华书局 1974 年版，第 6232 页。

③ 薛福成：《叶向高论》，载《桐城派名家文集⑩·薛福成集》，第 296 页。

④ 薛福成：《叶向高论》，载《桐城派名家文集⑩·薛福成集》，第 296 页。

⑤ 薛福成：《叶向高论》，载《桐城派名家文集⑩·薛福成集》，第 297 页。

⑥ 司马迁：《吕太后本纪第九》，《史记》（上），岳麓书社 2012 年版，第 221 页。

⑦ 班固：《惠帝纪第二》，《汉书》第 1 册，中华书局 1982 年版，第 92 页。

天定，非人所能为，“夫太后佐高帝定天下，制韩彭辈如缚婴儿，狡诈悍戾，用事已久。为之子者，欲力制之，必受奇祸；欲婉谏之，又不见听。”就算是汉文帝遇到这种情况，也只能养晦避祸。而且汉惠帝在位期间，也对吕太后起了一定的牵制作用，“帝怒辟阳侯行不正，则下之狱，而太后惭不能言也。在位七年，诸吕未尝用事，及帝甫崩，而台、通、产、禄相继封王，高帝诸子相继幽死，辟阳侯且为右丞相，居宫中矣。则知惠帝在时，太后犹有所忌惮而不敢逞。其维持匡救之苦心，后世所不尽知者也。”①在薛福成看来，汉惠帝在位七年之治不在汉文帝之下，且汉惠帝“天资仁厚，殆非文帝黄老之学所及也。”“实三代下守成令主。”②

第二，注重道德品评。

薛福成十分重视道德，认为一心向善即为天堂，心向恶则为地狱，“天堂地狱之辨，在乎一心；心之善者，其阶级之多，岂止佛氏所称三十三天也；心之恶者，其等差之众，岂止佛氏所云十八层狱也。”③在薛福成看来，天下如果善人多，则天下可治，“有一乡之善士出焉，好行其善而一乡治，积而至于县、于郡、于行省。莫不皆然，而后天下可治。”④薛福成在评论人物时，则以善恶为标准，彰善贬恶，以明人伦、正风俗。

薛福成对恶人不遗余力地进行鞭挞，他在《山东某生梦游地狱》一文中，将恶人分为以下几类：一为暴贼，即历史上杀人如麻之人，如朱粲、黄巢、李自成等人；二是逆子，如弑父的商臣、弑叔母朱太后的孙皓等；三是逆臣，如王莽、朱温、石敬瑭等；四是馋佞奸臣，如江充、主父偃、来俊臣、李林甫等人；五是淫妒悍逆妇人，如妹喜、妲己、赵合德等。另外还有酷吏、贪夫、陋医、奸商等。薛福成信奉善恶报应说，认为造物之理，“因人善恶以为报施，诛两悉称。或前

① 薛福成：《书汉书惠帝纪后》，载《桐城派名家文集⑩·薛福成集》，第315页。

② 薛福成：《书汉书惠帝纪后》，载《桐城派名家文集⑩·薛福成集》，第315页。

③ 薛福成：《天堂地狱说》，载《桐城派名家文集⑩·薛福成集》，第310页。

④ 薛福成：《例授文林郎举人崔君家传》，载《桐城派名家文集⑩·薛福成集》，第378页。

世有善恶，而今世报之。或今世有善恶，而来世报之。其他善恶，或本身受其报，或子孙受其报。”[①]因此，他将这些恶人全部下了地狱，身受各种酷刑。

受传统伦理道德的影响，薛福成对造反篡位之人深恶痛绝，尤以隋文帝、明永乐皇帝为甚。历史上对隋文帝的评价以肯定为主，如《隋书·帝纪第二高祖下》认为隋文帝“虽未能臻于至治，亦足称近代之良王”。[②]而薛福成则认为隋文帝毫无功德，“欺外甥以篡其国，而杀机深险，至尽灭宇文氏之族”。[③]他将隋文帝下了第十八层地狱，并使其坐在针棘之上，只要一动就痛彻心骨。而永乐皇帝朱棣，薛福成认为其“不过吴王濞、赵王伦之徒，侥幸篡夺，而屠戮忠良，用心惨刻，绝无人理。”[④]薛福成对其的惩罚是在他的牢狱中放一百缸粪，将其万古置于恶臭之中。

恶人下地狱，善人则入天堂。薛福成将天堂分为三层，人品绝佳，毫无渣滓之人在第一层天，如三皇五帝、商汤、盘庚、周文王、武王、汉高祖、汉惠帝、北魏孝文帝、唐高祖、宋太祖、金世宗、明孝宗等皇帝，孔子、孟子、朱熹、程颢、程颐等大儒，伯夷、管仲、张良、房玄龄、范仲淹等古皇辅佐之人，娥皇、女英、周宣姜后、孝惠张皇后、班婕妤等品行高洁之后妃，以及孝子、贤母、节妇、贞女、孝女等。其余在道德上有瑕疵之人在第二层、第三层天，如元太祖、明太祖，薛福成认为元太祖“杀伐过重，上干天和”。明太祖“屠戮功臣、淫刑以逞”。二人“皆降在第三层天矣”。[⑤]

薛福成曾在日记中对光绪初年以来的出洋大使一一进行评论，评价的标准除了事功，最看重的就是道德。他将曾纪泽排在第一，郭嵩焘排在第二，认为郭“虽力战清议，以至声名败坏，然其心实矢公忠。且他人无此毅力，无此戆气，故居第二”。排在第三、第四的是郑玉轩、黎庶昌，他们二人“皆君子人

① 薛福成：《山东某生梦游地狱》，载《桐城派名家文集⑩·薛福成集》，第959页。
② 魏征：《帝纪第二·高祖下》，《隋书》，中华书局1973年版，第53页。
③ 薛福成：《山东某生梦游地狱》，载《桐城派名家文集⑩·薛福成集》，第961页。
④ 薛福成：《山东某生梦游地狱》，载《桐城派名家文集⑩·薛福成集》，第961页。
⑤ 薛福成：《江南某生神游兜率天宫》，载《桐城派名家文集⑩·薛福成集》，第968页。

也;居心稍悫,所值又非可以见功之地,以至无建树,故居第三第四”。陈兰彬又次之,他虽也是君子,“而胆量更小于郑黎,实非干事之材,故居第五”。在薛福成看来,这几人都是君子,就算陈兰彬没有干事之材,排名仍然靠前。排在最后的几位皆人品有问题,李凤苞“才力有余,西学亦精,一旦得志,器小易盈,其所为颇近于小人。……故居第十四”。刘锡鸿“以气节自矜,居心实其巧诈,建议亦多纰谬,足以贻误大局,故居第十五”。崇厚“以头等公使自夸,与俄人商定约章.误国病民,为世大戮,故居第十六”。排在最末的是徐承祖,薛福成认为其“身居使职,而以赃败,风斯下亦,故以垫焉”。①

综观薛福成的史学思想,不管是提倡因势而变的变易史观,还是他的史学经世思想及对人物的道德品评,其目的都在于要解决中国内忧外患的危机,因此他大力提倡学习西方先进的科学技术和政治经济制度,不遗余力地批评社会的不正之风,通过对历史事件的叙述和人物的评价,彰善贬恶,历史学的经世致用功能在他这里得到了充分的发挥。

① 薛福成:《光绪十九年八月初三日记》,载《薛福成日记下》,第826页。

第七章　严复的进化史观及其对新史学的影响

严复(1854①—1921),初名体乾,入福州船政学堂,易名宗光,字幼陵,登仕始改今名,字几道,晚号愈懋老人,别署天演宗哲学家,福建侯官人。② 父亲严振声承祖业,以医为生。生于中医世家的严复,7 岁入私塾,读《大学》《中庸》,曾受业于"为学汉宋并重"的同乡著名宿儒黄少岩先生。1866 年,父亲不幸染疾疫而亡,家贫,严复遂考入福州马尾船厂附设的船政学堂。1877 年留学英伦,入朴次茅斯学校和格林威治皇家海军学校攻读海军专业,肄习高等算学、格致、海军战术、海战、公法及建筑海军炮堡诸学术。留学期间,广泛涉猎西方人文社会科学著作,曾去法国考察。1879 年严复学成归国,任教于福州船政学堂,1889 年任天津水师学堂会办(副校长),次年升任总办。1895 年在天津办《国闻报》,先后任开平矿务局总办,复旦公学和安庆高等学堂监督(1906—1907),1912 年任京师大学堂总监督,1921 年 10 月在福州病逝。近代著名的启蒙思想家和教育家。

① 有学者认为严复生于 1853 年。据严璩《侯官严先生年谱》记载,严复生于咸丰三年(1853)十二月初十日。(王栻主编:《严复集》第五册,中华书局 1986 年版,第 1545 页),即公元 1854 年 1 月 8 日。

② 王蘧常:《严几道年谱》,沈云龙主编:《近代中国史料丛刊续集》,第 179 卷,《侯官严氏丛刻》,台北文海出版社 1973 年版,第 1 页。

严复留学英伦时，常与驻英公使桐城—湘乡派之郭嵩焘论述中西学术政制之异同，交往甚密，虽非桐城嫡系，但服膺桐城派，视曾国藩和吴汝纶为桐城古文之楷模。严复回国后曾四次参加科举考试，均落第，后拜同在李鸿章麾下的吴汝纶为师，潜心研习桐城文章。1930年代，姜书阁在《桐城文派评述》一书中认为，吴汝纶文名颇盛，若"论其成绩，则当数其所造就之后进，严复林纾，其著者也。"严复"长桐城古文。归国后，即以古文译西哲书，颇投时好，风行一时。其成卷者，有《天演论》《群己权界论》《群学肄言》《原富》《穆勒名学》等，其所选择，既极得当；殆其执笔从事，又能聚精会神，以成其'信''达''雅'之标准。是故'一名之立，旬月踯躅'；而其文又'骎骎与晚周诸子相上下'，一矫从前桐城之空疏，其成功也固宜。严氏之书，占据中国思想界者约二十年，直至最近，始少诵读之者，其影响可谓大矣！"①姜书阁在该书"自序"中声称："桐城派从康熙年间到民国初元，占据中国文学界二百余年，对于我们学术上的影响——自然是坏的方面多——非常之大。"②即便如此，他也不得不承认严复对于中国近代学术思想的重要影响。

第一节　严复的中学与西学

严复学贯中西，于中、西学均有很深造诣。他突破华夷之辨的传统观念，反对"西学中源"说，特别崇尚西方科学的原理精神，认为西方富强的根源在于其学术、制度与风俗。严复认为中国欲救亡图存，强国富邦，"以西学格致为不可易"，应该鼓民力、开民智、新民德。中学是严复文化价值观的基础，他认为中学"最富矿藏，惟须改用新式机器发掘淘炼"，学习西学的目的旨在"归求反观"中学。

在西学传播的过程中，严复是第一个比较系统地介绍西方资产阶级政治

---

① 姜书阁：《桐城文派评述》，商务印书馆1928年版，第76—77页。

② 姜书阁：《桐城文派评述》，商务印书馆1928年版，第1页。

制度和学术思想的学者,其“于学无所不窥,举中外治术学理,靡不究极原委,抉其失得,证明而会通之”。[①]“六十年来治西学者,无其比也。”[②]严复学贯中西,于中、西学均有很深造诣。严复之所以被誉为中国近代著名的启蒙思想家,不仅在于译介了大量西方社会学名著,倡言“物竞天择,适者生存”的天演论哲理,而且在很大程度上是由于他在传播西学的过程中深刻地认识到了西方富强背后所蕴含的政治制度、法律制度、价值观念和学术思想等众多内容。

一、崇尚西方科学的原理精神

以儒家文化为核心的价值观念,在中国古代长期居于主导的统治地位。华夏文明的地缘优势和文化昭明的优越感,使中国士大夫阶层长期保持着一种惯性的思维力量——“夷夏之防”。为了维护“天朝体制”的“法度”,清廷把其他国家统称为“四夷”“群夷”,把远隔重洋的欧洲人称为“黄毛夷”,把西方诸国延纳进“化外蛮夷之邦”的观念结构之中。这强烈地反映了“中央天朝”“四夷宾服”“万方来朝”等自尊自大的传统观念。1877—1879年严复曾留学英伦,对英国的现代文明,赞不绝口:“英固西洋之倡国也,其民沈质简毅,持公道,保盛图”。[③]他借泰西访事友人之信表达了不同于传统的夷夏观:“华人素斥西洋为夷狄,而不知此中人民,君民相与之诚。伉俪之笃,父子之爱,朋友之信,过吾中国之长荣千万也。”[④]他感叹:“夫与华人言西治,常苦于难言其真。存彼我之见者,弗察事实,辄言中国为礼义之区,而东西朔南,凡吾王灵所弗届者,举为犬羊夷狄,此一蔽也。”他认为:

> 今之夷狄,非犹古之夷狄也。今之称西人者,曰彼善会计而已,又曰彼擅机巧而已。不知吾今兹之所见所闻,如汽机兵械之轮,皆其

---

① 赵尔巽等撰:《清史稿·严复传》第44册,中华书局1977年版,第13448页。

② 陈宝琛:《清故资政大夫海军协都统严君墓志铭》,载《严复集》第五册,中华书局1986年版,第1642页。

③ 严复:《原强续篇》,载《严复集》第一册,中华书局1986年版,第38页。

④ 严复:《有如三保》,载《严复集》第一册,中华书局1986年版,第83页。

形下之粗迹，即所谓天算格致之最精，亦其能事之见端，而非命脉之所在。其命脉云何？苟扼要而谈，不外于学术则黜伪而崇真，于刑政则屈私以为公而已。斯二者，与中国理道初无异也。顾彼行之而常通，吾行之而常病者，则自由不自由异耳。①

严复所言“于学术则黜伪而崇真”，就是指科学；“于刑政则屈私以为公”，就是指民主。科学、民主、自由乃西方资本主义战胜封建专制的宗教神权的利器，是近代西方——我们称之为夷狄者——之所以富强的思想观念。

1895 年 2 月，严复在天津《直报》上发表《论世变之亟》一文，概要地分析了中西学的差异，字里行间所流露的价值判断，不言自明。

中国最重三纲，而西人首明平等；中国亲亲，而西人尚贤；中国以孝治天下，而西人以公治天下；中国尊主，而西人隆民；中国贵一道而同风，而西人喜党居而州处；中国多忌讳，而西人众讥评。其于财用也，中国重节流，而西人重开源；中国追淳朴，而西人求欢虞。其接物也，中国美谦屈，而西人务发舒；中国尚节文，而西人乐简易。其于为学也，中国夸多识，而西人尊新知。其于祸灾也，中国委天数，而西人恃人力。若斯之伦，举有与中国之理相抗，以并存于两间，而吾实未敢遽分其优绌也。②

同年三月，严复发表《原强》一文，积极提倡西学，认为“今之扼腕奋舌，而讲西学，谈洋务者，亦知五十年来，西人所孜孜勤求，近之可以保身治生，远之可以利民经国”。③ 同年五月，严复发表《救亡决论》一文，认为今日中国不变法则必亡，而“锢智慧”“坏心术”“滋游手”的八股取士制度应当首先废除，其“非自能害国也，害在使天下无人才。”“盖学术末流之大患，在于徇高论而远事情，尚气矜而忘实祸。”“不独破坏人才之八股宜除，与凡宋学汉学，

① 严复：《论世变之亟》，载《严复集》第一册，中华书局 1986 年版，第 2 页。
② 严复：《论世变之亟》，载《严复集》第一册，中华书局 1986 年版，第 3 页。
③ 严复：《原强》，载王栻主编：《严复集》第一册，中华书局 1986 年版，第 5 页。

词章小道，皆宜且束高阁也。”严复力主西学，认为“论救亡而以西学格致为不可易”。①

严复特别崇尚西方科学的原理精神：“其持一理论一事也，必根柢物理，征引人事，推其端于至真之原，究其极于不遁之效而后已。”②“其为事也，一一皆本诸学术；其为学术也，一一皆本于即物实测，层累阶级，以造于至精至大之涂。”③西学格致“一理之明，一法之立，必验之物物事事儿皆然，而后定之为不易”。“凡学之事，不仅求知未知，求能不能已也。学测算者，不终身以窥天行也；学化学者，不随在而验物质也；讲物质者，不必耕桑；讲动物者，不必牧畜。其绝大妙用，在于有以练智虑而操心思，使习于沈者不至为浮，习于诚者不能为妄。是故一理来前，当机立剖，昭昭白黑，莫使听荧。”④通过科学实验来发现事物的原理，然后将之运用到社会生产中，这是近代西方科学之所以昌明的重要原因之一。

二、 鼓民力、开民智、新民德

面对“千年未有之变局”，地主阶级经世改革派的代表人物魏源和林则徐等人提出“师夷长技以制夷”，以曾国藩、李鸿章、左宗棠和张之洞等为代表的洋务派将之付诸实践。面对中西文化的巨大落差，亦有文化保守主义者坚持认为“西学中源”。美国著名汉学家本杰明·史华兹研究认为，19 世纪七八十年代盛行的“这种诡辩倾向企图证明西方文明中的所有新事物全都是东来的，即源于中国的。这一做法显然表现了拯救文化自豪感或后来的民族自豪感的努力。这种争辩方式往往被极端保守主义分子用来证实西方新事物的虚妄，证实中国文化早已具有产生西方技术和制度的相当的能力，只是无意朝那

① 严复：《救亡决论》，载《严复集》第一册，中华书局 1986 年版，第 43—44 页。

② 严复：《原强》，载王栻主编：《严复集》第一册，中华书局 1986 年版，第 6 页。

③ 严复：《原强修订稿》，载王栻主编：《严复集》第一册，中华书局 1986 年版，第 23 页。

④ 严复：《救亡决论》，载王栻主编：《严复集》第一册，中华书局 1986 年版，第 43—45 页。

个方向努力罢了"。而"严复极明确地反对西方文明借自中国这一浅薄看法"①。1895年5月,严复在《救亡决论》中指出:"晚近更有一种自居名流,于西洋格致诸学,仅得诸耳剽之余,于其实际,从未讨论。意欲扬己抑人,夸张博雅,则于古书中猎取近似陈言,谓西学皆中土所已有,盖无新奇。如星气始于臾区,勾股始于隶首;浑天昉于玑衡,机器创于于墨;方诸阳燧,格物所宗;烁金腐水,化学所自;重学则以均发均悬为滥觞,光学则以临镜成影为嚆矢;蜕水蜕气,气学出于亢仓;击石生光,电学原于关尹。哆哆硕言,殆难缕述。"②严复认为,"近二百年,欧洲学术之盛,远迈古初。其所得以为名理公例者,在在见极,不可复摇。顾吾古人之所得,往往先之,此非傅会扬己之言也。"若"必谓彼之所明,皆吾中土所前有,甚者或谓其学皆得于东来,则又不关事实适用自蔽之说也。"③

严复认为:"六艺之于中国也,所谓日月经天,江河行地者尔。而仲尼之于六艺也,《易》《春秋》最严。司马迁曰:'《易》本隐而之显。《春秋》推见至隐。'此天下至精之言也。始吾以谓本隐之显者,观象系辞以定吉凶而已;推见至隐者,诛意褒贬而已。及观西人名学,则见其于格物至知之事,有内籀之术焉,有外籀之术焉。内籀云者,察其曲而知其全者也,执其微以会其通者也;外籀云者,据公理以断众事者也,设定数以逆未然者也。乃推卷起曰:有是哉!是固吾《易》《春秋》之学也。"但"古人发其端,而后人莫能竟其绪,古人拟其大,而后人未能议其精,则犹之不学无术未化之民而已。"④而西人却能发扬光大,若"锡彭塞者(今译斯宾塞)……宗其理而大阐人伦之事……约其所论,其节目支条,与吾《大学》所谓诚正修齐治平之事有不期而合者,第《大学》引而

① [美]本杰明·史华兹著,叶凤美译:《寻求富强:严复与西方》,江苏人民出版社1996年版,第44页。

② 严复:《救亡决论》,载王栻主编:《严复集》第一册,中华书局1986年版,第52页。

③ 严复:《天演论自序》,载王栻主编:《严复集》第五册,中华书局1986年版,第1320页。

④ 严复:《天演论自序》,载王栻主编:《严复集》第五册,中华书局1986年版,第1319—1320页。

未发,语而不详。至锡彭塞之书,则精深微妙,繁富奥衍。”①

严复清醒地认识到西方富强背后所蕴含的政治制度、法律制度、价值观念和学术思想等众多内容。他“认识到,任何一项事业的创建,例如现代海军,不可能在一个未曾经历过深刻的社会和心理变革的社会里成功。”“西方强大的根本原因,即造成东西方不同的根本原因,绝不仅仅在于武器和技术,也不仅仅在于经济、政治组织或任何制度设施,而在于对现实的完全不同的体察。因此,应该在思想和价值观的领域里去寻找。”②“故中国之弱,非弱于财匮兵窳也,而弱于政教之不中,而政教之所以不中,坐不知平等自由之公理,而私权奋压力行耳。”③1895 年 3 月,严复在天津《直报》上发表《原强》一文,对中国的落后感到痛心疾首:“中国至于今日,其积弱不振之势,不待智者而后明矣。深耻大辱,有无可讳焉者。日本以寥寥数舰之舟师,区区数万人之众,一战而翦我最亲之藩属,再战而陪京戒严,三战而夺我最坚之海口,四战而覆我海军。今者款议不成,而畿辅且有旦暮之警矣。则是民不知兵而将帅乏才也。”故“今之扼腕奋舌,而讲西学,谈洋务者,亦知五十年以来,西人所孜孜勤求,近之可以保身治生,远之可以利民经国之一大事乎?”④同年 5 月严复在《救亡决论》一文中断言:“四千年文物,九万里中原,所以至于斯极者,其教化学术非也。”⑤1898 年 1 月,严复结合自己对西学的理解,在《拟上皇帝书》中向光绪建言,欲强国富邦就应该标本兼治:“盖古今谋国救时之道,其所轻重缓急者,综而论之,不外标、本两言而已。标者,在夫理财、经武、择交、善邻之间;本者,存夫立政、养才、风俗、人心之际。势亟,则不能不先事其标;势缓,则可以深维其本。”“是故标、本为治,不可偏废,非至明达于二者之间,权衡至审而节次图

① 严复:《原强》,载王栻主编:《严复集》第一册,中华书局 1986 年版,第 6 页。

② [美]本杰明·史华兹著,叶凤美译:《寻求富强:严复与西方》,江苏人民出版社 1996 年版,第 27—38 页。

③ 严复:《主客平议》,载王栻主编:《严复集》第一册,中华书局 1986 年版,第 116 页。

④ 严复:《原强》,载王栻主编:《严复集》第一册,中华书局 1986 年版,第 7 页。

⑤ 严复:《救亡决论》,载王栻主编:《严复集》第一册,中华书局 1986 年版,第 53 页。

之,固不可耳。”①极力主张鼓民力、开民智、新民德,以救亡图存。严复通过译介西学,用以表达自己的政治主张和社会思想。

三、 西学可“归求反观”中学

戊戌维新时期,严复极力主张西学,批判中学,但并没有全盘否定中学。甲午一役,中国战败,《马关条约》,割地赔款。面对亡国灭种的危机,1895年5月,严复在天津《直报》上发表《救亡决论》一文,大声疾呼,“时局到今,吾宁负发狂之名,决不能喔咿嚅唲,更蹈作伪无耻之故辙”。认为“天下大势,既已日趋混同”,“欲通知外国事,自不容不以西学为要图。此理不明,丧心而已。救亡之道在此,自强之谋亦在此。”②欲开民智,非讲西学不可,并对以八股取士制度为代表的中国传统文化的消极部分发出了勇猛而激烈的批判。即使如此,严复也不赞成对“中学”的全盘性否定。在《救亡决论》同一篇文章中,严复指出:“《记》曰:‘学然后知不足。’公等从事西学之后,平心察理,然后知中国从来政教之少是而多非。即吾圣人之精意微言,亦必既通西学之后,以归求反观,而后有以窥其精微,而服其为不可易也。”③诚如清华大学刘桂生先生所分析的那样:在严复看来,中国的政教虽然“少是而多非”,但毕竟还有一些“是”;更重要的是,他认为儒学中有“不可易”的道理,也就是所谓“精意微言”在。不过要想真正弄通这些道理,了解这些“微言”,则恰恰又须在“既通西学”之后。可见。在他心目中,学西学的目的只在于“归求反观”以加深对儒学的理解。他绝对没有否定儒学的意思。④

1898年6月5日,严复在《国闻报》上刊载《道学外传》一文,对不识时务、

① 严复:《拟上皇帝书》,载王栻主编:《严复集》第一册,中华书局1986年版,第65页。

② 严复:《救亡决论》,载王栻主编:《严复集》第一册,中华书局1986年版,第50—53页。

③ 严复:《救亡决论》,载王栻主编:《严复集》第一册,中华书局1986年版,第49页。

④ 刘桂生:《序言》,载欧阳哲生著:《严复评传》,百花洲文艺出版社2010年版,第3页。

不明世界发展大势、认为西方“穷奢极欲,衰将及之”“况民主者,部落简陋之习也”的那帮只能应付八股取士的所谓“宋儒道学”进行了冷嘲热讽。有人对此发出“以灭种之祸归狱于宋儒”的疑问,次日,严复发表《〈道学外传〉余义》一文,明确指出“今之云者,实恶夫托宋儒以济其私,而贻害于君父者也。”“此辈所行,实在与宋儒相反,至其为人所讥,乃大言称宋儒以自脱。”由此可见,严复所极力批评者乃“假儒”“非儒”。与此相反,严复认为挽救时局危亡,振兴民族精神,必须弘扬儒家文化的精髓:

> 试思以周、朱、张、阳明,蕺山之流,生于今日之天下,有益乎?无益乎?吾知其必有益也。其为国也忠,其爱人也厚。其执节也刚,其嗜欲也澹。此数者,并当世之所短,而宏济艰难时所必不可少之美德也。使士大夫而能若此,则支那之兴,殆不须臾。方且尸祝之、呼吁之,恨其太少,岂恨其多哉!①

儒家文化所宣扬的“忠”“厚”“刚”“澹”等是近代中国的士大夫在亡国灭种的时势面前应该继承和发扬的优秀品质。

无论对于君主立宪,还是通过革命的方式建立民主共和政体,都是严复所期待的。“使天而犹眷中国乎,则立宪与革命,二者必居一焉。立宪,处其顺而易者也;革命,为其逆而难者也。然二者皆将有以存吾种。”②民国初建,严复倡言西方的新式教育,1912 年 11 月,在给京师大学堂预科《同学录》所写序文中,严复认为:“中国前之为学,学为治人而已。至于农、商、工、贾,即有学,至微,谫不足道。”③但辛亥革命后,中国政治局势的急剧变动和社会秩序的严重动荡,特别是第一次世界大战在西方所引发的灾难,使严复不得不重新审视中学与西学,其对中国传统文化和国粹多有肯定,而对西方的平等、自由和民

---

① 严复:《道学外传余义》,载王栻主编:《严复集》第二册,中华书局 1986 年版,第 485—486 页。

② 严复:《主客平议》,载王栻主编:《严复集》第一册,中华书局 1986 年版,第 118 页。

③ 严复:《大学预科〈同学录〉序》,载王栻主编:《严复集》第二册,中华书局 1986 年版,第 292 页。

权等价值观已失却了往昔的热情。

1917 年 4 月 26 日，在致弟子熊纯如的信函中，严复说："鄙人行年将近古稀，窃尝究观哲理，以为耐久无弊，尚是孔子之书。四子五经，故(固)是最富矿藏，惟须改用新式机器发掘淘炼而已。"①严复认为中学中有历古不变和因时利用的宝藏，读者要善于"自具眼法，披沙拣金"，以为原则公例。

> 故一切学说法理，今日视为玉律金科，转眼已为蘧庐刍狗，成不可重陈之物。譬如平等、自由、民权诸主义，百年以往，真如第二福音；乃至于今，其弊日见，不变计者，且有乱亡之祸。试观于年来，英、法诸国政府之所为，可以见矣。乃昧者不知，转师其已弃之法，以为至宝。②

在此，严复并不是完全否定西方"平等""自由"和"民权"等价值观念，其重点在于强调要用辩证的和发展的眼光看问题，诚如他在《政治讲义》中所言："古之所是，往往今之所非；今日之所祈，将为来日之所弃。假有以宋、明政策，施之汉、唐，或教英、法，为当年之希腊，罗马者，此其为谬，不问可知。故吾尝谓中国学者，不必远求哲学于西人，但求《齐物》《养生》诸论，熟读深思，其人已断物玩固之理，而于时措之宜，思过半矣。"③我们姑且不论严复的这一认识是否经得起历史发展的检验，但有一点是毫无疑问的，中学是严复文化价值观的基础，始终是他观察时局、思考社会问题的立足点。由于他认为学西学的最终目的在于"归求反观"中学，因此，他对西学的认识总是因时而变、因势而变的。以西学为参照，完善和复兴中学，这才是严复骨子里最终极的文化追求。

---

① 严复:《与熊纯如书》(五十二)，载王栻主编:《严复集》第三册，中华书局 1986 年版，第 668 页。

② 严复:《与熊纯如书》(五十二)，载王栻主编:《严复集》第三册，中华书局 1986 年版，第 667—668 页。

③ 严复:《政治讲义》，载王栻主编:《严复集》第五册，中华书局 1986 年版，第 1254 页。

四、 恪守以古文译介西学

“古文道统”在晚清不仅表现为文学观念上对古文形式的恪守，而且其政治上倾向于对既存封建秩序的某种持守和维护。严复虽认识到惟有译述西学，方可唤醒民众，但“自思职微言轻，且不由科举出身，所言每不见听”。[①] 而掌教保定莲池书院的吴汝纶为晚清文坛执牛耳的人物，不仅精通旧学，而且倾向维新，严复认为“吾国人中旧学淹贯而不鄙夷新知者，湘阴郭侍郎后，吴京卿一人而已。”[②]同在李鸿章麾下任职，严复慕名拜吴汝纶为师，试图用雅洁的桐城古文译介西学，扩大西学在仕宦阶层中的影响，应是情理之中的事。

作为晚清桐城派的领袖人物，吴汝纶一直致力于桐城派文风的恢复与重建，追求语言的雅洁。自方苞提出“古文中不可入语录中语、魏晋六朝藻俪骈语、汉赋中板重字法、诗歌中隽语、南北史佻巧语”的雅洁标准后，桐城派在其发展过程中就逐步形成了注重“文格之高”和“语体之严”以及追求语言“传神尽意、气清词洁”的传统。[③] 尽管吴汝纶大力提倡西学，但他认为“新旧二学，当并存具列”，“姚选古文则万不能废，以此为学堂必用之书，当与六艺并传不朽也。”“即西学堂中，亦不能弃去不习，不习，则中学绝矣。”在致严复的信中，他强调“行文欲求尔雅，有不可阑入之字，改窜则失真，因仍则伤洁，此诚难事。鄙意：与其伤洁，毋宁失真。凡琐屑不足道之事不记何伤！若名之为文，而俚俗鄙浅，荐绅所不道，此则昔之知言者无不悬为戒律。曾氏所谓辞气远鄙也。……文无剪裁，专以求尽为务，此非行远所宜。”[④]吴汝纶恪守桐城文风，

---

① 严璩：《侯官严先生年谱》，载王栻主编：《严复集》第五册，中华书局1986年版，第1547页。

② 严璩：《侯官严先生年谱》，载王栻主编：《严复集》第五册，中华书局1986年版，第1550页。

③ 吴孟复：《简论神理气味与格律声色》，载安徽省社科院编：《桐城派研究论文选》，黄山书社1986年版，第181页。

④ 吴汝纶：《答严几道》，载施培毅等校点：《吴汝纶全集》（三），黄山书社2002年版，第234—236页。

以雅洁为规范,这种"宁失真,不伤洁"的思想,对严复有着直接的影响。更为重要的是,吴汝纶也想使桐城古文依附于严复译介的西学而再度兴盛。因此,吴汝纶对严复以桐城古文翻译西学是极力推崇的。

吴汝纶的学识,特别是在古文方面的成就,不仅得到曾国藩和李鸿章等人的赏识,而且赢得了海内外众多文人学士的仰慕,被称为"海内文宗"。严复视吴汝纶为自己的授业恩师,"每译脱稿,即以示桐城吴先生。老眼无花,一读即窥深处,盖不徒斧落徽引,受裨益于文字间也。故书成必求其读,读已必求其序。"[①]1895年初,得知严复正在翻译英国博物学家赫胥黎的《进化论与伦理学》,"桐城吴丈汝纶,时为保定莲池书院掌教,过津来访,读而奇之"。[②]严译此著,名《天演论》,并呈吴汝纶审阅。"许序《天演论》,感极。"[③]吴读完译稿,倾心悦服,即函严复:"得惠书并大著《天演论》,虽刘先生之得荆州,不足为喻,比经手录副本,秘之枕中。盖自中土翻译西书以来,无此宏制,匪直天演之学,在中国为初凿鸿蒙,亦缘自来译手,无似此高文雄笔也,钦佩何极!"并表示"近有新著,仍愿惠读。"[④]《原富》未译者尚余五分之一时,严复即致函吴汝纶表示"成书后,一序又非大笔莫谁属矣。先生其勿辞。"[⑤]译就《斯密亚当学案》时也函请"此序非先生莫能为者。"[⑥]而吴汝纶对严复能学贯中西亦赞不绝口:"鄙论西学以新为贵、中学以古为贵,此两者判若水火之不相入,其能熔中西为一治者,独执事一人而已。"[⑦]

---

① 严复:《群学肄言·译余赘语》,载王栻主编:《严复集》第一册,中华书局1986年版,第126—127页。

② 严璩:《侯官严先生年谱》,载王栻主编:《严复集》第五册,中华书局1986年版,第1548页。

③ 严复:《与吴汝纶书》(一),载王栻主编:《严复集》第三册,中华书局1986年版,第522页。

④ 吴汝纶:《答严幼陵》,载施培毅等校点:《吴汝纶全集》(三),黄山书社2002年版,第144—145页。

⑤ 严复:《与吴汝纶书》(二),载王栻主编:《严复集》第三册,中华书局1986年版,第523页。

⑥ 严复:《与吴汝纶书》(三),载王栻主编:《严复集》第三册,中华书局1986年版,第524页。

⑦ 吴汝纶:《答严几道》,载施培毅等校点:《吴汝纶全集》(三),黄山书社2002年版,第174页。

由《天演论》等译著而奠定的师生情义，使得严复与吴汝纶在文学观念上形成很多共识，严复对吴汝纶在古文方面给予的指教亦心存感激："中国虽尚文教，顾诗、文、字三者，几人人为之，而求其可称为能，往往绝无而仅有。幸而相遇，可不宝贵也耶？复于文章一道，心知好之，虽甘食耆色之殷，殆无以过。不幸晚学无师，致过壮无成。虽蒙先生奖诱拂拭，而如精力既衰何，假令早遘十年，岂止如此？以前而论，则有似夙因；由后而云，则又有若定命者，先生以为何如？"①

受桐城派笔法的影响，严复在译文中十分注意求古求雅。他在《天演论译例言》中提出了"信、达、雅"的翻译准则，并以"修辞立诚""辞达而已""言之无文，行之无远"为文章正轨、译事楷模。"故信达而外，求其尔雅，此不仅期以行远已耳。实则精理微言，用汉以前字法、句法，则为达易；用近世利俗文字，则求达难。"②在先秦文体与"近世利俗文字"之间，严复选择了前者。严复以"信、达、雅"三条标准要求自己，力图以桐城派风格的古文来表达和转述西学。为了合乎"信、达、雅"，严复实际上是在领悟西学原典的基础上做自己的桐城古文，或者说是用桐城古文陈述其对西学义理的认识。

严复在译亚当·斯密《原富》过程中即请吴汝纶审阅并写序，吴欣然应允，并在《原富》序文中强调"盖国无时而不需财，而危败之后为尤急"。但"中国士大夫，以言利为讳"。"国之庶政，非财不立，国不可一日而无政，则财不可一日而不周所用"。③ 1901—1902 年严译《原富》陆续由上海南洋公学译书院出版，梁启超阅完前二编后，便在《新民丛报》《绍介新著》栏日向读者予以热诚推荐："严氏于翻译之外，常自加案语甚多，大率以最新之学理，补正斯密所不逮也，其启发学者之思想力别择力，所益实非浅宣。"但他严译文笔过求

① 严复:《与吴汝纶书》，载王栻主编:《严复集》第三册，中华书局 1986 年版，第 522—523 页。

② 严复:《天演论·译例言》，载王栻主编《严复集》第五册，中华书局 1986 年版，第 1321—1322 页。

③ 吴汝纶:《〈原富〉序》，载王栻主编:《严复集》第五册，中华书局 1986 年版，第 1552 页。

渊雅则提出不同意见,并引为憾事。

严氏于西学中学,皆为我国第一流人物,此书复经数年之心力,屡易其稿,然后出世,其精美更待何言。但吾辈所犹有憾者,其文笔太务渊雅,刻意摹仿先秦文体,非多读古书之人,一翻殆难索解。夫文界之宜革命久矣,欧美日本诸国文体之变化,常与其文明程度成比例。况此等学理邃赜之书,非以流畅锐达之笔行之,安能使学僮受益乎?著译之业,将以播文明思想于国民也,非为藏山不朽之名誉也。文人结习,吾不能为贤者讳矣。①

梁启超主张文界革命,文风创新,因此他对严复的这种渊雅文体提出了批评,指出这种译著方式不利于西学的广泛传播。

对于"《丛报》于拙作《原富》颇有微词",严复曾致函张元济认为"其谓仆于文字刻意求古,亦未尽当"。② 他还给梁启超写了封长信《与〈新民丛报〉论所译〈原富〉书》予以反驳。他认为研究精深学理之书,必定不能以通俗之词表达之,"窃以谓文辞者,载理想之羽翼,而以达情感之音声也。是故理之精者不能载以粗犷之词,而情之正者不可达以鄙俗之气。中国文之美者,莫若司马迁、韩愈。……若徒为近俗之辞,以取便市井乡僻之不学,此于文界,乃所谓陵迟,非革命也。且不佞之所从事者,学理邃赜之书也,非以饷学童而望其受益也,吾译正以待多读中国古书之人。"如果为了使那些学识浅薄的庸众都能理解,而力求通俗,这是对文学的凌迟,决不是革命。他认为"声之眇者,不可同于众人之耳,形之美者不可混于世俗之目,辞之衍者不可不回于庸夫之听。非不欲其喻诸人人也,势不可耳"。③ 吴汝纶也认为"如梁启超等欲改经史为白话,是谓化雅为俗,中文何由通哉!"④

---

① 《民国丛书》编辑委员会:《壬寅新民丛报汇编》,上海书店出版社 1989 年版,第 851—852 页。

② 严复:《与张元济书》,载王栻主编:《严复集》第三册,中华书局 1986 年版,第 551 页。

③ 严复:《与梁启超书》,载王栻主编:《严复集》第三册,中华书局 1986 年版,第 516—517 页。

④ 吴汝纶:《与薛南溟》,载施培毅等校点:《吴汝纶全集》(三),黄山书社 2002 年版,第 369 页。

梁启超被誉为五四新文化运动的先驱,他的新民学说以及诗文和史学革命等主张,"以改革政治改革社会为目的,而影响所及,也给予文学革命运动以很大的助力。"①他坦言:"启超夙不喜桐城派古文,幼年为文,学晚汉魏晋,颇尚矜炼,至是自解放,务为平易畅达,时杂以俚语韵语及外国语法,纵笔所至不检束,学者竞效之,号新文体。老辈则痛恨,诋为野狐。然其文条理明晰,笔锋常带情感,对于读者,别有一种魔力焉。"②而桐城派古文,从清初方苞开始就倡导"雅洁",梁启超从"立新民"的思想高度,主张写文章"务为平易畅达",当然也就不认同严复的文风取向。梁启超倡言"新文体"代表了近代中国新文学发展的方向,但在晚清,主流社会通行的阅读文本仍然是古文。"当时自然不便用白话;若用白话,便没有人读了。八股式的文章更不适用。所以严复译书的文体,是当日不得已的办法。"③因此,吴汝纶和严复坚持"行文欲求尔雅",在当时特定的历史条件下是有利于西学传播的。

面对千年未有之变局,如何构建中国文化的秩序是晚清知识分子不能回避的时代命题。吴汝纶和严复等人恪守以古文阐释西方经典,这种表达形式背后所隐含的是晚清士大夫们对儒家文化难以割舍的情结,而信奉进化史观则是他们思考中国文化困局时选择的救国方略,正是这种文化认识的趋同奠定了他们友谊关系的基础。"平生风义兼师友,天下英雄惟使君。"④严复挽吴汝纶的这句诗颇能反映他们两人之间共同的志趣和思想基础。如果说"古文道统"是中国传统文化的惯性力量,那么,"进化史观"则是对外来文化的一种包容和吸纳。兼而具有此种社会思想与学术观念者,在晚清是颇具代表性的,即以儒家经世思想为信条,恪守礼教规范,以中学之义理词章诠释西

① 周作人:《中国新文学的源流》,华东师范大学出版社 1995 年版,第 55 页。

② 梁启超:《清代学术概论》,上海古籍出版社 1983 年版,第 85—86 页。

③ 胡适:《五十年来中国之文学》,载《胡适全集》第二卷,安徽教育出版社 2003 年版,第 275 页。

④ 严璩:《侯官严先生年谱》,载王栻主编:《严复集》第五册,中华书局 1986 年版,第 1550 页。

学，化外邦之长为我所用，以图民族之复兴。

严复以进化史观分析人类社会的发展，其“合叙并观”的世界史眼光与中西比较的学术视野，对中国近代新史学的萌生发挥着开凿鸿蒙的作用。他宣传进化史观，介绍西方近代史学观念，对近代史学由“君史”到“民史”、由考证史实到探索历史规律等研究模式的转换产生着直接的学术影响。作为中国新史学的代表人物，梁启超和夏曾佑的史学观念也或多或少地受到了严复进化论思想的影响。

第二节　严复对于历史发展的认识

严复以西方资产阶级的进化论看待和分析社会问题，他对中国近代史学的最重要影响是进化史观的传播。严复对于历史发展的认识，最显著的特征就在于其历史观的变化以及史实解喻的新角度。

一、 历史观的变化

严复认为：“自欧洲学说至于吾国，其最为吾人之所笃信者，莫如天演竞争之公例。‘优胜劣败，天然淘汰’，几为人人之口头禅。”①他用西方资产阶级的历史进化论为武器，批判中国传统史学的“历史循环论”，认为“中西事理，其最不同而断乎不可合者，莫大于中之人好古而忽今，西之人力今以胜古；中之人以一治一乱、一盛一衰为天行人事之自然，西之人以日进无疆，既盛不可复衰，既治不可复乱，为学术政化之极则。”他用“世变”和“运会”等概念来解释历史，认为人类社会是不断发展变化的。这种变化是不以人们的主观意志为转移的自然演进过程。“运会既成，虽圣人无所为力，盖圣人亦运会中之

① 严复：《教授新法》，载孙应祥、皮后锋编：《〈严复集〉补编》，福建人民出版社 2004 年版，第 63 页。

一物。”①在《拟上皇帝书》中，严复希望光绪皇帝能够顺应“民情”以鼎新革故，因为“民情”就是“天意”：

> 夫王者之大事，莫大于法祖而敬天矣。敬天则当察天意之所趋，法祖则当体贻谟之所重。天之意于所察？察之于亿兆而可知。祖宗之贻谟于何体？体之于一已而可悟。……民情如是，则天意可知矣。②

严复运用西方自然科学知识以及民主、自由和人权的思想观念解释人类社会发展的现象，将“圣人”当成历史发展中的“一物”，并断言“民情如是，则天意可知”，这对于中国传统史学宣扬的“君权神授”和“历史循环论”无疑是一次大胆的突破。进化史观对近代中国思想解放的影响是深远的。

在维新阵营中，严复的长处是译述西学。甲午战争后，严复开始系统涉猎西方社会科学著作，曾致信长子严璩说：“我近来因不与外事，得有时日多看西书，觉世间惟有此种是真实事业，必通之而后有以知天地之所以位、万物之所以化育，而治国明民之道，皆舍之莫由。”③严复深刻地认识到与自然界的发展变化相比，当时的中国人更迫切需要的是认识人类社会自身的发展规律。因此严复并不是单纯地传播达尔文有关生物进化的自然科学知识，而是要将其与中国救亡图存的政治需要相结合。严复翻译的《天演论》是根据救亡和变革的时代需要，在介绍达尔文进化论的基础上，综合了赫胥黎和斯宾塞的进化论思想，并根据自己的理解加以改造，形成一种不同于中国传统的“天不变，道亦不变”的循环史观，认为自然和社会都是不断进化的历史观念。严复所宣扬的“物竞天择，优胜劣败”“保种自强”“合群进化”的学说，激发了国人变法图强的斗志，成为近代中国思想启蒙的理论先声。

---

① 严复：《论世变之亟》，载王栻主编：《严复集》第一册，中华书局1986年版，第1页。

② 严复：《拟上皇帝书》，载王栻主编：《严复集》第一册，中华书局1986年版，第64页。

③ 严复：《与长子严璩书》（一），载王栻主编：《严复集》第三册，中华书局1986年版，第780页。

严复翻译《天演论》显然是受了甲午战争中国被日本打败的刺激，而进化论学说正是中国变法图强和斗争抵抗的思想武器。早在1895年3月发表《原强》一文时，严复就表明了自己对达尔文进化论学说的信仰：达尔文《物种起源》问世后，“泰西之学术政教，为之一斐变焉。论者谓达氏之学，其彰人耳目，改易思理，甚于奈端（牛顿）氏之天算格致，殆非溢美之言也。”①严复是晚清社会向西方寻求真理的代表人物，但他并非简单照搬西方理论，而是根据中国的需要进行创造性的吸收。斯宾塞主张“任天为治”，既然非洲、澳洲及亚洲等国家都是劣等民族，根据“优胜劣汰”的法则，那就理所当然地应该受到优等民族的侵略；赫胥黎则相信强者侵略弱者是自然现象，但“人工淘汰”可以控制“自然淘汰”，因而他强调人可以通过努力改变自然淘汰的命运。而严复则超越了庸俗进化论者的天演之学，将之上升为落后民族如何摆脱危亡命运的世界观，即进化史观，并以此来唤醒民众救亡图存的意识。他在《天演论》一文的结尾呼吁：“吾辈生当今日，固不当……哀生悼世，脱屣人寰，徒用示弱而无益来叶也。固将沉毅用壮，见大丈夫之锋颖，疆立不反，可争可取而不可降。”“早夜孜孜，合同志之力，谋所以转祸为福，因害为利。”“吾愿与普天下有心人，共矢斯志也。”②《天演论》问世后在中国知识阶层和思想界得到了广泛的传播，其所宣扬的进化论思想，在中国知识界产生了广泛和深远的影响，它不仅敲响了中华民族亡国灭种的警钟，也唤起了国人的民族觉悟。

二、史实解喻的新角度

严复自幼接受中国传统教育，留学英伦后，又接受了西方自然科学和社会科学的知识。他以进化论的历史观念分析人类社会的发展，产生了诸多史实解喻的新角度，对中国近代新史学的萌生发挥着开凿鸿蒙的作用。概而言之，略有以下二端。

---

① 严复：《原强》，载王栻主编：《严复集》第一册，中华书局1986年版，第5页。

② 严复：《天演论》，载王栻主编：《严复集》第五册，中华书局1986年版，第1398页。

其一，“合叙并观”的世界史眼光。

严复认为：“盖自达尔文、斯宾塞提证天演之说，于是言人群者，知世变之来，不独自其相承之纵者言之，必后先因果，倚伏召从，无一事之为偶也；乃自并著之横者观之，亦远近对待，感应汇成，缺一焉则其局不见。故欲言一民之质文强弱，一国之萌长盛衰，独就其民其国而言，虽详乃不可见，必繁俗殊化，合叙并观，夫而后真形以出。”①因此，“学者必扩其心于至大之域”。② 严复认为进化是人类社会的普遍现象，任何事物的发展都不是单一的、孤立的。研究者应该“合叙并观”，综合地研究和分析社会问题，应该具备世界史眼光看待人类社会的历史。

严复学贯中西的知识结构使他不仅能够从中国看世界，而且习惯于从世界的角度看中国。如严复对中、英两国最初交恶的分析：“方西人之初来也，持不义害人之物，而与我构难，此不独有识所同疾，即彼都人士，亦至今引为大诟者也。且中国蒙累朝列圣之庥，幅员之广远，文治之休明，度越前古。游其宇者，自以谓横目冒彩之伦，莫我贵也。乃一旦有数万里外之荒服岛夷，鸟言夔面，飘然戾止，叩关求通，所请不得，遂而突我海疆，虏我官宰，甚而至焚毁宫阙，震惊乘舆。”③在此，严复不仅严厉谴责罪恶的鸦片贸易和英国发动野蛮战争的不义之举，同时，也对那种自以为文化昭明而视夷狄“莫我贵也”的虚矫心理进行了嘲讽。

严复借鉴英、法革命历经艰难曲折之过程，认为中国民权政治的实现也不可能一蹴而就。严复分析说，英国革命大约发生在康熙盛世，而法国革命与乾、嘉之际相当，皆经百余年的酝酿与反复，“而后文明之终福获焉，则其难有如此者”。“夫泰西之民，人怀国家思想，文明程度若甚高矣，其行民权之说，

---

① 严复：《泰晤士〈万国通史〉序》，载王栻主编：《严复集》第二册，中华书局1986年版，第270页。

② 严复：《〈法意〉按语》，载王栻主编：《严复集》第四册，中华书局1986年版，第955页。

③ 严复：《论世变之亟》，载王栻主编：《严复集》第一册，中华书局1986年版，第4页。

尚迟而且难如此，公等试思，是四万万者为何如民乎？而期其朝倡而夕喻也。嗟呼！”①就世界大势而言，严复认为中国已经处于非变法不可的境地了。他认为“天不变，地不变，道亦不变”的历史观，是“观化不审”，如今“天下大势，既已日趋混同，中国民生，既已日形狭隘，而此日之人心世道，真成否极之秋，则穷变通久之图，天已谆谆然命之矣。”此乃“运会所趋，岂斯人所能为力。”②

其二，中西比较的学术视野。

严复认为，中西方历史大体上都经历了“图腾社会”——“宗法社会”——“军国社会”三个阶段，其生活方式则由“渔猎”“游牧”“耕稼”“而后兵、农、工、商四者之民备具”。“夫天下之群众矣，夷考进化之阶级，莫不始于图腾，继以宗法，而成于国家。方其为图腾也，其民渔猎，至于宗法，其民耕嫁，而二者之间，其相嬗而转变者以游牧。最后由宗法以进于国家，而二者之间，其相变而蜕化者以封建。”由图腾社会至宗法社会，“是教化的一大进步。此种社会，五洲之中，尚多有之。而文化之进，如俄国、如中国，皆未悉去宗法形式者也。”③就社会发展的总体趋势而言，严复认为中国历史发展的特征是“始骤而终迟”，而西方则“始迟而终骤”。严复分析说，中国自尧舜以讫于周，即迈入宗法、封建时代。“西人所谓文明，无异言其群之有法度，已成国家，为有官团体之众”，④其文明源自希腊、罗马，而“其趾封建，略当中国唐宋间”。但中国自秦行郡县以至于清，二千多年，不过是一治一乱的王朝更迭。而西方的英、法等国则脱离封建而日益强盛，“皆仅仅前今一二百年而已。”⑤

那么，是什么因素导致中西方历史发展呈现如此大的差异呢？严复从中西比较的学术视野进行了分析：“盖生民之道，期于相安相养而已。……秦之

① 严复：《主客平议》，载王栻主编：《严复集》第一册，中华书局1986年版，第120页。

② 严复：《救亡决论》，载王栻主编：《严复集》第一册，中华书局1986年版，第50页。

③ 严复：《政治讲义》，载王栻主编：《严复集》第五册，中华书局1986年版，第1245页。

④ 严复：《政治讲义》，载王栻主编：《严复集》第五册，中华书局1986年版，第1260页。

⑤ 严复：《译〈社会通诠〉自序》，载王栻主编：《严复集》第一册，中华书局1986年版，第135—136页。

销兵焚书，其作用盖亦犹是。降而至于宋以来之制科，其防争尤为深且远。”由于中国文化传统倡导“宁以止足为教”，“崇柔让之教，则嚣凌之氛泯”，以至于“不能与外国争一日之命。”①而西方“与接为构，民民物物，各争有以自存，其始也，种与种争，及其成群成国，则群与群争，国与国争。而弱者当为强肉，愚者当为智役焉。”②严复认为：“司马迁曰：‘物穷则变，变则通，通则久。’穷变通久，使民不倦。外国穷而知变，故能与世推移。而有以长存。中国倦不思通，故必新朝改物，而为之损益。”③中国穷不思变、倦不思通才导致今天的落后局面。严复认为，战争失败并不可怕，可怕的是风俗人心的败坏。

> 夫疆场之事，一彼一此，战败何足以悲。今且无论往古，即以近事明之；八百三十年，日耳曼不尝败于法国乎？不三十年，洒耻复亡，蔚为强国。八百六十余年，法兰西不尝破于德国乎？不二十年，救敝扶伤，褎然称富，论世之士，谓其较拿破仑之日为逾强也。然则战败又乌足悲哉！所可悲者，民智之已下，民德之已衰，与民气之已困耳。④

有鉴于此，严复极力主张鼓民力、开民智、新民德，以救亡图存。严复认为：“当天下开门相见之会，亲见外洋学术事理，有实比吾国进步为多者。”⑤“夫自由、平等、民主、人权、立宪、革命诸义，为吾国六经历史之不言固也，然即以其不言，见古人论治之所短。”由于中国历史传统向来缺乏“自由”“平等”“民主”和“人权”——这些使西方富强起来的文化因素，“故中国之弱，非弱于财匮兵窳也，而弱于政教之不中，而政教之所以不中，坐不知平等自由之公理，而私权奋压力行耳。”⑥中国民智未开，民权不伸，当务之急就要扭转“徇高论

---

① 严复：《论世变之亟》，载王栻主编：《严复集》第一册，中华书局 1986 年版，第 1 页。
② 严复：《原强》，载王栻主编：《严复集》第一册，中华书局 1986 年版，第 5 页。
③ 严复：《拟上皇帝书》，载王栻主编：《严复集》第一册，中华书局 1986 年版，第 63—64 页。
④ 严复：《原强》，载王栻主编：《严复集》第一册，中华书局 1986 年版，第 9 页。
⑤ 严复：《政治讲义》，载王栻主编：《严复集》第二册，中华书局 1986 年版，第 1242 页。
⑥ 严复：《主客平议》，载王栻主编：《严复集》第一册，中华书局 1986 年版，第 116—118 页。

而远事情”的学术风气,标本兼治,“标者,在夫理财、经武、择交、善邻之间;本者,存夫立教、养才、风俗、人心之际。”①在对中西方历史进行比较的过程中,严复不仅认识到中西方社会在文明演进中存在的差异,而且能够深刻地洞察蕴含于这一历史现象背后的文化习俗、价值观念和政教传统的异趣。

第三节 严复的进化史观与新史学的诞生

鸦片战争时期,迫于海疆危机,“通变”和“变易”的史学思想开始受到重视。以魏源、林则徐以及桐城派代表人物姚莹为代表的地主阶级经世改革派,积极提倡博古以通今。这一时期,史学研究的视域从古代转向当代,从边疆史地学扩大到中国以外的国度。魏源的《圣武记》《海国图志》,姚莹的《康辅纪行》,徐继畬的《瀛环志略》等史著便是这一历史观的反映。洋务运动将鸦片战争时期“师夷长技以制夷”的思想观念付诸行动,“史学经世”的思想受到学术界的重视。曾国藩、郭嵩焘、吴汝纶、张裕钊、黎庶昌和薛福成等桐城派名家的史学观念显示了“史学经世”的特点。无论“变易史学”,抑或“经世史学”,尽管研究内容与传统史学有较大差异,但其目的都是为了维护既存的统治秩序,这种历史观念的变化依然没有突破中国传统史学的价值观念。19 世纪末 20 纪初,严复通过译介西方近代哲学和社会科学名著,大力宣扬进化论思想,促进了中国资产阶级意识形态的形成和发展。严复对进化史观的宣传以及将西方自然科学的研究方法运用到社会科学的努力,对中国传统史学的近代转型产生了巨大的社会影响。

一、 宣传进化史观,为新史学的萌生奠定思想基础

“新史学”思想之所以能够在 19 世纪末 20 纪初的中国社会萌生,一个非

① 严复:《拟上皇帝书》,载王栻主编:《严复集》第一册,中华书局 1986 年版,第 65 页。

常重要的外部条件就是整个社会思潮的变动。进化史观为 20 世纪初中国新史学的萌生提供了理论依据和哲学基础。有学者研究认为:“因社会转型而产生的新的政治文化规定了史学发展的方向,而随之形成的新的社会文化也对史学的发展起到直接推动作用。”“转型时期出现的新的社会文化及其发展与史学转型关系的密切主要有这样几个方面:一是中西文化的交流扩大,新知识新观念大量传入;二是出版业发达,报纸杂志大量出现;三是教育制度改革,教育思想变化;四是社会思潮出现并不断发展变化;五是新经济因素和相关意识出现。”①具体而言,不同于封建专制统治的民主政治观念的产生,自然科学研究方法在社会科学领域的运用,学者们人生观和世界观的变化,所有这些因素都激荡着史学界既存的思想观念。传统史学原本可以依附的政治环境以及为之服务的对象——封建专制的政治文化一旦被动摇,帝王将相的历史观就势必被打破,于是,“史学革命”的口号也就呼之欲出了。

戊戌维新时期,从儒家今文经学有关“三统”和“三世”说中寻找变易思想,为变法提供理论支撑的康有为同样信奉朴素的进化论思想。康有为对严复在西学传播方面的贡献给予了很高的评价,他称严复“译《天演论》,为中国西学第一者也”。② 严复翻译的西方哲学和社会科学著作,包括赫胥黎的《天演论》、亚当·斯密的《原富》、斯宾塞的《群学肄言》、约翰·穆勒的《群己权界论》、甄克斯的《社会通诠》、孟德斯鸠的《法意》、穆勒的《名学》和耶方斯的《名学浅学》等,他将进化论、经济学、社会学、法学、逻辑学等知识传播到中国。严复翻译的一个显著特点,就是在译文后,附加了相当篇幅的“按语”,借以表达自己的政治主张和社会思想。1897 年 10 月,严复在天津创办《国闻报》,刊登国内各省要闻,译载重要政论及名著,连载其翻译的《天演论》,在维

① 刘俐娜:《由传统走向现代:论中国史学的转型》,社会科学文献出版社 2006 年版,第 37 页。

② 康有为:《与张之洞书》,载姜义华等编校:《康有为全集》,中国人民大学出版社 2007 年版,第 314 页。

新运动中影响很大,成为维新派的重要宣传工具,与上海《时务报》分掌南北舆论界的领导地位。甲午战争后,西方列强掀起了瓜分中国的狂潮,民族危机空前,严复译介西方的《天演论》等社会学著作,积极宣传“物竞天择,适者生存”的道理,在当时的中国思想界确实起到了振聋发聩的作用。严复所宣传的进化论思想在政治上成为当时中国资产阶级摆脱民族危机,进行社会改革的理论依据,同时也促进了中国资产阶级意识形态的形成和发展。

从历史变易观到历史进化论,是20世纪初中国史学在历史观念上的重大变化,是新史学得以产生的思想基础。严复译介西学,将达尔文的生物进化论和斯宾塞的社会达尔文主义介绍到中国。社会达尔文主义一方面告诉人们“物竞天择,适者生存”以及“弱肉强食”的生存道理,另一方面也给中国人带来了科学的历史进化观念。1902年6月,严复在《大公报》上刊载《主客平议》一文,明确反对“今不古若,世日退也”的历史退化论,提倡西方“古不及今,世日进也”①的历史进化论。对史学而言,历史观的更新是其获得发展的最直接的推动力。于是,“以史学言进化之理”②,成为中国早期资产阶级史学的指导思想。

1902年,梁启超首倡“新史学”口号,并得到学界的积极回应,本质上也是适应了全民族救亡意识的需要,与“物竞天择,适者生存”的进化论思想一脉相承。梁启超在《新史学》中指出:

> 史学者,学问之最博大而最切要者也,国民之明镜也,爱国心之源泉也。今日欧洲民族主义所以发达,列国所以日进文明,史学之功居其半焉。……今日欲提倡民族主义,使我四万万同胞强立于此优胜劣败之世界乎?则本国史学一科,实为无老无幼无男无女无智无愚无贤无不肖所皆当从事,视之如渴饮饥食,一刻不容缓者也。然遍览乙库中数十万卷之著录,其资格可以养吾所欲给吾所求者,殆无一

① 严复:《主客平议》,载王栻主编:《严复集》第一册,中华书局1986年版,第117页。

② 梁启超:《康有为传》,团结出版社2004年版,第51页。

焉。呜呼,史界革命不起,则吾国遂不可救。悠悠万事,惟此为大。新史学之著,吾岂好异哉,吾不得已也。①

基于进化史观的思想指导,梁启超认为:"历史者叙述人群进化之现象而求得其公理公例者也。"②

二、 介绍西方史学观念,倡导史学研究重细节

在西方,19世纪被称为历史学或历史学家的世纪,崇尚"客观主义"的德国"兰克学派"的影响遍及欧美诸国,历史学得到充分的发展。兰克史学的核心理念是"如实直书",诚如兰克在其处女作《拉丁和条顿民族史》一书的序言中所言:"历史向来把为了将来的利益而评论过去、教导现在作为自己的任务。对于这样崇高的任务,本书是不敢企望的。它的目的仅仅在于说明事实发生的真相而已。"③19世纪末20世纪初,西方出现了"新史学"思潮,兰克史学受到新史学的不断挑战。新史学理论与兰克史学的主要区别在于:"首先是摆脱历史主要是'政治史'的模式,认为历史包括经济、文化和民族等方面的内容;其次,主张历史应描述人类集体的活动,而不是少数英雄的行为;再次,强调历史研究不仅说明'事实是什么',而且要探究'事实为什么是这样'。"中国社会科学院于沛先生认为:"随着以历史过程描述为主的史学,逐渐向以理论描述为主的史学转化,历史研究中的问题意识不断加强,西方叙述式的史学,逐渐为解释性的史学所代替。这些'转化'或'代替',都是在新史学的旗帜下进行的。"④

严复认为中国古史所载,"其间递嬗,要不过一姓之兴废,而人民则犹人

① 梁启超:《新史学·中国之旧史》,载《饮冰室合集·文集之九》,中华书局1989年版,第1—2页。

② 梁启超:《史学之界说》,载《饮冰室合集·文集之九》,中华书局1989年版,第10页。

③ 张广智:《西方史学通史》第六卷,复旦大学出版社2012年版,第325页。

④ 于沛:《20世纪的西方史学》,武汉大学出版社2009年版,第2—3页。

民,声教则犹古声教,是则即今无讳,损益可知"。[①] 他在天津《直报》上发表《辟韩》一文,对韩愈《原道》中的君权神授说进行猛烈的抨击,认为"'民为贵,社稷次之,君为轻'此古今之通义也"。[②] 严复通过译介西学,宣传西方资产阶级的"天赋人权"学说。他认为:"天之生烝民,无生而贵者也,使一人而可以受亿兆之奉也,则必如班彪王命之论而后可。顾如王命论者,近世文明之国所指为大逆不道之言也。且以少数从多数者,泰西为治之通义也。"[③]他认为"中西政想,有绝不同者。夫谓治人之人,即治于人者之所推举,此即求之于古圣之胸中,前贤之脑海,吾敢决其无此议也。"[④]严复批判封建君主专制制度,提倡资产阶级民主,从而启发和推动了对封建"君史"研究模式的批判,以及对"民史"研究的重视。

在史学研究的内容方面,严复认为史学研究"不独政治人事",但为学术"莫不有史","西人于动植诸学,但凡疏其情况,而不及会通公例,与言其所以然之故者,亦称历史,如自然历史是也。"随着科学日出,学科分野愈来愈细,才导致"史之所载日减于古矣。"[⑤]严复的这一主张对于打破史学研究仅仅局限于"政治史"的研究模式,发挥着舆论先导的作用。

从考证历史事实到探索历史发展规律,是20世纪初"新史学"理论的一个显著特征。严复认为:"中国论史,多尚文章故实,此实犯玩物丧志之弊。""史之可贵,在以前事为后事之师。是故读史有术,在求因果,在能即异见同,抽出公例。"[⑥]他认为西方史学研究的目的是值得我们学习和借鉴的,即"至若究文明之进步,求世变之远因,察公例之流行,知社会之情状,欲学者毋忘前

---

① 严复:《原强修订稿》,载王栻主编:《严复集》第一册,中华书局1986年版,第21页。

② 严复:《辟韩》,载王栻主编:《严复集》第一册,中华书局1986年版,第33页。

③ 严复:《主客平议》,载王栻主编:《严复集》第一册,中华书局1986年版,第118页。

④ 严复:《〈社会通诠〉按语》,载王栻主编:《严复集》第四册,中华书局1986年版,第932页。

⑤ 严复:《政治讲义》,载王栻主编:《严复集》第五册,中华书局1986年版,第1244页。

⑥ 严复:《政治讲义》,载王栻主编:《严复集》第五册,中华书局1986年版,第1243页。

事，资为后师，用以迎锐进之机，收竞存之利，则求诸古人著作，或理有不逮，或力所未皇。此十八世纪以降之史家所为远轶前修，而其学蔚成专科，最切于人事而不可废也。”①

三、严复对“新史学”朋辈梁启超和夏曾佑的影响

梁启超和夏曾佑是学术界公认的开创中国近代新史学的代表人物。有学者研究认为：如果说梁启超是中国资产阶级“新史学”理论的创立者和奠基人，那么，夏曾佑则为应用这种理论编写中国历史的资产阶级历史家。他写的我国第一部中国通史著作《最新中学中国历史教科书》，为中国资产阶级新史学的创立作出了重要贡献。② 梁启超和夏曾佑在“新史学”方面的建树，都不同程度地受到了严复进化史观的影响。

严复比梁启超年长20岁，他俩经常互通书信，有着长时间的学术交往，可谓莫逆之交。清末民初，严复与梁启超的政论思想以及学理依据不尽相同，但在社会改良等方面却有着相似的思想主张。梁启超对严复以桐城古文风格翻译西学，直言不讳地表示“吾辈所犹有憾者，其文笔太务渊雅，……文人结习，吾不能为贤者讳矣”。但梁启超对严复在传播西学方面的功绩则叹服不已，称“严氏于西学中学，皆为我国第一流人物。”③他在《清代学术概论》中指出：“时独有侯官严复，先后译赫胥黎《天演论》，斯密亚当《原富》，穆勒约翰《名学》《群己权界论》，孟德斯鸠《法意》，斯宾塞《群学肄言》等数种，皆名著也。虽半属旧籍，去时势颇远，然西洋留学生与本国思想界发生关系者，复其首也。”④对严复译的《天演论》更是赞不绝口，并云“南海先生读大著后，亦谓眼

① 严复：《泰晤士〈万国通史〉序》，载王栻主编：《严复集》第二册，中华书局1986年版，第270页。

② 尹达主编：《中国史学发展史》，中州古籍出版社1985年版，第432页。

③ 《民国丛书》编辑委员会：《壬寅新民丛报汇编》，上海书店出版社1989年版，第851页。

④ 梁启超：《清代学术概论》，上海古籍出版社1998年版，第98页。

中未见此等人”。甚至说“天下之知我而能教我者,舍父师之外,无如严先生。”①梁启超所提倡的“新史学”,其思想基础是进化论,而他的进化论思想一方面源于乃师康有为从“公羊三世说”中所提炼的朴素的历史进化观念,另一方面就是经严复等人所传播的西方进化论思想。

戊戌维新时期,梁启超将《时务报》寄于严复赐教,严复也将《天演论》和《原富》译稿寄给梁启超。严复对《时务报》给予了很高的评价:“述作率采富响闳,譬如扶桑朝旭,气象万千……风行海内,良非偶然。”1902 年 2 月,梁启超在日本横滨创办《新民丛报》,每期均寄于严复。同年 5 月 8 日,在《与〈新民丛报〉论所译〈原富〉书》一信,严复写道:“新民执事:承赠寄所刊《丛报》三期,首尾循诵,风生潮长,为亚洲二十世纪文明运会之先声。”“而鄙诚所尤爱者,则第一期之《新史学》。”②在致张元济的信函中,严复对梁启超的“新史学”主张给予了很高的期待:“近见卓如《新民丛报》第一册,甚有意思,其论史学尤为石破天惊之作,为近世治此学者所不可不知。颇闻京学编史一事,以付于君晦若,甚欲见其成书也。”③

梁启超在《新史学》一文中,大力宣扬进化论,以进化史观作为其指导思想。梁启超认为,史学的本质就是考察历史进化之理,他指出:“历史者,叙述进化之现象也。现象者何?事物之变化也。”“进化者往而不返者也,进而无极者也,凡学问之属于此类者,谓之历史学。”“历史者叙述人群进化之现象也。”“历史者叙述人群进化之现象而求得其公理公例者也。”④梁启超以历史进化论为指导,提出“史界革命”的口号,其“新史学”主张或多或少地受到了

① 梁启超:《致严复书》,载王栻主编:《严复集》第五册,中华书局 1986 年版,第 1566—1570 页。

② 严复:《与梁启超书》,载王栻主编:《严复集》第三册,中华书局 1986 年版,第 514—515 页。

③ 严复:《与张元济书·十四》,载王栻主编:《严复集》第三册,中华书局 1986 年版,第 551 页。

④ 梁启超:《史学之界说》,载《饮冰室合集·文集之九》,中华书局 1989 年版,第 7—10 页。

严复进化论思想的影响，应是不争的事实。

严复比夏曾佑年长十岁，但他俩志趣相投，交往甚密，可谓挚友。1897年，严复和夏曾佑在天津共创《国闻报》。在此期间，夏曾佑拜读了严复翻译的大量西书，严复还请夏曾佑为其翻译的甄克思《社会通诠》作序。1897 年 2 月，夏曾佑曾致函汪康年，告以“到津之后，幸遇又陵，衡宇相接，夜辄过谈，谈辄过夜，微言妙旨，往往而遇。徐、利以来，始明算术；咸同之际，乃言格致。”言及此行与严复交往的收获，夏曾佑说：“朋友之聚，谭燕之乐，自绝胜于不雨之郊，然能屏绝尘氛，学思并进，则生平亦难遇此境也。”[①]夏曾佑对严复的学识非常敬仰，多次致函严复请教学术和政见问题：“佑近日又有一例，与前例不同，未知其孰是。神洲莽莽，大约惟先生能决之。”“得先生以为之援，其幸亦甚矣。”[②]严复对夏曾佑学术思想的影响，由此可见一斑。此后，他与严复商议创办《国闻报》于天津，“一曰通上下之情；一曰通之外之故。”[③]宣传新学，鼓吹变法。

1906 年，夏曾佑的《最新中学中国历史教科书》由商务印书馆出版。同年 7 月 24 日，严复即致函夏曾佑：“尊著《历史教科书》，当是一代绝作。能赐一册拜读否？极盼极盼。”8 月，严复又致函夏曾佑：“自得大著《历史教科书》两编，反复观览，将及半月，辄叹此为旷世之作。为各国群籍之所无踵。”[④]严复对夏曾佑用“新史学”观念编写的史著给予极高的评价，称之为“旷世之作”。

这部约 40 万字的《最新中学中国历史教科书》（1933 年商务印书馆再版时加了句读，并改名为《中国古代史》），将中国之史，分为三期：“自草昧以至周末，为上古之世；自秦至唐，为中古之世；自宋至今，为近古之世。”[⑤]突破了

---

① 汪康年：《汪康年师友书札》（二），上海古籍出版社 1986 年版，第 1325 页。

② 夏曾佑：《致严复书》，载王栻主编：《严复集》第五册，中华书局 1986 年版，第 1574 页。

③ 孙应祥：《严复年谱》，福建人民出版社 2003 年版，第 89 页。

④ 严复：《与夏曾佑书》，载孙应祥、皮后锋编：《〈严复集〉补编》，福建人民出版社 2004 年版，第 263 页。

⑤ 夏曾佑：《中国古代史》，吉林人民出版社 2013 年版，第 6 页。

中国传统封建史学的编撰方法,第一次采用章节体裁,显示了与封建正史完全不同的面貌。被誉为新史学拓荒之作的这部《中国古代史》,在话语体系、时代划分和历史观等方面都不同程度地受到严复思想的影响。夏曾佑在"叙"中使用的"运会",在"包牺氏"中使用的"渔猎社会""游牧社会",在"战国之变古"中使用的"家族社会""国家社会"和"人群进化"等概念均是严复译著中常用的词汇。在时代划分上,夏曾佑明显地受到了严复翻译甄克思《社会通诠》的影响,宣扬由"图腾"而"宗法",由"宗法"而"国家"的历史演进公式。夏曾佑认为:"出渔猎社会,而进游牧社会之期,此为万国各族所必历。但为时有迟速,而我国之出渔猎社会为较早也。""故凡今日文明之国,其初必又由游牧社会,以进入耕稼社会。自游牧社会,改为耕稼社会,而社会又一大进。""天下万国,其进化之级,莫不由此,而期有长短。"①夏曾佑不仅借鉴了严复对于史实解喻的新角度,即"合叙并观"的世界史眼光和中西比较的学术视野,而且自始至终贯彻了运用进化史观分析人类社会发展的观点。

① 夏曾佑:《中国古代史》,吉林人民出版社 2013 年版,第 9—11 页。

第八章　新文化激荡与传统史学的持守

中国近代史学的产生并不与社会变动完全一致。1840 年的鸦片战争改变了中国的社会性质,古老的中国被迫纳入近代资本主义体系。学术界一般以鸦片战争为中国近代史的开端,而新史学的产生直到辛亥革命结束了中国 2000 多年的封建统治后才真正有了自己的文化土壤。从 1902 年梁启超倡言新史学到 1915 年以《青年杂志》创刊为标准的新文化运动,新的史学思想才持续地在西方文化与本土文化的激荡中得到传播和发展。

面对西学和新学的双重激荡,桐城派殿军马其昶、姚永朴和姚永概等人,或以名儒硕望的身份积极参与民国初年《清史稿》的编撰,或以考据学的功力撰写诸如《桐城耆旧传》《史事举要》等颇富史料价值的乡邦文献,或亲临大学讲坛自编教学讲义《史学研究法》等,持守传统史学的基本原则和方法。"学行继程、朱之后,文章在韩、欧之间"①是桐城派的行身祈向。新文化提倡新道德,反对旧道德;提倡新伦理,反对旧伦理;而桐城派在编撰《清史稿》时所表现的历史价值观就是维护封建君臣等级关系;新文化提倡白话文,反对文言文,而桐城派所撰写的史著依然以雅洁的桐城古文为看家

① 苏惇元:《方苞年谱》,载《方苞集》,上海古籍出版社 2008 年版,第 870 页。

本领。从曾国藩、吴汝纶到严复,桐城派一直提倡西学。但在以马其昶、姚永朴和姚永概为代表的桐城派殿军看来,西学可以为用,甚至帝制可以被君主立宪或民主共和所取代,但中国文化的精髓不能变,即孔孟所倡导的伦理观不能变,程朱所宣扬的道德观不能变,桐城派的古文风格与表现形式不能变。对于新史学倡导从君史到民史的转变,姚永朴等人虽有回应,但其治史的基本理路依然没有突破传统史学的藩篱。在五四新青年横扫一切的情势面前,桐城派被斥为“谬种”和“妖魔”是不难理解的。大众文化时代的到来,为曲高和寡的桐城派敲响了丧钟。这意味着一个时代的结束和另一个时代的开启。

第一节　桐城派与《清史稿》的编撰

《清史稿》是由民国时期北京政府组织编修的一部正史,当时能够选聘入清史馆者多为名儒硕望。民国初年,桐城派学者马其昶、姚永朴、姚永概、李景濂等相继入史馆参与编修清史,或为总纂,或为纂修,或为协修。他们久居史馆,主修列传,辅以书志,为成一代名史而兢兢业业。他们将“辞章、考据、义理”与“才、学、识”相联系,在编修清史过程中追求真实,注重史料的搜集、运用以及讲究文辞上有家法。虽然所修史稿由于种种原因最后大都没能体现在《清史稿》里,但不能抹杀他们为此而付出的辛勤努力。

一、清史馆里的桐城派

1914年春,北京政府国务会议决议:“清特设清史馆,由大总统延聘专员,分任编纂,总期元丰史院,肇启宏规,贞观遗风,备登实录,以与往代二十四史,同昭垂鉴于无穷”。[①] 1914年3月,大总统袁世凯下令开设清史馆,8月延聘

① 《政府公报》第628号,1914年2月5日。

赵尔巽为馆长。在清史馆的聘用人员上基本上本着“广召耆儒”“延聘通儒”“修旧史亦用旧人”等标准[①]，所聘人员以前清进士为多，在清代光绪、宣统年间多已成名，桐城派学人显然符合这些要求，因此被邀请较多。

1914 年 8 月 22 日的《新闻报》上有《清史馆聘定各员名单》一文，记载了开馆之初所拟聘请的编纂人员。其中有严修、马其昶、姚永朴、李景濂、吴闿生五位桐城派学人，严修、马其昶为纂修，姚永朴、吴闿生、李景濂为协修。[②] 这份名单应该是不完整的，还遗漏了一些桐城派名家，如从姚永朴的弟弟姚永概的日记中得知 1914 年 7 月初其也曾被聘为名誉纂修，“夜又得二兄书，余为名誉纂修”。[③] 还有李刚己，“清史馆馆长赵尔巽以协修聘之”。[④] 但其实严修、马其昶、姚永概、吴闿生、李刚己等人在 1914 年均未到馆，入馆的只有姚永朴和李景濂。1916 年，马其昶、姚永概第二次被聘，入史馆，马其昶为总纂，姚永概为协修，

此时姚永朴已升为纂修。至于吴闿生，据曾师承姚永朴的李诚所作《桐城派文人在清史馆》一文记载，吴闿生由于赵尔巽不同意将其父吴汝纶列入专传，因此愤而辞职，此事在馆中引起轩然大波。后来吴闿生得到马、二姚相助，经过努力，最终将吴汝纶列在文苑传中。[⑤] 但是，从吴闿生的文集中《上赵次山总裁辞清史馆协修书》一文所记的时间是在 1914 年，应是正式开馆前被聘。其信中开篇云：“昨乘宠命猥，以史馆协修见委”，并指出“今日史馆之制，有协修若而人，纂修若而人，又有总纂总校若而人，以临之参稽互证不厌其详。

① 参考李思清：《舫斋载笔：清史馆文人群体的形成》，《北京联合大学学报》（人文社会科学版）2012 年第 10 期。

② 《清史馆聘定各员名单》，《新闻报》1914 年 8 月 22 日。吴闿生为吴汝纶之子，自幼承庭训，蒙师为姚永概，后又受业贺涛、范当世；严修，天津人，为吴汝纶在直隶地区为官较早收入门下的弟子。

③ 姚永概著，沈寄等点校：《慎宜轩日记》，黄山书社 2010 年版，第 1275 页。

④ 赵衡：《李刚己墓志铭》，载《民国人物碑传集》，团结出版社 1995 年版，第 648 页。李刚己为吴汝纶得意门生，年少及门，受激赏。

⑤ 李诚：《桐城派文人在清史馆》，《江淮文史》2008 年第 6 期。

此官府之制度则然，而作者振笔直书之意气，尔然尽矣。”①可以知道吴闿生是因为觉得当时史馆的建制如官府，会限制、约束史家们自由写作和秉笔直书的热情，所以他拒绝了史馆的聘任。而且目前大多数关于《清史稿》编纂过程的研究中基本上没有提过吴闿生，他应该是一开始便没有入馆，不是因为吴汝纶的问题中间告退。不过在清史馆里的确有一位桐城派学人因为撰写吴汝纶传记引发一些问题而中途离馆的，他是吴汝纶的弟子李景濂。当时有人认为他写的吴汝纶传记拖拉冗长，将其史稿“印示众，众谓其有违史例”，李景濂因不满于这种不恰当做法和指责，“因而告退”②。此应是把吴闿生和李景濂两人混淆了。因此，实际参与《清史稿》编修的桐城派学人有马其昶、姚永朴、姚永概、李景濂，这几位都是声名颇显的学人，于文、史皆有素养，一马二姚更是后期桐城派的代表性人物。

清史馆里除马其昶、姚永朴、姚永概、李景濂 4 位桐城派学人之外，还有一些与桐城派关系非常紧密的文人学者，如吴汝纶的女婿、著名的史学家柯劭忞，1914 年即被聘为总纂之一，赵尔巽去世后，为代理馆长。另有直隶大儒王树枏，1916 年被聘为总纂，王树枏“执贽请业愿居门下，而公（吴汝纶）谢不敢当”。③ 不过学界对柯劭忞、王树枏到底是否能归属桐城派尚有一些争议，但至少他们是与桐城派关系密切的参修《清史稿》的人员。毫无疑问，桐城派在清史馆里已经形成了一股重要力量，这股力量在推动《清史稿》的编撰上是起到了一定的作用的。

---

① 吴闿生：《上赵次山总裁辞清史馆协修书》，载《北江先生文集》第 5 卷，文学社 1924 年刊行。

② 朱师辙：《清史述闻》，上海书店出版社 2009 年版，第 45 页。这篇长篇吴汝纶传记收入 1930 年刊刻的《吴汝纶全书》，依然署名“清史馆协修李景濂”，是现今研究吴汝纶的重要参考文献之一。

③ 郭立志：《桐城吴先生年谱》，载沈云龙主编：《近代中国史料丛刊》第 73 辑，台北文海出版社 1976 年版，第 319 页。

二、 桐城派编修《清史稿》概况

实际参与《清史稿》编修的桐城派学人有马其昶、姚永朴、姚永概、李景濂，这几位都是声名颇显，于文、史皆有素养，一马二姚更是后期桐城派的代表性人物。李景濂退出较早，居史馆时间不长，影响不大。马其昶、姚永朴、姚永概三人都来自桐城，而且存在血缘以及姻亲的关系，这样的关系使得他们之间更加团结，联系更加紧密，他们是清史馆里的桐城派代表，对《清史稿》的编撰做出一定的贡献。

马其昶 1916 年应赵尔巽再次聘请，入京担任清史馆总纂，至 1925 年离开，居史馆十年。据朱师辙《清史述闻》记载，马其昶为总纂，“任光、宣列传”①，同时也零星涉及“咸、同列传”。在清史馆中，马其昶以文著名，经他润色的文章，如“曾国藩、左宗棠、李鸿章几篇大传，由总纂王树枏撰写，再经过马通伯的润色，馆中同人对马的润色之处，都一致赞扬。”②《清史稿》刊印时准备用马其昶所撰的光宣列传以及其修正整理的《文苑传》，而《儒林传》仍用缪荃孙原来的稿子，但是后来被后期校刻负责人金梁篡改甚多。在金梁所作的《校刻记》中称“光、宣为马君其昶、金君兆丰复辑而梁又重补辑之，……‘儒林’为缪君荃孙稿，‘文苑’为马君稿，梁皆补之”。③ 金梁的篡改后来被发现，夏孙桐等人进行了部分抽改，还撰有“《清史稿》抽改残篇”，称：“综而言之，列传之偷改以光、宣朝为多，儒林、文苑亦有私增改者，二传以文苑为稍多。④ 金梁私自篡改的史稿在后来被抽回重刊的过程中也只是改回了其中一部分，很多地方“当时虽知之，已无暇抽改矣”⑤，所以不可能完全恢复原样。

---

① 朱师辙：《清史述闻》，上海书店出版社 2009 年版，第 40 页。

② 李诚：《桐城派文人在清史馆》，《江淮文史》2008 年第 6 期。

③ 《伪本〈清史稿〉校刻记》，朱师辙：《清史述闻》，上海书店出版社 2009 年版，第 67—68 页。

④ 《伪本〈清史稿〉校刻记》，朱师辙：《清史述闻》，上海书店出版社 2009 年版，第 73 页。

⑤ 《伪本〈清史稿〉校刻记》，朱师辙：《清史述闻》，上海书店出版社 2009 年版，第 73 页。

姚永朴于1914年执教北大期间，被聘入清史馆编修清史，始为协修、后升为纂修。姚永朴“于史例，能具卓见。”[①]在入史馆时曾撰《与清史馆论修清史体例》一文，对所修清史的纪、志、传等各部分编修体例提出具体意见。如，姚永朴提议为宣统皇帝立本纪，不能因为是末代皇帝就不立，“宣统三年不可不立纪也。议者或谓大清帝纪当自德宗而止。其命意非区区所知，但此三年不属大清而奚属邪？倘谓名称难定，如议者所拟谓为少帝、幼帝、末帝、后帝，于心诚不安。即引《史记》谓为今上，亦于事不合。惟称宣统帝者近之”[②]。这一观点被采用，《清史稿》立了《宣统皇帝本纪》。据其弟子李诚记载，史馆开会讨论时，梁启超在座，也说“姚先生之论是也。”[③]姚永朴主修了《食货志》，兼修列传，“佐马通老任光、宣列传，第一期亦撰列传，又‘食货志’之盐法、户口、仓库诸篇。”[④]李诚称“《清史稿·食货志》，共6卷，一卷中的户口，二卷中的仓库，四卷盐法，均由姚永朴撰写”。[⑤] 姚永朴主修的食货志史稿，在其离开后只是经过同修食货志“征榷”篇的吴怀清稍作整理，刊印时金梁并没有做删改，因此现今《清史稿》食货志中的《盐法》《户口》《仓库》基本上与姚永朴原稿无异。这可从后来姚永朴1934年在《安徽大学月刊》连续发表《清代盐法考略(卷上)》《清代盐法考略(卷下)》得到验证。将《清史稿·盐法条》与《清代盐法考略》上、下加以比较，就会发现二文之间只是在详略繁简上稍有差异。[⑥] 姚永朴在《与清史馆论修史书》中提到“诸志惟食货志最繁重者”，而其所参与的其中就有这最繁重工作中最重要的盐法。早在光绪二十一年(1895)，姚永朴在凤阳与朱孔彰即前文提到的朱师辙之父同修《两淮盐法

① 李诚：《桐城派文人在清史馆》，《江淮文史》2008年第6期。

② 姚永朴：《与清史馆论修史书》，载严云绶、施立业、江小角主编：《桐城派名家文集》(第11卷)，安徽教育出版社2014年版，第49页。

③ 李诚：《桐城派文人在清史馆》，《江淮文史》2008年第6期。

④ 朱师辙：《清史述闻》，上海书店出版社2009年版，第40页。

⑤ 李诚：《桐城派文人在清史馆》，《江淮文史》2008年第6期。

⑥ 姚永朴：《清代盐法考略——清史稿食货志之一》，《安徽大学月刊》1934年第1卷第6期、第2卷第1期。

志》,因此其在修《清史稿·盐法》已是有一定的编修经验的,或许被安排编修《盐法》正是因为此前修过《两淮盐法志》。《清史稿·盐法》比较全面地研究了从清代顺治年间至宣统年间的盐政,不仅对清代盐业的生产布局、制法情况作了介绍,更突出了国家盐业政策、盐法的改革及利弊的考察,是较早的全面考察清代盐政之文,可谓一部清代盐法简史;户口、仓库二篇的重要性不如盐法,这从篇幅上已可看出。盐法最重,独立成卷为"食货四",而户口、仓库分别是"食货一"和"食货二"下面的一个分类。姚永朴以简洁的语言叙述了清代历朝各种户口政策、仓库管理政策及其演变情况。姚永朴 1914 年入史馆,约 1922 年离开,居史馆 8 年之久,其孙姚墉称"清史馆长赵公次珊,具礼聘清史纂修,诺之,成《清史稿》四十余卷"。① 可见姚永朴编修清史之功劳,但是如今除了明确食货志的《盐法》《户口》《仓库》为其所修,其他不得而知,或是散见于诸列传,或是没有被采用。姚永朴从一开始对史例的探讨及后来清史的编修,对《清史稿》的编纂有着积极作用。

姚永概于 1916 年被聘为协修,至 1922 年离开,前后达六年之久。当时,姚永概在北京大学任文科学长,文名甚高,"兼充清史馆协修,分任诸名臣传,每脱稿,同馆叹服,"②其子姚安国称:"民国肇建,与修《清史》,于海内贤士大夫罕有不识。"③闻姚永概病卒,赵尔巽唏叹:"今海内学人,求如二姚者,岂易得乎?"④姚永概在日记中记载所作列传有 32 篇,其中有传主姓名者 19 篇,即《王得禄传》《倭仁传》《费扬古传》《庆成传》《彭雕传》《工士祯传》《韩文懿传》《郝浴传》《杨雍建传》《向荣传》《张国梁传》《彭刚直传》《刘蓉传》《徐勇

① 姚墉:《姚仲实行述》,《民国人物碑传集》,团结出版社 1995 年版,第 735 页。

② 姚永朴:《叔弟行略》,载严云绶、施立业、江小角主编:《桐城派名家文集》(第 11 卷),安徽教育出版社 2014 年版,第 470 页。

③ 姚安国:《慎宜轩诗集续钞说明》,载严云绶、施立业、江小角主编:《桐城派名家文集》(第 11 卷),安徽教育出版社 2014 年版,第 468 页。

④ 马其昶:《姚叔节墓志铭》,载严云绶、施立业、江小角主编:《桐城派名家文集》(第 11 卷),安徽教育出版社 2014 年版,第 475 页。

烈传》《杨君传》《年羹尧传》《岳钟琪传》《阿桂传》《张广泗传》等。因为这期间姚永概的日记常有缺失，即使没有缺失的，还有不少地方仅以“作史传一篇”“作史传二篇”来记载。① 有学者根据现藏于安徽省图书馆姚永概底稿之誊清本《清史拟稿》研究认为：“对照中华书局标点版《清史稿》，可以发现除少数传稿之外，大多姚永概的传稿皆未采用，”②现存安徽图书馆姚永概的《清史拟稿》7 卷，是其为《清史稿》所作的传记稿本，卷一费扬古、阿南达（附子阿喇纳）、玛拉（附苏勒达），卷二年羹尧、岳钟琪、张广泗（附哈元生），卷三阿桂、倭仁，卷四郝浴、韩菼（附子孝嗣、孝基）、王士祯（附兄士禄、士祜）、杨雍建，卷五郭琇、彭鹏、王得禄（附邱良功、许松年）、阮元，卷六向荣、张国梁、徐丰玉（附张汝瀛、汝沅、吴冲谟），卷七彭玉麟、刘蓉、刘坤一、苏元春。共 23 篇正传，12 篇附传，与日记中所记载的略有重合。姚永概所修的是诸名臣传和忠义传，将《清史稿》中文本与《清史拟稿》作比较，可发现姚永概所写的列传也是基本未出现在《清史稿》里。唯有《韩菼传》两篇相近，还留有姚永概行文的痕迹。不同之处，就是姚永概的文中多记载人物的言谈，而《清史稿》里则删去了这些话语。删去虽然显得简洁、干练，但也使得所撰写的人物少了几分生气。由于馆务管理混乱，致使部分成稿未用，这在《清史稿》撰修过程中是常见的现象，但这并不能否定其对《清史稿》撰修所做的贡献。

李景濂（1869—1939），字右周，河北邯郸人。1894 年中优贡，入保定莲池书院就读，师从吴汝纶，由于品学兼优被聘为莲池书院斋长。1903 年中进士出身。清末历任内阁中书、学部总务司案牍科主事、直隶大学堂汉文教习、直隶学校司编译处编纂、北京政法专门学堂等。进入民国后，历任北京大学预科国文教员、文科《左传》门教员。李景濂于 1914 年被清史馆聘为协修，且当年入史馆。朱师辙在“清史稿纪志表撰人详考表”中提到李景濂与张尔田共撰《刑法志》3 卷，李景濂成一卷，张尔田成一本第一卷，但按语二人撰稿后来皆

① 姚永概著，沈寄等标点：《慎宜轩日记》，黄山书社 2010 年版，第 1430 页。

② 张秀玉：《姚永概〈清史拟稿〉考论》，《湖南人文科技学院学报》2015 年第 3 期。

未被用,后改用许受衡之稿。"'刑法'李右周曾作一卷未用,张孟劬仅撰一卷未成书,所阙尚多,后馆中购许受衡稿,……此假借于馆外者一也"。此外,李景濂还兼任列传的编撰,其曾为吴汝纶写传记。朱师辙曾提到史馆早期情形混乱,"总纂与协修实平等,稿之能用与否无人过问,自李景濂撰吴汝纶传冗长,印示众,众谓其有违史例,因而告退,馆长始稍稍甄别"。虽然是反面教材,但可证李景濂确是修过列传的。李景濂为吴汝纶得意门生,师生情谊深厚,其为师之传记当然言之不尽,不尽所怀,"冗长"似是难以避免,也可以对其作"同情之了解"。这篇吴汝纶长篇传记《清史本传》后来在1930年刊刻的《吴汝纶全书》中收入,署名"清史馆协修李景濂",如今也是研究吴汝纶的重要参考文献之一。李景濂离开史馆较早,其为第一期撰稿人之列,二、三期没有参与,从前面朱师辙的叙述中,李景濂所写吴汝纶传记成为一个临界点,"馆长始稍稍甄别",这一甄别是指1917年赵尔巽对史馆加以整顿,所以李景濂应该在此时离开,由此看来其居史馆时间约有三年之久。

从以上可以看出,桐城派学人主要参与的是《清史稿》的传记和志的编修尤其是传记,这二者都是传统正史非常重要的部分。马其昶、姚永朴、姚永概都有修传记。马其昶撰写的光宣列传及整理了《文苑传》和《儒林传》,姚永概撰写的名臣传、忠义传,且和姚永朴一起辅助马其昶修光宣列传。姚永朴修成清史达40余卷,传记应占很大一部分;志向来为正史编撰中比较复杂和艰难的,而姚永朴所修的《食货志》又是难中之难,正如其说"诸志惟《食货志》最繁重者"。[①] 尽管除姚永朴所修的部分《食货志》基本上保持了原貌之外,桐城派学人所编修的《清史稿》各篇或间有被篡改、修正,或有作废不用,很多现已无法考究。但是不能因此否认、忽视他们对于清史编修的努力。马其昶1916年入史馆,至1925年离开,修史近10年之久,对清史编修费尽心力。姚永朴他们的工作是后来《清史稿》修订的基础,即使不用之稿,也是具有一定的参

① 姚永朴:《蜕私轩集》,秋浦锦记书局1925年版。

考价值。姚永朴、姚永概居史馆也分别长达8年和6年。在北洋军阀混战时期下的史馆本身的组织就比较松散，人员流动也比较大，而这三位桐城派学人能坚持如此之久是非常难得的。即使桐城派于《清史稿》称不上“功高”者，但可以说《清史稿》的完成是有属于桐城派的一份坚持和付出的。

三、 桐城派编修《清史稿》的特点

桐城派学人在学术上一直秉持先贤姚鼐提出的“义理、考据、辞章”之准则，讲究学术的兼综融汇。他们将此与刘知几的才、学、识“史家三长”联系起来：

“昔刘子玄谓作史必具三长。曰才曰学曰识。窃谓识者义理也，学者考据也，才者辞章也。无义理则识偏，无考据则学疏，无辞章则才陋。三者皆史家之所忌。而就中识尤为本，观说文于史字曰史记事者也，从又持中。中正也，可以知之矣。”①他们在编修清史的过程中，基本上是朝这个方向努力的。

第一，讲究义理。在桐城派学人看来，“识者义理也”，“识尤为本”，治史最重义理或者史识，而义理或者史识的本质就是“持中”，即要有秉持公正的态度，也就是刘知几所谓的“好是正直，善恶必书使骄主贼臣所以知惧。此则为虎傅翼，善无可加，所向无敌者矣”。② 这种胆识便是史识。桐城派学人编修清史，不趋炎附势、不为利益所动，秉笔直书，尽自己最大的力量去撰“持中”之史。1925年马其昶离开史馆，表面上因为其夫人的去世和疾病缠身而“称疾不出”，但最主要的原因还是因为马其昶对史馆、史稿中存在的种种不良现象和问题表示不满，所提意见又不被采纳，且所撰史稿多被改动，最终心灰意冷选择离开，“清史垂成矣，而疏漏特甚，体例谬误，文字繁冗无论矣。即去取亦漫无意义，颇有例当立传者以闻见所不及而遗之，亦有不足重轻之人，徒据宣付史馆旧案或缘其子姓之请托在馆诸人之私昵浮词，琐行累牍不休者。

---

① 姚永朴:《与清史馆论修史书》，载《蜕私轩集》，秋浦锦记书局1925年版。

② 《史通 · 原序》,《钦定四库全书》史部十五。

先生以为一代之史所关至宏巨，不广加搜采、慎其予夺，将何以信后世。赵尚书既不用先生言，承修之文亦间有损益，先生意不乐”。[①] 这里提到有人拿钱贿赂史官以为其先人作传或是美化其先人，这种现象不是个例，而是经常有的，所以让马其昶痛心疾首，修信史的愿望无法实现，也就没有再坚持的必要了。既然对这种现象表示强烈不满，桐城派学人在修史时必然是严格要求自己做到客观、公允的。如姚永概，他在撰写列传时并没有为亲者作赞歌。在《清史拟稿》中有其岳父徐丰玉的传记，姚永概是这样描述徐丰玉与太平军的激战过程的，“会大风，贼纵火烧筏，丰玉犹力战，张汝瀛死，丰玉自刎堕马”。[②] 而《清史稿》里记载：“次晨，大风作，贼连樯骤至，环扑我营。丰玉偕汉黄德道张汝瀛督战，筏城被焚，营垒皆不守。丰玉手佩刀杀贼，遂自刭，汝瀛同殉焉。”[③]徐玉丰奋勇杀敌，以死报国，作为女婿的姚永概本是可以大肆渲染、歌颂的，但实际上他的话语比《清史稿》里的记载还要简要和平实。

第二，重视考据。“学者考据也”，桐城派学人将考据视为史学，而桐城派在修史过程中的“史学”重要的体现是始终秉持着良史的精神，注重史料的搜集和运用以追求历史的真实。史料搜集范围之广、种类之多、内容之丰富，是一般学人所达不到的。马其昶就认为修史如果不广加搜采资料，那么写出来的历史也是不足以为信史的[④]，所以他作为清史总纂，“凡一代名臣魁儒，遗文轶事搜讨尤勤，此其功在天下，后世更何如耶”。[⑤] 可见马其昶在史料搜集上的可圈可点之处。再如姚永朴在《与清史馆论修史》一文中也提出“应搜阅典籍，按日撮钞，以为预备，不可遽责以起草。苟蓄材既富，下笔亦复何难”。[⑥]

---

① 陈祖壬：《桐城马先生年谱》，载《晚清名儒年谱》（第 16 册），北京图书馆出版社 2006 年版，第 62 页。

② 姚永概：《清史拟稿》，抄本，安徽省图书馆藏。

③ 赵尔巽：《清史稿》，中华书局 1977 年版，第 11828 页。

④ 陈祖壬：《桐城马先生年谱》，载《晚清名儒年谱》（第 16 册），北京图书馆出版社 2006 年版，第 62 页。

⑤ 姚永朴：《马通伯先生七十寿序》《寄通伯》，均载《蜕私轩集》续钞，锦记书局 1925 年版。

⑥ 姚永朴：《蜕私轩集》，秋浦锦记书局 1925 年版。

其在修《清史稿·盐法志》时也是非常重视搜集史料，他曾给缪荃孙写信求助搜集相关史料，称“前闻先生言，周湘铃先生著有《盐法通志》，搜辑宏富，寤寐欲得此书，以资考订，不知已出版若干卷，能将已成者，由局寄至北京顺治门内西太平湖老醇王府中华大学，交永朴收，俾先睹为快否？”。[①] 此外，姚永朴还特别注意史料的征引，“有谓每篇亦详注所出着，意主征实，不可谓非。然此但可于篇末书明所征引者在何书耳，必逐句注之。”[②]重视史料，才有做信史的基础。

第三，强调辞章。“才者辞章也”，桐城派以善写文章而闻名，因此在修史稿时必然是注重“辞章”的，这是具有“史才”的表现。马其昶尝曰“天地古今，万事万物之繁赜，历朝之治乱兴亡，人之臧否，六经诸子学术之纯杂不齐，其所以垂古今永万世而不敝者，则非文无以传，其传之久不久，则又视乎其文之工拙以为断”，“故先生之于文也，视若性命，殚一生之力，忘食忘忧，孜孜焉以蕲，至乎其极”。[③] 桐城派学人主要还是参与《清史稿》传记的纂修，这是传统正史最重要的部分。他们不管是自己撰写的传记还是对其他馆员传记的润色，都能让“同馆叹服”的。王树枏称赞马其昶“吾与先生同居史馆十余年矣，每有所为，必以质余。懿乎其言之简与赅也，渊乎其气之穆以静也，而身世之感，抑塞之怀，则又俨乎其若思，恤乎其若有忧也”。[④] 姚永朴在《史学研究法·史文》篇开篇即说：“孔子曰：‘言之无文，行而不远。’况史也者，尤为经国之大业，不朽之盛事，使无文以张之，何以广见闻而新耳目乎？”[⑤]，从姚永朴所撰《清史稿》的《食货志》，虽然不是传记，但是同样能体现文学的功底，简洁、流

① 缪荃孙：《艺风堂友朋书札（下）》，载《中华文史论坛增刊》，上海古籍出版社1981年版，第800页。

② 姚永朴：《蜕私轩集》，秋浦锦记书局1925年版。

③ 王树枏：《桐城马通伯先生墓志铭》，载唐文权、卞孝萱所编：《民国人物碑传集》，团结出版社2011年版，第597页。

④ 王树枏：《桐城马通伯先生墓志铭》，载唐文权、卞孝萱所编：《民国人物碑传集》，团结出版社2011年版，第597页。

⑤ 姚永朴：《文学研究法》，载《文史讲义》，凤凰出版社2008年版，第153页。

畅，层层递进，将一篇本枯燥的盐业史的文字让人通俗易懂；又如姚永概，从《清史拟稿》的传文中，能看出其文章精于细节刻画和语言的引述，使人物形象更加生动，这是《清史稿》里相同的传记所缺乏的。即使李景濂所撰的《吴汝纶传》被视为行文拖拉冗长，但是文中不乏精彩之处，人物传神，且能以情动人。

《清史稿》是由北洋政府组织编修的，能入史馆修史的人员大都是于学术界有声望者。桐城派学人长居史馆，为总纂、纂修、协修，兢兢业业编修有清一代之历史。他们不仅把编修清史当成学术来做，更是有着一种担当和责任心，“一朝史笔万年监，圣德神功那可没”①，希望著成一部垂名后世之史。结果却事与愿违，时局的动荡、经费的不足，导致修史工作无法顺利展开，最后只能以“史稿”之名仓促刊印，“兹史稿之刊，未臻完整”②。最为遗憾的是，本不完善的史稿在刊印之际又遭遇了无学术造诣的平庸之辈的严重篡改。这使得史稿自问世以来备受诟病。批评者称《清史稿》“承袁世凯及北洋军阀之余荫，修史者系用亡清遗老主持其事……彼辈自诩忠于前朝，乃以诽谤民国为能事，并不顾其既食周粟之嫌，遂至乖谬百出，开千百年未有之奇……故其体例、文字之错谬百出，尤属指不胜屈。此书若任其发行，实为民国之奇耻大辱”。③1929年国民政府下令禁止刊印流行。不可否认，《清史稿》的确存在很多问题。如在政治立场上多歌颂清王朝、为满清讳，反对辛亥革命，对清末革命党的活动写得很少。学术上体例杂乱、泥古不化、史实错误等，这些问题的出现与编修者自身的局限性不无关系。虽已是民国，但遗老们从情感上依旧眷念前朝，所以多维护前清。同时由于他们自身思想的保守和僵化，依旧宣传封建纲常礼教，如对列女的宣扬。而且他们对世界知识了解甚少，且眼界狭隘，在清史的编撰中对中西文化的交流没有充分重视且描述国外史实多出现错误。尽管种种弊端，但不能完全否定《清史稿》的价值，戴逸先生曾说：“《清史稿》既

① 姚永朴：《蜕私轩集·自清史馆归志感》，锦记书局1925年版。

② 赵尔巽：《清史稿·发刊缀言》，中华书局1977年版。

③ 转引自戴逸：《〈清史稿〉的纂修及其缺陷》，《光明日报》2002年3月19日。

是‘不满人意’、应该‘纠正重作’的有重大缺陷的著作，又是‘采摭甚富，史实赅备’‘为治清代掌故者所甚重’的史书。……虽有重大缺陷，但这是由于历史原因和主客观条件所造成的。参加修史的人已尽了极大的努力，而《清史稿》本身亦有相当之学术价值，未可一笔抹煞。”①这样的评价是比较客观的。总而言之，史馆中的桐城派学人“学行程朱”是遗老的典型代表，他们所修史稿必然会打上一些烙印，但是他们为史稿付出的辛勤努力是应该被肯定的。

第二节　马其昶《桐城耆旧传》的史学价值

马其昶的《桐城耆旧传》征引文献广泛，主要有《明史》《桐城县志》、传主文集、谱牒、墓志，以及口述史料和个人见闻等。其学术旨趣就是通过记叙乡贤的事迹，重建以程朱理学为行为准则的乡村社会，总结人才之盛与天下兴亡息息相关的历史经验；同时重视地方学术流变，维护理学正统。该书为人们研究明清时期桐城历史文化提供了宝贵的史料。

马其昶（1855—1930），字通伯，晚号抱润翁，清末民初经学家、史学家，曾任学部主事、京师大学堂讲席、《清史稿》总纂，撰修《清史稿》光宣朝列传、修正儒林传、文苑传②，有《抱润轩文集》《桐城耆旧传》《左忠毅公年谱定本》等行世，为文得前辈大家章太炎、陈三立赞许。今世学者如孙维城、黄建荣等对其文学思想有所阐发③，张岂之主编《民国学案》将其列入其中④。在“民国学

① 戴逸：《〈清史稿〉的纂修及其缺陷》，《光明日报》2002年3月19日。

② 参见邹爱莲、韩永福、卢经：《〈清史稿〉纂修始末研究》，《清史研究》2007年第1期；王志国《〈清史稿〉的编修情况及其史学价值》，山东大学2008年硕士学位论文。

③ 参见孙维城：《桐城派后期文章的现代演变——以现代演变解剖马其昶〈抱润轩文集〉》，《中国现代文学丛刊》2006年第6期；黄建荣《论马其昶〈屈赋微〉阐明微言的注评特色》，《云梦学刊》2006年第2期。

④ 张岂之主编：《民国学案》（第3卷），湖南教育出版社2005年版，第1—11页。

界的老辈”中,马其昶的史学成就较为突出。其《桐城耆旧传》是清末重要的史学著作。《桐城耆旧传》之编撰,前后历经 20 余年,最终成书于 1908 年,1911 年印行。全书 12 卷,记叙上起明初、下迄清末桐城地方人物 900 余。“续修四库全书”有存目,白寿彝主编的《中国通史》将其列为地方性的人物传集参考书目,沈云龙主编的《近代中国史料丛刊》收录重印。遗憾的是,《桐城耆旧传》的史学价值长期不为世人所注意,至今鲜有论及。概而言之,略有以下几个方面:

一、广征史籍、补正史县志之缺略

中国史学有“无证不信”的考信传统。马其昶认为,作传论史当存敬慎之心,“凡知人论世之君子秉笔之际,安可不慎乎哉!”①马其昶为编撰《桐城耆旧传》,“广征载籍,会萃旧闻”②。按马其昶最初的设想,编撰《耆旧传》“用阮文达公拟国史《儒林传》例,采掇旧文,悉注所出”。但其师吴汝纶认为此体例如“百纳衣”,有损文章结构之美③。故《耆旧传》所征引文献未注明出处,但仍可寻出其材料来源;同时,《桐城耆旧传》也弥补了正史和地方志的简略缺失。

桐城耆旧如余珊、方孔、阮鹗、齐之鸾、左光斗等,《明史》中均有列传。《桐城耆旧传》引用时有的有所损益。马其昶所叙阮鹗抗倭之事与《明史》无异,但略去了《明史》记阮氏敛刮民财、收受贿赂而被御史宋仪望弹劾“黜为民”的内容④,增添了其子为父申冤的文字,并试图以其《墓志》和杭州《重修祀记》所记为这位“乡贤”辩冤白谤,认为“史氏记(指《明史·阮鹗传》———

---

① 马其昶著,孙维城、刘敬林、谢模楷点校:《马其昶著作三种》,安徽大学出版社 2009 年版,第 7 页。

② 马其昶:《桐城耆旧传》,黄山书社 1990 年版,第 1 页。

③ 马其昶:《桐城耆旧传》,黄山书社 1990 年版,第 6 页。

④ 张廷玉:《明史》第 18 册,中华书局 1977 年版,第 5415 页。

引者）乃颇子（于）公多微词，岂据当时忌者之言而遂未详欤？”[①]对余珊的评价，马其昶则与《明史》相同：“珊律己清严，居官有威惠。”[②]但《耆旧传》记载了具体事迹：一是谢绝邻人“以所居让”，安于陋室；二是“通籍三十年，绝不一问家人生产。卒于官，不能具敛。旧庐数椽蔽风雨，不足再传”[③]。《明史》记左光斗抗争阉党事简略，《桐城耆旧传》则据戴名世《左忠毅公传》所记大大增加了左光斗与阉党斗争的内容，特别是补记了左光斗狱中宁死不屈的事迹[④]。

地方史志、谱牒、墓志、传主文集也是《桐城耆旧传》征引的重要文献。《桐城耆旧传·自序二》云：“其昶少有志乡邦文献……发前所集采传记、公私谱牒盈箧笥。”[⑤]此非虚言。

桐城修志始于明弘治初年[⑥]。有清一代桐城两度修志，一为康熙《桐城县志》，一为道光《续修桐城县志》。马其昶“闲尝披览邑志”，《桐城耆旧传》对邑志多有参考、引用。例如，马其昶记方法投江尽忠一事，即引《续修桐城县志》，文字略有改动，不妨抄录对比以为佐证：

> 《续修桐城县志》：永乐元年，诸藩表贺，法不署名，寻诏逮诸藩不附者，发与焉。登舟，谓家人曰：“至安庆告我！”次望江，家人曰：“此安庆也。”发瞻望再拜，曰：“得望吾先人乡可矣！”自沉于江[⑦]。
>
> 《耆旧传·方断事传第三》：成祖即位为永乐元年，诸藩表贺登极。公当署名，不肯署，投笔出。俄诏逮诸藩不附者，公与逮，登

① 马其昶：《桐城耆旧传》，黄山书社1990年版，第81页。

② 参见《明史》第18册，中华书局1977年版，第5499页。

③ 马其昶：《桐城耆旧传》，黄山书社1990年版，第38页。

④ 参见《明史》第21册，第6328页；戴名世撰、王树民编：《戴名世集》，中华书局1986年版，第176—184页。

⑤ 马其昶：《桐城耆旧传》，黄山书社1990年版，第2页。

⑥ 《安庆府桐城县志序》，《中国地方志集成·安徽府县志辑》第12册，《康熙桐城县志·道光续修桐城县志》，江苏古籍出版社、上海书店出版社、巴蜀书社1998年版，第4页。

⑦ 《康熙桐城县志·道光续修桐城县志》卷一〇，《人物志·忠烈》，第406页。

舟，饬家人曰："至安庆告我！"行次望江，人曰："此安庆境也。"公瞻望再拜，慨然赋诗二章，曰："得望吾先人乡可矣！"遂沉江死，罟尸不获①。

《桐城耆旧传》记孝行、科第之名录多以《续修桐城县志》为本。虽说桐城县志"川原之险易，赋役之繁简，大而忠孝节义，细及昆虫草本咸得汇载其中"②，但所记毕竟简略，须赖其他文献充实。《耆旧传》提及的地方文献，主要有《桐城轶事》《龙眠风雅》《桐城乡贤实录》《桐城文征》《桐城耆旧传、状、碑、志会钞》，以及传主的文集。这些史料之利用，丰富了传主的生平事迹，订正了正史、旧志的错讹。胡瓒，万历二十三年进士，累官至江西右参政，其治理河道事，《明史》有载。但胡瓒对张居正"一条鞭法"的态度，正史语焉不详。马其昶据《龙眠古文》和胡氏宗谱，发现了胡氏《与邑人论编审改法书》，并全文抄录。胡瓒从历史与实际出发，认为"一条鞭法""坏法乱常，流祸无极"。这为后人了解张居正变法在地方的实施情况提供了难得的史料。又如，野史《甲申传信录》《弘光实录钞》等均记左时亨降李自成，马其昶根据《桐城轶事》、左光先《野史辩诬》、左时亨《龙眠古文》所记，为左时亨辩诬，"毋令蒙恶声"③。《桐城县志》记明代画家丁南羽为桐城人，马其昶经考订后认为，"南羽实休宁人，旧志误也"④。《桐城耆旧传》所征引的这些地方文献大都已佚失，今人只能从《耆旧传》中略知其内容一二。从这一意义上讲，《耆旧传》具有保存历史文献的价值。

在撰写《桐城耆旧传》的过程中，马其昶还利用了口述史材料。桐城耆老，乡居之事，尤其是那些生活细节史志多未记载者。明末清初，离马其昶所生活的时代尚去不远，桐城耆老旧事，乡间多有流传，有的还是马其昶亲身经

① 马其昶：《桐城耆旧传》，黄山书社1990年版，第10页。

② 《康熙桐城县志·道光续修桐城县志》，第1页。

③ 马其昶：《桐城耆旧传》，黄山书社1990年版，第185页。

④ 马其昶：《桐城耆旧传》，黄山书社1990年版，第274页。

历。《桐城耆旧传》记方苞性情、面貌,栩栩如生:"先生长身怯瘦,面微有瘢痕,目视若电,厉言正色,后生惮不敢见。"①藏书家萧敬孚与马其昶的父亲有旧交,又器赏马其昶的才学。《桐城耆旧传》记萧敬孚嗜书如命、为人处世一本旧礼十分传神:箫氏"遇名流宿学必敬礼,随所往。辄手提布帙,裹书数册。某某所有异本,必钩致之。会乱后,书悉出,贾贱,遂大购书。……笃于故旧,送别必远出,伫望久之乃去。接后生,必勖以经史大义。"②姚莹为马其昶外舅,其经世之学、抗英之举,世人皆知。然其善举,不为人知。《耆旧传》则记:"公(指姚莹——引者)负气,忼慨好义出天性……族亲贫者数十家,恒资之举火。竹山(姚莹之子——引者)继之,至今长老仍喜述其施济事及治术。"③此类记叙不为其他史籍所载,当是马其昶耳闻目睹。

值得一提的是,秉笔直书、不作佞史是马其昶坚持的史德。戴名世《南山集》文字狱案株连甚广,同里多人获罪。马其昶作《戴名世传》时值清末,虽文禁有所松弛,公开为戴名世辩冤白谤毕竟还有风险,但他在《桐城耆旧传》中仍对戴名世表示敬仰和惋惜之情,所谓"先生既负才自喜,睥睨一世,世亦多忌之";"悲其有史才而不自韬晦爱重以成其志也"④。

二、 彰显乡绅和循吏之教化功德

清末以前的桐城民俗,可谓"尚淳质,好俭约,丧礼婚姻胥近于礼。"⑤《桐城耆旧传》赞誉曰:"吾乡俗乾嘉前至纯美矣:凡世族多列居县城中,荐绅告归皆徒行,无乘舆者;通衢曲巷,夜半诵书声不绝;士人出行子(于)市皆冠服,客至亦然;遭长者于途必侧立,待长者过乃行;子弟群出必究其所往,不问其姓名谁何也;或非义,辄面呵之,即异姓子皆奉教惟谨。"但至清末,世道大变,桐城

---

① 马其昶:《桐城耆旧传》,黄山书社 1990 年版,第 274 页。
② 马其昶:《桐城耆旧传》,黄山书社 1990 年版,第 445 页。
③ 马其昶:《桐城耆旧传》,黄山书社 1990 年版,第 394 页。
④ 马其昶:《桐城耆旧传》,黄山书社 1990 年版,第 297—298 页。
⑤ 《康熙桐城县志·道光续修桐城县志》,第 69 页。

淳厚风尚“不可复睹”①:“今者风流歇竭,……师友之渊源渐被沦而日薄”②。有感于斯,作为桐城派的殿军人物,马其昶以匡正风俗为己任,其编撰《桐城耆旧传》,目的就是要“取迁、固之遗法,始足赓扬盛美,诱迪方来”③重建以程朱理学为言行准则的桐城文化。

在《桐城耆旧传》中,马其昶评判史实,裁量人物,无不以封建道德为标准,或以“马其昶曰”明文评论,或寓论断于叙事之中。

马其昶赞赏官员的清正廉明与刚正不阿。如赞赏方克为官,“在台持风采,不避权势。……出巡庐、凤仓粮,墨吏望风去。”④在评述左光斗为官,不畏权贵,因抗衡魏忠贤的专权而被迫害致死时,马其昶作如是说:

> 天启初,(左光斗)与给事中杨公涟,俱以清直敢言负重望。两人公忠一体,有所举劾,必咨而后行,权贵人皆凛凛畏之。海内贤士皆从之游,而小人之趋利、贪权势者,皆弗便也⑤。

《桐城耆旧传》详述任刑部给事中齐之鸾直言敢谏的事迹,在论赞中将谏官之荣辱与王朝之命运相联系:“武宗之荒惑,可谓大无道之世矣!其国祚幸不即倾者何与?岂不以犯颜敢谏之臣未绝,犹足以维系之与?”

《桐城耆旧传》所记不只是名宦、硕儒,孝子也收录其中。据马其昶统计,明清两代,桐城“以孝旌者三十余人”⑥,《桐城县志》所载“孝友”不计其数。如谭郁,少孤贫,事母至孝:“凡母服食所需,必勤苦躬致之。母疾,昼夜侍疾”;

朱文林,“家贫,以栉发为业,竭力养母。母卒,庐墓侧,依树结苫”。⑦江

① 马其昶:《桐城耆旧传》,黄山书社 1990 年版,第 400 页。
② 马其昶:《桐城耆旧传》,黄山书社 1990 年版,第 10 页。
③ 马其昶:《桐城耆旧传》,黄山书社 1990 年版,第 2 页。
④ 马其昶:《桐城耆旧传》,黄山书社 1990 年版,第 67 页。
⑤ 马其昶:《桐城耆旧传》,黄山书社 1990 年版,第 158 页。
⑥ 马其昶:《桐城耆旧传》,黄山书社 1990 年版,第 380 页。
⑦ 马其昶:《桐城耆旧传》,黄山书社 1990 年版,第 18 页。

谟“事母五十余年，凡可以致母欢者无弗致”。[①] 即使对于那些割股、庐墓的愚孝，马其昶也大加褒扬，其目的就是要“表前烈，法后来”[②]。

《桐城耆旧传》充分肯定循吏在维持政治秩序、推行教化上发挥的重要作用[③]。该书所记循吏颇多。如方向，成化十七年进士，知琼州府期间，“礼耆旧，兴文字”[④]；方印，“成化十三年举于乡，授天台令。……公不矫激取誉，务在富教之。劝农耕，崇学校，抑豪奸，化流于民”[⑤]；赵钪，嘉靖二十三年进士，巡抚贵州时，“每出巡行郡县，辄进诸蛮问疾苦，诱其俗之进古者，导以礼仪”，并“教民引水为田”[⑥]；张泽“居官所至以循良称”，嘉靖二十六年，以选贡授沅江令，“初任沅江，邑多旷土，招民开垦，资牛种，省阡陌，沅江大治。”[⑦]钱旆，康熙二十七年进士，授四川苍梧令，“到官，首革苛税，招流移开垦，劝民种桑，……教民用溉”，又“大起孔子庙，置义学数十椽，集才彦士亲为讲说”[⑧]。姚棻，乾隆年间任甘肃靖远知县，“兴义学，立集场，造水车，教民溉田。开金石岘，利行旅，民咸便之。”[⑨]马其昶撰写《耆旧传》，正值清末新政推行之时。他对于清末官员的作为颇有微词，将其与历史上的循吏比较，不禁感叹：“今之长吏，动曰民情不若古，施化难也，天台（指方印——引者）之泽何其入人深邪！”[⑩]由此足见《桐城耆旧传》处处所表现的以史为鉴思想。

《桐城耆旧传》还为我们展现了桐城绅士社会生活的图景，对乡绅在地方政治中发挥的积极作用予以肯定。张仲礼在论及绅士的职责时指出：“绅士

① 马其昶：《桐城耆旧传》，黄山书社 1990 年版，第 380 页。
② 马其昶：《桐城耆旧传》，黄山书社 1990 年版，第 380 页。
③ 参见余英时：《士与中国文化》，上海人民出版社 2003 年版。
④ 马其昶：《桐城耆旧传》，黄山书社 1990 年版，第 26 页。
⑤ 马其昶：《桐城耆旧传》，黄山书社 1990 年版，第 30 页。
⑥ 马其昶：《桐城耆旧传》，黄山书社 1990 年版，第 74 页。
⑦ 马其昶：《桐城耆旧传》，黄山书社 1990 年版，第 84 页。
⑧ 马其昶：《桐城耆旧传》，黄山书社 1990 年版，第 246 页。
⑨ 马其昶：《桐城耆旧传》，黄山书社 1990 年版，第 357 页。
⑩ 马其昶：《桐城耆旧传》，黄山书社 1990 年版，第 30 页。

作为一个居于领袖地位和享有各种特权的社会集团，也承担了若干社会职责。他们视自己家乡的福利增进和利益保护为己任。在政府官员面前，他们代表了本地的利益。他们承担了诸如公益活动、排解纠纷、兴修公共工程，有时还组织团练的征税等许多事务。他们在文化观念上的领袖作用包括弘扬儒学社会所有的价值观念以及这些观念的物质表现，诸如维护寺院、学校和贡院等。"①《桐城耆旧传》所记绅士分两类：一是致仕居乡者，大多能以其才德与威望推重于乡。如谢佑官至山西布政使，致仕归，"岁饥，发家谷以振(赈)，计口授食"；盛汝谦，官至户部右侍郎，告归居乡，为民废止一项苛捐；方苞"建宗祠，定祭礼，作《祠规》《祠禁》；设祭田，以其余周子姓艰窭婚丧不能举者。"②二是塾师，以舌耕为业。如何如盛，县诸生，"置义田以赡族，其秀异者为延师课之"③；方明善以布衣主书院20余年，"性淡泊，喜善规恶，出以至诚。捐金创祠堂，纂家乘，置田供祀，作《祠规》《饮酢歌诗》，一惟古礼立宗法。"④桐城文风昌盛、民风淳朴，当与乡绅对儒学的提倡与躬行密不可分。

马其昶为乡贤作传，不仅是为了表示景仰，也是为了从中总结人才之兴与天下兴亡息息相关的历史经验："一代人才之兴，其大者乃与世运为隆替，观于乡邑，可知天下。"⑤

三、记述明清时期桐城地方学术流变

《桐城耆旧传》的学术史价值也是不可低估的。近人所作"学案""儒林传"，如阮元《儒林传稿》、唐鉴《学案小识》、江藩《国朝汉学师承记》、徐世昌《儒林学案》等，所记多为全国范围的硕儒大家。马其昶却注意到作为一邑之

① 张仲礼：《中国绅士——关于其在十九世纪中国社会中作用的研究》，上海社会科学院出版社1991年版，第54页。

② 马其昶：《桐城耆旧传》，黄山书社1990年版，第307页。

③ 马其昶：《桐城耆旧传》，黄山书社1990年版，第58页。

④ 马其昶：《桐城耆旧传》，黄山书社1990年版，第102页。

⑤ 马其昶：《桐城耆旧传》，黄山书社1990年版，第1页。

地的桐城学术文化在明清时代所具有的重要影响和特殊地位,《耆旧传》通过载录桐城地方儒生、学人及其学术传承,保存了大量的地方文化史料,对我们了解明清时期整个学术思想的发展与流变颇有补益。正如马其昶在《自序》中所言:"两朝之学术风趋,盛衰得失之林,亦略具于此,又欲令异世承学、治国闻者有考焉。"①

桐城诸儒以治经、讲经为务。《桐城县志》甚至专列"理学"条,并置于"儒林""文苑"前以为尊崇,足见桐城理学之盛。在《桐城耆旧传》中,何唐"慕'三省'之学",门下甚众,为学者所宗②;左德玮、左钺父子皆治《春秋》《尚书》;方延实"日取《朱子小学》课诸孙"。陆王心学起,为桐城诸儒追慕。赵钍"其学以致良知为宗,适用为辅",所著"多言存省'之要"③;方明善"日与同志讲习性善之旨",著《心学宗》《性善绎》诸篇④;吴应宾著有《性善解》《悟真篇》《古本〈大学〉释论》《〈中庸〉释论》等,"其学则通儒释,贯天人,宗一以为归","其论性不出于'无我'之一言";⑤方大镇,万历十七年进士,"论学以性善为宗,论治必本君德"⑥。与此同时,程朱理学与陆王心学之争亦在《桐城耆旧传》中有所体现。方孝才,嘉靖四十四年进士,以教授为业,批评陆王心学空谈心性:"伯安(指王守仁——引者)倡教良知,天下从靡。其说主张太过,流弊遂至混儒释,以格物致知为赘。天下小人窃之,益肆为无忌惮,不可止矣。"马其昶认为,程朱理学与陆王心学之争虽不免有门户之见,但"先生(指方孝才——引者)与新建并世,一言而尽其本末,当物不过,尤可谓知言者乎!"⑦

在义理、心学之外,明末清初,另一股矫正理学弊端的学术力量——实学

① 马其昶:《桐城耆旧传》,黄山书社1990年版,第2页。

② 马其昶:《桐城耆旧传》,黄山书社1990年版,第53页。

③ 马其昶:《桐城耆旧传》,黄山书社1990年版,第74—75页。

④ 马其昶:《桐城耆旧传》,黄山书社1990年版,第101页。

⑤ 马其昶:《桐城耆旧传》,黄山书社1990年版,第121页。

⑥ 马其昶:《桐城耆旧传》,黄山书社1990年版,第123页。

⑦ 马其昶:《桐城耆旧传》,黄山书社1990年版,第91—92页。

悄然兴起。马其昶虽以程朱理学为宗，但也十分赞赏实学的经世思想。《桐城耆旧传》所记实学有成就者有方以智祖孙、张裕叶、叶棠、余熙等。方以智，崇祯十三年进士，为学“博涉多奇”，“凡天人、礼乐、律数、声音、文字、书画、医药，下逮琴剑、技勇，无不析其旨趣。”马其昶评价其《通雅》《物理小识》为“明一代考据之书罕与并”①。现代史学家余英时也指出：“方以智早年撰《通雅》开清代考据学的先河。”②方以智祖孙三代均精于天文律算。其子方中通著有《数度衍》。李约瑟《中国科学技术史》肯定了《数度衍》将中国算学“幻方”向前推进了一步③。其孙方正珠得家传，著《乘除新发》。张裕叶，乾隆六十年副榜贡生，曾任歙县教谕、滁州学政，撰有《开方捷法》，“凡算中积求边者，不过一乘一加，而所得之边与古法等”。叶棠，“生于道光时，独究心天文、舆图、算数，不喜为科举学。”曾研习西学，参修《海国图志》，有《浑天恒星赤道全图》《天元一术图说》刊行，有《数理阐微》《勾股论》存稿。余熙，县学生，著《八线测表图说》，“发明勾股和较割图、八线、六宗、三要诸法”。马其昶对乡贤的聪明才智及其在算学领域取得的成就敬佩不已，谓“科学为兴，孤士闭门，厥难倍哉！非由天悟，未有能与子斯者也。”④

皮锡瑞在总结有清一代经学发展变化的特点时认为，清初“汉学方萌芽，皆以宋学为根柢，不分门户，各取所长，是为汉、宋兼采之学”。⑤ 所论恐就一般意义而言，于桐城诸儒未必尽然。

从理学流派讲，桐城诸儒属于理学正统派，恪守程朱之说。左正义平生“以倡绝学为事”⑥；周大璋讲学、治经“一以朱子为宗”，“以为朱子文与道兼至”⑦；

---

① 马其昶：《桐城耆旧传》，黄山书社 1990 年版，第 209 页。

② 余英时：《清代学术思想史重要观念通释》，《文史传统与文化重建》，生活 · 读书 · 新知三联书店 2004 年版，第 197 页。

③ 李约瑟：《中国科学技术史 · 数学》第 3 卷，科学出版社 1978 年版，第 132 页。

④ 马其昶：《桐城耆旧传》，黄山书社 1990 年版，第 263 页。

⑤ 皮锡瑞著、周予同注释：《经学历史》，中华书局 2004 年版，第 249 页。

⑥ 马其昶：《桐城耆旧传》，黄山书社 1990 年版，第 258 页。

⑦ 马其昶：《桐城耆旧传》，黄山书社 1990 年版，第 259 页。

方苞为学“一本宋儒程、朱之说，以求之遗经，尤究心《春秋》《三礼》。”[①]马翮飞，乾隆元年诏举孝廉方正，“主讲席于邑枞阳及苏州虞山、松陵间”，对于吴中崇尚考据之风颇为不满：“君子下学上达。鄙下学之功，高谈尽性，此明季儒者之失；禁上达之事不道，毕世用力训诂、考订，此近代儒者之失。”[②]姚鼐则讥讽乾嘉朴学“专求古人名物、制度、训诂、书数，以博为重，以窥隙攻难为功，其甚者，欲尽舍程、朱而宗汉之士，猎枝去根，搜细遗巨，宁非蔽与?”[③]及方树东著《汉学商兑》，“遍诋阎、胡、惠、戴所学，不遗余力”[④]。

对于汉宋之争，马其昶一方面虽然也承认汉宋各有所长，所谓“九流百家，各极不同之致，皆以明道不相妨也。”[⑤]另一方面却极力为宋学辩护，认为“《汉学商兑》一书，反复数千万言，以正其违谬”[⑥]；力诋汉学破碎：“乾嘉诸儒一变而崇尚汉学，其流弊所极至掇拾丛残，讳言义理，已失圣贤明体达用之旨。”[⑦]这大致反映了桐城诸儒宗宋的基本经学倾向。

四、恪守传统文化，远离新史学

胡思敬在《国闻备乘》中历数宣统初年的朝士，其中称马其昶治学“讲词章兼通政事”，处世“志趣卓然不为时俗所污”[⑧]。所谓“不为时俗所污”，除不屑于“专以奔走宴饮为日行常课”[⑨]，更多的还是指马其昶在思想文化上与其时的“新学”多有隔阂，保持一种对传统的守成态度。马其昶认为新学不仅有

---

① 马其昶：《桐城耆旧传》，黄山书社 1990 年版，第 307 页。

② 马其昶：《桐城耆旧传》，黄山书社 1990 年版，第 329 页。

③ 马其昶：《桐城耆旧传》，黄山书社 1990 年版，第 363 页。

④ 梁启超：《清代学术概论》，上海古籍出版社 1998 年版，第 68 页。

⑤ 马其昶：《桐城耆旧传》，黄山书社 1990 年版，第 397 页。

⑥ 马其昶：《桐城耆旧传》，黄山书社 1990 年版，第 397 页。

⑦ 马其昶：《代常裕论新政疏》，《抱润轩文集》卷八，1925 年石印本。

⑧ 胡思敬：《国闻备乘》，载荣孟源、章伯锋主编：《近代稗海》第 1 辑，四川人民出版社 1985 年版，第 296 页。

⑨ 胡思敬：《国闻备乘》，载荣孟源、章伯锋主编：《近代稗海》第 1 辑，四川人民出版社 1985 年版，第 296 页。

违圣教，且“今之言新学者，拾其皮毛，不克入其堂奥，诋毁旧学为腐败。”①这一对“新学”的拒斥心态也体现在《桐城耆旧传》中。如马其昶评价方柏堂治学“以究天时、人事、致乱之原，与夫士行己、立身所由弭变者”。而“新学”与士人的修己安人相去甚远：“诸新学说先生皆不及见，而有所谓国民云者，人人习为口语。尝端居思念，惟先生足当之耳。”②这种对传统文化的依恋在民国后变得更加强烈，认为收拾民国初年政局在于尊孔：“今日民国肇建，号称共和，天下之心皆放无纪极。昔患一人专横于上，今乃患亿兆人纵恣于下。欲已其乱，惟崇礼而重祀天。”③于是将复兴儒学作为自己的学术使命。他在作于1922年的《〈三经谊诂〉序》中表达了这种治学旨趣：“圣人之道，莫切于《孝经》，莫辨于《大学》，莫邃于《中庸》。……世方废经蔑孔，予诚不自揆，乃区区致力于此，而殊邻绝域，感战争之祸烈，因遂欲穷吾先哲之学者有之矣！”④

就史学思想而言，马其昶与清末兴起的新史学大都格格不入。《桐城耆旧传》无论是形式还是内容，都属于传统史学的范畴。马其昶的史学成就既不能与其前辈史家顾炎武、全祖望、章学诚等相提并论，也不能与后辈史家如王国维、梁启超、章太炎等同日而语。但马其昶以一人之力、二十年之功完成《桐城耆旧传》的编撰，为后人研究明清时期的桐城历史文化提供了宝贵的史料。《桐城耆旧传》的学术地位，胡朴安尝言“仅足结清室之终，未足开民国之始，其著作之精粹，可供吾人之诵读，其治学之方法，不能为吾人之楷式。”⑤可谓中肯。

---

① 马其昶：《代常裕论新政疏》，《抱润轩文集》卷八。

② 马其昶著，毛伯舟点注：《桐城耆旧传》，黄山书社1990年版，第442页。

③ 马其昶：《祀天配孔议》，《抱润轩文集》卷一。

④ 马其昶：《〈三经谊诂〉序》，《抱润轩文集》卷五。

⑤ 胡朴安：《民国十二年国学之趋势》，转引自桑兵：《晚清民国的学人与学术》，中华书局2008年版，第199页。

第三节　姚永概“明礼致用”的史学思想

姚永概是清末民初桐城派著名学者与教育家,历任安徽高等学堂教务长、安徽师范学堂监督、北京大学文科教务长、清史馆纂修、正志中学教务长。他兼通经史,工诗,长于文。其著作有《孟子讲义》《左传选读》《历朝经世文摘》《初学古文读本》《东游自治译闻》《慎宜轩日记》《慎宜轩文稿》等。学界对其研究多侧重于经学、诗文领域,但对他史学领域的研究,则几为空白。姚永概在民国初年曾担任清史馆纂修,分任名臣传,“每脱稿,同馆叹服”①。其教育生涯中有教授史学课程的经历,编写的教材也涉及史学。在他的读书笔记以及文章中对历史也有独到的看法。他的文章零散、资料难得,所以学界对他的史学思想关注不多。但是近年来藏于安徽省图书馆的姚永概所写的《慎宜轩日记》于 2010 年整理出版,同时国家清史工程文献整理项目之《桐城派名家文集》甲编第 11 卷收录了姚永概诗文的《姚永概集》也已由安徽教育出版社于 2014 年付梓,这些都有助于我们全面了解姚永概的史学思想。姚永概的历史观与史学思想总结起来就是:“因时求变”的变易史观、“明礼致用”的治史目的、“参详异说”的史学方法、“平心以求客观”的史学精神。

一、因时求变,锐意变革

姚永概本来是一位理学家,但是在风云际会的 20 世纪,却能适应形势,极力主张改革以谋求中国富强之道。这与他的变与治相统一的变易史观分不开。“变”与“道”是姚永概历史观的中心。变易思想是将“时与物”看作是不断变化的一种思维。在姚永概的观念里“变”是事物、时代的变化以及变革、

① 姚永概:《蜕私轩文集》卷四,秋浦周氏 1921 年刻本,第 204 页。

改造、除旧革新等。姚永概认为历史是一个前后相继的过程，后代是对前代的继承。他为扬雄不平，认为"夫雄固以明道自处，守先待后。乃其职业，其视汉之郎署，莽之大夫，正如孟子受齐客卿等，皆所遭之境也，与其本事毫不相涉也"。在他的观念里，朝代的更迭就如时间的先后一样，有其兴替的过程。而"向使永奉献帝为主，其又能永久太平乎？太史公列项羽于本纪，犹此旨也"。[①] 历史上自有治乱兴衰，因祖宗之成法而因循守旧，对变化视而不见是不现实的。姚永概认为太史公列项羽于本纪的做法是顺应历史变化的，合乎于其"究古今之际，通天人之变"的史学精神。

历史是一个"变"的过程，而历史现象的变化更是一个渐进的过程，在《读秦风》一文中他说道："每怪秦人风俗尚武，妇人女子相勉以义。"他分析道："其所来者，渐矣。非一朝一夕之故也，自公刘、太王、王季、文、武，周公以道得民，民受其教，且数百年，周辙虽东，此风未替。"在这里，他看到了"秦人尚武"这种历史现象是经由周代沿革下来，周东迁后在秦地涵育而来。"秦人不善用之，虽能灭六国，成帝业，而教化日微，祚不久长。"但是治国与成帝业所面临的环境不一样了，这种风气可以促秦成就霸业，但对于固国却无益。因此，寻求固国之术也需改变民之秦风。所以，"其必使人民有秦风，又必以周礼以固之"。[②] 所论也包含了因时治宜的思想。

另外，他在许多文章中都提及变的观点，"天下之变，诚非吾一人穷也。"[③]"世变无终极，斯文付等闲。"[④]"此变乾坤古未逢，盱衡唐汉略相同。"[⑤]"日月双悬旧，风云百变新。"[⑥]姚永概认为，历史发展变化是没有终极的，时空在变、世事在变，人的思想、观念以及言行举止也都在变。所以他在论事的时候抱着

---

① 姚永概：《慎宜轩日记》，黄山书社 2010 年版，第 1480 页。
② 姚永概：《慎宜轩文集》卷一，民国二十年(1931)刻本，第 12 页。
③ 姚永概：《慎宜轩文集》卷一，民国二十年(1931)刻本，第 11 页。
④ 姚永概：《慎宜轩文集》卷一，民国二十年(1931)刻本，第 19 页。
⑤ 姚永概：《慎宜轩诗集》卷三，安庆中江印书馆民国二十年(1931)铅印本，第 140 页。
⑥ 姚永概：《慎宜轩诗集》卷六，安庆中江印书馆民国二十年(1931)铅印本，第 172 页。

审慎的态度,“吾不敢远征古籍,人且曰古事不适于今,请以近事明之”。①

他认为历史有变化:“秦、汉之际,尽革三代之旧,而世一变。更几数千年至今日,而世又将一变”。② 但是“是故世及之法可变也,帝王之号可去也,君臣之义不可无也,而况父子夫妇乎”。③ 他强调“君臣之义”并不是维护帝制,正如他所说:“昌黎云:君者出令者,臣者行君之令而致民者也。最得君臣本意。”这种君臣观带有朴素的民本思想。他认为虽然世事可变、成法可变、朝代可变,但是伦理不可变。所以,历史有变亦有不变,变化的是势,不变的是道。在他看来,历史发展的客观规律以及人伦、孝悌等传统精神不变。

在甲午战争之前,他在看《万国史记》后于当天的日记中写道:“当今士大夫徒守尊攘之说,不知讲求富强之道。”④这里所讲的“道”是指国家富强的客观规律。在甲午之战后,他在《与陈伯严书中》说道:“近亦略通中外大势。窃谓甲午以前拘于锢蔽,稍自激卬者,辄拒外来,若遇仇敌,于时大患在西学之不知。”他对中国渐弱的原因分析道:“夫中国之所以见弱于外国者,政也、艺也,非道也。六经之训,程、朱之书,韩、欧之文章,忠臣、孝子、悌弟、节妇,至性之固结。”⑤这里的“道”,指的是五伦、程朱之理以及中国的传统美德以及精神。对于治学方法他亦有所得:“方今海寓新学,吾能兼收并蓄,皆足助我化裁损益之道,彼深拒固绝者,震骇以为不可几及,皆由识不足,文事,或未深造也。”⑥这里的“道”是治学的门径以及规律。

正是秉持革新求变以及达道求治的思想,他对变革有着精辟的看法:“自古无建中立极之圣人,但有因时救变之圣人。西学西政,亦具本末,无本不足以立国。凡工艺器械之末,非有道君子为之,必日就窳败,不足利生民之用,而

---

① 姚永概:《慎宜轩文集》卷一,民国二十年(1931)刻本,第 5 页。
② 姚永概:《慎宜轩文集》卷一一,民国二十年(1931)刻本,第 108 页。
③ 姚永概:《慎宜轩文集》卷一,民国二十年(1931)刻本,第 3 页。
④ 姚永概:《慎宜轩日记》,黄山书社 2010 年版,第 547 页。
⑤ 姚永概:《慎宜轩文集》卷四,民国二十年(1931)刻本,第 32 页。
⑥ 姚永概:《慎宜轩文集》卷一,民国二十年(1931)刻本,第 69 页。

给四方之求。道非器无所附丽，直空言耳，天下无空道。往者天下民气常欲其静，静则天下安，为一统之利与。今者五洲交通，天下处竞争之势，以静当动，辟羊御狼。且因革损益，非静所宜，是又利在鼓之使动。然数千年之常谈，播在人口，二百年之涵育，深入人心，欲其动也，岂不难哉”。[①] 这种竞争革新的思想在今天仍有借鉴价值。

二、六经皆史，明礼致用

姚永概在《示正治中学一二班毕业诸生》一文中对经史关系有所论述："世界各国，稍文明者，莫不矜夸其有数千年历史，非神怪野蛮，而《尚书》记唐虞以来何其彬彬乎有礼也。此乃中国极荣之事，至可宝者也。且后世各种史学，其礼皆开自经，欲知中国极盛之史，舍经无由知。欲纪中国将来之史，舍经亦无本。六经去而中国无史，国而无史，国不国矣。"[②]他认为历史保存文明，而中国的历史自《尚书》以来以礼相传，而礼开自于经，所以经学是史学之本。

对于经史两者的关系，传统上一般尊经抑史，认为"经精史粗""经正史杂"。乾嘉年间，章学诚提出"六经皆史"说，认为古代无经史之别，六艺皆掌之史官，不特《尚书》《春秋》以为然，三代学术，知有史而不知有经，切人事也。把六经纳入历史范畴，作为古代的史书和史料。[③] 这种看法在清末影响很大。章太炎受章学诚的影响，提出"经者古史，史即新经"。这种说法融通了经史。虽然姚永概将经学之于的史学重大意义抬到"六经去而中国无史"的高度，认为经学是史学的主导。但也没有全盘否定史学的作用，他要表达的意思是经学代表了中国极盛之史，经义是史学之本，但"国而无史，国不国也"。这和章太炎的思想相接近。

从他强调的"礼"主导史学也可以从侧面看出他史学功能的认识。他对

① 姚永概：《慎宜轩日记》，黄山书社 2010 年版，第 828 页。
② 姚永概：《慎宜轩日记》，黄山书社 2010 年版，第 20 页。
③ 许凌云：《读史入门》，中国人民大学出版社 2011 年版，第 279 页。

史学的功能认识是建立在经学主导史义条件下的，所以史学的功用和经学息息相关。“礼”是什么？他在《辛酉论・政教》篇中论有所论述：“然必以德为教之本，礼为教之用，而圣人之效始大暴于天下。”他又援引贾生的话：“礼者禁于将然之前，法者禁于已然之后。是故法之所为易见，而礼之所为难知。”他认为：“‘礼云礼云’者，贵绝恶于未萌，而起教于微眇，使民迁善远罪，而不自知也。”①由此可以窥见，“礼”正如《礼记》所讲：“夫礼者，所以定亲疏，决嫌疑，别同异，明是非也。”所以以“礼”为义的历史有如一面镜子，使得世间妍媸毕露，是非自现，同时也将好的传统保存下来。因此史学有明教化，维持文明的功能。他在《杂诗》说到“良史不可见，但采势力词。伾文与涯悚。锐志扶倾危。惜哉功不遂，甘心就屠夷。文宗任傺崩，顺死尤可疑。徒触宦者怒，永为后世嗤。希文一篇论，玉溪数章诗。千古吊冤魂，大义稍维持”。② 这种评价未必客观，但是可以看出他认为史学需求真，应以客观态度写史，史学应该具有匡扶正义作用。作为叙事的历史，亦有惩恶劝善的功能。

历史除了可以明善恶，寓教化外。还有一个致用的境界，就如刘知几所说的“乃人生之急务，为国家之要道”。姚永概认为做人“胸襟宜大，不可囿于一时，常有千古之思，方能立足也”。③ 所以史学之于个人是开阔眼界，修身益智。姚永概所逢之时正是国家积贫积弱、备受欺凌之际。在《辛酉论・真伪》篇中，他反对重于考证训诂的汉学：“及至纯皇帝时，诸老先生负聪明，居高位，享大名，以博为事，号为汉学。然所谓实事求是者，第在训诂考证之间。遗乎躬行，实践非实也。”④他在诗中也发感慨“乾嘉重汉学，风尚夸无两。虚文与实学，无用同飘荡”。⑤ 他批判乾嘉史学这种“求实”却“无用”的风气，于国无益。“然欲求我国之久存，必当图所以存之道。不知吾国之史，则其求其道

① 姚永概：《慎宜轩文集》卷一，民国二十年（1931）刻本，第 6 页。
② 姚永概：《慎宜轩诗集》卷六，安庆中江印书馆民国二十年（1931）铅印本，第 177 页。
③ 姚永概：《慎宜轩日记》，黄山书社 2010 年版，第 378 页。
④ 姚永概：《慎宜轩文集》卷一，民国二十年（1931）刻本，第 7 页。
⑤ 姚永概：《慎宜轩诗集》卷六，安庆中江印书馆民国二十年（1931）铅印本，第 170 页。

则无由”。①

姚永概的“六经皆史”本质上是一种经世的理论,他认为:“故天地阴阳著之《易经》;纪人伦著之《礼》,叙述政事著之《书》;兴观群怨著之《诗》;人神受和著之《乐》;定名分,拨乱反正著之《春秋》。”②六经不是空言,而是经世之书。姚永概把对六经的经世认识回归到自己的史学实践上。他广涉中外史书,“欲采《万国史记》《万国纲鉴》《万国年表》等书,以中国会盟为主,先为一篇,名曰《中外会盟记》”。③ 虽然,由于种种原因《中外会盟记》未完成,但是在中国疲于外交时有这种想法,正是强调史学资政致用、为现实服务的功能。史以明礼,史学可以求得历史的规律,求得历史的公例。姚永概关注社会历史问题,希望求得历史的经验与规律,从而为社会现实服务。对于史学本身而言,过于强调经世致用的致用性目的不利于史学的发展。武吉庆先生曾这样评价史学的经世致用传统:“与近代以来的科学民主学术精神相比,经世致用的传统由于缺乏独立自由,适为史学发展一弊。”④在致用目的的刺激下,会使史学难以达到求真的要义。可是在民族危亡的关头,任何价值诉求,都不会大过民族、国家的存亡。因此我们对于姚永概把史学致用功能实用化应予以适度的理解和肯定。

三、 参详异说，平心论断

辨伪求真的史学自王充以后呈现曙光。刘知几继承其传统,有“探赜索隐,致远钩深”之法。⑤ 姚永概继承了这些传统,对辨伪也有自己的看法。姚永概对史册立论的平正有所疑,他认为:“后来史册操笔者各以其意见定之,

---

① 姚永概:《慎宜轩文集》卷一一,民国二十年(1931)刻本,第 108 页。
② 姚永概:《慎宜轩文集》卷四,民国二十年(1931)刻本,第 32 页。
③ 姚永概:《慎宜轩日记》,黄山书社 2010 年版,第 546 页。
④ 武庆吉:《经世致用与史学研究的误区》,《河北学刊》1995 年第 1 期。
⑤ 杜维运:《中国史学史》(三),商务印书馆 2010 年版,第 915 页。

或以食而,或以恩仇,不独所誉失真,即其所毁亦不可据,往往有加惠于一官一爵,其百姓易代犹相传诵,史册反失其名;有史册诋为小人,而细心考其心迹,乃大相反者”。由于写史者以主观论断对客观史实进行加工,所以“论古者宜参详异说,平心以论断之,勿为古人所笼罩也”。①

“参详异说”就是广泛参考对同一个史实的不同说法,不能挟一家之私。《经义述闻》《读书杂志》是王念孙、王引之以札记形式记录的读书心得,前书解群经疑义,后书释史、子、集故训。姚永概在其《书经义述闻读书杂志后》对王氏著书的参考之法有所疑,认为“王氏著书之例,采唐人之说寥寥矣,宋以后则绝不之及。……与项安世、吴澄之辈时有犯者,贬而绝之,顾不能不雷同于其说,抑又何也?”②这是对王氏父子引说援例的时代局限、门户之见提出质疑。他认为治史应该旁征博引、融会贯通,而不能局限于一朝一代,更不能以门户之见而有失公允。

但是“参详异说”并不是要脱离原书或史实。“古书讹脱至不可读。好古者搜采他本,或类书注语之,引及者雠校而增订之,于是书诚有功矣。若其书本自可通,虽他书所引间有异同,安知误不在彼,能定其孰为是非哉?王氏信本书之文,不及其信《太平御览》《初学记》《白帖》《孔帖》《北堂书钞》之深,斯乃好异之弊。”③这是反对援引的局限,缺少对原书意旨的揣摩。辨事实虚实,正是建立在考其原本基础上的。

“参详异说”也需要对“异说”的来源进行研究。姚永概因见到彭雪帅写与其父的信,知中法战争中冯子材血战、法军残暴,而在清政府的妥协下中国不败而败的史实。以及论李鸿章妥协卖国之事。他说:“以上各事,皆系得之有自,并不同传闻之讹,实实可信者。因彭雪帅信而类记之,以俟其败露,出为

① 姚永概:《慎宜轩日记》,黄山书社 2010 年版,第 339 页。

② 姚永概:《蜕私轩文集》卷四,秋浦周氏 1921 年刻本,第 14—15 页。

③ 姚永概:《蜕私轩文集》卷二,秋浦周氏 1921 年刻本,第 15 页。

将来为信史而。"[①]"参详异说"要"得之有由",有穷其源的精神。只有"得之有由"、去伪存真方能成为信史。

治史不仅要参详异说,更要"平心论断"。"平心"即是气平心正。章学诚将史学家的心术,分为两类,一为史学家心术的邪正,一为史学家心术的修养程度。[②] 前者是显著的一面,后者是隐微的一面。前者易现,所以史学家们大多以此自励。而后者隐微,容易为人忽视,所以历史会因此失去公正。姚永概所重视的史德在于隐微的一面。

姚永概十分尊重史实,反对将主观成分掺到客观事实中去。他批评道:"良史不可见,但采势力词。"[③]他在看史书时也独立思考,认为:"史书有自相矛盾,则其不可信益真。"[④]对于历史评价,他认为需要客观。他看《读通鉴论》,论明末光侍御谏阻南迁,而煤山之祸后,遗老归咎于光公,光公被政敌以降贼之名问斩之事。他分析这件事情:"至于南迁之说,则不足为公病者。何也?李贼之逼京畿也,其势汹矣。使果天子挟百官以走,则人无固志,其败愈速,轻骑几昼夜可以追及禽之而;使其成禽之后,则天下人必追咎当时南迁之时,无一人以固守血战为言者。今不幸而光公首谏之,又不幸而国亡自随之,于是一二遗老抱愤怨之心,执口舌笔墨以诛其后,且加之以诬罔之词,殊不察情事,而轻施从逆之名与伉直之臣。至于船山先生者,且并责李忠定之守汴京,而不责当时不专任李忠定,故卒蒙尘也。"所以他得出这样的结论:"甚矣哉,心不平者不可与之论世也。"[⑤]这种以客观态度将自已置身事外,结合当时的情势,并利用合理设想推理得出结论,方是论世之道。

姚永概还反对以个人利益评断史实。他论及向荣之纵贼,感叹道"良可

---

① 姚永概:《慎宜轩日记》,黄山书社 2010 年版,第 214 页。

② 杜维运:《中国史学史》,商务印书馆 2010 年版,第 885 页。

③ 姚永概:《慎宜轩诗集》卷七,安庆中江印书馆民国二十年(1931)铅印本,第 177 页。

④ 姚永概:《慎宜轩日记》,黄山书社 2010 年版,第 347 页。

⑤ 姚永概:《慎宜轩日记》,黄山书社 2010 年版,第 295 页。

恨”。但“惜至今浙人尚以苟且偷安之情感之”。他进一步分析:“殊不知若永安洲围贼不令溃出,则天下皆安,江浙之间尝何有兵革之梦想哉。”所以论史“见小不见大,以仇雠为恩保,可叹也”。①

“平心论断”体现在评价历史人物上则“不可震其名,是非可否当分别观之”。他在论人时,为了求得平正,显示出了非凡的学术勇气。他举例赵恭毅为清朝名臣,但他因私怨弹劾戴名世,言行不一,“以刻薄自喜,实亦非至正之道”。② 在对某些历史人物的评价中他也能做到不受历史笼罩,“分别观之”。在《商鞅论》中他将商鞅的行为一分为二,认为“然商君之罪,在行之以恣睢之意,非其法之不变乎民也”。③ 不仅如此,他还能不受当时的传统“君君臣臣”思想的束缚,为被当时文人所不齿的扬雄平反:“夫雄固以明道自处,守先待后。乃其职业,其视汉之郎署,莽之大夫,正如孟子受齐客卿等,皆所遭之境也,与其本事毫不相涉也。”④参详异说以求真,气平心正以求客观,这是一个史学家必须具备的修养,也是史学家需要修炼才能具备的修养。姚永概的这种史学方法以及史学精神在今天仍有借鉴意义。

姚永概的史学思想也有局限,他为节妇烈女立传,赞赏妇女守节或殉夫。在《姚永概集》中有数十篇节烈妇传。他等级意识分明,强调:“夫位之有尊卑,分之有上下,势也。”⑤对于封建伦理道德的崇拜,使得他衡量是非善恶、进行褒贬评论时带有浓厚的伦理色彩和等级意识。这与他所受的传统教育以及时代局限有一定的关系。但晚清的时代巨变在姚永概身上打下了更为深重的烙印。姚永概原本是一个正宗的理学家,他早期的日记中记录因听父亲友人与父亲谈中国外备不修、内政不讲以及外国兴盛之事,愤然感慨:“身为大臣,

① 姚永概:《慎宜轩日记》,黄山书社 2010 年版,第 298 页。
② 姚永概:《慎宜轩日记》,黄山书社 2010 年版,第 311—312 页。
③ 姚永概:《蜕私轩文集》卷二,秋浦周氏 1921 年刻本,第 8 页。
④ 姚永概:《慎宜轩日记》,黄山书社 2010 年版,第 480 页。
⑤ 姚永概:《蜕私轩文集》卷一,秋浦周氏 1921 年刻本,第 2 页。

不能匡益朝廷，徒知羡慕夷人，鄙斥中国，非梁栋之器也，余甚不然之。”[①]但是到了后来却积极倡导西学，同时在日记中也有“是重责于女而轻责男也”[②]这样的男女平等思想。这种转变是时局造就，亦是家学、交游的影响。姚永概的祖父姚莹是洋务运动的先驱，著有《康辅纪行》。而他师承吴汝纶，更与严复、林纾等人交游。他于《吴挚甫先生行状》表达了对老师灌输新学、助益化裁的感激。严复因欣赏姚永概，在北京大学创立之初聘请他任文科教务长。他们维持了一生的友谊。在《严先生六十寿序》中姚永概写道：“永概则谓方今中国国体初更，故宜旁揽世界之政治学术以自助，而中国之所以立国者，未可昧也。昧则不适宜而将亡。若先生者，可谓闳博深远之君子矣。”[③]不难想象，吴汝纶撤去中西之篱的教导，严复引进《天演论》的创举以及林纾译介《茶花女》的新知对他所造成的影响。而他所在的时代亦有梁启超倡导的“新史学”思潮，有胡适、陈独秀发起的新文化运动，这些新兴的文化事物对他原有的思想也会造成冲击。姚永概的历史观与史学思想的形成可以从他的理学思想与他的师承、交游以及新文化思潮对其思想的激荡中找到原因。

第四节　姚永朴《史学研究法》对传统史学的继承与总结

姚永朴（1861—1939），字仲实，光绪二十年（1894）举人，晚号蜕私老人，安徽桐城人，历任安徽高等学堂、北京大学、东南大学讲习，曾受聘清史馆协修《清史稿》，是我国著名的经史学家，与姚永概、马其昶同为桐城派末期的主要代表人物。《史学研究法》是1914年姚永朴被聘为北京大学文科教授时作为

① 姚永概：《慎宜轩日记》，黄山书社2010年版，第33页。
② 姚永概：《慎宜轩日记》，黄山书社2010年版，第295页。
③ 姚永概：《蜕私轩文集》卷四，秋浦周氏1921年刻本，第41页。

教材的著述，是晚期桐城派学者系统阐述我国传统史学研究方法的专著。从姚永朴所论史学的意义与功能、史著的体例、史文的古今奇偶繁简曲直之分，以及使用比较浅显的文言文形式等方面来看，其《史学研究法》不仅是对中国传统史学的一种总结，也是自20世纪初梁启超先生倡导"新史学"以来，我国学者回应西方史学理论而探索新时期史学研究的拓荒之作。

桐城派学人秉持先贤姚鼐提出的"义理、考据、辞章"之准则，并将其与刘知几的"才、学、识"的"史学三长"联系起来，认为"识者义理也，学者考据也，才者辞章也。无义理则识偏，无考据则学疏，无辞章则才陋。三者皆史家之所忌。而就中识尤为本"。①

姚永朴在《与清史馆论修史》一文中也提出"应搜阅典籍，按日撮钞，以为预备，不可遽责以起草。苟蓄材既富，下笔亦复何难"。② 其在修《清史稿·盐法志》时也是非常重视搜集史料，他曾给缪荃孙写信求助搜集相关史料，称"前闻先生言，周湘铃先生著有《盐法通志》，搜辑宏富，寤寐欲得此书，以资考订，不知已出版若干卷，能将已成者，由局寄至北京顺治门内西太平湖老醇王府中华大学，交永朴收，俾先睹为快否?"。③ 重视史料，才有做信史的基础，这是"考据"的过程即是"学"的过程。

作为桐城派晚期作品的代表，姚永朴先生的《文学研究法》为大家所熟知，其"材料之详赡，行文之严密，语言之雅洁，确乎桐城文风"，④"以与陈澧《东塾读书记》、赵翼《廿二史札记》、梁启超《史学研究法》、刘熙载《艺概》并称，推为治国学者必读之书。"⑤但在史学界，姚先生的《史学研究法》却鲜为

---

① 姚永朴：《蜕私轩集》，秋浦锦记书局1925年版。

② 姚永朴：《蜕私轩集》，秋浦锦记书局1925年版。

③ 缪荃孙：《艺风堂友朋书札(下)》，收录《中华文史论坛》(增刊)，上海古籍出版社1981年版，第800页。

④ 杨福生：《姚永朴〈文学研究法〉述论》，《北京大学学报》1998年第5期，第85页。

⑤ 吴孟复：《姚先生永朴暨弟永概传略》，载《论语解注合编》，黄山书社1994年版，第353页。

人知。姚永朴乃姚莹之孙，自幼师宗方姚，笃志经史，以致清史馆长赵尔巽感言：“今天下学人，求如二姚者，岂易得哉！”①姚永朴著述丰厚，遗有《蜕私轩诗文集》《素园丛稿》等 40 余种，200 余卷，而《史学研究法》是他系统阐述治史理论与方法的力作。这本书最早由京华印书局刊印于 1914 年，正文不过二万六千字，却言简意赅，说理充分，其史原、史义、史法、史文、史料、史评和史翼之说均有独到见解，对我们今天的史学研究仍然具有借鉴意义。

一、史学的意义与功能

中国传统史学偏重“垂训”和“资治”的功能，随着西学的传播，中国史学在理论上加深了对史学自身意义的认识②。可以说，姚永朴先生的《史学研究法》是 20 世纪初我国学者比较早的吸收西方史学理论系统阐发史学意义与功能的著作。他认为“义为史家之所尚”，史学的意义与功能有六：

第一，追远之义。“追远者，礼记礼运所谓君子反本修古不忘其初者也，”具体而言，它包括敬天与尊祖。“夫万物本乎天，人本乎祖，史家兢兢于此二义，其旨深矣。大抵知敬天则历数可明，而时令可授；知尊祖则族姓可辨，而文献可存。昔曾子以追远为民德规厚之根，史家所当知者，莫急于此矣。”③姚永朴阐发的“敬天”实为遵循事物的内在规律，而“尊祖”在社会流动进一步加速，一些人茫茫然若身从天降的现时代仍不乏积极意义。

第二，合群之义。包括合一国之群，合一方之群以及合一族之群。“由合群之心推之，又可得三义。”一曰爱国，“而以国为群之所共有者也”；一曰保民，“而欲以政之养民者合其群也”；一曰崇圣，“欲以教之化民者，合其群也。”“要之有国乃能有民，既养必加以教，三义相维，而实根于合群之一义。史家

① 吴孟复：《姚先生永朴暨弟永概传略》，载《论语解注合编》，黄山书社 1994 年版，第 351 页。

② 赵晓阳：《西学传入与近代中国历史观念的创新》，《史学理论研究》1997 年第 2 期，第 47 页。

③ 姚永朴：《史学研究法》，京华印书局 1914 年版，第 5 页。

重之，良非无故。”[①]民国初年，学习西方否定传统可以说是那个时代主流的价值倾向，姚永朴以“崇圣”为史义，强调儒家文化的教化功能，这多少有悖那个时代特定的思想环境。但姚永朴却认为“爱国”“保民”乃史学之义，这不仅昭示史学负有培养人们爱国心的功能，亦蕴含国家负有对民众的责任。姚永朴的这种思想意识显然已经超越了封建时代的“民贵君轻”，而与西方资产阶级的人本主义相吻合。

第三，资治之义，即考兴衰、审沿革。“兴衰之分，由于政治之得与失，”“不考兴与衰，则汉唐宋明，何以享国绵长？南北朝五代何以历世短促？经术气节道学文章何以于国有益？奸相强藩宦官外戚何以于国有妨？不能悉也。不审沿革，则郡县何以异于封建？阡陌何以异于井田？科举何以异于宾兴？招募何以异于治赋？不能知也。”[②]与中国传统史家一样，姚永朴强调考兴衰的“资治”功能，但他所说的“审沿革”显然已经突破了传统史学的范围，而将近代社会的变迁纳入史学的视线。

第四，征实之义，“夫曰中，曰正，曰不隐，即征实之谓也。”姚永朴推崇孔子“史之弊在文胜质”的观点，提倡直笔，要“信以传信”，“疑以传疑”，否则，“一字之褒，荣于华衮之赠；片言之贬，辱过市朝之挞。”[③]姚永朴不仅推崇“信以传信”“疑以传疑”的治学态度，而且特别强调史学之功就在于通过实录的惩戒作用而使人弃恶从善。

第五，阐幽之义。“盖欲发明人之所不见也，其类可分为三。”一曰表微，“夫微者人之所最易忽，表而出之，则幽者阐矣”；一曰推见至隐，“史固为万世世道人心计也，”，“此太史公之所以论春秋也”，而“乱臣贼子之惧以此”，“夫善善从长，恶恶从短，而史家乃有此义”；一曰发潜德之幽光，正所谓“德之所助，虽贱必申；义之所抑，虽贵必屈。故附势匿非者，无所逃其罪；潜德独运者，

① 姚永朴：《史学研究法》，京华印书局1914年版，第5—6页。
② 姚永朴：《史学研究法》，京华印书局1914年版，第6页。
③ 姚永朴：《史学研究法》，京华印书局1914年版，第6页。

无所隐其名。"①此"阐幽之义"实质上就是史学的"经世"意义，正所谓"明天道、正人伦、助治乱"。②

第六，尚通之义。姚永朴认为，中国历代学术分歧，"门户相争，有同水火，汇而一之者，其惟史氏乎"。"经学家为万世计，所重在立人极，故不能不别白而定一尊；史学家为一时计，所急在适世用，故不能不节取以存众善，其论虽殊，其有补于世则一。"

上述六个方面，是姚永朴结合时代需要而对中国传统史学意义与功能的系统阐述。他认为"大抵追远合群二义，史因之而发轫者也；资治征实阐幽尚通四义，史循之为正轨也"。③ 应该说，姚永朴不仅对史学的意义与功能有其独到的见解，而且就其范围而言，他的这种理解已经大大超越了中国古代传统史学的樊篱。

二、 史原与史法

姚永朴非常赞同刘知己的才、学、识"史家三长"论，但他对"六经皆史"持不同看法。他认为"今溯史体于经，尚书春秋外，惟礼垂典章，论语孟子杂记圣贤言行，国语国策分地以纪事，各开一体。"对于章学诚《文史通义》"六经皆史"之说，姚永朴转引其弟永概的观点，认为"诗主咏歌性情，实开集部之先，"不能因为"其中偶及古事，遂以为史所自出。"④除《左传》外，姚永朴基本赞成唐朝刘知几《史通》的"史原六家说"。"春秋编年之体所出也，尚书纪事本末之体所出也"；"礼者书志之所出也"；但"论语孟子亦史部传记类也，其书之所记者，不独嘉言，实并懿行而悉载之。"即认为史记家、汉书家作为传记类实原自论语孟子，因为《论语》《孟子》"于孔子孟子生平学术教术，与所接之人，所

① 姚永朴：《史学研究法》，京华印书局 1914 年版，第 8 页。
② 柳冕：《答孟判官论宇文生评史官书》，董诰等辑：《全唐文》卷五七，清嘉庆内府刻本。
③ 姚永朴：《史学研究法》，京华印书局 1914 年版，第 8—9 页。
④ 姚永朴：《史学研究法》，京华印书局 1914 年版，第 1 页。

游之地，所行之事，莫不详书焉，且旁及当时王侯卿大夫与门弟子之遗事，往往足资考证。故史记孔子世家及仲尼弟子列传，采之论语者几过半。”姚永朴认为《汉书·艺文志》将《国语》《国策》附于《春秋》之后是欠妥的，因为“春秋三传之分事也以年，国语国策之分事则以国，春秋三传于史自当入之编年类。若此两书之体，既与春秋传殊，而以其时言之，一则自穆王以来下讫智伯之诛，一则限于战国；以其地言之，一则第周鲁齐晋郑楚吴越八国，一则第东周西周秦齐楚赵魏韩燕宋卫中山十二国，故又不可谓为别史，此所以入之杂史类也。”①

姚永朴所论及的“史原”，兼有“史书体裁”和“史之源头”之意，其所言“史法”，则是指史书的章法，即“探讨历史撰述的形式和内容”②，与今人所言“史学研究方法”有异。他认为“史之为法大端有二：一曰体，一曰例。必明乎体，乃能辩类；必审乎例，乃能属辞。”③如果说“体”是史书结构模式总体设计的话，那么，“例”则是具体材料的组织、断限和编次等问题，应该说，作为轴心文明之一的华夏文化，其史书编纂形式上的“二体”“六家”和“十流”等体例在人类史学研究的历史上仍不失为一种创造，在此，姚永朴给予了系统的梳理与介绍。诚如本世纪初有学者所指出的那样，20 世纪初由于中国传统史学受到西方史学中心主义的严峻挑战，时人“过分强调了旧体裁的不足之处，以致近现代以来，旧体裁几乎无一例外地摒置不用，而又无法创造出更为科学的新体裁，”“现在看来这是很不可取的。”④当然，我们也不能否认 20 世纪初源于西方历史编纂学的章节体裁在普及历史教育方面所发挥的积极作用，如陈庆年的《中国历史教科书》、夏曾佑的《最新中学中国历史教科书》等在当时的影响就很大。姚永朴是桐城派末期著名的代表人物之一，其诗文恪守姚氏家法，

① 姚永朴：《史学研究法》，京华印书局 1914 年版，第 4 页。
② 瞿林东：《中国古代史学批评纵横》，中华书局 1994 年版，第 23 页。
③ 姚永朴：《史学研究法》，京华印书局 1914 年版，第 9 页。
④ 董恩林：《历史编纂学论纲》，《华中师范大学学报》2000 年第 4 期。

但他认为“宗派之说，起于乡曲兢名者之私，播于流俗之口，而浅学者据以自便……疑误后来者，吾为此惧”。[1] 尽管他十分崇尚中国传统史学的编纂方法，但他亦能推陈出新，其所著《史事举要》就“略仿教科书体”。[2]

三、　史文与史翼

作为桐城派晚期的传人，姚永朴十分看重史文，推崇孔子“言之无文、行而不远”的观点。他认为“史也者尤为经国之大业，不朽之盛事，使无文以张之，何以广见闻而新耳目乎？”他总结史文应有古今、奇偶、繁简和曲直之分。

其一，古与今之分。“盖以古今之事实不同，则语言势不能一致，如力师古人，而使方言世语不传于后，其于事实必多乖违，”“史家职官山川地理礼乐衣服，宜直书一时制度，不当用前代名品。”

其二，奇与偶之分。考古来群史，其辞有主于奇者、主于偶者或介乎奇偶之间者，“夫用奇多者则疏宕，疏宕则文易奇；用偶多者则繁缛，繁缛则气难振。”姚永朴认为史家之文，其用奇偶是因人而异的，“为工为拙，惟视作者之才为如何，其问文之体为如何乎？”“观诸家之论，足知奇偶之不能偏废，实本于天籁之自然。”在此我们看到，姚永朴一方面禀承桐城文法，推崇古文奇变疏宕的风格；另一方面也提出不废偶辞，视才著文，以达天籁自然之境的新主张，这种富有超越意识的论述，足可令人称道。

其三，繁与简之分。姚永朴认为“国史之美者，以叙事为工，叙事之工者，以简要为主”，“字句复沓诚为文章之病，然减省已甚，则于事必将郁而不明，亦必不能曲传其神致。”“正所谓必须重叠而情事乃尽者，亦不得以为繁也。而况文辞之芜累，固在字句少锻炼之功，尤在不讲义法，遂致浮辞盈牍，无所取裁。”

---

① 吴孟复：《姚先生永朴暨弟永概传略》，载《论语解注合编》，黄山书社1994年版，第353页。

② 姚永朴：《史事举要》，北京共和印刷局1917年版，第3页。

其四,曲与直之分。姚永朴认为"直道二字,最为史家之所重。故其文直,其事核,不虚美,不隐恶者,谓之良史,如其不然,则为秽史。彼得米而有佳传之作,受金而为谀墓之文者,岂足法乎?"另一方面,史文又"有曲以将之者","如春秋传讳国恶,为亲者讳,为尊者讳,为贤者讳,与论语父为子隐子为父隐之类。此则义关名教,不得不然,虽有曲笔,而直道存乎其中矣,此其一也。又有因直叙其事,转难了如,乃款曲言之。"①

姚永朴对史文所作的古今、奇偶、繁简的区分,应该说既有技术层面的要求,也有价值观意义上的思考,特别是史文奇偶的论述超越了桐城派前辈学者的局限。但我们也应该看到,姚永朴对于史文"曲直"的认识与刘知几、章学诚等著名的史论家一样,仍然没有摆脱传统"名教"观念的影响。姚永朴坚持曲笔在书写历史时的必要性和合理性,这不仅表明他对孔子及春秋笔法的崇尚之情,也反映出"名教"观念在中国古代史学发展中的深厚根源和长久影响。诚如瞿林东先生所言:"名教"是当时社会秩序之最高原则的集中反映,是任何一个史家都应当遵守的原则,"直道"虽具有普遍意义,而"名教"却带有根本的性质②。"在'直书'('正直''直道')与'名教'之间,'名教'是第一位的,故可不惜牺牲'正直''直道'而保存名教。从刘知几论'直书',到章学诚辨'心术',都不曾脱离为君亲隐讳的名教观念,这是中国古代史学批评的局限,也是中国古代史学批评之理论发展的障碍。"③

在姚永朴先生《史学研究法》付梓之际,他被聘为清史馆协修,负责撰写《清史稿》部分列传及食货志盐法卷。对于"私撰"与"官修"史书的优劣,姚永朴谈了自己的一些看法:"今考后世诸史,大抵出于私撰者多可观,出于官修者辄难餍人意,观史记两汉书三国志南北史新五代史记之胜于他史可见也","要而言之,此数书皆出于私撰,夫私撰必有宗旨,纵有妄议之者,犹可本

① 姚永朴:《史学研究法》,京华印书局1914年版,第14—17页。
② 瞿林东:《中国古代史学批评纵横》,中华书局1994年版,第110页。
③ 瞿林东:《中国古代史学批评纵横》,中华书局1994年版,第40—41页。

宗旨以正之。若官修之史，成于众手，岂能置喙?”“虽然官修以国家力搜辑群书，征聘名流，皆较私撰为易。”《史记》《汉书》“皆以借助朝廷，乃卓越千古。后世史博大精深，莫如通鉴，亦以神宗委任沛水颇笃，官罢犹听以书局自随，虽官修犹私撰也。”因此，姚永朴认为史书“欲求美善，又必合二者之长而后可哉。”①

另一方面，姚永朴非常重视史翼在修史过程中的作用。他认为“翼者也譬若鸟之有羽翼，言可以为经之辅也”。史学之翼有四:一曰释义，由于“史义之难明，亦犹经师之释经”，因此，释义的主要内容应该包括史书的文字、语言、地理、典制和事实等。二曰纠谬，“夫作史者网罗数百年之事，以成一书，其难免纰漏，亦势所必至也。读其书者，因所已成，以求所未至，从容探讨，故往往能攻瑕蹈隙”，以为拾遗补正。三曰补阙，“夫前史之阙，后人必为补之者，非不惮烦也，亦欲尽善尽美耳。”包括“以原书未成而补之”，或“原书本无阙，后人以其体未备而补之”以及“原书本无阙，后人以前后之事未备而补之”三种情况。四曰辨异，“夫史之相类者，合而校其异同，往往可以得作史者之用心”。“大抵考异同于字句，可以知文风，考事实则可以知义法，二者相需，未宜偏废。”“至于近世泰东西史籍输入我国者颇多，其义例盖有可以互证者。”②从这些论述中，我们多少可以看到姚永朴先生治史的严谨态度。

1914 年 3 月姚永朴《历史研究法》刊印之际，正值中国思想界革命的前夜，这场以文学革命为先导的思想启蒙运动将斗争的矛头直指“选学妖孽，桐城谬种”，③一时间桐城派及其代表人物就仿佛成了封建旧势力的化身。在那个矫枉过正、习惯于激进思维的时代，人们是很难心平气正地看待桐城派作家及其文章的，这其中当然包括姚永朴先生的《史学研究法》。香港浸会大学历史系周佳荣先生认为，近代中国专门探讨历史研究方法的开山著作，当推

① 姚永朴:《史学研究法》，京华印书局 1914 年版，第 21—26 页。

② 姚永朴:《史学研究法》，京华印书局 1914 年版，第 26—29 页。

③ 钱玄同:《致陈独秀》，《新青年》第 2 卷第 6 号，1917 年 2 月 1 日。

1922年上海商务印书馆出版的梁启超所著的《中国历史研究法》。① 20世纪初,中国现代史学的诞生确实源于梁启超先生的"史学革命",正是在梁启超《中国历史研究法》的带动下,20世纪20—30年代才迎来了中国史学理论出版的高峰期,但无论李守常的《史学要论》(上海商务印书馆1924年版),何炳松的《历史研究法》(上海商务印书馆1927年版),还是杨鸿烈的《历史研究法》(长沙商务印书馆1937年版),其成书年代均在姚氏所著《历史研究法》之后。姚永朴所著《史学研究法》最早由京华印书局刊行于民国三年3月,即1914年,而1938年由长沙商务印书馆公开出版的这本小册子已属再版之作了。无论从姚永朴所论史著的体例、史料的范围和史学的意义与功能,还是从该书使用比较浅显的文言文形式来看,其《史学研究法》不仅是对中国传统史学的一种总结,更是一种突破。因此,说姚氏所著《历史研究法》是梁启超主张"新史学"以来,我国学者回应西方史学理论而探索新的历史研究法的拓荒之作,实不为过。

戴逸先生在《〈清史稿〉的纂修及其缺陷》一文中指出"《清史稿》作者明确站在清朝一边,反对辛亥革命,不愿写清朝的覆亡,对清末革命党的活动写得很少"。"《清史稿》记载民国以后的事,不用民国纪年而用干支纪年,如民国元年称壬子,民国二年称癸丑,民国三年称甲寅,表示不承认中华民国,不奉其正朔。"②《清史稿》修于民国初年,当时虽然欧风东渐、共和日炽,但《清史稿》的撰述者多为清代遗臣和文人,从总体上说,其政治观点确实存在内清室而外民国的一面。因此,戴逸先生的分析是中肯的,也是符合事实的。有学者研究认为《清史稿》在史观上既有反动的一面,又有进步的一面。反动的一面,主要体现在赵尔巽、奭良、金梁等满族撰述人所撰史稿上;进步的一面,主要体现在柯邵忞、夏孙桐、金兆蕃等十多位桐城古文大家所撰史稿上。"这些

① 周佳荣:《现代中国史学的成立(1900—1949)——从史学概论到研究方法》,香港《当代史学》2001年第1期。

② 戴逸:《〈清史稿〉的纂修及其缺陷》,《清史研究》2002年第1期。

桐城古文家，他们对清代掌故较为熟悉，史识史才较高，史学思想亦较先进，对史稿的载述相对较为客观公正。”①由此看来，我们不能一概而论。

民国元年姚永朴先生著成《史事举要》七卷，至民国六年由北京共和印刷局出版，其弟永概在书的后记中写道：“吾兄仲实是书，成于壬子夏，起盘古氏讫清末，略仿教科书体，分三百五十课，为卷七。其文体旧书，以历代治乱兴衰为主，凡典章人物及学术之变迁，外国之交涉，择其大者，咸附见焉，间有宜译者，各注于本句下。族父星五观察，喜其简明，足以嘉惠后学，助资付印，既竣，命永概书于目后。丁巳冬十一月朔。”②

从这段写于民国六年的文字看，作者姚永概不仅没有将其兄成书的年份称为民国元年，而称“壬子”，甚至还将自己“书于目后”的这段文字的落款年代称为“丁巳”。与此大异其趣的是，同为桐城派文人和清史馆的协修，其兄姚永朴先生在其正式出版的《史学研究法》的扉页中却赫然刊有“民国三年三月”的字样。在纪年方式凸显政治意义的时代，特别是民国初期兵荒马乱、人心未定之时，史家使用什么样的方式纪年，其所反映的可能就不仅是一种表达习惯的问题，其政治情感方面的倾向性肯定是不言而喻的。《史学研究法》使用民国纪年，这多少反映了姚永朴史学观点的进步之处。

---

① 刘海峰、李慧：《论〈清史稿〉的进步史观》，《天中学刊》2004年第1期，第107页。

② 姚永朴：《史事举要》，北京共和印刷局1917年版，第3页。

参考文献

一、正史方志类

杨伯峻编著:《春秋左传注》,中华书局1981年版。
司马迁:《史记》,中华书局2014年版。
班固:《汉书》,中华书局1982年版。
魏征:《隋书》,中华书局1973年版。
刘煦等撰:《旧唐书》,中华书局1997年版。
张廷玉等:《明史》,中华书局1977年版。
赵尔巽等:《清史稿》,中华书局1977年版。
《康熙桐城县志·道光续修桐城县志》,江苏古籍出版社1998年版。
(清)张楷纂修:《安庆府志》,中华书局2012年版。
沈葆桢等纂修(光绪):《重修安徽通志》,上海古籍出版社1995年版。
桐城县地方志编纂委员会:《桐城县志》,黄山书社1995年版。
《中国地方志集成·安徽府县志辑》,江苏古籍出版社1998年版。
徐国志:《桐城县志略》,民国二十五年(1936)排印本。
《中国地方志集成》(全六十三册),凤凰出版社2010年版。

二、名家文集类

柳宗元:《柳河东集》,上海商务印书馆1924年版。

曾巩:《曾巩集》,中华书局 1984 年版。
程颢:《明道先生文集》,明崇祯九年刊本。
顾炎武:《亭林文集》《日知录》。
黄宗羲:《黄宗羲全集》,浙江古籍出版社 2005 年版。
庞朴主编:《〈东西均〉注释》,中华书局 2001 年版。
方以智:《方以智全书》,黄山书社 2018 年版。
方以智:《浮山文集前编》,康熙此藏轩刻本。
方以智:《一贯问答》,安徽省博物馆藏手抄本。
钱澄之:《所知录》,黄山书社 1998 年版。
钱澄之:《藏山阁集》,黄山书社 1998 年版。
钱澄之:《田间文集》,黄山书社 1998 年版。
钱大昕:《潜研堂文集》,江苏古籍出版社 1997 年版。
戴名世撰、王树民编校:《戴名世集》,中华书局 1986 年版。
方苞著,刘季高校点:《方苞集》(全二册),上海古籍出版社 2008 年版。
刘大櫆著:《刘大櫆集》,上海古籍出版社 1990 年版。
张廷玉著,江小角等点校:《张廷玉全集》,安徽大学出版社 2015 年版。
姚鼐:《惜抱轩九经说》,光绪三十三年校经山房刻本。
姚鼐:《惜抱轩全集》,中国书店 1991 年版。
姚鼐著,刘季高校点:《惜抱轩诗文集》,上海古籍出版社 1992 年版。
刘开:《孟涂文集》,民国四年(1915)归叶山房刻本。
梅曾亮著,彭国忠、胡晓明校点:《柏枧山房诗文集》,上海古籍出版社 2012 年版。
方东树:《方东树全集》,光绪十五至十七年刻本。
方东树:《考槃集文录》,《续修四库全书》,上海古籍出版社 1995 年影印本。
方东树:《仪卫轩文集》,同治七年刊本。
方东树:《书林扬觯》,同治十年刻本。
方东树:《汉学商兑》,商务印书馆 1937 年版。
方东树:《昭昧詹言》,人民文学出版社 1961 年版。
郑福照辑:《方仪卫先生东树年谱》,台湾商务印书馆 1978 年版。
姚莹:《东溟文集》,清道光十三年(1833)刻本。
姚莹:《中复堂全集》,同治六年安福县署刻本。
姚莹:《康輶纪行·东槎纪略》,黄山书社 1990 年版。
姚莹:《识小录·寸阴丛录》,黄山书社 1991 年版。

魏源:《海国图志》,光绪二年魏光焘平庆泾固道署刻本。

方宗诚:《柏堂遗书》,清光绪六年刻本。

曾国藩:《曾国藩全集》(三十一册),岳麓书社 2012 年版。

张裕钊著,王达敏校点:《张裕钊诗文集》,上海古籍出版社 2012 年版。

黎庶昌著,黎铎、龙先绪点校:《黎庶昌全集》(全八册),上海古籍出版社 2015 年版。

吴汝纶著,施培毅等校点:《吴汝纶全集》(全四册),黄山书社 2002 年版。

薛福成:《薛福成日记》,吉林文史出版社 2004 年版。

严复著,王栻主编:《严复集》,中华书局 1986 年版。

严复著,孙应祥、皮后锋编:《〈严复集〉补编》,福建人民出版社 2004 年版。

康有为著,姜义华等编校:《康有为全集》,中国人民大学出版社 2007 年版。

马其昶著,毛伯舟点注:《桐城耆旧传》,黄山书社 1990 年版。

马其昶:《抱润轩文集》,1925 年石印本。

马其昶著,孙维城等点校:《马其昶著作三种》,安徽大学出版社 2009 年版。

姚永朴:《蜕私轩集》,秋浦锦记书局 1925 年版。

姚永朴:《史学研究法》,京华印书局 1914 年版。

姚永朴:《史事举要》,北京共和印刷局 1917 年版。

姚永朴:《旧闻随笔》,黄山书社 1989 年版。

姚永朴:《姚永朴文史讲义》,凤凰出版社 2008 年版。

姚永概:《清史拟稿》抄本,安徽省图书馆藏。

姚永概:《慎宜轩文集》,民国二十年(1931)刻本。

姚永概:《慎宜轩诗集》,安庆中江印书馆民国二十年(1931)铅印本。

姚永概著,沈寂等点校:《慎宜轩日记》,黄山书社 2010 年版。

梁启超:《饮冰室合集》,中华书局 1989 年版。

严云绶、施立业、江小角等编:《桐城派名家文集》(15 卷),安徽教育出版社 2014 年版。

三、综合著作类

楼宇烈校释:《周易注校释》,中华书局 2012 年版。

姜建设注说:《尚书》,河南大学出版社 2008 年版。

王文锦译解:《礼记译解》,中华书局 2001 年版。

李泽厚:《论语今读》,生活·读书·新知三联书店 2004 年版。

焦循:《孟子正义》,中华书局 1987 年版。

王国轩译注:《大学中庸》,中华书局 2016 年版。

吴孟复:《论语解注合编》,黄山书社 1994 年版。

董仲舒:《春秋繁露》,河南大学出版社 2009 年版。

刘知几:《史通》,中州古籍出版社 2012 年版。

吴缜:《新唐书纠谬》,中华书局 1985 年版。

董诰等编:《全唐文》,中华书局 1983 年版。

永瑢等撰:《四库全书总目提要》,中华书局 1965 年版。

钱大昕:《廿二史考异》,上海古籍出版社 2014 年版。

《清实录》,中华书局 1985 年版。

袁枚:《随园诗话》,江苏古籍出版社 2000 年版。

江小角等点注:《父子宰相家训》,安徽大学出版社 2015 年版。

戴震:《孟子字义疏证》,中华书局 1961 年版。

章学诚:《章氏遗书》,嘉业堂 1922 年刻本。

章学诚著,叶瑛校注:《文史通义校注》,中华书局 1985 年版。

余英时:《论戴震与章学诚——清代中期学术思想史研究》,生活·读书·新知三联书店 2012 年版。

周中明:《桐城派研究》,辽宁大学出版社 1999 年版。

周中明:《姚鼐研究》,安徽大学出版社 2013 年版。

王达敏:《姚鼐与乾嘉学派》,学苑出版社 2007 年版。

任继愈主编:《中华传世文选·清朝文征》,吉林人民出版社 1998 年版。

江藩:《国朝宋学渊源记》,中华书局 1983 年版。

江藩:《国朝汉学师承记》,中华书局 1983 年版。

梁启超:《清代学术概论》,上海古籍出版社 1998 年版。

梁启超:《中国近三百年学术史》,商务印书馆 2011 年版。

梁启超:《梁启超论清学史二种》,复旦大学出版社 1985 年版。

梁启超:《康有为传》,团结出版社 2004 年版。

梁启超:《儒家哲学》,上海人民出版社 2009 年版。

李慈铭:《越缦堂日记》,北京浙江公会影印本 1920 年版。

皮锡瑞,周予同注释:《经学历史》,中华书局 2004 年版。

谢国桢:《增订晚明史籍考》,上海古籍出版社 1981 年版。
夏曾佑:《中国古代史》,吉林人民出版社 2013 年版。
徐世昌:《清儒学案》,民国二十八年(1939)北京修绠堂刊。
朱士嘉:《中国历代名人年谱目录》,商务印书馆 1941 年版。
缪荃孙:《中华文史论坛增刊》,上海古籍出版社 1981 年版。
汪康年:《汪康年师友书札》,上海古籍出版社 1986 年版。
《清史列传》,中华书局出版社 1987 年版。
张岂之主编:《民国学案》,湖南教育出版社 2005 年版。
朱师辙:《清史述闻》,上海书店出版社 2009 年版。
姜书阁:《桐城文派评述》,商务印书馆 1928 年版。
刘声木:《桐城文学渊源·撰述考》,黄山书社 1989 年版。
黎锦熙、甘鹏云:《方志学两种》,岳麓书社 1984 年版。
陈光贻:《中国方志学史》,福建人民出版社 1998 年版。
蒋元卿:《皖人书录》,黄山书社 1989 年版。
施立业:《姚莹年谱》,黄山书社 2004 年版。
安徽省社科院编:《桐城派研究论文选》,黄山书社 1986 年版。
王镇远:《桐城派》,上海古籍出版社 1990 年版。
俞樟华、胡吉省:《桐城派编年》,人民文学出版社 2015 年版。
贾文昭:《桐城派文论选》,中华书局 2008 年版。
杨怀志、江小角主编:《桐城派名家评传》,安徽人民出版社 2001 年版。
沈云龙主编:《近代中国史料丛刊》,台湾文海出版社 1970 年版。
沈云龙主编:《近代中国史料丛刊续辑》,台湾文海出版社 1974 年版。
杜维运:《清代史学与史家》,中华书局 1988 年版。
柳诒徵:《中国文化史》,上海古籍出版社 2001 年版。
钱穆:《中国历史研究法》,生活·读书·新知三联书店 2001 年版。
朱伯崑:《易学哲学史》,昆仑出版社 2005 年版。
孙应祥:《严复年谱》,福建人民出版社 2003 年版。
欧阳哲生:《严复评传》,百花洲文艺出版社 2010 年版。
[美]本杰明·史华兹:《寻求富强:严复与西方》,江苏人民出版社 1996 年版。
陈祖壬:《北京图书馆藏珍本年谱丛刊》,北京图书馆出版社 2006 年版。
陈祖武主编:《晚清名儒年谱》,北京图书馆出版社 2006 年版。
柳诒徵:《国史要义》,华东师范大学出版社 2000 年版。

李宗侗:《中国史学史》,中华书局 2010 年版。

杜维运:《中国史学史》,商务印书馆 2010 年版。

尹达主编:《中国史学发展史》,中州古籍出版社 1985 年版。

桑兵:《晚清民国的学人与学术》,中华书局 2008 年版。

白寿彝主编:《史学概论》,宁夏人民出版社 1993 年版。

吴怀祺:《中国史学思想史》,北京师范大学出版社 2016 年版。

瞿林东:《中国古代史学批评纵横》,中华书局 1994 年版。

张广智:《西方史学通史》,复旦大学出版社 2012 年版。

于沛:《20 世纪的西方史学》,武汉大学出版社 2009 年版。

李则刚:《安徽历史述要》,安徽地方志编纂委员会,1982 年内部刊行。

丁立中:《史部·八千卷楼书目》,北京图书馆出版社 2009 年版。

周作人:《中国新文学的源流》,华东师范大学出版社 1995 年版。

钱基博:《中国文学史》,中华书局 1993 年版。

余英时:《文史传统与文化重建》,生活·读书·新知三联书店 2004 年版。

李建中主编:《中国文学批评史》,北京大学出版社 2009 年版。

章永俊:《鸦片战争前后中国边疆史地学思潮研究》,黄山书社 2009 年版。

刘俐娜:《由传统走向现代论中国史学的转型》,社会科学文献出版社 2006 年版。

龚书铎主编,史革新、李帆、张昭军撰:《清代理学史》,广东教育出版社 2007 年版。

《第三届全国桐城派学术研讨会论文集》,安徽大学出版社 2007 年版。

胡适:《胡适全集》,安徽教育出版社 2003 年版。

苏中立、苏晖:《执中鉴西的经世致用与近代社会转型》,中华书局 2004 年版。

衣若兰:《史学与性别〈明史·列女传〉与明代女性史之建构》,山西教育出版社 2002 年版。

张仲礼:《中国绅士——关于其在十九世纪中国社会中作用的研究》,上海社会科学院出版社 1991 年版。

《民国人物碑传集》,团结出版社 1995 年版。

余英时:《士与中国文化》,上海人民出版社 2003 年版。

[美]李约瑟:《中国科学技术史》,科学出版社 1978 年版。

[英]保尔·汤普逊著,覃方明等译:《过去的声音——口述史》,辽宁教育出版社、牛津大学出版社 2000 年版。

四、期刊论文类

刘师培:《论文杂记·序》,《国粹学报》1905 年第 9 期。

钱玄同:《致陈独秀》,《新青年》2 卷 6 号,1917 年 2 月 1 日。

梁启超:《近代学风之地理的分布》,《清华学报》1924 年第 1 期。

姚永朴:《清代盐法考略——清史稿食货志之一》,《安徽大学月刊》1934 年第 1 卷第 6 期和第 2 卷第 1 期。

吴孟复:《试论"桐城派"的艺术特点》,《江淮论坛》1980 年第 5 期。

张承宗:《〈康輶纪行〉与姚莹的治学特点》,《苏州大学学报》1984 年第 2 期。

黄霖:《论姚门四杰》,《江淮论坛》1985 年第 2 期。

石钟扬:《史识史才皆绝伦——论戴名世的史学成就》,《安庆师范学院学报》1986 年第 3 期。

陈进忠:《姚莹和他的历史地理著作》,《文史杂志》1989 年第 1 期。

来新夏:《黎庶昌对异域古籍搜刊的贡献》,《北京图书馆馆刊》1993 年第 1 期。

黎铎:《沙滩文化的奠基人:黎恂》,《贵州文史天地》1994 年第 3 期。

武庆吉:《经世致用与史学研究的误区》,《河北学刊》1995 年第 1 期。

来新夏:《姚莹的边疆史地研究》,《津图学刊》1995 年第 2 期。

王俊义:《顾炎武与清代考据学》,《贵州社会科学》1997 年第 2 期。

赵晓阳:《西学传入与近代中国历史观念的创新》,《史学理论研究》1997 年第 2 期。

竺柏松:《曾国藩历史学说研究》,《贵州师范大学学报》1998 年第 4 期。

杨福生:《姚永朴〈文学研究法〉述论》,《北京大学学报》1998 年第 5 期。

郭康松:《论清代考据学的学术规范》,《清史研究》1999 年第 3 期。

颜广文、关汉华:《论阮元与〈广东通志〉的编纂》,《华南师范大学学报》2000 年第 3 期。

董恩林:《历史编纂学论纲》,《华中师范大学学报》2000 年第 4 期。

周佳荣:《现代中国史学的成立(1900—1949)——从史学概论到研究方法》,香港《当代史学》2001 年第 1 期。

龚书铎:《刘开述略》,《清史研究》2001 年第 3 期。

李传印:《论戴名世的史学思想》,《北京科技大学学报》2001 年第 3 期。

徐天祥:《戴名世的史学思想》,《安徽史学》2001 年第 4 期。

戴逸:《〈清史稿〉的纂修及其缺陷》,《清史研究》2002 年第 1 期。

关爱和:《〈南山集〉案与清代士人的心路历程——以戴名世、方苞为例》,《史学月刊》2003 年第 12 期。

李传印:《〈史论〉与戴名世的史学理论观》,《安徽文献研究集刊》2004 年第 1 期。

刘海峰、李慧:《论〈清史稿〉的进步史观》,《天中学刊》2004 年第 1 期。

吴怀祺:《安徽地区文化变迁与史学》,《安徽史学》2004 年第 1 期。

施立业:《姚莹与桐城经世派的兴起》,《清史研究》2004 年第 2 期。

曾光光:《文学流派与学术变迁——论桐城派与清代理学的流变》,《贵州社会科学》2005 年第 1 期。

曾光光:《桐城派与晚清史学经世思潮》,《暨南史学》2005 年第 2 期。

董根明:《关于姚永朴〈史学研究法〉的认识》,《史学史研究》2006 年第 1 期。

黄建荣:《论马其昶〈屈赋微〉阐明微言的注评特色》,《云梦学刊》2006 年第 2 期。

李传印:《戴名世的历史评议浅议》,《安徽史学》2006 年第 6 期。

孙维城:《桐城派后期文章的现代演变——以现代演变解剖马其昶〈抱润轩文集〉》,《中国现代文学丛刊》2006 年第 6 期。

王达敏:《从辞章到考据——论姚鼐学术生涯第一次重大转折与戴震的关系》,《清华大学学报》2007 年第 1 期。

邹爱莲、韩永福、卢经:《〈清史稿〉纂修始末研究》,《清史研究》2007 年第 1 期。

诸伟奇:《钱澄之的〈所知录〉》,《安徽史学》2007 年第 3 期。

王国席:《方以智的史学思想》,《史学史研究》2007 年第 3 期。

吴筱霞:《方苞与地方志》,《中国地方志》2007 年第 4 期。

董根明:《进化史观与古文道统的同一——吴汝纶与严复思想考索》,《中国社会科学院研究生院学报》2008 年第 1 期。

邵华:《嬗变中的传承——论郭嵩焘史学思想》,《史学史研究》2008 年第 2 期。

童本道:《〈李鸿章全集〉的史料价值》,《社会科学战线》2008 年第 3 期。

李诚:《桐城派文人在清史馆》,《江淮文史》2008 年第 6 期。

王志国:《〈清史稿〉的编修情况及其史学价值》,山东大学硕士论文 2008 年。

徐希军:《马其昶〈桐城耆旧传〉的史学价值》,《史学史研究》2010 年第 2 期。

许结:《从〈桐旧集〉到〈耆旧传〉》,《文献》2011 年第 3 期。

向燕南、王汐牟:《中国古代历史书写中女性形象的迁变》,《史学理论与史学史学刊》,社会科学文献出版社 2012 年版。

常先甫:《宋代年谱的本义阐释》,《海南大学学报》2012 年第 1 期。

王振红:《方苞〈史记〉学成就述论》,《淮北师范大学学报》2012 年第 5 期。

杨婧:《姚永概史学思想探讨》,《安庆师范学院学报》2012 年第 6 期。

董根明:《吴汝纶与严译西学》,《安庆师范学院学报》2013 年第 2 期。

郭青林:《方东树为学“三变”说考论》,《西南科技大学学报》2013 年第 4 期。

董根明:《刘大櫆史学初探》,《史学史研究》2013 年第 4 期。

程仁桃:《〈东槎纪略〉与姚莹》,《中国地方志》2013 年第 6 期。

董根明:《严复的进化史观及其对新史学的影响》,《中国社会科学院研究生院学报》2014 年第 6 期。

张秀玉:《姚永概〈清史拟稿〉考论》,《湖南人文科技学院学报》2015 年第 3 期。

陶有浩:《论钱澄之史学观的易学思想特色》,《史学史研究》2015 年第 3 期。

董根明:《多元价值取向:严复的中学与西学》,《安庆师范学院学报》2015 年第 4 期。

郑婧:《桐城名家刘开的经世思想》,《安庆师范学院学报(社会科学版)》2015 年第 4 期。

许曾会:《桐城派与〈清史稿〉的编修》,《史学史研究》2016 年第 2 期。

董根明:《方苞史学思想初探》,《史学史研究》2016 年第 4 期。

董根明:《试论曾国藩的史学思想》,《中国社会科学院研究生院学报》2016 年第 4 期。

任雪山:《“桐城派”之名的最早提出及其流变》,《合肥学院学报》2016 年第 6 期。

章建文:《论张英对桐城派的贡献》,《北京社会科学》2016 年第 8 期。

戚学民、阎昱昊:《余嘉锡覆辑清史〈儒林传〉》,《历史研究》2017 年第 2 期。

周修东:《〈粤海关志〉修纂者及重纂本〈叙例〉新考》,《海交史研究》2017 年第 2 期。

许曾会:《清末民初桐城派的中国史编纂》,《安徽史学》2017 年第 4 期。

董根明:《钱澄之史学思想初探》,《安徽史学》2017 年第 4 期。

汪高鑫、尚晨蕊:《近年来桐城派史学研究述论》,《史学理论与史学史学刊》2018 年第 2 期。

董根明:《吴汝纶史学思想探析》,《史学史研究》2018 年第 2 期。

张秀玉:《多学科介入开拓桐城派研究新境界》,《中国社会科学报》2018 年 9 月 17 日。

董根明:《论桐城派的史学成就》,《安徽史学》2019 年第 3 期。

后　记

十多年前我有幸参与《陈独秀研究》全校公选课的开设，在与学生探讨陈独秀人际网络时，就涉及陈独秀与桐城派遗老的关系问题。我一直有个疑问，即作为皖江历史文化所孕育的桐城派与五四时期以陈独秀为代表的皖派新青年群体之间到底是怎样的学术渊源关系？1912 年民国肇始，陈独秀任安徽都督府秘书长，他在原安徽师范学堂旧址上创办私立安徽高等学堂，就曾聘桐城派马其昶为校长，自任教务主任。同年，严复执掌北京大学，邀桐城派弟子姚永概任北大文科学长。1917 年蔡元培主政北京大学，聘陈独秀为北大文科学长。姚永概是桐城人，陈独秀是怀宁人，桐城与怀宁虽分属两县，但同属安徽安庆，两地山水相抱，人文一体，素有“桐怀一家”之说。1915 年 9 月陈独秀在上海创办《青年杂志》，高举“民主”“科学”旗帜，提倡白话文，反对文言文，将恪守古文“称霸文坛”的桐城派詈为“妖魔”，其言辞之激烈，可谓不遗余力。1919 年 6 月，陈独秀在北京因散发《北京市民宣言》被捕，在声援和营救陈独秀的队伍中居然有桐城派古文家马其昶和姚永概等人。他们认为陈氏“所著言论或不无迂直之处。然其学问人品亦尚为士林所推许”，吾等“与陈君咸系同乡，知之甚稔”，恳切准予保释。胡适后来致信陈独秀称：“我记得民国八年你被拘在警察厅的时候，署名营救你的人中有桐城派古文学家马伯通与姚叔节。我记得那晚在桃李园请客的时候，我心中感觉一种高兴，我觉得这个黑暗社会里还有一线光明：在那反对白话文学最激烈的空气里，居然有几个古文老辈肯出名保你，这个社会还勉强够得上一个‘人的社会’，还有一点人味儿。”马其昶、姚永概等桐城派诸老何以能够以博大之胸怀面对激进的反对者陈独秀？正是对这些疑问的好奇和对地缘文化的思考，使得自己对桐城派产生了浓厚的学习兴趣。

从2013年春国家社科基金项目“桐城派名家史学思想研究”课题立项到2019年冬结项，整整经历了六载寒暑。尽管对课题研究可能遇到的困难事先有比较充分的心理准备，但相关概念的厘清、理论框架的预设、文献资料的收集和名家个案研究所面临的窘迫和困难，是非亲历者无法想象的。汗牛充栋的桐城派名家文集需要仔细研读，明末清初至清末民初异常变动的学术流变需要总体把控，相对陌生的史学理论与史学史领域的专业知识需要系统学习和消化，诸如此类问题于我而言，都是极限的学术挑战。六年的研究过程实际上是我不断学习和深造的过程，也是浴火重生的过程。需要特别说明的是，书稿所涉桐城派名家较多，课题组其他成员承担了部分个案研究。其中，“戴名世史学思想”由华中科技大学李传印教授撰写了部分初稿；“桐城派与《清史稿》的编撰”和“姚永概史学思想”分别由安徽大学许曾会和杨婧撰写；马其昶、方东树、姚莹、刘开、姚鼐和薛福成的史学思想分别由课题组成员徐希军、金仁义、沈志富、周毅和郑素燕完成。特别感谢王国席老师在身患重症前还毅然完成了对方以智和黎庶昌两位桐城派名家史学思想的研究工作。王国席老师的敬业精神和对研究工作的执着，让我深为感佩！感谢课题组成员多年来的鼎力相助。

书稿的主体部分和统稿工作由我本人负责。感谢安徽师范大学王世华先生和李琳琦教授在项目开题时所给予的史学理论和研究方法的指导。感谢安徽省社会科学院副院长施立业研究员对课题研究的关心以及对总体框架的具体建议。感谢北京师范大学汪高鑫教授多年来对我从事桐城派史学研究的鼓励、鞭策和对书稿的悉心指教，感谢他从百忙中抽出时间为书稿所撰写的序言。感谢郝佩林博士、研究生邓陈君和李娟二位同学对书稿所引文献的归纳整理及文稿校对工作。感谢安庆师范大学科研出版基金和安庆地方历史文化科研创新团队对书稿出版的资助！

董根明

2020 年秋于菱湖之滨·红楼

责任编辑：赵圣涛
封面设计：石笑梦
封面制作：姚　菲
版式设计：胡欣欣
责任校对：吕　飞

图书在版编目（CIP）数据

桐城派名家史学思想研究/董根明 著. —北京：人民出版社，2021.1
ISBN 978－7－01－022209－7

Ⅰ.①桐…　Ⅱ.①董…　Ⅲ.①桐城派-史学思想-研究　Ⅳ.①I207.62

中国版本图书馆 CIP 数据核字（2020）第 098407 号

桐城派名家史学思想研究
TONGCHENGPAI MINGJIA SHIXUE SIXIANG YANJIU

董根明　著

人民出版社 出版发行
（100706　北京市东城区隆福寺街 99 号）

北京盛通印刷股份有限公司印刷　新华书店经销

2021 年 1 月第 1 版　2021 年 1 月北京第 1 次印刷
开本：710 毫米×1000 毫米 1/16　印张：22.25
字数：360 千字

ISBN 978－7－01－022209－7　定价：79.00 元

邮购地址 100706　北京市东城区隆福寺街 99 号
人民东方图书销售中心　电话（010）65250042　65289539